R. WINTERSWYL · SPIEGELSTÜCKE DER ERINNERUNG

Über die Autorin

Ricarda Winterswyl, geboren 1934 in München, studierte Philosophie, Geschichte und Literatur, 1958 Promotion zum Dr. phil. Bis 1992 unterrichtete sie in Freiburg und München. Zuletzt tätig als Studiendirektorin in der Schulleitung des Münchner Willi-Graf-Gymnasiums. Sie veröffentlichte Essays über historische, philosophische und gesellschaftspolitische Themen in verschiedenen Fachzeitschriften und in der Feuilleton-Beilage der Süddeutschen Zeitung. 1993 erschien der Gedichtband Oberflächen, 1995 Das Glück. Eine Spurensuche im C. H. Beck Verlag München.

RICARDA WINTERSWYL

Spiegelstücke der Erinnerung

BIOGRAPHISCHES UND ESSAYISTISCHES ÜBER EINIGE ZEIT- UND KULTURGESCHICHTLICHE ERSCHEINUNGEN DES 20. JAHRHUNDERTS

LIA FLORACK
ATHANASIUS WINTERSIG, OSB / LUDWIG A. WINTERSWYL
RICARDA HUCH
ROMANO GUARDINI
HEINRICH WÖLFFLIN

K. FISCHER · AACHEN

Die Deutsche Bibliothek – CIP-Einheitsaufnahme

Winterswyl, Ricarda:
Spiegelstücke der Erinnerung :
Biographisches und Essayistisches über einige zeit- und kulturgeschichtliche Erscheinungen des 20. Jahrhunderts ;
Lia Florack, Athanasius Wintersig, OSB/Ludwig A. Winterswyl,
Ricarda Huch, Romano Guardini, Heinrich Wölfflin /
Ricarda Winterswyl. –
Orig.-Ausg., 1. Aufl. – Aachen : Fischer, 2000
ISBN 3-89514-232-8

Postfach 19 87, D-52021 Aachen

1. Auflage
Originalausgabe

Gesamtgestaltung: yen-ka
Covergestaltung unter Verwendung dreier Photos
aus dem Privatarchiv der Autorin.
Die abgebildeten Personen sind:
Lia Florack, Ricarda Huch (kleines Bild mit Katze)
und Athanasius Wintersig, OSB/Ludwig A. Winterswyl.

Printed in Germany 2000

Für Harald und Burkhard – meine großen Brüder

»Ich habe nun gefunden, daß man, wie man sagt, man könne die Gegenwart nicht verstehen, ohne die Vergangenheit zu kennen, auch sagen kann, ohne die Gegenwart zu kennen, könnte man die Vergangenheit nicht verstehen.«

RICARDA HUCH
in ihrer Rede zum 50. Jahrestag ihrer Promotion
in Zürich am 30. Mai 1942

Am Weihnachtstag im Jahre 1900 wurde meine Mutter geboren. Im Hause, wie es damals selbstverständlich war, in den frühen Morgenstunden. Eine Tante wickelte das Neugeborene und legte es unter den Christbaum, sie hatte Sinn für kleine Späße.

Ricarda Huch und Heinrich Wölfflin, die im Leben meiner Mutter eine große Rolle spielten und großen Einfluß auf ihr Leben und Denken ausgeübt haben, wurzeln noch tief im 19. Jahrhundert. Beide wurden im Jahre 1864 geboren; Wölfflin starb 1945, Huch 1947.

Meine Mutter starb 1989. Den Zusammenbruch des Sozialismus, die Wiedervereinigung Deutschlands, den Krieg auf dem Balkan, das Wiedererstehen nationalistischer Ideologien und das Erstarken religiöser Fundamentalismen hat sie nicht mehr erlebt.

Wo sind die Nahtstellen zwischen altem und neuem Denken und Fühlen in diesem Jahrhundert – wenn es solche gibt – in den verschiedenen Lebensgebieten, die sich alle im Gewebe eines Lebens verknüpfen?

Ich will von einzelnen Leben erzählen, von Fäden im wechselnden Webmuster der Jahrzehnte, von Gedanken und Gesprächen, die einmal von Bedeutung waren, von Begebenheiten unter den verwirrenden Schattenspielen des Zeitgeistes.

Ich will Splitter zusammenfügen, Spiegelstücke der Erinnerung. Ich will anschreiben gegen das Vergessen ...

I

TRÄUME

Vita somnium breve ...

Die Nacht vom 7. zum 8. Juli 1989 – um Mitternacht eine Fernsehsendung über Ricarda Huch. Der 125. Geburtstag am 18. Juli war der Anlaß. Ich hatte meiner Mutter heilig versprechen müssen, sie zu wecken. Die Freundschaft mit Ricarda Huch war ein wesentlicher Teil ihres Lebens. Und doch hatte ich Angst, die gebrechliche alte Dame zu erschrecken, sie aus dem Tiefschlaf zu reißen, schlimme Herzstörungen konnten die Folge sein. Aber sie wollte doch unbedingt diese Sendung sehen. Dann saßen wir in der heißen Julinacht vor dem Fernseher ... Das war die letzte Nacht, in der ich sie anschaute, der Tod schärft die Bilder des Abschieds. Ja, ich sah eine Greisin.

Diese mitternächtliche Stunde war ihr Abschied von Ricarda Huch, die sie geliebt hatte, sie war auch mein Abschied von ihr, von der alten Frau, die ich geliebt habe ... Daß ihre Zeit abgelaufen war, das wußten wir beide, sie wußte es ganz genau. Herzstörungen, kurze Bewußtlosigkeiten. Sie ging den Weg mit Neugier und Humor. Es war ihr 89. Lebensjahr. »Eigentlich möchte ich gerne 90 werden, das wäre eine runde Zahl, die kann man sich merken.« – »Gut, danach verhandeln wir neu.«

Sie hing so schwer an meinem Arm – seit dem ersten Schlaganfall vor drei Jahren. Aber sie war voll Temperament und Interesse. Sie wollte raus, in die Staatsbibliothek, ins Archiv, zu Vorträgen, wollte mitgehen beim Einkaufen. Und die Einkaufstasche war auch so schwer. Und am schlimmsten für uns beide war die Treppe in den zweiten Stock wieder hinauf. Heute gehe ich durch die Straßen der Stadt und beschwöre die Bilder unserer letzten Tage. Ich dachte an den notwendigen Einkauf; sie sprach mit Begeisterung über die Vorsokratiker.

Aber ich trug so schwer, ich war so müde, und ich dachte, wie sehr ich einmal diese Stimme zurückwünschen würde.

Ein paar Tage zuvor sagte sie so vor sich hin: »Ich möcht' ja nur wissen – habe ich noch drei Monate, drei Wochen oder drei Tage?« Der Tod klopfte an. Aber es konnte, es durfte doch nicht sein! Nicht bei meiner Mutter!

Ein Film lief ab in jener Nacht: das Lebensbild von Ricarda Huch. Die alte Frau schaute voll vergnügter Konzentration. Freuden des Wiedererkennens. – Kindheitsbilder, Zitate, Stationen, Städte, Freunde und Freuden, lieben und arbeiten, trauern und reifen – was macht ein Leben aus? Das Leben der berühmten Schriftstellerin, ihr Leben, mein Leben ... Wir wollen sehen.

Die Jahrhundertwende und die ersten beiden Jahrzehnte unseres Jahrhunderts. Romantik und »O Leben, o Schönheit«, das Leitmotiv aus Huchs Roman VITA SOMNIUM BREVE (Michael Unger) – die Neuromantik war ein Teil der Jugendkultur; Ricarda Huch war ihre Kultfigur. Meine Mutter hatte als Schülerin Ricarda Huchs Gedichte und Romane gelesen, hatte mit sauer verdientem Taschengeld ihre Bücher gekauft, schöne Erstausgaben. »Lia Schaps« steht darin mit zarten, schwungvollen, seitlich geneigten Schriftzügen – denen Ricarda Huchs nicht unähnlich. *Schriftzüge wie die Halme eines Ährenfeldes, durch das der Wind streicht ...*, so steht es im CONFALONIERI.

Was waren denn die Lieblingsstellen eines jungen Mädchens, damals? Zarte, steile Bleistiftstriche sind zu finden. Aus welchen Tagen stammen sie?

Herbst ist es, siehst du die Blätter fallen? | Nicht wie die Welkenden fromm | Wollen wir beide zu Tode wallen – | Küsse mich, komm!

Aus den LIEDERN DES RABEN: *Katze, dieses Leben | ist nur Jagd nach Fressen;| Kaum geschmeckt, vergessen; | Einen Schatz erwerben; | Jungen Speise geben; | Letztes, was man tut, heißt sterben.* – Und in heroischer Revolte: *Nach keines Gottes Beifall geht mein Streben. | Wenn ich den Kampfpreis mir entrissen sehe, | Kehr ich die Waffe gegen mich – und gehe.* – Entsagung und Weisheit schließlich in dem Gedicht »Einsamkeit«: *Sei deine Welt, dein Stern; beglückt, wenn deine Glut | Am goldnen Leben schafft, | Und ford're nichts. Dir ward kein andres Gut | Als deine Kraft.*

Das war der Sound, die Melodie der Huchschen Lyrik, das waren auch die Leitthemen, die eine Jugend begeisterten. Vorwegnehmen und Zusammenschauen des Lebens, das Lebenslied, das Rauschen der Wellen, Lebenssehnsucht und Gleichgültigkeit. Alles versteht man mit zwanzig, nie ist man klüger als ganz jung oder ganz alt. Auf das Leben schauen, vom Anfang her oder vom Ende ist ein- und dasselbe. Die »coincidentia oppositorum« im Unendlichen ist bewußt und gegenwärtig, noch nicht verloren oder schon wieder gewonnen ...

Bilder also, Kinderbilder, Elternbilder, Freundesbilder, Ricarda Huch, die schöne, schlanke Frau, hochaufgerichtet immer, mit altmodischer Eleganz gekleidet ... solche Bilder standen und hingen bei uns, ich erkannte sie wieder. Ich die Bilder, die Mutter Chiffren ihres Lebens.

Zitate aus Briefen, aus Tagebüchern, aus ihren Büchern. Auch meine Mutter hatte sie in ihrem Leben viele Male zitiert. »Ricarda Huch hat einmal gesagt, wenn sich Herz und Verstand widersprechen, sollte man seinem Verstand folgen.« –

Da hatte Ricarda Huch die Mitte ihres Lebens schon überschritten, hatte die Leidenschaft zu ihrem Schwager und Vetter Richard Huch durchlitten und die unvermeidliche Ernüchterung und Enttäuschung danach. Der scheinbar untypische Satz war Ergebnis einer Entwicklung und Frucht der Erfahrung. Meine Mutter gab ihn weiter, als es an mir war, das Gewicht der »constitutio feminina« in meiner Biographie zu begreifen.

In dieser Nacht vor dem Fernseher, als ich meine Mutter ansah, zog ich Parallelen. Zwei Frauenleben, verschieden und ähnlich zugleich: Temperamentvolle Geistigkeit, romantisch verträumter Lebens- und Liebeshunger, Beziehungen, Ehen voll diffuser Dramatik, unzähmbarer Freiheitsdrang und kämpferische, furchtlose Gerechtigkeitsliebe. Scheitern der Leidenschaften und so vieler Träume, der Preis der Reife ... dann die Phase disziplinierter Intellektualität und hingebungsvoller Arbeit. Im Mittelpunkt der Liebe stehen Kinder und Enkel.

Das Mysterium des Alterns. »Einmal wirst du es erfahren, dann wirst du mich verstehen ...«

Der Film läuft ab. Tolstoi fällt mir ein: *Mit wachsender Geschwindigkeit aus großer Höhe fallen [...]. – Das ist das Leben.*

Die greise Dichterin an ihrem 80. Geburtstag. Fröhlich und beschwingt. Zwei Tage vor dem furchtbaren Fehlschlag des Attentats vom 20. Juli. Dann, nach der Befreiung Deutschlands durch die alliierten Armeen, die letzten Kräfte und Träume für ein neues, ein besseres Deutschland.

Im Oktober 1947, Ricarda Huch, 83jährig, eröffnet in Berlin als Ehrenpräsidentin den 1. Deutschen Schriftstellerkongreß – alt, so alt ... Die heimliche Ausreise nach Frankfurt. Das Gästehaus der Stadt Frankfurt in Schönberg/Taunus, die letzte Station. »Sie starb allein. Busi und Antje waren gerade im unteren Zimmer, haben sie gesagt.« Das Bild der Toten.

Die Beerdigungsfeierlichkeiten. Die Reden. Der Friedhof. »Sieh, dort, rechts, da bin ich mit Harald gestanden.« Und am Ende des abgelaufenen Lebensfilms: »Das war gut ... Ich bin jetzt ganz zufrieden. Es ist, als ob mein Leben zu seinem Ursprung zurückgekehrt wäre. Es ist ein Abschluß.«

Kühler wehte die Dunkelheit der Julinacht durch das geöffnete Fenster. *Geh schlafen, mein Herz, es ist Zeit ...* Eines der letzten Gedichte Huchs aus dem HERBSTFEUER.

Am nächsten Morgen sind wir die Treppe noch einmal hinuntergegangen – aber nie mehr hinauf.

Nein, mit der Spurensuche ist es nicht so leicht! Sie hat ja nichts aufgeschrieben – »wie Sokrates oder Laotse« hat sie einmal in scherzhaftem Hochmut gesagt.

Viele Zeichen ihrer Lebensgeschichte, ihres Glücks und Unglücks, hat sie in den letzten Jahren ausgelesen und vernichtet. Sie schrieb fast keine Briefe. Die alte Klage aller ihrer Freunde.

Die wenigen Briefe, die ich von meiner Mutter erhalten und aufbewahrt habe, enthielten Beschreibungen, zum Beispiel der Kunstschätze in Rom, wo sie oftmals den Winter verbrachte, oder Auszüge und Bemerkungen zu ihrer jeweiligen Lektüre von den Vorsokratikern bis Martin Buber, über Philosophie und Religion, über Astronomie und Biologie. – Nie sprach oder schrieb sie über sich.

Sie haßte Selbstreflexion und Nabelschau genau wie ihre verehrte Freundin es tat. Niemals wollte sie auf ihren eigenen Spuren gehen. Ricarda Huch wollte das auch nicht. 1921 hatte sie angefangen, für ihre Tochter Lebenserinnerungen aufzuschreiben. Es blieben Bruchstücke. *Ich schmiere sie im Schweiße meines Angesichts,* schrieb sie an Marie Baum, *denn mich mit Vergangenem zu beschäftigen, ist mir, wie wenn man einer Katze das Fell verkehrt herum streicht, und außerdem habe ich doch das meiste vergessen.*

Beide verachteten »Bewußtheit« als Leben, Liebe und Geist lähmende Egozentrik. Gab es damals überhaupt gebildete und kultivierte Menschen, die unverschlüsselt über sich selber sprechen wollten? Die »Me-Decade« und das »Zeitalter des Narzißmus«, der hemmungslose »Terror der Intimität«, sämtliche Moden und Geschwätzigkeiten der 70er Jahre lagen noch fern.

Ich-Ferne, ganz objektbezogene Wahrnehmung als Erkenntnis und Intuition war ein Leitmotiv in Ricarda Huchs philosophischen Überlegungen: Sie setzte dies gegen die »Selbstreflexion« – obwohl sie doch selbst, als »Dichterin und Geschöpf des Unbewußten« eine »wunderbar artikulierte Herrscherin im Reich des Bewußten« war.

So schrieb Thomas Mann 1924 in der Frankfurter Zeitung anläßlich ihres 60. Geburtstages.

In LUTHERS GLAUBE (1916) heißt es: *Gott herrscht in dem reinen Herzen, das nichts von sich weiß [...]* und *[...] es ist eine Schamlosigkeit, einem anderen, aber auch sich selbst die letzten Geheimnisse des Herzens zu erpressen [...].*

Ein altes Photo. So sah die Studentin in den 20er Jahren aus: ein zierliches schmales Mädchen; die langen braunen Locken auf den Rücken gebunden, seidenes Blüschen und flotte Krawatte. Sie verstand es immer, sich anzuziehen. Melancholische Augen hinter randloser Brille und ein schöner weicher Mund. Weltfremde, traumverhangene Geistigkeit. Alles fiel ihr zu. Als Kind hatte sie das zweite Gesicht. Erkenntnisse über Zukünftiges und Verborgenes, davon erzählten und damit experimentierten ihre Geschwister.

Noch im hohen Alter, oder wieder, überfiel sie so ein Wissen, das sie ungläubig beiseite schob. Damals, als wir die junge Politikerin der Grünen bei einem Vortrag in der Katholischen Akademie hörten. »Armes Mädchen, sie wird ein schreckliches Ende finden.« – »Wieso denn das?« – »Ja, Unsinn, ich weiß auch nicht. Sie ist halt eine Jeanne d'Arc ...«

Als junges Mädchen erfand sie traumhafte Märchen, schrieb Gedichte, malte Exlibris-Bildchen und hübsche Ornamente – Tänzerinnen und Vögel, Blumen, Bücher und Kerzen, Fenster in die Welt hinaus, Symbole für Liebe und Lebensfeste, für Traum, für Glück und Tod. Modischer Ästhetizismus und Artistik war das alles vielleicht, aber auch ein geheimnisvoll verfremdeter und verhüllter Lebensentwurf.

»O Leben! o Schönheit!« – Das Lebenslied jeder Jugend.

»Ricarda Huchs Romane haben etwas, das an Traumbilder erinnert: das oft Unvermittelte des Geschehens, den Wechsel von Wirklichkeitsschwere und Seelenentschleierung, die leuchtenden, satten, feurigen Farben«, so schrieb die DEUTSCHE RUNDSCHAU 1903.

Die Jugendromane der Dichterin trugen autobiographische Züge. Vielleicht war meine Mutter in jungen Jahren eine Gestalt daraus. Eine Erinnerung vielleicht.

Wahlverwandtschaft? Hat sie das zusammengeführt? Oder ein glücklicher Zufall – oder einfach die Katze?

Ricarda Huch war 57 Jahre alt, damals, als sie sich meine 21jährige Mutter auf der Treppe im Gartenhaus in der Kaulbachstraße einfing. Sie hatte ein bewegtes Leben und ein vielseitiges literarisches Schaffen hinter sich. Noch 25 arbeitsreiche Jahre lagen vor ihr. Sie war berühmt – davon noch später. Sie war als Frau und als Schriftstellerin bereits eine Legende.

Sie wurde einseitig aus ihren Jugendwerken, den Romanen, der Lyrik, der »Romantik« definiert, so wie manchem zu Goethe nur der WERTHER einfällt. Darum erübrigt es sich nicht, daran zu erinnern: Ricarda Huchs literarisches Schaffen läßt sich ungefähr in drei Perioden gliedern: 1892-1906, die »neuromantische Phase«; hier überwiegen die auf eigenem Erleben beruhenden Romane – der URSLEU, MICHAEL UNGER, AUS DER TRIUMPHGASSE und die Lyrik. Als typische Kennzeichen gelten romantischer Subjektivismus, Gefühls- und Lebensrausch, Verherrlichung der bedingungslosen Tat und des heldenhaften »königlichen Menschen«, Trauer über die Vergänglichkeit. Ihre Liebeslyrik, die Rilke so bewunderte, legte diese Kennzeichnungen nahe.

Diese Merkmale wurden im Zuge der neuromantischen Dichtungsauffassung um die Jahrhundertwende höchst positiv bewertet, sie entsprachen den Erwartungen der Zeit, somit fand man sie. Und, da Dichtung als Ausdruck der Persönlichkeit aufgefaßt wurde, hat man die Dichterin oft kurzerhand mit ihren Figuren und deren Ansichten identifiziert, ohne auf die jeweilige Erzählperspektive und auf die ironische, intellektuelle Distanz der Erzählweise und der Sprache zu achten, die ihr von Anfang an eigen waren.

Über ihren ersten Roman – DIE ERINNERUNGEN VON LUDOLF URSLEU DEM JÜNGEREN – diese Erzählung von unmöglicher Liebe und

Suizid, von der Unbegreiflichkeit von Liebe und Tod und des eigenen Selbst – schrieb ihr Verleger Josef Viktor Widmann: »Ja, machen Sie sich darüber keine Illusionen, daß Ihre Dichtung Staub aufwirbeln wird. Dieses ehrliche Eintreten für die so komplizierte menschliche Natur auch nach ihrer sinnlichen instinktiven Seite, diese Vorurteilslosigkeit nach allen Richtungen, die über alle Gewohnheitspferche der Sitte setzt ...«

»Vorurteilslosigkeit, die habe ich von Ricarda Huch gelernt ...«, sagte meine Mutter.

1899 und 1902 erschien das literaturgeschichtliche Standardwerk über die Romantik. – Wesentliche Merkmale der frühen romantischen Philosophie und Literatur sind die Zusammenschau von Anfang und Ende, von Nähe und Unendlichkeit, von Liebe und Tod, die Perspektive von Ironie und Distanz, das Wissen um die Vorläufigkeit, die rätselhaften Verknüpfungen und die vielen verschiedenen Seiten einer jeden Erscheinung. Diese Merkmale finden sich in Thema und Darstellung aller Huchschen Werke, in allen Jahrzehnten ihres Schreibens.

Im zweiten Schaffensabschnitt, 1906-1915, gilt Huchs Arbeit fast ausschließlich der Geschichte, der sie sich in Romanen und wissenschaftlichen Essays widmet. In dieser Zeit entstanden die GESCHICHTEN VON GARIBALDI (1906/08), DAS LEBEN DES GRAFEN FEDERIGO CONFALONIERI (1910) und DER GROSSE KRIEG IN DEUTSCHLAND (1915). Diese Werke sind mit keiner Form des historischen Romans gleichzusetzen. Die Historikerin rückte die mit wissenschaftlicher Akribie ermittelten Tatbestände in das Licht dichterischer Genauigkeit und machte ihre bestürzenden Wahrheiten unausweichlich. DER GROSSE KRIEG und besonders der CONFALONIERI wurde von der zeitgenössischen Kritik und Literaturwissenschaft als die künstlerisch vollendetsten Werke Ricarda Huchs eingestuft. CONFALIONERI ist in seinem Hauptteil die Vergegenwärtigung einer fast 12jährigen Gefangenschaft, leerer, gestaltloser Jahre. Die Beschreibung des Furchtbaren, des verrinnenden Lebens, im Tonfall gleichförmiger Rhythmik und Musikalität, wie das tröstliche Rauschen des Meeres. Diese Erzählweise mit dem Sound der Gleichgültigkeit gegen Immergleiches, dieses eigenartige Strömen – sie läßt die Wirklichkeit unangetastet, macht aber ihre Wahrnehmung erträglich.

Ricarda Huch beschreibt in ihren Geschichtswerken genau recherchierte Erscheinungen, und sie verzichtet aus wissenschaftlicher Genauigkeit auf das Herstellen von Kausalitätsketten und vordergründigen Zusammenhängen, weil sie weiß, daß immer Ideologien und Wertungen, immer subjektive Moralismen dabei mitspielen würden.

Das Erscheinungsjahr des CONFALONIERI – 1910 – wird geistesgeschichtlich oft als Epochenjahr bezeichnet. Es bedeutete wie bei Rilke oder Hofmannsthal auch bei Ricarda Huch eine Abkehr von der neuromantischen Sprachebewegung und eine Rückwendung zur »Wirklichkeit«, es bedeutete auch eine neuartige thematische Beschäftigung mit Gott und Mensch, mit dem Seelischen und Irrationalen. Bei Ricarda Huch kennzeichnet dieses Jahr eine konsequente Abwendung vom heroischen Tatmenschen, eine Abwendung von der expressionistischen Ideologie des neuen Menschen und der blinden Verherrlichung der Tat. Von da ab war sie »unzeitgemäß« und »konservativ«, weil unberührt von Anwandlungen des modernen Faschismus und klarsichtig ablehnend gegenüber seinen Verheißungen und Verführungen.

Die dritte Periode, seit 1916 schließlich, ist gekennzeichnet durch ein Zurücktreten der künstlerischen Produktion zugunsten historischer und philosophisch-religiöser Studien (LUTHERS GLAUBE, VOM SINN DER HEILIGEN SCHRIFT, ENTPERSÖNLICHUNG ...). 1945 erschien ihr letztes Buch, die URPHÄNOMENE.

Ricarda Huch war berühmt, eine Berühmtheit, was immer man darunter verstehen mochte. Der dreißig Jahre jüngere Oskar Maria Graf hat sich 1954 in seiner Geburtstagsrede zu seinem 60. Geburtstag über das Thema »Berühmtheit« verbreitet und ausgerechnet Ricarda Huch zum Beispiel erkoren (nachzulesen im Anhang zum GREIFEN-ALMANACH 1954): »Ich habe in meinem Leben nur einen einzigen mit vollem Recht hochberühmten Menschen kennengelernt, bei dem man das keinen Augenblick merkte. Das war die verstorbene, unvergeßliche Ricarda Huch, mit der ich von ungefähr 1925 bis 1932 auf vielen Faschingsfesten zusammengesessen bin. Ihr gegenüber am Tisch saß stets die ebenfalls schon verstorbene lokalberühmte Simplizissimus-Wirtin Kathi Kobus ...« Es folgt eine ungalante Beschreibung des Äußeren der damals über 60jährigen Damen, die des rustikalen Dichters damaligen Geschmack und sein späteres Gedächtnis in keinem guten Licht erscheinen läßt. Ricarda Huch jedenfalls, von jedermann als besonders elegante Erscheinung gerühmt, weilte in den Jahren 1925/1926 nur noch selten im München und zog im Frühjahr 1927 endgültig nach Berlin zu ihrer dort verheirateten Tochter. Aber die nun geschilderte Anekdote ist doch zumindest gut erfunden.

Er, der damals dreißigjährige Oskar Maria Graf, sei schwankend und mit einer Weinflasche in der Hand an den Tisch der Damen gekommen. Kathi Kobus habe ihn ärgerlich zurechtgewiesen: »Oskar, sauf nicht so viel! ... Wenn du dich nicht benimmst, da wirst du nie berühmt. ... Schäm dich vor so einer berühmten Frau wie der Ricarda Huch aus der Flasche zu saufen ...« Die Huch habe darauf lächelnd erwidert: »Aber Kathi, das gehört doch zu ihm. Er ist doch ein Bär ... Das Berühmtsein kommt ganz von selber, dagegen kann man nichts machen.« Die Kathi habe darauf finster und enttäuscht geknurrt: »Der – und berühmt? ... Der wird's höchstens einmal vom Saufen!« Und wiederum sagte die unvergeßliche Ricarda Huch: »Besser so als anders, Kathi. ... Berühmtsein ist doch so fad. ... Das ganze Privatleben geht dabei flöten.«

Soweit der auch nicht ganz unberühmte Oskar Maria Graf.

Katzenfangen

An einem kalten, nassen Junitag kam die kleine Studentin mit zwei Freundinnen in München an. Sie hatte in Münster einige Semester Medizin studiert. Aber sowohl die biedere Universitätsstadt Münster als auch die medizinische Wissenschaft, von der sie sich die Offenbarung aller tieferen Lebensgeheimnisse versprochen hatte, enttäuschten. Es gab damals Professoren, vor allem Mediziner, die Studentinnen mit Herrenwitzen oder mit Ausführungen über die biologische Unterlegenheit der Frau aus dem Hörsaal ekeln wollten ... Außerdem wurde sie im Sezierkurs immer ohnmächtig. –

In München schrieb sie sich für Kunstgeschichte ein. O Leben, o Schönheit ... Zunächst war sie erschöpft von der Reise. Das Zimmer in der Schellingstraße war kalt und ohne Gemütlichkeit. Sie vertauschte es in den nächsten Tagen mit einem anderen in der Isabellastraße, bei netten Schustersleuten, die ihr »Fräulein« gleich ins Herz schlossen. Vorerst allerdings hatte sie nur die Wahl zwischen tiefer Melancholie oder irgendeiner Unternehmung.

»Da lag ein Münchener Adreßbuch herum, und ich blätterte gedankenlos ein wenig darin. Da fiel mein Blick auf den Namen Ricarda Huch. Ich hatte gar nicht gewußt, daß sie in München lebte, ja, ich wunderte mich, daß es die Dichterin tatsächlich und leibhaftig gab. Und das ganz in meiner Nähe, Kaulbachstraße 23. Ich wollte nur hingehen und das Haus, wo sie wohnte, anschauen.

Der Regen hatte nachgelassen, an den Hecken und Zäunen blühte es. Ich pflückte einen Strauß. Das Haus in der Kaulbachstraße lag im Garten, die Türe stand offen, zwei Treppen hinauf, die Wohnungstüre. Ich legte die Blumen auf die Matte und wollte mich schnell davonmachen. In diesem Augenblick ging oben die Türe auf. Ricarda Huch, wie ich sie von Bildern kannte ... Die große, schlanke, elegante Frau lachte und rief: ›Halt, Kleines, nicht weglaufen. Kommen Sie rein.‹ – Ich war entsetzt: ›Nein, nein, Sie wollen doch ausgehen, Sie haben ja einen Hut auf!‹ – Ricarda Huch lachte und lachte. Sie kam mir auf der Treppe entgegen, legte den Arm um mich und führte mich in die Wohnung. ›Also, den Hut kann ich wieder absetzten und ausgehen kann ich später. Jetzt wollen wir uns ein bißchen unterhalten‹«

Das dauerte drei Stunden, bis zum Abend. Das »Kleine«, wie sie nun für alle Zeit genannte wurde, mußte erzählen, von ihrem Elternhaus, ihren Träumen, ihren Vorlieben, ihrer Lektüre, und sie tat es. Alle Schüchternheit war vor so viel Humor und Herzlichkeit verflogen. Beim Abschied mußte sie versprechen, bald, spätestens nächste Woche wiederzukommen.

Im Garten stromerte eine große Katze herum. Ricarda Huch rief sie, aber die hatte keine Lust auf Unterhaltung. »Manchmal besucht sie mich, oder ich locke sie herein, aber leider mag sie nicht immer. Ich spiele gar zu gerne mit Katzen.«

Die erste Woche in München verging. Die kleine Studentin wäre gerne wieder in die Kaulbachstraße gegangen. Nur, Schüchternheit und Hemmung gegenüber der großen Frau wurden übermächtig. Aber sie hatte doch versprechen müssen zu kommen. Also strich sie um das Haus herum. Da kam der leibhaftige Vorwand um die Ecke geschlichen: die Katze! Sie fing das Vieh mit einem kühnen Sprung, klemmte es unter den Arm und läutete beherzt. Die Katze fand das unverschämt. Sie fauchte, kratzte und versuchte, sich aus dem Griff herauszuwinden. Ricarda Huch öffnete. »Hier, die Katze will Sie besuchen.« – »Gelogen«, fauchte das Katzentier und schoß unters Sofa.

Die Dichterin ignorierte sowohl das Fauchen der Katze als auch den roten Kopf der Studentin. Sie freue sich über den Besuch und habe schon darauf gewartet. Alle Befangenheit war verflogen. Sie erzählten und lachten wieder manche Stunde. Zum Abschied hieß es: »Bald wiederkommen, Kleines, aber fangen Sie nicht erst die Katze.«

Ricarda Huch lebte mit ihrer Tochter Marietta, sie nannte sie »Busi«. Auch Busi brachte »dem lieben Kleinen« herzliche Sympathie und

Freundschaft entgegen. Busi war ein Jahr älter als meine Mutter. – »Wie war Busi?« fragte ich. »Ganz rund, ganz weich, ganz lieb, wirklich wie ein Kätzchen. Dabei recht realistisch und pragmatisch, aber das sind Katzen ja auch. Sie habe es nicht mit ›O Leben, o Schönheit!‹ wie Mima, spottete sie oft ... Auch sie hatte viel Humor.« –

»Du warst mein Kätzchen; ich nannte dich Muschi deswegen. Du konntest noch gar nicht sicher laufen, und schon warst du hinter einer Katze her. Die flüchtete natürlich vor dem tapsigen Kleinkind. Hinter dem Haus ging es die Dorfstraße den Berg hinab. Die Katze verschwand hinter dem Zaun dort beim Schuster. Du rolltest wie ein Ball hinterher. Dann standest du heulend und blutend am Zaun. Mieze, Mieze ...! Da habe ich dir noch am selben Tag ein Kätzchen geholt.«

Ein altes Photo: ein kleines Mädchen mit dickem Kopf im kurzen Kleidchen hält eine Katze an sich gepreßt. Über dem Ärmchen schaut ein sehr angestrengtes Katzengesicht heraus, der Rest des Tieres hängt gottergeben herab, der Schwanz bis auf die Schuhe ...

Auch Ricarda Huch wurde als Kind, wie die Geschwister berichten, Kätzchen oder Katerchen genannt. Weil sie etwas Katzenartiges hatte, weil sie Katzen so liebte?...

Mein Herz, der Löwe hält seine Beute fest, sein Geliebtes fest in den Fängen
(Herbstfeuer, 1944)

Eigentlich war es immer Ricarda Huch, die ihrem »lieben Kleinen« hinterherlief, wenn dieses in Phasen der Fremdheit und Apathie in temporäre Lebensschwäche und depressive Lähmung versank. Kontakte, auch sehr herzliche, ließ sie dann immer wieder abbrechen. Nur die Verbindung mit Ricarda Huch hatte über Jahrzehnte und alle

Entfernungen Bestand. Noch in einem der letzten Briefe steht die zärtlich-vorwurfsvolle Mahnung, doch endlich einmal einen ausführlichen, richtigen Brief zu schreiben und über das Ergehen der Kinder zu berichten.

(Jena 26.VI.46) – *Mein liebes Kleines, ich weiß gar nichts von Burkhardt, der doch immer so fröhlich und erquicklich war, auch nichts von der kleinen Muschi, nichts von Ihrer Juristerei, in der Sie so viel zu unserer Bewunderung leisteten. Wenn Sie mir alles das erzählten, würde ich sagen: das ist mal ein vernünftiger Brief!* Ricarda Huch war eine leidenschaftliche Briefschreiberin, meine Mutter war es gar nicht. Auf der letzten auffindbaren Karte vom 27. Juli 1947 steht: *Liebes Kleines, ein Telegramm [zum Geburtstag vermutlich] ist gut, aber ein Brief ist besser. Wie mag es Ihnen gehen [...].*

»Einmal stand ich in der Reihe vor dem Schalter der Staatsbibliothek. Da bemerkte ich mit Schrecken, daß vor mir Ricarda Huch stand. Sie arbeitete damals an ihrem Buch MICHAEL BAKUNIN UND DIE ANARCHIE.

Ich kann doch nicht zeigen, daß ich die berühmte Frau kenne! Ich schaute auf den Boden und schloß sogar die Augen. Aber da zupfte sie mich schon am Ohrläppchen: »Na, Kleines, wann besuchen Sie uns endlich einmal wieder. Wir haben schon auf Sie gewartet!« – »Wir«, das waren damals auch noch Busi und Manno, Ricarda Huchs erster Mann und Busis Vater, der in diesen Jahren öfters nach München zu Besuch kam.

Ich war zwei Wochen nicht gekommen. Ich war erkältet, müde und lahm. Mein Zimmer war unaufgeräumt [Kann ich mir vorstellen, sie konnte Chaos um sich hervorrufen, wie kaum einer], ich lag im Bett. Da klopfte es, und ich rief: »Nein!!« Aber die Türe ging trotzdem auf, und Ricarda Huch kam herein. Ich war entsetzt und rief: »Nein! Nicht reinkommen! Es ist doch so unordentlich!«

Sie lachte vergnügt. ›Ja, das kann man wohl sagen‹, und sie setzte sich auf das Bett. Sie habe sich Sorgen gemacht und wolle nach mir schauen. Wir plauderten und lachten. Ich fühlte mich bald schon ganz gesund.

Beim Abschied fragte sie: »Und was machen Sie jetzt, Kleines?« – »Aufräumen natürlich.«

UNBEWUSSTHEIT

Ricarda Huch hatte einmal zu Heinrich Wölfflin gesagt, was sie an der kleinen Studentin so fasziniere, sei diese Mischung aus hoher Intellektualität und völliger Unbewußtheit, der traumwandlerischen Weltfremdheit eines Kindes.

Unbewußtheit – das war ein literarischer und psychologischer Leitbegriff aus den ersten Jahrzehnten unseres Jahrhunderts, und es war eine Chiffre für romantisches Lebensgefühl. Es bezeichnet eine Art Sehnsucht nach Verlorenem und Wiederzugewinnendem. Das war das unwillkürliche, nicht intentionale Handeln und Denken, die vom Willen nicht zu beeinflussenden Fähigkeiten, die manchen Menschen den schöpferischen Zugriff und Zugang zu größerem, weiterem, umfassenderem oder ganzheitlichem Wissen erschließen. Das geniale, intuitive, nicht rational oder willentlich verfügbare Denken, Einsichten aufgrund von tief im Seelischen vorhandenen Grundmotiven, Urformen und Bildern.

In LUTHERS GLAUBE (1916) schreibt Ricarda Huch: *Vollkommene Unpersönlichkeit und deshalb vollkommenes Unbewußtsein finden wir im Kinde, denn es hat sich noch nicht zum Selbst entwickelt. Es ist das Nichts-von-sich-wissen und Nichts-für-sich-wollen [...] was uns entzückt.*

In ihrem 1919 erschienenen Essay »Entpersönlichung« kritisierte R. H. die Zeiterscheinungen der geistlosen Rationalität, »der unheimlichen Neigung, Gesetze aufzusuchen«, der flachen Vergnügungen, der Gottferne, der Auflösung sozialer Bindungen als Verlust einer ursprünglichen Unbewußtheit und vormaligen Einheit, die wiedergewonnen werden müßten in einer höheren Verbindung von Selbstbewußtsein, Liebe und Gottesbewußtsein.

Eine Kritik an der modernen, einseitig rationalen Intellektualität – aber an deren Stelle trat nicht etwa das germanisch-mystische Raunen, sondern im Gegenteil, eine gescheitere, vielseitigere, vorurteilslosere, weniger rechthaberische Aufklärung.

Ricarda Huch faszinierte die so verstandene Unbewußtheit an den historischen Gestalten, denen sie ihre Studien und Darstellungen widmete. Vieles davon trifft auf meine Mutter zu, auf die junge Studentin Lia Schaps, die sie damals war.

Sie ging in einer Wolke des Traums, das war ihr Schutz und ihre Unverletzlichkeit, auch ihre Fremdheit. Das zog viele Menschen an, manche stieß es auch ab. Bis ins hohe Alter bemerkte sie immer wieder mit Erstaunen, daß sie, ohne es zu wollen, Zuneigung hervorrief oder auch Ablehnung.

Ricarda Huch lud ihr »liebes Kleines« zu vielen Gesellschaften ein; sie förderte die Freundschaft zwischen ihr und ihrer Tochter Busi. Auch mit ihr verband sie geistreiche, spielerische Keckheit und ein herzlicher und zugleich philosophischer Humor.

»Ricarda Huch amüsierte sich über Leute, die glaubten, immer etwas besonders Gescheites und Gebildetes sagen zu müssen, oder die nur genau durchdachte und gedrechselte Sätze von sich gaben, wie zum Beispiel Thomas Mann. Sie wollte spielerisch phantasieren und plaudern und vor allem lachen. Über ihre schriftstellerische Arbeit oder ihre Einsichten und Erkenntnisse sprach sie nie.«

Schöne alte Dinge zogen meine Mutter immer an. In einem Antiquariat fand sie ein prächtiges Exemplar von Nietzsches ALSO SPRACH ZARATHUSTRA, in rotes Leder gebunden, mit Goldschnitt, zu erschwinglichem Preis.

Stolz zeigte sie den Fund Ricarda Huch. »Hübsch anzusehen, Kleines, aber wenn Sie ein paar Jahre älter sind, wird Ihnen der Inhalt nicht mehr sehr imponieren.« Und schon war Nietzsche für sie gestorben.

»Einmal kam ich – die Tür zum Schlafzimmer stand offen, darin war ein Mann, hemdsärmelig und mit Hosenträgern von hinten zu sehen; er hatte einen Fuß auf den Stuhl gestellt, um sich die Schnürsenkel zuzubinden. Das ist Manno, sagte Ricarda Huch. Von hinten sah er so komisch aus, daß ich laut lachen mußte und sie auch. Da wandte sich Ceconi um und lachte herzlich mit.«

Das Spielen liebten sie beide. Ricarda Huchs Schreibtisch war immer bedeckt mit allerhand Hübschen, mit Bildchen und Figürchen. Den Ehrenplatz hatte ein Löwe, mit dem sie sich gerne identifizierte. Überhaupt, Tiere mußten es sein. Busi hatte einmal gesagt, ihre Mima fände jedes Bild schön, wenn nur Tiere darauf zu sehen wären. Busi machte sich nichts aus Tieren. Ein blaues Vögelchen aus Holz mit roter Brust und gelben Federtupfen stand immer auf Mutters Schreibtisch. Sie verteidigte es gegen die Begehrlichkeit aller Enkel und Urenkel: »Das Vögelchen gehört mir ganz allein. Ich habe es von einem Menschen geschenkt bekommen, den ich sehr lieb gehabt habe.«

Durch Ricarda Huch wurde meine Mutter mit einem namhaften Maler bekannt, der sich sehr für sie begeisterte. Er malte sie »in einem weinroten Samtkleid – es war geliehen – und ohne Brille. Das Bild kam in eine Galerie in Venedig. Leider habe ich es nie mehr gesehen.« Dieser Maler schickte ihr später ein Gedicht, das jede Strophe mit dem Refrain enden ließ: *Ich mit meinem dunkelroten Sehnen, | Du mit deinem blütenweißen Wahn.* Es gehöre zu den Erinnerungsstükken, die meine Mutter kurz vor ihrem Tod aussortierte und vernichtete.

Alles Festgebundene widerstrebt ihrer Natur, deren Element Bewegung ist. Wenn ich an sie denke, erscheint sie mir immer als etwas

Elementares, Nixenhaftes. Unergründlich und sorglos [...]. Das schrieb Anselma Heine anläßlich des 60. Geburtstages Ricarda Huchs im BERLINER TAGEBLATT vom 16. Juli 1924.

Wenn ich meine Mutter, die ich zu kennen glaubte, vergleiche mit Ricarda Huch, an die ich mich persönlich nicht erinnern kann, so scheinen mir diese Sätze einen großen Teil dessen zu benennen, was beiden gemeinsam war: Dieses Nebeneinander von Kampfesmut und Gleichgültigkeit, von leidenschaftlichem Ernst und Leichtsinn, von Weltfremdheit und – wenn es sein mußte – großer Lebenstüchtigkeit.

II
BILDER

H. W.

Meine Mutter studierte in diesen Jahren Kunstgeschichte. Die Vorlesungen des berühmten Heinrich Wölfflin fanden damals im Auditorium Maximum statt. Dort drängten sich Studenten aller Fachrichtungen. Auch die damalige Avantgarde der klassischen Moderne, wie Paul Klee, W. Kandinsky, Franz Marc, Hans Arp, Kurt Schwitters und andere hatten zu Füßen des Kunsthistorikers gesessen.

Wölfflin leitete ein Oberseminar, in das nur Doktoranden aufgenommen wurden. Als er die kleine Studentin und Anfängerin bei einer Abendgesellschaft kennenlernte, schloß er sie sofort ins Herz – wohl auch seiner alten Freundin Ricarda zuliebe. Er fragte sie, welche Vorlesungen sie denn höre oder schon gehört habe, und sie gestand: »Keine«. Ja, was sie denn tue, als Studium. Sie gehe in die Museen und schaue sich die Bilder an und versuche herauszufinden, warum sie schön sind.

Die Antwort gefiel Wölfflin so gut, daß er sie aufforderte, sich am nächsten Morgen bei seinem Assistenten für sein Oberseminar anzumelden. (Sie tat es übrigens zunächst mal nicht. Wölfflin ließ ihr durch Ricarda Huch nach einer Woche ausrichten, es sei sein Ernst, er warte auf sie.)

Die Düsseldorfer Freundinnen und Mitstudentinnen sahen die Verbindungen ihrer Lia mit einer Mischung aus Stolz und einem kleinen bißchen Neid. Viele Jahrzehnte später, als sie hoch in den Siebzigern waren, wurde ich bei einem Wiedersehen Zeuge einer kleinen Abrechnung: »Also, Lia, ein bißchen haben wir uns damals schon über dich geärgert in München. Wenn wir bei dir waren und Wölfflin kam, wolltest du uns so schnell wie möglich loswerden. Und wir hätten uns doch auch auf so eine interessante Unterhaltung gefreut.« – Sie war betroffen. »Auf die Idee wäre ich damals nicht gekommen. Das war mir überhaupt nicht bewußt. Ich war ein Kind, und Wöllflin sah in mir nichts anderes. Er wollte nur eine Tasse Tee trinken und sich erzählen lassen, welche Bilder ich angeschaut und was ich daran gesehen hatte. Der wollte sich gar nicht besonders interessant unterhalten.«

Es ist ja alles so lange her.

Die Jahre 1922 und 1923 waren schlimm. Aber äußere Umstände haben wenig Gewicht, wenn man jung ist und voller Träume und Energie. Kälte und miserable Ernährung steckt man in diesem Alter gelassen weg, wenn es doch so viel Interessantes zu hören, zu sehen und zu erleben gibt. Die Studentinnen kamen aus vermögenden bürgerlichen Familien, aber das nützte wenig bei der galoppierenden Inflation. Die Eltern konnten ihnen kein Geld überweisen. Meine Großmutter schickte, so wird erzählt, einmal einen großen Koffer voller guter Sachen wie Würste und Honig. Als der Koffer ankam, war er leer. Die Diebe hatten auch Hunger. Also verdienten sich die jungen Leute ihren Lebensunterhalt als Werkstudenten. Erst mit Teppichklopfen, dann gelang es meiner Mutter eine Stelle bei der Hypobank zu finden. Sie arbeitete vormittags, der Nachmittag gehörte dem Studium. In den Semesterferien arbeitete sie in Düsseldorf bei der Waschmittelfabrik Henkel. Zeitlebens bevorzugte sie Persil.

Wie schwierig die Situation in Deutschland in den Anfangsjahren der Weimarer Republik war, geht aus einem Brief von Heinrich Wölfflin vom 25. Oktober 1923 an seine Schwester hervor:

Die Preise steigen nicht von Tag zu Tag, sondern von Stunde zu Stunde. Um nur das Nötigste noch kaufen zu können, stehen die Professoren (und -frauen) an den Zahltagen, die mehrmals im Monat stattfinden, in langer Reihe an der Universitätskasse an und rennen dann gleich mit der Beute in den nächsten Laden. Ich hole das Geld nun auch selber, weil die Überweisung auf die Bank viel zu lange dauert. Für die 4. Oktoberwoche waren es heute 212 Milliarden [...].

Der gebürtige Schweizer Heinrich Wölfflin entschloß sich 1923 einen Ruf nach Zürich anzunehmen. Er war damals 59 Jahre alt; drei Wochen älter als Ricarda Huch.

Die ersten Wochen des Jahres 1924 waren Zeiten des Abschiednehmens mit einer Serie offizieller Veranstaltungen.

Und es war auch Zeit, von einem gewissen Fräulein Lia Schaps Abschied zu nehmen. Das scheint dem berühmten Mann, der von den Zeitgenossen als so formell, spröde, unzugänglich und zurückhaltend geschildert wurde, nicht ganz leicht gefallen zu sein. Es war die Zuneigung zu einem genialen Kind.

»Ihr Vater war da und hat nach Ihnen gefragt, Fräulein«, sagte die Schustersfrau. Das Fräulein war meist ausgeflogen. – »Er sieht auf dem Photo tatsächlich aus wie Großpapa.« – »Nein, das täuscht, das macht nur der Spitzbart.«

Aus den letzten Tagen Wölfflins in München gibt es zwei Briefchen »An Fräulein Lia Schaps, Isabellastraße 4/0, Hier«.

Vom 11. Februar 1924:
Letzten Mittwoch bin ich in der Tat einmal auf der Universität geblieben, um den Vortrag des Kollegen Kraus zu hören. Ich hoffe aber das nächste Mal den Anschluß zu finden. Aus dem genial-dunklen Briefe entnehme ich, daß das Lebensschifflein auf dem mir bekannten Strome schwimmt und daß man sich dabei nicht übel befindet. Also Glück auf!

Ihr wohlmeinender
H. W.

Und vom 22. Februar 1924:
Samstag Nachmittag bin ich zur Sitzung bei einer Bildhauerin [...] (Sie möchte immer »Details«). Da möchte ich nachher in der Isabellastr. vorbeikommen, um in das Dürerbuch noch etwas einzuschreiben. Gegen 5 Uhr. –
Heute im englischen Garten hab ich nichts »Kleines« gesehen. Schade!

Daher nur Grüße von
W.

ALBRECHT DÜRER HANDZEICHNUNGEN, herausgegeben von Heinrich Wölfflin. Zehnte Auflage mit einundachtzig Abbildungen. R. Piper & Co. Verlag, München 1923.

»Das ist mein kostbarstes Buch.« – Sie hatte es sorgfältig in eine durchsichtige Folie eingebunden. »Wieso dein kostbarstes?« – »Für mich eben!« – »Und was steht darin?«

»Wir sehen gern schöne Ding,
denn es gibt uns Freud.
DÜRER

Mit den besten Wünschen
vom Verf.
27.II.24«

»Am Sonntag, den 2. März 1924, hatte Wölfflin eine Einladung bei sich in der Widenmayerstr. 26; fünfzig Personen waren geladen. Auch junge Leute, versicherte er mir. Ich sollte doch kommen. Es sei sein Abschied. Aber ich ging nicht hin. Es gibt Tage, an denen ich mich verkriechen möchte. Es war so ein Tag. Am späten Abend läutete es, und er stand vor der Türe. Er war für einen Augenblick von der Gesellschaft weggegangen, das Taxi wartete draußen. Wenn Sie nicht zu mir gekommen sind, so mußte ich eben zu Ihnen kommen, um Abschied zu nehmen, sagte er. Er hatte mir sein Buch, die KUNSTGESCHICHTLICHEN GRUNDBEGRIFFE mitgebracht. Dann fuhr er zu seiner Gesellschaft zurück.«

Für diesen Tag schrieb Wöllflin in sein Tagebuch:

Sonntag 2. März 1924
Abends Einladung bei mir. 50 Personen.
Herr Kloss übergibt Büste mit Rede. Ich antworte: Die Büste gibt den großen Mann: Nicht bedeutend, aber Sinn für das Bedeutende. Nicht gelehrt, aber Sinn für das Wesentliche. Erinnerung an Brunn:

ich bin immer einfach geblieben. Nicht einmal ein guter Lehrer, es fehlt das feste Anfassen und Führen, aber eine Eigenschaft doch: die Liebe, auch wenn es Ihnen oft schwer oder unmöglich gewesen sein mag, diese Liebe zu fühlen [...].

Diese braune Bronzebüste Heinrich Wölfflins steht – bescheiden und einsam wie er immer war – im ersten Stock der Ludwig-Maximilians-Universität in der Eingangshalle – ein kaum beachtetes Erinnerungszeichen eines fast vergessenen akademischen Geistes.

Wer war er, dieser H.W.?

Der Kunsthistoriker Heinrich Wölfflin, an dem den Zeitgenossen immer »vornehme Zurückhaltung und Spröde« auffiel, zeigt sich in den erhaltenen und 1981 veröffentlichten Tagebüchern und Briefen als ein ganz auf seine Arbeit konzentrierter Gelehrter, der mit geradezu mönchischer Selbstdisziplin und eisernem Fleiß immer wieder Forderungen an sich selbst formulierte, an seine Arbeitsweise und seine Wahrnehmung, als ein »workaholic«, der mit genialer Besessenheit seine Fähigkeiten und Projekte zur Perfektion treiben wollte.

Auch bescheiden verhüllter Ehrgeiz wird deutlich; Berufungen, Ehren und Orden werden aufnotiert, Beweise des wachsenden Ruhms und eines sagenhaften Erfolgs.

Wie seine Schwester Elisabeth, mit der er zeitlebens in enger Verbindung blieb, wie die zahlreichen Briefe an sie beweisen, hat er nie geheiratet. Er formuliert Bedauern darüber. Zwischen dem 50. und 60. Lebensjahr meinte er wiederholt, daß es nun doch endlich Zeit sei, eine Familie zu gründen, und er reflektiert später, warum er wohl den richtigen Zeitpunkt verpaßt habe. Es war sicherlich so, daß er eine feste Bindung scheute – auch Ricarda Huch, übrigens, konnte ihn nicht für mehr als eine herzliche und treue Freundschaft einfangen –.

Zu Beginn ihrer Bekanntschaft mit ihm 1914 hätte sie das wohl sehr gerne getan, wie aus Briefen an ihre Freundin Marie Baum hervorgeht. Gleichzeitig war sie sich bald über die Persönlichkeit dieses berühmten Gelehrten klar: »Schwäche ... und allerdings ein großer persönlicher Reiz.«

Zwischen Huch und Wölfflin blieben eine lebenslange Freundschaft und eine rege geistige Auseinandersetzung.

In dem Buch LUTHERS GLAUBE, das 1916 erschien und in Briefform geschrieben ist, zitiert sie ihn häufig. Mancher wollte erkannt haben, daß mit dem »Freund«, dem bewußten und komplizierten Skeptiker, dem vernünftigen und leidenschaftslosen »edlen Heiden«, Wölfflin gemeint sei.

Er kannte seine Wehrlosigkeit als Schwäche, seinen Mangel an Mut und vor allem sein Einsamkeitsbedürfnis. »Wer so wenig am Leben hängt, wie ich ...« heißt es an einer Stelle; an anderer spricht er von der »ewigen Unrast dessen, der nirgends seine Heimat hat.«

Aber die Trauer darüber, keine Kinder zu haben, klingt immer wieder an, wiewohl er doch wußte, wie wenig Zeit und Kraft er für sie hätte erübrigen können. Seinen Studenten und Schülern war er wohl darum ein besonders gütiger und väterlicher Förderer.

FRAUENBILDNIS

Lia Schaps, die junge Studentin, die meine Mutter war, – sie war wohl weniger vorsichtig, und schon war sie eingefangen. Sie war die Weihnachtstage zu Hause in Düsseldorf gewesen.

Dort lernte sie den jungen Mediziner Paul Florack kennen, der ihrer Schwester Änne den Hof machte, das heißt, gemacht hatte. Denn kaum hatte er sie gesehen, schon fand er sie viel interessanter. Er stöberte heimlich in ihrem Zimmer, ihren Büchern, ihren Aufzeichnungen, ihren Gedichten und Zeichnungen, und er war entschlossen, sie zu erobern.

»Er sang sehr schön zur Laute«, erzählte Tante Änne säuerlich, »Moritaten und Balladen, ganz libertine und verruchte Lieder, damit hat er deine Mutter rumgekriegt.«

Im Sommersemester 1924 folgte er ihr nach München. Nein, nicht in die Museen. Er zeigte ihr Schwabing von einer ganz neuen Seite: Kabaretts und Nachtlokale und allerhand Leichtes und Vergnügliches. Gegensätze ziehen sich an: die Lebemann-Allüren des jungen Arztes und die weltfremde, verträumte Geistigkeit der jungen Studentin.

»Wir saßen in einem Schwabinger Lokal. Lauter kleine Tische ... mitten darin trug Joachim Ringelnatz seine Gedichte vor. Er bekam großen Beifall, auch uns gefiel er sehr gut. In einer Pause kam er dann zu unserem Tisch und schenkte mir eine rote Rose. Am Nebentisch saß seine Frau, sie sah brav aus und sehr sympathisch. Auch sie lachte mir freundlich zu.«

»Ich hatte keine Ahnung, wohin das mit Paul Florack führen sollte, heiraten wollte ich ihn eigentlich nicht.« Der blütenweiße Wahn! Diese Mischung von Unschuld und Wissen ... Im Herbst 1924 hat sie ihn doch geheiratet.

»Ich war damals schwer krank. Eine Nierenbeckenentzündung. Ich lag im Elternhaus im Bett.

Ich konnte mich gegen nichts wehren, war müde und deprimiert. Wir müssen jetzt heiraten, sagte er, sonst tust du es nicht mehr. Er bestellte den Standesbeamten ins Haus. Ja, dann habe ich halt unterschrieben. Er stützte mich dabei, damit ich im Bett sitzen konnte. Doch, ich habe ihn geliebt, sogar sehr, aber mir war klar, wie verschieden wir waren und was alles auf mich zukommen würde.«

Im Juni 1925 kam dann ihr erster Sohn Harald zur Welt; Ricarda Huch wurde seine Patin. 1926 kam Burkhard ...

Der wenige Wochen alte Harald war todkrank. Der Vater hatte keine Hoffnung mehr. Ein hinzugezogener befreundeter Arzt behauptete gar, der Säugling sei schon tot, der kleine Körper bereits erkaltet. Die Mutter saß unbeweglich auf ihrem Bett, hielt das Kind an sich gedrückt und wärmte es. Den ganzen Tag, die ganze Nacht. »Um Himmels Willen, nehmen Sie Ihrer Frau das tote Kind weg, das ist ja grauenhaft!« sagte der Freund. – »Ich kann nicht.«

Die Männer flohen. Die Mutter mit dem Kind blieb stumm und unbeweglich sitzen. Noch einen ganzen Tag. Am Abend bewegte sich der Kleine wieder und nahm ein bißchen Nahrung. Die Krise war überwunden.

Die Familie lebte in Ühlingen im Schwarzwald. Die Praxis des Landarztes florierte. Die junge Frau drängte darauf, daß erst ihr Mann seine begonnene Promotion abschloß. Dann bemühte sie sich selbst an der Universität Fribourg in der Schweiz um den Abschluß ihres kunstgeschichtlichen Studiums. Sie lebte 1929 mehrere Wochen dort in einer Pension. Ihren vierjährigen Ältesten hatte sie dabei. Unter den sittsamen Damen dort war er der Star.

Die Dissertation lautete: CONTRIBUTION À L'ÉTUDE DE LA PEINTURE À L'ÉPOQUE BAROQUE À FRIBOURG.

»Ich schrieb die Arbeit zu Hause in Ühlingen auf einer alten Schreibmaschine. Ich hatte nicht viel Zeit dafür. Brentanos hatten den Jungen ein rotes Grammophon geschenkt und ein paar Schallplatten. Sie zogen es begeistert immer wieder auf und tanzten singend darum herum. Nein, das hat mich nicht im geringsten gestört.«

Sie verfügte bis ins hohe Alter über eine beneidenswerte, geradezu eiserne Konzentration.

1931 wurde sie promoviert. Die Doktorarbeit fand einen Verleger. Das 54 Seiten starke Heftchen erwies sich in der Folgezeit als sehr nützlich, um, unter Schränke, Regale und Tischbeine geschoben, für eine gewisse äußere Stabilität des Lebens zu sorgen.

Die Kunst der Renaissance und des Barock blieb für die Kunsthistorikerin der Inbegriff des Schönen. Was sie an der Kunst liebte, war eben die Schönheit, sie war durch und durch Ästhet. Die klassische

Moderne blieb ihr fremd, so wie sie Ricarda Huch und auch Heinrich Wölfflin fremd geblieben war.

Und doch hatte gerade Wölfflin, ihr Lehrer und väterlicher Freund, mit seiner Reduzierung der Kunstbeschreibung auf Grundbegriffe, auf objektive und formale Kriterien, die er an die Stelle von Gefühl und Verschwommenheit setzen wollte, die Grundlagen für das Verständnis »moderner« Kunstauffassung geschaffen, das heißt, er ging damit bis an die Grenze, wo ernsthafte und konsequente Begegnung möglich gewesen wäre.

Er lehrte die Einsicht, daß ein Kunstwerk »gemacht« ist, aus Material, aus Farben und Formen, daß man zunächst einmal fragen muß »Wie gemacht?«, und daß es niemals nur Wiedergabe der Natur ist oder sein soll.

Als 70jähriger notierte er in seinem Tagebuch eine Anerkennung moderner Bilder: *Nicht als gewollter Primitivismus empfunden. – Das kindliche Zeichnen behauptet sich mit seinen Abstraktionen.*

Nur hätte er niemals ein modernes Bild in seiner Wohnung aufgehängt.

Er bewunderte Arnold Böcklin, den Schweizer Maler des 19. Jahrhunderts: dessen klassischen Stil, die klaren Formen, die naturalistischen Einzelheiten, den starken Symbolismus.

Das Böcklin-Bild VITA SOMNIUM BREVE war das Titelbild zu Ricarda Huchs gleichnamigen Roman: eine seltsam unwirkliche, allegorische Darstellung, eine Zusammenfassung von Leben und Tod, von Geburt und Grab, von Kindheit und Greisenalter; der gespannte Bogen eines Menschenlebens. Es erzählt viel vom Geist und Stil seiner Zeit.

Die Bilder, die meine Mutter gesammelt und geliebt hat, stammen alle aus der Barock- und Biedermeierzeit.

In dem zitierten Artikel vom 16.7.1924 im BERLINER TAGEBLATT steht über Ricarda Huch auch der Satz: *Zum Häßlichen hat Ricarda Huch nie das mindeste Verhältnis gehabt. Sie versteht es nicht. Selbst ihr Grauenvolles und Verbrecherisches bleibt Schönheit.* Auch diese Auffassung machte meine Mutter sich zueigen.

In den 50er Jahren lebten wir noch in St. Georgen bei Diessen am Ammersee. Auch Fritz Winter mit seiner Frau lebte dort. Vermutlich hatte er meine Mutter als Jugendamtsleiterin in der Kreisstadt Landsberg kennengelernt. Sie hatte ihm bei Problemen mit einem Pflegekind geholfen. Die Winters waren sehr angetan von ihr. Mutter und ich waren zum Tee eingeladen. Fritz Winter war damals schon ein geschätzter Maler; seine Bilder wurden hoch gehandelt. Er führte uns durch sein Atelier, zeigte meiner Mutter seine Werke – abstrakte Gebilde in schönen leuchtenden Farben – und sagte, er würde sich freuen, wenn er ihr eines schenken dürfte. Meine Mutter war erschrokken. – »Nein, tun Sie das bitte nicht, es wäre schade darum. Ich habe keinen Zugang zu moderner Kunst, und ich wüßte auch nicht, wo ich es aufhängen sollte.«

Aber es gibt ein modernes – wunderschönes – Bild von meiner Mutter. Der damals sehr bekannte Portraitist Gobié hat es 1929 gemalt. Mit wenigen, klaren Strichen, so treffend, daß man darin noch das Gesicht der alten Frau mühelos erkennen kann. Rot ist ihr Kleid, flammend rot-violett mit schwarzen Schatten der Hintergrund, honiggelb die zum damals aufregend modernen Pagenkopf geschnittenen Haare. Das Gesicht ist abweisend zur Seite gewandt, in kalten Farben, verschlossen.

Gobié lebte damals für mehrere Tage im Arzthaus in Ühlingen. Ihr Mann war nicht zu Hause – vielleicht schon öfters damals? Sie konnte sich den Maler und Mann nur schwer vom Leibe halten. »Er habe schließlich mit jeder Frau geschlafen, die er portraitiert habe, das sei für ihn eine Voraussetzung für künstlerische Perfektion, sagte der unverschämte Kerl!« Die junge Frau war wütend. Harald, ihr vierjähriger Sohn, spürte die Spannung. Er haßte den Gast. Auch er sollte gemalt werden; er wollte nicht. So entstand das kalt-blaue Bild eines verheulten, beleidigten kleinen Jungen in hellblauer Bluse mit weißem Umlegekragen und blondem Pagenkopf: der kleine blaue Harald.

Damit bewies moderne Malweise, daß sie mehr enthüllen und Wesentlicheres erzählen konnte als eine naturgetreue Abbildung.

Die Liebe ist schrecklich ... (R.H.)

Ende 1931 hat sich meine Mutter von Paul Florack getrennt – wegen einer Affäre. Sie war zu stolz, so etwas hinzunehmen. Später sagte sie darüber »zu unreif«. 1932 wurden sie schnell und einvernehmlich geschieden. »Wir heiraten uns wieder!« sagte er zum Abschied. Eine freundschaftliche Zuneigung zwischen den beiden blieb.

Im Hause der Brentanos lernte meine Mutter einen Benediktiner-Pater aus Maria Laach kennen. Auch er war 1900 geboren; mit zwanzig Jahren war er ins Kloster eingetreten.

Sie besuchte ihn mehrmals dort in Maria Laach mit ihren kleinen Söhnen. Der ganze Konvent war über so viel Leben und Abwechslung entzückt. Zwischen ihr und Pater Athanasius bahnte sich eine weltfremde, romantisch-fromme und höchst literarische Zuneigung an. Sie wandelten im Klostergarten in kluge und keusche Gespräche vertieft; die Patres scherzten unterdessen mit den kleinen Buben und stopften sie voll Schokolade. Er nannte sie »Lioba«, wie die heilige Freundin des ebenso heiligen Bonifatius ... O, blütenweißer Wahn!

Was konnte, was sollte daraus werden? Was, wenn nicht Leidenschaft und Leid?

»Bei deinem Vater habe ich noch einmal das Geistige gesucht ...«

Pater Athanasius verließ den Orden. Eines Abends stand er vor ihrer Tür. Sie war erschrocken; sie hatte das nicht gewollt. Aber die sentimentale Leidenschaft des Mannes war überwältigend. Ihre Söhne hatten ihn gern. Er war in weltfremder Selbstüberschätzung sicher, daß er mit Leichtigkeit ihre gemeinsame Zukunft bauen werde. Er war damals schon ein namhafter kirchlicher Schriftsteller, maßgebend in der modernen Liturgiebewegung, versierter Lektor. Die Kirche brauchte ihn – und würde ihm entgegenkommen, wie sie auch dem berühmten Theologen Joseph Bernhart in gleicher Situation entgegengekommen war. Und aus den Träumen, Geschichten, aus den Gedichten und Ideen der faszinierenden jungen Frau, die er Lioba nannte, wollte er schöne und erfolgreiche Bücher machen.

1933 haben sie dann standesamtlich geheiratet. Aber die Amtskirche verweigerte den nachträglich erbetenen Segen, sie verlangte kategorisch und mit dem Druckmittel der Exkommunikation die sofortige Trennung und Scheidung. Für das erwartete Kind empfahl sie Adoption durch eine katholische Familie. Zwei Verlage, bei denen mein Vater nacheinander eine Stelle als Lektor bekommen hatte, mußten ihn auf kirchlichen Druck wieder entlassen.

Der ehemalige Mönch, laisiert zwar, aber nicht vom Zölibat entbunden, gehorchte und trennte sich von seiner Familie. Bei der schnellen und einvernehmlichen Scheidung hatten beide noch die Hoffnung auf einen Sinneswandel und einen Gnadenerweis ihrer Kirche – in absehbarer Zeit und vielleicht doch gerade in dieser Zeit der wachsenden politischen Bedrängnis. Es blieben Illusionen.

Ein kurzer Traum von Flucht und Befreiung: der Übertritt zur altkatholischen Kirche, die verheiratete Priester gelten ließ, und die Heirat nach altkatholischem Ritus. Mein Vater bekam eine Dozentur an der Christkatholischen Fakultät der Universität Bern angeboten. Die feierliche Antrittsvorlesung war angekündigt. Am Abend davor reiste er heimlich aus Bern ab – ohne Abschied, ohne Begründung. – So ging er immer fort – aus dem Kloster, von seiner schwangeren Frau, von Freunden. – Zwei hohe Geistliche, so deutete er an, hätten ihn überredet, in die katholische Kirche zurückzukehren.

»Schließen Sie die Augen und suchen Sie, eine möglichst frühe, möglichst angenehme Erinnerung heraufzubeschwören.« – Das bekannte Therapeutenspiel. Ich sehe eine Frau in einem Klinikbett, lächelnd, ihr Neugeborenes im Arm. Ein Mann, dessen Gesicht ich nicht kenne, ein Mann in schwarzem Gewand, beugt sich zu ihr, schaut sein Kind an ...

Ich weiß, daß das nicht so war. – Meine Mutter war allein mit ihrem Kind, sie war elend und traurig. »Aber ich habe gedacht, dieses kleine Mädchen gehört mir nun ganz allein.« Sie nannte ihr Töchterchen Ricarda. Die große Ricarda schickte der kleinen als Taufgeschenk ein Kreuzchen aus roten Granatsteinen.

Die Briefe Ricarda Huchs aus den Jahren danach durfte ich einmal lesen. Kurz vor ihrem Tod hat meine Mutter sie vernichtet. Diese Briefe sprachen von treuer Zuneigung und Anteilnahme, sie trösteten, gaben Rat, und rückten alles in helleres, relativierendes Licht. Auch sie sei nach leidvollen Erfahrungen erst ganz zufrieden und frei gewesen, als sie mit ihrem Kind alleine war. Sie bat um Berichte von den Kindern, sie schrieb über ihre Freude über einen Besuch ihres »lieben Kleinen« und meinte wiederholt, es sei doch wunderhübsch, nun nicht nur zwei Söhne, sondern auch ein kleines Mädchen zu haben.

Paßbilder meiner Eltern ein Jahr davor – ein Jahr danach ... Das mädchenhafte, lockenumrahmte sprühend temperamentvolle Gesicht einer jungen, klugen Frau ... dann ernst und mager, dunkle Schatten um die Augen ... und aus dem selbstbewußten Pater und Theologiedozenten war ein müder, gedrückter Kleinbürger in schlecht sitzendem Anzug geworden.

Nicolaus Sombart berichtet in seinem Buch JUGEND IN BERLIN, Ricarda Huch habe dort auf einer Feier, die Freunde ihr zu Ehren veranstalteten (vermutlich anläßlich ihres Abschiedes von Berlin 1932), danach gefragt, was für sie das Schönste in ihrem Leben gewesen sei, ohne zu zögern geantwortet: Die Freundschaft! – Und die Liebe? – »Die alte Dame zögerte. Dann sagte sie kaum hörbar: ›Nein – die Liebe ist schrecklich!‹«

1937 reichte mein Vater noch einmal ein Gesuch zur Befreiung von allen mit der Priesterweihe verbundenen Verpflichtungen, insbesondere der Zölibatsverpflichtung ein.

Da er auf eine Dispens auf dem Gnadenweg durch den Papst nicht hoffen konnte, wählte er den Prozeßweg und richtete sein entsprechendes Bittgesuch an die Sakramentenkongregation in Rom. Er begründete seinen Antrag damit, daß er zum Zeitpunkt seiner Ordination zum Priester nicht über die entsprechende Berufung verfügt und unter psychischem Einfluß seiner Mutter gehandelt habe. – Sein Gesuch wurde abgelehnt.

Wie wenig Aussicht derlei Anträge hatten, ist im Buch des Kirchenrechtlers H. Heimerl über den Zölibat nachzulesen: *[...] zu Ende des ersten Weltkrieges [wurden] einige Dispensen erteilt, doch bald kehrte man zu äußerster Strenge zurück, so daß ein Kenner der Praxis 1919 sagen konnte: Wenn ein Priester es wagt, um Dispens von der Zölibatsverpflichtung nachzusuchen, landet sein Gesuch oft ohne die geringste Prüfung im Papierkorb. Aus Kanonistenkreisen kam dazu die beifällige Meinung, man müsse die Vorsehung für diese unerbittliche Haltung segnen, denn die höheren Interessen der Kirche seien den Preis leidvoller Einzelschicksale wert.*

* * *

KINDERWELT

Eingeschlossen in Luft wie im Sommer
Der Grashalm im Eisblock vor einem Kühlhaus
Sah ich mich um, sehr früh schon
zu früh, ...
DURS GRÜNBEIN

Ich habe nie gemeint, daß die Welt ohne mich nicht sein könnte ... Das lag nicht nur an der grundsätzlichen Kühle des bürgerlichen Erziehungsstils. Ich war etwa so wichtig wie die Katze, und das war ganz in Ordnung so. – Es gab ein Bild in einem Buch: ein Kind saß in einer Seifenblase und schwebte in den Nachthimmel. Das Kind war ich. Meine Seifenblase war groß, bis an die Ränder der Wirklichkeit reichte diese stille, nicht unfreundliche Distanz. Da waren Freiheit und Schutz zugleich – und ein Geheimnis, von dem ich nur wußte, daß es trennte. Da waren meine Mutter und die älteren Brüder in der schillernden Haut der Seifenblase, so wie das Haus und der Wald und die blauen Berge, die man bei Föhn sah. Eine dünne, aber dauerhafte Membrane zwischen mir und der Welt.

Es singen und klingen die Wellen | des Frühlings wohl über mir ... Eine Glücksvorstellung: auf dem Grund des Meeres liegen, die hellen glasklaren Wasser über mir ...

»Als du fünf Monate alt warst, hast du mich sehr erschreckt«, erzählte meine Mutter. »Du saßest in der Badewanne und hieltest dich wie immer an den Rändern fest. Irgend etwas hatte mich abgelenkt. Als ich wieder hinschaute, lagst du auf dem Boden der Wanne, still, mit offenen Augen und ... lächelnd. Als ich dich heraushob, fingst du an zu weinen ...«

Da war das Gitterbettchen im großen Schlafzimmer, die vielen Fenster, an die bei Wind die Zweige schlugen, die immer offene Türe zum Balkon, zum Garten. *Es schaukeln die Winde das Nest in der Linde ...,* sang meine Mutter. Aber meist sang sie nicht. Sie rezitierte lange Gedichte an meinem Bett, sie murmelte mich in den Schlaf. »Deine Brüder wollten immer Lieder, du wolltest lieber Gedichte«, sagte sie. Nein, das war es nicht.

Bei diesem Kind war ihr nicht leicht genug ums Herz, um zu singen. Ich weiß es wohl. Balladen vom schuldhaften Sturz und vom verlorenen Glück: *Auch ich war in Arkadien geboren, | Auch mir hat die Natur | An meiner Wiege Freude zugeschworen [...] | Doch Tränen gab ein kurzer Lenz mir nur. | – Des Lebens Mai blüht einmal und nicht wieder, |Mir hat er abgeblüht [...] | Der stille Gott taucht meine Fackel nieder, | Und die Erscheinung flieht [...]*

... oder aus BERTRAN DE BORN: *Steht vor mir, der sich gerühmet | In vermeßner Prahlerei,| Daß ihm nie mehr als die Hälfte | Seines Geistes nötig sei? | Nun der halbe dich nicht rettet,| Ruf den ganzen doch herbei, | Daß er neu dein Schloß dir baue, | Deine Ketten brech entzwei! [...].* Ich verstand kein Wort und schlief beruhigt ein.

Alle Wahrnehmungen der großen Welt wurden zu Gereimtem – durchsichtig und leicht. *Die Krähen schreien | Und ziehen schwirren Flugs zur Stadt |: Bald wird es schneien. – Rausche, Fluß, das Tal entlang, | ohne Rast und Ruh [...] – Sonne, herbstlich dünn und zag. | Und das Obst fällt von den Bäumen [...].*

Zaubersprüche gegen die Schatten zwischen Mutter und Kind. –

Fünfzig Jahre später, wenn ich mit der alten Frau am Arm spazierenging, haben wir zusammen all die vielen Gedichte erinnert, rezitiert, zusammengesetzt ...

»Du hast immer das Weite gesucht. Kaum konntest du laufen, liefst du immer geradeaus über die Wiesen, quer über Gräben und Wege in Richtung Berge. Vielleicht wolltest du sieben Zwerge hinter den sieben Bergen suchen. Weit dahinten bei der großen Linde lagst du im Graben. Nur durch dein rotes Mäntelchen konnten wir dich finden.« – Diesen Weg machte ich oft im Traum. Über die Wiesen und über die Gräben zu den blauen Bergen am Horizont, entschlossen, auch jenseits der Berge weiterzugehen. Bis an den Rand der Welt.

»Ist morgen wieder ein Tag?« – Mit dieser Frage nervte ich allabendlich meine Brüder. Die Frage warfen sie scherzhaft zurück. Eine kleine Verletzung, Blut lief über das Bein: »Habe ich dann noch genug Blut?« – «Bist du sicher, daß ich morgen wieder aufwache, wenn ich jetzt einschlafe?«

Es war nicht so, daß ich einen weiteren Tag besonders erhofft oder gefürchtet hätte. Ich wollte nur wissen, und ich meinte, das Flüstern des Windes anders verstanden zu haben des Nachts. Alles ist offen, rauschte es in der blauen Dunkelheit, grenzenlos und weit. Wie konnte man sich des Morgen so selbstverständlich sicher sein?

»Was ist die letzte Zahl?« – »Die gibt es nicht, man kann immer weiterzählen.« – »Aber wenn alle Menschen tot sind, dann kann keiner weiterzählen, dann gibt es doch eine letzte Zahl?« –

»Da kriegt man ja Kopfweh!« stöhnte mein zwölfjähriger Bruder.

»Wenn ich drei Pfund Salz esse und einen Liter Essig dazu trinke, sterbe ich dann?« – »Um Himmels Willen, was redet die Kleine da?« – Aber das kam nur durch das geliebte Kinderbuch PETERCHENS MONDFAHRT von Wilhelm Mathissen. Im Himmel gab es für kleine Engel sehr attraktive Posten und unbegrenzte Aussichten.

Manches war nah in dieser Welt der Weiten: Nah waren der warme Sand im Kasten unter dem schiefen Nußbaum, die Steine, die Erde und das Gras. Die Halme verbargen mich, sie tanzten über meinem Kopf. Wenn sie gemäht wurden, tat mir das leid. Aber das leichte, trockene Heu war auch nah mit seinem Duft. Nah war das Laub auf der steinernen Brücke über der Schlucht, die ein Heiliger Nepomuk im vergitterten Bildstock bewachte. Die braunen Blätter raschelten an meinen Knien. »Heute darfst du wieder durch viele Blätter gehen«, sagte die Mutter. Es war wie ein Fest.

Nah und wunderbar war die blaue Nacht vor den Fenstern, deren Vorhänge niemals zugezogen wurden, und nah waren die Bäume, deren Zweige sich an die Fenster drückten. *Ich merke den Bäumen die Stürme an, | die aus den lau gewordenen Tagen| an meine ängstlichen Fenster schlagen* ... Der große verwilderte Garten war voller alter Bäume. Zypressen: ihre gespaltenen Stämme rieben sich aneinander im Wind, sie stöhnten und weinten, dunkle, hohe Tannen mit starken Ästen, aus ihren hohen Wipfeln sah man zum See, und der See sah den Kletterer – ich weiß noch genau, wo das Moos am jedem einzelnen Stamm wuchs, wie die Äste der Corneliuskirsche standen ... ich versuchte die Stämme zärtlich zu umarmen, ich drückte mein Gesicht an die silbrige, glatte Rinde der Buche oder in den leichten, kühlen Schnee, der funkelnd auf den tiefen Ästen der Tanne lag. Ich leckte genußvoll an den Eiszapfen.

Greifbar nahe waren die herrlich leuchtenden Gewitter über dem See; wenn es donnerte und blitzte und der Sturm die Bäume bog, stand ich bei meiner Mutter in der Glasveranda oder am Speicherfenster und schaute hinaus.

Wir lächelten uns an, wir liebten die Stürme, beide. Und die Kühle des Sees! Der Sandboden unter den Füßen, auf den die Sonne ihr Netz malte, die gläsernen Wellen. Ich versuchte nicht zu schwimmen, ich ging süchtig in das steigende Wasser, bis mein Kopf darunter verschwand.

Nah war auch ein Stoffhäschen, das mit mir das Bett teilte und das ich herumtrug. Die schönen Puppen, die ich zu jedem Weihnachten von Ricarda Huch bekam, hatten unbewegte, fremde Kindergesichter. Ich schaute sie nur an. Sie hätten ja etwas sagen können, den ersten Schritt tun ... Vielleicht war ich ein bißchen schüchtern. Außerdem galten sie als fast zu schön, um damit zu spielen.

Die Katze wäre mir lieber gewesen. Ich versuchte die Annäherung durch Anpassung; ließ mich auf alle vieren nieder und leckte aus ihrem Schüsselchen die Milch. Sie wich indigniert zurück vor meinem dicken Kopf – na bitte – und putzte sich den Bart. In der Küche war eine Resi, ein Hausmädchen, die zeterte empört. Meine Mutter lachte: Die Kleine will halt erforschen, wie Tiere trinken. –

Die Katze war der Meinung, daß ich ein Malheur sei und wirklich entbehrlich auf der Welt. Katzen haben meistens recht.

Es war wie in Schnitzlers REIGEN: Ich liebte die Katze, die Katze liebte meine Mutter, die liebte meine Brüder – und meine Brüder liebten mich. Sie liebten mich so, wie ich gerne die Katze geliebt hätte. Sie zogen mich im Leiterwagen mit, trugen mich auf den Schultern, ließen mich auf der Fahrradstange sitzen und verschafften mir Überblick. Sie holten mich aus dem Bettchen und zogen mir die Strümpfe an, sie lasen mir vor und lachten über meine Fragen.

III

WORTE

Erinnerungen! Auf Erträglichkeit zugeschnittene Versatzstücke innerhalb der Verdrängung! Später die poetisch-tröstlichen Geschichten einer alten Frau, die vergessen machen sollten, wie schwer das Trauma meiner Existenz war. – Auch meine Brüder beteuern noch heute entschlossen ihr Nicht-Erinnern.

Die Fremdheit, das Unverständliche, das Vorläufige in meiner Kinderwelt hatten eine Bezeichnung: »Vater«. Wenn das Wort je in meiner Gegenwart ausgesprochen wurde, war es eine Taktlosigkeit oder eine Katastrophe.

Mittagssonne schien mir ins Gesicht, der Terrassenboden unter meinen Füßen war heiß, ich stand da im Nachthemd und wußte nicht, wieso. Ich hatte geschlafen. Eine fremde Frau schaute mich an. »Sie sieht ihrem Vater sehr ähnlich, die Nase, die Augen ...« – Meine Mutter hob mich energisch hoch, trug mich wieder in mein Gitterbettchen. »Schlaf weiter, mein Kind!«

Ich weiß nur, daß sie die Fassung verloren hatte. War ich der Grund? »Du! Wie dein Vater!« – Der Raum war weit um mich geworden. Ich sah mich von ganz ferne klein und fremd im Hausgang stehen. Ein leises metallisches Geräusch erfüllte die Luft. Am fernen Rand des Horizontes lief meine Mutter weg – ins Zimmer. Die Tür blieb offen. – Sie kam zurück, nahm mich an der Hand: »Komm, wir wollen das Kätzchen suchen ...«

»Wer ist Winterswyl?« – Sie hantierte am Küchentisch, ich streckte den Kopf mit der Frage unter der Tischplatte hervor – zwei Jahre vielleicht – Erschrecken. Etwas fiel zu Boden. »Nein, nein! Niemand! – Geh in den Garten spielen!«

»Wie bin ich denn zu euch gekommen?« – »Zigeuner haben dich irgendwo gestohlen. Als ihr Wagen hier vorbeifuhr, bist du aus dem Stroh gefallen, und wir haben dich ins Haus geholt.«

Mein Vater, der zwar laisierte aber nicht vom Zölibat entbundene ehemalige Pater, lebte damals in Berlin. Er schrieb historische, philosophische, vor allem theologische Artikel und Bücher, er arbeitete besessen – um seinen Lebensunterhalt und sein Lebenkönnen, sein Vergessen. Sowohl das Kloster als auch eine Familie waren ihm nun versagt. Natürlich fanden Frauen ihn interessant – seine Geschichte und seine Person. Er hätte ja auch dringend etwas Fürsorge gebraucht. Er war zunehmend schwerhörig und unbeholfen in dieser Welt. Ein solches Betreuerin-Arrangement hätte die Kirche geduldet; man hatte es meiner Mutter vorgeschlagen – allerdings hätte erst das Kind verschwinden müssen – ich. Meine Mutter hatte diese Vorschläge für einen Kompromiß, einen *modus vivendi*, als unzumutbar, ja empörend abgelehnt.

Bei einem Besuch in Berlin wurde mein Vater mit einer Begleiterin auf einer Party Ricarda Huch vorgestellt, von ihr aber nur flüchtig zur Kenntnis genommen. Sie schrieb meiner Mutter davon: Sie habe von einer seltsamen, romantischen und rührenden Geschichte gehört: Ein ehemaliger Benediktiner-Pater, der die Frau, die er liebe und mit der er verbunden sei, nicht heiraten könne ... – »Das ist der Vater meines Kindes.«

Der Vater hatte sein Kind aus dem Bewußtsein verdrängt. Er leugnete sein Vorhandensein nicht nur in katholischen Kreisen. Meine Mutter prozessierte vor dem Reichsgericht in Berlin um Unterhalt; ihre finanzielle Lage war schwierig, er verdiente mittlerweile recht gut – aber vor allem wollte sie ihn zwingen, sein Kind zur Kenntnis zu nehmen. »Meine gesetzliche Tochter«, so bezeichnete der ehemalige Priester sein eheliches Kind in einem Schriftsatz ...

Ich hätte sein Selbstgefühl und seine – auch religiöse – Identität zerstört, ich hätte seine Welt ausweglos gemacht. Er konnte nicht anders, ich durfte nicht in seinem Bewußtsein wach werden.

Ich war drei Jahre alt, als Großvater, Mutters Vater, uns besuchen kam. Ich hatte begriffen, daß alles auf mich ankam. Großpapa sollte mich mögen, sollte mein Vorhandensein akzeptieren. Dieses Kind – aus der Ehe mit einem Mönch! Die Familie war katholisch. Das war wie eine Erbkrankheit. Man konnte sich nicht von ihr befreien, man konnte höchstens daran sterben. –

Es war Sommer, die Spalierrosen am Haus blühten. Ich hatte ein Kränzchen von Rosen im Haar und einen Strauß in der Hand. Im Zimmer war der Tisch festlich gedeckt. Auch um Großvaters Teller hatten sie Rosen gelegt.

Es war so wichtig. Ich sehe den alten Herrn durch das Gartentor kommen, den schmalen Weg zwischen den Johannisbeersträuchern bis zum Haus. Er hatte einen dunklen Anzug mit Weste an, trug den Hut in der Hand und den Spazierstock über den Arm gehängt, er hatte weiße Haare und einen Spitzbart. Ich reichte ihm den Rosenstrauß und machte einen tiefen Knicks. Er nahm den Strauß freundlich an. – Dann saßen wir am Tisch, er nahm eine der Rosen und roch daran. Resi brachte die Suppe. Ich saß ihm gegenüber auf einem Stuhl mit hohem Kissen, eine steife weiße Serviette um den Hals. Zwischen uns war der große Tisch. Ich legte die linke Hand fest neben den Teller, faßte den Löffel ganz hinten am Stiel und aß so schön ich nur konnte. Es war sehr anstrengend. Als ich aufschaute, lächelte er: »Ißt die Kleine immer so brav?« – »Ja, sie ist überhaupt sehr brav.« –

Der Großvater starb im folgenden Jahr. Dies war unsere einzige Begegnung.

Stunden der Libelle

Andere Kinder? Kaum. Wir lebten sehr abgeschieden und behütet. »Parsivalisiert«, spotteten meine Brüder später. Zu den Jungen kam ab und zu ein ebenso wohlerzogenes gleichaltriges Brüderpaar zu Besuch, Heini und Wölfi. Man stand höflich im Garten herum, zeigte sich Bücher und Spielzeug oder spielte Tischtennis. Man lud sich gegenseitig ein und machte Konversation, die auch Erwachsene hören durften, am Kinder-Teetisch im Garten. Meine Brüder erzählten einmal etwas säuerlich, bei den Freunden habe es zum Tee Brot mit ungesüßtem Apfelmus darauf gegeben. Meine Mutter lachte darüber.

Sie war immer auf der Suche nach einem gleichaltrigen Spielkameraden für mich. Die Tatsache, daß ich offensichtlich keinen vermißte, bereitete ihr manchmal Sorge.

Sommer – vermutlich 1937. – Meine Mutter war in diesen Jahren öfters für ein paar Tage verreist. Sie fuhr zu Ricarda Huch nach Jena oder zu ihrer Mutter nach Düsseldorf, nach Berlin oder nur für einen Tag nach München.

»Hast du mich vermißt?« – »Nein.« – »Sie kennt das Wort noch nicht. – »Freust du dich, daß ich wieder da bin?« – »Ja.« – Irgend etwas war unbehaglich an dem Gespräch. Ich schaute auf die braun lackierten, gewölbten Bodenbretter im Schlafzimmer. Graue Mauern umgaben mich. Eine enge Unübersichtlichkeit, aus der ich nicht so leicht herausfand.

»Aber das macht doch nichts«, sagte die Mutter.

Meine Brüder erprobten an den Tagen von Mutters Abwesenheit die Welt hinter der Gartenhecke und den Kontakt mit der Dorfjugend. Die kleine Schwester an der Hand oder auf den Schultern, die erzählte niemals etwas weiter. Der Metzger-Weiher, eine tief eingesenkte Pfütze, umgeben von Schilf, brütender Hitze, Surren von Insektenflügeln in der Luft und einen Touch von Gefahr und Blut, der Reiz von Heimlichkeit und Abenteuer. Dort sah ich meinen ersten Mord, spürte die erste Ahnung von Gewalt und Trauer. Ein barfüßiger Junge hatte mit den Händen eine Libelle gefangen, dabei ihre Flügel gebrochen. Unter Büschen stand ein Hackstock mit einem Beil.

Die Libelle wurde geköpft. »Nein!« – es war schon geschehen. Die Brüder waren verlegen und machten sich mit mir auf den Heimweg. »Komm, die ist jetzt im Himmel.« – »Da hat die doch gar nicht hingewollt!« Schweigen, Bedrückung ... Wer einen Mord sieht, wird unschuldig zum Mörder. Das Schwirren und Schweigen der Libelle schien für immer in meinen Haaren hängengeblieben ... wie die bunten Klettenkugeln, aus denen mir die Brüder an einem anderen heißen Sommertag unter den Augen des höhnisch lachenden Pan ein Kränzchen zusammengesteckt hatten, ein Kränzchen, das ich begeistert aufsetzte ...

Der Teppich auf dem ich saß, zwischen Tisch- und Stuhlbeinen, war grau und glatt. Ich hatte Bilder- und Kinderbücher vor mir, bunte Holzstäbchen, die man zu Buchstaben zusammenlegen konnte, und eine Tafel und einen Griffel. Meine Brüder mußten sich unter Anleitung und Aufsicht meiner Mutter für den Eintritt ins Gymnasium vorbereiten. Sie lernten Latein und spielten mit ihr Quartett »Unregelmäßige Verben«. Draußen war es kalt und naß. Es gab nicht die geringste Unterhaltung für mich. Niemand hatte Zeit und Lust, mir vorzulesen. Deswegen war ich wild entschlossen, selbst das Lesen zu lernen. Die Brüder sahen meine Emanzipationsbestrebungen gern, gaben Tips und halfen von Fall zu Fall.

Aber dann hätte mich die herrschende Weisheit der Pädagogik fast eingeholt. Mutter war verreist gewesen; wir holten sie am Bahnhof ab. Auf dem Nachhauseweg fragte sie: »Und was hat die Kleine gemacht?« – »Gelesen.« – »O je, das sollten wir nicht mehr zulassen, ich habe gehört, daß es für Kinder schädlich ist, wenn sie zu früh lesen lernen.« –

Ich war so entsetzt, daß ich stehen blieb. Die anderen, die Lesendürfer, die Großen, zogen unbeirrt weiter. Zwischen meiner verlassenen Winzigkeit und ihnen lag die graue Steinbrücke mit dem Nepomuk, der gleichgültig auf das Kreuz in seiner Hand schaute, »Komm, Muschi, lauf!« – Mein Bruder Burkhard kam mir zu Hilfe: »Es ist wegen dem Lesen. Aber sie kann es doch schon und ist immer noch ganz gesund.« Damit war das Thema vom Tisch.

Es war hell im großen Schlafzimmer, ich lag im Gitterbett, schaute zur Decke. Da stand Harald vor mir: »Steh auf«, sagte er todernst, »es ist Krieg.« – »Krieg? Was ist das?« – »Da schießen sich die Leute gegenseitig tot.« – Ich sprang erschrocken auf die Füße. Hatte ich nicht immer schon geahnt, daß auf diese Welt kein Verlaß ist! – »Müssen wir uns jetzt gegenseitig totschießen? Du und ich?« – »Nein, andere.« – »Wer denn und warum?« – »Das kann ich dir nicht erklären.« –

Er half mir beim Anziehen. Alles schien furchtgar wichtig und eilig zu sein. Dann liefen wir Hand in Hand hinüber ins Haus der Gemeindedieners. Der hatte einen Radio, einen *Volksempfänger*. Im Zimmer und auf dem Gang drängten sich die Menschen, Frauen hielten ihre Kinder an sich gedrückt. Aus dem Lautsprecher tönte die unangenehme, undeutlich drohende oder grell geifernde Stimme Hitlers, die ich zum ersten Male hörte. Ich verstand nur einen einzigen Satz: »Wir müssen dem Tod ins Angesicht schauen!«

Ich kannte das Angesicht des Todes. Im Beinhaus an der Dorfkirche von St. Georgen waren Schädel auf staubigen Brettern aufgereiht hinter einem schwarzen Eisengitter. Sie hatten hohe weiße Stirnen, schwarze Augenhöhlen und meist keinen Unterkiefer. Die weißen, durchsichtig leichten Knochengesichter lächelten leise. Von nun an verband ich ihren Anblick mit dem Geheimnis des Krieges – und diese Stimme mit Bedrohung und diffuser Angst, Angst, die hochsteigt, wenn auf engem Raum fremde Menschen zusammengedrängt sind, die nichts verbindet als diese Bedrohung. Es war etwas Dichtes, Greifbares in der Luft, ein Geruch, ... wie in den Luftschutzkellern später.

Die Leute lauschten stumm und sichtlich bedrückt an diesem 3. September 1939. Eine Frau fing an zu weinen. Neben ihr stand ihr Sohn in grauer Felduniform. Auf einmal schauten ihn alle an. Er nickte langsam mit dem Kopf, ernst und traurig. Keiner sagte etwas. Die Menschen gingen mit verschlossenen Gesichtern auseinander.

Spätherbst 1939 – »Ich sag dir was: Wir ziehen in die Stadt, nach München, in eine schöne Wohnung, ganz hoch im vierten Stock.« Das war es also. Mutter war so oft weg gewesen, Möbelstücke hatten ihren Platz gewechselt oder waren ganz verschwunden. Ich wartete weitere Erklärungen nicht ab, sondern drehte mich auf dem Absatz um und lief in den Garten. Es regnete, der grüne, runde Gartentisch war schräg gestellt und die Stühle auch, die Tropfen perlten von ihm ab. An den Büschen waren noch ein paar Blätter und die weißen Beeren, die wir Schneeballen nannten. Ich schaute die Büsche an und setzte mich dann auf den nassen Kies unter dem Tisch, eingehüllt von den Trommeln des Regens. – »Und was ist mit Peterle?« – Der Schafsbock, mein Spielkamerad ... »Peterle ist jetzt beim Schäfer. Der hat mir versprochen, daß er ihn niemals schlachtet ...«

Ich habe Peterle noch einmal gesehen. Ein paar Monate später, im nächsten Frühjahr. Zurückgekehrt für Ferientage in St. Georgen ... Ich stand im Schatten der Haselnußbüsche – und plötzlich war er da. Er schaute mich an, unbeweglich. Nicht vorwurfsvoll, nicht traurig – viel schlimmer: fremd und wissend. Auch ich bewegte mich nicht. Umarmte ihn nicht, drückte mein Gesicht nicht in seinen Wollpelz. Mein Herz und meine Füße waren heißes Blei. – Wir schauten uns lange an ... Dann drehte er sich um und ging zurück zu seiner Herde. – Der unvermeidliche Verrat. Die preisgegebene Freundschaft. – Der Schäfer hat ihn später doch geschlachtet. –

Ja, die Wohnung in Schwabing war hell und hoch. Ich kniete, sorgsam an den Füßen und am Kleidchen festgehalten, auf dem Fensterbrett zwischen den Brüdern, beugte mich weit, weit hinaus und schaute begeistert auf die Straße ganz tief unten. – »Vergiß bitte nicht, daß du keine Flügel hast!«

Alles war aufregend, neu und vergnüglich. Ich lief die vier braunen Holztreppen hinunter und die helle Marmortreppe mit dem roten Teppich, der vom Hochparterre zur Haustüre führte. Dort wartete ich auf meine Mutter. Eine Dame kam aus dem Haus und schaute mich freundlich an. »Wohnst du hier?« – »Das weiß ich nicht. Fragen Sie bitte meine Mutter.« – Da kam sie auch schon. Die Dame lachte: »Das ist schon richtig von dir. Heutzutage sollten sich Kinder nicht ausfragen lassen.«

Non vitae

Die Menschen, denen man nun begegnete, waren entweder Nazis oder Freunde. Nazis waren gefährlich. Es war gefährlich, kein Nazi zu sein. Man erkannte Freunde daran, daß sie Nazis auch nicht mochten, aber wie sollte man das herausbekommen? Am ehesten daran, daß sie über alles, was mit den Nazis zusammenhing, ebenso hartnäckig schwiegen wie wir.

Bei meiner ersten Begegnung mit dem System wurde entscheidend über mich gesprochen. Meine Mutter erzählte: Sie war ins Kultusministerium gegangen, um für mich die Erlaubnis zum Überspringen der ersten Grundschulklasse einzuholen. Es gab unter der Herrschaft der Nationalsozialisten eine seltsame Methode, den Beamtenapparat zu kontrollieren. Den fachlich qualifizierten und kompetenten Dienststellenleitern wurde jeweils ein Parteibonze zur Seite gestellt, der dessen Linientreue zu überwachen hatte. Beide hatten Entscheidungsbefugnis. Meine Mutter hatte Pech. Sie traf mit ihrem Anliegen auf den Mann im braunen Hemd. Er wies ihren Antrag ab und ihre Begründung, ihre kleine Tochter könne schon lesen und schreiben mit dem Statement vom Tisch: »Wir brauchen keine Intellektuellen!« – »Aber sie wird sich langweilen, was soll sie denn tun?« – »Kinder kriegen. Deutsche Mädels sollen möglichst früh Kinder kriegen.« – »Sie wird erst sechs«, sagte Mutter und trat den Rückzug an.

Ich erinnere mich nicht daran, ob ich mich gelangweilt habe. Ich glaube, damals wurde auf Lesen, Schreiben und Rechnen gar nicht so viel Zeit verwendet. Wichtig waren – 1940/41 – die Luftschutzübungen. Wir mußten lernen, ganz schnell und geordnet das Klassenzimmer zu verlassen, dann der Reihe nach gebückt durch Zementrohre kriechen, an einer Stelle das länglich gefaltete Taschentuch in einen Eimer mit Wasser tauchen und vor Mund und Nase pressen, weiterlaufen und am anderen Ende der Röhre zur Seite treten, damit alle herauskonnten. Es gab Sandhaufen, und wir lernten mit kleinen Schippen den Sand aufzunehmen und auf einen Ort zu schütten, wo wir uns denken sollten, daß es brannte.

Die Lehrerin war ältlich, rundlich, mit gelben Dauerwellen und eine treue Hitlerverehrerin. Im Klassenzimmer hing das Führerbild – das war wahrscheinlich Vorschrift –, in die Hängevase darunter wurden immer frische Blumen gesteckt. Vor dem Unterricht mußten wir gebetsartige Sprüche aufsagen, im wesentlichen mit dem Inhalt, daß wir den Führer unendlich lieb hätten, weil er so gut für uns sorgt.

Die Fahne war so wichtig wie das Hitlerbild. Wir lernten ein Lied: *Die Fahne flattert uns voran, die Fahne ist die neue Zeit, die Fahne führt uns in die Ewigkeit, ja die Fahne ist mehr als der Tod.* Es hatte eine schöne, mitreißende Melodie. Es machte großen Spaß, es in Gemeinschaft zu brüllen. Ewigkeit war doch so etwas wie der Himmel, in den man kam, wenn man starb. Die Fahne führt uns in den Tod. Fahne und Tod, das Angesicht des Todes, die Totenköpfe auf dem Friedhof, die Totenköpfe auf den Nazimützen ... Diese dunkle Romantik der Hingabe und des Todes gefiel mir gut. Ich zeigte auf: »Ich weiß was dazu: *Der Tod ist groß, wir sind die seinen lachenden Munds. Wenn wir uns mitten im Leben meinen, wagt er zu weinen, mitten in uns.*« Der undurchsichtige Kinderreim irritierte die Lehrerin sehr. Sie wechselt kommentarlos das Thema ...

Wir durften die Frauentürme besteigen, bekamen gesagt, was man beim Rundblick über die Stadt denken und empfinden mußte: die Nähe zum Führer natürlich, München war schließlich die »Hauptstadt der Bewegung«. An der Feldherrnhalle war das Mahnmal für die beim Hitlerputsch gefallenen »Kameraden«. Zwei unbewegliche SA-Leute standen neben einem Totenkranz. Man mußte mit gehobenen Heil-Hitler-Arm vorbeigehen. Das mußten wir Zwerge üben. – »Man muß gar nichts«, sagte meine Mutter und lachte. »Man kann an der anderen Seite der Feldherrnhalle vorbeigehen. Das machen die meisten Leute.«

Die Buben plagten uns Mädchen mit einem dummen Witz: »Liebst du den Führer?« – Antwortete man »ja«, so sagten sie »die Fahne hoch« und versuchten dabei, dem Mädchen den Rock hochzureißen. Sagte man »nein«, so hieß es mit der entsprechenden Handbewegung: »Kopf ab!«

So begriffen wir die glasklare Tatsache, daß es in dieser Zeit zwischen zwei Übeln kein Entrinnen gab. Doch. Ich habe in der Schule schon etwas gelernt.

1941 ertönten immer häufiger die Sirenen bei Nacht. Dann mußte man sich schlaftrunken anziehen und hinunter in den Luftschutzkeller gehen. Am nächsten Tag begann dann die Schule später. Meine Brüder mußten mit anderen Jungen zusammen in ihrem Gymnasium nebenan »Brandwache« halten. Sie fanden diese Männerpflicht sehr ehrenhaft, amüsierten sich dabei auf Bubenart und freuten sich über die ausfallenden Stunden am Morgen danach.

Bomben fielen in unserer Nähe eher selten. Aber bei einem der ersten Angriffe wurde Erna, ein Mädchen aus meiner Klasse, durch eine Phosphorbombe so schwer verletzt, daß sie bald darauf starb. Die Lehrerin nahm das Ereignis zum Anlaß für besonders intensiven politischen Unterricht. Es wurde rekapituliert, was und wie »der Feind« war, der solche Verbrechen beging, daß unsere siegreiche Armee diesen Feind zerschmettern würde und daß für das Vaterland kein Opfer zu hoch sei. »Wir müssen dem Tod ins Angesicht schauen ...« – Erna war in der Bank neben mir gesessen.

1941 hat Hitler die Sowjetunion überfallen und auch noch den USA den Krieg erklärt. Auf einer großen Landkarte wurden mit Stecknadeln die Frontlinien abgesteckt: *Vorwärts, vorwärts, schmettern die hellen Fanfaren. Vorwärts, vorwärts, Jugend kennt keine Gefahren[...* Auch ein schönes Lied.

Winter 41/42. Religionsunterricht am Nachmittag. Es waren schon Behelfsunterkünfte, wo er stattfand. Auch der Anblick von Trümmergrundstücken war nicht mehr ungewöhnlich. Beim Warten auf den Beginn des Unterrichtes spielten die Kinder im Schnee. Die meisten hatten wie ich dunkelblaue Skianzüge oder Trainingsanzüge an, die Buben dazu blaue Schirmmützen wie die Hitlerjungen. Ich hatte eine blaue Strickmütze von meinen Brüdern geerbt, die wir den »Stahlhelm« nannten. Sie reichte tief über Stirne, Ohren und Hals. Sie war so scheußlich wie warm. Mir war's egal. Lauter kleine blaue Ameisen im schmutzigen Winterschnee der Stadt im dritten Kriegsjahr. In den kleinen Köpfen formten sich Überlebensstrategien. Schon damals.

Ich ging auf eine Gruppe der achtjährigen zu, die auf einem überschneiten Sandhaufen herumrutschten und abwechselnd auf einem Schlitten fuhren. Der Junge auf dem Schlitten sagte zu mir: »Hier bist du falsch, hier sind die Evangelischen. Die Katholischen spielen dort drüben.« – Ein alter Mann mischte sich ein, empört: »Was muß ich hören! Katholisch oder evangelisch! Ich möchte nur wissen, was ihr für Eltern habt! Ihr seid doch alle Deutsche. Wenn das der Führer wüßte!! Volksgenossen seid ihr, sonst gar nichts.« – Das Erwähnen der Eltern war eine Drohung. Der Junge stand vom Schlitten auf, nahm mich am Arm und zog mich zu der Gruppe. Jeder Zoll ein junger Volksgenosse. »Selbstverständlich gehörst du zu uns. Komm. Heil Hitler.« – Als der alte Nazi um die Ecke verschwand, flüsterte er mir zu: »So, jetzt kannst du zu deinen Leuten gehen.«

Wir standen im Schulhof, mehrere Klassen im Karree vor der hochgezogenen Hakenkreuzfahne, die Arme zum Hitlergruß gereckt, sechs- oder siebenjährige Zwerge. Wir sollten strammstehen, Appell nannte man das, es klappte nicht. Ihr steht hier solange, bis alle ordentlich stehen! Ermüdung und Unruhe wuchsen, der Arm tat mir weh. Ich legte ihn für einen Moment auf der Schulter eines anderen Kindes ab, andere machten es mir nach. Ein Mädchen hatte den Arm immer weiter sinken lassen, dann hob sie zu Abwechslung den linken, dann legte sie den rechten auf ihrem Köpfchen ab – Katastrophe! Pfeifen schrillten, drei Lehrerinnen stürzten auf sie zu. Wir andern wurden in die Klassenzimmer geschickt. Als die Delinquentin später nachkam, weinte sie und berichtete, sie bekäme einen Blauen Brief. – Nach über fünfzig Jahren traf ich sie wieder. »Weißt du noch?« – »Was mich damals am meisten empört hat«, sagte die nun alte Dame, »mein Vater und meine Mutter reichten sich den Brief über den Tisch und lachten. In diesem Moment haßte ich alle Erwachsenen.«

Meine Mutter hielt nicht viel von der Schule und von der Lehrerin. Sie nahm jede Erkrankung zum Anlaß, mich längere Zeit zu Hause zu behalten. Vor allem ein Keuchhusten verschaffte mir viele Wochen Freiheit. Ich lag am Vormittag im Eßzimmer auf dem Boden, las so viel und was ich wollte oder beschäftigte mich mit Rechenaufgaben, die mir Spaß machten, vor allem wenn ich sie ganz alleine lösen konnte. Ich lag auf dem Rücken und schaute durch das Fenster in den hellen Himmel. Man konnte ihm nicht ansehen, daß er des Nachts voll Sirenengeheul, voller Flugzeuge, Bomben und Gefahr war. Ich schrieb Geschichten und kleine Gedichte, die ich meiner Mutter schenkte. »Hübsch«, sagte sie, »das heb' ich mir auf.« –

»Wenn ich groß bin, will ich eine Schriftstellerin werden wie Ricarda Huch ...« – »Oho! Da bin ich aber neugierig.« – Keuchhusten ist eine wunderbare Erfindung.

* * *

Die große Seifenblase mit dem kleinen Mädchen darin trug verläßlich. Seifenblasen können beständig sein. In Helligkeit und Frost gefrieren sie zu klarem Glas. Meine Seifenblase war mein Schicksal. Vielleicht wäre sie sogar meine Wahl gewesen, wenn ich eine Wahl gehabt hätte. Diese Jahre in München – 1939 bis Mitte 1942 – war die Welt, war der Himmel über den Dächern von Schwabing für mich meist noch hell, kühl, durchsichtig und leicht.

Meine Mutter hatte ihre Sicherheit, ihren Schwung und ihre Lebensfreude wiedergefunden.

Sie begann an der Universität Jura zu studieren, aus Freude an der Herausforderung und in der klugen Voraussicht, daß sie eines Tages den Lebensunterhalt für ihre Kinder verdienen müßte.

Hier in Schwabing umfing sie wie ein freundlicher *genius loci* das einstige Glück der frühen 20er Jahre. Freundschaften und Sympathien flogen ihr wieder zu. Sie war mit ihren 40 Jahren jung und reizvoll wie eh und je.

»Na, dich habe ich gestern mit einem Mädchen im Englischen Garten gesehen ...«, sagte ein Lehrer zu meinem älteren Bruder. – »Das war doch meine Mutter!«

Oft holten wir die Mutter zu dritt von einer nachmittäglichen Vorlesung oder Übung ab. Wir warteten vor der Universität bei den Säulen am Eingang an der Ludwigstraße. »Das sind meine Kinder«, sagte sie dann fröhlich – zu ihrem Gefolge.

Sie glänzte mit ihrer schnellen und originellen Gescheitheit. Eine Klausur schrieb sie in der halben Zeit, konzis und prägnant. Der Professor fand, dieses Arbeit sei die beste. Er wollte aber doch wissen, warum sie so früh gegangen sei. »Ich mußte mich doch um das Essen kümmern, bevor meine Kinder aus der Schule kommen.« – Am folgenden Sonntag kam er unangemeldet mit einem Blumenstrauß am späten Vormittag die vier Treppen herauf. Meine Mutter hatte eine weiße Schürze an und dirigierte gerade in der Küche.

Es war ein geselliges Leben in diesen Münchner Jahren: Ricarda Huch hatte von Jena aus ihren Freunden und Bekannten in München ihr »liebes Kleines« ans Herz gelegt, Heinrich Wölfflin hatte dasselbe von Zürich aus getan. Wenn es läutete, öffnete ich, schaute geduckt durch das Treppengeländer hinunter und meldete, wer sich da die sportliche Strecke zu uns hinaufarbeitete:

Da kam zum ersten Frau Dr. Hoppe-Moser, die den lustigen Vornamen »Fanny« hatte. Sie war wenig jünger als Ricarda Huch, hatte in Zürich Naturwissenschaften studiert und international anerkannte Bücher über Parapsychologie geschrieben. – Meine erste Begegnung mit ihr war mit einem hellen, unbändigen Glück verbunden. Sie hatte mir als Geschenk ein Angelspiel mitgebracht. Fische aus starkem Pappdeckel mit metallenen Schnäuzchen, die man mit einer Magnetangel aus einem auffaltbaren Aquarium oder Miniaturmeer herausholen konnte. Alles war leuchtend bunt und naturgetreu: Haifische mit scharfen Zähnen, glotzende gespenstische Geschöpfe vom Meeresgrund, wunderschöne Tropenfischlein mit unglaublichen Farbmustern und prächtigen Flossen und, und ... Alles erschien mir so wunderbar und zauberhaft, daß ich, als die Pracht aufgebaut war, vor Freude wie im Rausch jauchzend durch die Wohnung tanzte. »Wie David vor der Bundeslade«, sagte meine Mutter.

Von diesem wilden Freudentanz hat Hoppe-Moser Ricarda Huch berichtet. Die schrieb an meine Mutter, sie habe gehört, ich sei ein besonders temperamentvolles und originelles Kind.

Auch die Wohnung von Frau Hoppe-Moser war voller Wunder und Freuden. Ein großes Zimmer mit Büchern und fremdartigen Skulpturen, eine Veranda davor aus dunklem Holz, die Fenster unmittelbar vor den Bäumen des Englischen Gartens. Wenn Betty, die Haushälterin, die Fenster vorsichtig öffnete und ich ganz muksmäuschenstill und geduldig wartete, kamen Vögel hereingeflogen, nahmen zutraulich das dargebotene Futter von meiner ausgestreckten Hand – auch ein Eichhörnchen kam zahm und frech gesprungen und schaute mich herausfordernd an ...

Der Rechtshistoriker Claudius Freiherr von Schwerin und seine Frau – Erinnerung an eine Liebe. Ihr einziger Sohn war im ersten Kriegsjahr gefallen. So schlossen die beiden meine Brüder und mich in ihr weites und gütiges Herz. In dem großen, holzgetäfelten Wohnzimmer wurden wir mit selbstgebackenem Kuchen gefüttert. Einmal war sogar eine Art Rosinen darin. Frau von Schwerin erzählte, dies seien an einer sonnigen Mauer im kalten Deutschland gewachsene Trauben, die sie getrocknet habe. Aber die großen Traubenkerne seien ungenießbar und jeder dürfe sie einfach ausspucken. Ich kaute sie begeistert, auch was nur Ähnlichkeit mit so etwas Köstlichem wie Rosinen hatte, war damals eine Köstlichkeit.

Sie hätten noch eine fast neue Trachtenjacke ihres Sohnes. Die könnte doch dem Harald passen. Das Dienstmädchen reichte die Jacke, und Harald schlüpfte hinein. Etwas zu groß war sie noch. Er stand vor dem Fenster im Licht, das schräg in das dämmrige Zimmer fiel. Die beiden schauten ihn an. Etwas in ihren Gesichtern war erschütternd und faszinierend zugleich. Ich fühlte, daß es der Takt erforderte wegzuschauen. Auch im Gesicht meiner Mutter war Betroffenheit. Ich erkannte – zum ersten Mal – den Ausdruck von Liebe und Zärtlichkeit. Sie liebten diesen Jungen, der nicht ihrer war – diesen Jungen in der Jacke ihres gefallenen einzigen Kindes ...

»Gundrum kommt«, oder »Heute gehen wir zu Gundrum.« Eine große, schwere Frau mit blonden Locken und hellblauen Augen – wie konnte, wer so germanisch aussah, anders heißen als »Gudrun«? So verstand ich diesen Namen immer falsch. Erst spät fand ich heraus, daß diese Frau, die so viel Güte, Herzlichkeit und Ruhe ausströmte und die meine Mutter so sehr liebte, die Malerin Maria Gundrum war – eine Schülerin und Freundin von Heinrich Wölfflin, die er oft in seinen Briefen und Tagebüchern erwähnt. Ich erinnere mich an ihr Atelier mit Staffelei, an ein angefangenes Blumenbild und den Geruch der Ölfarben – an ihr Lächeln ... und an den heftigen Schmerz meiner Mutter bei der Nachricht von ihrem Tod. Es muß im Sommer

1944 gewesen sein. Sie hielt das Telegramm in der Hand und weinte. »Gundrum ist tot«. – »Hast du sie denn so lieb gehabt?« – »Ja. – Und eines Tages wird auch Ricarda Huch nicht mehr sein.« –

Ricarda Huch verbrachte im Mai 1942 drei herrliche Wochen in der Schweiz. Es war ein Wunder: Auf den 30. Mai 1942 fiel der fünfzigste Jahrestag ihrer Promotion; sie wurde von der Universität Zürich eingeladen, das erneuerte Doktordiplom bei einer Feier persönlich in Empfang zu nehmen. Bisher hatten die Nazibehörden ihre Anträge, besuchsweise in die Schweiz zu reisen, immer abgewiesen. Aber diesmal gelang es, trotz vieler Schwierigkeiten, nach unzähligen Behördengängen, die Erlaubnis zur Ausreise zu bekommen. Bald kamen zwei fröhliche Ansichtskarten.

Sie besuchte Freunde in Bern und Basel. Es waren helle, warme Tage, die sie so sehr liebte.

Den 29. Mai verbrachte sie in Zürich noch einmal bei Wölfflin. Sie hätten auch von ihrem »lieben Kleinen« gesprochen, von dem die Gundrum mancherlei Erfreuliches nach Zürich berichtet habe ...

In ihrer Dankrede vor der Züricher Universität deutete die 78jährige Historikerin und Dichterin – mit großer Vorsicht, versteht sich, denn sie wußte, daß sie bespitzelt wurde – die Wandlung ihres ursprünglich romantisch-konservativen Geschichtsverständnisses an, das vor der Gegenwart nicht mehr bestehen konnte: *Als der erste Weltkrieg ausbrach, war das für mich ein ganz willkürliches Geschehen, einem Gewitter im Winter ähnlich. Ich las nie Zeitungen und wußte nichts von allen den Anzeichen, die schon seit geraumer Zeit auf einen kommenden Krieg deuteten. Erst der Weltkrieg weckte mein Interesse für die Gegenwart, und seitdem hat es sich fortwährend gesteigert. Ich habe nun gefunden, daß man, wie man sagt, man könne die Gegenwart nicht verstehen, ohne die Vergangenheit zu kennen, auch sagen kann, ohne die Gegenwart zu kennen, könne man die Vergangenheit nicht verstehen. Wie leidenschaftlich ich auch die historischen Ereignisse der Vergangenheit im Geiste miterlebt habe, so scheint es mir nun doch, als sei mein Blick viel schärfer geworden, als habe ich früher die Dinge nur von außen gesehen, während ich jetzt in das Innere, das Knochengerüst und die Eingeweide zu sehen glaube. Vieles beurteile ich jetzt anders, als ich es früher tat. In bezug auf die Geschichte könnte ich das Studium also von vorne anfangen.* (Marie Baum: LEUCHTENDE SPUR, S. 417f.)

VÄTER ...

In diesen frühen Münchener Jahren gab es noch viele helle Tage. So war es, als Paul Florack, der Vater meiner Brüder zu Besuch kam. Ein großer, schwerer, heiterer Mann, großzügig, auch etwas großspurig ... Mutter und er verstanden sich offenbar wieder recht gut. Aber am Abend suchte sie in den Schubladen den Schlüssel zu ihrem Schlafzimmer.

»Papo«, wie ihn die Brüder nannten, führte uns aus. In den Tierpark, in den Englischen Garten, ins Kino, ins Café ... Wir bekamen Eis, ich durfte Karussell fahren auf den prächtigen bunten Pferdchen beim Chinesischen Turm. Wir saßen im Restaurant beim Seehaus. Die Sonne schien durch die Blätter der Bäume. Die schwere Armbanduhr von Paul Florack blitzte. »Ist die Gold?« fragte Burkhard ehrfürchtig. »Ja«, sagte er, nahm sie ab und gab sie dem Jungen in die Hand. Meine Mutter machte ein amüsiertes Gesicht. Goldne Uhren imponierten ihr nicht. Er nahm ein Photo aus seiner Brieftasche, zwei Mädchen waren darauf zu sehen. »Das sind eure Schwestern.« – Meine Brüder schauten es an, unsicher. Harald blickte zu mir: »Das ist unsere kleine Schwester.« – »Aber ja, die natürlich auch«, sagte er freundlich und legte den Arm um mich. –

Ich saß sehr klein, sehr steif in meiner Seifenblase und schwebte durch die grünen Kastanienblätter in den gleichgültigen Himmel hinauf ...

Am nächsten Tag, als wir aus der Schule kamen, war Paul Florack abgereist, zwei Tage früher, als ursprünglich geplant. Die Mutter gab keinen Kommentar.

Im ersten Lebensjahr sehen Kinder ihrem Vater am ähnlichsten – das haben Forscher kürzlich herausgefunden. Es gibt dafür auch eine entwicklungsgeschichtliche Erklärung: die Ähnlichkeit soll den Vater dazu bewegen, das Kind zu akzeptieren. Kleine Mädchen wurden in der prähistorischen Gruppe leicht als überflüssige Belastung empfunden, darum sei deren Ähnlichkeit mit ihrem Vater am größten.

Auch ich sah meinem Vater frappierend ähnlich ...

Aber er hat mir nur einmal ins Gesicht geschaut, damals im Sommer 1942, als er mitten in der Nacht meine Mutter herausläutete, schwer und müde die vier Treppen heraufstieg und sie bat, verschiedene private Erinnerungsstücke, ein Fotoalbum, ein paar persönliche Dokumente und Schriftstücke bei ihr verstecken zu dürfen. Er befürchte eine Hausdurchsuchung durch die Gestapo, wie sie kürzlich bei seinem Freund Reinhold Schneider stattgefunden habe. Die meisten dieser Photos und Dokumente stammten aus seiner Kindheit und der Zeit in Maria Laach. Sie waren in keiner Weise belastend, aber wenn man ihn verhaften würde, was er befürchte, dann sollten sie nicht dem Hohn der Nazis preisgegeben werden.

IV

Ein kirchlicher Schriftsteller

Er war 42 Jahre damals, früh gealtert und müde, umsponnen von Rastlosigkeit und auswegloser Angst. –

In diesen Berliner und Freiburger Jahren hatte er als freier theologischer Schriftsteller, als anerkannter Liturgiewissenschaftler, für verschiedene Verlage und Zeitschriften als Lektor und Organisator gearbeitet, gleichzeitig eine unglaubliche Anzahl von Schriften, Aufsätzen und Rezensionen verfaßt – von 1935 bis zu seinem Tod über 220 Titel ... eine ungeheure Anstrengung, verbunden mit all den Schwierigkeiten, in diesen Jahren das einfache Überleben zu organisieren.

Ein Gehörleiden, das sich schon seit seinem Eintritt in den Orden bemerkbar gemacht hatte und das weder zu heilen noch zu kompensieren war, isolierte und schützte ihn. So saß er mit dem Rücken zur Welt in gewollter Einsamkeit vor seiner alten Schreibmaschine und schrieb um sein Leben und schrieb um seine Ruhe und um seine nie gefundene Identität.

Er war im innersten überzeugter Katholik geblieben, und er wußte, daß er aufgrund seiner Persönlichkeitsstruktur am besten Mönch geblieben wäre ... 1939 schrieb er unter dem Pseudonym L. Augsten: *Es ist das Werk des Geistes, daß wir trotz der Ärgernisse glauben können.* – Trotz der Ärgernisse, die er seiner Kirche gab, trotz der Ärgernisse, die sie ihm bereitete, und trotz der Gefahr, in die er sich mit seiner Öffentlichkeitsarbeit gegen die braunen Machthaber begab.

Mit Romano Guardini gehörte er zu den Begründern der »Liturgischen Bewegung«, die eine neue Definition der Kirche als christliche Gemeinde der Laien vorausdachten, als einen Ort, an dem Gott mit den Menschen und an den Menschen das Heil bewirkt, eine Definition, wie sie sich dann – mühsam zwar und gegen mancherlei Widerstände – im 2. Vatikanischen Konzil durchgesetzt hat. Es war die Vision einer demokratisch statt hierarchisch strukturierten Kirche, eines gemeinsamen Priestertums der Gläubigen – und sie brachte das traditionelle Kirchenbild ins Wanken.

Themen also, die in zweifacher Hinsicht verfänglich waren, einerseits weil sie Gegner in der Katholischen Kirche selbst provozierten, zum anderen, weil sie Alternativen zur herrschenden Ideologie aufzeigten, Gedankengänge, in denen der Suchende auch Andeutungen der Kritik am menschenverachtenden Unrechtsstaat finden konnte. Wie andere Schriftsteller vertraute er auf die Dummheit und Unbildung der Machthaber – aber deren Mißtrauen wuchs ... *Die Verbindung von Geist und Katholizismus war nach 1933 noch verdächtiger als jede dieser Ingredienzien für sich allein.* (Paul Fechter: AN DER WENDE DER ZEIT. Gütersloh 1949, S. 166.)

Der Nationalsozialismus war selbst eine Heilslehre mit rassistischen und nationalistischen Dogmen, und er erhob einen Totalanspruch auf die Seele des »deutschen« Menschen; seine Lehre war Weltanschauung und Religion, insofern als sie keinen Widerspruch duldete. Die Kirche war »Staatsfeind«, weil sie sich in die »Volksführung« einmischte.

Nur vor diesem Hintergrund kann man verstehen, was in diesen Jahren publizierter, das heißt öffentlicher »Widerstand« war oder sein konnte: codierte, schwierig formulierte Andeutungen zwischen wortreich bedeutungslos geredeten Termini der gängigen Blut- und Bodenideologie, die in weite geistesgeschichtliche Zusammenhänge gestellt und damit relativiert wurden. Was mehr gewesen wäre, hätte keine Chance gehabt zu erscheinen und zu überleben.

Die Namen der Zeitschriften, die Überschriften und Themen der

Aufsätze, die Titel der Monographien trugen völkische, betont patriotische und deutschtümelnde Masken.

Ab 1937 hatte Ludwig A. Winterswyl (»Athanasius«, seinen Klosternamen, behielt er wie einen Talisman) die Leitung des Kulturreferates der Zeitschrift GERMANIA. Die Kulturseite galt als Geheimtip unter Nazigegnern. Mein Vater veröffentlichte darin zahlreiche Artikel unter verschiedenen Pseudonymen: über christliches Erbe und philosophische Gegenwart, über Kultur und Kunst der Zeit. Bereits 1938 mußte die Zeitschrift eingestellt werden. Sein wichtigster Mitarbeiter, Herbert Rüssel, kam später im Konzentrationslager um.

Die Zeitschrift LITURGISCHES LEBEN, in der er zusammen mit Gleichgesinnten veröffentlichte, mußte ebenfalls 1939 ihr Erscheinen einstellen.

Bis 1941 gab es noch die DIE SCHILDGENOSSEN, – »die kultivierteste und geistigste Zeitschrift [...], die der deutsche Katholizismus je besessen hat«, so Paul Fechter.

Die Titel der Aufsätze, die mein Vater in diesen und anderen Zeitschriften veröffentlichte, klangen germanisch-völkisch: »Volk, Sprache, Kult« – »Jakob Grimm und die deutsche Sprache« – »Der Apostel des Nordens. Zum Feste des heiligen Ansgars« – »Das Schicksal Midgards. Zur Edda-Deutung« – »Zur altgermanischen Religionsgeschichte« – »Germanische Schicksalsidee und christlicher Vorsehungsglaube« – »Bonifatius – Der Apostel der Deutschen«.

Die Botschaft, die gefährliche Botschaft, war zum einen: Unsere Kultur ist aus der Vereinigung von Germanentum und Christentum erwachsen. Will man das christliche Element eliminieren, bleibt nur die reine Barbarei.

Zweitens: Germanentum und Christentum sind keine Gegensätze, sie schließen sich nicht aus, wie behauptet wird, sie sind aber auch absolut nicht identisch. Das Evangelium ist von außen in die Welt hineingesprochen. Es ist kein Mythos, keine Naturreligion. Es meint nicht die ewige Wiederkehr des Lebens und Vergehens, aus der es keine Erlösung gibt.

Und drittens: Das Evangelium ist nicht nur Botschaft, sondern Mandat. Es beauftragt den Christen mit der Caritas, der Liebe, gerade zu den Armen, Schwachen, Ausgegrenzten, den Leidenden, den Verfolgten, den Anderen ... denen die Nationalsozialisten Wert, Würde und Lebensrecht absprachen.

»... DER UNBEDINGT GOTT LIEBENDE«

In diesen Zusammenhang gehören auch die vielen Monographien Winterswyls zum Thema Heiligkeit und Heldentum. Sie erschienen in der Reihe BILDER AUS DEM DEUTSCHEN LEBEN. Auch hier sollte der Anschein erweckt werden, sie wollten das deutsche Nationalbewußtsein stärken. Nur bei genauerem Hinsehen erkannte man darin eine Form des Widerstandes gegen den Zeitgeist. »Athanasius der Große«; »Otto der Große«; »Albert der Deutsche. Das Leben und Wirken des Albertus Magnus«; »Der deutsche Ritterstand« und andere.

Der Heilige war nach seinem Verständnis nicht das religiöse Genie, nicht der Willensstarke, der Entschiedene, der Untadelige und Unangefochtene, sondern »der unbedingt Gott Liebende«.

Eine besondere und wichtige Rolle für meinen Vater und den christlichen Widerstand spielte der Alsatia-Verlag in Kolmar/Elsaß unter der Leitung des französischen Verlegers Joseph Rossé.

Er war ein Zentrum des geistigen Widerstandes im damaligen Großdeutschland. Joseph Rossé war 1939 als elsäßischer »Autonomist« bei Ausbruch des Zweiten Weltkrieges verhaftet und ins Gefängnis von Nancy gebracht worden. Nach dem militärischen Zusammenbruch Frankreichs und dem Abschluß des Waffenstillstandes im Juli 1940 wurde er von der deutschen Wehrmacht befreit. Die Nazis glaubten in ihm einen Gesinnungsgenossen und Befürworter des Anschlusses des Elsaß an das Reich gefunden zu haben, darum machten sie Rossé zum Generaldirektor des Alsatia-Verlages. Aber sie hatten sich getäuscht. Rossé verlegte zwar in geringer Auflage ab und zu ein politisches Buch mit NS-Färbung, aber nur um eine umfangreiche Produktion religiöser, theologischer und kirchenhistorischer Werke, die sonst niemand zu drucken gewagt hätte, damit zu decken. Er beschäftigte heimlich einen Lektor, der bereits aus der Reichsschrifttumskammer ausgeschlossen war, seine Mitarbeiterinnen waren katholische Schulschwestern aus Rapportsweiler, deren Konvent und Schule dort von den Nazis aufgelöst worden waren. Bei jeder Kontrolle – und die wurden immer häufiger – nahmen sie schnell die Druckfahnen aus den Maschinen und legten andere, unverfängliche Blätter auf. Werke, für die es keine Druckgenehmigung gab, wurden im Erscheinungsjahr vordatiert oder ohne Jahrgang gedruckt. Die meisten dieser Autoren hatten Schreibverbot, waren aus der Reichsschriftumskammer ausgeschlossen, oder es wurde ihnen grundsätzlich jede beantragte Druckgenehmigung verweigert. Zu den Autoren, die mein Vater zum Alsatia-Verlag brachte, gehörten Reinhold Schneider und Romano Guardini. Auch Joseph Bernhart, Theodor Haecker und Alfred Delp veröffentlichten dort. Aus seiner Zeit in Maria Laach hatte Winterswyl noch Verbindung zu dem Berliner Papiergroßhändler Heinrich von Schweinichen, einem großen Bewunderer von Reinhold Schneider, der auf verschlungenen, illegalen Wegen Papier lieferte.

Nein, die Gestapo war Joseph Rossé trotz ihres Mißtrauens nicht auf die Schliche gekommen. Das Konzentrationslager und damit ein grausamer Tod wären ihm sicher gewesen. Aber die blinde Ungerechtigkeit der Geschichte streckte ihn doch nieder: Joseph Rossé wurde 1944 von den Franzosen verhaftet und wegen Einvernehmens mit dem Feinde und Gefährdung der äußeren Staatssicherheit 1947 zu »fünfzehn Jahren Kerkerstrafe, zwanzig Jahren Aufenthaltsverbot, lebenslänglicher nationaler Unwürdigkeit und Beschlagnahme seines gesamten Vermögens« verurteilt. Er starb im 60. Lebensjahr am 24. Oktober 1951 im Gefängnis von Eysses in Südfrankreich.

Bis heute ist er in Frankreich nicht rehabilitiert worden. – Aus dem Gefängnis schrieb er an seinen Freund Reinhold Schneider: *Mir ist nicht bange. Auch wenn ich nichts anderes vorzuweisen hätte, als Ihre von mir im Weltkrieg verlegten Bände, wäre mir die Barmherzigkeit Gottes gewiß.*

Der Beginn des Jahres 1942 markiert eine Wende zum Schlimmeren auf allen Gebieten; es war das Jahr Stalingrads, das Jahr der immer mehr ans Licht dringenden Unmenschlichkeiten des Regimes, das Jahr der »Endlösungsaktionen«, des wachsenden Terrors auch gegen Deutsche. Das Jahr der spürbar werdenden Kriegswirtschaft, der konsequenten Verdunklungen, der massiver werdenden Luftangriffe, der gehäuften Todesnachrichten in den Zeitungen ...

Freiburger Zeitungen offenbarten eine besondere regionale Mentalität der Linientreure. Ricarda Huch schrieb in einem Brief an Marie Baum am 23. August 1941: *Franz sagt, daß die Freiburger Zeitungen bei allen Todesnachrichten von Gefallenen das »Für Führer, Volk und Vaterland« von sich aus zusetzten. So erklärt sich auch das in Heidelberg. Ich sah unsere Jenaer Zeitungen durch, da waren auch täglich ca. drei Anzeigen, bei keiner einzigen war der Führer erwähnt. Merkwürdig, daß sie im Westen in diesem Punkte orthodoxer sind als bei uns. In Freiburg hat der Bankdirektor K. seinen Bruder verloren. Er wollte es anzeigen, in der Anzeige kamen die Worte vor: »versehen mit den Sakramenten unserer heiligen Kirche«. Keine Zeitung hat das Inserat angenommen. Da hat er es an die Frankfurter Zeitung geschickt, die hat es angenommen.*

Freiburg war für Nazigegner ein besonders gefährliches Pflaster. Auch für Katholiken. Der Bischof von Freiburg, Conrad Gröber, war kein Graf Galen, der den Machthabern und ihrem unchristlichen Treiben Paroli geboten hätte – im Gegenteil.

Der »Freiburger Kreis« war ein Freundeskreis um Reinhold Schneider, der sich regelmäßig traf; Freunde, weil sie die Gegnerschaft zum NS-Regime einte. Außer Winterswyl gehörten dazu der Philosoph

Max Müller, der Rechtswissenschaftler Erik Wolf, Karl Färber, der Chefredakteur der Zeitschrift CHRISTLICHER SONNTAG, der Caritasdirektor Heinrich Höffler und Karl und Grete Borgmann, in deren Dachkammer immer wieder Verfolgte versteckt wurden, bis man einen Weg gefunden hatte, sie mit entsprechenden Papieren über die Schweiz in Sicherheit zu bringen. Gestapobesuche, Durchsuchungen und Verhöre häuften sich. Die Angst vor Verhaftung war sehr begründet.

Menschen mit einem gewissen Bekanntheitsgrad mochten die Nazis nicht so mir nichts dir nichts verhaften. Man suchte sie durch klug dosierte Schikanen zu entnerven, durch gezielte persönliche Diffamierungen einzukreisen. Kleine Feinde mit Nazikarriere waren willige Handlanger – und sie fanden bei anderen Feinden ein williges Ohr. Mein Vater hatte Feinde. An der Tübinger Theologischen Fakultät machte man sich aufgrund der Informationen eines solchen Denunzianten und auf Anregung der weltlichen Obrigkeit Gedanken darüber, ob er seinen theologischen Doktortitel zu Recht führe, nachdem er ihn erworben hatte, als er schon seine Laisierung eingereicht hatte. Seine moderne theologische Richtung der Liturgiereform gefiel dem einen oder anderen Professor nicht, sein schriftstellerischer Erfolg war manchem ein Ärgernis, darum wurden negative Einzelheiten, die unerklärlichen Brüche in seiner Biographie aufgereiht: sein Austritt aus dem Kloster, seine nicht nur standesamtliche, sondern auch altkatholische Eheschließung, seine Kontakte zur Schweiz, sein Lehrauftrag an der altkatholischen Fakultät dort in Bern, und ebenso seine Rückkehr in die Katholische Kirche nach wenigen Wochen, und seine – vergebliche – Bitte, wieder in den Konvent eintreten zu dürfen, die Änderung seines »guten deutschen Namens« Wintersig in das schweizerisch klingende Winterswyl – welche Spuren habe er damit wohl verwischen wollen? Alles in allem »ein übles Subjekt« sollte ein entsprechender Aktenvermerk auf dem Umschlag der Fakultätsakten suggerieren. All das waren Anzeichen einer Bedrohung und eine schwere psychische Belastung. Politische Kräfte des Nationalsozialismus hatten sich mit kirchlichen Gegnern verbündet. Im März 1942 schrieb Winterswyl an Hilde Herrmann: »Ho. [Höffler, der Direktor des Caritasverbandes] sagte: Wen die Pfaffen mal gefressen haben, den köpfen sie auch noch nach 20 Jahren. Und sie würden aus der Tübinger Sache ungeprüft die Berechtigung oder den Anlaß nehmen, mich zu köpfen.«

Am schwersten bedrückte ihn, den leidenschaftlichen Theologen, wohl ein folgenschwerer Fehler, der ihm bei Herausgabe des für die Liturgiebewegung wichtigen Buches VOLKSLITURGIE UND SEELSORGE beim Alsatia-Verlag unterlaufen war: Für seinen plötzlich an die Front einberufenen Freund Karl Borgmann hatte er redigiert und dabei einige Änderungen, die einer der Autoren gebeten hatte vor Drucklegung vorzunehmen, unterlassen. Es ging um die nicht zutreffende Behauptung, zwei Bischöfe hätten einer sehr weitgehenden These zur Liturgie zugestimmt. Dieser Irrtum brachte der Liturgischen Bewegung, der doch sein ganzes Arbeiten und Denken gehörte, einen schweren Rückschlag. Der Bischof von Freiburg, Conrad Gröber, dem ohnehin die »ganze Richtung« dieses Reformkatholizismus nicht gefiel, stellte im FREIBURGER MEMORANDUM fest, daß die Thesen der Liturgischen Bewegung dem Katholischen Glauben und dem Wesen der Kirche widersprächen. Er erwirkte eine Stellungnahme aus Rom, die allerdings vorsichtig lavierend vor willkürlichen Änderungen in der Liturgie warnte, auf der anderen Seite die liturgischen Bestrebungen aber auch nicht direkt verbot.

Auch die Frau, mit der er seit April 1941 in Freiburg zusammenlebte, eine Konvertitin, promovierte Philosophin und Schriftstellerin, die sich mit Rücksicht auf die kirchlichen Behörden nach außen hin willig als seine »Hausdame« ausgab und die er wegen seiner zunehmenden Taubheit auch nicht entbehren konnte, wurde ihm beengend, mit ihrer – wie man erzählte – exzentrischen Art von Stimmungslabilität und besitzanzeigender Fürsorge, so daß er anfing, sich Fluchten zu bauen ...

Er schützte eine Verlagsbesprechung vor, besuchte die gemeinsame Freundin Grete Borgmann, die ihm Apfelkuchen machte und viele Stunden seinem begeisterten Monolog über die benediktinische Geistigkeit lauschte, die ihm keine Fragen stellte, keine Antworten verlangte, von ihm, der nichts mehr hören konnte und hören wollte in dieser Welt.

Im Jahre 1942, im Jahr dieses Besuches und seines Todes, schrieb er noch einmal einen Brief an sein ehemaliges Kloster, mit dem er bat, ihm den Wiedereintritt in den Orden zu ermöglichen, da ihm ja doch eine christliche Ehe verwehrt bleibe. Man lehnte ab ... mit der Begründung, er sei sich offensichtlich noch nicht darüber klar, was von beidem er nun endgültig wolle.

In Nächten fuhr er in hermetisch verdunkelten Zügen durch das Großdeutsche Reich. In der Aktentasche trug er dann dünne Schriften von Reinhold Schneider nach Berlin, zu seinem Freund Romano Guardini, von diesem ebensolche mühsam erstellte Blaupausen wieder nach Freiburg. Schriften, Predigten, Meditationen, Essays, die niemals hätten gedruckt werden dürfen, die aber heimlich von Hand zu Hand gingen, in geheimen Zirkeln Gleichgesinnter vorgelesen und andächtig gehört, die Mut machten zu warten, an die Erlösung zu glauben, die Erlösung aus finsterer Zeit. Er fuhr nach Berlin, um illegal Papier für die grauen Heftchen des Alsatia-Verlages in Kolmar zu besorgen, zwischen den Manuskripten und Papieren waren auch Zettelchen mit verschlüsselten Nachrichten versteckt. Er reiste als Bote des Freiburger Widerstandskreises und als Organisator entsprechender Aktivitäten. Er tat es, trotz seiner wachsenden Furcht.

Ausweglosigkeit und Fluchtträume, Einsamkeit und Geborgenheit – in der Dunkelheit der gleichmäßig ratternden Züge wurden sie ihm eins; Bedrückung und Angst zogen dann vom Herzen fort, wurden klein und konkret und kreisten um seine Aktentasche.

In dieser Sommernacht also machte meine Mutter ihm Bratkartoffeln und Tee und versuchte, ihm etwas Mut zuzusprechen. »Willst du dich nicht für ein paar Stunden hinlegen? Hier auf dem Wohnzimmersofa.« – »Nein, ich muß wieder zum Bahnhof. Niemand darf mich hier sehen.« – »Es ist niemand da, nur das russische Dienstmädchen und die Kinder ... du bist hier sicher.« – Verstand er überhaupt, was sie zu ihm sagte? – Sie standen im Flur. »Ach ja, die Kinder.« – Sie öffnete die Schlafzimmertüre, das Licht fiel auf mein Bett. »Schau, deine kleine Tochter.« –

Er schlug die Hände vor das Gesicht und wandte sich ab. »Ich kann nicht, versteh mich doch ... bitte, weck sie nicht auf. Was hätte es auch für einen Sinn, ich weiß genau, daß ich nur noch kurze Zeit zu leben habe ...« Sie schloß verwirrt die Türe. Sie hätte ihm gerne gesagt, daß er nur todmüde sei, daß nach dem Krieg alles wieder besser werde ... aber er hörte ja nicht. Sie streichelte seine Wange. »Lioba!« sagte er und küßte sie.

Dann ging er schwer und müde die dunklen Treppen hinunter.

Sie schaute ihm nach. Er ging immer noch wie ein Mönch, der jahrelang den schwarzen Rock getragen hat.

Der Fall – der Tod

Jeder Tod ist ein Fall – ein Herausfallen aus dem Leben, das weiterfährt, ein Fall mit vielen Ursachen. Dieser Fall blieb bis heute ungeklärt.

Er hatte seinen Tod geahnt. Wenige Wochen zuvor noch hat er gegenüber verschiedenen Freunden geäußert, daß er den nahenden Tod fühle. »Ich weiß, daß es bald sein wird.«

Dementsprechend suchte er in diesen Wochen einen Notar auf, um in einem Testament über seine persönliche Habe und vor allem sein geistiges Vermächtnis Verfügungen zu treffen.

Woher kommt so eine Vorahnung eines 42jährigen gesunden Mannes? Aus großer Müdigkeit und dem geheimen Wunsch nach endgültiger Ruhe? Oder zieht das Unterbewußtsein eine Summe aus allen bedrohlichen Anzeichen einer noch dunklen Gefahr?

Warum ist er am 1. Oktober 1942 gegen 21.00 Uhr aus dem noch fahrenden Zug gesprungen? Was bewog ihn zu diesem Schritt hinaus ins Dunkel?

Er war im Rahmen seiner Tätigkeit für den Caritasverlag auf Reisen gewesen, hatte verschiedene Verhandlungen geführt, in München vorwiegend, aber auch in Türkheim bei Joseph Bernhart, seinem Freund, bei dem er auch übernachtete. Er war voller Pläne, aber auch voller Unruhe, erinnerten sich seine Gesprächspartner später.

Joseph Bernhart berichtet in einem Brief an Hilde Herrmann von jenem letzten Abend bei ihm, von Winterswyls lebhaften Zukunftsplänen und seinem Angebot nach dem Ableben des zwanzig Jahre älteren Bernhart als dessen Nachlaßverwalter zu fungieren. *Am Tage darauf, seinem Reisetag, kam er frohgemut zum Abschiednehmen. Beim Anblick seines Gepäcks bewegte meine Frau der Gedanke, wie man in dieser Zeit um einen Schwerhörigen doch besorgt sein müsse, und schrieb ihm auf die mitgegebene Zündholzschachtel mit Tinte: Gute Reise! – Gute Reise! Möge er im anderm Land diesen letzten Wunsch aus unserem Hause erfüllt sehen!*

Als sein Zug sich langsamer fahrend dem völlig verdunkelten Wiehrebahnhof in Freiburg näherte, war er aufgestanden, hatte seine Tasche genommen, hatte die Türe geöffnet und war hinausgegangen in die schweigende Dunkelheit, war abgesprungen, vielleicht im schreckhaften Wahrnehmen des Fahrens, wurde mitgeschleift, die Schlagadern an den Oberschenkeln rissen, Bremsen kreischten ... Wer war noch im Abteil? War er alleine gewesen? Hatte ihn jemand angesprochen, mit einer Frage, die er nicht verstand, die ihm Angst machte und zu hastigem, fluchtartigem Aussteigen veranlaßte? Gab es einen Anstoß oder Stoß? War es wirklich nur geistesabwesende Zerstreutheit, die ihn – eingeschlossen in Dunkelheit und Taubheit – den Schritt vom Leben in den Tod tun ließ? »In seiner Taubheit verlassen«, hatte Reinhold Schneider in seinen Erinnerungen VERHÜLLTER TAG über diesen Schritt seines toten Freundes geschrieben.

Er lag am Ende des Bahnsteiges – allein, bei vollem Bewußtsein – und verblutete staunend und still. Nichts wurde unternommen, um ihn zu retten. Etwa zwanzig Minuten später trat der Tod ein. Er starb einsam. Seine Lebensgefährtin hatte zwar am Bahnsteig auf ihn gewartet, konnte sich aber angeblich wegen ihrer panischen Angst vor Blut und Krankheit nicht überwinden, zu ihm zu gehen. Spürte sie, daß sie nicht mehr zu ihm gehörte, daß er sie gerade vergaß? Sie weigerte sich später auch, ihn zu identifizieren, sie stand nicht an seinem Grab. Seine Freunde konnten das weder verstehen noch verzeihen. Fürchtete sie, in etwas Gefährliches verwickelt zu werden? Er hatte gebeten, einen Freund zu benachrichtigen. Dieser, Heinrich Höffler, traf kurz nach seinem Tod ein, und konnte seine Aktentasche an sich nehmen.

Heinrich Höffler schrieb in einem Brief an die Abtei Maria Laach: *Da keine liebende Hand dabei war, die ihm in den Minuten nach seinem Tode die Augen schloß, standen seine Augen offen, seine Züge waren geprägt von dem Ausdruck starker Erwartung.*

»Gott ist gnädig«, sagte Romano Guardini bei der Nachricht von seinem Tod.

»Dein Vater ist tot, Kind«, sagte meine Mutter, als ich schon die Haustüre geöffnet hatte, um zur Schule zu gehen.

Das war der erste zu mir gesprochene Satz über meinen Vater in meinem achtjährigen Leben. »Sie werden dich in der Schule darauf ansprechen. Sag bitte nicht, es sei dir egal, weil du ihn sowieso nicht gekannt hast. Wenn einem jemand sein Beileid ausspricht, sagt man am besten nur ›Danke‹.« – »Ja«, sagte ich und versuchte, ihr kurzes, trauriges Lachen nachzuahmen. – »Viele Kinder haben keinen Vater. Wahrscheinlich ist es auch besser so, mein Kind.«

Natürlich wußte ich längst Bescheid. Vor zwei Tagen war die Nachricht gekommen. Die Mutter war verstört und aufgeregt gewesen. Sie hielt ein Schreiben in der Hand und sprach mit ihrer Freundin darüber, über diesen unerklärlichen Schritt aus dem fahrenden Zug. Ich war regungslos auf dem Boden gesessen und hatte in ein Buch geschaut, versteinert in vorgetäuschter Konzentration. »Du hörst doch nicht zu, Kind?« – »Nein.« – Am Abend hatte sie leise mit meinen Brüdern gesprochen. Die hatten genickt und mich angeschaut.

Nach dem Unterricht, am Ausgang der Schule warteten sie auf mich: die Lehrerin und die Direktorin. Die Lehrerin deutete mit dem Finger auf mich. »Dein Vater ist gefallen«, sagte die andere eifrig. »Ja«, sagte ich, »danke«, machte einen Knicks und schaute sehnsüchtig in den Schulhof hinaus. »In Rußland?« – »Weiß nicht.« Gefallen, gesprungen, gestoßen, geflohen ... die Wörter drehten sich in meinem Kopf, während ich den Abstand zwischen den Frauen und dem Türstock abschätzte; er war zu schmal für mich. Es hatte geregnet, aber nun war das Grau hell und voll Wind. Die Äste der Bäume glänzten schwarz vor dem Himmel; sie hatten noch wenige braune Blätter. Auf den Fenstern spiegelten sich die Zweige mit den Wolken und dem tiefen Himmel dahinter. Das metallische Summen war wieder in der Luft, alles war unendlich weit und ich so klein darin. Dieses dunkle Rätsel, das mich betraf, entglitt in diesem Moment in weite Ferne. Es würde furchtbar schwer von jetzt ab sein, es zu begreifen und zu lösen.

Die beiden Damen redeten auf mich ein, von Vaterland und Ehre, und daß ich auf irgendetwas stolz sein sollte. »Danke«, sagte ich noch einmal und rannte los. Ich rannte den ganzen Weg, erst vor unserem Haus hielt ich atemlos und erschöpft und lehnte mich an die Mauer, voll wirrer Wut und Trauer. Diese blöden Weiber! Die haben womöglich noch gemeint, man müßte bei sowas Heil Hitler sagen!

V

Krieg und Einsamkeit

Tapfer sein

Der heiße, trockene Sommer 1942: Mein Bruder Burkhard und ich sollten es für zwei Wochen ohne Luftalarm gut haben. Eine Schulfreundin meiner Mutter hatte uns eingeladen – in ein Arzthaus in einem kleinen Dorf in der Pfalz. Dort ging der Gemeindediener noch mit einer Handglocke durchs Dorf, um feindliche Flieger anzukündigen. Dann traten die Leute aus ihren Häusern und schauten mit wichtiger Miene in den Himmel. Luftschutzkeller gab es nicht. Aber zu essen gab es viel mehr als zu Hause.

Meine Mutter hatte uns in München an den Bahnhof gebracht. Der Bahnsteig war schwarz von Menschen; wir konnten nicht bis zum Zug vordringen. Voller Sorge vertraute sie uns einer strammen Schaffnerin an. Die führte uns zu Fensterplätzen in einem noch leeren Waggon. Gegenüberstehende gelbe Holzbänke auf beiden Seiten, in der Mitte ein breiter Gang, darüber eine Stange mit Schlaufen zum Einhalten, je eine Türe vorne und hinten. Der Zug setzte sich in Bewegung, wir freuten uns noch über so viel Platz und Bequemlichkeit, da schnappten die Schlösser der Türen zu. Mein Bruder sprang auf: »Hat die uns eingesperrt?« Er rüttelte an den Klinken. »Verschlossen. Wenn jetzt ein Fliegerangriff kommt, sitzen wir in der Falle!« Dann untersuchte er die Fenster. Die oberen Klappen ließen sich etwa 35 cm herunterschieben. »Da kann ich durch und du erst recht.«

In Pasing hielt der Zug, und graue Frontsoldaten drängten herein, so viele, daß sich keiner mehr im Wagen rühren konnte. Wieder schnappten die Türen zu. Einige lachten bitter. Der »Führer« schien sich der Fahnentreue seiner Soldaten nicht mehr ganz sicher zu sein. Einer, ein junger Kerl, stand dicht vor mir und hielt sich an der Schlaufe fest. Er stand unbewegt während der ganzen Fahrt, Tränen liefen über sein Gesicht.

Der Zug hielt in Stuttgart. Der Waggon blieb verschlossen. Am Bahnhof gab es einen Kiosk. Mein Bruder kroch durch die Fensterklappe und holte für die Soldaten Getränke, er lief mehrmals hin und her und brachte die Flaschen ans Fenster. Beim letzten Mal setzte sich der Zug langsam in Bewegung. Sie packten den Buben bei den ausgestreckten Armen und zogen ihn durch die enge Klappe wieder herein. Sie schenkten uns eine Flasche Limonade. Sie boten auch ihrem traurigen Kameraden eine an, aber der schüttelte nur den Kopf.

Nach unserem zweiwöchigem Urlaub vom Krieg brachte man uns nach Worms auf die Bahn. Vorher spazierten wir durch die Altstadt und besichtigten den Dom. Luftalarm! Der erste in Worms, der erste überhaupt bei Tage ... der erste für die arme Tante. Das Brummen der Flieger, das Pfeifen einer Bombe, Detonationen und Glassplitter. Sie rannte völlig kopflos auf dem freien Domplatz hin und her, ihre beiden Kinder folgten ihr wie aufgeregte Küken. Das war das Unvernünftigste, was man in dieser Situation machen konnte. Ich wollte ihnen das sagen, aber mein Bruder hatte mich in eine Kellernische gezerrt und hielt mich eisern fest. Gottlob passierte niemandem etwas.

Damals, 1943, war die Wohnung schon sehr leer. Die meisten Möbel, Bilder und Bücher hatte meine Mutter in das kleine Haus in St. Georgen bringen lassen. Die nächtlichen Bombeneinschläge wurden immer häufiger. Es war abzusehen, daß es uns bald treffen würde. Der Himmel war weiter geworden über Schwabing. Gegenüber standen schwarze Mauern mit hellen leeren Fenstern darin, fragile Zeichen der Vorläufigkeit – auch der Endlichkeit aller Unerträglichkeiten. Schiller sah das düsterer: *In den öden Fensterhöhlen wohnt das Grauen, | und des Himmels Wolken schauen | hoch hinein.* Ich hüpfte nach immer neuen Regeln über das Muster des blanken Parketts, gebannt im Netz und geheimer Meister des Banns. Leere Zimmer sind schön ...

Sie saß im Eßzimmer auf dem einzigen Stuhl am Fenster und starrte hinaus. »Ist was?« – Ich bereute die Frage im selben Augenblick. »Dein Freund Claudius ist tot.« – Mein Freund? Die Schwerins waren doch unsere Freunde? Sie begann heftig zu schluchzen. »Verschüttet! Noch sechs Stunden haben sie gelebt, dann sind sie erstickt! Es ist so grausam!«

Irgendwann später: »Claudius von Schwerin und seine Frau wollten dich adoptieren, wenn mir etwas zugestoßen wäre ... Sie hätten so gerne wieder ein Kind gehabt. Es war für mich beruhigend zu wissen, daß meine Kleine nicht alleine stehen würde auf der Welt.«

Aber da ist noch eine andere Erinnerung – Monate davor. – Ich war ein mißtrauischer kleiner Lauscher. – Sie sprach mit ihrer Freundin über den Wunsch Schwerins ein Kind zu adoptieren. »Das muß er doch einsehen, daß das nicht geht. Ich könnte mich nie von einem der Jungen trennen. Die haben außerdem noch einen Vater. Die Kleine da könnte er haben. Aber das würden die Brüder nicht zulassen.«

Das Schlimme an den Luftangriffen war nicht das todmüde nächtliche Aufstehen, war nicht das Geräusch der Flugzeuge, der fallenden Bomben und der Einschläge ... das Grauen war der Luftschutzkeller selbst. Die Enge, der Geruch von Angst, die Nähe der anderen, der Volksgenossen, vor denen das Schweigen nur unvollkommen schützte, und vor allem das ausweglose Gefangensein.

Unser Luftschutzkeller war ein großer Raum, weiß getüncht, mit Betonfußboden, mit vielen Stühlen möbliert. Dort drängten sich Frauen mit ihren Kindern und alte Männer. Jungen wie meine Brüder mußten in ihrer Schule Brandwache halten und Sanitäter-Hilfsdienste leisten. Die Frauen saßen auf den Stühlen und hielten ihre Kinder um sich, die Kleinsten auf dem Schoß, Koffer und Taschen als Notgepäck dazwischen. Die müden, verschlafenen Gesichter waren mißtrauisch verschlossen. Keiner wagte ein Gespräch, es gab in diesen Jahren der Diktatur längst keine unverfänglichen Themen mehr. Außerdem genügte die Luft kaum fürs Atmen.

Katja, die schöne blonde Ukrainerin, die bei uns als Hausmädchen lebte, saß zwei- oder dreimal still neben meiner Mutter. Dann, beim Verlassen des Kellers, trat uns ein junger SS-Mann in den Weg: Es ginge doch nicht an, daß »so etwas« zwischen Deutschen säße! Dafür müßte ein separater »Verschlag« zur Verfügung gestellt werden. – »So? Wirklich?« sagte meine Mutter und legte den Arm um Katja. Der Vater des SS-Mannes, ein kultivierter älterer Herr, kam hinzu. »Aber bitte«, sagte er verzweifelt, »bitte ...« – Die Woge müder Menschen aus dem Keller drängte uns hinaus. – Katja wollte bei Fliegeralarm nicht mehr aufstehen. Das sei sowieso kein Schutz, sie schlafe lieber, dann höre sie auch keine Bomben.

Das Mädchen in der Wohnung nebenan war einen Kopf kleiner als ich; sehr blaß, es konnte nicht alleine gehen, es konnte nicht sprechen. Als ich es zum erstenmal sah, schaute ich fragend meine Mutter an, die schüttelte den Kopf. Keine Frage, hieß das, kein Wort! Im Luftschutzkeller hielt die Frau ihr behindertes Kind auf dem Schoß, stundenlang und unbeweglich. Meine Mutter und noch eine andere Nachbarin setzten sich immer dicht daneben, so daß niemand das Kind genau sehen konnte. Einmal, bei einem starken Bombeneinschlag löste sich ein Stück Verputz von der Kellerdecke und fiel der Frau auf den Kopf. Blut strömte über ihr Gesicht, und sie fiel in Ohnmacht. Das Kind fing an zu weinen. Alle Aufmerksamkeit wandte sich den beiden zu. Meine Mutter nahm das Kind auf den Arm, ging in eine dunkle Ecke, wiegte es und sprach ihm leise zu, da wurde es wieder still.

»Sie hat so furchtbar Angst, daß man es ihr wegnimmt ...« – Viele wußten damals, daß »wegnehmen« »töten« bedeutete. Es gab die mutigen Predigten des Grafen Galen, des Bischofs von Münster gegen das, was die Nazis »Euthanasie« nannten. Sie wurden als hektographierte Blätter unter Freunden weitergereicht. Ich wußte auch davon. (Aus leisen Du-hörst-doch-nicht-zu-Kind-Gesprächen? Aus zynischen Kinderscherzen in der Schule? Ich weiß nicht, woher.)

Wir standen in einem fremden Treppenhaus. Meine Mutter sprach sehr leise mit einer Bekannten über deren jüdische Nachbarn. Ich glaube, es war in der Knorrstraße. Ich hörte mit abwesendem Gesicht zu. – Die beiden Frauen schauten sich immer wieder um, aber beim Sprechen blickten sie zu Boden. »Man hat sie abgeholt, vorige Woche. Früh, vor 6.00 Uhr. Die armen Menschen! Der Transport nach dem Osten, sie sprachen von Riga. Aber gestern kam eine Karte. Ihr Aufenthaltsort sei eine schöne Gegend und sie seien gesund. Vielleicht ist alles doch nicht ganz so schlimm ...« – »Vielleicht hat man sie gezwungen, das zu schreiben ...«

Das war einer der ersten Transporte Münchner Juden »nach dem Osten«, nach Kowno in Litauen, nach Auschwitz, nach Theresienstadt ... Der letzte Transport fand noch im Februar 1945 statt. Später haben sich die Naziverbrecher nicht mehr die Mühe gemacht, die Nachbarn durch erzwungene Grußkarten zu beruhigen. Von den etwa 11.000 Münchner Juden sind 7.500 rechtzeitig emigriert; 3.000 wurden deportiert und ermordet.

Trotz allem – das Ausmaß des Verbrechens ahnte damals noch niemand.

Nachts heulten die Sirenen mit immer größerer Regelmäßigkeit. Die Luftschutzkellerstunden wurden länger, das Brummen der Bomber und das Pfeifen der Geschosse wurde lauter, kam näher ... die Luft im Keller, Schweiß und Spannung, wurden unerträglich dicht.

In einer Ecke des Kellers war eine fünfzig Zentimeter hohe Bühne aus Brettern errichtet. Kranke, Verwundete und Kinder sollten dort liegen können.

In dieser Nacht wollten die Angriffe kein Ende nehmen. Kinder quengelten. Wir waren alle so dick angezogen, mit vielen Kleidungsstücke übereinander, mindestens ein blauer Trainingsanzug aus Flanell, Wollmütze, Schal, Stiefel – für den befürchteten Auszug aus den Trümmern unseres Hauses in die eisige Nacht.

Auf der Bretterbühne ein knappes Dutzend Kinder, hockend, den Kopf zwischen den Knien, liegend, die Hände über den Augen, zusammengerollt – ich war dabei. Ein Junge fing an: er stand auf, preßte die Hände über der dicken Mütze an die Ohren, fing an, gellend zu schreien und zu trampeln – und alle Kinder taten es ihm nach. Ein wilder, verzweifelter Tanz, ein höllisches Gebrüll, immer schneller, immer lauter. Kein Erwachsener hatte eine Chance, das zu unterbinden, die wildgewordenen Zwerge hörten keinen Zuruf, der Raum war zu sehr überfüllt, als daß jemand hätte zu ihnen vordringen können. Fünf Minuten? Zehn Minuten? Wie mechanische Spielzeugfiguren, deren Batterie im Bauch langsam ausläuft, wurden wir einer nach dem anderen still. »Ich konnte es nicht mehr hören«, sagte der Junge – er meinte das Brummen der Flugzeuge, das Pfeifen der Bomben und die Einschläge. Müde und weinerlich rutschten wir nacheinander von dem Podest, und jeder schlängelte sich mit schlechtem Gewissen zwischen Koffern und Stühlen zu seiner Mutter. »Ich konnte es nicht mehr hören«, sagte ich dem Jungen nach. Ein alter Mann nickte verständnisvoll. Die Mutter schwieg. Entwarnung kam.

Die vier Treppen hinauf. Ich schlich hinter meiner Mutter her, ich weinte vor Erschöpfung. Erst ganz oben, als wir alleine waren, nahm sie meine Hand: »Es wird alles noch viel schlimmer werden, mein Kind. Man muß tapfer sein. Wer sich gehen läßt, bringt sich und andere in Gefahr.« Ich versuchte, tapfer zu nicken.

Ja, es wurde schlimmer. Alles. Langsam ahnte jeder, wie der Krieg enden würde, und die Chancen, das Ende zu erleben, sanken – besonders für Jungen.

Das Zimmer war erstickend voll Verzweiflung. Mein bewunderter großer kluger Bruder stand und ließ den Kopf hängen: »Mami, kannst du mir denn nicht helfen?« – Sie drehte das Gesicht zur Wand, es war wie eine Maske. – »Nein, mein Junge, ich kann nichts tun. Du mußt das machen, was die Lehrer euch geraten haben, und dich heute noch freiwillig zur Wehrmacht melden.« – Mutige Lehrer am Maxgymnasium hatten die Schüler gewarnt. Am nächsten Tag würden Offiziere der Waffen-SS kommen und die 17jährigen dazu veranlassen, ihre Unterschriften unter vorbereitete Erklärungen zu setzten, daß sie »freiwillig« in die Waffen-SS eintreten wollten. Um dem zu entkommen, müßten sie sich sofort als Freiwillige zur Wehrmacht melden. Die Gymnasiasten folgten alle diesem Rat. »Die Waffen-SS – das bedeutet Mörder und Verbrecher sein. Ihr müßtet wehrlose Menschen mißhandeln und töten. Die Waffen-SS macht keine Gefangenen im Krieg, und ihre Mitglieder werden vom Kriegsgegner auch nicht gefangengenommen, sondern sofort getötet. Mit der Tätowierung eurer Blutgruppe am Arm seid ihr zeitlebens gezeichnet.«

Weißer Sonntag 1943. Meine Erstkommunion. Der wichtigste Festtag für ein katholisches Kind. In der Wohnung Leere. Bruder Harald in der Kaserne, Bruder Burkhard bei der Flak. Man hatte mir ein weißes Kleid genäht, lang – ich war das einzige Kind in langem Kleid, dazu trug ich einen Kranz von weißen Stoffrosen. Die Ursula-Kirche, düster und kalt wie immer. Der nette Kaplan, der uns vorbereitet hatte, war vor drei Wochen an die Front gezogen – und schon gefallen. Haralds Gesuch, für die Erstkommunion seiner kleinen Schwester einen Tag Urlaub zu bekommen, war höhnisch abgelehnt worden. Wie ein junger deutscher Soldat »für so etwas« überhaupt fragen könnte!

Burkhards gleichlautende Bitte wurde von einem anderen Wehrmachtsoffizier mit einem freundlichen »selbstverständlich« genehmigt. Als ich in meinem langen Kleid aus der Kirche kam, stand er da, gab mir die Hand, verbeugte sich galant und sagte: »Hübsch, Schwesterchen.«

Die Schwerins lebten schon nicht mehr. Aber Res, die Studienkollegin und Freundin meiner Mutter, sie schenkte mir eine Schachtel mit Bonbons, Gundrum hatte eine Dose mit Lebkuchen für mich. Fanny Hoppe-Moser brachte ein schönes, eingelegtes Kästchen aus Rosenholz, und Ricarda Huch hatte ein Inselbändchen LEGENDEN aus ihrer Bibliothek geschickt.

Am Nachmittag fuhr ich mit meiner Mutter mit der Straßenbahn zu Haralds Kaserne – in Kleid und Kränzchen und mit der Lebkuchendose. Es fiel mir schwer, sie nicht wenigstens ein bißchen zu öffnen und ein wenig zu probieren. In der Kaserne mußten wir an der Türe warten. Harald kam die Treppe herunter, in seiner grauen Uniform.

Er gab mir einen Kuß und war sehr gerührt über die Lebkuchen. »Aber die sollst doch du essen.« – »Ich habe noch ganz viele Süßigkeiten zu Hause.« –

Am Abend noch eine Abschlußandacht. Der Einzug in die Kirche. Pfarrer und Ministranten voran, die Kinder paarweise hinterher. Eine Fahne sollte getragen werden. Zwei eifrige Damen erblickten mich im langen Kleid – Ja, die! Niedlich! – Sie hängten mir eine blaue Schärpe um. Ich sollte in der Mitte gehen und die Fahne tragen. Meine Mutter kam hinzu. »Die Kleine kann das nicht. So viel Kraft hat sie nicht.« Es gab ja auch, weiß Gott, größere und dickere Kinder als mich. Aber die regieführenden Damen hatten mir schon die schwere Fahne in die Hand gedrückt und der Zug setzte sich in Bewegung. Nach wenigen Schritten schwankte die Fahne gefährlich, sie stand ganz schräg, und die goldenen Bommeln tanzten dem Geistlichen um die Nase. Vor meinen Augen wurde es grau, dann schwarz. Dann saß ich plötzlich auf einer seitlichen Bank neben meiner Mutter. Wir lachten uns an. Neben mir lag die dumme blaue Schärpe.

Natürlich war auch ein Photo von mir gemacht worden. Meine Mutter hielt es in der Hand. Zusammen mit ihrer Freundin blätterte sie in dem Album, das ihr mein Vater im letzten Sommer gebracht hatte. Sie legte mein Bild neben sein Kommunionsbild. »Sieh dir das an: denk dir die Mütze weg und dafür das weiße Kränzchen. Genau dasselbe Gesicht.« Ich drehte den Kopf zu ihr, da klappte sie das Album zu. »Du sollst nicht zuhören, Kind!«

Ratlos ...

Ich weiß – es hatte sich etwas geändert im Verhältnis meiner Mutter zu mir mit dem Tod des Vaters: Der Abstand war größer, Berührungen waren noch seltener geworden. Ich war das Relikt aus einer sinnlosen Episode. Dieses undurchsichtige kleine Mädchen von diesem unbegreiflichen, vermutlich schizophrenen Mann ... und das in dieser schweren Zeit! Natürlich sollte ich das nicht merken. Und ich war der Meinung, daß sie nicht merken dürfte, daß ich es trotzdem merkte – in dieser schweren Zeit.

Meine Brüder waren nicht mehr zu Hause. Der Raum zwischen meiner Mutter und mir, den sie ausgefüllt hatten, war weit und leer. Sie war die Mitte der Welt, ich stand fern am Rand – dazwischen war Ratlosigkeit, wie überall. Ratlosigkeit stieg aus den Büchern, aus der ONCKEN'SCHEN WELTGESCHICHTE, in der ich las und das meiste nur bruchstückhaft verstand, die langen Sätze darin wirkten tröstend und narkotisierend wie Mutters Balladen an meinem Kinderbett. Ratlosigkeit war im Klassenzimmer bei der Lehrerin, der ich längst nicht mehr zuhörte. Ratlosigkeit leuchtete in den Trümmerstraßen durch die Fensterhöhlen, sie schwebte über den Köpfen der schweigenden Menschen, die an den Geschäften Schlange standen, sie wurde kalt und dicht im Luftschutzkeller. Die Ratlosigkeit hatte den Himmel erobert. Meine Mutter sorgte sich um ihre Söhne, um das tägliche Überleben, um den Abschluß ihres Jurastudiums für den künftigen Lebensunterhalt ihrer Kinder. Sie war abgehetzt, deprimiert, voller Angst. Über Ängste und Gefühle sprach man nicht, schon gar nicht mit einem Kind. Außerdem gab es keine Lösungen mehr, es gab nur noch das Warten, warten auf die einzige Sicherheit – die Katastrophe.

In den ersten Kriegsjahren, in der Zeit der Blitzkriege und Eroberungen, der hysterischen Triumphe des Systems, hatte sie weder Zeitung noch Radio ins Haus gelassen – die Propaganda tönte sowieso aus allen Ritzen. »Wer schreit denn da so unsympathisch?« fragte sie arglos auf offener Straße beim Hören einer Hitlerrede.

Nun war ihr jede Nachricht wichtig, Nachrichten vom Umschwung, von Rückzügen und Verlusten, vom Vorgehen der alliierten Armeen, sie las zwischen den Zeilen, sie hörte »Feindsender«.

Damals, im Herbst 1941 erzählte sie noch voll Empörung und Triumph, sie sei mit einer Schulfreundin, einer Schauspielerin, vor einem Café gesessen. Da sei eine andere ehemalige Mitschülerin vorbeigegangen, mit gesenktem Blick, den Judenstern am Revers!

Sie seien aufgestanden, hätten sie umarmt und geküßt und an ihren Tisch genötigt. Der Kellner habe sie bedient, ohne eine Miene zu verziehen, und auch die Gesichter der anderen Gäste hätten Zustimmung signalisiert. – Da mag wohl noch ein Schutzengel mit am Tisch gesessen haben ... – Dieser jüdischen Freundin und ihrem Mann gelang übrigens noch im letzten Moment die Flucht ins Ausland. Sie kehrten nach dem Krieg zurück. Die Freundinnen haben diese kleine Szene nie vergessen.

Aber im Februar 1943, am Tag dieser unglücklichen Flugblätteraktion der »Weißen Rose« in der Halle der Universität war sie, kaum hatte sie die Situation erfaßt, in panischer Angst gelaufen, gerannt über die Leopoldstraße zur »Danziger Freiheit«, in die Siegfriedstraße und die vier Treppen hinauf. Im Flur kauerte sie erschöpft auf dem Boden, an die Wand gelehnt, zitternd und mit fliegendem Herzschlag. »Ich habe so Angst gehabt. Ich habe ja alles ganz genau gesehen. Ich habe befürchtet, man könnte mich verhaften, mich befragen, wen ich gesehen habe und was ich noch wüßte – und ich hätte nie mehr zu meinen Kindern zurückkehren können.«

Sommer 1943. Harald war nach wenigen Wochen Ausbildung Soldat in Italien. Er hatte die phantastische Rangbezeichnung »Fahnenjunker«, seine Aufgabe waren nächtliche Boten- und Aufklärungsgänge. Seine Briefe trafen regelmäßig ein. Einmal legte er einen Granatsplitter bei, der an dem schmalen, metallenen Stirnband an seiner Schläfe abgeprallt war. Der sollte der Mutter sein Glück beweisen, sein Jungenglück, auf das er vertraute, auf den nächtlichen Schleichwegen unter funkelnden Sternen über Felsen und durch dichtes Gestrüpp, vorbei an ebenso jungen feindlichen Schleichern, deren Mütter und Schwestern um sie bangten.

»Im Krieg schießen die Menschen sich gegenseitig tot ...« –

In einem Brief, an mich adressiert, lag ein Brocken Pfefferminzfondant, oben rosa, unten weiß, eine unvergeßliche Seligkeit! Ich legte ihn auf meinen Tisch und schaute ihn an, bis sich die Ränder vor Trockenheit bogen, dann aß ich ihn auf einmal auf. – Aber in Haralds Briefen gab es bald, wenn auch vorsichtige, Andeutungen über Erfahrungen, Gerüchte, Einsichten des 18jährigen in die Verlogenheit der Propaganda und die kriminelle Energie der deutschen Führung in diesem damals schon aussichtslosen Krieg.

Soldaten mußten schweigen über alles, was sie sahen, sonst hatten sie ihr Leben verspielt.

In Gaststätten, Geschäften, Kinos, vor allem in allen Lazaretten hingen Plakate, sie zeigten das Gesicht eines Soldaten mit Stahlhelm. Quer über das Plakat geschrieben stand ein drohendes »Schweige!«

Gefährliche Andeutungen gab es auch in den Briefen von Ricarda Huch. Jeder suchte jemanden, dessen Gesinnung er kannte, ein bißchen sein Herz auszuschütten – und vertraute dabei auf die Diskretion und Zuverlässigkeit der großdeutschen Post. Es wäre weise gewesen, Briefe sofort nach dem Lesen zu vernichten. Aber Briefe eines lieben Menschen waren so kostbar – jeder Brief konnte das letzte Lebenszeichen sein. Und meine Mutter trug diese Briefe ihres Sohnes und die ihrer verehrten Freundin in der Handtasche mit sich – und ließ diese in einem Moment der Verwirrung und Eile in der Straßenbahn stehen. Eine Katastrophe. Wer die geöffneten Briefe las, könnte, müßte Anzeige erstatten. Schreiber und Empfänger würden dann der Gestapo in die Hände fallen.

In einem Brief Ricarda Huchs vom Juni 1942 an Marie Baum steht zum Beispiel: *Daß so Entsetzliches um einen herum vorgeht und man nichts tut, um es zu verhindern oder zu rächen, kommt mir manchmal so unerhört, so unerträglich vor – und doch ist es menschlich, sich des Lebens zu erfreuen, sowie ein schöner Augenblick es ermöglicht.*

Ähnliche Bemerkungen standen wohl auch in diesen Briefen an

meine Mutter. Sie hätten der Gestapo als Vorwand für ein Eingreifen genügt.

Sie saß in der Küche auf einem Stuhl vor dem Tisch am Fenster, ohne Bewegung, wie sie immer saß, wenn Angst oder Traurigkeit sie lähmten. Ich stand im Bad und bemühte mich, meine Zöpfe zu flechten. Beide Türen standen offen. Sie rief mich. »Komm, bring den Kamm mit, ich mach dir die Zöpfe.« – Ich stand vor ihr, zwischen Tisch und Stuhl. Sie kämmte lang, ließ sich Zeit, sie spielte mit meinem Haar. Dann: »Also, es kann sein, daß man mich abholt. Sie kommen meistens früh morgens. In diesem Fall mußt du sofort zum Bahnhof laufen und mit einem Zug nach Düsseldorf zu Tante Cäte fahren. Schau, in dieser Schublade mit Besteck, unter dem bunten Papier liegen 100 Mark. Die nimmst du mit und auf jeden Fall den Mantel. Das kannst du alles. Du bist ja mein kluges Mädchen.« – Ich schaute zum Fenster hinaus, auf die Uhr am Turm des Maxgymnasiums. Auf den großen Zeiger. Wann rückte er weiter? Ich wußte, daß sie nicht wollte, daß ich ihr Gesicht sehe. Als ich mich umdrehte, war sie leise weggegangen und schloß die Wohnzimmertüre hinter sich.

Aber der nächste Tag war hell vor Glück. Es läutete – nicht die gefürchteten Herren in den schwarzen Ledermänteln standen vor der Türe, sondern ein »Pimpf«, ein kleiner Hitlerjunge in Uniform. Er grüßte zackig mit zusammengeschlagenen Haken und ausgestrecktem Arm und präsentierte stolz die Tasche. Er habe sie gefunden, habe die Adresse darin gelesen, und da sei sie. Meine Mutter wollte ihm irgendetwas schenken, aber er lehnte ab. Das sei seine Pflicht und Ehre. Zack. Heil Hitler! Er stolzierte davon. – Und meine Mutter lachte und sang.

WEITEN

Im heißen Spätsommer 1943 lag ich mit einer langwierigen und ansteckenden Infektionskrankheit im Speicherzimmer des Kindheitshauses, geborgen unter Bäumen, Himmel und unendlichen Weiten. Der Haushalt war wieder nach St. Georgen bei Diessen verlegt. Die Mutter fuhr fast täglich nach München, gelegentlich übernachtete sie noch in der Wohnung, deren Tage gezählt waren.

Durch die offene Balkontüre wehte der Sommerwind, die Zweige des Nußbaums drängten herein, die Äste der Zypressen flüsterten in meinen Fieberträumen wie in den frühen Kindertagen. Ab und zu kam der Arzt. Katja, das ukrainische Hausmädchen, war bei mir. Freundlich, schweigsam, unaufdringlich. Sie hatte keine Angst vor Ansteckung. Stundenlang saß sie auf dem Stuhl bei meinem Bett und sang russische Lieder. Sie hatte eine schöne Stimme. Lieder voller Fremde, Sehnsucht und herber Melancholie. Ich lauschte und schlief. Bald konnte ich das Wolgalied auf Russisch. Nach einigen Wochen, im Herbst, war ich wieder gesund. Zur Schule mußte ich nicht mehr gehen.

Der Staat und der Krieg erreichten mich vorerst kaum noch. Freilich – irgendwann im nächsten Frühjahr bekam meine Mutter ein Schreiben, das mich zur Hitlerjugend, den »Jungmädeln« befahl.

Im Rathaus von Diessen, im großen Saal, sollte ich mich melden; Tag und Stunde waren genannt. Meine Mutter reagierte praktisch-fröhlich. »Ja, geh nur hin. Die sollen dir den Bezugsschein für die Uniform geben. Dann kaufen wir den schwarzen Rock und die weiße Bluse. Du brauchst dringend etwas zum Anziehen.«

An diesem Nachmittag lief ich also am Bach entlang nach Diessen. Ich hatte viel Zeit und vertrödelte noch mehr. Ich sprang mehrmals über das rauschende Wildwasser, ich balancierte auf dem Geländer am Weg zur Kirche, ich hatte keine Uhr. Als ich ankam, war ich mindestens zehn Minuten zu spät. Erst wartete ich vor der Türe, lauschte auf die großmauligen, zackigen Töne einer Politrede dahinter, klopfte zaghaft. Dann öffnete ich die Türe einen kleinen Spalt, schob mich schüchtern hindurch, Blicke wandten sich mir zu – ich knickste und sagte leise »Grüß Gott«. Da saßen zwei Herren in Naziuniform hinter einem Tisch, der eine sprang wütend auf. »Kannst du nicht einmal richtig grüßen! Raus!« Ich warf die Türe zu und lief davon. – Meine Mutter fand die Geschichte eher komisch. »Du mußt da nicht mehr hingehen«, meinte sie leichthin.

Eine Bombe auf unser Häuschen am Rand der Welt war sehr unwahrscheinlich. Trotzdem mußten alle Luftschutzverordnungen erfüllt sein. Dazu gehörten Verdunklung, Sandsäcke und, da kein Keller in der Nähe war, ein Schützengraben. Der Ortsgruppenleiter, begleitet von einem Mann mit Hacke und Spaten, kam. Er entschied sich für eine Stelle im Garten – etwa 200 Meter vom Haus entfernt unter dem Schutz von Haselnußbüschen. Mutter, Katja und ich nickten gehorsam; er stolzierte davon. Der Mann begann zu graben. Drei Meter lang, einen halben Meter breit und anderthalb Meter tief. Wir schauten zu. Die Erde, die er heraufwarf, war gelb und naß. Schon bei einem Meter Tiefe kam das Grundwasser. Ein wahrhaft traulicher Platz – und so sicher! Er verlor zunehmend die Lust an seinem absurden Tun. »Meinen Sie, es reicht schon?« – »Ja, längst!« – Er ging erleichtert weg. Mutter und Katja brachen in ein vergnügtes, lang andauerndes und ansteckendes Gelächter aus.

Dieses Lachen meiner Mutter hatte eine metaphysische Dimension. Es brach heraus, wenn Erschöpfung, Hunger, Sinnlosigkeit und Verzweiflung wie eine Sturmwelle am Strand über ihr zerbrachen. Dann tauchte sie mitunter aus der Welle auf und lachte so; dann gab sie alles leichthin verloren und dem lächerlichen Leben noch einmal eine Chance. Niemand außer Katja konnte damals so in dieses Lachen eintreten. Das Lachen war die Sprache, in der sich Mutter und Katja verständigten.

Katja Komatschewa, geboren 1919 als Tochter eines Großbauern in der Nähe von Rostow am Don, aufgewachsen in der fruchtbaren weiten Steppe der Ukraine, zwischen gelben Kornfeldern und rotem Mohn, unter weitem blauen Himmel, die Ukraine 1922 in die UdSSR gezwungen, Katja, eine selbstbewußte »Kosakentochter«, schlank, groß, mit langen blonden Haaren und blauen Augen, ihre Haltung immer aufrecht und stolz, ihre wache Aufmerksamkeit und flinke Intelligenz ... und sie hatte erlebt: die Stalinistischen *Säuberungen* und den Abtransport, die »Umsiedelung«, von Freunden und Verwandten, die Kosaken waren Kommunistengegner ... und sie hatte erlebt: die Kollektivierung des Familienbesitzes gegen den erbitterten Widerstand der Bauern in den Jahren 1929-33. Diesen erbarmungslosen Krieg gegen die Bauern, er vernichtete die ukrainische Landwirtschaft und hatte entsetzliche Hungersnöte zur Folge – mit mehr als fünf Millionen Toten! Das hatte Katja erlebt, und das Zerbrechen des Stolzes, den Hunger, die demütigende Zwangsarbeit der Eltern auf der Kolchose, die Vernichtung ihrer Kultur, Sprache und Tradition, die erzwungene Anpassung in der Kommunistischen Staatsjugend. Sie hatte erlebt: den Krieg und die Front, die über ihr Dorf hinwegging, den Tod der Brüder, 1941 die deutsche Besetzung. Sie hatte gehofft auf die Deutschen als Befreier. Sie hatte sich bereit erklärt, als Fremdarbeiterin nach Deutschland zu gehen. Vielleicht hatte sie Illusionen über das Nazideutschland, vielleicht hatte sie auch keine Wahl. An dem Tag bevor sie zu uns kam, hatte ihr ein Nazi ein blaues Auge geschlagen – warum? Um ihr ihre Situation klar zu machen – auf Deutsch. Sie war 23 Jahre alt. Am nächsten Tag kochte sie den Salatkopf; er bedeckte als kläglich dünner grüner Brei gerade den Boden des Topfes. Meine Mutter lachte, wir Kinder lachten – und Katja lachte.

Es waren heiße Sommer damals und kalte Winter. Der Ammersee war zugefroren. Ich ging hinunter zum See. Die Skischuhe meiner Mutter paßten mir schon einigermaßen. Ich trug die Schlittschuhe in der Hand. Die Nachmittagssonne schien fahl und kalt. Einige Schlittschuhfahrer zogen ihre Kreise am Ufer. Es gelang mir nach einiger Mühe, die Schlittschuhe an den Stiefeln zu befestigen. Ich versuchte zum ersten Male mein Glück – und fand es! Ein paarmal fiel ich noch hin, aber dann flog ich frei über das Eis. Immer geradeaus, immer weiter glitt ich auf der geheimnisvollen dunkelweißen Fläche, immer weiter und weiter vom Ufer weg in die steigenden Nebel, in die fallende Nacht. Das Ufer vor mir und die Heimat hinter mir waren nur zu ahnen. Lichter gab es nicht. Stimmen und Geräusche erstickten. Ab und zu krachte und bewegte sich unter mir leise das Eis. Ein ungeheures, unfaßliches Glück ergriff und trug mich: das Glück des Flugs, der Einsamkeit und der Gefahr ...

Irgendwann bin ich natürlich umgekehrt – irgendwann stieß ich an das Ufer, tastete mich hinauf, löste die Schlittschuhe und erkannte in unmittelbarer Nähe Häuser von Diessen. – Als ich nach Hause kam, war es spät. Sie waren fast fertig mit dem Essen. Sie sprachen lebhaft miteinander und nahmen meine Ankunft nur nebenbei wahr. Es gab Bratkartoffeln mit etwas Johannisbeermarmelade. Jemand füllte meinen Teller, und ich setzte mich an den Tisch. Das kleine Zimmer war heiß vom Kochen. – Keiner fragte nach meinem Verbleib und meinem Glück.

* * *

Freunde und Nazis: eine blinde Mischung von letztlich Undurchsichtigen um jeden herum. So wie der Zufall Menschen zusammenführte und die Gunst oder Ungunst der Stunde es wollte, entschied sich in einem einzigen Gespräch, wie Leben und Überleben aussehen würden.

Es war die Situation, die alle fürchteten: eine Abendgesellschaft bei Freunden, gute Bekannte und neue Kollegen sind eingeladen. Man bittet diesen dazu, damit er auf seinen Wunsch jenen kennenlernen könnte ... Das Gespräch berührt die herrschende Rassenideologie, ein Gast – äußerlich gebildet, wohlerzogen, wie alle Anwesenden, aber mit dem schrecklichen, unerklärlichen Virus im Hirn, der unter den Deutschen grassierte – er stößt auf Widerspruch, ein Wort gibt das andere ... er »fühlt sich verpflichtet« zur Denunziation.

Im Herbst 1936 war Ricarda Huch mit der Familie ihrer Tochter nach Jena gezogen. Ihr Schwiegersohn hatte dort einen Lehrstuhl an der Juristischen Fakultät bekommen. Während der Weimarer Republik war er zunächst Staatsanwalt, dann Referent im Reichswirtschaftsministerium in Berlin gewesen, später Dozent in Heidelberg und Freiburg. Anfang Mai 1937 fand die verhängnisvolle Abendgesellschaft statt. Ricarda Huch berichtete in einem Brief an Marie Baum vom 30. Mai 1937: *Neulich waren wir zu einem netten Ehepaar aus der Fakultät eingeladen, die eigens baten, ich möchte doch mitkommen, es wäre noch ein Ehepaar – sagen wir X – da, die sich freuen würden, meine Bekanntschaft zu machen. Ich ging also mit. Im Laufe des Gesprächs sagte unser Gastgeber, die Juden könnten nicht organisch denken und wären nicht produktiv. Ich sagte, ich zweifelte, ob man das sagen könnte, es hätten in den letzten Jahren Juden verschiedentlich den Nobelpreis bekommen, Physiker, Chemiker; auf diesem Gebiet waren sie doch wohl produktiv gewesen. Ein Wort gab das andere, Franz stimmte mir zu, und zwar in der heftigen und aggressiven Weise, in die er so leicht verfällt. Herr X wurde schärfer und schärfer und sagte zum Schlusse zu mir: »Ich sehe, Sie sähen lieber das deutsche Volk vernichtet und die Juden herrschen« (oder so ähnlich). Ich sagte kalt: »Ich habe die Deutschen sehr geliebt, bin allerdings sehr davon zurückgekommen, seit ich so viel Gemeinheit mitanzusehen habe.« Natürlich hatten Franz und ich uns sehr aufgeregt, ich zitterte noch, als wir zu Hause ankamen. Nach ein paar Tagen erfuhren wir, daß Herr X. überall umherginge und erzählte, was für unerhörte Dinge wir gesagt hätten, und daß ein solcher Mensch wie Franz unmöglich an der Universität geduldet werden könnte [...]. Die ganze Fakultät wußte bald Bescheid und besprach die Sache, sie sind aber aller außerordentlich lieb und freundschaftlich mit Franz und Busi [...].*

X war der ehemalige Artillerieoffizier Kolb, SS-Offizier und Blutordenträger – was in der Gesellschaft niemand wußte –, damals war er Lehrbeauftragter an der Universität Jena. Dieser Kolb erstattete zunächst Meldung an das Thüringische Kultusministerium, später wiederholte er seine Aussagen auch gegenüber der Gestapo. Dieser zweiseitige, enggeschriebene Denunzianten-Brief ist erhalten. (Marbacher Katalog: RICARDA HUCH, S. 376f.) Kolb mag das Gespräch vergröbernd dargestellt haben. Inhaltlich dürften die denunzierten Aussagen aber mit dem übereinstimmen, was Franz Böhm zu diesem Thema zu sagen für richtig fand und auch gesagt hatte.

Erst ein Jahr später wurde gegen ihn und Ricarda Huch das polizeiliche Ermittlungsverfahren »wegen Vergehens gegen das Heimtückegesetz« eingeleitet. »Heimtücke« war nach nationalsozialistischer Logik, wenn jemand seine Meinung offen und frei heraussagte und damit die rechte, verordnete Ideologie sträflicherweise untergrub.

Aber ein heimlicher Sympathisant, als Nazi getarnt und angepaßt, im Justizministerium bremste die Staatsanwaltschaft. (Gott segne die Halbherzigen, die Schwankenden, die Mitläufer mit verschwommenen Idealen im Kopf und geheimer Opposition im Herzen, die sich Stellung und Einfluß, aber auch Anstand bewahrt hatten, sie konnten retten und taten es auch in vielen Fällen.)

Es gab lästige Verhöre, auch für Ricarda Huch und ihre Tochter, aber man ließ sie im Unklaren darüber, ob sie nun Zeugin oder Angeklagte sei. Das Verfahren zog sich hin und führte in erster Instanz zur Dienstentlassung Böhms. Dieses Urteil wurde ein Jahr später in zweiter Instanz wieder aufgehoben und das Verfahren eingestellt. Böhm wurde in den Ruhestand versetzt, die akademische Lehrbefugnis ihm entzogen. Zufälle, die niemals aufgeklärt wurden und der Mut Berliner Richter bewahrten ihn und seine Familie vor Schlimmerem. Es sind in diesem Zusammenhang tatsächlich zwei Anträge an die Staatspolizei in Weimar auf seine Verbringung in ein Konzentrationslager gerichtet worden . Die Staatspolizei hatte jedoch nichts veranlaßt, sondern die Anträge zu den Akten genommen. –

Das Verfahren gegen Ricarda Huch wurde schließlich doch noch eröffnet, aber gleichzeitig wurde auf Grund eines eben erlassenen Amnestiegesetzes die Einstellung angeordnet. Ihr energischer Protest und Einspruch gegen diese Verfahrensweise wurde von einem Weimarer Sondergericht ohne Begründung abgewiesen.

Aus seinem Beruf ausgestoßen, hatte Franz Böhm nun Zeit und Möglichkeit, sich in Verbindung mit verschiedenen Widerstandskreisen mit Plänen für einen Umsturz und für die Wiederaufrichtung eines demokratischen Rechtsstaates danach zu befassen. Er unterhielt Verbindung zum katholischen Freiburger Kreis, zur evangelischen Bekennenden Kirche, zu Ernst von Harnack und Helmut Gollwitzer, zum Grafen Peter York und zu Carl Goerdeler, den er häufig im benachbarten Leipzig besuchte.

Marie Baum, die langjährige Freundin der Familie schrieb darüber: Es wird nie ganz geklärt werden, weshalb Franz Böhm nicht als Widerstandskämpfer verfolgt worden ist. *Wahrscheinlich beruht die wunderbare Rettung, zum Teil wenigstens, auf der Verwechslung mit einem Manne gleichen Namens.* (LEUCHTENDE SPUR, S. 372)

Franz Böhm hatte, als beurlaubter Staatsanwalt in den vorzeitigen Ruhestand versetzt, wegen seiner wenigen Dienstjahre eine entsprechend geringe Pension. Die Familie lebte in finanziell sehr beengten Umständen. Die Einkünfte von Ricarda Huch aus ihren Büchern blieben ebenso gering. Hinzu kam, daß die Zensur des Propagandaministeriums sehr genau geworden war. Ihr Buch MICHAEL BAKUNIN UND DIE ANARCHIE, zum Beispiel, war in einem vom der Bayerischen Politischen Polizei herausgegebenen VERZEICHNIS DER POLIZEILICH BESCHLAGNAHMTEN UND EINGEZOGENEN, SOWIE FÜR DIE LEIHBÜCHEREIEN VERBOTENEN DRUCKSCHRIFTEN aufgeführt. Der dritte Band der Trilogie HEILIGES RÖMISCHES REICH DEUTSCHER NATION, den sie 1941 abgeschlossen hatte, bekam keine Druckerlaubnis mehr. Kein Buchhändler wagte mehr, ihre Bücher sichtbar anzubieten.

Ricarda Huch lebte mit Tochter, Schwiegersohn und Enkel in einem gemieteten Gartenhaus am Oberen Philosophenweg. Es war eng darin, und der Komfort ließ manches zu wünschen übrig; sie nannten es zärtlich »Baracke«. Aber es hatte Balkon und Terrasse, es lag inmitten von Bäumen und blühenden Gärten, und es hatte einen wundervollen freien Blick über die schöne Universitätsstadt Jena. Besucher wie meine Mutter durften auf dem Sofa im Arbeitszimmer übernachten.

Im Jahr des aufziehenden Entsetzens, 1943, kam meine Mutter von ihrem Besuch bei Ricarda Huch in Jena tief beunruhigt zurück: »Sie verhungert langsam, und die merken es nicht einmal, weil sie sie täglich sehen!« – Es war so, daß sie wegen einer (schon seit Jahrzehnten bestehenden) Erkrankung der Verdauungsorgane eigentlich vorwiegend Fleisch, Eier, Butter und Käse essen sollte – alles, was im Krieg nicht zu haben war. So hatte die 79jährige alte Dame bedenkliches Untergewicht. Es half auch nicht viel, daß ihr der Arzt zusätzliche Nahrungsmittel verschrieb – sie waren einfach nicht zu bekommen.

Für Ricarda Huch stürzte sich meine Mutter beherzt in die Illegalität und begann zu »hamstern«, das heißt, bei den Bauern Lebensmittel heimlich zu kaufen oder gegen Brauchbares einzutauschen.

Sie schickte Pakete nach Jena, möglichst mit einem Huhn, oder was sie sonst Tierisches auftreiben konnte. Die Antwortbriefe rühmten den Inhalt, sprachen aber auch von der Besorgnis, uns könnte es dadurch an etwas fehlen. Meine Mutter beruhigte sie mit dem wahrheitsgemäßen Hinweis, daß wir allesamt Fleisch sowieso nicht besonders mögen.

Steinzeit

Die Flakhelferkarriere meines 16jährigen Bruders Burkhard endete nach einigen Monaten mit einer schweren Scharlacherkrankung, von der er sich nur sehr langsam erholte. Er lag wochenlang im Lazarett im Schwabinger Krankenhaus. Dort schloß ihn eine resolute Ordensschwester ins Herz, die ihn immer wieder ins Bett zurückscheuchte, wenn er erste Versuche unternahm, aufzustehen und sich umzusehen: »Ja, gehst net glei ins Bett, Büberl! Sonst schicken's dich noch raus an d' Front und schießen's dich z'amm! Dafür bist mir zu schad!« Und leise: »Deiner Mutter kannst sag'n, in deinem Urin find ich immer noch was!« – Meine Mutter kämpfte um seine Entlassung als Luftwaffenhelfer: »Der zuständige Offizier, ein ekelhafter, verklemmter Kerl, sah aufgrund einer bloßen Infektionskrankheit keine Veranlassung für eine Entlassung meines Sohnes. Ich regte mich entsetzlich auf, dabei merkte ich, daß er Angst bekam, ich könnte jetzt in seinem Zimmer wahnsinnig werden. Da legte ich noch etwas zu – und er rief die Sekretärin und diktierte das Entlassungsschreiben.«

Der 17jährige wurde nun für das Kinder-Land-Verschickungs-Lager in Diessen als »Jugendführer« dienstverpflichtet. Dort entwickelte er sich zum Spezialisten für Sättigungsillusionen. Möglichst schwarzes, hartes Brot so lange wie nur möglich im Mund behalten – war einer seiner Tips. An einem Sommerabend hatten wir einen Topf recht ordentlicher Kartoffel-Gemüse-Suppe. Er kam über die Wiesen herauf, dürr und langbeinig wie ein Strichmännchen von Paul Klee. »Hunger«, sagte er, und ergriff den Wasserkrug auf dem gedeckten Tisch und kippte den Inhalt in die Suppe. Unsere Protestschreie ließen ihn kalt. Mit viel wäßriger Suppe im Magen ist man – zunächst mal – eher satt als mit einer kleinen Portion dicker Suppe.

Das Denken zog sich zurück in die Steinzeit: Essen und Brennmaterial. Leben als Jäger und Sammler: Am Vormittag Schlange stehen vor den Läden, wenn es auf Lebensmittelmarken etwas zu kaufen gab, an Nachmittagen stundenweite Wege zu Bauernhöfen, wo ein Kännchen Milch oder ein bis zwei Eier oder ein Stück selbstgebakkenes Brot zu bekommen waren – der Rückweg dann im Schutz der Dämmerung auf möglichst unbegangenen Feldwegen. Nur niemandem begegnen! Im Sommer mit dem Leiterwagen – legal mit amtlichen Erlaubnisschein – im Wald Tannenzapfen und Äste sammeln.

Einige Male war meine Mutter bei mir – dann gingen wir unter einem hohen weiten Himmel und sangen zusammen in den Sommerwind: *Rote Rosen am Hügel, rote Beeren am Hag, und ich freu mich, ja ich freu mich am sonnigen Tag [...]* oder – mein Lieblingslied, das von den drei Zigeunern, die dreifach gezeigt haben – *wenn das Leben uns nachtet, wie man's verraucht, verschläft und vergeigt, und es dreimal verachtet.* Für einen Sommeraugenblick vergaßen wir alles und spielten mit den Wolken. – Meist lief ich allein ... Ich lief gerne durch die schöne offene Landschaft des Voralpenlandes, die Weite war meine Geborgenheit, und der Wind blähte die schillernde Seifenblasenhaut meiner vergnügten Einsamkeit bis zum Ende der Welt.

Sie war ja meist so müde, abgehetzt, ausgefüllt mit der Sorge um das tägliche Überleben, der Sorge um ihre Söhne, sie mußte ihren Referendardienst ableisten in Landsberg, ihre juristische Doktorarbeit fertigstellen ... Nur ab und zu trat ich in ihr Bewußtsein. In so einem Moment schaute sie mich an: ein verwildertes kleines Mädchen mit unordentlichen Zöpfen um den Kopf, einem schon recht kurzen und schäbigen Dirndlkleid mit einer Schürze, deren Bund immer zu weit war und die wüst herunterrutschte, weil die Holzsandalen daran hingen, während ich barfuß lief. »Ach Gott, Kind!« sagte sie, »ich kann dich nicht auch noch erziehen in dieser Zeit, ich bin froh, wenn ich dich satt kriege. Wenn du dir später nicht gefällst, mußt du dich halt selber erziehen.«

Im Garten bildeten Bäume und Büsche schützende Zelte. Ich saß auf dem weichen Boden aus Blättern und Moos und spielte mit Steinen. Mit einem großen Stein in der Hand und einem anderen als Unterlage zerschlug ich kleinere Kiesel, schlug sie ganz klein und zerrieb sie zu Mehl. Ich summte dabei einen gleichmäßigen Ton, wiegte den Oberkörper vor und zurück ... Meine Mutter kam vorbei und erschrak über die offenkundigen Anzeichen meiner beginnenden Verblödung. Sie war richtig verstört. Das war sie fast immer, wenn sie mich in Abständen von Wochen so unvermittelt wahrnahm. Sie meinte dann, daß sie irgendetwas für mich tun müßte. Sie besserte mir ein Kleidungsstück aus oder drückte mir ein Buch in die Hand, das ich noch nicht kannte. Diesmal organisierte sie für mich eine wöchentliche Stunde Französisch-Unterricht bei einem seltsamen alten Fräulein.

Der Weg von St. Georgen nach Wengen: am Wildbach entlang, vorbei an der uralten Waffenschmiede mit dem großen hölzernen Wasserrad, dann den Feldweg hinauf, der weite Blick über den Schatzberg, die Wälder ... wir gingen zu einem Bauernhof. Ein niedriger kühler Flur, eine Stube mit einem großen Herrgott im Winkel, ein Geruch wie aus vielen Jahrhunderten, eine alte Bäuerin.

Sie begrüßte meine Mutter sehr herzlich und fing sofort an, unbefangen über »die Naziverbrecher und Lumpen« zu schimpfen. Ich staunte. Ein mir gleichaltriger Bub stand dabei – Joseph – der Enkel der Bäurin, Kind ihres kürzlich gefallenen einzigen Sohnes. Wir gingen zusammen vor das Haus. »I red nie nix – und du?« – »Ich auch nicht.« Wir schauten uns an, mit verschlossenem Ich-weiß-nichts-

Gesichtern, und nickten einverständlich. Dann zeigte er mir den Stall mit den Kühen.

Ein vergilbtes Zeitungsblatt der AMMERSEE-NACHRICHTEN vom Freitag, 2. Juni 1944. Sieben Zeitungen waren, wie eine Überschrift mitteilte, in diesem einzigen Organ zusammengefaßt. 4 Seiten, Einzelpreis 10 Pfg. – Warum hatte sie es aufgehoben?

Die Überschriften unter anderen: »Hervorragende Leistungen der Rüstungsindustrie« – »Roosevelts neuester Betrugsversuch« – »Moskaus Wühlen in Mittelamerika« – »Schärfere Bestrafung bei Verstoß gegen die Luftschutzpflicht« – »Fünf Gefallene ›für Führer, Volk und Vaterland‹« – Punktuelle Kriegserfolge da und dort – »Für den deutschen Soldaten« – »Reichssportwettkampf 1944« – »Schönheit der Heimat«, ein Kitschroman in 99. Fortsetzung – Ehrungen für Nazihäuptlinge. – Und das die Nachrichten aus dem Führerhauptquartier: »Fortsetzung der feindlichen Großangriffe in Italien. Westlich Velletri alle Angriffe zurückgeschlagen« – »Angriffe scheiterten, Luftwaffe vernichtete 131700 BRT« (Bruttoregistertonnen feindlichen Gerätes) und, und ... Verstand man zu lesen, so wußte man und hoffte man. Auf der zweiten Seite noch einmal: »Das hartnäckige Ringen in Italien. Materialschlachten großen Ausmaßes – Über 800 Panzer abgeschossen.« *So griffen die Nordamerikaner elfmal hintereinander am Dienstag bei* Campoleone *an und ebenso oft am Mittwoch. Sie werfen immer neue Verbände in den Kampf, um durch pausenlose Vorstöße unsere Truppen zu ermüden und dadurch ihre Widerstandskraft zu zermürben. Immer wieder aber stemmen sich unsere Soldaten dem Ansturm entgegen und lassen die Angriffswellen im Nahkampf zusammenbrechen [...]. Mit vollem Erfolg setzt der deutsche Soldat mindestens seit 20 Tagen den Material- und Menschenmassen des Gegners seinen Mut, seine kämpferische Überlegenheit und sein unerschütterliches Selbstvertrauen entgegen [...].*

Einer dieser Kanonenfutter-Helden an der zusammenbrechenden oberitalienischen Front war Harald, ihr 18jähriger Sohn. Deswegen hatte sie das Blatt aufbewahrt ...

Im Herbst 1944 fing ich an, morgens um 6.00 Uhr aufzustehen, um in die Diessner Kirche zur Frühmesse zu gehen. Täglich, wochenlang. Meine Mutter sah es erstaunt, aber sie fragte nicht. Was hätte ich auch antworten sollen? Ich ging, setzte mich in eine der letzten Bänke, nicht in den Chor oder seitlich, wo früher meine Mutter Platz nahm, wenn meine Brüder ministrierten. Ich kniete, stand, faltete die Hände, wie es das Ritual erforderte.

In den vorderen Bänken knieten meist fünf oder sechs alte Frauen. Ich hoffte inständig, sie möchten sich nicht zu mir umdrehen. Ich betete nicht, ich hatte keine Anliegen, ich dachte nichts, ich erwartete nichts. Mein Kopf und mein Herz waren leer. Gott mag das ja, heißt es.

Wir hätten Harald irgend etwas schicken können, wenn wir noch Feldpostmarken gehabt hätten. Diese Marken wurden für jeden Soldaten der Familie zugeteilt. Für jeden nur ein Päckchen.

Es war der Wildbach-Weg. Vor uns ging er, ein Mann, den wir haßten und verachteten. Er war Gemeindediener gewesen, die Nazis hatten ihn zum Bürgermeister gemacht. Er war ein gefürchteter Denunziant und notorischer Schieber. »Der hat Feldpostmarken, die verschiebt er an seine Leute«, sagte Mutter. »Der soll uns welche geben.« – »Das tut er nicht.« – »Versuchen wir es doch. Ich bitte ihn.« – »Wenn du das kannst ... ich kann es nicht.« – Ich schaute auf seinen Rücken, der Mann war klein, dick, glatzköpfig mit einer häßlichen Speckfalte über dem Kragen. Trotzdem rannte ich los. Ich hängte mich an seinen Arm, schmiegte den Kopf an seinen Ärmel und lächelte ihm ins Gesicht. »Bitte, ich will meinem Bruder ein Päckchen schicken, schenk mir Feldpostmarken, bitte!« –

Er war völlig überrumpelt. »Woher weißt du, daß ich welche habe«, sagte er unsicher, zog seine Brieftasche heraus – er hatte tatsächlich mehrere Bogen davon – er verdeckte sie ungeschickt, löste mit der freien Hand zwei Marken und gab sie mir. »Halt sie gut fest, sie sind

Gold wert.« – »Weiß ich.« – Ich drehte auf dem Absatz um und lief zu meiner Mutter zurück, mit einem unangenehmen Gefühl im Hals, für das ich kein Wort hatte, aber mit den Marken in der geschlossenen Faust.

In dieser Zeit schrieb meine Mutter ihre juristische Doktorarbeit nieder, auf einer schweren alten Schreibmaschine, immer wenn ihr etwas einfiel und sie ein wenig Zeit hatte, schrieb sie. Ein weißes Blatt, ein sehr abgenutztes Kohlepapier und ein dünnes Durchschlagpapier, das immer verrutschte. Einmal erklärte sie meinem Bruder das Thema.

»Es gibt Menschen, die sind schwachsinnig oder wahnsinnig, solche kann man strafrechtlich nicht verantwortlich machen für ihre schlimmen Taten. Es gibt aber auch Menschen, die haben keine Gefühle für andere, sie haben kein Gemüt, kein Gewissen, kein Mitleid, sie kennen keine Verantwortung. Das ist auch nicht normal. In den angelsächsischen Ländern nennt man das ›moral insanity‹. Meine Aufgabe ist es, zu überlegen, ob man einen solchen Menschen für sein Tun im vollen Umfang verantwortlich machen kann.« –

»Das sind doch genau die richtigen Typen für die SS und die Gestapo. Das ist ihre Zeit.« – »Ja.« –

»Du, ich habe so einen Jungen im Lager hier. Er ist durch nichts zu beeinflussen oder zu beeindrucken. Man kann ihn nicht erziehen, weder durch Freundlichkeit noch durch Strafen. Er quält Tiere, er schikaniert seine Kameraden. Er nimmt sich, was er will, und er schlägt zu, weil es ihm Spaß macht.« – »Vielleicht ist er traurig und hat Heimweh.« – »Nein, bestimmt nicht. Er ist immer in vergnügter Stimmung.« – »Ist er intelligent?« – »Nein, ganz mittelmäßig.« – In diesem Moment glaubte ich zu wissen, wie der Junge aussah: Er hatte einen dümmlich grinsenden Totenkopf. – »Ich möchte diesen Jungen sehen. Schick ihn mir doch unter einem Vorwand. Gib ihm ein Briefchen in die Hand und den Auftrag, es mir zu bringen.« – »Nein, das kann ich nicht. Alle normalen Jungen könnten nicht verstehen, warum ich diesen Kerl schicke.« Ihr Interesse an dem nicht vorhandenen Gefühlsleben dieses Ekels ärgerte mich. »Ich geh noch etwas raus.« – »Ja, mein Kind.«

Eine abendliche Heimfahrt von München. In der einbrechenden Dunkelheit, beim Umsteigen in Geltendorf kam der Tiefflieger-Angriff. Sie schossen auf die Menschen auf den übervollen Bahnsteigen. Meinem Bruder war es gelungen, seine schreckensstarre Mutter die Treppe hinunter in die Unterführung zu zerren. Ich kann mich nicht erinnern, wo ich war. Jemand hielt mir die Hände über das Gesicht ... Das tödliche Summen in der Luft ... Rattern der Schüsse, Schreie, Blut, Verletzte ... Ein gezielter Schuß traf den Zugführer in der Lokomotive. An seiner Schläfe war ein runder, roter Fleck, und er kippte langsam, ganz langsam und steif, aus dem Wagen. Eine faszinierend entschiedene Geste des Todes ...

Die Hand war wieder über meinem Gesicht ... Später saßen wir auf einem Lastwagen ... Hätte ich doch das Kind nicht mitgenommen ... Es war das einzige Mal ...

Viele Lichter gingen aus in diesem Jahr. Zuerst hatte es Claudius von Schwerin und seine Frau getroffen, dann die Gundrum, – Fanny Hoppe-Moser entschloß sich im Herbst 1944, in ihrem 80. Lebensjahr, ihre schöne Wohnung, ihre Betty, ihre Eichkätzchen und Vögel am Englischen Garten zu verlassen und nach Zürich, der Stadt ihrer Jugend, zurückzugehen. Die Wohnung überlebte ihren Fortgang nur wenige Tage. Sie selbst wurde krank und traurig dort, ließ lange nichts mehr von sich hören, lebte sich nur schwer ein.

Heinrich Wöllflin war schwer erkrankt; er starb im folgenden Jahr, 1945. Paul Florack hatte einen Unfall, an dessen Folgen er 1947 starb.

Die juristische Doktorarbeit meiner Mutter wurde nie gedruckt. Sie verbrannte im Dekanat der Juristischen Fakultät der Universität München bei einem Bombenangriff, der einzige Durchschlag war in der Schwabinger Wohnung wenige Wochen zuvor mit dem ganzen Haus zugrunde gegangen.

Nach dem Kriege war das Thema nicht mehr aktuell. Man wollte nicht mehr glauben, daß einige Menschen unveränderbar böse Anlagen und Dämonen in sich tragen könnten, daß die Natur oder Gott so boshaft hätte sein können, sie so zu erschaffen. Wenn es einem Menschen an Vernunft und gutem Willen fehlte, so mußten die Umgebung, die Fehlkonstruktion der Gesellschaft und die mangelnde Einsicht ihrer Mitglieder schuld sein, und die galt es eben zu verändern.

Eine schöne Vision. Man würde dafür sogen, daß alle Menschen gut sind. Nie mehr würde es so sein, wie in diesem menschlichen Inferno in der ersten Hälfte unseres Jahrhunderts! Auch meine Mutter glaubte nach dem Krieg an diese bessere Welt der Menschen guten Willens. Keine Täter, keine Opfer, keine Henker.

VI

FRIEDEBALD

Weihnachten 1944. Erinnerungsstücke: ein Winterphoto – eine Puppe – drei Briefe von Ricarda Huch an meine Mutter. Ich will versuchen, mich zu erinnern, Genaues suchen zwischen den Nebeln ...

10. Dezember 1944

Liebes Kleines, wenn ich auch für Sie nicht so viel Schönes habe, wie ich Ihnen gerne zu Weihnachten schenken möchte, so ist es mir doch gelungen, eine Puppe für Ihre Muschi aufzutreiben. Sie ist allerdings noch nicht da, aber ich erwarte sie bestimmt rechtzeitig, um sie noch vor der Postsperre abschicken zu können.
Wie mag es Ihnen gehen? Ich denke so oft an Sie. Es ist jetzt alles so dunkel und hoffnungslos. Im Laufe des nächsten Jahres kommt unser Kander auch zur Flak. Seien Sie tausendmal herzlich gegrüßt.

Ihre Ricarda Huch

13. Dezember 1944

Liebes Kleines, gestern konnte die Puppe abgehen, es war der letzte Tag vor der Postsperre. Wenn sie nur rechtzeitig bei Ihnen ankommt. Sie heißt Friedebald, es ist nämlich ein Junge. Frau Kruse bittet mich nochmals um Diskretion. Die Puppen dürfen nämlich nur ins Ausland verschickt werden, es soll nicht bekannt werden, daß sie mir eine überlassen hat.
Wie mag es Harald, Burkhard gehen? Bitte berichten Sie doch mal. Im Laufe dieses Jahres kommt auch Kander zur Flak. Es ist alles furchtbar. Möge der Himmel Sie und Ihre Kinder behüten!

Ihre Ricarda Huch

9. Januar 1945

Liebes Kleines, ich bin so besorgt um die Puppe (eigentlich Pupperich), denn es scheint, daß Sie immer in Diessen waren, ich schickte sie aber nach München. Es wäre furchtbar schade, wenn sie verlorengegangen wäre. Es tut mir so leid, daß Burkhard nicht mehr vergnügt ist. Hoffentlich kommt es wieder, wenn er sich ganz erholt hat. Unser Kander kommt auch zur Flak!

Ihre R. Huch

Es ist jetzt alles so dunkel und hoffnungslos. – »Es ist alles furchtbar.« – Das war fast zu viel gesagt damals, zuviel vor allem geschrieben. Das Furchtbare war greifbar, aber es hatte kein Gesicht. Es durfte nicht benannt sein.

Da war das Haus, das Kindheitshaus; es lag am Rande des Dorfes, am Rande der Welt. Schneebeschwerte Bäume, der Wetterpfeil zeigt Nord, das Gartentor ist festgefroren im Schnee. Nebelland war dort im Winter, besonders in diesem. Und doch hat die Puppe es schließlich gefunden.

Eine Puppe für ihre Muschi – Ricarda Huch war damals 80 Jahre alt, ich war zehn. Ich wußte: Sie war eine berühmte Schriftstellerin; ihre Bücher standen in zwei Reihen im Regal. Meine Mutter liebte sie sehr. »Liebes Kleines« wurde sie von ihr genannt. Ricarda Huch lebte in Jena, in einem kleinen Haus am Oberen Philosophenweg. Meine Mutter besuchte sie dort in jedem Jahr für ein paar Tage, solange dies noch möglich war. Sie war unsere Patin. Ich hatte ihren Vornamen, aber meine Mutter nannte mich »Muschi«, so wie Ricarda Huch ihre Tochter »Busi« nannte. Katzennamen! Meine älteren Brüder bekamen von ihr zu Weihnachten immer Bücher; ich bekam Puppen. Ricarda Huch liebte Katzen und Puppen.

Frau Kruses Puppen durften nur devisenbringend ins Ausland verschickt werden. Eine in den letzten Kriegsmonaten völlig sinnlos gewordene Anordnung, und doch bestand sie. Wie konnte man damals bei all den Luftangriffen der Post überhaupt noch ein Paket anvertrauen? Und doch lag es nicht an der Post, daß die Puppe nicht rechtzeitig ankam, sondern an der Adresse. Unsere Wohnung in Schwabing gab es nicht mehr. Hatte Mutter ihr das nicht geschrieben? Diese Wohnung im vierten Stock war hübsch und hell gewesen. Aber der Luftschutzkeller, die Geräusche von Flugzeugen, fallenden Bomben und Einschlägen, die schweigende, zusammengedrängte Angst dort, all das überdeckt die Erinnerung. Meine Mutter nahm den Verlust fast heiter. Hatte der Krieg die Wohnung verschlungen, würde er vielleicht ihre Söhne verschonen. Man hatte schlimmere Sorgen damals.

Allein die Weihnachtskrippe im Keller war unversehrt geblieben, bis auf zwei der Könige, die waren zerbrochen.

Wie mag es Harald, Burkhard gehen? – Söhne und Brüder in den Zeiten des Krieges!

Harald, gerade 19 Jahre jung, war ein Jahr lang in Italien Soldat gewesen. Nun waren dort die Alliierten auf dem Vormarsch. Die überlebenden jungen Soldaten wurden an die Ostfront geschickt. Irgendwo in Böhmen sollten sie die Rote Armee aufhalten.

Burkhard war mit 16 zur Flak gekommen, wie alle Jungen damals. Dort durften die Kindersoldaten mit Flugabwehrkanonen auf feindliche Flugzeuge schießen. Von der schweren Infektionskrankheit, die er dort bekam, erholte er sich nur sehr langsam. Ricarda Huch wußte davon, die Angst und Verzweiflung, die wohl damals aus den Briefen meiner Mutter sprachen, hatten sich ihr stark eingeprägt. *Es tut mir so leid, daß Burkhard nicht mehr vergnügt ist.* Und in jedem der drei Briefe: *Unser Kander kommt auch zur Flak.* Wie groß waren Angst und Sorge um den geliebten Enkel!

Das Haus, das in der Erinnerung so leblos und erfroren scheint, war dicht belegt. Im Parterre, im größten Zimmer, wohnte meine Tante, seit sie in Berlin ausgebombt war, mit zwei kleinen Kindern und dem Kindermädchen. Im ersten Stock war ein sehr kleines Zimmer, der einzige Raum, der geheizt war. Dort stand ein Pult am Fenster, das war mein Platz. Ein hübscher Platz; ich konnte hinausschauen in das weite, grünbraune oder weiße Land, zu den bewaldeten Moränenhügeln, bei Föhn bis zu den Bergen.

Da war Katja, die schöne, stolze Kosakentochter ... Zweimal war die Front über ihr Heimatdorf bei Rostow am Don hinweggegangen. Katja war überzeugt, daß alles noch viel schlimmer kommen würde, und sie zweigte immer noch etwas Brot ab und trocknete es im Speicher in weißen Leinensäcken, die an den Balken hingen, als Notvorrat für die Familie. Sie konnte Kartoffeln in Magermilch und sogar in reinem Wasser braten.

Katja sagte, daß Stalin und die Bolschewisten genau so schlimme Verbrecher wären wie Hitler und die Nazis. Das konnten und wollten wir damals noch nicht glauben. Katja konnte sich bald über das Nötigste verständigen. Trotzdem wußten wir nie genau, was sie dachte und fühlte. Meine Mutter verstand sie am besten. Die beiden schauten sich an und lachten. Aber in diesem Winter war auch Katja schweigsam, bedrückt und fremd geworden.

Schweigen war unser Schutz. Seit ich denken konnte, hieß es: Laß dich von niemandem ausfragen. Sie fragen die Kinder, dann holen sie die Angehörigen ab. Sag niemandem, wer ins Haus kommt, sag nicht, was getan oder gesprochen wird.

Ins Haus kam zum Beispiel Res, die Freundin und Studienkollegin meiner Mutter; sie hatte ein Zimmer im Nachbarhaus, seit ihre Wohnung in München ausgebombt war. Abends stiegen sie ins Speicherzimmer, wo sie hinter geschlossenen Türen und Fensterläden »Feindsender« hörten, um zu erfahren, welche Fortschritte die alliierten Armeen machten. Das war damals ein todeswürdiges Verbrechen.

Auch Katja tat Gefährliches, und meine Mutter wäre bei Entdekkung dafür verantwortlich gemacht worden: in unserer Küche trafen sich russische Fremdarbeiter, um ein wenig zu plaudern, in ihrer Sprache, von ihrer Heimat, von ihren Befürchtungen und Ängsten.

Einmal öffnete ich die Türe zur Küche; es waren etwa ein Dutzend fremde Frauen und Männer darin. Ein Mann mit sehr dunklen Haaren und Bartstoppeln schaute mir erschrocken und voller Angst ins Gesicht. Katja sagte etwas, da lächelte er. Aber ich warf die Tür zu und lief weg. Das dunkle Angstgesicht konnte ich nie vergessen.

An einem Sommertag. Ich saß auf der blaugestrichenen Speichertreppe. Die Erwachsenen hörten oben Rundfunk. Sie hatten die Türen offen und alle Vorsicht außer acht gelassen und sprachen aufgeregt miteinander. Ich begriff, daß es eine große Erwartung auf eine Wende zum Guten gab, dann eine schlimmer Nachricht, daß alles fehlgeschlagen sei.

Meine Mutter kam die Treppe herunter, die Hände an die Schläfen gepreßt: »Die armen, armen Menschen! Wie gemein wird man sie jetzt zu Tode bringen!«

Das war am 20. Juli gewesen.

Gott gegen uns

War Martinstag oder Nikolaustag? Spätherbst, trübe, aber noch kein Schnee. Ein Tag, an dem man Kinder beschenkt. Harald hatte ein paar Tage Urlaub vor dem letzten Gefecht. Er hatte drei grüne Äpfel mit hübschen weißen Kärtchen besteckt, auf denen die Kindernamen standen; sie lagen auf dem bemoosten Stein vor dem Haus. Meine Tante hatte für jeden einen Keks. Auch Onkel Willi war da in diesen Tagen.

Er war ein namhafter Physiker auf dem Gebiet der Nachrichten- und Radartechnik. Er hatte in Berlin an geheimen und kriegswichtigen Projekten gearbeitet. Nun schickte man ihn unvermittelt an die Front. »Das ist doch nicht möglich, Willi, die brauchen dich doch!?« – »Die trauen mir nicht mehr.«

Harald mußte sich als erster verabschieden. Wir standen im unteren Zimmer an der Türe, es war nicht viel Platz. Willi saß auf einem der Betten. Er war damals Mitte Vierzig; wie er so dasaß, die Uniformjacke geöffnet über dem Unterhemd, sah er alt aus und verzweifelt. Die Woche in dem überfüllten Zimmer mit den kleinen Kindern hatte ihn entnervt. Willi wollte auf- und abgehen, über seine Formeln nachdenken, die er immerzu auf kleine Zettel schrieb. Er wollte über Physik reden. Und er wollte nicht fürs Vaterland sterben.

»Hör, Junge: Ich werde meine Zivilkleider unter der Uniform anziehen und bei der ersten Gelegenheit weglaufen. Es wird sich jetzt ohnehin alles auflösen. Mach du das auch. Wir brauchen keine Helden in der Familie.« – Harald schwieg. Später, draußen, sagte er: »Hoffentlich läuft der in die richtige Richtung! Vorne sind die Russen, hinten ist die Waffen-SS.«

Nein, im Zimmer sprach keiner mehr. Die Männer gaben sich die Hand. Der jüngere verbeugte sich höflich. Dann küßte er seine Tante auf die Wange. Die sagte: »Junge!« Es gab keine Worte für einen Abschied damals. Kein »Auf Wiedersehen«, kein »Lebewohl«; alles klang wie Hohn. Auch »Behüt dich Gott.« Wen behütet Gott? *Möge der Himmel Sie und Ihre Kinder behüten*, hatte Ricarda Huch geschrieben. Der Himmel!

Von der Front kam keine Nachricht mehr. Die beiden Schwestern sprachen kaum miteinander. Sie schauten sich fragend an, wenn Post gekommen war, ängstlich. Der Tod hielt die Karten hin. Was hatte die andere gezogen? Ein Lebenszeichen? Eine Todesnachricht? Dein Junge? Mein Mann? Nichts. Sie schüttelten den Kopf.

Warten, warten.

Mutter sprach leise mit ihrer Freundin. »Ich könnte es nicht ertragen. Ich kann nicht, ich kann nicht!« – »Du müßtest weiterleben wie so viele. Du hast noch andere Kinder.« – »Ich weiß, daß ich müßte und daß ich nicht könnte. Ich kann kein Kind verlieren. Ich glaube, ich werde wahnsinnig.«

In der Schlange stehen vor der Molkerei, um die bläuliche Magermilch oder die scheußliche Margarine, oder in der Schlange vor dem Bäckerladen; der Duft des Brotes weckte den Hunger auf.

Man grüßte kaum. »Kannst du nicht grüßen wie ein deutsches Mädel?« hatte einmal ein Mann zu mir gesagt. Nein! Also nickte ich stumm. Jeder blieb für sich mit seinen Verlusten, seiner Trauer, seinen Ängsten. Frauen sprachen manchmal sehr leise miteinander von Zerstörungen, von Verwundeten, Verschütteten, Vermißten, Toten ... oder von kolportieren Greueltaten der heranrückenden Sowjetarmee.

Aber ich erinnere mich auch an zwei alte Männer. Die schwadronierten laut von »Verrätern« und daß man ihnen schon heimleuchten werde, von einer Wunderwaffe, die noch alles wenden würde, und vom »Führer«, der schon wisse ... Sie gestikulierten wie Feldherren in Richtung aller Schlachtfelder und schauten sich herausfordernd um. Wen ihr Blick traf, der spähte angelegentlich in den Himmel, murmelte etwas von feindlichen Flugzeugen, die er meinte gehört zu haben.

Tagsüber war ich meist allein. Meine Mutter wollte ihr zweites Studium möglichst vor Kriegsende abschließen. Vor allem wollte sie keine Zeit haben für ihre Angst. Sie fuhr fast täglich nach München zur Uni oder in die Kreisstadt zum Amtsgericht. Abends war sie zu erschöpft, um zu sprechen oder zu essen. Außerdem mochte sie in Magermilch gebratene Kartoffeln nicht. Katja schüttelte besorgt den Kopf und sagte: »Frau!« Nahm sie mich überhaupt wahr? »Bist du satt, Kind?« – »Es geht schon.« – »Dann geh schlafen.«

Ich ging in keine Schule. Ich war am Maxgymnasium in München eingeschrieben, aber die unteren Klassen wurden in ein Kinderlandverschickungslager verlegt; meine Mutter ließ mich mit einem ärztlichen Attest beurlauben. Ich hatte ein Lateinbuch, mit dem ich mich ab und zu beschäftigte und das mir gut gefiel. In eine Schule wäre ich gerne gegangen. »Wenn alles vorbei ist.« – Wann vorbei? Wie vorbei?

Wenn es draußen nicht zu naß war, lief ich herum. Ich lief und lief. Am Wildbach hinunter durch den Ort zum See. *Rausche Fluß das Tal entlang, | ohne Rast und Ruh, | rausche, flüstre meinem Sang | Melodien zu.* Ich sprach die Verse mit dem Tonfall und der Stimme meiner Mutter und dachte, daß ich an ihrer Hand diesen Weg ginge, wie früher, wenn sie mir lange Gedichte vorsagte.

Ich lief über die Wiesen an den Wäldern entlang. Wenn die Schneedecke frisch und weiß war, machten meine Füße die einzige Spur im weiten Land; ich freute mich, wenn ich sie auf dem Rückweg wieder traf. Ich schrieb mit meiner Spur Wörter in den Schnee: meinen Namen, die Namen meiner Brüder. Dann schrieb ich das Wort »Angst« und strich es sorgfältig mit zwei gekreuzten Balken durch.

Manchmal kreiste ein Habicht am blauen Himmel über dem glitzernden Schnee, und einmal flog ein feindliches Flugzeug laut und tief über mich hinweg. Ich winkte ihm zu.

Zu Hause stopfte ich Zeitung in meine Schuhe und legte sie vor den Ofen. Diese Schuhe, ehemalige Skischuhe meiner Mutter, verkörperten die ganze Niedertracht des Daseins. Sie waren bretthart und bleischwer, das Wasser drang ungehindert durch das brüchige Leder; meine Füße waren immer kalt.

Aus dem großen, kalten Zimmer holte ich mir Bücher. BREHMS THIERLEBEN von 1879. Die Fische. Mit diesen schönen, grausamen und faszinierenden Stichen. Ich saß an meinem Pult und zeichnete sie ab. Bei der Beschaffung von Papier war ich skrupellos, ich riß Vorsatzblätter aus meinen Büchern. Diese Fische waren ungeheuerlich. Sie standen unbewegt über dem Meeresgrund unter der Last des Wassers mit tragisch herabgebogenen Mundwinkeln und rund hervorstehenden, angstvoll lauernden Augen. Sie lagen auf dem Trokkenen, Fischerbeute, vor der Kulisse eines südlichen Hafens, geöffnete Mäuler, stumme Schreie. Sie hingen in Netzen verfangen im Tang, sie lagen im Schilf, preisgegeben, hilflos, von herabstürzenden Möwen mit harten Schnäbeln attackiert. Sie waren leicht zu zeichnen in ihrer leidvollen Häßlichkeit.

Am 10. Januar 1945 schrieb Ricarda Huch an ihre Freundin Marie Baum in einem Brief, den sie nicht der Post, sondern einem Boten anvertraute: *Was mich so schwer bedrückt – abgesehen vom Persönlichen – ist oft der Gedanke, daß Gott gegen uns ist. Alle, die so mit ganzem Herzen auf einen Umschwung gehofft haben, müssen sterben. Es wird sich so lange hinziehen, bis wir alle, bis ich wenigstens tot bin [...].*

Es war ganz dunkel geworden im Zimmer. Bevor man Licht machte, hätte man verdunkeln müssen. Mutter sprach leise mit ihrer Freundin; ich saß regungslos an meinem Pult. Sie hatten vergessen, daß ich da war. Sie sprachen über das Näherrücken der Fronten. Sie sprachen von Verhaftungen, Erschießungen, Folterungen, von Prozessen, von SS und Gestapo ... Plötzlich wurde ich bemerkt. »Kind, du hörst doch nicht zu!« – »Nein.« – »Dann ist's gut.«

Wenn die Erwachsenen flüsterten und verstummten, war ihr Geheimnis der Tod. Dieser Tod drang wie das Hochwasser in alle Verstecke und Winkel und mit ihm ein würgendes Schweigen. Kinder wußten Bescheid.

Friedebald

Heiliger Abend. Das große Zimmer war geheizt. Der Weihnachtsbaum stand wie immer. Die Stearinkerzen flackerten und rußten. Auf dem Grammophon drehten sich Weihnachtslieder. Nur Mutter und Res waren da. Katja saß mit ihren russischen Freunden in der Küche. Es gab Äpfel und Nüsse aus dem Garten, etwas Gebäck und viel Kartoffelsalat. Da war auch die Krippe, die den Bombenangriff überstanden hatte. Der Mohrenkönig war allein und führte sein Kamel. Seine beiden heiligen Kameraden waren in die falsche Richtung gelaufen.

Später lief ich am Wildbach entlang zur Kirche. Mein Magen war gefüllt, meine Füße waren vorerst noch warm. Ich war, glaube ich, durchaus zufrieden. *Fließe Fluß das Tal entlang! Nimmer werd ich froh [...].*

Aber ein paar Tage später gab es doch noch ein Wunder und eine Seligkeit: Der »Pupperich« war angekommen. Das Weihnachtszimmer war noch einmal warm, und die Stearinkerzen brannten. Mein Bruder Burkhard war da und gab sich ein bißchen vergnügt. Alle bewunderten meinen Puppenjungen mit den brav gescheitelten flachsblonden Haaren. Am Arm hatte er ein Schildchen mit seinem Namen »Friedebald«. Es war eine Botschaft und eine Hoffnung ...

Das letzte Stück des Weges geht die Verzweiflung mit. In diesem Frühjahr ging mein Bruder in der Abenddämmerung in die Wälder. Im Schutz der Dunkelheit brachte er manchmal junge Soldaten mit, Deserteure. Sie durften baden, bekamen eine Pfanne Bratkartoffeln zu essen und ein Nachtlager auf dem Sofa im kleinen geheizten Zimmer. Bevor es hell wurde schlichen sie aus dem verborgenen Haus zurück in die Ungeborgenheit ihrer Heimwege.

Einer wollte nicht gehen. Er saß am Morgen in seiner Uniform auf dem Sofa, das Bettzeug ordentlich gefaltet neben sich, die Füße einwärts gestellt; er weinte. Ein einfacher Bursche, der nur einsilbige und schwer verständliche Auskunft gab. Ja, er habe Angst. »Gut«, sagte meine Mutter, »bleib noch einen Tag da und schlaf dich aus, aber morgen früh mußt du gehen. Es ist zu gefährlich. Halt das Zimmer von innen verschlossen.«

Da kam ihre Schwester herauf – und sah ihn. »Lia! Willst du uns alle ins Unglück bringen!« Aber dann hielt sie sich die Hand vor den Mund, nickte, – und sie brachte eine alte Jacke von Willi. In Zivilkleidung sah der verzweifelte Soldat aus wie jeder 17jährige Bauernbub.

In der Nacht bevor er ging, vergruben sie seine Uniform und seine Maschinenpistole im Garten unter den Weidenbüschen, unter dem verschwiegenen Mond.

Mein Bruder Harald kam zurück. An einem Frühlingstag kam er über den Wiesenweg herauf zum Haus.

Er war gelaufen von der letzten unsinnigen Schlacht, gelaufen durch die böhmischen Wälder im Schutz der Dunkelheit und unentdeckt zwischen den Posten der Waffen-SS hindurch. Von zwei Parallelklassen seines Jahrgangs im Gymnasium hatten fünf Jungen überlebt.

Aber unsere Katja lief in ihr Verderben. Den russischen Fremdarbeitern wurde im Mai 1945 angeboten, sie in ihre Heimalt zurückzuführen. Katja zögerte, aber das Heimweh war stärker. Sie wollte nur nach ihren Eltern sehen und dann zu uns zurückkehren. Auf dem Platz vor dem Rathaus waren Lastwagen bereitgestellt, von schwer bewaffneten sowjetischen Soldaten mürrisch bewacht. Katja hatte ein geblümtes Seidenkleid von Mutter an und hohe Schuhe.

Als wir uns umarmt hatten und sie mit ihrem Koffer auf die Rampe kletterte, stieg in uns schon der Verdacht auf, daß dies eine Falle war. Aber es war zu spät. Wir haben nie mehr etwas von Katja gehört. Die russischen Fremdarbeiter, hieß es, wurden irgendwo im Osten erschossen – als Kollaborateure, als potentielle Spione oder als Klassenfeinde.

In welche Richtung Onkel Willi gelaufen ist, ließ sich niemals mit Sicherheit feststellen. Es gab zwei unzuverlässige Nachrichten über ihn, eine schlimme und eine bessere: Jemand glaubte, ihn erkannt zu haben in einer Allee an einem Baum hängend, in einer Reihe mit anderen Deserteuren, mit dem Pappschild auf der Brust »Ich bin ein Verräter«. Ein anderer wollte wissen, daß Willi zu den Russen übergelaufen sei. Die hätten ihn in eine sibirische Stadt gebracht, wo nur Wissenschaftler lebten. Dort leite er ein physikalisches Forschungsinstitut. Er habe sich damit abgefunden, daß er niemals zurückkehren könne, und eine russische Wissenschaftlerin geheiratet. Er sei ganz zufrieden.

Friedebald war die letzte Puppe, die mir Ricarda Huch geschenkt hat. Zeitläufte und Schicksalsstürme hatten keine Macht über ihn. Er sitzt unverändert in dem Sessel neben meinem Bett mit seinem ernsten, verschlossenen Kindergesicht.

VII

Engagement und Resignation

Ein Jahr in Thüringen

Am 26. Juni 1946 eröffnete die damals 82jährige Ricarda Huch als Abgeordnete des Kulturbundes und als Alterspräsidentin die beratende Landesversammlung des Thüringer Landtages in Weimar. Ihre Rede war kurz. Sie sprach über die politische Rolle der Frauen, die aufgrund ihrer Gewissenhaftigkeit und ihres Verantwortungsgefühls einen wichtigen Beitrag für die Demokratie leisten könnten, und sie sprach über die Grundlagen der Demokratie:

Demokratie ist Sache der Gesinnung. Sie mag formal noch so sorgsam ausgewogen sein, sie wird sich nicht als Volksfreiheit, was sie sein will, auswirken, wenn nicht Rechtsgefühl, Pflichtgefühl, Verantwortungsgefühl im Volke lebendig sind, mit diesen verbunden Selbstbewußtsein, das einem jeden festen Stand gibt und ihm verhindert, sich unter Willkür und totalitäre Staatsansprüche zu beugen.

Daß es den Deutschen an diesen Eigenschaften fehlt, erklärt zu einem Teil wenigstens die Katastrophe, die wir erlebt haben.

In der heute eröffneten Versammlung, in der das Volk nicht nach Parteien, sondern nach Ständen vertreten ist, befinden wir uns auf der Schwelle dieser Demokratie. Sie ist ein Zeichen, daß wir keine autoritative Regierung haben, sondern eine solche, die beständig fließende Verbindung mit dem Volk sucht [...].

Ricarda Huch sah sich damals – zu ihrer Überraschung – in der Lage und der Erwartung ausgesetzt, Einfluß auf das politische Denken in ihrem immer noch geliebten Vaterland auszuüben. Sie versuchte das mit ganzer Kraft und Hoffnung. Es sah ja auch zu Anfang alles gut demokratisch aus: ein Mehrparteiensystem war zugelassen, Länderregierungen wurden installiert – gleich 1945, als die Westmächte noch kaum einen Gedanken an die zukünftige politische Struktur Deutschlands verschwendeten. Die neu gebildete Thüringer Regierung war stolz darauf, die bedeutende Frau beschützen zu dürfen. Man dankte ihr, daß sie nicht wie andere berühmte Persönlichkeiten das Land verlassen habe.

Es war eine kurze Zeit – wie Theodor Heuss anläßlich ihres Todes 1947 schrieb –, in der sich die Historikerin Ricarda Huch erstmals mit dem politischen Geschehen der Gegenwart verbunden fühlte: *Sie wollte sich der geistigen Verantwortung der Not ihres Volkes gegenüber nicht entziehen und versprach sich durch ihr Wirken in der Öffentlichkeit einen Einfluß auf die Entwicklung, wie sie sich damals in Thüringen angebahnt hatte. Doch wurde sie von dem weiteren Gang der Dinge so enttäuscht, daß sie sich wieder zurückzog.*

Ricarda Huch hatte keine politischen Ambitionen, aber »unpolitisch« im Sinne von gleichgültig gegen die geistigen und politischen Entwicklungen ihrer Zeit war sie nie.

Sie war fünfzig Jahre alt, als der erste Weltkrieg begann. Sie hatte in Zürich Geschichte studiert und dort 1892 als eine der ersten Frauen promoviert. (In Deutschland konnte eine Frau zu Beginn unseres Jahrhunderts noch nicht einmal die Abiturprüfung ablegen.) Nicht nur im Deutschen Kaiserreich waren Frauen – wie selbstverständlich – vom Wahlrecht ausgeschlossen. Erst die Verfassung von 1918 und die Weimarer Republik brachten politische Gleichberechtigung.

Ricarda Huch ließ sich von der neu gegründeten Deutschen Demokratischen Partei als Kandidatin für die Nationalversammlung aufstellen, erhielt aber in ihrem Wahlkreis nicht die erforderliche Stimmenzahl. Einseitige Parteidogmatik lag ihr jedoch fern. Sie sympathisierte auch mit dem Sozialismus der Sozialdemokratie. In diesen Jahren der Republik hat sie immer wieder in Wort und Schrift zur Wahl »demokratischer« Parteien aufgerufen.

Nach dem Scheitern der Republik hat sie ihre Ablehnung des Nationalsozialismus von Anfang an und solange ihr das möglich war, öffentlich bekräftigt. Ihr spektakulärer Austritt aus der Preußischen Akademie der Künste wurde weltweit bekannt. 1938 wurde gegen sie und ihren Schwiegersohn Franz Böhm ein Verfahren eingeleitet, weil sie auf einer Gesellschaft für die Juden Partei ergriffen hatten. Böhm wurde daraufhin der Lehrstuhl entzogen. Sie selbst schützte ihr internationales Ansehen. –

Die fortschreitende Auflösung aller staatlichen Strukturen in den letzten Kriegswochen ließ die Gefährdung wachsen und barg zugleich rettende Chancen. Freunde an der Freiburger Juristischen Fakultät benutzten die Wirren des Krieges im Westen, Franz Böhm eigenmächtig und unter Umgehung der zuständigen Behörden einen Lehrauftrag zu erteilen.

Er tauchte unter und entkam so einer gefürchteten Verhaftung wegen seiner Verbindung zu den Attentätern des 20. Juli. Mit seinem 16jährigen Sohn, dessen Einberufung bevorstand, machte er sich im Ostersonntag 1945 nach Freiburg auf und erreichte es auf abenteuerlichen Wegen.

Aber Thüringen wurde der sowjetischen Besatzungszone zugeschlagen. Die amerikanischen Truppen zogen Anfang Juli ab. Am ersten August kam die gefürchtete Sowjetarmee. Es war vorauszusehen, daß sich der Eiserne Vorhang an der Zonengrenze senken würde. Die Familie war getrennt. An der Spitze der Sowjetischen Militäradministratur in Thüringen stand Generalmajor Kolentschenko. An ihn richtete Franz Böhm am 3.4.46 ein Gesuch zur Familienzusammenführung. Es wurde abgelehnt. Ricarda Huch wurde höflich mitgeteilt, in der Sowjetunion sei es üblich, daß sich Jüngere nach den Älteren richten. Würde ihr Schwiegersohn nach Thüringen zurückkehren, so wolle man bestens für ihn sorgen. –

Die sowjetischen Offiziere demonstrierten europäisches Kulturbewußtsein. Sie behandelten Ricarda Huch mit ausgesuchter Ehrerbietung, fragten regelmäßig nach ihren Wünschen, versorgten sie und ihre Tochter mit Heizmaterial und Lebensmitteln. Kannten sie ihr frühes Interesse an der Russischen Revolution, ihre Sympathie für eine ursprünglich hochherzige Ideologie? Kannten sie ihre Begeisterung für den »Romantischen Sozialismus«, ihr Buch MICHAEL BAKUNIN UND DIE ANARCHIE? Auf jeden Fall hofften sie, die berühmte Persönlichkeit für Propagandazwecke festhalten zu können.

Eine legale Ausreise war also nicht möglich. Eine heimliche Flucht lehnte sie zunächst ab. Sie könne in ihrem Alter nicht mehr als Bettlerin über die Landstraße ziehen, ohne Habe und Heimat, im Strom der Elenden und Vertriebenen, die täglich vorbeikämen. Es ließe sich wohl auch unter den Russen leben.

Die engste Freundin, Marie Baum, schreibt in LEUCHTENDE SPUR: *Es mag sein – und bei meinem letzten Besuch in Jena im August 1946 gewann ich diesen Eindruck – daß Ricarda verhältnismäßig lange blind geblieben war gegen den sich neuerdings ausbreitenden Terror.*

Diese Blindheit endete allerdings spätestens in diesem August.

Am 19.8.46 schrieb sie in einem Brief an Marie Baum: *Jetzt spielt hier eine Geschichte, daß in mehreren Orten eine Menge Jungens verhaftet sind unter dem Vorgeben, sie gehörten dem »Wehrwolf« an. Es soll aber gar nicht wahr sein, und die Eltern sind in Verzweiflung. Ich kann Dir nicht alle Einzelheiten schildern, es ist alles so tief bedrückend und hoffnungslos. Ob es sich um Racheakte handelt oder um Grausamkeit und Gewalttätigkeit der Besatzungsmacht, kann ich nicht beurteilen [...].*

Wir glückliche Spätgeborene und überdies Begünstigte der westlichen Nachkriegsentwicklung können uns nur schwer vorstellen, wie perfekt sowohl Nationalsozialisten wie Bolschewisten ihre totalitären Systeme aus Informationslenkung und Propaganda, aus Heimlichkeit, Täuschung und falschen Versprechungen, aus Druck und blankem Terror flochten. Gerüchte mischten sich aus Befürchtungen, Beschwichtigungen und Hoffnungen. Es gab keine Informationen über die Vorgänge und Vorhaben unter der sowjetischen Besatzung – abgesehen davon, daß Ricarda Huch nur selten von der Arbeit aufschaute. Sie arbeitete damals mit der konzentrierten Kraft eines Menschen, der weiß, daß seine Tage gezählt und die Aufgaben ungeheuer sind. Ihr ganzes Wollen war auf ihr Hauptanliegen konzentriert: Den »Märtyrern« des Deutschen Widerstandes ein Denkmal zu setzen. – (Ihr letztes, unvollendet gebliebenes Werk.)

In Jena hörte man wenig, und wenn, von weither, vom dem, was in Berlin vor sich ging, nichts von Vergewaltigungen, Plünderungen, willkürlichen Inhaftierungen und Erschießungen. Noch nichts davon, daß sich die Konzentrationslager wieder füllten – mit Fabrikanten, Grundbesitzern, höheren Beamten, Diplomaten oder Intellektuellen, die dort zu Tode kamen, ohne daß ihnen jemals ein Grund für ihre Verhaftung genannt worden wäre.

Als Ricarda Huch damals am 26. Juni 1946 in Weimar so hoffnungsvoll davon sprach, daß man sich jetzt auf der Schwelle zur Demokratie befinde, war man längst in Begriff, diese Schwelle in Richtung Diktatur zu überschreiten. Sie ahnte es, wie viele ihrer Freunde. Der Exodus der Wissenden, die heimlichen Fluchten nach dem Westen hatten schon begonnen oder waren geplant.

Die schrittweise Umbiegung der Parteiendemokratie zum Einparteienstaat war offenkundig. Am 14.7.1945 war der Zusammenschluß der Parteien zum »antifaschistisch-demokratischen Block« befohlen worden, am 22.4.1946 erfolgte die zwangsweise Verschmelzung von KPD und SPD zur Sozialistischen Einheitspartei Deutschlands (SED). In den Landtagswahlen allerdings erreichte die SED in keinem der fünf Länder die absolute Mehrheit.

Am 8. September 1946 fanden in Jena Gemeinderatswahlen statt, für die auch der Kulturbund als »Liste 8« kandidierte. (Er definierte sich nicht als politische Partei, sondern als »Sammelbecken aller kulturellen Kräfte Jenas«.) – Etliche Bekannte und gute Freunde Ricarda Huchs hatten sich aufstellen lassen. Die Wahlbroschüre warb mit einer Würdigung der »Dichterin, Historikerin und Demokratin«. Es war der Versuch des Freundeskreises, die zunächst noch demokratischen Wahlen zum Wohl der Stadt Jena zu nutzen und Verantwortung zu übernehmen.

Nebenher treiben wir Wahlkampf, schrieb sie an Marie Baum am 2. September. *Ich werde CDU wählen. Jakob Kaiser hielt eine sehr gute, aber sehr aufregende Rede, wobei er das Ostproblem berührte, was ein russischer Offizier – er saß neben mir – verbot.*

Das Ergebnis der Kommunalwahl entsprach den Wünschen Ricarda Huchs – nicht den Wünschen der Besatzungsmacht. Der gewählte Oberbürgermeister, Heinrich Troeger, verließ Thüringen im September 1947.

Wir sind sehr gespannt, wie die Landtagswahlen ausfallen, steht in einem Brief an ihren Enkel Alexander Böhm. *Ob die Leute Angst bekommen und befehlsgemäß wählen? [...]. Damit ist es noch nicht genug: die sämtlichen Professoren, die, nachdem sie abgesetzt waren, wieder eingesetzt wurden und lesen durften, sind wieder abgesetzt ... Das Gerücht geht: wenn die Landtagswahlen auch schlecht ausfallen, kommt es noch schlimmer.*

Sie ist sehr deprimiert über die Aussichtslosigkeit der allgemeinen Lage und mancher besonderen, und ihre Befürchtungen bestätigen sich.

Plötzlich wurden Gas und Strom in allen den Stadtvierteln gesperrt, wo ›schlecht‹ gewählt worden war, auch in unserem. Man droht, es würde noch schlimmer kommen. (An Marie Baum, 28. September und 11. Oktober 1946)

Im Oktober 1946 hatte Ricarda Huch die Genehmigung bekommen, für vier Wochen mit einer Begleitperson in die Schweiz zu reisen. Aber sie mußte Namen von Freunden angeben, die für eine fristgerechte Rückkehr bürgten – mit Freiheit und Leben.

Obwohl diese Bürgschaften vorlagen, wurde die Zusage unter Vorwänden wieder zurückgenommen, Papiere waren plötzlich verschwunden, kurz, man hielt sie hin. Es war den Behörden nicht entgangen, daß ihre Vorbehalte gegen die Entwicklung in der russischen Zone stärker geworden waren. Für den Februar 1947 wurde dann plötzlich Ausreiseerlaubnis erteilt. Sie verbrachte mit ihrer Tochter noch einmal glückliche Wochen an den Orten ihrer Jugend, mit alten Freunden, der Familie Merz, die sie eingeladen hatten, in einer schöneren, helleren Welt.

Auf die Frage, ob sie nicht im Winter wiederkommen könne, antwortete sie an Elisabeth Merz: *Das hängt nicht von uns ab. Du ahnst nicht, wie unendlich schwer alles in diesem Sklavenlande ist. Man ist ebenso gefesselt, wie man die zwölf Jahre vorher war. – Das Hoffnungslose und wahrhaft Verzweifelte unserer Lage ist manchmal sehr deprimierend.*

Gegen Vereinnahmungen konnte man sich kaum wehren. Der im März 1947 gegründete Demokratische Frauenbund Deutschlands trug ihr die Präsidentschaft an. Sie lehnte ab. Man »bestimmte« sie zur Ehrenpräsidentin. Beim »Deutschen Frauenkongreß für den Frieden« in Berlin, im März 1947, gleichzeitig Gründungsversammlung des DFD, wurde ohne ihr Wissen ein Plakat mit ihrem Portrait und einem Zitat von ihr ausgehängt: *Wer rückwärts sieht, gibt sich verloren. Wer lebt und leben will, muß vorwärts sehen.*

Sie war empört über den Mißbrauch ihres Namens. Der Aphorismus freilich entsprach immer noch ihrer Überzeugung. –

So sehr Ricarda Huch Jena liebte, so schwer ihr der Abschied von der letzten Epoche ihres Lebens fiel, so ungern sie etwas Heimliches und Illegales tun mochte – sie war entschlossen zu gehen, auch ihrer Tochter zuliebe, die seit über zwei Jahren von ihrem Mann und ihrem Sohn getrennt war. Die Gelegenheit ergab sich im Oktober 1947 mit dem Ersten deutschen Schriftstellerkongreß in Berlin. Ricarda Huch sagte zu, als Ehrenpräsidentin die Begrüßungsansprache zu halten, und sie organisierte ihre heimliche Ausreise von dort aus in den Westen.

Dieser Erste (und einzige) deutsche Schriftstellerkongreß in Berlin 1947 war Ricarda Huchs letzter und eindrucksvollster öffentlicher Auftritt, die letzte Erfüllung ihres öffentlichen Wirkens. Ihre Begrüßungsansprache bei der Gedenkfeier am Sonntag, den 5. Oktober 1947, im Hebbel-Theater zu Ehren der Opfer des Nationalsozialismus war ein Bekenntnis zu Deutschland, Zeugnis eines Patriotismus, wie sie ihn verstanden haben wollte: als einen weltbürgerlichen Patriotismus – beide Begriffe schlossen sich schon bei Goethe nicht aus! Für die deutschen Zuhörer im Abgrund der Nachkriegszeit war ihr Bekenntnis ein kostbares Geschenk: *Es ist mir ein Bedürfnis, meine Freude darüber auszusprechen, daß Schriftsteller sich aus allen Zonen zahlreich eingefunden haben. Das gibt das Gefühl, in Deutschland zu sein, nicht nur in einem Teil, sondern im ganzen, einigen Deutschland. [...]. Man hat den Deutschen ein zu starkes Nationalgefühl vorgeworfen; ich möchte eher sagen, wir hätten ein zu schwaches oder besser, ein teils zu schwaches, teils zu starkes. Das hängt, wie ich glaube, mit dem historischen Erbe zusammen, das uns zuteil geworden ist. [...]. Was mich betrifft: ich habe Geschichte studiert und kenne nicht nur die Geschichte unseres eigenen Volkes, sondern auch die der anderen Nationen gut; ich habe jahrelang in der Schweiz gelebt und fühlte mich dort zuhause; ich war mit einem Italiener verheiratet und habe sehr gerne in Italien gelebt; all diese Umstände haben bewirkt, daß ich ganz frei von einseitigem Nationalismus bin, aber national fühle ich durchaus. Ich bin in diesen schrecklichen Jahren oft an meinem Volk verzweifelt; aber gleichzeitig habe ich soviel Seelengröße, Opferbereitschaft, Heroismus und hohe Tugend gesehen und nach dem Zusammenbruch soviel Geduld und Haltung im Ertragen unermeßlichen Elends, daß für mein Gefühl viel Schlechtes dadurch ausgeglichen ist.*

Diese Tagung wurde schon von vom Ost-West-Gegensatz mit der Stimmung gegenseitigen Mißtrauens beherrscht. Kontroversen entzündeten sich an der Forderung nach unbedingter Freiheit der Dichter. Unterdrückung durch Stalin und angeblich ebensolche Unterdrükkung durch McCarthy wurden gegeneinander aufgerechnet – der Streit endete mit dem beleidigten Auszug der sowjetisch-sozialistischen Delegation (angeführt von Anna Seghers).

Ricarda Huch sprach das Schlußwort zur Tagung – kurz und versöhnlich – und eine Absage an ihre letzte Illusion: *Den Dichter und Schriftsteller, nicht zum wenigsten den Journalisten geht alles an, was geschieht. Er nimmt um so lebhafter daran teil, als es in seinem*

Wesen liegt, wie einer unserer amerikanischen Gäste richtig bemerkte, oppositionell und revolutionär zu sein. Aber das bezieht sich auf ein freies Volk. Wir sind nicht frei. Daß wir nicht frei sind, ist die Schuld Hitlers und seiner Gefolgschaft. Es ist eine Tatsache, die wir in Rechnung ziehen müssen. –

Lang anhaltende stehende Ovationen für Ricarda Huch, die für alle Teilnehmer noch einmal sichtbar die Einheit und Würde der deutschen Literatur repräsentierte, beendeten die Tagung.

Die unendlich müde, gebrechliche alte Dame trat nun ihre Flucht in den Westen an, die ihre Freunde vorbereitet hatten. Ein amerikanisches Militärflugzeug war versprochen, wurde aber abgesagt, weil bekannt geworden war, daß die amerikanische Militärregierung schon mehreren Prominenten die Flucht in den Westen ermöglicht hatte, und die Russen daraufhin drohten, der für den November geplanten Außenministerkonferenz in London fernzubleiben, für den Fall, daß weitere namhafte Persönlichkeiten aus der russischen Zone ausgeflogen würden. Endlich, am 25. Oktober 1947, nach Tagen zermürbenden Wartens, wurden Plätze in einem britischen Militärzug zur Verfügung gestellt. Der Zug endete in Hannover.

Stundenlanges Warten dort auf zugigem Bahnsteig, Verzögerungen bei der Ankunft in Frankfurt, endlich Fahrt zum Gästehaus der Stadt Frankfurt im Taunus. Lungenentzündung, der behandelnde Arzt versucht vergeblich über den Vatikan Penicillin zu erhalten, das es in deutschen Apotheken nicht gab; es traf nicht mehr rechtzeitig ein.

Ricarda Huch starb am 17. November 1947 an den Folgen der Erschöpfung und der Lungenentzündung im 83. Lebensjahr.

* * *

Sie kamen an einem kühlen Frühlingssonntag im April, nach der Messe. Eigentlich hatte ich mir die Befreier anders vorgestellt – edler, nicht so dick und immerzu kauend. Die Panzer fuhren langsam durch die Allee vor der Diessener Kirche hinauf in Richtung St. Georgen und Wengen.

Ich war auf das Geländer zwischen den Bäumen geklettert, hielt mich an einem Kastanienstamm fest und balancierte auf meinen Holzsandalen, die ich nicht ausziehen konnte, wegen der weißen Kniestrümpfe. Die Kirchenbesucher standen hinter dem Geländer und schauten mit unsicheren Gesichtern. Auch die amerikanischen Soldaten auf ihren Panzern schauten betont unbeteiligt unter ihren Helmen hervor. Da rutschte ich mit meinem Holzschuh von der Stange ab, der fiel zu Boden, und ich konnte mich gerade noch an einem Ast festhalten. Einer schaute her und lachte, ich lächelte und winkte. Er winkte auch. Jetzt winkten noch ein paar Frauen den Soldaten zu, und die winkten zurück.

Ein alter Mann hinter mir schimpfte giftig: »Das sind die Feinde! Das ist Verrat!« Ich schaute sehr vergnügt auf ihn herab. Vorbei!

Die erste Begegnung mit dem »american way of life« war ein paar Tage später bei der Klavierlehrerin, einer etwas skurrilen alte Dame, die in einem bizarren Holzhäuschen wohnte.

Sie war begeistert. Ein amerikanischer Offizier sei in ihr Haus gekommen, habe den Flügel und die Einrichtung bewundert, er habe sich – wer hätte das von einem Amerikaner gedacht – als sehr gebildet und wohlerzogen erwiesen. Und zum Abschied hatte er ihr einen Kaugummi geschenkt. Einen Kaugummi!

Sie hatte die Kostbarkeit in zwanzig winzige Stückchen gebrochen, für jeden ihrer Schüler eines. »Du mußt deinen Finger naß machen und eines aufstippen, man kann mindestens eine Stunde darauf kauen, aber dann ausspucken, nicht runterschlucken!« – Ich leckte an der Kuppe meines kleinen Fingers, stippte und führte ihn zum

Mund. Aber dort konnte ich das Krümelchen nicht mehr finden. Trotzdem nickte ich ernst und feierlich. Danke!

Hinten im Garten fiel ein Schuß. Wir gingen nachschauen. Unter meiner Eiche stand ein großer, dicker, schwarzer Soldat in Heldenpose. Vor ihm lag ein erschossenes Eichhörnchen; es hatte ein winziges Loch in der Schläfe und lag so im Gras – mit großen schwarzen Augen, rotem Pelz und buschigem Schwanz. Wir betrachteten es ohne Begeisterung. Er lächelte stolz, als habe er uns vor einem Grizzly-Bären errettet, und bedeutete meiner Mutter, die Beute gehöre ihr und sie könne sich eine Mütze aus dem Pelz machen. Sie lachte und sagte, er möge es bitte mitnehmen und sich selber eine Mütze daraus anfertigen lassen. »Good bye!«

Die Amerikaner zogen nach wenigen Tagen weiter, und die Franzosen kamen. Sie bauten ihr Zeltlager auf der Wiese vor unserem Haus. Offenbar waren sie gut über die Einwohner des Ortes informiert. Die Offiziere kamen, baten, sich »Madame« vorstellen zu dürfen, sie wollten sich bemühen, daß wir durch die Nähe des Lagers nicht belästigt würden ...

Meiner Mutter schien es das beste für unsere Sicherheit, dem ranghöchsten Offizier ein Zimmer im Haus anzubieten, was er sehr dankbar annahm.

Er und sein Bursche, ein dunkelhäutiger Algerier, brieten in unserer Küche Eier und Speck. Mein kleiner Vetter und ich standen mit hungrigem Blick an der Türe. Die Mütter riefen uns zurück, aber der Offizier protestierte. Sie würden nicht essen in einem Haus, in dem nicht alle mit ihnen an einem Tisch essen wollten. Und vorweg bekämen die Kinder. Wir sollten uns Teller nehmen. Ich stellte mich auf die Zehen und holte die größten und tiefsten Suppenteller aus dem Schrank. Wir hielten den Fremden die Teller hin, kleine Bettler, voller Gier und Scham. Der Algerier füllte sie hoch auf mit Rührei und gebratenem Speck, dann machte er Anstalten, das flüssige Fett in der Pfanne in den Ausguß zu schütten. Nicht!! Das wollten wir auch essen. Er schaute fragend den Offizier an, der hob die Schultern. Er goß uns also das Fett noch in die Teller. Wir zogen selig ab, setzten uns vor dem Haus auf einen Stein, vertilgten die unverdauliche Herrlichkeit in kürzester Zeit – und wurden so krank, wie man halt von sowas wird.

Der Offizier in unserem Haus war ein überaus liebenswürdiger und höflicher Gast. – Seine Familie hatte unter der deutschen Besatzung in Frankreich schwer gelitten. Seine Mutter war ermordet, seine Schwester gefoltert worden, weil sie Widerstandskämpfer beherbergt hatten.

Nach wenigen Wochen zogen auch die Franzosen wieder ab. Bayern war endgültig der amerikanischen Zone zugeschlagen worden.

Am letzten Tag vor dem Abzug kamen zwei schwer bewaffnete Soldaten an die Türe und fragten meine Mutter, ob sie Feinde hier am Ort habe, ob sie jemanden nennen wolle, der sie denunziert oder schikaniert habe, – jetzt sei Gelegenheit, so eine Rechnung zu begleichen. Sie lehnte entsetzt ab. In diesen Tagen wurden Männer in eine abgelegene Kiesgrube geführt und erschossen.

Die Wiese vor unserem Haus, der Blick über Hügel, Wälder bis zu den Bergen war wieder frei. Ich lief wie gewohnt unter dem weiten Himmel, stundenlange Wege zu Bauernhöfen um einen Liter Milch, etwas Butter, ein Stück Brot.

Die Amerikaner hatten ein großes Zelt errichtet, dort gab es für die Kinder täglich eine warme Suppe. Man trug einen kleinen Topf und einen Löffel mit sich, aß seine Portion schnell auf und stellte sich nach Möglichkeit noch einmal an. Das Warten und Schlangestehen unter vielen Kindern war unterhaltsam. Meine Mutter wünschte, daß ich Freundschaften schloß. Mir war Gesellschaft recht – aber auch das gewohnte Alleinsein lieb.

In diesem Sommer arbeiteten meine Brüder gelegentlich im Segelclub bei den Amerikanern. Dort gab es gutes Essen. Ich saß auf der

Treppe zum Steg und ließ die Füße im Wasser baumeln. Mein Bruder kam heraus und brachte mir einen Teller voll fetter, süßer »icecream«.

In einem Motorboot, mein Bruder steuerte – ein Amerikaner, dick, gutmütig, schwitzend, etwas angetrunken, er stand, ich stand, er wollte, daß ich aus seinem Bierkrug trank, er hielt ihn mir an den Mund, ich schluckte mit Abscheu, das Boot machte einen Sprung, ich spuckte das Bier über seinen dicken Bauch. Er lachte. – Ich mag kein Bier!

»Der grosse Krieg«

Der große Krieg in Europa war zu Ende. Bezwungen, ausgebrannt ... In vielen Formen, an vielen Orten, in vielerlei Masken stand er wieder auf. Es gab den Kalten Krieg mit Worten und mit Waffen, die so bedrohlich waren, daß man sie nur zu besitzen brauchte, um zu siegen. Es gab weltweit Stellvertreterkriege, Bürgerkriege, Unabhängigkeitskriege, Freiheitskriege, viele schwelten Jahrzehnte lang. Es gab österliche Friedensmärsche und Institute zur Friedensforschung. Man hoffte auf die Entwicklung, auf zumindest kleine Siege der Vernunft. Aber Stammeskriege, Religionskriege, Nationalitätenkriege, Fanatiker und Gotteskrieger stehen zum Ende unseres Jahrtausends an allen Enden der Welt wieder auf.

Man verdrängte diesen Krieg, den Nazideutschland zu verantworten hatte, und die unfaßbaren Bilder des Bösen. Fünfzig Jahre danach: Gedenkfeiern für die Opfer, Denkmäler vielleicht, Ausstellungen, Bücher. – »Man darf nicht vergessen«, heißt es. »Laßt uns endlich vergessen«, schreit man entgegen. »Seht, das ist die Wahrheit, so war es eben.« – »Nestbeschmutzer! Ehrabschneider!« – 1997 eine Ausstellung: Vernichtungskrieg. Verbrechen der Wehrmacht 1941-

1944. Bilddokumente. Feldpostbriefe. Befehlsdepeschen. So war das in Rußland und anderswo. Es wird demonstriert – gegen Tatsachen! Die alten und die neuen Nazis: »Diffamierende Tendenzen« – »Ehre unserer Soldaten« und so weiter. – So ist der Krieg in den Köpfen.

Ricarda Huchs Werk über den Dreißigjährigen Krieg, DER GROSSE KRIEG IN DEUTSCHLAND, erschien 1912-1914 – vor dem Ersten Weltkrieg. Mit jedem Krieg sind alle Kriege beschrieben. Mit jedem Krieger der Mensch: Seine Lügen und seine Selbsttäuschungen, seine Irrtümer, die er Ideale nennt, seine verdrängten Einsichten, die er in Haß verwandelt, damit er fähig ist zu töten, sich selbst und seinen Gott im anderen, in dem erklärten Feind ... alles ist gleichzeitig immer und überall: Todesrausch und Lebenswille, Grausamkeit und Gier, Mitleid, Reue und Entsetzen.

Der Eindruck dieser Darstellung des hoffnungslos Immergleichen auf das Leserpublikum muß berauschend gewesen sein. *Eben bekomme ich eine Besprechung [...] geschickt, und darin steht, man glaube am Meere zu stehen, die wechselnden Gestirne des Tages und der Nacht darüber gehen zu sehen, die Flut sich senken und heben, immer wieder neue Wellen geboren und verschlungen. Das freut mich, weil ich doch gerade den Eindruck hervorbringen wollte.* (An Marie Baum)

Am 12.12.1913 schreibt Fritz Reck in der SÜDDEUTSCHEN ZEITUNG: *Der Superlativ mag vom Teufel sein. Trotzdem: ich glaube, daß mit diesem Werk das größte epische Kunstwerk uns erstanden ist, größer als alle, die in den letzten 9 Jahrzehnten deutsche Leser sahen. Damit ist ja wohl die Hauptvoraussetzung erfüllt, daß das deutsche Publikum es zunächst vergißt, damit sich nach einem Menschenalter vielleicht unsere Enkel auf den Wert des Buches besinnen.*

Oskar Walzel, Literaturkritiker und -professor, hat das Wort von der »künstlerischen Objektivität« in den Schriften Ricarda Huchs geprägt. Er meint damit die relativierende Art, wie Menschen und Meinungen mit – fast möchte man sagen – derselben gleichgültigen

Toleranz dargestellt, wie Fronten und Positionen in Gesprächen durch Sprechenlassen und Geltenlassen aufgelöst werden. Ihr Mitgefühl ist die Gerechtigkeit, ihre Psychologie die Wahrnehmung.

1939 erschien DAS ZEITALTER DER GLAUBENSSPALTUNG. Der junge Golo Mann rezensierte damals in einer Exilzeitung: *Sie sucht nicht Gesetze, Ursachen, Kausalität; aber in wenigen geschichtlichen Darstellungen glaubt man so wie in der ihren das Fatum zu ergreifen.* Und: *Bedachtsein auf den kleinen Zufall und das große Muß, die Schuld und die Unschuld des Handelnden, der blind vorwärtsschreitet, bis sein Fuß auf Feuer tritt – das sind einige Merkmale der Methode, die R. H. geschaffen hat. [...] Müßten wir ihr ein Kennwort zuweisen, so wählten wir »Gerechtigkeit«. Ricarda Huch verhimmelt nicht, entlarvt nicht, klagt auch nicht an: sie ist gerecht.*

Geschichte ist Sinngebung des Sinnlosen, hat Theodor Lessing formuliert. Das sah Ricarda Huch nicht als die Aufgabe ihrer Geschichtsschreibung an. Darum die Darstellung der Vielstimmigkeit, Gleichzeitigkeit, Unverbundenheit, – der Sinnlosigkeit, da, wo kein Sinn zu finden ist, im Krieg, im Tod, im Leid. Daher die immer vermiedene Parteinahme, außer der für den Ausgleich, die Versöhnung. *Jede Epoche ist unmittelbar zu Gott,* schrieb der von ihr verehrte Leopold von Ranke. Für R.H. ist jede Erscheinung, jeder Mensch, jeder Moment seines Lebens unmittelbar zu Gott ...

Ihrem Geschichtsverständnis liegt kein Drehbuch zugrunde, weder ein apokalyptisches noch ein aufgeklärt-fortschrittliches, weder ein nationales noch ein marxistisches. Ihr Symbol der Zeitläufte ist das endlose Wogen des Meeres, das Auf und Ab der Wellen, nicht der aufwärts- und zielgerichtete Pfeil, auch nicht der Kreis einer berechenbaren ewigen Wiederkehr.

Im Herbst 1945 fing das an, und es kam in Abständen immer wieder: Meine Mutter saß oder lag auf dem Sofa in der Glasveranda, den ganzen Tag schweigend und starr, sie weinte leise vor sich hin. Sie sprach nicht, sie aß nicht. Ich stand an der Türe und schaute sie an. Tagelang. Die Brüder fuhren früh morgens nach München und kamen spät zurück. Sie mußten sich in Kursen an der Universität auf die Abiturprüfung für Kriegsteilnehmer vorbereiten. – Der Krieg hatte sie vorzeitig erwachsen gemacht. Sie waren Männer und gingen ihrer Wege. Für die Mutter war das eine zu plötzliche Erkenntnis. Die Bruchstelle blutete.

Meine Mutter konnte schwierig sein, wenn sie liebte. Ich hatte mit ihr in dieser Hinsicht kein Problem und sie nicht mit mir. Ich stand nicht im Lichtkegel ihrer Wahrnehmungen oder Intentionen. Es gab weder Bindung noch Bruch.

»Geh weg, Kind, schau mich nicht an. Das macht dir das Herz schwer. Geh laufen. Es geht schon wieder vorbei. Es gibt keinen Grund.« –

Ich machte das Nötigste, oder was ich dafür hielt. Ich machte ihr Bett, stellte ihr Milch hin, fütterte die Hühner, ging einkaufen – dann stand ich auf der blauen Speichertreppe und schaute durch das Fenster in der Verandatüre. Ich sah sie auf dem Sofa liegen, auf dem Stuhl daneben lag ihre Brille und stand das Glas Milch, das sie nicht trank.

Sie schrieb oder beantwortete keine Briefe, sie öffnete sie nicht einmal.

Ricarda Huch schrieb an die Gemeindeverwaltungen von München und Diessen, gab einen Suchauftrag, wollte wissen, ob sie und ihre Kinder noch leben.

Die Gemeinde schickte die Anfrage als Einschreibbrief. Sie mußte ihn entgegennehmen. Sie hielt das Schreiben in der Hand und redete vor sich hin wie in Trance, vorübergehend aus ihrer Depression herausgerissen. »Ich kann es nicht fassen, daß Ricarda Huch mich sucht, daß ich ihr wichtig genug bin und daß sie sich dafür soviel Zeit nimmt. Diese Freundschaft ist das Kostbarste, was ich im Leben gehabt habe.«

In diesen Herbsttagen lief ich durch Diessen. Eine Metzgerei, in der wir noch nie gekauft hatten. Die Ladentüre offen. Ich blieb stehen und schaute hinein, die Metzgerin mit weißer Schürze stand hinter dem Ladentisch wie in einer freundlichen Bilderbuchgeschichte. Sie sprach mich an: »Wie geht es denn deiner Mutter?« – »Sie ist müde, sie ist traurig, sie will nicht sprechen und essen ...« Sie nickte. »Ich pack dir hier zwei Wollwürste ein, die mußt du ihr braten. Die geben Kraft.« – »Aber ich habe doch keine Marken und kein Geld.« – »Du bekommst sie so für deine Mutter. Grüß sie von mir.« –

Ich briet die Würste. Das war gar nicht so leicht; das Kabel der alten elektrischen Platte mußte immer erst herausgezogen werden, bevor man die Pfanne berührte, sonst bekam man einen heftigen Stromschlag, denn die Drähte lagen frei. Mit diesem Umstand lebten wir schon seit Jahren.

Die letzten Briefe von Ricarda Huch an meine Mutter

Jena 26.VI.46

Mein liebes Kleines, ich weiß gar nichts von Burkhard, der doch immer so fröhlich und erquicklich war, auch nichts von der kleinen Muschi, nichts von Ihrer Juristerei, in der Sie so viel zu meiner Bewunderung leisteten. Wenn Sie mir nun all dies erzählten, würde ich sagen: das ist mal ein vernünftiger Brief! Ferner weiß ich nicht und möchte wissen, ob Ihre Wohnung in München wieder hergestellt wird, und ob Sie sie noch haben, oder ob Sie für immer in Diessen zu blei-

ben gedenken? Ich habe schrecklich viel zu tun, lebe mit der Feder in der Hand, deshalb fasse ich mich kurz. Aus der Schweiz haben Sie gewiß Nachricht von Frau Dr. Hoppe-Moser. Wir wissen immer noch nicht, ob und wann wir nach Frankfurt übersiedeln. Drei sonnenlose und kalte Wochen waren recht deprimierend, jetzt wird's hoffentlich besser. Mit sehr herzlichen Grüßen auch von Busi

Ihre Ricarda Huch«

Jena 7.XI.46

Liebes Kleines, nachdem ich Harald so lange kein Taschengeld mehr geschickt habe, lege ich nun 100 M für ihn ein. Sodann möchte ich wissen, ob die Muschi noch spielt und ob sie sich über eine Puppe zu Weihnachten freuen würde. Da fällt mir ein, daß ich nur bis zu einem Pfund schicken kann, und eine Puppe wiegt wohl meistens mehr. Aber schreiben Sie es mir trotzdem. Wenn sie nicht mehr spielt, was freut sie dann? Was für Bücher liest sie? Die Möglichkeiten zu kaufen sind sehr gering, manchmal glückt aber doch ein Versuch oder begibt sich etwas Unerwartetes. Ob es Ihnen inzwischen gelungen ist, in München Wohnung zu bekommen, das wünsche ich Ihnen sehr. Dieser Brief wird Sie trotzdem ausfindig machen. Uns geht es weiterhin leidlich, sieht man die meisten anderen Menschen an, geradezu gut. Möge das gleiche von Ihnen gelten!

Ihre Ricarda Huch

Mit herzlichen Grüßen von Busi.

Jena 27.VII.47

Liebes Kleines, ein Telegramm ist gut, aber ein Brief ist besser. Wie mag es Ihnen gehen? Wir leben noch, Kander hat in Freiburg das

Abitur gemacht. Der Sommer ist wunderschön, wäre nur das andere dementsprechend.
Seien Sie herzlichst gegrüßt.

Ihre Ricarda Huch

* * *

»Landsberg ist eine seltsame Stadt«, sagte meine Mutter damals im letzten Kriegsjahr. »Wenn man über die Bergstraße in die Stadt hinunterfährt, schaut man auf mittelalterliche Befestigungsanlangen und auf eng verbundenen Ziegeldächer. Landsberg ist wie ein alter Stich im Geschichtsbuch. Geschlossen und geschützt. Es ist, als könnte die Gegenwart mit all ihren Schrecken niemals eindringen.«

Landsberg vor fünfzig Jahren: Erst das Kriegsende bewies der kleinen Stadt ihre Verstrickungen und ihre Gegenwart.

Im Juni 1944 wurden bei Kaufering Außenlager des Konzentrationslagers Dachau errichtet. Häftlinge aus Auschwitz wurden herbeigeschafft, die mußten eine unterirdische Produktionsanlage für Kampfflugzeuge aufbauen – zu einer Zeit, als nur noch unheilbare Verblendete an einen möglichen Endsieg glaubten und nur Verbrecher auf einen solchen hofften. In den wenigen Monaten zwischen Juni 1944 und April 1945 kamen von etwa 30.000 Häftlingen, die das Lager durchliefen, die Hälfte bei der sinnlosen und chaotisch organisierten Schwerstarbeit um. Dies geschah »vor der Haustür« der Landsberger Bürger, »vor ihren Augen«. Man konnte die Lager hinter Stacheldraht von weitem sehen. Manchmal marschierten zerlumpte, ausgemergelte Häftlinge in Kolonnen durch die Stadt. Kontakt aufzunehmen, Mitleid zu zeigen oder gar Hilfe zu leisten konnte das Leben kosten. Was taten die Menschen hinter den Fenstern oder am Straßenrand? Vielleicht wandten sie sich ab, schlugen die Hände vors Gesicht oder erwogen zitternd, ob sie es wagen konnten, den Elenden ein Stück Brot zuzuwerfen. Vielleicht beteten sie oder haderten mit ihrem Gott, daß er das zuließe, vielleicht ließen sie hinter vorsichtig verschlossenen Türen ihrem Zorn und ihrer Scham freien Lauf: »Verbrecher! Mörder!« Was konnten sie schon tun? Was tun denn wir? –

Mit dem Kriegsende begann der Todesmarsch der überlebenden Häftlinge in Richtung Dachau. Die Ermordung sämtlicher Kauferinger Häftlinge wurde noch Mitte April vom zuständigen SS-Chef Kaltenbrunner befohlen. Die Baracken mit den bewegungsunfähigen Kranken wurden von der SS in Brand gesetzt.

Auf Landsberg war keine Bombe gefallen. Nur die Lechbrücken waren kurz vor der Kapitulation auf Veranlassung der SS gesprengt worden. Lebensmittelmangel, Gefallene und Verwundete, Flüchtlingsströme dann ... das war der normale Tribut an den Krieg. Aber wie an anderen deutschen Orten wuchs gerade unter unversehrt gebliebenen Dächern eine heimliche Erbitterung darüber, daß die Geschichte sie, die zivilisierten, rechtschaffenen Landsberger Bürger, nicht einfach ganz und gar in Ruhe ließ. Sie waren zumeist keine Täter, und es war ihnen auch nicht vergönnt, Opfer zu sein. Es gab keine schwarzen Ruinen und leeren Festerhöhlen, durch die ein gleichgültiger und verzeihender Himmel schaute, es gab keine verlorene Heimat hinter ihnen. Es gab keine Gegenrechnung, keine Entlastung – außer dem Vergessen.

Die entsetzten amerikanischen Soldaten fanden die Toten in den Massengräbern und in den verkohlten Baracken. Sie führten Einwohner von Landsberg und von den umliegenden Dörfern zwangsweise durch die Stätten des Grauens. Wer könnte den Verwesungsgeruch je vergessen, die Schande, Deutscher zu sein und zu leben! Ein hoher amerikanische Offizier sagte in einer Rede dazu: »Sie können zwar sagen, Sie seien nicht dafür verantwortlich, aber Sie haben das Regime unterstützt, das diese Verbrechen beging.«

Das ist richtig und unendlich naiv zugleich. So sprachen die ahnungslosen Söhne einer alten rechtsstaatlichen Demokratie.

In Landsberg sammelten sich seit Kriegsende die Überlebenden des Holocaust. Die amerikanischen Militärbehörden bezeichneten sie als »Displaced Persons«; sie alle wollten gerne nach den USA oder nach Palästina emigrieren. Diese Menschen waren befreit worden – und sofort wieder in einer bewachten und umzäunten Kaserne interniert, sie warteten auf ihre Auswanderungserlaubnis. Auch das DPs-Camp belastete die Landsberger schwer.

Hier standen die Opfer hinter den Zäunen den vermeintlichen Tätern in ihrer scheinbar heil gebliebenen Welt gegenüber und stellten Ansprüche. Die Landsberger schauten entsetzt in die Gesichter der Opfer. Sie erschienen ihnen gefährlich, unmenschlich, verzerrt und böse. Gespenster! Geht doch fort! Schaut denen ins Gesicht, die euch das angetan haben. Wir waren es nicht. Laßt uns in Ruhe!

Auch die Täter waren nicht weit. Das Gefängnis, die Festungsanstalt, wurde zum größten Kriegsverbrechergefängnis der amerikanischen Besatzungszone. 1.600 Kriegsverbrecher oder Leute, die von der Militärregierung dafür gehalten wurden, waren bis 1958 inhaftiert. 250 wurden zwischen 1945 und 1951 dort hingerichtet.

So war die Geschichte in die Sicherheit der alten schönen Stadt Landsberg von außen eingedrungen. Sie wollte sie nicht haben.

Der Wind der Befreiung

In St. Georgen bei Diessen, in dem versteckten Haus im verwilderter Garten, atmeten wir zunächst den berauschenden Wind der Befreiung. Er wehte durch die nun stets offenstehenden Türen des Hauses. Der Druck der Angst war abgefallen. Gesinnungsgenossen, die voneinander wußten, daß sie das Regime gehaßt hatten, Sympathisanten des Widerstandes, die bisher Bekanntschaft nur unter größter Vorsicht zeigen konnten, kamen herein, wurden Freunde. Es gab wieder Vertrauen und Geselligkeit. Man redete über die Zukunft, vertrat die unterschiedlichsten politischen Ansichten, man lachte zusammen, tanzte im großen Zimmer zu den Klängen des Grammophons, hervorgebracht von gespitzten Streichhölzern statt der Stahlnadeln ... und es war Sommer.

Der Winter 1945/46 war grausam.

Die Beschaffung der nötigsten Nahrungsmittel stand im Mittelpunkt aller Gedanken und Tätigkeiten. Am Heiligen Abend lag meine Mutter mit hohem Fieber und zeitweise bewußtlos auf dem Sofa. Sie hatte sich bei dem Unternehmen, ein Huhn fürs Fest zu organisieren, eine Angina zugezogen – festgeklammert auf dem Trittbrett eines überfüllten Zuges im eisigen Wind. Wir standen hilflos herum. Am Weihnachtstag fuhr man sie ins Diessener Krankenhaus. Der Arzt machte uns keine Hoffnung. Aber sie erholte sich, wenn auch sehr, sehr langsam. Im Frühsommer, nach vielen Wochen, kam sie nach Hause.

Im Spätsommer 1946 kam ein Jeep mit vier amerikanischen Offizieren über den schmalen Wiesenweg zum Haus gefahren. Sie waren sehr höflich. Sie wollten meine Mutter sprechen. Sie baten sie, sich als Vorsitzende für die Spruchkammer in Landsberg zur Verfügung zu stellen. »Sie sind Antifaschistin gewesen, Sie sind Juristin, Sie werden mit uns zusammenarbeiten. Es ist schwer, jemand Geeigneten zu finden im Landkreis.« Sie erbat sich zwei Wochen Bedenkzeit.

Die Alliierten hatten beschlossen, Deutschland zu entnazifizieren. Zunächst einmal wurden alle Leute mit Führungspositionen in Partei, Verwaltung, Militär und Industrie interniert.

In der US-Zone waren es im Winter 1945 120.000 Personen; für ca. 300.000 Personen wurde Amtsenthebung angeordnet. Allein im öffentlichen Dienst lag die Entlassungsquote bei 42 Prozent. Wie sollte man ohne Fachkräfte eine funktionierende Wirtschaft und eine Demokratie aufbauen? Außerdem war auch den Amerikanern klar, daß in diesem Netz die unterschiedlichsten Fische, Schuldige und Unschuldige, zappelten. Etwa die Hälfte der Internierten wurden nach Überprüfung durch die Besatzungsmacht bis Mitte 1946 wieder entlassen. Die 1945 eingerichteten Spruchkammern, Laiengerichte, mit deutschen Nazigegnern besetzt, sollten die gesamte deutsche Bevölkerung, und zwar jeden Einzelnen, überprüfen und in eine Kategorie sortieren, vom Nichtbelasteten über den Mitläufer bis zum Belasteten und Hauptschuldigen. Schon die Ermittlungen waren fast unmöglich, wenn man sich nicht auf Denunzianten einlassen wollte. Die erste Besetzung der Spruchkammer in Landsberg mußte die Militärregierung Mitte 1946 ablösen, da sie sich als korrupt erwiesen hatte. So kamen sie auf ihrer Suche zu meiner Mutter.

Antifaschistisch? Das Wort war damals in Deutschland nicht üblich. Sie selbst hätte sich als »unpolitisch« bezeichnet. Sie hatte die Nationalsozialisten zunächst ignoriert und verachtet in der Überzeugung, die könnten sich nicht lange an der Macht halten. Später lernte sie die braunen Proleten fürchten und hassen. Sie hatte vermutlich konkretere Gründe für ihre Furcht, als sie ihre Kinder wissen ließ. Wie viele Deutsche hoffte sie von Jahr zu Jahr, daß der Spuk verschwinde, vielleicht durch einen Militärputsch. Später setzte man alle Hoffnung auf die alliierten Armeen.

Deutsch zu sein, bedeutete gerade nicht, Nationalsozialist zu sein. Victor Klemperer, selbst Jude und Verfolgter, schrieb in sein Tagebuch: *Ich bin deutsch und warte, daß die Deutschen zurückkommen; sie sind irgendwo untergetaucht.* – Die deutschen Nazigegner waren zumeist konservativ und patriotisch. Viele glaubten lange, eine Clique von Verbrechern habe Deutschland unter ihre Gewalt gebracht, jetzt, wo es befreit war, sei es die Pflicht aller »anständigen« Deutschen, »zurückzukommen«, die verlorene »Ehre« des Vaterlandes und sein internationales Ansehen wieder herzustellen und eine rechtsstaatliche Demokratie aufzubauen.

Meine Mutter schrieb an Ricarda Huch und bat um ihren Rat. Die Antwort kam prompt durch eine Botin: Alle Deutschen müßten sich nun mit ganzer Kraft für ein neues, besseres Deutschland zur Verfügung stellen, und gerade diese Aufgabe der Entnazifizierung müßten Leute übernehmen, die frei von dem Wunsch nach Rache seien. – Die große alte Dame der deutschen Literatur, die im April 1933 mit mutigem und weltweit beachtetem Protest aus der Preußischen Akademie der Künste ausgetreten war, hat selbst die kurze Zeitspanne, die ihr nach der ersehnten Befreiung von den Nationalsozialisten noch geblieben war, in rastloser öffentlicher Tätigkeit verbracht und ihre letzten Kräfte für das Andenken des Deutschen Widerstandes und für den Aufbau eines neuen, wie sie hoffte, besseren Deutschlands eingesetzt.

In der »Neujahrsbetrachtung 1945/46«, die in der Thüringer Presse erschien, analysiert sie Schuld, Scham, Leiden und Befindlichkeit der Deutschen mit sehr deutlichen Worten:

Nun die furchtbaren Folgen unerhörten Frevels da sind, nun der Abgrund sich aufgetan hat, dürfen wir die Logik der Tatsachen nicht übersehen. Es ist gekommen, wie es kommen mußte. Wir müssen hindurch. [...] Unser Aufstieg muß im Erwerben der Einsicht bestehen, daß ein Volk sich nicht als ein Haufen von Privatleuten abseits von der Regierung stellen und sie schalten lassen kann, ohne sich dafür verantwortlich zu fühlen. Jeder muß den Sinn für Recht und Freiheit in sich entwickeln oder schärfen. Wenn wir sagen, eine Räuberbande habe uns überfallen, uns vergewaltigt und gezwungen, ihre Untaten mitzutun, so wird man lachen: Können viele Millionen sich nicht einer Räuberbande erwehren? [...] Anstatt uns gegenseitig nachzuspüren, ob schuldig oder nicht, sollten wir einsehen, daß ein Volk ein lebendiges Ganzes ist, in dem der Einzelne für die Gesamtheit einsteht, der Einzelne die Schuld der Gesamtheit auf sich nehmen muß.

So wurde meine Mutter »Spruchkammervorsitzende« in Landsberg. Sie wurde täglich von Diessen nach Landsberg gefahren.

Den »Öffentlichen Kläger« hatte die Vertreter der Militärregierung zur gleichen Zeit wie meine Mutter aufgespürt. Er war Jude, mit einer Nicht-Jüdin, einer Pianistin, verheiratet. Er lebte als Kunstmaler in seinem Haus in Dettenhofen, einem kleinen abgelegenen Ort bei Diessen. Die Nazizeit hat er durch einen glücklichen Zufall überlebt: Er wurde 1939 wegen zu mutiger Äußerungen gegen das Regime verurteilt und kam ins Gefängnis – nicht in ein Konzentrationslager. Man hatte übersehen, daß er Jude war. Irgendein Bürokrat hatte ihn – aus Schlamperei oder aus Sympathie – gerettet. Als dann die alliierten Armeen anrückten, wurden die politischen Gefangenen aussortiert und in Marsch gesetzt, zu einer Stelle, wo man sie ungesehen erschießen konnte. Es gelang ihm zu fliehen. Drei Tage später rollten die amerikanischen Panzer ein. – Da kam die Frau des Ortgruppenleiters und bat ihn, zu helfen. Die russischen und französischen Fremdarbeiter hatten den Obernazi in einer Scheune an die Wand gestellt und übten Messerwerfen wie im Zirkus. Er machte ihnen Vorhaltungen. Er sei Jude, aber er erachte es als unter seiner Würde, sich zu rächen. Sie seien doch Christen, da müßten sie sich für so etwas doch erst recht zu gut sein. Sie entgegneten, sie würden den Kerl doch gar nicht treffen, es sei nicht ihre Schuld, wenn der so Angst habe. Aber sie ließen dann doch von ihm ab.

Recht und Gewissen

Man hat den Spruchkammern vorgeworfen, Rehabilitationskammern gewesen zu sein. Natürlich waren sie das. Auch die Spruchkammer Landsberg hat so schnell wie möglich die Unbelasteten und das große Heer der Mitläufer in einem ungeheuren Arbeitaufwand durch die Prozedur von Fragebogen bis öffentlicher Verhandlung geschleust und ihre Wiedereingliederung in das Arbeitsleben ermöglicht. Die schweren Fälle wurden zurückgestellt. Das entsprach den Wünschen der Länderregierungen, der Parteien und Kirchen, und auch des deutschen Widerstandes. Für die wirklichen Nationalsozialisten arbeitete die Zeit. –

Diese Auffassung von Entnazifizierung entsprach nicht den Vorstellungen der US-Besatzungsmacht. Die Amerikaner wollten Nazi und Nichtnazi hübsch auseinandersortiert sehen. Und dann wollten sie sich einen Nazi anschauen, der sagte: »Ich war und bin überzeugter Nationalsozialist. Ich bin dafür, daß Menschen zu Tode gefoltert werden, daß ganze Völker ausgerottet werden, ich morde gern und würde das jederzeit wieder tun.«

Aber sie konnten keinen finden. Sie konnten nicht herausfinden, wie ein Nazi aussah. Das Deutsche Volk bestand aus Unschuldigen, aus Nichts-dafür-Könnern, aus Nichtswissern statt Mitwissern und aus Immer-schon-dagegen-Gewesenen.

Ein für die Entnazifizierung zuständiger hoher US-Offizier ließ meine Mutter kommen. Er war unzufrieden mit ihren Urteilen. Alles Mitläufer! Das glaube sie doch wohl selber nicht. Langjährige Parteimitglieder! In allen gehobenen Positionen saßen sie. Es wird sie doch wohl gegeben haben. Es müßten bei den Bescheiden ihrer Kammer in Zukunft ein gleich großer Teil an Belasteten und Mitläufern herauskommen, das sei eine vernünftige, wahrscheinliche und angemessene Verteilung. Verstanden?! Er stolzierte im Zimmer auf und ab und spielte mit seiner Pistole. – »Genau so war das unter der Herrschaft der Nationalsozialisten«, antwortete meine Mutter. »Die Machthaber übten Druck auf die Richter aus, suchten sie einzuschüchtern, so daß sie gegen das Recht und gegen ihr Gewissen entschieden. Nun machen Sie das gleiche. Ich werde niemals gegen mein Gewissen entscheiden. Suchen Sie sich jemand anderen für dieses Amt.« – Der Offizier erschrak. »Es tut mir leid. Entschuldigen Sie. Entscheiden Sie weiterhin nach Recht und Gewissen.«

Am 18. Oktober 1945 begann vor dem Internationalen Militärgerichtshof in Berlin – vom 20. November an in Nürnberg – der Prozeß gegen 24 deutsche Hauptkriegsverbrecher. Am 1. Oktober 1946 wurden die Urteile gesprochen. Zwölf der Angeklagten wurden zum Tode verurteilt, drei zu lebenslänglich, vier zu Freiheitsstrafen von zehn bis zwanzig Jahren.

Viele Naziverbrecher – die meisten sogar – waren rechtzeitig untergetaucht oder ins Ausland geflohen, hatten sich schlau der Verantwortung entzogen.

Simon Wiesenthal, der Leiter des Jüdischen Dokumentationszentrums in Wien, ist der Überzeugung, daß heute noch, fünfzig Jahre danach, über tausend Hauptkriegsverbrecher im Ausland untergetaucht unter falschem Namen am Leben sind. – Über die Verhandlungen in Nürnberg berichteten die Zeitungen ausführlich. Ich erinnere mich an das grobe, dicke gelbliche Papier der NEUEN ZEITUNG, die täglich und in allen Einzelheiten Gerichtsprotokolle über die unglaublich grauenhaften Vorgänge in den Konzentrationslagern veröffentlichten. Auf einer ganzen Seite war beschrieben, welche medizinischen Experimente SS-Ärzte mit jüdischen Kindern gemacht hatten. Als meine Mutter sah, daß ich die Zeitung las, nahm sie mir das Blatt aus der Hand: »Du sollst das nicht lesen. Es könnte sich in deine Träume schleichen, deine Phantasie vergiften. Du bist ein Kind!« Ich sollte nicht wissen, wozu Menschen fähig sind.

Die Zeitung brachte auch das Bild eines Hingerichteten. Ich glaube, es war Kaltenbrunner. Er hatte noch den Strick mit der Schlinge um den Hals. Ich dachte: Komisch, der sieht tot auch nicht anders aus als lebendig: rechthaberisch und starr.

Im Herbst 1947 kam ich in die Oberrealschule Landsberg in die vierte Gymnasialklasse. Krieg, Krankheiten und die Nachkriegsprobleme haben mir zwischen dem 8. und 13. Lebensjahr vier Jahre Schule erspart und Zeit für Einsamkeiten und Träume geschenkt.

In meiner Klasse war ich die jüngste, zwei der Jungen waren noch an der Front gewesen, jetzt waren sie 16. Viele Schüler waren Flüchtlinge. Das Schulhaus, das alte Jesuitenkolleg, lag auf dem Hochufer des Lechs. Durchs Fester konnte ich hinausschauen über die Dächer von Landsberg ins offene Land. – Das beste und wichtigste an der Schule war die von den Amerikanern gestiftete warme Mahlzeit.

Meine Mutter arbeitete bis zur Erschöpfung. Daß sie keine Zeit für mich hatte, war ihr schmerzlicher bewußt als mir. Einmal, als ich in ihrem Büro stand, schaute sie mich an – ein mageres kleines Mädchen in der abgetragenen Winterkleidung seiner älteren Brüder ... »Du tust mir wirklich leid, Kind. Aber ich bin halt der einzige Mensch in Stadt und Landkreis, der nicht schwarzhandeln kann und von niemandem auch nur ein Stück Butter annehmen darf.« – »Ich find's nicht so schlimm.« – »Ein Glück, daß du noch nicht eitel bist.«

Ich bin in diesen Jahren niemals in die Nähe des Kriegsverbrechergefängnisses gegangen, auch nicht in die Nähe des DPs-Camp. Diese Orte und Themen waren tabu und gegenwärtig zugleich. Eines Tages lagen auf den Tischen im Klassenzimmer Flugblätter, die auf die Vollstreckung von Todesurteilen an Hauptkriegsverbrechern an diesem Tag zu einer bestimmten Stunde hinwiesen – vorwurfsvoll, um Anteilnahme werbend. Kaum hatte ich den Inhalt erfaßt, zerknüllte ich das Blatt und versteckte es unter der Bank. Dann schaute ich mich vorsichtig um. Die meisten Mitschüler hatten das brisante Papier ebenso verschwinden lassen. Aber dann nahm doch ein Junge das Flugblatt und legte es auf den Katheder mit der grimmigen Bemerkung: »Die soll auch was davon haben!« Gemeint war die Mathematiklehrerin, die nun hereinkam. Die Arme traf es mit voller Wucht. »Um Gottes willen, wer hat das hier hingelegt?« – »Die Blätter lagen auf den Tischen, als wir hereinkamen.« – »Aber, das darf doch nicht sein, daß einem so etwas ganz unvorbereitet vor dem Gesicht liegt und man sich nicht dagegen wehren kann«, klagte sie. Nein, keiner grinste. Wir beherrschten alle die Kunst, gar kein Gesicht zu machen. – Um 11.00 Uhr tönte das dünne und traurig hastige Läuten von der Kapelle der Festungsanstalt über die Dächer von Landsberg, es war im Klassenzimmer gut zu hören, obwohl der Lehrer laut und munter dozierte. Plötzlich sagte er: »Schließt die Fenster, bitte.« Ich malte in mein Heft und dachte: »Das ist mir ganz egal, ganz egal!« – Wie viele solcher Glocken hätten damals im Lager Kaufering läuten müssen, im Frühjahr 1945, jeweils, wenn dort ein Mensch langsam und grausam zu Tode gebracht wurde? Bei Tag und bei Nacht? Hätte man das Läuten gehört von dort unter den Dächern der Stadt? Bei geschlossenen Fenstern?

Nein, die Mehrheit der Menschen in Stadt und Landkreis waren keine Nationalsozialisten gewesen, wenigstens nicht so, wie sie sich die Amerikaner vorstellten, und alle wollten keine gewesen sein. Niemand hätte das Recht gehabt, solchen Leuten an diesem wie an jedem anderen Ort die Ehrbarkeit abzusprechen. Unangenehm war nur der beklemmende Verdacht, daß diese Ehrbarkeit vor Gott und den Toten nicht besonders gut aussah. Die Spruchkammern aber richteten nicht im Namen Gottes oder der Toten. Sie entschieden über Tatsachen und im Namen des Anstandes und der Zivilität, die man auch unter extremen Umständen bei epidemischer ideologischer Verblendung den Menschen abverlangen darf. Und sie richteten in der versöhnlichen Hoffnung auf eine zukünftige demokratische und friedliche Gesellschaft.

Wer ist ohne Schuld ? Wer der expressionistischen Dynamik des Faschismus und dem verführerischen Glanz seiner heroischen Werte und Worte – in allen europäischen Gesellschaften damals – zunächst erlag, oder nur, wer klarsichtig genug war, sie von Anfang an zu durchschauen? Ist der schuldlos, der sich der Gnade der späten Geburt erfreut, oder auch der um wenige Jahre ältere, dem die Ideologie der Hingabe und Opferbereitschaft an ein hehres Ziel eingepflanzt wurde, der jung der Romantik des Idealismus erlag und spät, zu spät merkte, wie er mißbraucht wurde. Wie ist der zu beurteilen, der versuchte, für sich und andere das Überleben zu organisieren, unerkannt zu widerstehen, und auf das Ende hoffte, das sich so lange hinauszog. Wie klar konnte das Regime von einem Durchschnittskopf in seinen Anfängen erkannt, wie seine Entwicklung und Dauer beurteilt werden, und was konnte jeder einzelne tun, als es einmal etabliert war? Wie lassen sich in einer Biographie Schuld und Schicksal, und vor allem Dichtung und Wahrheit unterscheiden?

Unendliche Fragen, müßige Fragen, bis heute.

1949/50 wurden die Spruchkammern aufgelöst, die restlichen Fälle den ordentlichen Gerichten übergeben. Die Zurückstellung der Verfahren für wirklich Belastete wirkte sich nun zu deren Gunsten aus. Richter und Verwaltungsbeamte mit brauner Vergangenheit nahmen bald ihre Plätze wieder ein und bildeten treue Seilschaften der Macht. Sie funktionierten, wie sie immer schon funktioniert hatten – und sie fühlten sich im Recht. Einige Überzeugungen hatten sie vergraben, aber grundsätzlich sahen sie keine Veranlassung, ihre Gedankenwelt neu zu möblieren. Wie denn auch? Aus welchen Beständen in den Magazinen des Zeitgeistes?

Über den Bunkern von Kaufering, über den Baracken mit zerbrochenen Mauern und eingesunkenen Dächern wuchs das Gras. Längliche Hügel, Birken und Fichten, ein paar Holzplanken und etwas Stacheldraht. Irgendwann im letzten Schuljahr bin ich erstmals zu diesen Hügeln von Kaufering gegangen, allein. Leichtsinnigen Nihilismus, etwas Sartre und Camus im 17jährigen Kopf. – Ich versuchte, an das konkrete Grauen unter diesen Hügeln zu denken, es gelang mir nicht. Der Wind in Blumen und Gras stand dagegen und Camus' *zärtliche Gleichgültigkeit der Welt.*

VIII
Lebenssplitter

»Sieben Jahre später,
in einem Totenhaus,
trinken die Henker von gestern
den goldenen Becher aus.«
Ingeborg Bachmann

1949 endete in Westdeutschland die unmittelbare Nachkriegszeit, wurde der erste Strich unter die Vergangenheit gezogen, die Todesstrafe wurde abgeschafft, zu lebenslänglicher Haft Verurteilte wurden in der Folgezeit begnadigt, großzügige Amnestien wurden erlassen. Man dachte an die Zukunft ... man brauchte Erfahrene, Könner, Experten.

Bald saßen sie wieder an den Schalthebeln in Verwaltung, Wirtschaft und Justiz – diese Mischung aus Effizienz, konservativer Grundsatztreue, Streben nach Machterhalt, Verdrängen, Schönreden und Relativieren der Vergangenheit. Immer noch der Virus im Hirn? Nein, aber Wörter, Gefühle und Argumente der Vergangenheit, Vorurteile, die man »Werte« nannte. Sie erschienen nicht ungeeignet für eine Art mentaler Aufrüstung im kalten Krieg. Die Wissenden, die ehemaligen Gegner und Opfer deprimierte das tief. »Auswandern« wurde zum Traum derer, die sich einst eines »besseren Deutschlands« sicher waren und geglaubt hatten, daß diesem Deutschland längst alle Herzen gehörten.

Heinrich Seyfried, Öffentlicher Kläger an der Spruchkammer Landsberg, Arbeitskollege meiner Mutter und Freund der Familie –, der sah voll tiefen Pessimismus in die Zukunft. Er wollte seinen Landsleuten und Volksgenossen als braven Knechten einer Diktatur nicht noch einmal in die Hände fallen. Er fürchtete nicht allein die Ewiggestrigen, sondern auch die fortschrittlichen Erneuerer der Welt: Faschismus und Bolschewismus hatte er – viel früher als wir – als im Wesen gleich erkannt. »Naziwiki« oder »Bolschenazi«. Er glaubte, die Westmächte würden Deutschland doch früher oder später den Sowjets überlassen, und er gehörte nach anfänglicher Sympathie zu den wenigen Liberalen und Demokraten, welche die kriminelle Energie des Sowjetkommunismus durchschauten. Der Beginn des Korea-Krieges im Sommer 1950 beunruhigte ihn zutiefst, die deutschen Stimmen gegen ein atlantisch-westliches Bündnis, die Reden Walter

Ulbrichts damals und nicht zuletzt die viel diskutierten Stalinnoten ab 1952 und die darin enthaltenen Vorschläge zu einer Wiedervereinigung. Er informierte sich aus inländischen und ausländischen Zeitungen. Noch einmal wollte er von den Folgen einer optimistischen Geringschätzung der Politik nicht überfahren werden.

Amerika – das Land der Freiheit, eine alte, funktionierende, zuverlässige Demokratie – oder Kanada, oder Australien ... Auch meine Mutter schwärmte vom Auswandern, weg aus diesem Land, wo man wieder nationalistische Töne hörte. – »Würdest du mitkommen?« – Seyfried hatte das Auto angehalten. Beide drehten den Kopf zu mir. Es war auf einem aufgeweichten Waldweg. Der Regen trommelte auf das Autodach und drang durch die Ritzen. Ich dachte an Überschwemmungen und eine Hütte im Slum. »Auswandern – im Moment eigentlich nicht.«

Aber Seyfried, der Davongekommene, der jüdische Künstler und Intellektuelle, der in Deutschland heimatlos Gewordene, der traurige Clown, er war entschlossen zu gehen. Er und seine Frau legten ihre deutsche Staatsangehörigkeit ab, sie bekamen den Paß für »Displaced Persons«, stellten den Einwanderungsantrag für die Vereinigten Staaten.

Eine deutsche Biographie

Geboren 1896 als Sohn des Königlich Bayerischen Hofapothekers in München, jüdischen Glaubens. Auf einem Kinderphoto: Im Landhaus am Tegernsee, eine viel zu große Lederhose hat er an, ein Kätzchen hatte noch Platz darin und steckt den Kopf vor seinem Bauch heraus, er lächelt höflich. Die Eltern starben früh, ein Vormund bringt ihn und seine Schwester um einen großen Teil des beachtlichen Vermögens, die Inflation 1923 um den Rest. Als Sanitätssoldat im 1. Weltkrieg. Er studierte Malerei, Philosophie und vielerlei, bereiste

Europa, heiratet eine Pianistin aus gutem Hause, sie kaufen ein kleines, aber hübsches Haus in Dettenhofen, leben bescheiden, auskömmlich, zufrieden. Das Haus voller Bücher, Bilder, Seltsamkeiten, ein Flügel, ein paar freundliche Totenschädel aus denen rote Geranien wuchsen als Bürgerschreck. Viele Katzen, im Garten Blumen, Bäume und Wind. Dann kommen die Nazis ... vorerst schützt ihn die nichtjüdische Frau. Das konnte doch alles nicht wahr sein. An Auswandern dachte er damals nicht.

1939 wird er verhaftet – wegen politischer Äußerungen. Jahre in Stadelheim und anderen Gefängnissen – als politischer Häftling – zu seinem Glück. Im Frühjahr 1945 entgeht er der Liquidierung durch Flucht. 1946 bis 1949 Öffentlicher Kläger – ein freundlicher, versöhnlicher, großzügiger und gerecht denkender Deutscher, wie er sich verstand. Freidenker, Philosoph, Träumer, Künstler, Teetrinker, Kettenraucher, Vegetarier, Pazifist, Schopenhauersympathisant und aufgeklärter Buddhist, Spitzbartträger, Alleskönner mit unglaublich geschickten Händen, Allesreparierer, – er hätte so gut in Deutschland leben können, aber jetzt wollte er nicht mehr.

Er verkaufte das Anwesen in Dettenhofen, lernte Englisch, lebte erst mit seiner Frau im DPs-Camp, dann, als sich das Auswandern doch hinzog, in bescheidenen Untermieter-Zimmern in München. Schickte einen Teil seines Geldes einem jüdischen Bekannten, er sollte für ihn Antikes kaufen, er wollte in Philadelphia einen Kunst- und Antiquitätenladen aufmachen; der ferne Freund spekulierte mit dem Geld und verlor. Sorry! Er konnte dem Tropf nicht einmal richtig böse sein. – Der Rest des Vermögens verbrauchte sich schnell. Drei Jahre »Warten auf Godot«, wie es Samuel Becket in diesen Jahren auf die Bühne brachte. Er hatte keine guten Karten für die Einwanderung. Jüdische Organisationen unterstützen ihn nicht, weil er sich als freireligiös bezeichnete, die McCarthy-Behörden verdächtigten jeden nichtreligiösen jüdischen Immigranten, ein kommunistischer Bazillenträger zu sein. – In der Wartezeit träumte er den »Amerikanischen Traum«.

Er träumte von einem Land, das so reich war, daß jeder von seiner

Hände Arbeit bequem leben konnte, von einem Land, in dem jeder unbehelligt seinen Gedanken nachhängen und seiner Wege gehen kann – bis in die Weiten der Prärien. Er freute sich an der Englischen Sprache, so tauglich zu unpersönlichem »small talk« und zu sanftem Sarkasmus. Er träumte von der leisen Einsamkeit in den Bildern eines Hopper, von der harmlosen Freundlichkeit der Menschen in den Büchern von Mark Twain. Ein Land, wo es keine Arroganz und keine spießig-sentimentalen Kulturideologien gab, keine humanistisch gebildeten, klavierspielenden Massenmörder.

Die letzten Monate vor der Ausreise verbrachten die Seyfrieds in St. Georgen bei uns.

Vor dem Haus unter der Veranda. Irgendein Scherz. »Ich mache alles, was du verlangst.« – »Klettere die Säule hinauf.« – Er tat es, zu meiner Bewunderung. »Wie alt bist du eigentlich?« – »Siebenundfünfzig« – und er rutschte, irgendwie kleinlaut, herunter.

Zwei Wochen später, am 5. November 1954, saß er im Flugzeug nach Philadelphia, seiner Sehnsucht entgegen. Wir standen und winkten den beiden nach.

Zwei Jahre Leben noch in der Neuen Welt.

Eine Holzkiste mit jahrhundertealten Büchern, viel Schopenhauer, viel Buddhistisches – und seine Ölbilder blieben da. Die Bücher riechen heute noch nach Pfeifenrauch, haben braune Flecken vom starken, stundenlang gekochten schwarzen Tee, den er ständig trank. Die Bilder: gute Kopien niederländischer Maler und viele halbabstrakte nackte Badende in freier Natur, die niemand aufhängen wollte. Ein Lesezeichen im Schopenhauer: Donald Duck aus einem Mickymaus-Heft herausgeschnitten, traurig, müde und ziemlich »down« – darunter: »All I want, to see Moushi once again ...«

In Philadelphia fand er eine Wohnung und bald auch Arbeit in einer Werkzeugfabrik. An den Abenden schrieb er lange, genau berichtende Briefe über ihr neues Leben, anschaulich, witzig, sarkastisch – er träume nachts von dem Haus in St. Georgen, von uns ... der letzte Verbindungsfaden zum alten Leben, zum Leben überhaupt. Auch seine Frau schrieb meist ein paar Zeilen. Die Werkzeugfabrik ging in Konkurs. Er fand neue Arbeit in einer kleinen Kunststoffgießerei, täglich anderthalb Stunden Fahrt zum Arbeitsplatz und zurück, die ungesunden Dämpfe in der Fabrik ...

Gelegentlich einer Amerikareise im Frühjahr 1956 konnte mein Bruder die beiden für ein paar Tage in Philadelphia besuchen. Ihre Freude war groß. Aber sein Aussehen – so berichtete Harald – besorgniserregend. Mager, graugesichtig und alt – er war jetzt 59 – der bedenkliche Husten, die Überanstrengung, die gesundheitlichen Spätfolgen aus den Jahren der Haft. Um seine Lunge jedenfalls stand es nicht gut. Er schien müde, todmüde. – Meine Mutter war tief beunruhigt. In einem seiner letzten Briefe versuchte er, ihre Bedenken zu zerstreuen. Er müsse nur noch wenige Jahre durchhalten, dann könne er eine kleine Rente bekommen. Nein, nach Deutschland zurückkommen und als Verfolgter des Naziregimes Ansprüche stellen, das wollte er nicht.

Plötzlich blieben die Briefe aus. Dann kam ein Brief zurück. Kein Empfänger. Sie haben wohl gemeinsam den Tod gesucht und gefunden. Sie war zeitlebens dorthin gegangen, wo er hinging.

Philadelphia, 14. November 1954 (Sonntag)

Alles ist, wie ich es mir gedacht habe. Ich bin nicht fremd in diesem Land.

Phila, 18. Dezember 1954

Wir haben ein sogenanntes 3 room house gemietet, in dem die Zimmer übereinander liegen und durch eine Wendeltreppe verbunden sind. Dazu haben wir noch Keller und einen Hofraum, in dem man sich bei der großen Sommerhitze aufhalten kann. Der ganze Zauber kostet 12 Dollar im Monat. Allerdings ist es ein billiges Stadtviertel und die Häuser sind alle ca. 100 Jahre alt. Aber hier kann man Geld sparen und lebt auch sonst billig. Die Einrichtung habe ich zum großen Teil schon eingekauft. Alle Einwanderer leben zuerst in solchen 3 room houses. [...] Ja, als ich die Wohnung zuerst betrat, saß auf einer Polsterbank ein americanischer Stadt-Kater, blinzelte mich an und gähnte ... ich stellte mich vor, kraulte seinen Kopf, und die Freundschaft war geschlossen [...] Aber ich wollte Euch ja erzählen, wie ich meinen 1. Job bekam. Irgendein Unbekannter, der von unserer Ankunft gehört hatte, kam an einem Sonntag abend zu mir und fragte mich, ob ich Interesse an einem Job als tool-maker habe. Ich sagte ja, und er nahm mich sofort in die Privat-Wohnung des Betriebsführers einer tool-factory mit. Der foreman schaute mich an und bat mich, gleich morgen in den Betrieb zu kommen. Ich kam. Man führte mich in einen Raum, wo zahlreiche Maschinen standen, Amboß und Werkbank. Der Mann zeigte mir eine jener Riesen-Spezial-Zangen, wie sie hier die Blechdachdecker, die roofer, verwenden und fragte mich: Können Sie das machen? Ich sagte frech: Guess, very well! – Allright, sagte der foreman, ich gebe Ihnen für den Anfang einen Dollar die Stunde, wenn Sie wollen, können Sie gleich morgen anfangen. Nun – ein Dollar pro Stunde ist hier nicht viel, aber ich dachte daran, daß ich noch nie solche Zangen gemacht habe, und sagte: Okay. Nun seit ca. 4 Wochen mache ich nun diese und anderer Werkzeuge, der boss ist zufrieden. Bemerkenswert an dieser Geschichte ist die Tatsache, daß ich eingestellt wurde, ohne daß man meinen Namen, Beruf, Alter u.s.w. wußte. [...] Das Haar in der Suppe habe ich nun gestern entdeckt: die factory hat mangels Aufträgen beschlossen, bis auf weiteres schon um 3 h 30 nachm. zu schließen. Auch läßt man nun zuweilen einen Wochentag geschlossen. Das gefällt mir nun ganz und gar nicht. Ich werde mich um einen neuen Job umsehen müssen. Es tut mir eigentlich leid, denn in dem Betrieb gefällt es mir [...] Aber ich möchte natürlich möglichst viel Geld verdienen, wenn ich mir schon die Pfoten dreckig machen muß – Das klingt schon ganz amerikanisch ... Wie schnell man sich an neue Verhältnisse gewöhnt! Es ist mir, als ob ich schon einige Jahre hier wohnen würde. [...] Man merkt, Phila ist einer der größten Handelshäfen der Welt. Aber ich habe eine kosmopolitische Atmosphäre sehr gerne, jedenfalls lieber als die pensionsberechtigte, mufflige Spießbürgerluft von Nymphenburg oder die neidige Proletarierbande von Ramersdorf [...].

Phila, 6. März 1955. Sonntag abend

[...] Nun mein Tagesablauf:
Um 6h früh, also um 12 Mittags Ihrer Zeit, stehe ich auf, klettere die Wendel-Treppe hinunter in die Küche, wo ich sofort vom dem Geschrei der 3 Katzen empfangen werde. Das größte Geschrei macht Muschi. Dieser dreistimmige Chor verstummt erst, wenn jede Mieze ihr Papier-Tellerchen mit dem Frühstück vor sich hat. Ich koche mir dann Kaffee oder Thea, richte mir meinen lunch zurecht, 4 Tangerines (Mandarinen) und ein Butterbrot. Um 7 1/4 Uhr gehe ich dann aus dem Hause. [...] Um diese Zeit ist rush hour, lange Ketten Autos, Straßenbahnen, wenig Fußgänger. Zu den wenigen gehöre ich, weil ich jeden Tag zu Fuß ins Geschäft gehe, ein Weg von 1/2 Stunde. [...] Ecke 2nd Street und Vine-Street komme ich an meine factory. Sie ist

genau 102 Jahre alt und sieht auch genau so aus. Ein altes 2stöckiges Gebäude, an der Straßenfront ein Schaufenster, in dem ein Teil der hergestellten Werkzeuge ausliegen. Ich gehe hinein, stecke meine Karte No39 in den Zeitautomaten und klettere eine alte hundertjährige Holz-Stiege in den ersten Stock hinauf, gehe durch einige Workräume und klettere eine andere Stiege in den 2. Stock weiter. Dort habe ich einen Schrank mit meinen Arbeitskleidern. Einige Stufen höher und ich bin in meinem Arbeitsraum mit zahlreichen Maschinen. Die Arbeiter in diesem Betrieb haben in Deutschland kaum ein Äquivalent; es sind keine Proletarier, viele von ihnen haben ein eigenes Haus und entsprechen so ungefähr dem mittleren Bürgertum. Alles ist höflich, nicht die gewöhnliche Atmosphäre der deutschen Fabrik. Es sind Amerikaner, Russen, Polen, Deutsche, Rumänen. Man begrüßt sich freundlich. Die meisten sind als grinder beschäftigt, also als Schleifer und sitzen den ganzen Tag an ihren sausenden Carborundum-Scheiben. In dem Sonderraum, wo ich meine Zangen mache, arbeitet auch der alte Viktor. Er ist schon 72 Jahre und mein besonderer Freund. Er erzählt mir von Philadelphia, wie es vor 50 Jahren aussah. Er mag mich besonders gerne, ich weiß nicht warum. Er ist der Stiefvater des Betriebsleiters und hat so eine gewisse Sonderstellung. Natürlich kann er nur noch leichte Arbeit machen.

Wenn um 8h die Betriebsglocke ertönt, werden die Maschinen eingeschaltet. Der Betriebsleiter grüßt mich freundlich und gibt mir irgend einen Bestellzettel. Irgend ein Kunde hat ein Dutzend dieser oder jener Zangen bestellt. Na – schön. Ich suche mir die roh geschmiedeten Einzelteile zusammen, schleife, fräse und bohre. So arbeite ich den ganzen Tag – niemand redet mir etwas drein. Die Arbeit fällt mir leicht, so leicht, als ob ich mein ganzes Leben lang Werkzeuge gemacht hätte. Da die großen Zangen, das Stück ca 15 Pfund schwer, verschiedene Arbeitsgänge erfordern, ist die Arbeit auch nicht eintönig. Ich rauche gemütlich meine Pfeife oder Zigarette, wenn auch ein altes, fast hundertjähriges Schild an einer Türe hängt: smoking not allowed! Rauchen nicht erlaubt! Ich habe darunter mit großen Buchstaben geschrieben: for children!

Um 12 h mittags ist eine halbe Stunde lunch time. Ein alter Arbeiter, der 6 Jahre in Sibirien war, lädt mich zum Kaffee ein. Er war in Ceylon und Hongkong, Sumatra und China und weiß sehr viel zu erzählen. [...] Ja, ich muß es schon sagen: die blödesten sind leider die paar Deutschen; sie haben so hölzerne Gehirne und entsprechende Gedanken. Aber alles ist freundlich und alles ist faul! Vom amerikanischen Tempo merkt man nichts. Alles ruft mir immer zu: don't hurry Harry! Take your time. [...] Heute war unter den Leuten eine gewisse Aufregung: viele factories entlassen Arbeiter, 100, 150 bis 300! Teilweise kommt das daher, weil größere Betriebe bis zu 30 Meilen aus der Stadt verlegt werden – eine vorbeugende Maßnahme für den Kriegsfall. Dann ist eine gewisse Stockung im Handel und Wandel. Es gibt hier freilich auch eine Arbeitslosen-Unterstützung – 30 Dollar in der Woche, aber man bekommt sie erst, wenn man mindestens 18 Monate im Lande gearbeitet hat. Nach 26 Wochen ist es dann aber wieder damit zu Ende. So hat es zur Zeit wenig Sinn, sich eine besser bezahlte Stellung zu suchen, der Spatz auf dem Dach ist besser als der turkey auf dem Kamin; Kommt Zeit, kommt Rat. Mit dem, was ich zur Zeit verdiene, kann man sehr gut leben. Aber ich muß jetzt langsam daran denken, eine icebox zu erstehen, denn der Sommer ist nicht mehr allzuferne. Man kann so ein Ding, reconditioned, also gebraucht aber in Stand gesetzt mit Garantie schon um 29 Dollar im Geschäft kaufen. Mein grocer, der Krämer, hat sogar eine gute box um 20 Dollar ausfindig gemacht – vielleicht kaufe ich sie. Solche Dinge sind hier Kleinigkeiten. Als ich heute vom Geschäft nach Hause ging, blies ein kalter Wind von Canada herunter – aber die schöne, helle Sonne macht es erträglich. Zu Hause wartet das dinner [...].

So, dieser Bericht zeigt Ihnen, liebe Li, daß ich hier ein sehr einfaches Leben führe. Höhepunkt meines Daseins, wenn ich im Bett die Commentare zu Gautamas Reden lese. Da bin ich in guter Gesellschaft und sinne mich in den Schlaf. [...].

Phila, 11. Mai 1955

Meine Lieben! [...] Die Zeit rennt und rennt und wir haspeln unseren Lebensfaden ab, daß es nur so schnurrt. Meine Zeit ist gegenwärtig über Gebühr beansprucht: Die Regierung wünscht, daß alle Immigranten, die Wert auf die amerikanische Staatsbürgerschaft legen, Lehrgänge der Regierung besuchen. Man bekommt darüber ein Certificat, das wichtig ist für die Citizenship-Prüfung in City-Hall. Darüber hinaus gibt es Kurse für mehr als 100 verschiedene Tätigkeiten, die ich auch teilweise beanspruche. So ist man von früh bis spät in Schwung und redlich müde, wenn man spät abends an seinem Schreibtisch sitzt. [...] Soeben höre ich, daß in Phila. w. ein ganzer Häuserblock in Flammen steht – 16 Häuser sind schon abgebrannt. Alle verfügbaren Feuerlösch-Züge sausen mit Sirenen und Glocken zur Brandstätte. Ein blöder Wind treibt »Atomwolken« von Nevada immer wieder nach Philadelphia. Ein New-Yorker Nervenarzt behauptet, daß seit der zahlreichen Atom-Teste die Geisteskrankheiten rapid ansteigen. Bitte, meine Berichte unter diesem Gesichtspunkte prüfen!
Schreibt mir bald! Immer Euer Tuck-Tuck

Phila, 7. März 1956

Liebe Li! [...] Die Ankunft Ihres Botschafters [Bruder Harald] war ein Ereignis und hat wirklich Freude gemacht, gezeigt, daß sich keine Entfremdung eingeschlichen hat. – Zur Zeit bin ich selbst sehr in Anspruch genommen, da ich nun 22 Meilen von Phila entfernt in New Jersey beschäftigt bin. Muß schon um 5h früh aufstehen und komme erst nach 7h abends zurück. Dann ist man ehrlich müde und muß Briefe auf den Sonntag sparen, da ich auch Samstags arbeite. Doch verdiene ich dort mehr und das ist leider die Hauptsache. Man muß eben dem blöden Geld nachlaufen. So rollt das Leben ab und man muß zufrieden sein, wenn man gesund bleibt. Ich lebe so zu-

rückgezogen wie möglich und bin zufrieden, wenn ich ungestört in meinem ruhigen Zimmer sitzen kann. Dort schicke ich dann die Gedanken auf die Reise. [...] Ja, liebe Li, im Herbst werde ich nun schon 60 Jahre – Sie sehen, ein alter Mann nach üblichen Begriffen! Mit 65 kann ich, falls ich noch lebe, eine Pension erhalten. Es ist dies hier eine Art von Versicherung, social security, in die man laufend, je nach Einkommen, hineinzahlt. Die Sache ist staatlich und schließt auch eine Versicherung gegen unemployment ein. [...] Ich habe mich hier soweit als möglich von der »Welt« zurückgezogen, in der im Grunde nichts lohnt und lockt! Aber ich denke gerne an die paar Freunde in Europa zurück, wenn auch nicht gerne an Europa selber [...]!

Phila, 3. September 1956

Meine liebe Li, es war wirklich eine nette Überraschung, endlich von Ihnen einen so lieben Brief zu erhalten! Sie wissen doch, wie sehr ich an allem teilnehme, das Sie betrifft! Die Zeit kann daran nichts ändern – es ist ein Gebiet, das ihr entzogen ist. [...] Ich sehe Sie deutlich auf der Spitze der Halbinsel sitzen und setze mich, ohne weiter zu fragen, einfach neben Sie. Dann schauen wir beide schweigsam über die Wasserfläche zu den kleinen Inseln hinüber, die in einiger Entfernung aus dem See ragen. Ich frage Sie in Gedanken: Sollen wir ein Boot nehmen und hinüberfahren? Man würde wie in der Mitte eines großen Spiegels sitzen und die Wolken würden unter uns hinwegziehen. Sie schweigen – dann aber schütteln Sie den Kopf. Ich weiß nicht recht – soll das ein ablehnender Bescheid sein – oder schütteln Sie den Kopf nur, weil eine Fliege auf Ihrer Brille spazierenging? Ja – man hat es nicht leicht, wenn man unsichtbar ist! [...] Da sitzt sie nun, die liebe Li, und schaut mit schwermütigen Augen zu den hohen Bergen hinüber. Sie leidet an ihrer scheinbaren Verlassenheit und weiß nicht, daß jemand, der sie wirklich gerne hat, ne-

ben ihr sitzt. Wenn Sie nur ihre Ohren und Augen spitzen würden, Sie könnten mich sehen und hören. Jedenfalls, wenn sie in Zukunft die Nase juckt, so besteht der dringende Verdacht, daß ich dahintersterkke, um Sie ein wenig aufzuheitern. [...] Man soll nicht zusehr an Zeit und Raum glauben – im Hintergrunde ist alles nahe verbunden, was sich verbinden will. Und diese tiefere Wirklichkeit ist nicht dem wirbelnden Strome der Zeit unterworfen. [...] Persönliches? [...] Man geht den Menschen so weit es geht aus dem Wege, eingehende Gespräche führen wir nur mit meinen 4 Katzen, die fett und frech sind. Die Hitze ist groß. Selbst nachts noch 30 Grad Celsius [...]. Herzlichst Tuck-Tuck.

Darunter:
Liebe Frau Li, wenn ich an Sie denke, so steigt immer ein Gefühl tiefster Dankbarkeit in mir auf, für die selbstlose Freundlichkeit, die sie uns erwiesen in den letzten Wochen unseres Daseins in Deutschland. Viel Liebes und Gutes wünscht Ihnen.

Ihre Heddy Seyfried

Das war der letzte Brief der beiden.

Tröstliche Märchen

Meine Mutter war damals Jugendamtsleiterin in Landsberg. Sie war der Amtsvormund der zahllosen unehelichen Kinder in Stadt und Landkreis – es gab noch keine Verhütung. Besatzungskinder, schwarze, weiße, verlassene, ausgesetzte, verwahrloste ... Kinder der Prostitution. Sie füllten die Waisenhäuser. Kinder, die nie Besuch bekamen. Wenn meine Mutter die Heime besuchte, brachte sie ihnen Farbstifte mit. Die Kinder hielten sie am Mantel fest, überzeugt, das sei ihr Mensch. Zweimal nahm sie ein halbes Dutzend am Samstag im

Wagen mit nach St. Georgen, kochte Kakao, verteilte Kekse, ließ sie reife Johannisbeeren essen und die Taschen ihrer Sonntagshosen damit vollstopfen, drehte das Grammophon auf.

Die Versuche endeten mit Katastrophen. Die verzweifelten Zwerge waren entschlossen, nie wieder wegzugehen. Sie warfen sich auf die Erde, klammerten sich an den Gartenzaun, als sie wieder ins Auto einsteigen sollten ... untröstlich und auf kein Versprechen hereinfallend.

Von da an suchte sie Eltern für die kleinen Heiminsassen, vermittelte Adoptionen. Viele gutsituierte kinderlose Paare aus Nord- und Südamerika, aber auch aus den Skandinavischen Ländern wollten Kinder adoptieren; sie reisten dazu nach Deutschland. Im Nachkriegsdeutschland herrschte Not, waren Familienbindungen zerrissen, waren moralische Schranken eingebrochen, in solchen Ländern und Zeiten gibt es Kinder, die in der Heimat niemand will. Sie sollten nie erfahren, daß sie adoptiert wurden. Das war der Wunsch der Eltern, das war auch eine Bedingung der Jugendamtsleiterin. In den südamerikanischen Ländern wurden entsprechende Geburtsurkunden von den Behörden erstellt. »Deine Eltern haben dich nach der Geburt verloren, sie waren sehr, sehr traurig und haben dich überall gesucht, und jetzt endlich haben sie dich gefunden. Morgen kommen sie und holen dich nach Hause.« – So leicht schafft man das Glück. – Nicht jeder fand das gut. Alte Nazis mit schwarzer Amtsjacke meinten, man dürfe doch einem deutschen Kind das nicht antun, in ein fremdes Land ... fremdrassige Eltern gar ... Auf den Hinweis auf die glänzenden Lebenschancen dort, auf die sicheren Entwicklungsschäden beim Aufwachsen in Heimen hier, meinte ein Landrat: »Besser Hilfsschüler und Straßenkehrer, aber deutsch!« – Südamerikaner liebten blonde Kinder, Skandinavier dunkellockige. Schwarze Negerkinder aber wollte niemand. Vor allem in den Vereinigten Staaten konnte sich eine weiße Frau nicht mit einem schwarzen Kind sehen lassen. Meine Mutter ließ sich etwas einfallen: das Jugendamt Landsberg suchte nach Namen und Wohnort des schwarzen Vaters. Konnte er ausfindig gemacht werden, so wandte sie sich in einem Brief (mit hübschen Photo, versteht sich) an dessen Mutter: Hier sei ihr reizender kleiner Enkel, die Hinterlassenschaft ihres Sohnes als Besatzungssoldat in Deutschland. Seine Mutter habe ihn in ein Waisenhaus gegeben. Niemand hier habe ihn lieb, es könne nichts aus ihm werden, hier habe er keine Chance – ihr armer kleiner Enkel.

Alle Großmütter ließen sich rühren: die Familien legten Geld zusammen für die Flugkarte, das Kind wurde anerkannt und in die liebevolle, großherzige Familie der schwarzen Amerikaner aufgenommen.

Nicht jeder Fall ließ sich so lösen. Oft konnte die Mutter nicht einmal einen Hinweis auf den Vater geben. Sie habe nicht nach dem Namen gefragt, oder ihn wieder vergessen. Kein Wunder, bei so vielen.

Wohltätige Organisationen in Norwegen und Schweden luden immer wieder deutsche Kinder zur Erholung für ein paar Ferienwochen ein. Oft wurde das Kind von den Gasteltern adoptiert. Nur ältere Kinder oder schwarze hatten keine Chance mehr. Bis auf einen. Er war schon sechs, bildhübsch und schokoladebraun. Er kam als Ferienkind in eine Pastorenfamilie. Abends saß er in seinem Bettchen und betete laut: »Lieber Gott, ich danke dir, daß ich endlich Eltern habe.« Und schon hatte er sie gewonnen. – Er wurde Briefträger und preisgekrönter bester Tänzer Norwegens.

Da war noch einer – er stand eines Karsamstags in der Küche und schaute meiner Mutter zu. Er war etwa sechs Jahre alt, sehr blond, sehr blauäugig, mit leerem Gesicht. Er stand, er schaute und schaukelte vor und zurück, von der Ferse zu den Zehen, hin und her. »Wer ist denn das?« – »Ein Gast.« – »Wie heißt du denn?« – Keine Antwort. Er schaukelte. »Setz dich doch irgendwo hin, da auf den Stuhl.« – Er tat es. Er ging wie eine Marionette. »Ist der krank?« – »Nein, nur gestört. So werden Kinder in Waisenhäusern. Ich habe ihn über Ostern eingeladen, weil mir die Schwester gesagt hat, er sei so verstört gewesen, daß ich mit einem anderen Kind weggegangen sei, er habe sich eingebildet, ich sei seine Mutter.« – »Hat er eine Mutter?« – » Ja, leider! Es ist die Ilse Koch.« – Sie hatte ihm Schuhe gekauft, vielleicht lag es an den Schuhen, daß er nicht richtig laufen konnte, aber er konnte auch kaum sprechen, konnte nicht spielen, nicht lachen. – » Schau, deine Ostereier, dein Ball.« Er hielt den bunten Ball in den Händen und schaute und schaukelte hin und her. Sie nahm den Ball und warf ihn ihm zu.

Der Ball fiel zu Boden. Er stand, schaute sie an. Er sah seiner Mutter so ähnlich, der arme Kerl!

Ilse Koch, die Kommandöse von Buchenwald, war in Nürnberg zum Tode verurteilt worden und wartete in Landsberg auf ihre Hinrichtung. Als einmal ein Elektriker in ihrer Zelle zu tun hatte, brachte sie ihn dazu, ihr dieses Kind zu machen. Die Hinrichtung mußte verschoben werden. Als die neun Monate abgelaufen und das Kind geboren war, wurde ihr Fall an die deutsche Justiz übergeben, die Todesstrafe war in Deutschland abgeschafft. Das Urteil wurde in lebenslange Haft umgewandelt.

Meine Mutter besuchte diese Ilse Koch im Frauengefängnis Aichach und bat sie, den Jungen zur Adoption freizugeben. Er habe ihr schon das Leben gerettet, sie könne sich nicht um ihn kümmern, er wüchse ohne Liebe auf, und er würde im Waisenhaus zugrunde gehen. Eine Adoption würde ihm auch die Last ihres Namens und ihrer Geschichte ersparen.

Ilse Koch lehnte kalt und hochmütig ab. Irgendwann käme sie schon heraus, dann habe sie wenigstens jemanden, der für sie dasein müsse. Er sei immerhin ein rassereines Kind! – Man fand eine Pflegefamilie für ihn, in der er sich gut entwickelte. Er wurde Ingenieur; er heiratete früh und ging ins Ausland. Ilse Kochs Rechnung ging nicht auf.

Als meine Mutter 1964 aus dem Amte schied, nahm sie die Adoptionsakten mit nach Hause. Nach ihrem Tod haben wir sie wunschgemäß vernichtet. Viele der adoptierten Kinder suchten in den 80er Jahren ihre leiblichen Eltern – sie kamen aus den Staaten, aus den südamerikanischen, aus den skandinavischen Ländern nach Landsberg, wollten herausfinden, wer sie sind. Man schickte sie nach München zu meiner Mutter. Es waren wohlerzogene junge Männer, die von meiner Mutter bei einer Tasse Tee das grausame Geheimnis ihres Ursprungs erfahren wollten. – Die alte Dame schenkte ihnen ein Märchen: Sie erzählte von einem edlen, starken Vater – einem hohen amerikanischen Offizier –, von seiner Liebe zu der schönen Mutter – plötzlich wurde er aus Deutschland abberufen, es war ihm damals nicht erlaubt, eine deutsche Frau zu heiraten. Er wollte seine Entlassung aus der Armee betreiben und dann zurückkommen. Aber die Mutter starb bei der Geburt, der Vater fiel im Koreakrieg ...

So oder so ähnlich waren die Geschichten, mit denen dann ein junger Wahrheitsforscher zufrieden zu seinen Adoptiveltern zurückkehren konnte.

* * *

Loslasser

»Sie sind ein Loslasser«, sagte der Schweizer Bergführer fassungslos. »Sie dürften nicht auf Berge steigen.« Ich habe immer leicht und voreilig losgelassen, Hände und Äste, Fenstersimse, Freunde und Illusionen, Geländer und Grundsätze, Geliebtes und Gehaßtes. Damals waren Regen, Kälte und irgendeine Müdigkeit im Spiel, aber natürlich kein Grund. Ein schmaler Geröllweg an steilem Hang, rechts hielt man sich an den nassen, schwarzglänzenden Steinen, links war ein Abgrund. Freunde vor mir, Freunde hinter mir. Wolkengrau dazwischen. Ich stürzte, flog und fiel – zehn Meter, vielleicht sind's auch mehr, hoffentlich bin ich dann wirklich ganz tot ... ein helles Glücksgefühl, man hat viel Zeit beim Fallen. Dann, eine schmale, schräge Zunge von verharschtem Schnee, auf die ich fiel und abwärts glitt, ich suchte zu bremsen, landete unsanft, ramponiert, aber im wesentlichen unverletzt an einem Fels, rappelte mich hoch und lachte, lachte ... welch dämlicher Fall in den Zufall ... Wie mancher Fallende hätte sich den gewünscht ... und doch gerade mir!

Ich hatte keine Angst in irgendeiner Gefahr als junger Mensch, vor keiner Art von Unfall oder Angriff, sie fehlte mir einfach, ein Gefühls- oder Wahrnehmungsdefizit, vielleicht die Seifenblasenhaut, die mich umgab. Ein Loslasser, ja, es war 1948, kurz nach der Währungsreform. Ich stand im Amtszimmer meiner Mutter. Sie war ganz fröhlich. Vermutlich hatte sie gerade ihr erstes Gehalt in DM bekommen. »Hier ist Kirmes, willst du nicht hin?« – »Ja, doch, vielleicht Kettenkarussell.« – Sie gab mir 5 Mark, eine ungeheure Summe damals. »Aber das ist doch viel zu viel, eine Fahrt kostet 20 Pfennig.« – »Du kannst noch andere Kinder einladen.« – Ich ging die Treppe hinunter, das Fünfmarkstück in der Faust, ich schlenderte ziellos durch die Stadt, an der Brücke über den Mühlbach blieb ich stehen und schaute in das schnelle, gurgelnde Wasser.

Schaute und schaute, das Fünfmarkstück in der Faust, stützte die Arme auf, schaute, – und das Geldstück fiel in den Bach. Ich spürte kein Bedauern.

Fünf Jahre Schule in Landsberg. Die Stadt, die Lehrer, die Mitschüler – sie schienen mir fremd und freundlich, fern. Keine besondere Mühe, keine nennenswerte Verletzung, Sachlichkeit und Distanz.

Oktober 1947 – das Schuljahr war schon ein paar Wochen alt – ein pensionierter Volksschullehrer hatte mir seit dem Sommer ein paar Stunden in Mathematik und Latein gegeben, und das so vorzüglich, daß damit der Lehrstoff von drei Gymnasialjahren hinlänglich erklärt war.

Ich saß hinten im Wagen, mit dem meine Mutter jeden Morgen abgeholt wurde, anderthalb Stunden Fahrt über Straßen voller Schlaglöcher, anderthalb zurück – er hielt oben auf der Bergstraße vor dem Stadttor. »Schau, das große Gebäude dort gegenüber der Kirche, da ist deine Schule. Im ersten Stock ist das Direktorat. Da gehst du rein. Du mußt erst noch eine Prüfung machen.«

Ich stand an der offenen Autotüre und hielt mich an meinem Füllfederhalter fest. »Wenn ich das aber nicht kann, was die anderen schon können?« – »Wie meinst du das? Wenn du etwas nicht kannst, dann lernst du es eben. Ist doch ganz einfach.« Türe zu, Auto weg. Losgelassen. Schließlich war ich ja schon dreizehn.

Ich schrieb je eine Prüfungsarbeit in Deutsch, Latein und Mathematik. Zwei freundliche Lehrerinnen fragten mich nach Biologie und Geschichte. Ich hatte unendlich viel gelesen über die alten Griechen und Römer, über Fische und Vögel, und sie unterbrachen mich nach wenigen Minuten. Und Erkunde? »Davon weiß ich fast nichts. Und Englisch kann ich auch nicht, nur ganz wenig Französisch.« Sie lachten. – Am Nachmittag saß ich auf den Stufen vor dem Verwaltungsgebäude am Hauptplatz, schaute in die ungewohnt geschlossene Welt der mittelalterlichen Kleinstadt und wartete aufs Heimfahren.

Am nächsten Morgen: »Geh und frag, ob du bestanden hast.« – Ich stand im Sekretariat. Lehrer liefen rein und raus. Keiner hatte Zeit für meine Frage. »Die Kleine da fragt, ob sie die Aufnahmeprüfung bestanden hat.« – »Ja, ja«, sagte jemand zerstreut, »4a«. Die

Sekretärin brachte mich zu einer Türe, öffnete sie und schob mich hinein. So kam mein Leben in eine annähernd geordnete Bahn.

»Du warst exotisch, diese Matrosenblusen, die Jungen-Skianzüge, die lieblos mit vielen Haarnadeln festgesteckten unordentlichen Zöpfe um den Kopf ... verwildert und originell. Ein Wolfskind. Wir waren anfangs sehr gemein zu dir. Aber schon bald suchten einige deine Freundschaft.« – Ich erinnere mich nicht. – Ich ging endlich in eine richtige Schule – von Anfang an gerne. Die Anforderungen erschienen mir leicht, der Unterricht unterhaltsam. Ob mich die Mitschüler oder die Lehrer anerkannten, war mir gleichgültig. Ich wußte nicht einmal, was Anerkennung ist. –

Ja doch, zum Beispiel die Maus! Sie lag auf meinem aufgeklappten Federmäppchen, als wir ins Klassenzimmer zurückkehrten und war ziemlich tot. »Gehört die jemandem?« fragte ich. Keine Antwort. Der Lehrer kam. Ich steckte die Maus vorerst in die Jackentasche. Nach der Stunde nahm ich sie heraus und schaute sie eingehend von allen Seiten an. Es war eine gewöhnliche graue Hausmaus, zu helfen war ihr nicht mehr. Ich stand auf, öffnete das Fenster und warf sie hinaus. Dann schaute ich meine Hände an und beschloß, sie zu waschen. Die Frage, wie die tote Maus auf mein Federmäppchen gelangt war, schien mir unerheblich. Die knisternde Spannung im Klassenzimmer registrierte ich wohl, aber ich bezog sie nicht auf mich.

Da ich meine Nachmittage nicht auf der Treppe am Hauptplatz verbringen sollte, bekam ich ein Zimmer in einem der hohen, schmalbrüstigen alten Bürgerhäuser im 4. Stock. Man ging durch den Eingang des Hotels daneben, dann enge, steile, dunkle Treppen hinauf. Vorbei an der Hotelküche mit ihren Essensgerüchen. Im dritten Stock gab es auf dem Gang eine Toilette für die zwei übereinander gelegenen Wohnungen. Oben mein Zimmer: eine Schlafcouch, ein Schreibtisch, eine Kommode mit vielen Jahrgängen der GARTENLAUBE darin, ein Waschtisch mit versenkbarer Schüssel und Krug. Mahagoni. Im Flur der »Brunnen«, die einzige Wasserstelle. Das Zimmer war nicht heizbar, aber die schwarze, jahrhundertealte Wärme wehte durch das Treppenhaus, ließ man die Türe offen, so war es auch im Winter nicht kalt. Das ältere, kinderlose Ehepaar: – meine lautlose Verschlossenheit war ihnen recht, ebenso meine Neigung, nach Indianerart in fremder Steppe keine Spuren zu hinterlassen. Die Frau war gemütskrank. Das Erbe einer alten Bürgerdynastie, das genetisch verankerte Wissen um die ausweglose Konstruktion der Welt. Zur Wohnung gehörten außer meinem Zimmer eine Wohnküche, ein Schlafzimmer mit Doppelbett und einer mit weinrotem Samt bezogenen Betbank, ein Wohnzimmer. Dort saß der Herr, ehemals Bürgermeister und Redakteur, von den Nazis absetzt, nach dem Krieg für kurze Zeit wieder im Amt – dort saß er sonntags nach der Messe an seinem Biedermeiersekretär und rauchte eine Zigarre. – Das Schönste war das Fenster, der weite Blick zum Hauptplatz, der Fluchtblick, das Durchatmen. Ich habe mich nie gefragt, ob es mir dort gefiel. Ein Zimmer ist besser als eine Treppe. Essen war immer gut. In der Schule gab es um 10.30 Uhr die amerikanische Schulspeisung. Beim Mittagstisch im Hotel traf ich meistens meine Mutter. Es gab Suppe, Kartoffeln und Gemüse.

Ich stand an manchem Nachmittag in ihrem Amtszimmer an der Türe und schaute zu, wie sie in Akten blätterte und schrieb, bis jemand hereinkam. »Du kannst auch hier deine Aufgaben machen, wenn du willst, aber da hast du doch keine Ruhe. Wenn du mit nach Hause fahren willst, dann komm um fünf Uhr zum Auto. Dann mußt du halt sehr früh aufstehen. Sonst sehen wir uns morgen.« – »Auf Wiedersehen.« Ich küßte sie auf die Wange. »Auf Wiedersehen, mein Kind. Sei fleißig.«

In den langen, zu langen Ferien war ich wieder allein, etwas zuviel allein in dem Haus am Rand der Welt. Dort glitt der Mond durch die nächtlichen Zimmer, drängten die Zweige an die Fenster, huschten braune Haselmäuse durch die Küche und pickten Blaumeisen am gedeckten Frühstückstisch. Dort fuhr mit dem Wind die Unendlichkeit durchs Haus und ließ die Türen schlagen, Eichhörnchen und Marder wohnten im Gebälk unter dem Dach, und sanfter Verfall in allen Ecken, dort waren die vielen Bücher und die Weite der Träume, dort waren Ungeborgenheit und Schweigen, Vorläufigkeit und Verheißungen der jungen Jahre.

Was habe ich gelernt? Freundschaft vor allem, das Alphabet des aufmerksamen Miteinanders. Und sonst? Am meisten vielleicht im Zeichenunterricht: das Sehen. »Bü«, der Lehrer, war ein Könner, für seine Schüler ein geduldiger Zeiger. Ein Strich, eine Geste, und die Welt hatte Tiefe und Profil. Wir zeichneten die Dächer von Landsberg, wir zeichneten Brunnen und Bäume, wir zeichneten das verwüstete Gesicht eines alten Bettlers, der uns für ein paar Groschen Modell saß – er war Bewacher im KZ Kaufering gewesen. »So ein Gesicht zeigt euch das Leben; eure jungen Gesichter, die sind noch ganz leer.« – Zwanzig Jahre später, bei einem Klassentreffen saß er dabei – uralt und müde der Lehrer, auch sein Gesicht – gezeichnet von vielem. Er hatte uns ein paar unserer Schülerzeichnungen mitgebracht. Ich schaute meine an. »Typisch«, sagte er. »Warum?« – »Die Ferne vor den Dingen. Die durchsichtige Haut vor der Welt.« – »Wie habe ich das gemacht? Mit welcher Technik?« – »Nicht Technik ...« –

DIE UNBEHÜTETEN

»Ihr seid noch ein besonderer Jahrgang, was nach euch kommt ist anders, ganz anders.« Der Lehrer sagte es kurz vor dem Abitur 1952, er sagte es mit Bedauern. Wir waren angenehme Schüler gewesen, zufrieden, daß wir eine Schule hatten, daß wir Lehrer hatten und Unterricht, Kleidung, sogar Schuhe, Papier und Stift, Topf und Löffel für die Schulspeisung. Diese Kinder, geboren 1931-1934, mit den Lebensläufen der Kriegs- und Nachkriegszeit, hatten schon viel erlebt, konnten vergleichen, *prüfen* (wie es in Hölderlins LEBENSLAUF heißt), hatten »danken für Alles« gelernt und fanden alle Umstände vergleichsweise hervorragend.

Und jeder von uns hatte »die Freiheit, aufzubrechen, wohin er will«; wir verstanden die Freiheit. Eine Freiheit, die so keine Generation in diesem Land nach uns mehr hatte. Wir waren Unbehütete und Unbewachte, wir waren Nichtmüsser. Wir sahen, wie unsere Eltern in dem Elend und in der Härte der Zeit bemüht waren, »uns durchzubringen«, bis wir »auf eigenen Füßen stehen konnten«, wie sie arbeiteten, um uns »den Schulbesuch zu ermöglichen«. Wir sahen betroffen, wie Mitschülerinnen – hochbegabte – nach Beendigung der Schulpflicht 14jährig die Schule verließen, weil ihre Arbeitskraft zu Hause gebraucht wurde, wie Schüler nach der Mittleren Reife abgingen, weil sie eine noch längere Ausbildung ihren Eltern nicht zumuten wollten. Wer zur Schule ging, der durfte, – und er konnte in allen Ehren jederzeit damit aufhören. Kaum jemand damals belastete sein Kind mit besonderen Hoffnungen und Erwartungen, mit dem kleinbürgerlichen Ehrgeiz, sich einmal in seinem Aufstieg zu sonnen, dafür erschien der Elterngeneration die Zukunft noch viel zu unberechenbar. –

Diese Freiheit der Unbehüteten lag über den zerbröckelnden Ziegeln der Festungsanlagen, auf die wir halsbrecherisch hinaufkletterten, mit Zehen und Fingern Halt in den Fugen suchend, Freiheitswind wehte in den jungen Bäumchen und im Gras, das die Zeugen der Wehrhaftigkeit der mittelalterlichen Grenzstadt einhüllte, »Freiheit« schrien die Dohlenschwärme über dem »Dachelturm« in den weiten Himmel darüber; Freiheit war es, in seinem Inneren halsbrecherisch an Eisenhaken hochzuklettern – und loszulassen. Der Loslasser landete hüfttief, aber einigermaßen unversehrt im Vogelmist. Und all dies Abenteuer und alle Gefahr und all dies Glück verschaffte uns eine Lücke im Stundenplan, ein erkrankter Lehrer, eine gänzlich unbeaufsichtigte Freistunde.

Die vierte Gymnasialklasse, der ich seit 1947 angehörte, war eine Klasse mit Mädchen und Jungen zwischen dreizehn und sechzehn Jahren. Bürgerkinder und Flüchtlingskinder, Halbwaisen, Ganzwaisen, Scheidungskinder, Landkinder, ausgebombte Großstadtkinder. Kinder von Opfern, Kinder von Tätern. Viele Vergangenheiten und die feste Entschlossenheit, diese zu vergessen, die unausgesprochene Übereinkunft, niemals davon zu sprechen und niemals danach zu fragen. Man ging höflich, rücksichtsvoll, auch hilfsbereit miteinander um, ohne sich näher zu kennen. Das war zum einen die Sozialisation der Kleinstadt, die Allgegenwart vieler Augen, zum anderen die Sozialisation der über uns hinweggestürmten Katastrophe. Diese Kinder, deren Welt so geschwankt hatte, sich als so brüchig und unerklärbar erwiesen hatte, wollten keinen Ärger, keine Probleme, sie kritisierten nichts und stellten keine Fragen. Die Erwachsenen, die Großen, die Starken hatten »zappelnd im bösen Netz« kein Verhängnis aufhalten können. Wir hatten ihre Angst gesehen, ihre Ohnmacht und ihre Scham. Wie dann wir? Und wir wußten zuviel vom Leben, um ihnen leichtfertig Versagen vorzuwerfen.

Ein Telefongespräch mit einer Klassenkameradin fast fünfzig Jahre danach. Wir hatten uns kaum gekannt. Sie meinte: da waren die Alteingesessenen und die Flüchtlinge, das ergab die Bindungen und Gruppierungen. Ich erinnere mich gut an sie, mit der ich vier Jahre in einer Klasse war. Groß, blond, ruhig und freundlich, großzügig lächelnd ging sie über jedes Ungemach hinweg. Sie war mir immer sympathisch, auch ihre Freundin, ein schönes, stilles Mädchen. Flüchtlinge beide. Der Grund dafür, daß wir höchstens ab und zu ein paar Worte miteinander gesprochen hatten damals? Die Flüchtlinge wohnten zumeist auf verschiedenen zum Teil weit entfernten Dörfern, sie hatten lange Schulwege, verbrachten ihre Freizeit nicht in der Stadt. Die beiden waren drei Jahre älter als ich, junge Erwachsene unter Kindern. –

Bei jenem späten Gespräch stellte ich zum ersten Mal die Frage:

»Wo bist du hergekommen?« – Und sie erzählte von Heimat, Vertreibung und Flucht, vom unfaßbar schrecklichen Tod von Vater und Onkel, von dem Dorf, das zur neuen Heimat wurde.

Freundschaften und Gruppierungen damals bestimmten der Zufall, der Stadtplan und das Lehrbuch. Ein Buch für drei oder vier. Die Lehrer organisierten: Wer kann heute nachmittag mit wem bis fünf Uhr lernen, wer ist verantwortlich für die Weitergabe an ... Auch Uta war Flüchtling, sie saß neben mir, wir mochten uns und besuchten uns gegenseitig. Sie wohnte am Stadtrand, in einem Barackenzimmer mit ihrem Vater und zwei jüngeren Geschwistern: ein Herd, vier Betten, je zwei übereinander, ein Schrank, Tisch und Stühle. Die Mutter war auf der Flucht von Königsberg umgekommen. Uta dirigierte den Haushalt –.

Einmal war sie zwei herrliche, heiße Sommerferienwochen bei uns. »Die mag ich«, sagte meine Mutter. Uta konnte lachen, und wie!

Zwischen dem im Krieg schwer verwundeten und durch die Flucht aus der Bahn geworfenen Vater und seinen heranwachsenden Töchtern entwickelten sich in dem engen Barackenraum Tragödien von Shakespearischem Grauen. Uta verließ nach der Mittleren Reife die Schule, die Geschwister noch früher – erwachsen eben, weil es sein mußte, bauten sie selbständig und tüchtig ihr Leben auf. – *Nothing for tears* ... Uta konnte lachen, dieses tapfere Befreiungslachen, mit dem man leichtherzig alles über die Schulter wirft.

Einmal ein Aufruhr im Klassenzimmer – 1947 oder 1948, eine kurze Gemeinsamkeit in der Empörung: Die Schulspeisung war aus irgendeinem Grunde ausgeblieben. Wir drängten uns vor den Fenstern, lehnten uns weit hinaus, vielleicht kommt der Wagen mit den Suppenkannen ja doch noch ... wir schauten uns traurig an, erzählten uns, wann wir das letzte Mal gegessen hätten, drückten zum Beweis unseres Hungers tief in die Magengrube, bemitleideten uns für einen Augenblick, wechselten in die Erwachsenenrolle und zitierten, jeweils den anderen, die in schlimmen Zeiten verinnerlichte Vernunft: Das Jammern hilft doch nichts. Davon wirst du nicht satt! Du mußt dich ablenken, an etwas anderes denken. Setz dich hin und wiederhole deine Vokabeln!

Die Schulbänke, ohnehin für die meisten viel zu klein und unbequem, hatten viele entbehrliche Teile. Die Nachkriegswinter waren kalt, der Kachelofen im Klassenzimmer war hungrig wie wir. Die großen Jungen »holzten aus«. Mit der stillschweigenden Duldung der Lehrer verheizten sie Fußroste, Ablagebretter, Verstrebungen. Wir saßen in unseren Mänteln oder Jacken, nicht nur wegen der Kälte, ich glaube, wir fanden es beruhigend, für jeden Aufbruch bereit zu sein.

Friedlich und diszipliniert, in jedem Fall nach außen. Ein seltener Ausbruch: der Älteste, ein 18jähriger junger Mann wurde scherzhaft von einem Kleineren angerempelt. Aus beiden Suppentöpfchen schwappte es. Der Große schrie ihn an: »Meinst du, ich lege Wert auf solche Kindereien!« – Dann: »Wir haben damals unsere Suppe auf gefrorenen Leichen sitzend essen müssen!« – Betretenes Schweigen. – Was hätte man auch sagen sollen? – *Take it easy* ...

Wir schwiegen zurück

Wir waren konsequente Schweiger. Nichts wurde damals »hinterfragt«, nichts diskutiert, keine Begründungen verlangt, keine Ursachen gesucht. »Schwätzer« war ein Schimpfwort für einen, der Privates preisgab oder über Unklares schwadronierte. Nichts wird durch Reden, durch Worte gelöst, alles kann durch unbedachte Äußerungen schlimmer oder zumindest unkalkulierbar werden. Fragen nach unserer Meinung verdienten Mißtrauen, wir fanden sie unfair.

Eine Kultur, eine symbolische Welt hatte Risse bekommen. Man ging mit Worten und Symbolen eine Zeitlang sparsam um. Wir gehörten nicht mehr zu der Altersgruppe, die Schelsky um 1960 die »Skeptische Generation« genannt hat. Das waren die bei Kriegsende

18-20jährigen. Unsere Ideale waren nicht zerbrochen, wir hatten noch keine gehabt. Und in diesen späten 40er Jahren machte kaum jemand den Versuch, uns welche aufzureden. Die Erwachsenen schwiegen – über alles was wichtig war – und wir schwiegen zurück.

Es gab keine Worte für unsere Erfahrungen, keine Worte für Verletzungen, Verluste oder Gefühle. Das virtuelle Netz der Weltdeutung über den Dingen war zerrissen, die innere Topographie war ein weißer Fleck – die Leere tat nicht weh. Die Seele und ihre Schmerzen werden mit Worten aufgerührt. Dieses betretene Nachkriegsschweigen war die Grundlage für die lebenserhaltende »Unfähigkeit zu trauern«. Manchen von uns hat sie gerettet, vielleicht.

Unsere Identität suchten wir, wenn überhaupt, in dem, was unmittelbar vor uns lag, in dem, was wir anstrebten, was wir konnten, in unseren Leistungen. Die meisten von uns waren ehrgeizig, vor allem die Älteren. Das steckte an. Anstrengungen und Erfolge wurden von den Mitschülern vorbehaltlos beklatscht. Natürlich suchten wir das, was man heute Identität nennt, auch in zeitlosen Träumen und Fluchten: in der Literatur, in der Musik, in Philosophie und Kunst. Ein idealer Schülerjahrgang! Und jeder suchte für sich.

Die Pubertät kam spät, und sie entschuldigte nichts. Die Sinnkrise kam noch später ... Wir kannten keine »Jugendkultur« als Sub- oder Gegenkultur. Es fehlten schon die materiellen Symbole dafür wie Kleidung, Schallplatten oder ähnliches. Es fehlte an Geld, Zeit und Gelegenheit. Americanismen wurden modern: Redewendungen, *o.k., sorry, take it easy ...*

Sie hatten etwas wohltuend Oberflächliches, Distanziertes, – *no problems ...* Kaugummi, Jazz und Blues – man bekannte sich zu dergleichen mit entschuldigendem Lächeln. Ist ja nur Spaß. »Geh, hört's mir doch auf, mit eurem Jatz und eurem Dschäähs«, zürnte der Musiklehrer.

Im übrigen empfanden wir Jugend als Defizit und Abhängigkeit. Wir wollten fertig sein, erwachsen. Nicht anders als die Erwachsenen. Ein Hut, eine Zigarre, ein Bärtchen demonstrierten das bei den Jungen, ein Lippenstift und höhere Absätze – wie verwegen! – bei den Mädchen. Erwachsen war das Gegenteil von kindisch. Infantilismus leisten sich nur die ungefährdeten Gesellschaften – die Ahnungslosen.

Small talk

»Habt ihr eine Frage?« – So begann der Religionslehrer den Unterricht und setzte sich dabei auf die vorderste Bank. Er sprach leise, langsam, mit vielen Pausen, er erzählte, schwieg, konnte warten. Wir hatten keine Fragen. »Was ist Esperanto?« fragte einmal jemand in das lange Schweigen hinein. Aber es wurde uns langsam klar, daß man Fragen haben und diese sogar äußern könnte. Meist erzählte er irgendetwas. Seltsame Begebenheiten mit gutem Ausgang. Geschichten zum Lachen. Witze. Man nannte ihn »Tra«, das war sein Deckname vor der Gestapo gewesen. »Travailleur«. Er hatte Verfolgte und Deserteure versteckt, ein Netz geheimer Helfer für geflohene Häftlinge organisiert. Wegen dieser Vergangenheit genoß er bei den Schülern uneingeschränkte Verehrung und Vertrauen. Aber diese seine Vergangenheit war immer noch ein geflüstertes Geheimnis. Niemand, am wenigsten er selbst, hätte damals davon gesprochen.

Er erklärte uns Mädchen sehr genau und sachlich, wie wir gegebenenfalls eine Vergewaltigung abwehren könnten.

Der Schulleiter in den letzten beiden Jahren hieß Weimar. Ein alter, kultivierter Herr mit tadellosen Manieren. Er unterrichtete uns eigentlich in Geographie. Ein Fach, das durch den Zusammenbruch jeder geopolitischen Ordnung, ohne zeitgemäße Normen, Karten oder auch nur Informationen keine Grundlagen mehr hatte.

Also erzählte er. Er erzählte von dem Deutschland vor den Kriegen, vor der Zeit des aufsteigenden Wahns. Er war noch bei den Wittelsbachern Prinzenerzieher gewesen. Er erzählte von seinen Zöglingen, von der Kaiserzeit, vom kulturellen Leben in den Jahren der

Republik, von berühmten Künstlern und Wissenschaftlern. Er erzählte von einem Deutschland, dessen man sich nicht schämen mußte. Wir hörten ihm gerne zu.

Anders lief das mit dem jungen, sehr modernen Sozialkundelehrer. Das Lernziel war politisches Bewußtsein. Bewußtsein wovon bitte? Wir sollten reden, debattieren, meinte der Lehrer. Wieso wir und worüber denn? Der Mann ging uns auf die Nerven.

Möglich, daß Politik wichtig war, aber wir, wir wollten nichts davon wissen. Und wir wollten nicht über etwas reden, wovon wir nichts wußten. »Demokratie« – das war für uns der »Rechtsstaat«, Gerechtigkeit vielleicht. Er wollte genaueres wissen – von uns. Schweigen, Ablehnung. »Informieren Sie uns über ein Gebiet, das Sie für wichtig halten. Wir werden uns mit dem Lehrstoff beschäftigen, dann können Sie uns darüber Fragen stellen.« – Er beharrte auf einem Gespräch. Sein Blick fiel auf mich. »Sie, zum Beispiel, was lesen Sie denn zur Zeit?« – »STIFTERS NACHSOMMER.« – Er atmete tief durch. »Und was haben Sie davor gelesen?« »Auch den NACHSOMMER, ich lese ihn zum zweiten Mal.« – Er wandte sich einem Mitschüler zu. »Und Sie? Lesen Sie auch den NACHSOMMER?« – »Wenn sie ihn mir leiht ...« – »Was lesen Sie!?« – Er nannte einen Science-fiction-Roman. Auch damit war kein Staat zu machen.

Ich hatte den NACHSOMMER tatsächlich zweimal gelesen, ich war mir der Botschaft und der Wirkung bewußt. Sanfte Narkose für Unheilbares – das war das Gegenteil von Politik.

Der Geschichtsunterricht berührte nur noch zaghaft den Beginn des Ersten Weltkrieges. Ich glaube, wir waren dankbar dafür. Wir wollten da neu anfangen, wo das Unheil begonnen hatte, wollten den Weg noch einmal gehen, aber anders, wollten pfeifend im Dunklen die Teufel vertreiben und am liebsten erfahren, daß alles nur ein böser Traum gewesen sei ...

Zehn Jahre später. Auf einer Israel-Reise. Eine Kleinstadt im Wüstenland. Eine Konditorei. Zwei ältere Damen darin – blond, adrett, freundlich – so deutsch, so bürgerlich – wie unter den Dächern von Landsberg – wie unter den Hügeln von Kaufering. – Ich sprach Englisch. Vielleicht entschlüpfte mir ein deutsches Wort. »Sind Sie Schweizer?« – »Nein – deutsch!« – Der Laden drehte sich um mich, bunte Kreise tanzten vor den Augen, es war so heiß. Die jüdischen Damen waren entsetzt: »Aber das macht doch nichts. Sie sind uns willkommen, wirklich! Sie können doch nichts dafür! Sie sind ja viel zu jung.«

IX

Systeme und Begegnungen

Studienjahre in München in den frühen Fünfzigern. Es gab noch viel an Weite und Leere, viel Himmel zwischen den Häusern, Vorläufiges, Zukunft. Man konnte seine Wege quer durch die Stadt über unbebaute Grundstücke suchen, man konnte, vertieft in ein Buch, ohne wirklich aufzuschauen, zwischen Universität und Staatsbibliothek die Ludwigstraße überqueren; man konnte in der Nacht die Sterne sehen.

Meine Studentenbude lag unter dem Dach in einem schönen, nur wenig beschädigten Jugendstilhaus; Miete DM 15.–, nicht möbliert. Mutter hatte sie ausgestattet: ein großer Bauernschrank, Tisch, Stuhl und Bett, ein Sofa für Logierbesuch, eine Kommode für Waschschüssel und Krug, eine Holzkiste für Brennmaterial, darauf ein Spirituskocher. Auf dem dunklen Gang gab es Wasserstelle und Toilette für vier Parteien – das war der ganz normale Luxus. Ein hohes Fenster mit gotischem Bogen – ich konnte es öffnen und schließen, indem ich auf den Stuhl vor dem Schreibtisch stieg, von diesem aus konnte ich aufs Fensterbrett klettern, in der Sonne sitzen, lesen oder herunterträumen auf die Lindenbäume, auf die Freiheit der schwankenden Tiefe.

Ich hatte mir den Dürer-Holzschnitt RITTER, TOD UND TEUFEL über den Schreibtisch gehängt, und an die Wand zwei Stiche aus der Vesalius-Mappe DE HUMANI CORPORIS FABRICIA.

Die zwei Skelette auf schönem Büttenpapier, ohne Ehrfurcht mit Reißzwecken an die Wand gepinnt, gefielen mir ausnehmend: der eine Knochenmensch steht gramgebeugt und händeringend über einem Grab, der andere, lässig, mit gekreuzten Beinknochen, vor einem Grabstein als Stehpult, den einen Armknochen aufgestützt, versonnen lächelnd, wie nur Totenköpfe lächeln können, die andere Knochenpfote auf einem zweiten dort liegenden Totenkopf, den er heiter betrachtet.

Sie stehen auf einem angedeuteten Boden im Bodenlosen: steil ins Nichts abfallende Felsen, abgebrochene Bäumchen mit ein paar zaghaft sprießenden Blättern oder Halmen, das Sein umgeben vom greifbaren Nichts.

Mutter stutzte, als sie die befremdlichen, entfremdeten und aus ihrer Mappe entwendeten Blätter zum ersten Mal sah – aber dann lachte sie großzügig ... Irgendwann später fand ich auf der Auer Dult ein erschwingliches Kruzifix mit einem Heiland, der fremd und versöhnt daran eingeschlafen schien. Ich war glücklich in meiner Bude.

Universität – das heißt »universitas litterarum« – die geordnete Einheit aller Wissenschaften – in den 50er Jahren hielt man diese schöne Illusion gegen die stürmische zentrifugale Entwicklung der Natur- und Sozialwissenschaften mit Leidenschaft aufrecht. Keine »Multiversitas« sollte daraus werden, so Leopold Ziegler in dem Buch DIE NEUE WISSENSCHAFT, das 1949 durch einen Forschungsauftrag des Kultusministeriums des Landes Hessen initiiert wurde. Die Wiederbesinnung auf die große humanistische Vergangenheit der Europäischen Universität und auf die Universalität der Bildung wurde zur Mitte unseres Jahrhunderts noch einmal angemahnt.

Diese Einheit im Vielen zu suchen und dabei zu finden, »was die Welt im Innersten zusammenhält«, machten sich so unbedarfte 18jährige Studentlein wie ich auf ... und ehe sie sich's versahen, wies der voll Eifer und Glück gefüllte Stundenplan über fünfzig Wochenstunden aus.

Alles, alles war interessant. Die atemberaubenden wissenschaftlichen Erkenntnisse unseres Jahrhunderts waren erst nach dem Krieg und nur verzögert in Deutschland angekommen. Im Schulunterricht war von Atomphysik, von Biochemie, von psychologischen und soziologischen Gesetzmäßigkeiten, war von so vielem fast nichts zu hören gewesen, waren Literatur und Kunst der Moderne noch kaum ins Bewußtsein gedrungen. Die Mitte, die Einheit, das Innerste ... wo es finden, wenn nicht in der Philosophie und in der Geistesgeschichte der Menschheit?

Hermann Hesses GLASPERLENSPIEL – dieses seltsame, Welten zusammenfassende und schwer lesbare Werk, war Ende der 40er Jahre in Deutschland bekannt geworden. *Das Glasperlenspiel ist ... ein Spiel mit sämtlichen Inhalten und Werten unserer Kultur,* schrieb Hesse. Es verkörpere den Drang des Geistes zur Einheit und Versöhnung. *Einer Bewegung des Geistes gegen das universale Ziel einer Universitas Litterarum hin ...*

Der Orden der Glasperlenspieler, Tradition und Harmonie, Universalität und asketische Disziplin ... gleichzeitig der Entwicklungsroman des Josef Knecht ... vom Autor in das dritte Jahrtausend verlegt, das ist die Sehnsucht, die Utopie und die Distanzierung von ihr in der Mitte unseres Jahrhunderts. Auch Knecht, der »Magister Ludi«, verläßt schließlich den Orden, läßt sich auf den Wandel, auf neue Erfahrungsräume ein, auf Alternativen, begreift die Dialektik: *Je schärfer und unerbittlicher wir eine These formulieren, desto unwiderstehlicher ruft sie nach der Antithese.* Er begreift das Glasperlenspiel als *das Spiel des Lebens überhaupt ...*

Es gibt Zeiten, wo das Allgemeine im Besonderen, das Ganze in den Einzelheiten des historischen Ganges, das Grundlegende in allen Erscheinungen gesucht und gefunden wird – so in den 50er Jahren, – und es scheint Zeiten zu geben, wo das Einzelne, das Individuelle, das Unterschiedene und nicht Vergleichbare, das Partikulare die Bücher der historischen Wissenschaften füllt. – Es gibt Zeiten des Paradigmawechsels.

Ricarda Huch erkannte die Signaturen des Wechsels.

Die frühromantische Theorie an der Wende vom 18. zum 19. Jahrhundert kennzeichnet eine Epoche solchen Paradigmawechsels in den Naturwissenschaften, in Philosophie und Psychologie, in der Literatur. Die Generation der Schlegel, Schleiermacher, Novalis hatte erschüttert in Kants Vernunftkritik gelesen, daß wir die Welt immer mit irgendeinem unzulänglichen Modell im Kopf erklären wollen, daß unsere Erkenntnis also von lächerlicher Unvollständigkeit und die Welt, weiß Gott, nicht auszuloten sei. Man träumte von einer möglichen Einheit oder Zusammenschau, die alle Unvereinbarkeiten, den Riß durch die Schöpfung, ihre offensichtlichen Paradoxe, durch Befreiung von einem vordergründigen Vertrauen auf die menschliche Rationalität auf einer höheren Ebene wieder zusammenführen könnte.

Es waren bald verschüttete und verdrängte Einsichten, die zu Beginn des 20. Jahrhunderts wieder virulent wurden – aber ebenso bald in Ideologien und Nationalismen, in vernichtenden Kriegen untergingen: sie beruhten auf den mathematisch formulierten Erkenntnissen der Physik von Einstein (Relativität von Raum und Zeit), Planck (Quantenform der Energie) und Heisenberg (Unschärferelation aufgrund der Beobachtersituation), auf der Freudschen Psychologie des Unbewußten. Gleichzeitig und in intuitiver Übereinstimmung mit diesen Erkenntnissen rekonstruierte Ricarda Huch ihre frühromantische Ästhetik als eine andere, immer wieder neu zu erprobende Weltsicht.

Diese frühromantische Theorie ist unter anderem das Sichbewußtsein, daß das Unbewußte jeden von uns viel mehr beherrscht, als er wahrhaben will. Daß unsere moralischen Kategorien nur Krükken zur Abwehr unserer Dämonen sind. Ricarda Huch ahnte allerdings die Gefahr auch in der Antithese:

Sie stellt fest, daß ihr *die Herabsetzung des bewußten Geisteslebens gegenüber dem Unbewußten mindestens ebenso gefährlich erscheint, wie das Umgekehrte [...].* (BLÜTEZEIT DER ROMANTIK)

Ricarda Huch war freilich frei von den Paradigmen der zweiten Hälfte des Jahrhunderts, und wir befreien uns gerade mühsam davon: von dem tiefenpsychologischen Schema der kindlichen Komplexe und der Unausweichlichkeit ihrer Folgen, von der Voraussetzung eines Selbst im Menschen, das sich verwirklichen muß und soll, von der Nabelschau und dem Narzißmus der 70er Jahre – und selbstverständlich auch von dialektisch-soziologischen Erklärungsmustern.

Historische Gestalten, Gedanken und Geschehnisse werden von ihr dargestellt, anschaulich gemacht, an nichts gemessen, mit nichts erklärt. Das macht ihre Geschichtsschreibung einzigartig, »vorurteilslos nach allen Richtungen« und vielleicht wieder modern.

Damals, als die geballte Philosophie mit ihren Grundbegriffen und mit ihrer Geschichte auf meinen gerade 18jährigen Kopf traf, in der Mitte des Jahrhunderts, suchte man aus den Tiefen der Katastrophe, aus dem unvorstellbaren Versagen der Menschlichkeit in der Geschichte, Festes, immer noch Gültiges wiederzufinden. Allgemeingültige, ewige Ideen, wie sie Platon in einer vergleichbaren Auflösungsphase und angesichts des Verschwindens von göttlichen oder menschlichen Normen und Werten aufgezeigt hatte. Grundformen des menschlichen Denkens und Zusammenlebens, URPHÄNOMENE, wie – in Anlehnung an Goethe – Ricarda Huch ihr letztes, 1946 erschienenes Buch nannte. Sie meinte damit jene grundlegenden Erscheinungen, die das Fundament bilden, *bis zu welchem der Bau der Welt möglicherweise abgetragen werden könnte, das selbst aber unveränderlich bestehen bleibt. Sie sind die Werte, die nicht umgewertet werden können.*

Der modernen These, daß »die Welt eine Übereinkunft«, das heißt, ausschließlich von Menschen definiert sei, und dadurch grundsätzlich veränderbar, setzt sie die Behauptung entgegen, daß es nicht nur eine Übereinstimmung der Geister, sondern auch eine Übereinstimmung mit dem göttlichen Geist geben müsse, die ermögliche, allgemeingültige Erscheinungen zu erkennen. *Diese Erscheinungen sind die Urphänomene, von denen Goethe sagt, daß die Gottheit sich in ihnen offenbart und unmittelbar hinter ihnen steht, so daß wir durch sie ihrer bewußt werden.*

Solche »Urphänomene« erkennt sie in allen Epochen der Menschheitsgeschichte als im menschlichen Bewußtsein in allen Traditionen und Mythen verankert: Familie – Geburt und Tod – Gott – den Sternenhimmel – Satan – Gottmensch – Gewissen und Recht – Schönheit – Musik – Liebe. Die 80jährige beschrieb sie in einer wunderbar leichten, klaren, durchsichtigen Sprache in der Tradition Platons und Goethes. Sie beschrieb und beschwor das, was man damals »Humanismus«, »Abendländische Tradition«, »Europäische Geistigkeit«

nannte und in dessen würdigem und leuchtendem Bild man Heil und Halt suchte. – Die Unendlichkeit des Weltalls oder seine Endlichkeit, seine Leere, eine geheimnisvolle Materie, die die eigentliche Energie ist, Geistiges vielleicht, Einsteins Relativitätstheorie und Feldtheorie, die Suche nach der Weltformel, Leben und Gene, Zufall und Bestimmung, Natur und Geist, der erkennende oder sich täuschende, der sinnsuchende, sinnstiftende Mensch, – Gott ... Uralte Fragen schienen nun der Wissenschaft zugänglich. Das ewige Bemühen um eine alles umfassende Konstruktion, in der alles Sein, der Mensch und sein Gott in Ordnung und Geborgenheit wohnen konnten, schien keine reine Illusion. Aus allen Trümmern früherer Systeme neue, gültige bauen, auf den Pfeilern der Universalia, der Urformen, Urphänomene. Systeme, Summen und Synthesen ... das waren die Visionen und Fluchten dieser Jahre.

Ich weiß nicht, was mich letztlich veranlaßte, die im Gymnasium so geliebten Naturwissenschaften zu verlassen und mich ganz der Philosophie und deren Geschichte zuzuwenden, genauer, dieser seltsam abstrakten Mischung aus Philosophie und Theologie, aus Gläubigkeit und vernunftverbundenen Systemen. Die naturwissenschaftlichen Institute lagen fast eine halbe Stunde Fußweg vom Hauptgebäude der Universität entfernt. Die Entscheidung beschleunigt hat wohl auch eine Vorlesung in Theoretischer Physik, vierte Stufe, die ich als Anfänger besuchte. Erst nach einer Woche hatte ich gemerkt, daß der Professor mit einem ganz anderen Logarithmus rechnete, und obendrein mit anderen Ergebnissen als ich.

Eine Zeit glaubte ich, daß es angesichts der Fülle von Wissen und Leben nicht zu verantworten sei, jede Nacht zu schlafen, jede zweite oder dritte müßte genügen. Bereits nach einer Woche schoben sich schwankende Wolken zwischen mich und die Bücher, die die Welt bedeuteten. Eines Nachts saß etwas von mir sehr leicht und leer auf dem Boden und über mir, wie in einer Hängematte, saß ich selbst und schaute auf meine Hülle herab, nicht ohne eine gewisse Süffisanz. Man kann so etwas ja auch metaphysisch interpretieren, aber mein Schreck-Gedanke war nur: »Irgendwas kaputt« – und schon war ich im Bett und löschte das Licht.

Die großen einführenden Philosophievorlesungen hielten die Professoren Josef Stürmann, Alois Wenzl, Alois Dempf.

Stürmann war ein leiser, skeptischer und kritischer Lehrer, seine Erkenntnistheorie kratzte mit versteckter Ironie an den Grundlagen etablierter Gläubigkeiten. Ein Seminar über Heideggers HOLZWEGE kündigte er an mit dem Zusatz: »Der Titel stammt nicht von mir.« Die weißen Manschetten unter seinem grauen Jackett zog er beim Sprechen immer sorgfältig hervor – um die Narben an den Handgelenken zu verdecken, die von einem Gestapo-Verhör stammten.

In den Vorlesungen des großen Aloys Wenzl durfte ich erleben, wie die Ergebnisse der modernen Biologie und Chemie realistisch auf ihre Bedeutung und ihre erkenntnistheoretischen Grenzen abgeklopft und doch zu einer Metaphysik, zu einer großartigen Naturphilosophie zusammengefügt wurden. Er entwickelte eine Theorie der Freiheit zwischen den Grenzen von Naturwissenschaft und Religion. Die heitere, überlegene Klarheit des damals fast 70jährigen Philosophen hielt sein Publikum in vollkommenster Aufmerksamkeit. Aber einmal ging das Gespenst der kommenden 60er Jahre durch den Hörsaal. Ein junger Mann kam – mitten in der Vorlesung – durch die hintere Türe herein, und schritt unbefangen in der Suche nach einem Sitzplatz durch die Mittelreihe, unbeirrt von den mißbilligenden Blicken seiner Kommilitonen. Wenzl unterbrach seinen Vortrag, schwieg hörbar. Der junge Mann ging durch das Schweigen bis zur vorderen Türe, drehte sich zum Professor und sagte: »Ich dachte, hier wird gelesen.« Dann war er draußen. »Der war mir über«, sagte Wenzl leichthin und fuhr fort zu dozieren.

Alois Dempf – als Kultur- und Geschichtsphilosoph steht er in den Lexika –, der die großen Summen der mittelalterlich-katholischen Philosophie mit der Kultur, mit der kritischen Erkenntnistheorie, mit den Wissenschaften der Gegenwart verband. Seine Vorlesungen waren klar und mitreißend, er baute die Welten der antiken Gnosis von System zu System aus ihren Elementen auf, mit Sympathie und Begeisterung und weitausholenden Gesten durch die dicke Hörsaalluft, er ließ diese Gebäude ohne Bedauern nach ihrer Betrachtung wieder versinken in der Finsternis der Geschichtsnächte und ließ ähnliche auferstehen. Er baute die »Hauptformen der mittelalterlichen Weltanschauung«, ebenso wie »Die Einheit der modernen Wissenschaften«, »Religionsphilosophie« und »Mystik«, »Theoretische Anthropologie« und die »Weltidee«, die Weltformel, die alle großen Naturwissenschaftler letztlich suchen. Weil sie schön sein muß, einfach und klar, und weil der Mensch etwas letztendlich Sinnvolles braucht.

Der Universalienstreit im Mittelalter: Sind die Allgemeinbegriffe real oder nur Worte ...? Nach einer Vorlesung fragte mich eine Mitstudentin wie nach einem Glaubensbekenntnis: »Bist du nun Universalist oder Nominalist?« – »Selbstverständlich Universalist!« – In diesem Moment, in dieser Umgebung, in diesem Spiel. Ich kannte auch andere Momente, andere Erfahrungen, andere Spiele ...

Das Sein und das Nichts

Über Existentialismus und Nihilismus, über Sartre und Camus sprach man, wie wenn's ein Scherz wäre. Heimliches Vergnügen, clownhaftes, schillerndes Mitteilen. »Was denkst du nun wirklich?« – »Gar nichts. Ich denke nie!« – Camus' Wahrnehmung der Dichte und Seltsamkeit der Welt, die heitere Einsicht in die Sinnlosigkeit menschlichen Bemühens in seinem SISYPHUS erschien mir so einleuchtend und wahr, die Fremdheit der Welt so greifbar ... das Wissen davon mein geheimer, stolzer Besitz. *Das denkende Erschaffen des Nichts ist der Adelsbrief menschlicher Freiheit* (J. P. Sartre) schrieb ich mir auf ein Lesezeichen. Der »lähmenden Alpdruck des Seins« von dem nach Sartre dieses Nichts befreit – diese spätpubertären oder depressiven Befindlichkeiten befielen mich vor allem an sonnigen Sonntagnachmittagen, die ich mir speziell für den Besuch solcher Befindlichkeiten mit allherhand Ausflüchten von Freunden und Verwandten freihielt. Dann lag ich dösend auf dem Bett, zwischen dem Wunsch nach Wachheit und Tätigkeit, zugleich nach Betäubung, nach dem Zauber des Pan.

In diesem Zustand tat ich mitunter, was mich erschreckte, was ich nicht verstand, was aber befreite vom Alpdruck des Seins. Ich spielte mit einer Rasierklinge, schnitt mir tief ins Fleisch. – Zum Teufel! Welch eine Idiotie! Es blutete, ich kam mit dem Aufwischen kaum nach, die Wunde klaffte, der Wassereimer dunkelrot ... soll ich in die Chirurgie gehen gleich in der Nähe und nähen lassen ... aber was erzähle ich denen, wie das passiert ist? – Ich pflasterte und verband. Eine Narbe blieb ... Nachdem die Sonne, die vielleicht wie in Camus' Krimi DER FREMDE an allem schuld gewesen sein könnte, am Fenster vorbeigezogen war, und nach der mühsamen Beseitigung der Spuren erschien mir meine Existenz wieder durchaus selbstverständlich.

Das allgemeine geistige Klima, aber auch eine altersspezifische mentale Verfassung waren wohl die Ursachen, daß ich – aber auch viele andere junge Leute – von der damaligen Mischung aus Theologie und Philosophie fasziniert war, von der geschlossenen, statischen Welt der scholastischen Summen, von der Geschichte, deren Vergangensein sie so verständlich machte, vom Allgemeinen im Seienden, von geschlossenen Kosmologien und Weltbildern, von klaren Antworten auf die Sinnfrage. Es fiel mir damals unerklärlich leicht, mit sowas umzugehen. Knapp zwanzig Jahre: mein Gedächtnis war, dem Alter angemessen, hervorragend, logische Spiele, so weltfremd und abstrakt, liefen wie von selbst und spuckten ihre Ergebnisse aus – der Kopf noch klar, das Herz noch leer –, so kletterte ich mit Vergnügen durch die Konstruktionen der Wirklichkeit, verband und trennte, wie es mir gefiel, baute ein und baute um. Daß ich die Interessen und die Neigungen meines Vaters geerbt haben könnte, kam mir damals noch nicht in den Sinn. Im Gebälk der Summen und Dome der mittelalterlichen Philosophie suchte ich wie ihre frommen Konstrukteure – Gott – und war gleichzeitig immer versucht, mit Samuel Becketts Endspieler Hamm auszurufen: *Der Lump! Er existiert nicht!*

Sind Sie ...?

Gottes Eigenschaft ist es zu sein. Essenz und Existenz fallen zusammen. Von keinem Wesen sonst kann man das sagen. Die erste »Hörgeldprüfung«. Ich hatte mich bei Dempf gemeldet, Thema: »Scholastische Philosophie«. Drei Prüflinge: ein fast mittelalterlicher Herr mit grauen Schläfen zur Rechten, ein ebenso gesetzter Benediktiner-Pater zur Linken, ich saß sehr klein und deplaziert in der Mitte. Die erste Frage des Professors an mich: »Wie alt sind denn Sie?« – »Ich werde neunzehn!« – Alle lachten. »Neunzehn wird sie, ist ja großartig.« – »Wie eignen Sie sich den Lehrstoff an?« wurde der Pater gefragt. »Ich schreibe alles mit und übertrage die überarbeitete Mitschrift zu Hause in ein zweites Heft! – »Und Sie, machen Sie das auch?« – »Nein«, bekannte ich kleinlaut, »ich versuche zuzuhören und zu verstehen.« – Ob ich zum Beispiel noch wisse, welche Eigenschaften Gott von Duns Scotus zugeschrieben würden. – Ich wüßte es nicht mehr, aber ich könnte es mir denken. – Nichts ist leichter, als die Eigenschaften Gottes in der Scholastik aufzuzählen – vollkommen, eins, ewig, ohne Grund, reiner Geist, hier eher Wille, jedenfalls mit sich selbst und mit nichts anderem identisch. Ich sagte also etwas ähnliches. Gott widersprach nicht und der Professor auch nicht. Ob ich mit jenem Freiburger Benediktiner gleichen Namens verwandt sei. – »Mein Vater.« – Ich hatte den Eindruck, daß ihm meine Person und meine Identität gefielen. Er lachte freundlich und stellte die letzte Frage: »Wo lebt Ihre Mutter jetzt?« Und beim Verabschieden: »Ich freue mich, daß Sie da sind.« – Auch andere geistliche oder halbgeistliche Herren im Umkreis der Universität schauten mich in Verbindung mit meinem Namen freundlich an – die Tochter des ehemaligen Benediktiners. Sie nickten und wußten sonst nicht viel zu sagen. Mein bloßes Vorhandensein war das Erstaunliche, Sosein und Dasein fielen auf scholastisch-philosophische Manier zusammen. Sie konnten mir nicht mehr über mich sagen, und ich ihnen erst recht nicht.

Keine Lösung des brennenden Rätsels meiner Kindheit, das Geheimnis blieb mir, ich war es selbst: das ohne vertretbaren Grund Seiende.

Die Anmeldung zum Hauptseminar in mittelalterlicher Geschichte bei Professor Johannes Spörl.

Ich nannte meinen Namen. »Sind Sie?...« – »Ja, ich bin ...« – Er schaute mir ins Gesicht. »Ja, Sie sind ...« Ich schrieb in diesem Semester eine Seminararbeit über die Geschichtsphilosophie des Heiligen Augustinus, ich schrieb sie mit Elan und großem Ehrgeiz. Die handschriftliche Endfassung hatte ein beachtliches Gewicht. Bei der Rückgabe wog Spörl sie in der Hand und sagte mit einem leisen Anflug von Sarkasmus: »Schreiben Sie das nächste Mal doch gleich eine Doktorarbeit.« – »Ja, gerne«, sagte ich eifrig. Ich bekam einen Termin für eine erste Besprechung bei ihm und einen Rahmen, innerhalb dessen ich mir selbst ein Thema formulieren durfte. So wurde Johannes Spörl mein Doktorvater und das Mittelalter meine endgültige akademische Heimat.

Spörl verschaffte mir eine Hilfsassistentenstelle im Universitätsarchiv, dem er vorstand. Ich hatte etwa zwei bis drei Stunden täglich zu tun: Akten heraussuchen, Briefe, Telefondienst ... durfte mir dafür 150 Mark monatlich an der Universitätskasse abholen und hatte ein Zimmer für mich allein mit Blick in den mit Akazien bewachsenen Innenhof, mit Tisch und Schreibmaschine – das alles war eine wunderbare Hilfe und ein unschätzbares Privileg. Es war mein »Kastalien«, wie Hesse den Ort der Glasperlenspieler genannt hatte.

Das studentische Leben vollzog sich in lockeren Freundeskreisen, Cliquen, Interessengruppen. Seine Organisation war, wie wir scherzhaft sagten, durch drei große Bs bestimmt: Belegen, Bücher, Buttermilch. Die Hörsäle waren eng und überfüllt, die Zwischenräume ausgestopft mit Kleidungsstücken, die ihre Besitzer nicht aus den Augen lassen wollten.

Jeweils einer, dessen Stundenplan das zuließ, mußte rechtzeitig Posten beziehen, für die Freunde belegen und die Plätze verteidigen. Die überfüllten Vorlesungen veranlaßten die Professoren zu platzschaffenden Bemerkungen wie: »Macht nichts. Meine Vorlesung ist so schwierig, daß nach drei Wochen nur noch ein Drittel von Ihnen hier sein wird.« – Niemand war damals der Meinung, daß es die Aufgabe der Professoren sein könnte, ihren Lehrstoff einer möglichst großen Zahl von Studierenden leicht und verständlich zu machen! – Bücher waren vorerst Mangelware, die Bibliotheken noch dürftig und völlig überlastet. Wer ein Buch einmal hatte, exzerpierte mühsam und langwierig und gab es so schnell nicht wieder her. Zwischen den Vorlesungen drängte man sich im kleinen Milchladen in der Amalienstraße. Fünf Pfennig ein Becher Buttermilch, ebenso preiswert die Semmel, Hauptnahrung in jenen Jahren.

[...] die unheimliche Neigung, Gesetze aufzuspüren [...]
(R.H., ENTPERSÖNLICHUNG)

An den Abenden erklärten wir uns gegenseitig unsere neuen Einsichten und Erkenntnisse.

Weite Zusammenhänge, versteht sich, großzügige Schneisen durch die wirren Wälder des Wissens geschlagen, Landkarten, nie überprüfbare, auf denen alles aufgezeichnet war, was unseren Kinderhirnen einleuchtend schien und unseren Professoren gefiel. Begriffe, Ideen, Traditionen mit bunten Strichen in sinnvolle Zusammenhänge gebracht und so den »horror vacui« mit Bravour besiegt. – Eines Tages stand eine Freundin in meinem Zimmer und explizierte mir die gebändigte Fülle ihres Wissens über den romantischen Dichter

Eichendorff – dessen Rätselhaftigkeit und dunkle Traumhaftigkeit mir unaussprechlich schienen. Ein großes Blatt mit einem Schema war mit Heftzwecken an die Wand geheftet, ich folgte den Erläuterungen höflich und geduldig, schließlich hatte ich selbst dieses Spielchen erfunden. – »Und dieses Kreuz da in der Mitte?« – »Da kommt noch dieses Blatt hin«, und sie entfaltete das zweite Plakat – »es war nicht genügend Platz ...«

Da wurde mir blitzartig zweierlei klar: Schemata und Systeme sind willkürlich, nicht vermittelbar, sehr langweilig und durchaus subjektiv, – und sie sagen, genaugenommen, über die Wirklichkeit nichts, rein gar nichts aus. *The most ingenious way of becoming foolish is by a system,* hatte der sympathische Shaftesbury am Ende des 17. Jahrhunderts geschrieben. 1770 hatte der junge Goethe den Satz für einen Stammbucheintrag verwendet.

Hermeneutik als Genauigkeit des Hörens, Lesen und Verstehens lernte man damals bei dem 1946 aus der Emigration zurückgekehrten Philosophen Henry Deku, einem Privatdozenten, dessen Vorlesungen leider mit denen der Lehrstuhlinhaber oft kollidierten. Was die Vorsokratiker gedacht haben, was Platon »das Gute« oder »den Gott« nannte ... heidnisch und doch tiefreligiös und genuin christlich, fesselnd und beunruhigend, weil unausweichlich ernst und konsequent. Dort hörte ich einmal, daß der Heilige oder Nichtheilige Dionysios Areopagita oder Pseudodionysios – was weiß man schon genau – bereits im 6. Jahrhundert gelehrt habe, daß man von Gott zwar vielerlei sagen könne, was er nicht ist, aber so gut wie gar nichts darüber, was oder wie er ist!

* * *

Wenn man sich auch noch so sehr am Rand der Welt festklammert, mit einem Fuß für alle Fälle und alle Fluchten im Nichts – irgendwann glaubt man den »Ruf des Gottes« zu hören, und der kommt aus der Richtung des Lebens.

Die Zeit der Konstruktionen und Systeme, der ungenauen Überblicke, der idealistischen Landkarten schien vorbei, es kam die Zeit der Wege, der Begegnungen, der Beziehungen – zu Gott, zum Du, zu den Dingen. Es kam die Zeit für einen bewußteren und konkreteren Lebensentwurf, so ging man zunächst mal in andere Vorlesungen.

Die neue Wahrheit, über die es zu denken galt, war die Sprache, die denkende Sprache und die Einsicht in sie – nicht das Sein. Genauer noch: nicht mehr die Sprache als die eigensüchtige Maklerin zwischen Sein und Schein, nicht mehr der Monolog des Denkers sollte gelten, sondern das Gespräch. 1946 bereits hatte Karl Jaspers in Heidelberg seine Vorlesungstätigkeit wieder aufgenommen mit dem Thema: »Die Wahrheit beginnt zu zweit«.

1947 erschien Martin Bubers Büchlein DIALOGISCHES LEBEN.

Ich habe keine Lehre, aber ich führe ein Gespräch.
(Martin Buber)

Im Jahre 1958 hielt Martin Buber eine Gastvorlesung im übervollen Auditorium Maximum. Ich stand mit Freunden auf der Galerie, neunzig Minuten in fast atemloser Spannung gefangen. Martin Buber mit dem Aussehen eines alttestamentlichen Propheten und dem intellektuellen Charme eines Sokrates. Man glaubte für seine Person an die Übereinstimmung zwischen Denken und Sein.

[...] seither habe ich erfahren, daß die Lehre zum Lernen und der Weg zum Gehen da ist, schrieb er im Vorwort zu DIE JÜDISCHE MYSTIK, die 1963 in Deutschland erschien. Dort, in »Daniel. Gespräche von der Verwirklichung«, entwickelt er den dialogischen Weg vom Nichts zum Seienden aus einem schönen Bild: Auf seinem Weg

im Abendlicht habe er einmal die Spitze seines Stocks gegen einen Eschenbaum gedrückt. *Da fühlte ich zweifach meine Berührung des Wesens: hier, wo ich den Stock hielt, und dort, wo der Stab die Rinde traf. [...] Scheinbar nur bei mir, fand ich dennoch dort, wo ich den Baum fand, mich selber. Damals erschien mir das Gespräch.*

Ich meine, mich zu erinnern, daß Martin Buber in dieser Vorlesung mit diesem Bild seinen Grundgedanken erläuterte: Jedes Ich könne sich nur durch ein Du definieren, das Leben sei vor allem Zwiegespräch, die Welt entstehe durch das Wort, sei die Antwort der Wesen auf den Anruf Gottes. Wie Platon sprach der jüdische Philosoph und Religionswissenschaftler von der »Idee des vollkommenen Menschen«, von der Ebenbildlichkeit zu Gott, die man niemals vergessen dürfe und könne, und er sprach von der notwendigen Hinwendung zur Welt, zu den *stillen Offenbarungen des Alltags.*

Ähnliches, wenn auch nicht in der Platonischen oder Buberschen Klarheit, sondern eher in den ihm eigenen geschlossenen, oft tautologischen Sprachkreisen, war in diesen späteren 50er Jahren auch von Martin Heidegger zu vernehmen. Auch er blieb uns mit einer großen Gastvorlesung im Gedächtnis. So viele Vorbehalte! Sein früher Existentialismus schien mir im Vergleich zu den Franzosen eher verschwommen und banal. Der berühmte Satz, daß das Sein ein Sein zum Tode sei – eine Selbstverständlichkeit und Platitüde! Sein Nichts – einmal Nicht-Sein – einmal das *Andere* eben – das hatte doch schon Meister Eckhart geklärt.

Wieder ein Stehplatz auf der Galerie. Ablehnung und Vorurteil in mir: seine Zustimmung zum Nationalsozialismus – Denunziation und Verrat wurden ihm vorgeworfen – seine wortschöpferische Vernebelung der luziden vorsokratischen Einsichten ... vermutlich würde man ihn gar nicht erst verstehen. – So war es nicht, man verstand und wurde gefangen. Man mußte zugeben: ein Könner. Nicht mehr um den Menschen und sein Sein, dem Grundthema der Existenzphilosophie, ginge es, sondern um den Menschen in seinem Bezug zum Sein. So zu lesen in der Sprache der »Gelassenheit«, in »Die Kehre«, und vorher noch in dem literarisch-philosophischen Geplauder auf dem »Feldweg«. Auch er lehrte, daß das Wort erst dem Ding sein Sein verschaffe, daß darum das Hören die vornehmste Tätigkeit des Denkenden sein müsse, nicht das Vorstellen und Entwerfen. Die Überwindung des modernen, idealistischen Subjektdenkens durch ein Beziehungsdenken ... das war der Weg.

»Der Gott«, »das Eine«, das Ziel und summum bonum, die »beatitudo« als Ergebnis und Erkenntnis eines geistigen Wesenszusammenhanges, Wahrheit, nicht nur als Möglichkeit, sondern als Notwendigkeit, als Fundament für den Mut zum Leben und die Weisheit zum Sterben ... Die Faszination der philosophischen Mystik in der Tradition Platons und der Platoniker wurde auch in den Vorlesungen von Herrmann Kunisch zur Literaturgeschichte wirksam, in Vorlesungen über Goethe, über Eckhart und die mystische Literatur des 14. Jahrhunderts. In der Literatur des Barock die ungeheure Spannung, der fordernde Entscheidungsdruck auf den Menschen oder Christen zwischen Gott und Welt, Leben und Tod, zwischen »Carpe diem« und »Memento mori« –. Noch bis vor kurzem habe er geglaubt, das Zeitalter des Barock habe keine große Literatur hervorbringen können, sagte der Konvertit Kunisch, erst seine Wendung zum Katholizismus habe ihn vom Gegenteil überzeugt.

Katholisch zu sein war für viele Studenten damals eine Selbstverständlichkeit, in dem Sinne, daß es die einzige ideologische Vereinnahmung oder soziale Zugehörigkeit bezeichnete, die man für sich gelten lassen wollte. Wir hatten die Kirche und den Glauben noch als Gegenpol und als kämpferische Alternative zum Nationalsozialismus erfahren. Damals fragten wir noch nicht, ob sie zur Veränderung der Welt taugten. Diese Zugehörigkeit war weniger eine Sache des Glaubens, schon gar nicht der Gewohnheit, sondern eher eine Sache der Freiheit, der Möglichkeit einer Entscheidung für das gänzlich und unantastbar Andere.

Diese Disposition zur freien und unvoreingenommenen Sinnsuche war vielleicht der Grund für die unglaubliche Anziehungskraft, die Romano Guardini auf die Studentengeneration der Nachkriegsjahre ausübte. Er war die Ikone dieses suchenden studentischen Katholizismus. Da waren die sonntäglichen Predigten in der Ludwigskirche, Menschen standen dicht gedrängt; seine leise Stimme, seine zurückhaltenden Gesten füllten den Raum mit atemloser Aufmerksamkeit.

Romano Guardini hatte den Lehrstuhl für »Christliche Weltanschauung«. Die Leitbegriffe seines Selbstverständnisses für dieses Fach waren »Anschauung« und »Begegnung«.

Er las wöchentlich an einem Abend im übervollen Auditorium Maximum. Er erläuterte die großen platonischen Dialoge, den TOD DES SOKRATES. In der Vorbemerkung zu seinem gleichnamigen Buch schreibt er: *»Begegnung« meint das Zusammentreffen mit einer geschichtlichen Gestalt, die unverwechselbar sie selber ist und doch Allgemeingültiges vertritt. An solchen Erscheinungen, die gerade durch ihre Einmaligkeit zum Wesentlichen führen, ist die Geschichte nicht reich; Sokrates ist unter ihnen eine der stärksten.* Man ist versucht hinzuzufügen: Das gilt auch für ihn, für Romano Guardini, für seine Wirkung auf seine Zuhörer.

Er las über Dante, über Hölderlin, über Mörike, über Rilke. Sein Vortrag, seine leise Stimme waren voller Ernst, Eindringlichkeit, distanziert und mit einem kaum merklichen Anflug von Ironie, wenn er auf mögliche Einwände einging, ein imaginiertes Gespräch anklingen ließ. Seine Lehrveranstaltungen wollten – wie er anläßlich einer Feier zu seinem 70. Geburtstag sagte –, *weder Literaturwissenschaft noch Theologie sein, sondern Begegnung, Blick vom Einen auf das Andere.* – Er befragte die Texte nach ihrer konkreten Sinngebung, und er beschwor ihre Bilder und ihre Musik mit der Gestik einer magische Bescheidenheit. Sätze, Textzitate blieben in meinem Gedächtnis hängen, bestätigten Ahnungen von Ungeheurem, wie die Gedichte der Mutter an meinem Kinderbett. Die unvergeßliche Vorlesung über die »Duineser Elegien«! *Wer, wenn ich schriee, hörte mich denn aus der Engel | Ordnungen? und gesetzt selbst, es nähme | einer mich plötzlich ans Herz: ich verginge vor seinem | stärkeren Dasein. Denn das Schöne ist nichts | als des Schrecklichen Anfang, den wir noch gerade ertragen [...].*

Wenn ich »Rilke« denke, höre ich diese Stimme, und wenn ich »Engel« höre: *ein jeder Engel ist schrecklich ...*

... UND BÄUME

In einem anderen Licht. Romano Guardini am Dozentenpult, auf der Kanzel, am Altar in St. Ludwig. – Ich hätte nie gedacht, daß man ihn auch nur ansprechen könnte oder dürfte, auch nicht, wenn er schmal und schwarz in Gedanken versunken durch den Englischen Garten wandelte und den respektvollen Gruß höflich erwiderte.

Eines Tages ging ich in der Merzstraße zu dem alleinstehenden Haus, in dem er wohnte. Es waren Bäume vor den Fenstern. Ich glaube, ich war angemeldet. Professor Spörl hatte gesagt, Guardini wolle mich kennenlernen. Er sei befreundet mit meinem Vater gewesen, der habe ihm aber nie gesagt, daß er ein Kind habe. – Und wenn er es gesagt hätte? Wenn Guardini das gewußt hätte? Was hätte er ihm geraten? – Diese hochgebildeten geistlichen Herren sind harmlos und hilflos in ihrem Umgang mit der Welt, hatte mir mein Doktorvater angedeutet. Und er berichtete von einem Gespräch in Maria Laach, wo er, Spörl, einem befreundeten Pater von meinem Vorhandensein berichtet habe: Ein Kind habe der gehabt? Ein Töchterchen? Wie reizend! Die Kleine hätten wir doch sofort zu uns ins Kloster genommen! –

Ich läutete also. Eine Türe im Hochparterre öffnete sich. Ich nannte meinen Namen. Die ältere Dame, seine Haushälterin, betrachtete mich mit wohlwollendem Interesse. Sie öffnete die Türe, meldete mich an.

»Ja«, sagte er, »ich freue mich.« – Sein Arbeitszimmer mit hohen

Fenstern, hellen Möbeln und Bücherregalen rings umher. Tee und Kuchen wurden gebracht.

Er fragte nach meinen Studien, plauderte, erzählte ein paar Witze, ob ich keinen wisse? Das nächste Mal wolle er auch von mir einen hören ... außerdem müßte ich viel mehr Kuchen essen. – Ich bin noch mehrmals dort gewesen, er ließ mich wissen, daß er sich über meine Besuche freue. »Sie kann immer kommen«, hörte ich ihn einmal rufen, als ich telefonisch bei der Hausdame anfragte, wann ihm ein Besuch genehm sei. Ich kam ein bis zweimal im Jahr, auch später, als ich schon in Freiburg lebte.

Ich blieb nie länger als eine Stunde – eine heitere, leichte Stunde für uns beide. Nie sprach er über Theologie und Religion, er sprach überhaupt über nichts, was zu schwer und zu problembeladen war, um damit zu leben, nicht über meinen Vater und nicht über Gott.

Bald hatten wir ein Thema gefunden, das uns beiden nahe lag: Katzen und vor allem Bäume.

Ich erzählte von den Bäumen im Garten von St. Georgen: von der hohen Tanne mit dem Baumhaus, von deren Wipfel aus ich den See sah, von meiner Eiche mit den starken, geraden Ästen, die mir die Mutter zum Geburtstag geschenkt hatte, als sie im letzten Kriegsjahr nichts anderes für mich auftreiben konnte, von dem schrägen Nußbaum neben dem Waschhaus, auf dem im Sommernächten die Katzen saßen und mauzten, von der Kastanie, unter der ich saß und Steine zu Staub klopfte, vor allem von den hohen Zypressen, die in den Gewitterstürmen ächzten und weinten, und von der weißen Heckenrose, die hoch aus dem dunklen Grün der Zypresse herausgewachsen war und sich im Sommerwind wiegte. – Er kam immer wieder auf dieses Thema zurück und erzählte seinerseits von Bäumen, von den Platanen und Zypressen in den Gärten seiner Kindheit, er sprach über die Bäume von Isola Vicentina, unter denen er im Urlaub nachdenkend spazierenging, und über manchen Baum im Englischen Garten, den wir beide kannten.

Romano Guardini hatte mir ein Stipendium für den Druck meiner Dissertation vermittelt. Thornton Wilder, der wie Jahre zuvor Guardini auch, mit dem Friedenspreis des deutschen Buchhandels geehrt worden war, hatte ihm das Preisgeld zur Verfügung zur Förderung junger Wissenschaftler gestellt. Als ich mich bei Guardini bedankte, sagte er lächelnd, die Arbeit habe ihm gut gefallen. Ich konnte mir nicht vorstellen, daß er in diese Anfängerarbeit auch nur hineingeschaut hätte. Aber Spörl meinte, er habe es wirklich getan.

In den späteren Jahren fand ich den großen Professor zunehmend gebrechlich und leidend.

Zu einer Stunde, als draußen große weiße Flocken durch die schwarzen Äste der Bäume schwebten und ich zum Fenster hin auf das schöne Spiel deutete, erzählte er mir, daß ihn an solchen Tagen die Trigeminusschmerzen im Gesicht besonders plagten und daß noch keine der zahlreichen Operationen ihm wirklich habe helfen können – und ich sah die Narbe auf seiner Wange.

Das letzte Mal war ich wohl 1967 dort. Ich hatte ihm einen Strauß roter Rosen mitgebracht. Er roch daran und lächelte. Er war müde. Wir unterhielten uns etwa zehn Minuten, dann verabschiedete ich mich, um ihn nicht noch mehr zu ermüden. Ich hatte das Gefühl, daß ihn zwar der Besuch erfreute, daß er aber nicht recht wußte, wer ich war, vielleicht konnte er sich nur nicht auf meinen Namen besinnen. Aber am nächsten Tag schickte er mir eines seiner Bücher mit einer Widmung darin. –

Er starb im Jahre 1968 – an einem 1. Oktober – wie mein Vater.

Gedichte nach Auschwitz

Was sind das für Zeiten, wo | ein Gespräch über Bäume fast ein Verbrechen ist, | weil es ein Schweigen über so viele Untaten einschließt!

Diese Zeilen aus dem 1938 veröffentlichten Gedicht »An die Nachgeborenen« von Bert Brecht bekam man in den 68er Jahren oft zu hören, verbunden mit dem Adorno-Satz, daß man nach Auschwitz eigentlich keine Gedichte mehr schreiben dürfe. Solange die Welt und der Mensch nicht endgültig zum Guten verändert sind, dürften Wunden nicht geheilt werden durch Kunst und Traum, durch Trost und Glauben, sie müßten offen, blutend und unverborgen bleiben, ständig bewußt, um durch Grauen und Abscheu künftige Verbrechen vielleicht zu verhindern. Diejenigen, Täter wie Opfer, die an ihrer Vergangenheit litten, schwiegen darüber wie über eine ekelerregende, flucherzeugte Krankheit, die Nachgeborenen, die Ahnungslosen traten an, die Vergangenheit der Elterngerneration »aufzuarbeiten«.

Zum Haßwort der Epoche wurde der Titel eines Gedichtbandes von Werner Bergengruen, der 1950 erschienen war: HEILE WELT. Die »Partisanen der heilen Welt«, das waren die Verteidiger einer Bundesrepublik, die ihnen in ihrer Einfalt immerhin als der bisher beste Staat auf deutschem Boden erschien.

Die denunzierten Verse dieses Programmgedichtes: *Niemand kann die Welt verwunden, | nur die Schale wird geritzt | Tief im innersten der Ringe | ruht ihr Kern getrost und heil [...].*

Mystik, der man vorwirft, nicht für Politik zu taugen.

Gedichte wurden trotz des Verdiktes Adornos geschrieben – Seismographien eines neuen beunruhigten Lebensgefühls, das sich in einer Phase des Behagens und der Verschonung an die Oberfläche des Bewußtseins tastete.

Gedichte weisen Genauigkeiten: Zehn Jahre danach – das Grauen ... *Mit wechselndem Schlüssel | schließt du das Haus auf, darin | der Schnee der Verschwiegenheit treibt, [...]. (*Paul Celan, 1955)

Betrachtet die Fingerspitzen, ob sie sich schon verfärben! | Eines Tages kommt sie wieder, die ausgerottete Pest. [...] Wer mit dem Entsetzlichen gut Freund ist, | kann seinen Besuch in Ruhe erwarten. | Wir richten uns immer wieder auf das Glück ein, | aber es sitzt nicht gern auf unseren Sesseln. [...] Betrachtet die Fingerspitzen! Wenn sie sich schwarz färben, | ist es zu spät. (Günter Eich, 1955)

Und Ingeborg Bachmann – Faszinosum und Ikone für die literarische Avantgarde in Deutschland in den 50er und 60er Jahren: *Es kommen härtere Tage. | Die auf Widerruf gestundete Zeit | wird sichtbar am Horizont.* (1953) *Nebelland hab ich gesehen. | Nebelherz hab ich gegessen.*

1960 in den FRANKFURTER VORLESUNGEN, die sie großenteils im Hause Th. W. Adornos verfaßte, spricht sie über eine neue Sprache für eine gewandelte Zeit: *Eine neue Sprache muß eine neue Gangart haben, und diese Gangart hat sie nur, wenn ein neuer Geist sie bewohnt.*

Der neue Geist einer Studentgeneration regierte in den 60er Jahren.

X

Wahrnehmungen

Die späteren 50er Jahre: der kalte Krieg, die wachsende atomare Bedrohung, Befreiungskriege in den Kolonien, der Israelische Staat, der Koreakrieg, die NATO und das *Gleichgewicht des Schreckens*, Restauration und Wirtschaftswunder ... ich fand die Welt damals angenehm vorläufig und auf beruhigende Weise absurd, ein Krieg galt als nicht nur möglich, sondern als wahrscheinlich. 1956 der Ungarische Aufstand – man stand in Gruppen um ein Kofferradio – Spannung, Anteilnahme und fassungslose Beschämung über die Realität des vernünftigen Verrats. Dann der Bau der Berliner Mauer im August 1961 – ich ging über die Ludwigstraße, die Nachrichten quollen aus jedem Fenster, aus jedem Autoradio. Ich stellte mir vor, was auf uns zukäme: Bombennächte, Hunger, Flucht ... und ich dachte an meine Mutter. Würden ihre Kräfte und ihre Zeit ausreichen, das alles noch einmal zu überstehen? Wie gut waren doch die vergangenen Jahre gewesen! Junge Menschen meiner Generation ängstigten sich nicht sonderlich; wir waren mit der Katastrophe im Arm aufgewachsen. Aber wir fanden es wie unsere Eltern – zeitlebens – notwendig und vernünftig, Vorräte anzulegen, die von Zeit zu Zeit erneuert wurden ... »Wenn die Russen kommen.«

Wolfgang Koeppens frühe Romane beschreiben sehr dicht eine Atmosphäre in diesen Jahren, die meine Mutter mit Bestürzung und Abwehr zur Kenntnis nahm, die mir durch ihre Sichtweise bewußt wurde: Die oft unverblümte Rehabilitation von Tätern, das Scheitern und die Resignation der Opfer – das alles verhalf ihr zu einer Klarsicht, die man auch Illusionslosigkeit und Resignation nennen könnte.

Sie war durch ihre amtliche Tätigkeit in Stadt und Landkreis eine bekannte und auch einflußreiche Persönlichkeit – und sowohl Vertreter der CSU als auch der SPD umwarben sie und drängten sie, einer Partei beizutreten, auch im Interesse ihrer Sicherheit und Karriere. Sie lehnte ab. Ihre ganzen Kräfte seien von ihrer Arbeit und der

Sorge für ihre Kinder in Anspruch genommen, und ihre Interessen gälten nicht der Politik, sondern eher der Kultur.

An manchen Wochenenden sah ich meine Mutter – für ein Gespräch war sie zu müde. Die Arbeit und die tägliche Fahrt von St. Georgen nach Landsberg. Wenn die Familie im Kindheitshaus zusammenkam, beschäftigte sie sich mit Kochen und rang mit dem Chaos. Die Natur und der Sternenhimmel eroberten das Haus und den Garten zurück. Eine Wildnis – heute würde man das Biotop nennen – außen, innen die Brüchigkeit und hoffnungslose Vergeblichkeit des menschlichen Strebens nach Dauer. Verputz fiel von den Wänden, Tapeten wellten sich, Balken wurden morsch, Dachziegel und Fensterrahmen durchlässig. Auf dem Speicher wohnten Eichhörnchen und Fledermäuse, um die Bibliothek kümmerten sich die Spinnen, Müllberge wuchsen ... Die Romantik des Verfalls drückte auf die Gemüter. Katastrophen häuften sich: im Winter war, als wir von München kamen, das Wasserrohr gebrochen, ein Gletscher im Flur bis zur Haustüre; ein andermal war im Waschhäuschen die Bettwäsche von Monaten in sechs Zinkwannen eingeweicht, und die Wäscherin sagte ab. Wir mußten den Kessel heizen, die Wäsche kochen und schrubben.

Der Sturm deckte den Holzstadel ab, ein Blitz schlug in die schönste und größte Tanne, die mit dem Baumhaus. Sie blieb dürr und kahl noch Jahre stehen. Für die notwendigen Reparaturen fehlte das Geld – das Wirtschaftswunder hatte uns noch nicht erreicht –, außerdem konnte niemand auf die Dauer dort wohnen und zugleich beruflich arbeiten. Die Mutter entschloß sich schweren Herzens zum Verkauf und zog nach Landsberg. Ein Stück von mir blieb zwischen Balken und Spinnweben zurück.

Die Brüder hatten ihr Studium so schnell wie möglich abgeschlossen und fanden Stellen als Juristen in der aufblühenden Industrie. Ich jobbte im Universitätsarchiv und bereitete mich auf das Lehramtsexamen vor. Meine Mutter arbeitete bis zur Erschöpfung oder schlief. Es war ihr in all den Jahren noch nie eingefallen, ihren Urlaub zu nehmen. Der Arzt, den sie wegen einer Herzerkrankung konsultierte, war entsetzt und schickte sie für acht Wochen in Erholung.

Sie verbrachte einen Sommer in Sils-Maria in einer kleinen einfachen Pension – einsam und glücklich. Wir, ihre drei Kinder, beschlossen, sie mit einem neu erworbenen, aber sehr alten und klapprigen DKW zu besuchen. Sie freue sich, schrieb sie zurück, aber es sei eigentlich nicht nötig. – Ich blieb ein paar Tage länger als die Brüder. Wir gingen zu zweit ihre täglichen Wege, sie sang wieder, rezitierte Gedichte, erzählte mir von ihrer Lektüre: neue archäologische Erkenntnisse, die Schriftrollen vom Toten Meer, Teilhard de Chardin ... und sie erklärte mir, was sie an Martin Heidegger auszusetzen habe.

In diesen Tagen lernten wir uns etwas kennen und gefielen uns gegenseitig gut.

Die Brüder heirateten, Enkel kamen. Meine Mutter liebte sie, hütete sie, nahm intensiven Anteil an ihrer Entwicklung. Später lernte sie mit ihnen Latein.

Aber die Zeit hatte sich gewandelt, mit ihr auch die Kinder, die sie hervorbrachte.

Ein erstes Wetterleuchten: der Fernseher. Der Bruder hatte das neue, teure Ding angeschafft und die Familie zur überraschenden Enthüllung geladen. Als meine Mutter die Mattscheibe sah, ergriff sie ihren zweijährigen Enkel, schulterte den Widerstrebenden mit entschiedener Gebärde und verließ mit ihm das Zimmer. Man wolle wohl ihren Enkel zum Idioten machen, sagte sie entrüstet. Peng!

1955 die Picasso-Ausstellung im Haus der Kunst. Sie stieß in München eher auf Gleichgültigkeit und Unverständnis als auf Begeisterung. – So würde ich vermutlich malen, wenn ich könnte ... anders natürlich, aber modern –. »Waren Sie schon bei Picasso«, fragte ein Professor und lachte. »Schon zweimal«, antwortete ich und lachte ebenso unsicher und vieldeutig.

Der Bruch in der Welt, die wir zwanghaft als unversehrtes Ganzes denken ... das Menschenbild nach den grausamen Kriegen dieses Jahrhunderts ... Gemalte Einsicht und Faszination. Laut einer Umfrage damals brachten nur sechs Prozent der Menschen in der BRD Verständnis für dieses Art der Malerei auf, von Akademikern immerhin sechzehn Prozent.

... UND ABSCHIEDE

Und mein Leben – außerhalb Archiv, Philosophie und Kastalien? Das Übliche. Tanzkurs bei Peps Valenci, Faschingsbälle im »Regina« ab und zu. Kino. Am Beginn einer Beziehung stand damals das Kino, nicht das Essen im Restaurant. Es war erschwinglicher und bot zudem den damals noch sehr tabuisierten Ritualen der Annäherung schützendes Dunkel. Filme der 50er und frühen 60er: LIMELIGHT mit Charlie Chaplin, zum Beispiel, oder MOULIN ROUGE, KÖNIGLICHE HOHEIT nach Thomas Mann. Der Fellini-Film LA STRADA mit Giulietta Masina in der Hauptrolle. – »Schau, das bist du. Genau!« sagte der Mann neben mir. War das der schüchterne rothaarige Theologe? Nein, eher der Mathematiker mit dem schmalen Bärtchen. – »Wieso? Sehe ich so aus?« – »Ein bißchen. Aber eher im Wesen«, flüsterte er zurück. Mit ihm war ich auch in DIE BRÜCKE AM KWAI und in ein paar Western.

Der russische Film WENN DIE KRANICHE ZIEHEN – ein unvergessenes Bild: Der von einer Kugel getroffene Soldat lehnt an einem Baum im Birkenwald. Die Zweige und der tiefe, unendliche Himmel über seinem Blick, die schon verlorene Geliebte darin, eine schwankende, kreisende Welt, und doch die Bewegung ins Freie ... Kraniche. Liebe, Tod, Verrat, die Kulisse der ausgebrannten Stadt Moskau, das Kind auf der Brücke ...

Der Sprachwissenschaftler mit den grauen Haaren ... er führte mich in HIROSHIMA MON AMOUR nach Marguerite Duras, Bilder von unvergeßlicher Intensität ... und in LETZTES JAHR IN MARIENBAD, in Hitchcocks DIE VÖGEL und natürlich in den Ingmar Bergmann-Film DAS SCHWEIGEN. – Mit wem war ich in ALEXIS SORBAS? In DOKTOR SCHIWAGO? In PORGY UND BESS? Egal.

Nichts macht immun gegen die Einsamkeit
die aus der Kindheit kommt ... wie zweite Masern.
(Durs Grünbein, NACHTBILDER)

Ich war ein Loslasser. Sie konnten es alle nur schwer verstehen. Dabei hätten sie gewarnt sein müssen von den lächelnden Vesalius-Skeletten über dem Bett, von der Weite, die sie umgab. Nicht die Traurigkeit des Tieres, sondern die Ferne, die Distanz danach – ich schob sie alle an den Rand der Welt. Nur keine Nähe, nur die Sicherheit der Fluchten.

Der mit den grauen Haaren hatte mir beim ersten Mal Kierkegaards AUS DEM TAGEBUCHE DES VERFÜHRERS geschenkt. Ich gab ihm meine Dissertation mit einem Rilke-Zitat als Widmung: *Sei allem Abschied voran, wie der Winter, der eben geht.* Er war betroffen, und es tat mir leid. Wir blieben noch zwei Jahre zusammen.

Der Mann, mit dem ich dann eine Zeit verheiratet war, hatte graue Schläfen und war Richter. Mit ihm bin ich nie ins Kino gegangen, sondern spazieren. – Der junge Kollege mit dem schmalen Bärtchen fand meine Heirat unverständlich und unerträglich. Er ging für immer ins Ausland. Wir hatten uns doch geliebt! Es war nicht recht von mir. »Trau keinem unter dreißig!« – Ich war in diesen Jahren nicht in mir. Ich stand am Weltrand, lehnte mich an den kühlen, dunklen Wind und beobachte mein fremdes Ich – leer und leicht – im Spielfeld Welt. Ich sah mir zu, ließ mir geschehen, überzeugt, daß keine Art des Einschreitens gegen den Lauf der Dinge eine Chance haben könnte.

Das Leben ist ein grundloses und und uferloses Meer; ja, es hat wohl auch ein Ufer und geschützte Häfen, aber lebend gelangt man dahin nicht. Leben ist nur auf dem bewegten Meere, und wo das Meer aufhört, hört auch das Leben auf [...].

Das läßt die damals auch 29jährige Ricarda Huch ihren Ludolf Ursleu sagen.

Immer wieder weggegangen, ohne Auseinandersetzung, ohne Begründung, ohne Abschied – wie mein Vater.

Ich wollte nichts, ich ergriff nichts, ich hielt nichts fest. – Ich hätte nur gerne ein Kind gehabt, einen Sohn. Vergeblich. – Immer wieder losgelassen, nicht ohne Schmerz, nicht ohne Trauer, nicht ohne Bedauern und Gewissensbisse – aber eben doch.

Den Namen such ich, der mir nicht gehört, dem ich gehöre.
(Rose Ausländer)

Meinen Namen, diesen Namen meines Vaters wollte ich niemals loslassen. In der Schule in Landsberg war ich irrtümlich unter dem Namen meiner Mutter und meiner Brüder eingeschrieben gewesen. – Meine Tarnkappe, mein heimliches Inkognito! – Kurz vor dem Abitur schlug mir meine Mutter vor, ihn statt einer Richtigstellung doch entsprechend ändern zu lassen. Ich wollte nicht, und sie verstand. Auch bei der Heirat legte ich ihn nicht ab, er verstand das nicht. Nach der Scheidung gehörte ich diesem Namen wieder ganz. »Ich möchte einen unehelichen Sohn haben, der meinen Namen weiterträgt – »Über diesen Enkel würde ich mich sehr freuen ... die römisch-katholische Kirche wohl nicht ...«

1992 – fünfzig Jahre nach seinem Tod – drei Jahre nach dem Tod meiner Mutter – wurde an der Philosophisch-Theologischen-Hochschule in Benediktbeuren einer jungen Frau das Dissertationsthema gestellt: ATHANASIUS WINTERSIG, OSB – LUDWIG A. WINTERSWYL – EIN KIRCHLICHER SCHRIFTSTELLER. Der Professor und Doktorvater ist Pater in Maria Laach. Die Doktorandin (B. Jäggle-Merz) besuchte mich mehrmals; ich erfuhr mehr von ihr als sie von mir.

Damals träumte ich – nicht von meinem Vater, nein, ich war der Vater. Ich hatte eine schwere, schwarze Kutte an, sie drückte mich fast zu Boden. Weite, hohe kirchenartige Räume, ineinander übergehend, endlos – sie waren erfüllt von Menschen, von schwarz gekleideten Männern. Sie redeten vielstimmig auf mich ein, argumentierend, fordernd. Laut, aber wie aus weiter Ferne mit vielfachem Echo. Dazwischen hörte ich die Stimme meiner Mutter, sie war voller Weinen. Die Menge bewegte sich vorwärts durch die hohen hallenden Kirchenräume und schob mich mit. Es gab kein Entrinnen. Da fing ich an zu weinen, schlug die Hände vor das Gesicht und sagte: »Ich steh' das nicht durch.« Ich sagte es mehrmals und so laut, daß ich aufwachte.

Zur Promotionsfeier im Februar 1996 in Benediktbeuren war ich geladen, wurde von den Patres und Professoren sehr herzlich empfangen: Sie freuten sich, daß ich da sei. In der Ansprache wurde vom »Bruch in der Biographie« des katholischen Schriftstellers gesprochen, und in diesem Zusammenhang seine »hier anwesende Tochter« begrüßt. Die stolze Mutter der frischgebackenen Doktorin sagte über ein Glas Sekt hinweg: »Das muß doch sehr befriedigend für Sie sein, daß das Werk und die Leistung Ihres Vaters so gewürdigt werden. Sie freuen sich doch?« – »Wie meinen Sie? – Ach ja, natürlich, ich freue mich.«

* * *

Daß von *hier und heute* eine neue Epoche der Weltgeschichte ausgehe, hat der junge Offizier Goethe auf der »Campagne in Frankreich« am nächtlichen Lagerfeuer sitzend, emphatisch behauptet und hinzugefügt: *Und ihr könnt sagen, ihr seid dabeigewesen.*

Er hatte richtig geschätzt: mit der Französischen Revolution begann eine neue Epoche.

Die Einschätzung der Ereignisse auf ihren Zukunftsgehalt ist im allgemeinen Sternedeuten. Revolution und Zukunft, »Bewußtsein« und zwar »das richtige«, machten in den 60er Jahren die Studenten, und sie verbrachten ihre Zeit damit, dabeizusein. Wir, die fünf bis zehn Jahre älteren, ließen den Mantel der Geschichte am geöffneten Fenster vorbeirauschen; wenn der Luftzug uns ein paar Banalitäten vom Fensterbrett wehte, so klaubten wir sie achselzuckend auf und rückten sie wieder zurecht. – Wo war ich, als im Jahre 1962 die »Schwabinger Krawalle« das Münchner Bürgertum befremdeten und verwirrten? Als Studienassessorin im erzkonservativen Rosenheim. – Straßenschlachten mit einer hilflos überforderten Polizei, Happenings der kreativen Anarchie, die leicht in blanken Haß umschlugen und doch oft nur unterhaltsames Katz- und Maus-Spiel waren, clownhafte Herausforderung des Establishments vertreten durch die Polizei, rauschhafte Erfahrung der Masse, als Solidarität und Kraft. Bei einem Treffen der Kommilitonen aus dem Studienseminar an einem Sommerabend in München zeigten einige von uns frischgebackenen Staatsdienern vergnügte Sympathie. »Geh'n wir auf Krawall?« – Ein anderer, im korrekten blauen Anzug mit Krawatte, verließ daraufhin empört den Tisch.

Warum ging man damals demonstrieren und randalieren? Gegen wen und gegen was? Was war denn 1962, was die Gemüter erhitzte? Aufbruchs- und Reformstimmung überall. Das 2. Vatikanische Konzil wurde eröffnet, die Antibaby-Pille kam auf den Markt, das Theater des Absurden und seine Akrobaten der Leere wurden Literatur,

Eugène Ionescos DER FUSSGÄNGER DER LUFT, zum Beispiel ... Der negative Held, der Verweigerer und Verlierer wurde sympathisch: Salingers FÄNGER IM ROGGEN und Bölls CLOWN. Man litt an der stehenden Luft des Wohlstandes, an den schwülen Nebeln der Vergangenheit, an der verbreiteten Unwilligkeit zur Veränderung. An der Gedankenfaulheit der Macher.

1962 das Jahr der Kuba-Krise, das Ende von Eichmann in Jerusalem, 143 Staatsanwälte und Richter traten »freiwillig« in den vorzeitigen Ruhestand (mit vollen Versorgungsbezügen!), weil ihre Rolle in der Nazizeit bekannt geworden war, in Frankfurt begann der »Auschwitz-Prozeß«.

Antworten heute: »Das war eben eine Mode – an allen europäischen Universitäten, in Rom, in Paris ...« – »Junge Menschen provozieren, randalieren, setzen sich gewaltsam gegen Bürgertum und Elterngeneration ab, und immer kommt dann eine politische Komponente hinzu.« – »Die haben zuviel Marx und Mao gelesen.« – »Das war eher später – erst der Krawall, dann die Theorie.« – »Nein, da war so viel aufgestaute Wut. Die jungen Menschen waren unterdrückt, die starren Hierarchien in den Universitäten, die spießige Enge zu Hause, in den Familien, das Untermieterdasein zum Beispiel, bei so einer Vermieter'schen, die durchs Schlüsselloch das Sexualleben überwachte. Die Nazivergangenheit unter den Teppich gekehrt, und nun quoll sie überall wieder hervor, haarsträubende Stammtischreden ...« – All das ist wahr. Aber warum nicht einfach lachend vorübergehen? – »Sie hielten die Idee des Guten für realisierbar, sie glaubten an die Bergpredigt oder an Marx oder an beides. Sie wollten nicht schuldig werden, weil sie zu Elend, zu Gemeinheit und Gewalt geschwiegen hätten. Wenn eine bessere, gerechtere Gesellschaft möglich ist, muß man sie herbeiführen, muß eine andere Politik erzwingen.« – »Die linken Professoren! Herbert Marcuse, vor allem Th. W. Adorno – die ›Ethik des Widerstandes‹ gegen die fadenscheinigen Illusionen und die verlogenen Werte. Er predigte die ›theoretische Rücksichtslosigkeit‹, er gab ihnen recht – jedenfalls wollten sie ihn so verstehen, wollten die komplizierte moderne Wirklichkeit verachten oder sie als Heilige der ›reinen Gesinnung‹ zerschlagen, weil Repression und Unmenschlichkeit, so meinten sie, anders nicht auszurotten sei.« – »Die 68er Bewegung«, sagt ein 55jähriger Universitätsdozent mit zärtlichem Stolz, »das war eben unser Krieg, da fand meine Generation ihre Identität.«

Der Anlaß damals in München war harmlos: Studenten machten Musik auf der Leopoldstraße, Blues und Jazz, die und das Aussehen der jungen Leute gefielen einigen braven Bürgern nicht, und sie riefen die Polizei, die griff ein, wo es nichts einzugreifen gab, Passanten liefen zusammen, Beschimpfungen, Schreie, »ihr Faschisten« ... und so entstand in der warmen Sommerluft der Leopold- und Ludwigstraße der erste Krawall. – Wo bin ich gewesen, als sich die Welt zu ändern begann? Am 22.11.1963 zum Beispiel, am Abend. Es war noch in seiner Jungesellenwohnung. Ich korrigierte. Er versuchte in der Bratpfanne Brot zu toasten. Radiomusik. Plötzlich von Meldungen unterbrochen: Attentat auf den Präsidenten in Dallas ... Wagenkolonne... ein Schuß ... J. F. Kennedy ... schwer verwundet ... der Präsident ist tot ... Trauermusik ... die Nachricht wird wiederholt ... wieder und wieder.

Er läßt die Gabel, mit der er die Brotscheiben umdrehte, in die Pfanne fallen, legt den Deckel auf, drehte das Radio lauter. Wir stehen uns in der schmalen Küche gegenüber, im lähmenden Bann der Geschichte. Aus der Pfanne raucht es schwarz. Ich schalte die Platte aus. Er nimmt den Deckel hoch und die glühende Gabel in die Hand. Er schreit. – »Der mißachtet konsequent die Naturgesetze«, fährt mir durch den Kopf, »ist nicht normal«. Ich drehe das kalte Wasser auf, aber er steckt die Finger mit Brandblase erst in den Mund, dann in den Mehltopf ... – ... *Der Präsident ist tot* – Trauermusik ...

Die Studentenbewegungen erschütterten die europäischen Universitäten. Rektoratsfeiern wurden mit Sprechchören gestört: »Unter den Talaren Muff aus tausend Jahren!« (Warum hatten wir den Muff nie gerochen?), Vorlesungen wurden gesprengt, umfunktioniert zu Diskussionsveranstaltungen zu Themen der Tagespolitik, Amtsräume wurden besetzt, Sit-in – die neue Verbindung von Happening und Protest, von spontanem Chaos und grundsätzlicher Anarchie – aber auch Straßenkämpfe, fliegende Pflastersteine. Anderen Institutionen des Kulturbetriebes ging es nicht besser, auf den Bühnen wurden Aufführungen unterbrochen, Erklärungen verlesen, zu kritischer Diskussion aufgefordert. – »Der Aufstand der Mittelmäßigen«, sagten die betroffenen Professoren und Regisseure, »Idealisten und Weltverbesserer« meinten die angestrengt Verständnisvollen.

Verbessert und neu durchdacht wurde in diesen Jahren manches. Eine durchgreifende Reform des veralteten Bildungswesens, der Universitätsstrukturen und der Lerninhalte wurde angesichts der Studentenunruhen zweifellos beschleunigt. Die Soziologie löste als Grundlage der aufgeklärten Bildung die Philosophie ab, ihre Methodik wurde zum neuen Paradigma im wissenschaftlichen Denken und Treiben. – »Sozialistischer Studentenbund Deutschlands« und »Außerparlamentarische Opposition«, Rudi Dutschke ... macht die Bewegung die Revolutionäre oder umgekehrt? Dieser drahtige Heilige des reinen Sozialismus sah aus und predigte wie Savonarola. Er war intelligent, integer, nicht korrumpierbar, und er hatte recht. Gerechtigkeit für die Ausgebeuteten und Elenden in der Dritten Welt. Friede für Vietnam. Stoppt den unsäglichen Bombenkrieg! Schluß mit dem verantwortungslosen Schweigen! Schluß mit der bigotten bürgerlichen Doppelmoral! Seine politischen Ziele: Imperialismus und Kolonialismus auf der Welt beseitigen, in Deutschland eine sozialistische »Rätedemokratie«. Illusionen und Träume. Aber die Öffentlichkeit wurde sensibilisiert, die Wahrnehmung für die politische und gesellschaftliche Wirklichkeit geschärft.

1963 erschien H. Schelskys EINSAMKEIT UND FREIHEIT. ZUR IDEE UND GESTALT DER DEUTSCHEN UNIVERSITÄTEN UND IHRER REFORMEN. (Wieviel verdanke ich dieser Einsamkeit und Freiheit!) 1964 Herbert Marcuses DER EINDIMENSIONALE MENSCH. – Das Buch wurde zusammen mit dem ENDE DER UTOPIE und der KRITIK DER REINEN TOLERANZ (1966) zum Kultbuch der Bewegung. 1965 griff Rolf Dahrendorf mit BILDUNG IST BÜRGERRECHT. GESELLSCHAFT UND DEMOKRATIE IN DEUTSCHLAND in die Diskussion ein.

Im selben Jahr gab es die »Aktion 1. Juli«; die Studenten aller Hochschulen der BRD demonstrierten gegen den »Bildungsnotstand«. 1966 wurde ein »Bildungsrat« gegründet, der die Reform der Universitäten vorantreiben sollte. Die Konflikte zwischen Professoren und Studenten wurden desungeachtet immer heftiger. Viele fühlten sich an Aktionen des studentischen Mobs in den Jahren 1932/33 erinnert, mancher fühlte sich persönlich bedroht. Auch die Leitfiguren der Bewegung, die linken Professoren Adorno und Marcuse, wurden am Vortrag gehindert, wurden ausgepfiffen, wenn sie nicht das sagten, was die studentischen Revoluzzer hören wollten.

Eine neue Sprache wurde verbindlich, nicht die poetische Genauigkeit, der Ingeborg Bachmann das Wort geredet hatte, sondern das »Ungefähre«, das nach Rilke ein Dichter haßt. Ein sehr abstraktes »Soziologenchinesisch« verbohrter, unreifer, oft mittelmäßiger und an ihrem Überfordertsein leidender Akademiker: »Dialektik« war alles und nichts, »Entfremdung« erklärte alles Ungenügende, »kulinarisch« war, was nicht politisch war, »repressive Toleranz« war das Geltenlassen verschiedener Meinungen, »unterwandern und umfunktionieren« mußte man staatliche und gesellschaftliche Institutionen ... eine sehr elitäre, und sehr gleichförmige Redeweise derer, die doch hofften, die Arbeiterklasse für ihre Revolution zu gewinnen. Ihre Ideen waren theoretisch, auf die Zukunft gerichtet, nicht praktisch gesellschaftsanalytisch mit dem Möglichen befaßt. Sie waren sektiererisch, da von religiös-ethischer Unbedingtheit, und ihre Vorstellungen verfestigten sich, als sich die böse Realität nicht nach ihnen richten wollte. Da die jungen Ethiker die Vergangenheit verachteten, kannten sie keine Konstanten des Menschlichen und hätten sie auch nicht anerkannt. – Ludwig Marcuse – der andere – hat in seinem »Nachruf« den Satz geprägt: »Nicht das Volk, die Elite ist unaufgeklärt.« Und er, der zurückgekehrte jüdische Emigrant, pries die verfemte Einsamkeit und Freiheit des nicht-sozialen Individuums.

Übrigens: ab 1966 wurden an den Universitäten »Psychologische Beratungsstellen« eingerichtet. Sie registrierten in einem ersten Bericht »eine zunehmend große Anzahl neurotischer Fehlhaltungen bei den Studierenden, vor allem an den philosophischen Fakultäten.«

1967 – in China war die Kulturrevolution in vollem Gange. Die kleine, leuchtend rote MAO-BIBEL fast in jeder Intellektuellentasche.

Der bedrängte Staat Israel kämpfte und siegte im Sechs-Tage-Krieg.

In Berlin eskalierten die Studentenunruhen. Staatsbesuch des Schahs von Persien. Bei den gewalttätigen Demonstrationen wurde dabei der Student Benno Ohnesorg von einem entnervten Polizisten versehentlich erschossen.

Das war am 2. Juni 1967. Am nächsten Morgen, in einem Freiburger Gymnasium. Ich stand im Lehrerzimmer. Ein junger Referendar, den ich zu betreuen hatte, eifrig und gutwillig, als Lehrer eher mittelmäßig und leicht in der Opferrolle, berichtete – außer sich und den Tränen nahe: Mord sei das gewesen, Polizeiterror, der arme Kerl habe sogar ein kleines Kind. Trotzdem habe man kaltblütig ... Nun wisse er, daß man wirklich kämpfen müsse gegen diesen Staat! – Ich hielt verständnislos dagegen. Wir hätten eine demokratisch gewählte Regierung. Ein Staatsbesuch müsse niemandem gefallen, aber seine Sicherheit müsse der Staat gewährleisten. Mir täten auch die überforderten Polizisten leid, die auf solche gewalttätigen und aus ihrer Sicht sinnlosen Attacken nicht genügend vorbereitet seien. – Auch ursprünglich verständnisvolle Politiker und Intellektuelle distanzierten sich nun von der Bewegung. Jürgen Habermas prägte das Wort vom »Linksfaschismus«.

Als der Kampfbereite endlich in Richtung Klassenzimmer abgezogen war, sagte ein älterer, sehr konservativer Kollege: »Ein Kommunist!« – »Ich glaube nicht, eher eine kleine Paranoia. Außerdem ist ein junger Kommunist immer noch sympathischer als ein alter Nazi.« – Er lachte, wie über einen Herrenwitz. – Die Welle trug uns durch die 70er Jahre. Und wir alle, besonders Lehrer, Journalisten, Publizisten, Künstler, junge Universitätsdozenten, alle, die Zustimmung wünschten und Karriere, sind auf dieser Welle geschwommen.

Abgesehen vom Kampf- und Verfolgungswahn, vom religiös-radikalen Sendungsbewußtsein der späteren Terroristen, von denen man sich mit einem »Aber« distanzierte – es war die neue Redeweise, die linke Attitüde, die Mode, der man sich kaum entziehen konnte.

Im Jahr 1968 erschienen von Herbert Marcuse PSYCHOANALYSE UND POLITIK und von Reimund Reiche SEXUALITÄT UND KLASSENKAMPF – ein neues Thema wurde damit in die Politik gemischt, neue Schlagworte kreiert: Repression, Leistungsdruck, Beziehungskiste, Selbstbestimmung und Selbstverwirklichung. Die einfachsten und ursprünglichsten Praktiken der Menschheit wurden theoretisch durchdrungen und die »Me-Decade«, das Zeitalter der Nabelschau und des Narzißmus eingeläutet.

Im Jahre 1968 in den USA der »Marsch der Armut« nach Washington; Martin Luther King und Robert Kennedy ermordet; im August in Chicago – Demonstrationen gegen Rassismus, Armut und vor allem gegen den Vietnamkrieg wurden von der Polizei brutal niedergeschlagen. – In Berlin das Attentat auf Rudi Dutschke, Notstandsgesetze in Bonn und erste Pariser Friedensgespräche zur Beendigung des Vietnam-Krieges. Es war das Jahr des »Prager Frühlings« – und seines Endes.

1968 im August waren wir in Karlsbad, meine Mutter und ich. Wir kurten ein wenig, wandelten durch die schönen Brunnenhallen und nippten an dem scheußlichen Wasser, wir aßen heiße, frische Karlsbader Oblaten vor der Konditorei und freuten uns an den Spatzen, die auf die herabfallenden Krümel spezialisiert waren. Das Zimmer im alten Pub-Moskwa-Hotel mit den weit ausholenden marmornen Waschbecken und vergoldeten Wasserhähnen war bequem in seiner verblichenen Eleganz. Wir fuhren mit dem Bus ins böhmische Land, kauften Zwetschgen auf einem Bauernmarkt. Mutter aß sie ungewaschen. »Das ist gefährlich, Mami, da wird man krank!« – »Das habe ich in der Klosterschule auch gelernt, mein kleiner Spießer.« – Wir sahen Prag an einem Tag und konnten uns nicht sattsehen, beschlossen, noch mehrmals nach Prag zu fahren. Wir sahen jubelnde Menschen an der Straße stehen. »Dubcek!« ... Am nächsten Tag war sie krank. Die ungewaschenen Pflaumen!

Eine Wärmeflasche? Die gab es nicht in der Apotheke, erst recht nicht beim Zimmermädchen. Die bekam man nur beim Arzt – geliehen.

Am übernächsten Tag wollte ich zunächst alleine nach Prag fahren. Ich ließ mich wecken. – »Guten Morgen. Es ist sieben Uhr. Wir sind besetzt von den Russen«. Ich legte auf. Welch ein alberner Mensch! »Das ist kein Scherz«, sagte meine Mutter. »Mit so etwas scherzt keiner«. – Ich ging hinunter in die Halle. Der Portier weinte. Die Hotelangestellten standen um ein Radio, hörten die Nachrichten. Vor dem Hotel fuhren russische Panzer auf wie große gefährliche Käfer, die Soldaten darin ließen sich nicht sehen.

Oben versuchte meine Mutter, die schluchzende Zimmerfrau zu trösten. Sie hörten zusammen die Nachrichten. Die Frau hatte Angst. Wenn sie jemand denunziere, daß sie hier mit uns freundschaftlich zusammen saß ... Ich beschloß, zum Bahnhof zu gehen, um zu sehen, wann ein Zug nach München fahre, wir mußten hier raus. Die Zimmerfrau stürzte mir nach, hielt mich am Ärmel fest: »Nein, nein, gehen Sie nicht zum Bahnhof, da sind die Russen, Sie sind eine junge Frau! Gehen Sie nicht! Ich weiß Bescheid. Wir haben all das schon einmal erlebt.« – Ich ging zum Parkplatz und bat deutsche Gäste, uns mitzunehmen. Selbstverständlich. Wir fahren über München. – Unterdessen hatten sich junge Menschen zu einem Protestzug versammelt. Die marschierten an den gesichtslosen Panzern vorbei zum

Lenin-Platz und kippten die Lenin-Statue vom Sockel. Sie riefen: »Dubcek! Dubcek!« – »Dubcek!« tönte es auch aus einem Fenster des Hotels. Ich schaute hinauf. Da stand meine Mutter am Fenster, rief »Dubcek« und winkte den jungen Leuten zu! – Wir packten in Eile ein. Ich nahm die dumme geliehene Wärmeflasche und suchte auf der Straße den Arzt. Er stand in der Menschenmenge und weinte. Ein alter Mann, der keine Hoffnung mehr hatte. Ich drückte ihm die Wärmeflasche in die Hand. Er umarmte mich. »Kommen Sie wieder, bitte!« – Auch die Beamten an der Grenze ließen die Köpfe hängen; sie winkten uns nach. »Kommen Sie wieder!«

Am Weltrand

Ich habe gelesen: Zwischen 1960 und 1969 hat sich das Wissen der Menschheit verdoppelt.

Am 20. Juli 1969 betraten erstmals Menschen den Mond. Wo bin ich gewesen?

Am Abend davor oder am Abend danach – in einer rheinhessischen Kleinstadt bei Freunden – das Arztehepaar, der Schulleiter des Gymnasiums und seine Frau, meine Mutter und ich.

Auf der Terrasse in der warmen Sommerluft unter dem schmalen Mond. Insekten und Falter summten und landeten im Licht. Die Schulleitersgattin blickte versonnen hinauf: »Ich versteh' nur nicht, warum sie nicht auf den Vollmond gewartet haben ...« – »Hilde, bitte, laß!« – »Ich meine, sie hätten dann doch leichter hingetroffen ...« – »Hilde! Bitte!!« – »... und auch mehr Platz zum Landen gehabt ...«

Ab Mitte der 70er Jahre lebte ich wieder in München, zusammen mit meiner Mutter.

Jetzt freute sie sich, daß ich da war ...

Momente halbernster Mutmaßungen über die Tochter: »Mit dir

kann man so leicht leben, aber du bist eine schillernde Persönlichkeit, es ist verständlich, daß dich keiner richtig kennt, niemand kann wissen, ob du ihn magst – du bist nett und freundlich, um deine Distanz, deine Gleichgültigkeit zu verbergen.« – »Meinst du?« antwortete der freundliche Clown aus seiner Seifenblase.

Freundinnen, Reisegefährtinnen waren wir schon seit Jahren. Sie wollte die Welt gesehen haben, »diesen Erdball kennengelernt, bevor ich ihn verlassen muß und ihn nur noch von Weitem sehe, vielleicht.«

Wir reisten. Wir schauten in Lima auf den Pazifik und rangen in Cuzco zwischen den schneebedeckten Götter-Bergen nach Luft, wir fuhren durch die Wüsten der Erde, in der Dämmerung der roten und blauen Schatten, wir sahen die Krähen über den Säulen Salomons, und wir tranken in arabischen Bazaren Kaffee. In Indien standen wir vor dem Taj Mahal und vor dem Palast der Winde, wir stiegen in Benares über die sterbenden Pilger hinweg zum heiligen Fluß hinab, und die zauberhafte Leichtigkeit des Todes stieg uns mit dem Rauch aus den Mangoholz-Feuern in den Kopf. Wir schlichen auf Socken durch dämmrige Tempel mit üppigen Göttern, und heilige Affen lachten uns aus ... in Ceylon verbeugten wir uns vor Buddhas Zahn, und in Thailand stiegen wir über die vom Urwald verschlungenen Tempelruinen von Angkor, in Bangkok hatte sie eine Darminfektion und einen Opiumrausch und beschrieb mir die Erscheinungen, die das Hotelzimmer bevölkerten, in Hongkong saßen wir auf dem Pik Victoria, in Tokio ... und so weiter, und noch weiter ... Ägypten und Ostafrika, diese Weite, dieser Himmel, die fast schmerzende Schönheit Afrikas, wenn vor dem Lichtrand der Dämmerung die Elefanten dahinschritten ...

Als sie älter wurde, waren die Ziele näher. Wir saßen am Abend auf Kap Sunion, das blaue Licht auf dem Meer ... In Norwegen ließen wir uns von einem kleinen Jungen über den Fjord rudern, der Rand des Bootes nur wenige Zentimeter über der Wasserfläche, über dem Totenreich, unter der sinkenden Nacht. Island, eine Landschaft wie der Mond in den Einsamkeiten des Alls ... Immer wieder Rom, immer wieder Montenegro, das alte Kloster dort, die Mönche, die Freunde.

Die Fremde, die Weite war ihre Heimat – die Weite um das Kindheitshaus – die Weite der Welt – das Weltall der fernen Milchstraßen – die Grenzen des Denkbaren – die Kühle des Abends – niemals die Nähe.

Matt im Schoß liegt die Hand.
Einst so tapfer am Schwert,
War, wofür du entbrannt,
Kampfes wert?

(HERBSTFEUER, 1944)

»Eigentlich hab' ich im Leben alles falsch gemacht.« – »Wie meinst du das?« – »Alles Wesentliche, viele wichtige Entscheidungen.« – Das Thema beschäftigte sie oft. Sie hatte niemals Verantwortung und Entscheidung gescheut. Sie hatte immer schnell und ohne Zaudern gehandelt – nach der Stimme des Herzens oder des Verstandes, nach Vernunft und Gerechtigkeit oder aus Liebe. Sie war Träumer und Kämpfer zugleich.

»Was heißt schon falsch? Das Leben ist boshaft und undurchsichtig konstruiert, so daß jeder sein Spiel dagegen verliert. Jede Überzeugung verzerrt sich rückschauend zum Irrtum.« – »Ja, vielleicht.«

Am 11. Juli 1989, drei Tage nach dem nächtlichen Film, nach der Stunde der Erinnerung an Ricarda Huch ist sie gestorben. Der zweite Schlaganfall am Morgen danach traf sie im Lesesaal der Staatsbibliothek, an dem Tisch am Fenster, auf den ich ihr die Bücher gestapelt hatte. Von draußen drängten die grünen Zweige der Buchen heran aus einem Meer von Sommerwind.

Sie war nicht mehr zu Bewußtsein gekommen.

Im Herbst stand ich in einer dunklen, kalten Nacht am Grab. Da war sie plötzlich neben mir, in ihrem grünen Mäntelchen. Im Grab klaffte ein tiefes Loch. Ich schob das Erdreich schleunigst mit den Füßen zurück, glättete, verwischte die Spur, warf die Blumenschale darauf, nahm meiner Mutter Arm. »Komm, schnell weg hier!« – Dann waren wir wieder im Kindheitshaus, im engen Winterzimmer. Sie saß auf dem Sofa, wurde immer kleiner und blasser. Sie fror. Ich versuchte den Ofen anzuheizen. Das war schwierig wie immer. Er wollte nicht brennen. Das Holz feucht, keine Kohlen da. »Du siehst ja, es geht nicht mehr«, sagte sie. »Doch, doch, es geht, ich hole besseres Holz aus dem Garten.« – Da wachte ich auf.

In ihrer Handtasche fand ich einen vergilbten Zettel in einer Folie mit einem Gedicht von Martin Buber: »Der Fiedler«.

Darunter das Datum 17.10.64. Sie hat es die letzten 25 Jahre ihres Lebens mit sich getragen.

Hier, am Weltrand habe ich zur Stunde
Wunderlich mein Leben angesiedelt.
Hinter mir in grenzenloser Runde
Schweigt das All, nur jener Fiedler fiedelt.
Dunkler, schon steh ich mit Dir im Bunde,
Willig, aus den Tönen zu erfahren,
Was ich schuld ward ohne eigne Kunde.
Spüren lass michs, lass sich offenbaren
Dieser heilen Seele jede Wunde,
Die ich heillos schlug und blieb im Schein.
Eher, heilger Spielmann, halt nicht ein.

Literatur

Heinrich Wölfflin 1864-1945. Autobiographische Tagebücher und Briefe. Hrsg. von Joseph Gantner. Basel 1984.

Marie Baum: Leuchtende Spur. Das Leben Ricarda Huchs. Tübingen 1956.

Ricarda Huch 1864-1947. Eine Ausstellung des Deutschen Literaturarchivs im Schiller-Nationalmuseum. Marbach am Neckar 7. Mai - 31. Oktober 1994. Ausstellung und Katalog: Jutta Bendt und Karin Schmidgall, unter Mitarbeit von Ursula Weigl. Marbach 1994. (Marbacher Kataloge. 47).

Birgit Jeggle-Merz: Erneuerung der Kirche aus dem Geist der Liturgie. Der Pastoralliturgiker Athanasius Wintersig/Ludwig A. Winterswyl. Münster 1998.

INHALT

I
Träume

II
Bilder

III
Worte

IV
Ein kirchlicher Schriftsteller

VIII
Lebenssplitter

IX
Systeme und Begegnungen

X
Wahrnehmungen

Je soussignée Emily Bauer

ANDREW H. MALCOLM

Je soussignée Emily Bauer

FRANCE LOISIRS
123, boulevard de Grenelle, Paris

Titre original :

THIS FAR AND NO MORE...

Publié avec l'accord de Times Books,
département de Random House, Inc.

Traduit de l'anglais par Dominique Wattwiller

Édition du Club France Loisirs, Paris,
avec l'autorisation des Presses de la Cité

ISBN 2-7242-4334-X

AVANT-PROPOS

Un matin de 1984, j'ai eu un choc en lisant un fait divers dans le *New York Times* au sujet d'un vieux couple texan. Hospitalisée depuis de longs mois pour une maladie d'Alzheimer très avancée, la femme avait atteint le stade où elle était incapable de reconnaître son mari. L'homme lui avait tiré une balle dans le cœur avant de retourner son arme contre lui. En être réduit à tuer par amour la compagne de toute une vie pour abréger ses souffrances, quel tragique destin !

Quelques semaines plus tard, j'ai téléphoné à l'hôpital où s'était déroulé le drame. J'ai dit au porte-parole de l'établissement que j'aimerais en savoir plus au sujet du retraité qui avait achevé son épouse avant de se donner la mort. Il m'a demandé : « Lequel ? »

J'en suis resté pantois. Ce que j'avais pris pour un incident isolé n'en était donc pas un. Voulant en avoir le cœur net, j'ai décidé d'entreprendre des recherches et de rassembler le maximum d'informations sur le sujet. Mon enquête devait durer plusieurs années. Au terme de mes investigations, j'ai découvert que ce phénomène était plus courant que je ne me l'étais figuré. Dans le *New York*

Times, nous avons publié une longue série d'articles sur le droit de mourir et les terribles choix auxquels se trouvaient confrontés patients, familles et médecins.

Les techniques de pointe mises en œuvre par des professionnels de la santé dont la motivation et la compétence ne sauraient être remises en cause ont permis de sauver de nombreuses vies et de donner à certains malades des jours, des mois, voire des années d'un précieux répit.

Cependant, le progrès technologique a aussi son revers. Maintenant que le personnel soignant a la possibilité d'aller plus loin, il a aussi le devoir de savoir s'arrêter.

Le thérapeute de jadis, obligé de baisser les bras faute de moyens, n'était certes pas dans une situation facile. Du moins pouvait-il sans que cela lui pose des problèmes de conscience et d'éthique procurer au mourant – à défaut de soins – un certain réconfort. Il en va tout autrement aujourd'hui. Quelle aide apporter à un malade arrivé en bout de course et bardé d'une batterie d'appareils et de machines capables de prolonger quasi indéfiniment son existence ?

Un médecin, une infirmière, un parent, un établissement peuvent-ils laisser une maladie incurable suivre son cours jusqu'au bout et, ce faisant, s'employer à retarder la mort, au lieu de prolonger la vie ? Faut-il maintenir en vie un homme atteint d'un cancer des os sous prétexte que c'est techniquement possible ? A-t-on raison de vouloir sauver un prématuré aux poumons quasi inexistants ? « De mon temps, c'était plus simple, me dit une des vieilles dames que j'interviewai. Dieu tranchait. »

Mais aujourd'hui, c'est à ceux qui se trouvent

dans cette terrible situation qu'il appartient de décider. Dans une société qui n'a pu s'accorder sur la définition du commencement de la vie, comment s'étonner des désaccords sur une définition de la mort ?

Pourtant c'est dans ce quasi-vide moral et juridique que les familles doivent opérer des choix abominables. Et les médecins, qui courent en plus le risque de se voir poursuivis en justice et traînés devant les tribunaux, sont logés à la même enseigne.

La mort est tabou pour les Américains. Ils ne veulent pas y penser, encore moins s'y préparer. Le nombre de testaments rédigés en dépit du bon sens est à cet égard significatif, tout comme les euphémismes employés – « elle s'est éteinte », « il nous a quittés » –, ou le fait qu'aujourd'hui quatre-vingts pour cent des Américains finissent leurs jours à l'hôpital et non plus chez eux. Tout a été fait pour que les vivants ne côtoient plus la mort, enfermée dans les hôpitaux, les maisons de retraite, les hospices, les entreprises de pompes funèbres. Même les cimetières sont invisibles, toujours situés en dehors des villes.

Jeune, naïf et sans handicaps physiques, j'avais toujours voulu penser que la vie devait être préservée coûte que coûte. Jusqu'au jour où mon père, très malade, dut subir une intervention chirurgicale qui déclencha une série de complications graves. Quelques mois plus tard, de retour à la maison, il entreprit de me raconter ce que c'était que vivre avec des tuyaux dans la gorge, les bras, le nez. Il évoqua les inconnus qui s'occupaient de lui, leur langage ésotérique et angoissant, la salle d'opération, nue et nickelée, terrifiante pour le malade qui y pénètre pour la première fois.

Traumatisé par son séjour à l'hôpital, mon père ne parvint pas à terminer son récit et conclut abruptement : « Si c'était à refaire, jamais je ne recommencerais. »

Ce fut pour moi un véritable choc. Cinq jours après cet entretien, il mourut paisiblement dans son lit, au milieu des siens. Heureusement pour lui, quand on le découvrit, il était trop tard pour tenter quoi que ce soit.

Directeur de l'antenne du *New York Times* à Chicago, j'ai passé plusieurs mois à convaincre amis et relations, avocats et associations de me laisser rencontrer des familles qui avaient été amenées à prendre des décisions douloureuses concernant la mort d'un proche. Certaines d'entre elles, rongées par un terrible sentiment de culpabilité, s'étaient brisées. La plupart, peu désireuses de remuer des souvenirs douloureux, refusaient d'évoquer les souffrances morales qu'elles avaient traversées.

C'est alors que je suis tombé sur les Bauer. Il s'agit d'un pseudonyme, bien entendu. Outre le patronyme, j'ai modifié prénoms et noms de lieu afin de préserver l'anonymat de mes informateurs. Ce récit authentique de la destruction matérielle et émotionnelle d'une famille par la maladie et un système de santé bien intentionné constitue une extraordinaire saga de la souffrance, du courage, de la peur et du dynamisme. C'est l'une des expériences les plus fortes qu'il m'ait été donné de vivre en vingt ans de journalisme.

J'ai puisé la matière de ce livre dans le journal d'Emily Bauer et dans d'innombrables entretiens avec des membres de son entourage, des médecins, des infirmières, des spécialistes, des directeurs d'hôpital, des avocats et de nombreuses autres personnes étrangères à cette affaire.

Tous ceux qui ont accepté de me parler l'ont fait pour deux raisons. D'abord, parce qu'ils sont convaincus de la nécessité que s'instaure un débat public sur ces problèmes. Ensuite, parce qu'ils espèrent que leur témoignage permettra aux familles, aux patients et aux professionnels de la santé de se sentir mieux armés face aux décisions déchirantes que les progrès fantastiques de la technologie peuvent les contraindre à prendre.

Je partage pleinement leur conviction et leur espoir.

Andrew H. Malcolm
The Yaak, Montana
Août 1986

Tout commença par une chute.

Emily Bauer, heureuse et insouciante, descendait d'un taxi, quand soudain elle trébucha et s'étala sur le bitume humide. C'était apparemment plus mortifiant que grave. La jeune femme laissa tomber ses paquets et réussit à amortir sa chute. L'espace d'un instant, elle demeura là au milieu des passants, s'efforçant d'évaluer les dégâts. Comme toutes les femmes enceintes, elle passa en revue les points névralgiques afin de s'assurer que tout fonctionnait normalement et se tapota le ventre.

Puis elle se releva et s'en fut vaquer à ses occupations.

Emily était de ces êtres hyperactifs, infatigables, perpétuellement en mouvement, qui donnent toujours l'impression de courir à un rendez-vous ou d'en revenir. Ce n'est que tard dans la soirée qu'on avait des chances de la trouver chez elle, assise sur le canapé en compagnie de son mari, un verre de vin blanc à la main, égrenant les événements de la journée et organisant son planning du lendemain.

Ce soir-là, Emily mentionna la chute à son

mari, Bob, tout en donnant le biberon à sa fille. Cela faisait presque deux ans déjà que la petite Allison avait fait irruption dans leur vie. La jeune femme n'arrivait pas à s'expliquer comment elle avait pu rater le bord du trottoir car elle était tout sauf maladroite.

Les époux finirent par conclure qu'il devait s'agir d'une histoire de nerf pincé imputable à l'état de la jeune femme, et qu'ils avaient tort d'attacher autant d'importance à un incident aussi bénin. Il faut dire qu'ils suivaient le déroulement de cette seconde grossesse avec un soin tout particulier.

Emily Bauer, qui allait fêter ses quarante ans, s'était sérieusement documentée sur les risques qu'elle courait. Pour des raisons encore mal connues, les complications sont plus fréquentes chez les femmes d'un certain âge ayant déjà des enfants.

Elle avait l'impression – d'ailleurs non dénuée de fondements – d'être pressée par le temps. Comme beaucoup d'Américaines de ces deux dernières décennies, elle avait remis en question un mode de vie plus traditionnel. Considérant que le mariage et les enfants pouvaient attendre, elle avait consacré les quinze premières années de son existence d'adulte à son épanouissement professionnel et à sa vie sociale.

Ce désir d'indépendance lui avait été donné par ses parents – qui, parfois, en arrivaient à le regretter – et avait été renforcé par les amies, extrêmement cultivées, qu'elle fréquentait. Emily n'avait aucunement l'intention de renoncer à cette indépendance acquise, même si elle était prête à faire quelques concessions. La jeune femme était de ces êtres qui n'ont pas peur d'affronter les problèmes, où qu'ils soient, dans un meeting étudiant ou dans leur vie privée.

Après un premier mariage éclair suivi de plusieurs mois passés en compagnie d'un petit cercle de célibataires dans le vent, la jeune femme avait commencé à sentir que, biologiquement, le temps travaillait contre elle. C'est alors que son destin et celui de Bob s'étaient croisés – ou plutôt qu'elle avait fait ce qu'il fallait pour qu'il en fût ainsi. Par un bel après-midi de mai ensoleillé, ils s'étaient trouvés côte à côte à faire la queue devant une agence de location de bicyclettes, et elle s'était arrangée pour faire comprendre à cet étranger au regard doux et à la barbe fournie qu'il ne la laissait pas indifférente. Plus tard, en repensant aux circonstances de leur rencontre, elle s'était rendu compte qu'elle avait immédiatement décidé que cet homme un peu ours serait le père de ses enfants.

Divorcé, fréquentant les bars pour célibataires, Bob avait bien remarqué qu'elle le regardait. Toutefois, lorsqu'ils arrivèrent devant le guichet, il ne lui avait toujours pas adressé la parole. Comprenant que le séduisant inconnu allait enfourcher sa bicyclette et s'éloigner sous les rayons du soleil couchant sans même lui laisser son numéro de téléphone, Emily avait décidé de passer à l'action. Puisqu'il ne bougeait pas, c'est elle qui ferait le premier pas.

– Bonjour ! lança-t-elle avec le sourire radieux qui en avait déjà désarmé plus d'un.

– Bonjour, répondit le sympathique barbu.

Et de lui rendre son sourire en se félicitant de ce que cette jeune femme sexy à l'œil pétillant ait eu l'audace de l'aborder, ce qu'il n'aurait sans doute jamais osé faire lui-même.

Ils passèrent une journée des plus agréables, comme on peut en passer entre gens de bonne compagnie. Ils firent une promenade de deux heures à vélo et, à un détour de la conversation, se découvrirent une passion commune pour les musées. Emily était secrètement ravie de s'être mise en short. Bob semblait lui aussi apprécier sa tenue.

La jeune femme avait toujours été fière de son corps. Adolescente, elle laissait généreusement bâiller ses cardigans sur sa poitrine rebondie, ce que d'aucuns jugeaient d'ailleurs un peu osé pour une fille de pasteur, même en Californie. Mais sa grande fierté, c'étaient ses jambes, auxquelles elle prodiguait tous ses soins. Des jambes déliées et musclées qui lui valaient chaque fois les regards admiratifs des hommes.

La promenade terminée, Bob invita Emily à dîner chez lui. Elle accepta sans se faire prier. Ils eurent une longue conversation à bâtons rompus. Ils parlèrent cinéma, puis métier. Elle était psychologue et lui réalisateur de documentaires. S'imposer dans le milieu du cinéma n'était pas facile. Le père de Bob le lui avait répété sur tous les tons. Pourtant Bob ne ménageait pas sa peine. Passionné par son job, il n'était pas motivé par le désir de faire fortune et souhaitait seulement gagner un peu mieux sa vie. Toutefois, le succès tardant à venir, il ne roulait pas précisément sur l'or.

Quatre ans plus tard, en ce début d'année 1980, Emily et Bob, mariés depuis 1976, sont dans leur petit appartement avec leur fille. Dans cinq mois, ils auront un second enfant. Emily a mal au genou depuis sa chute, mais ce n'est pas de cela qu'elle veut parler. Pour l'instant, elle ne pense qu'à sa grossesse, aux émotions, aux sensations, aux craintes qu'elle lui procure, rejetant à l'arrière-plan ses préoccupations professionnelles. Non qu'elle se désintéresse de son métier. Loin de là. C'est grâce à son salaire qu'ils peuvent se permettre de mener une vie confortable. Et Bob ne semble pas se sentir menacé pour autant.

Cette seconde grossesse avait provoqué des tensions au sein du couple. Bob, qui avait déjà un fils d'un premier mariage, ne souhaitait pas avoir un autre enfant, mais Emily avait passé outre. Les années filaient, elle n'était plus toute jeune, et ne pouvait plus se permettre de perdre son temps à essayer d'amadouer à coups de beaux discours un mari qu'elle sentait récalcitrant. L'été précédent, sans rien en dire, elle avait cessé de prendre la pilule et s'était retrouvée enceinte. Avec ses honoraires de chargée de cours à l'Université et ceux que lui rapportaient ses séances de thérapie, c'était elle qui gagnait le plus. Financièrement, elle était en mesure de s'offrir un nouveau bébé et d'en assumer les frais de garde. Il n'y avait donc pas de problèmes.

Bob aurait pu formuler ses réticences avec netteté et déclarer qu'il ne voulait plus d'enfants. A tout le moins, il aurait pu demander à sa femme si elle comptait, elle, en avoir d'autres : les époux avaient eu maintes fois l'occasion d'aborder la question. Mais il ne l'avait pas fait. Quant à elle, elle ne lui avait pas déclaré tout de go que c'était le moment ou jamais de mettre un bébé en route. Sans doute parce que, dans son for intérieur, elle était persuadée que Bob finirait par se ranger à ses vues. En règle générale, il cédait quand elle se montrait déterminée. Elle aimait tellement les bébés, ces petits êtres si vulnérables, si attendrissants avec leurs grands yeux interrogateurs et leurs gazouillis.

Les Bauer avaient tout pour être heureux, et particulièrement la santé. Ils avaient deux domiciles. Le minuscule appartement où Emily avait vécu en célibataire, en ville, et une vieille maison de campagne qu'ils avaient retapée et meublée de bric et de broc. Des amis qui passaient leurs week-ends à faire la chasse à la résidence secondaire les avaient entraînés dans une de leurs équipées un dimanche après-midi. Emily et Bob étaient tombés en arrêt devant la bâtisse et, d'un commun accord, avaient décidé de l'acheter.

Ce n'était pas une mince affaire, car à l'époque, ils n'étaient pas encore mariés. En outre, les banques et autres organismes de crédit n'avaient pas l'habitude de consentir des prêts de trente-huit mille dollars à des divorcées ne touchant pas un sou de pension alimentaire. Mais Emily était de ces êtres que les difficultés stimulent.

N'avait-elle pas quelques années plus tôt réussi à décrocher sa licence tout en travaillant ? N'avait-elle pas réussi à convaincre les professeurs réunis en comité qu'une ancienne secrétaire – elle, en l'occurrence – pouvait suivre des cours à la faculté ? Emily retroussa donc une fois de plus ses manches.

Pour commencer, elle téléphona à ses parents. Son père, pasteur, était alors à la retraite.

La jeune femme avait de nombreux souvenirs de son enfance. Elle se rappelait comme si c'était hier le matin où, plantée sur la pelouse du jardin, elle contemplait Pearl Harbor en flammes. Elle avait demandé à sa mère pourquoi il y avait de la fumée partout. Elle se souvenait de l'odeur des masques de caoutchouc que les écoliers devaient porter pendant les attaques aériennes et qui leur donnaient l'impression d'étouffer. En ce temps-là, personne ne résistait à la remuante Emily qui faisait la pluie et le beau temps. Elle avait tellement de vitalité que le médecin qui la suivait, petite fille, lui avait conseillé de se dépenser le plus possible. Un jour, alors qu'on allait la punir pour avoir été méchante avec une de ses camarades, elle s'était tournée en larmes vers sa mère et lui avait demandé : « Pourquoi est-ce que je suis comme ça ? »

Emily se rappelait également avec quelle impatience elle attendait le retour de son père, que son ministère appelait dans les endroits les plus divers pendant la Seconde Guerre mondiale. Et cette attente était délicieuse.

La fillette avait vite compris que son père ne détestait rien tant que les conflits. Si Emily faisait des bêtises à table, c'était sa mère qui lui ordonnait de filer dans sa chambre. Persuadé que les reproches vous coupaient l'appétit et qu'il valait mieux raisonner les enfants au lieu de les punir, son père, lui, gardait le silence.

A l'occasion d'un anniversaire, le pasteur avait offert à sa fille un cadeau sortant de l'ordinaire. Il s'agissait d'une petite voiture à pédales qu'il avait eu un mal fou à dénicher en ces temps de pénurie. Au lieu de dire merci, la fillette avait éclaté en sanglots et s'était mise à donner des coups de pied dans le véhicule : les voitures ne l'intéressaient pas, elle voulait une bicyclette. Alors, son père lui avait acheté une bicyclette.

Lorsque Emily fit part de ses projets à ses parents, elle ne put s'empêcher de trouver que sa mère avait une voix bizarre au bout du fil. Elle eut bientôt la clé du mystère : après des années de vie commune, ses parents avaient décidé de divorcer. « Eux aussi », songea la jeune femme. C'est alors que la portée de cette séparation lui apparut. Ses parents allaient devoir vivre chacun de leur côté avec une seule retraite. Plus question de prêter un centime à leur fille. Ils lui demandèrent si elle avait bien réfléchi, si elle était sûre de vouloir se lancer dans cette entreprise avec un homme qu'elle connaissait à peine, tout merveilleux et charmant qu'il était.

Emily décida de faire appel à la générosité de son frère cadet, Bryan. Leurs relations n'avaient pas toujours été au beau fixe car, dans son rôle d'aînée tyrannique, elle avait parfois poussé les choses un peu loin.

Ces derniers temps, cependant, les rapports entre le frère et la sœur étaient cordiaux. Bryan était installé dans une petite agglomération du sud de la Californie. Plusieurs fois par an, Emily prenait l'avion pour aller le voir. Divorcé, il habitait avec ses trois enfants un logement modeste. Quand Emily débarquait chez lui, débordant de dynamisme et d'énergie, elle tenait à son cadet des discours pleins d'optimisme. « Quand tu es là, j'ai l'impression de respirer une bouffée d'air frais », lui répétait-il. La jeune femme buvait ces paroles comme du petit-lait. Elle arrivait toujours les poches bourrées de cadeaux et s'efforçait de passer quelques heures en tête à tête avec chacun des enfants. A un moment ou un autre de son séjour, elle s'arrangeait pour s'isoler avec ses neveux et nièces à tour de rôle et bavarder avec eux. Chaque fois qu'elle faisait un voyage à l'étranger, que ce fût en Amérique centrale ou en Italie, elle ne manquait pas d'envoyer des cartes postales ornées de timbres colorés aux enfants. Elle n'oubliait pas de les gâter à l'occasion de leur anniversaire, et le cadeau qu'elle leur faisait parvenir la veille était toujours celui dont ils rêvaient. Comment tante Emily avait-elle pu deviner ce qui leur ferait plaisir ?

Un jour, Bryan reçut de celle que ses enfants avaient baptisée tante Gâteau une longue lettre lui demandant s'il pouvait lui prêter une grosse somme d'argent, ou, à défaut, se porter garant du prêt qu'elle cherchait à obtenir pour acheter une maison avec un homme dont elle venait de faire la connaissance. Bryan, qui avait toujours pensé que sa sœur était un peu toquée, ne fut pas surpris outre mesure. Il répondit par la négative.

Emily prit très mal ce refus. La jeune femme avait une façon tellement directe de présenter les choses qu'il lui était difficile d'admettre qu'on puisse être d'un autre avis que le sien. Quand quelque chose lui tenait à cœur, elle faisait montre d'une détermination farouche pour l'obtenir. Malheur alors à ceux qui ne partageaient pas son point de vue, elle leur décochait des regards flamboyants.

Cette volonté farouche était le trait de caractère qui frappait le plus tous ceux qui la côtoyaient. Certains allaient même jusqu'à la qualifier de sans-gêne, voire de culottée. Rares étaient les gens qui osaient la remettre à sa place. Quand cela se produisait, Emily ne s'en formalisait pas, bien au contraire. Le petit différend qui l'opposa à son amie Barbara Nelson est à ce titre révélateur. Barbara était amenée à effectuer de fréquents déplacements et Emily lui avait demandé si elle voyait un inconvénient à ce que ses amis logent chez elle en son absence de façon à faire des économies. Barbara avait acquiescé. Toutefois, au retour d'un voyage particulièrement fatigant, lorsqu'elle avait réintégré un appartement sens dessus dessous et bourré de linge sale, elle avait fait la grimace et tenté d'expliquer à Emily que leur arrangement ne tenait plus. Cette dernière s'obstinant à ne pas comprendre – ses amis n'étaient pas des malfaiteurs, que diable ! – Barbara s'était exclamée en désespoir de cause :

– Je ne veux plus qu'ils mettent les pieds chez moi parce que ça ne me plaît pas. Un point c'est tout.

– Pourquoi ne me l'as-tu pas dit plus tôt ? s'était bornée à déclarer Emily.

Et Barbara fut débarrassée à jamais des copains de son amie.

Bob, quant à lui, n'envoyait jamais vraiment promener Emily. Cependant, chaque fois qu'elle lui faisait part de ses projets pour le week-end, il lui rétorquait calmement qu'il ne pourrait pas l'accompagner, étant lui-même occupé ailleurs. Mais lorsque Emily lui annonça qu'il devait pour boucler le budget gagner dix-sept mille dollars par an, Bob hocha poliment la tête sans mot dire.

La jeune femme se débrouilla pour obtenir le prêt qui allait lui permettre d'acheter la maison de ses rêves. Elle réussit en effet à convaincre un banquier qu'elle parviendrait à elle toute seule à payer les mensualités de deux cent trente dollars grâce à ses deux salaires. Et c'est elle qui signa tous les papiers. Bob, qui n'avait pas un sou vaillant, devrait payer son écot à la sueur de son front et se chargerait d'effectuer les travaux de remise en état.

Bob avait toujours eu une sainte horreur des plannings chargés et des contraintes de tous ordres. Ce qui ne l'avait pas empêché de faire ses études et d'obtenir sa licence de lettres. Il faut dire que s'il avait décroché son diplôme, c'était surtout grâce au travail effectué au sein de la troupe de comédiens amateurs du collège. Non en tant qu'acteur – il détestait les rôles de premier plan – mais en qualité de régisseur et de décorateur. Il adorait l'ambiance chaleureuse qui régnait au sein de la troupe, les affres des soirs de première et la joie que procurent les applaudissements. Il avait l'impression de faire partie d'une grande famille dont les membres se serraient les coudes pour créer des moments de beauté aussi éphémères que précieux. Bob se sentait bien dans ce milieu. Il avait l'impression de retrouver l'atmosphère qu'il avait connue enfant, en Pennsylvanie, où tout le monde se connaissait. Outre son père et sa mère, il avait deux sœurs, plus âgées que lui d'une bonne dizaine d'années, qui raffolaient de leur « petit frère ». Il avait également des oncles, des tantes, et des voisins sur lesquels on pouvait compter en cas de pépin. Lorsque sa mère était tombée malade – elle avait le cœur fragile –, des dizaines de volontaires étaient venus donner un coup de main à la maison. Les années passant et les problèmes de santé de sa femme s'aggravant, Mr. Bauer père s'était employé à la dorloter. Bob avait eu, lui aussi et plus d'une fois, l'occasion de s'occuper de la malade, quand son état de faiblesse l'obligeait à garder la chambre. Quand il ne portait pas sa mère pour la remettre au lit ou la descendre à la salle à manger, il ne se déplaçait que sur la pointe des pieds pour ne pas la déranger. Pendant des années le maître mot dans la famille avait été : « Chhuut. »

En grandissant, Bob s'était rendu compte que

l'atmosphère familiale n'était pas aussi idyllique qu'il se l'était figuré. S'il ne devait pas faire de bruit, c'était moins pour permettre à la malade de se reposer que pour empêcher son père de sombrer dans la dépression. Quand il était d'humeur noire – ce qui pouvait durer plusieurs jours d'affilée –, Mr. Bauer faisait peser une chape de plomb sur toute la maison et ses habitants. Lorsque, à l'âge de cinquante et un ans, Mrs. Bauer était morte, son époux avait mis beaucoup de temps à surmonter ce chagrin. Devenu encore plus vulnérable, il ne tolérait plus la moindre contrariété. Et Bob savait qu'il allait le contrarier en lui annonçant qu'il ne reprendrait pas la blanchisserie familiale parce qu'il souhaitait faire carrière au théâtre. Pas en tant que comédien, mais comme homme à toutes mains, cumulant les fonctions de régisseur, décorateur, électricien, menuisier et chauffeur.

Ces multiples talents de bricoleur acquis au collège devaient lui servir pour remplir sa part du contrat passé avec Emily. Ce qu'il préférait, c'était jardiner et tailler la végétation un peu folle tandis que les chiens batifolaient en quête d'hypothétiques lapins.

Quand il n'était pas pris par ses affaires, Bob passait son temps à la campagne. Il fit l'acquisition d'une boîte aux lettres flambant neuve ornée d'un drapeau rouge sur laquelle il peignit son nom avant de la planter fièrement à l'entrée de la propriété. Le vendredi, il partait dans sa camionnette chercher Emily et la ramenait chez eux.

Un an après l'achat de la maison, ils se marièrent. La cérémonie eut lieu à la campagne, dans la chambre, qui était la pièce la plus vaste. Les amis d'Emily l'avaient aidée à décorer la demeure, qui était pleine de fleurs, de lierre et de branches de sapin ramassées sur place. D'autres s'étaient chargés de préparer les repas. Tout se déroula à la perfection. Emily fut ravie d'avoir autour d'elle ce jour-là toute sa famille et tous ses amis.

La jeune femme avait organisé une seconde petite cérémonie, de son cru, au cours de laquelle les deux époux devaient lire des textes de leur choix en présence d'un auditoire attentif. Emily promit à son mari d'être une épouse aimante et fidèle et de respecter celui qui comptait le plus au monde pour elle. Elle lui assura qu'elle ne l'abandonnerait pas, qu'il soit pauvre ou fortuné, malade ou en bonne santé. Elle lui promit de se montrer patiente et tolérante, de faire preuve de courage dans l'adversité, de l'aimer et de le chérir.

Quand elle eut terminé, tous les regards convergèrent vers Bob. Lui qui avait toujours préféré les coulisses aux feux de la rampe n'était pas très à l'aise mais il fit un effort et prit sur lui, sachant combien ces instants comptaient pour Emily.

Après s'être éclairci la gorge et tripoté la barbe, il fixa le bout de papier qu'il tenait à la main. Il parla de la joie que lui procurait Emily, promit de la chérir, s'engagea à vivre pleinement avec elle le reste de ses jours et à mordre à belles dents dans l'existence au lieu de la déguster du bout des lèvres comme le font les frileux. Puis il fit une pause, s'éclaircit de nouveau la gorge et poursuivit :

– Jamais je n'ai tenu à quelqu'un autant qu'à toi. Je fais ici serment de t'aimer, de te respecter et de te chérir jusqu'à ce que la mort nous sépare.

Après quoi, il fourra le papier dans sa poche. Il ne pouvait se douter de ce que l'avenir lui réservait.

Le voyage de noces fut remis à plus tard, faute

de moyens. Et Mr. et Mrs. Bauer s'engagèrent dans leur nouvelle vie, avec cette assurance que donne l'amour partagé. Emily était désormais une femme comblée. Elle avait un mari qui comprenait son besoin de se réaliser sur le plan professionnel, et un métier gratifiant, qui lui permettait de rester en contact avec son petit cercle de jeunes femmes émancipées, avec lesquelles elle sortait plusieurs fois par semaine.

Ces années qu'Emily consacra à sa carrière – elle donnait des cours de psychologie et prenait des patients à domicile – furent pour elle riches d'enseignement. Ses nombreuses activités lui laissaient néanmoins le temps d'aller voir des ballets en compagnie de son mari. Au théâtre, ils profitaient de l'ombre propice pour se tenir par la main ou échanger un baiser furtif avant le lever du rideau. La jeune femme continua d'acheter de jolies choses. Des étoffes notamment, qu'elle collectionnait. Elle comptait s'en servir pour confectionner des vêtements pour ses enfants.

Débordante de vitalité, elle pratiquait intensivement le vélo, la danse et le jardinage. Ayant grandi en Californie, où le temps est clément d'un bout de l'année à l'autre, elle adorait être dehors, ne fût-ce que pour bronzer. S'exposer au soleil était pour elle une façon de recharger ses accus. La vie au grand air était à ses yeux quelque chose de sain. Elle respirait avec bonheur le parfum de la nature, la contemplait avec joie, éprouvant une impression de fraîcheur et de liberté. C'est pourquoi elle aimait tellement se promener à bicyclette avec Bob. Parfois, quand il faisait trop chaud, les Bauer batifolaient dans leur modeste piscine, aux aurores, ou bien la nuit, quand le ciel était piqueté d'étoiles. Ces souvenirs, Emily devait les évoquer

plus tard, au cours de soirées interminables qui n'avaient plus rien de romantique.

Pendant quelque temps, elle se passionna pour la danse. Mais elle y renonça bien vite, consciente qu'elle ne dépasserait jamais le stade de l'amateurisme médiocre. Abandonnant tutu et chaussons, elle s'inscrivit dans un club de gymnastique. Dotée d'un appétit de vivre peu commun, elle s'était mis en tête de goûter à tout.

A l'art, par exemple. Les musées la passionnaient. L'artisanat aussi. A l'aide des tissus rapportés de ses voyages, elle confectionna un patchwork abstrait qu'elle accrocha dans son séjour. Certains de ses amis virent dans cette œuvre un ciel vibrant de lumière vers lequel s'élançait un arbre vigoureux et feuillu, jaillissant d'un sol gris. Un gris tenace qui semblait prêt à gagner sournoisement le tronc et les branches.

■

6 décembre 1979. Il n'est pas exclu que je sois enceinte à nouveau. Mais je n'en suis pas sûre. Avoir un deuxième bébé ne me faciliterait pas la vie, mais je crois que je m'en sortirais. Les enfants sont formidables. Le fait d'avoir Allison m'a aidée à mûrir, c'est indéniable. Toujours mon nombrilisme ! Il y a des moments où j'ai peur que tout ce bonheur auquel je suis habituée ne me soit subitement arraché.

■

Quand Emily donnait des cours ou qu'elle prenait des patients chez elle, elle laissait Allison chez une adorable voisine qui était trop heureuse

de gagner quelque argent. Elle la lui confiait aussi quand elle avait un rendez-vous chez le dentiste ou sortait avec ses amies, en compagnie desquelles elle allait déjeuner, voir un film ou visiter une exposition. Parce qu'elle savait écouter, Emily faisait du bien à celles qui lui parlaient, et s'enrichissait de ce qu'elle entendait. Ses interventions donnaient un nouvel éclairage aux propos de ses amis, étudiants ou patients, et même après quelques résistances, ils finissaient par se rallier à son point de vue. Mais elle, par contre, se livrait peu. Qu'elle fût intelligente, personne n'en doutait ; ses détracteurs moins que tout autre. Directe, elle pouvait être brutale. Il lui arrivait de dire des choses inadmissibles, surtout quand elle était en colère.

Emily souhaitait en retour qu'on lui parlât avec la même franchise. Mais cela arrivait rarement. Un jour, elle avait invité Barbara pour la Saint-Sylvestre. Celle-ci lui avait répondu que c'était d'accord, mais qu'elle ne viendrait pas avant minuit, car elle était déjà invitée à un autre réveillon. Emily lui avait rétorqué que si elle n'était pas fichue de se libérer pour la soirée, il était inutile qu'elle se dérange.

Estomaquée, Barbara avait rappelé deux jours plus tard pour s'excuser. Emily lui avait dit d'un ton très amical qu'elle pouvait passer quand elle voulait, qu'il n'y avait pas de problème.

Cette spontanéité abrupte en surprenait plus d'un. Tout comme sa propension à combler ses amis de cadeaux. Pas n'importe lesquels, d'ailleurs. Il s'agissait toujours de présents choisis avec un soin extrême et correspondant exactement aux goûts de ceux à qui ils étaient destinés. Couleur, taille, la jeune femme mettait un point d'honneur à se souvenir des moindres détails et s'efforçait d'offrir à chacun l'accessoire ou l'objet qui se rapprochait le plus de ses désirs. Elle avait le chic pour arriver avec un paquet-cadeau sous le bras au moment où ses amis s'y attendaient le moins et le leur remettre comme s'il s'agissait d'une banale babiole, alors qu'elle avait passé des heures à écumer les magasins pour le dénicher.

Emily faisait partie d'un groupe de femmes thérapeutes. Elles avaient constitué ce qu'elles appelaient un réseau et se rencontraient une fois par mois afin de parler métier et de partager joies et déceptions professionnelles. Au cours de ces conversations, Emily était beaucoup moins carrée qu'à l'ordinaire.

Les jeunes femmes se retrouvaient le plus souvent à deux ou trois pour déjeuner, mais pas sur le pouce. Elles choisissaient soigneusement le restaurant et le menu. Leurs repas étaient toujours arrosés d'un bon vin et suivis d'un café. Elles savouraient avec délices la cuisine et leur indépendance. Ces réunions n'allaient cependant pas sans heurts. C'est ainsi qu'un jour, une des participantes avait confié à Emily que son mari voulait avoir un autre enfant tout de suite tandis qu'elle-même préférait attendre que sa carrière ait pris tournure avant de se lancer dans une seconde grossesse. Emily lui déclara tout net qu'elle avait tort, qu'elle ferait mieux d'avoir un bébé, que la maternité était une expérience enrichissante. Une dame assise à la table voisine se pencha pour mettre son grain de sel :

– Excusez-moi, je n'ai pas pu m'empêcher d'entendre ce que vous disiez. Si vous voulez mon avis, les nouveau-nés sont une véritable plaie.

Alors que son amie pouffait de rire, Emily ne

broncha pas mais elle appela le mari pour lui dire qu'elle était d'accord avec lui : plus vite ils auraient cet enfant, mieux cela vaudrait. Le soir, les deux époux se disputèrent âprement et l'amie d'Emily lui battit froid pendant plusieurs mois. Toutefois, alors qu'elle était à l'hôpital pour subir une intervention mineure, elle eut la surprise de voir débarquer Emily, un petit paquet sous le bras. Une Emily qui se garda bien de remettre l'histoire du bébé sur le tapis.

■

14 janvier 1980. Je me demande parfois quel souvenir j'aimerais que les gens gardent de moi. Celui d'une fille enthousiaste, loyale, passionnée par son métier. J'aimerais bien être de ceux dont on se souvient pour ce qu'ils sont mais je pense que je le serai pour ce que j'ai fait. Bob, lui, le sera pour ce qu'il est.

■

Tous les jours, Emily se ménageait des instants de solitude pour bricoler, réfléchir, tenir son journal ou jouer avec sa fille, dont elle notait les plus infimes progrès avec minutie.

12 h 20. Alli, chérie. Tu te tortilles. Je te mets un oreiller dans le dos et tu cesses de pleurer.

12 h 26. Tu tripotes des cubes en plastique. Tu t'étires, t'arc-boutes et te mets à couiner.

12 h 30. Tu fais des petits bruits. Je me demande pourquoi tu réagis quand je te recouvre alors que tu ne bronches pas quand le voisin manie sa perceuse.

Observations et notes pouvaient durer pendant

des heures. Il arrivait même à Emily d'enregistrer au magnétophone ses « conversations » avec Allison.

Elle estimait parfois que son époux ne s'occupait pas assez du bébé. Aussi lui arrivait-il de faire semblant de dormir et d'attendre que Bob se décide à intervenir lorsque Alli se mettait à piailler aux aurores. Il s'extrayait péniblement du lit et, traînant les pieds, allait changer la petite et lui donner son biberon, à la grande joie d'Emily qui, l'oreille tendue, écoutait le père dialoguer avec sa fille.

■

1er février 1980. Alli en est au stade où les enfants ont tendance à se cramponner à leurs parents. Je suis curieuse de voir ses réactions. Quand elle retrouve Bob après une séparation de plusieurs jours, elle ne bronche pour ainsi dire pas. Ce n'est que peu à peu qu'elle manifeste sa joie. En revanche, quand elle me retrouve – même après une absence de quelques heures – elle est surexcitée. Je trouve cela très gratifiant !

10 février 1980. Je continue à être en pleine forme en dépit de ce problème d'hémorroïdes qui menace de refaire surface. Malgré un appétit dévorant, j'ai réussi à ne prendre que cinq kilos. Pas mal ! Je suis barbouillée de temps en temps. J'ai déjà du mal à monter les marches. Je ne sais pas si c'est dû à mon poids, toujours est-il que je peine. Il m'arrive de me sentir bizarre. Peut-être parce que je suis plus active que lors de ma première grossesse.

■

Emily adorait organiser des réunions entre amis et plus encore jouer le rôle de maître de cérémonie.

A Noël, chaque invité devait venir avec une bricole fabriquée par ses soins pour décorer le sapin. Les plus réussies recevaient un prix.

A l'occasion de son quarantième anniversaire, la jeune femme loua un salon particulier dans un hôtel chic et convia deux douzaines de personnes à déjeuner. La chair fut succulente et la conversation animée. Le repas terminé, on regagna l'appartement de l'hôtesse pour y déguster un dessert maison et jouer à un jeu de société de son cru. L'après-midi tirait à sa fin lorsqu'une invitée s'avisa que l'assemblée était exclusivement féminine, détail amusant qui lui rappela les goûters de son enfance.

Mais Emily n'invitait pas seulement des amies. Hommes et femmes furent priés d'assister au baptême d'Allison qui eut lieu à la campagne. Chacun apporta quelque chose et tous mirent la main à la pâte. Le fils d'un des convives était venu avec sa guitare et l'on chanta, principalement des chansons du répertoire folk des années soixante. Devant la maison, tandis qu'Alli gazouillait dans sa poussette, les Bauer plantèrent un magnolia auquel ils donnèrent le nom de la fillette. Chacun des participants dut jeter une pelletée de terre dans le trou puis, sous l'œil attendri des heureux parents, les invités lurent à tour de rôle un passage de leur livre de contes préféré.

C'est au cours de ce week-end que Barbara Nelson – la meilleure amie d'Emily – découvrit

que celle-ci avait un frère, Bryan, et qu'ils tombèrent amoureux l'un et l'autre.

Emily était très occupée à préparer l'arrivée de son second enfant, à lui choisir un prénom. Elle surveillait de très près le déroulement de sa grossesse et était décidée cette fois à accoucher naturellement.

■

27 février 1980. Les choses semblent s'être arrangées en ce qui concerne le bébé. Je craignais la réaction de Bob, et je craignais d'avoir fait une erreur. J'avais peur qu'il ne m'en veuille et qu'il ne me désire plus. Mais ce n'est pas le cas. Il se fait même plus de mauvais sang pour moi que la première fois et me demande à tout bout de champ comment je me sens, ce qu'il n'avait jamais fait auparavant. Penser au bébé me remplit de joie. Ma chute de l'autre jour ne semble pas avoir eu de conséquence fâcheuse.

14 mars 1980. Je me demande parfois pour qui je tiens ce journal. Moi qui désirais tant écrire, qui me croyais douée, voilà que je deviens de plus en plus terre à terre. Pourquoi n'ai-je pas davantage d'ambition ? Est-ce parce que, comme on le prétend, les femmes qui ont des enfants consacrent toute leur énergie à leur progéniture ? Peut-être s'agit-il d'un phénomène passager. En tout cas, pour l'instant, je n'aspire qu'à une chose : mener une vie paisible et confortable.

Une chose encore. J'aimerais me distinguer, sortir de la masse. J'aimerais que les gens m'aiment et me trouvent différente.

3 avril 1980. Je me suis mise en colère contre Alli. La nuit dernière, elle s'est encore réveillée à quatre heures en réclamant un biberon. Je me suis dit que cette comédie commençait à bien faire et qu'il fallait que ça cesse. Il ne faut pas qu'elle se figure qu'il lui suffit de crier pour que je me précipite à son chevet et fasse ses quatre volontés. J'ai donc décidé de la laisser s'égosiller. Mais au lieu dc s'arrêter, elle a remis ça, au point que, n'y tenant plus, je lui ai fourré son biberon dans le bec sans ménagement. Aussitôt elle a poussé de véritables hurlements, attendant que je la cajole. J'ai bien évidemment craqué, tout en bougonnant pour la forme. Dommage que je ne puisse lui laisser une provision de biberons à portée de main...

16 avril 1980. Mon apparence me préoccupe davantage. Après avoir versé quelques larmes, je me suis décidée à demander son avis à Bob. Primo, il paraît que je fais plus jeune que jamais – contrairement à lui. Secundo, il aime beaucoup la robe que je portais ce jour-là. Pour mon anniversaire, nous avons fait les magasins et j'ai déniché une robe super et un haut pour aller avec mon pantalon. Je me suis fait faire des mèches et je me sens beaucoup mieux dans ma peau. Ce qui ne m'empêche pas de regarder les femmes minces d'un sale œil.

12 mai 1980. Je suis enceinte de sept mois et hormis le fait que je suis fatiguée et ai du mal à marcher, je me sens bien. Nous traversons une période faste.

■

Étant donné son âge, la future maman subit

différents examens et tests au cours de sa grossesse. C'est ainsi que les Bauer apprirent qu'ils allaient avoir une seconde fille, qui était en parfaite santé. Au terme de discussions passionnées, ils décidèrent de la baptiser Jenie.

Emily parlait beaucoup de son état avec ses amies et leur posait toutes sortes de questions. Leur deuxième grossesse avait-elle été plus difficile que la première ? Est-ce qu'elles avaient eu des nerfs pincés dans les jambes ? Ce n'était pas tant que sa jambe la faisait souffrir, c'était plutôt qu'elle lui obéissait mal. La psychologue confectionna une poupée pour Alli afin que la fillette eût un bébé à elle quand sa sœur arriverait.

■

11 juin 1980. Quelle mouche me pique ? Je suis prise d'une frénésie de rangement. J'éprouve le besoin de mettre toutes mes affaires en ordre – notes, comptes rendus de séance avec mes patients, testament, placards. Est-ce parce que je me figure que je vais mourir ?

22 juin 1980. Quelque part, j'en veux à Bob et aux autres de s'occuper d'Alli quand ça leur plaît et de prendre ensuite la poudre d'escampette alors que je suis coincée ici et perds ce qui fait ma spécificité. Si Alli ne m'avait pas, elle ne saurait comment réagir aux sollicitations extérieures. C'est sans doute pour cela qu'on dit de la maternité que c'est un amour désintéressé. Ce type de relation est tout nouveau pour moi. Et je comprends pourquoi il me dérange et me pose des problèmes.

■

Photographiée de bout en bout avec de la pellicule couleur, la naissance de Jenie se déroula sans problème cet été-là. Les instantanés montraient une Emily rayonnante de bonheur. « Oh, Bob, répétait-elle sans se lasser. Je suis si heureuse ! » Elle passa des jours entiers pendue au téléphone pour prévenir ses amis. « Emily à l'appareil ! » annonçait-elle d'un ton vibrant avant de se lancer dans des développements proprement extatiques. Jenie, véritable amour, jouissait d'une parfaite santé et était particulièrement éveillée. La jeune femme nourrissait de grands projets pour sa fille et avait hâte de la voir grandir. Toute à sa joie, elle faisait du prosélytisme éhonté, conseillant à ses camarades de faire d'autres enfants. Ses interlocuteurs souriaient avec indulgence au bout du fil, en se disant : « La voilà repartie ! »

C'est un fait qu'Emily pouvait être pénible quand elle s'y mettait. Mais elle avait des côtés éminemment sympathiques par ailleurs. Tolérante, jamais elle ne jugeait autrui. D'une curiosité insatiable, elle s'intéressait passionnément aux êtres, à leur personnalité, à leurs réactions. Tous ses amis furent ravis d'avoir de ses nouvelles. Même celles à qui elle avait conseillé d'avoir un autre enfant, et qui ne soufflèrent mot de cette suggestion à leurs maris.

■

18 juillet 1980. J'agace beaucoup de gens, qui me trouvent envahissante. J'en ai conscience mais je ne suis pas certaine d'avoir envie de changer. Je viens de traverser des moments pénibles avec cette histoire de nerf pincé. Les relations avec les médecins ne sont pas simples : ils sont constamment sur la défensive et toujours pressés. Dépendre d'eux et de leurs connaissances m'insupporte, et d'un autre côté je sais bien que je dois en passer par là. J'en ai assez de devoir m'en remettre à eux et à leur savoir, et par ailleurs, je sais pertinemment qu'il est difficile de prendre des décisions faute d'éléments. L'ambivalence de mon attitude est certainement le résultat d'un conflit non résolu avec mon père.

■

Emily, qui continuait de marcher en canard, avait hâte de retrouver la forme.

Lorsque Beverly Willett et son mari Mike se rendirent chez les Bauer pour dîner, six semaines plus tard, quel ne fut pas leur étonnement de voir que la jeune femme boitait toujours. Emily fit allusion à la chose en passant. Elle trouvait étrange que ce problème survenu au cours de sa grossesse n'ait pas pris fin avec elle. Elle devait aller consulter très bientôt. Est-ce que quelqu'un voulait encore des haricots verts ? Traînant la patte, elle s'en fut dans la cuisine.

– Mike, s'enquit Bob dès qu'elle eut le dos tourné. C'est quoi, cette histoire de pied, à ton avis ?

Michael Willett était médecin et il avait pour règle de ne parler métier qu'avec ses patients. Cependant, quand il se trouvait invité à une soirée, il était bien rare qu'on ne se précipite pas sur lui pour lui exposer des problèmes de santé. Mais quand on apprenait quelle était sa spécialité, il en allait tout autrement.

– L'oncologie ? Qu'est-ce que c'est que ça ?

– L'étude et le traitement des cancers.

Saisis, les bavards s'empressaient de détourner la conversation et de parler football.

– Crois-tu que ça va s'arranger ? insista Bob.

Occupé à remplir les verres, il ne vit pas Mike pâlir. Beverly, elle, le vit. Tout comme elle remarqua le ton uni sur lequel son mari répondit. Elle savait que ce n'était jamais de bon augure.

– Aucune idée, éluda le cancérologue. Tout dépend de la cause. Félicitations, Emily, c'est délicieux, ta mixture.

– Ça ne peut pas durer éternellement tout de même ! observa la maîtresse de maison. Je me vois plutôt mal dans la peau d'une handicapée.

Emily, Beverly et Bob éclatèrent de rire.

Dans la voiture, pendant le trajet du retour, Beverly questionna son mari. Il se déclara préoccupé par le fait que le problème d'Emily semblait être évolutif. Dieu merci, elle était entre les mains de médecins compétents. Et lui n'avait pas à se mêler de ses affaires.

■

18 septembre 1980. Je sors d'une période sombre. J'en ai versé des larmes. Faire quelques centaines de mètres à pied me demande un effort considérable. C'est la première fois que je souffre d'un handicap et je vis ça très mal. Mon sort ne dépend plus de moi mais de la compétence d'autrui et d'un processus physiologique sur lequel je n'ai aucune prise. J'essaie de prendre du recul par rapport à ce qui m'arrive. Cette épreuve m'apprendra peut-être à mieux comprendre les handicapés. Je me demande quel effet cela fait de savoir qu'on est diminué à vie. Je me débrouille comme je peux et ce n'est pas une mince affaire. Qui sait quand je remarcherai normalement ?

20 septembre 1980. Je ne peux pas continuer à dépendre de Bob à ce point. Cette nuit, j'ai décidé qu'il me fallait réagir. Il est si accaparé par son travail qu'il a peu de temps à me consacrer. Je l'attends toute la sainte journée avec une impatience quasi maladive et quand il est là, j'ai l'impression qu'il est absent. Hier soir, il a passé des heures à rappeler des gens auxquels il ne tenait pas particulièrement à parler. Je ne le savais pas consciencieux à ce point. Je lui ai dit que j'étais la dernière personne à obtenir quoi que ce soit de lui. Ce qui n'est pas faux mais n'est pas entièrement vrai non plus : la dernière personne dont il s'occupe, c'est lui-même. C'est sans doute là qu'est le problème. Il s'est excusé ce matin. Je suis sûre que les choses s'arrangeront. Jenie pleure. J'y vais.

Une heure plus tard. Jenie dort sur le lit. Alli, qui a réussi à la rejoindre, lui pique son biberon. Je la gronde. Il n'en faut pas plus pour qu'elles se mettent à brailler en chœur. Décidément, je n'arrive à rien aujourd'hui. J'essaie de me sentir aussi concernée par les problèmes de Bob que par les miens, mais j'ai du mal. Bob est mon roc. Je l'aime et le respecte plus que je n'ai aimé ou respecté quiconque. Il fait de son mieux. Mais parfois j'ai l'impression qu'il ne fait pas ce qu'il faut et cette idée me bouleverse.

Finalement, je m'aperçois qu'en dernière analyse, on est toujours seul.

8 octobre 1980. Larmes de nouveau. Bob et Alli sont partis faire un tour à vélo. Il fait un temps resplendissant. Jenie dort paisiblement sur le lit. C'est un beau bébé. J'ai de la chance. Larry a téléphoné ce matin pour m'annoncer que Betty L. était morte cette nuit. Cette nouvelle m'a secouée. Pourtant je savais qu'elle n'en avait plus pour longtemps. Je lui avais écrit un mot, que je n'avais pas posté. Nous avons le même âge. Je me demande si elle a renoncé à vivre parce que son existence était vide. Je me dis que si cela m'arrivait, je me battrais, je m'en sortirais. Et pourtant je sais que dans certains cas la volonté ne suffit pas.

■

Les Bauer allaient de médecin en médecin. Beverly, qui connaissait son amie, ne s'en étonna pas. Alors que sa grossesse tirait à sa fin, Emily avait bien dû voir six ou sept praticiens, histoire de s'assurer qu'elle pouvait prendre un valium de temps en temps. Elle dormait mal, la position allongée lui étant de plus en plus pénible. Mais le jour où elle lui apprit qu'elle devait consulter un autre spécialiste pour son pied, Beverly raccrocha et se précipita dans le séjour pour annoncer la nouvelle à son mari.

– Ce n'est pas une tumeur !

– Ah..., fit son époux.

– C'est tout l'effet que ça te fait ?

– Si c'était une tumeur, on pourrait faire quelque chose. Tandis que là...

– Que veux-tu dire ?

– Je ne suis pas neurologue, éluda Mike en faisant mine de se replonger dans son journal.

■

13 octobre 1980. J'ai peur de tomber. Peut-être

va-t-il falloir m'opérer. Dire que je me croyais invulnérable.

■

Le neurologue conduisit Emily et Bob dans un endroit tranquille. C'était une petite pièce peinte en vert administratif, meublée d'un bureau métallique au plateau nu, plein de marques de gobelets de café.

Le Dr Berghoff fit signe aux Bauer de s'asseoir sur les chaises raides et resta debout, contre le meuble, près d'eux. Après avoir tripoté le stéthoscope qui gonflait la poche de sa blouse blanche, il se redressa, croisa les bras sur la poitrine et prit une profonde inspiration. Bob et Emily commençaient à donner des signes d'impatience. Pendant des semaines, ils avaient été ballottés de cabinet en cabinet avant d'atterrir finalement chez ce spécialiste de trente-cinq ans, au demeurant charmant. Celui-ci avait fait hospitaliser Emily à deux reprises afin d'effectuer toutes sortes d'investigations – radios, analyses de sang et d'urine, ponctions lombaires.

Le médecin avait commencé par se polariser sur les symptômes, s'efforçant de faire taire ses craintes. Peut-être s'agissait-il d'un nerf pincé ? Mais non. D'une tumeur ? Pas davantage. Alors il sentit comme une boule au creux de l'estomac. Cette boule – dont on ne parle jamais dans les manuels –, il la connaissait bien. C'est celle qu'éprouve le médecin contraint de s'incliner et de reconnaître son impuissance. « Décidément, songea le neurologue, notre tâche est de plus en plus difficile. Jadis, les praticiens connaissaient leurs limites et elles étaient nombreuses. Aujourd'hui,

nous sommes mieux armés pour lutter contre la maladie. Nous disposons de spécialités pharmaceutiques, d'une technologie avancée, de machines qui n'existaient pas dans le temps. C'est pourquoi, quand d'aventure nous tombons sur un cas que nous ne pouvons résoudre, nous nous sentons d'autant plus frustrés. En outre, nous nous trouvons confrontés à des problèmes juridiques et moraux que notre formation universitaire ne nous a pas préparés à affronter. C'était plus facile quand nous n'étions pas seuls à trancher. »

Sentant sa propre angoisse affleurer, le Dr Berghoff s'efforça de prendre un ton neutre. Au début, désireux d'atténuer le choc, il avait déclaré à sa patiente qu'il espérait qu'il s'agissait d'une tumeur. Et il avait fait hospitaliser Emily une seconde fois afin de lui faire passer des examens complémentaires. Bob avait trouvé que son discours ressemblait étonnamment par sa prudence à celui que lui avait tenu Mike Willett quelques semaines plus tôt.

Sérieux, méthodique, le Dr Berghoff avait repris le problème de zéro, s'efforçant désespérément de trouver une autre piste. La seconde série de tests n'ayant rien apporté de nouveau, il s'était vu dans l'obligation d'en tirer les conséquences qui s'imposaient. Pourtant, un soir, sur le point de rentrer chez lui après une dure journée, il n'avait pu s'empêcher de retourner voir Emily dans sa chambre d'hôpital, espérant découvrir un élément ou un indice qui lui permettrait de poser un diagnostic différent.

Il trouva la jeune femme en compagnie de son mari et d'une certaine Barbara. Tous les trois pique-niquaient. Le neurologue demanda à Emily de mettre sa jambe valide puis ses bras contre ses mains et de pousser, afin de tester sa force musculaire. Il lui sembla qu'elle avait moins de force dans les bras. En outre, ses muscles avaient perdu de leur tonicité. Il garda ces constatations pour lui. Les plaisanteries de Bob ne réussirent pas à le dérider et il refusa le vin et le fromage qu'on lui offrait.

Emily était inquiète, certes. Mais elle était heureuse. N'avait-elle pas tout ce qu'une femme peut souhaiter ? Deux beaux enfants, un métier gratifiant, un mari attentionné. À l'évidence, les Bauer formaient un couple uni. Et c'est pourquoi d'ailleurs le Dr Berghoff les avait convoqués tous les deux.

Assise sur sa chaise inconfortable, Emily se taisait. Bob, qui allait raconter une blague, s'arrêta net. L'estomac soudain noué, il eut le pressentiment que sa vie allait être bouleversée. Pourtant ce ne pouvait pas être aussi grave qu'il le craignait, puisque ce n'était pas un cancer.

– Vous devez en avoir par-dessus la tête de tous ces examens, commença le médecin.

Il marqua un temps d'arrêt, gêné par cette patiente habituée de par son métier à analyser et jauger ses interlocuteurs. Il faut dire qu'Emily avait un regard particulièrement pénétrant. Intelligente, décidée et vulnérable, elle se montrerait sans aucun doute sceptique quand il lui assénerait la vérité.

Il se mit à parler lentement, pesant soigneusement ses mots, conscient qu'en des moments pareils les malades se troublent et mélangent tout. Une femme de l'intelligence d'Emily Bauer pouvait fort bien refuser de l'écouter, décider de couper le son pour ainsi dire et se mettre en quête d'un autre thérapeute susceptible de poser un diagnostic moins pessimiste. Ou alors elle risquait de se refermer comme une huître. A moins qu'elle ne se mette en colère contre ceux qui la soignaient. Ce n'était pas la première fois que le Dr Berghoff avait affaire à ce genre de maladie.

Après avoir passé en revue les résultats des différents examens pratiqués, il marqua une nouvelle pause.

– Il ne fait pas de doute que vous souffrez d'une maladie qui prend son départ dans les motoneurones, attaqua-t-il.

Il y eut un silence. Puis Bob prit la parole :

– Qu'est-ce que c'est au juste, docteur ?

– La S.L.A.

– Ce qui signifie, en clair ? s'enquit Emily.

– Sclérose latérale amyotrophique. On l'appelle aussi maladie de Charcot.

« Impossible, songea aussitôt Bob, se souvenant d'articles qu'il avait lus. J'ai mal entendu. Oh, merde ! Pas ça, nom de Dieu ! Pas Emily ! »

Pendant ce temps-là, le spécialiste répondait aux questions de la jeune femme, lui parlant de la moelle épinière et des nerfs, lui expliquant que cette maladie avait pour effet de « couper » les messages envoyés aux muscles par le cerveau sans qu'on sache pourquoi, et sans qu'on y puisse rien. Que l'affection débutait souvent par un membre et gagnait petit à petit du terrain. Graduellement, les muscles s'atrophiaient. A terme, la respiration pouvait, elle aussi, devenir difficile. Mais on n'en était pas encore là.

Bob, qui avait résolument fermé les écoutilles, fouillait dans sa mémoire à la recherche d'une blague désopilante qui détendrait l'atmosphère.

C'est alors qu'Emily demanda au médecin :

– Je vais mourir ?

Le neurologue ne répondit pas immédiatement. Il se faisait l'effet d'être le juge prononçant une condamnation à mort. Sacré bon sang de bonsoir ! Cette femme n'avait qu'une petite quarantaine, des enfants en bas âge, il la considérait un peu comme une consœur. Et voilà qu'elle lui demandait si elle allait mourir comme si son sort dépendait de lui. Quand on est médecin, on a l'habitude de côtoyer la mort. Les patients atteints d'une sclérose latérale amyotrophique et leurs familles ne réagissent pas comme les autres devant la mort : elle passe au second plan. Pour eux, c'est moins un sujet de crainte qu'une bénédiction car elle permet au malade d'échapper à une existence aride et insupportable. Leur vie se rétrécit de plus en plus jusqu'au jour où ils se retrouvent cloués au lit, bardés de tuyaux, maintenus vivants grâce à une batterie de machines et à la volonté d'hommes en blanc qui, leur journée de travail terminée, rentrent chez eux dîner, plaisanter, jouer avec leurs enfants sans plus penser à leurs patients. Le spécialiste espérait qu'Emily décoderait seule son silence, ce qui lui éviterait de faire des phrases.

– Nous quitterons tous cette terre, un jour ou l'autre, poursuivit-il. Certains patients atteints de S.L.A. peuvent espérer vivre dix, voire vingt ans. Mais en règle générale, ces malades ont trois ou cinq ans tout au plus devant eux.

Il évita soigneusement de prononcer le mot « mort » : un médecin n'est pas là pour faire du mal à ses clients et leur saper le moral. Or le Dr Berghoff considérait qu'ôter tout espoir à un malade équivalait à commettre une mauvaise action.

Pendant le trajet du retour, Bob et Emily

échangèrent à peine trois phrases. A chaque feu rouge, ils se prenaient la main.

■

18 octobre 1980.

Chères Alli et Jenie,

C'est à la fin de la semaine que j'ai appris que j'étais atteinte d'une sclérose latérale amyothrophique. Cette maladie détruit les muscles à un rythme dont on ignore encore tout. Mes pensées vont à vous, ainsi qu'à Bob, qui êtes toute ma joie. Je rends grâces au ciel de vous avoir tous les trois. (Je n'ai encore jamais vraiment songé à Dieu, ce n'est pour moi qu'un vague concept dont j'ai réussi à me passer jusque-là. Mais je n'ignore pas qu'en temps de crise, les gens ont tendance à se tourner vers la religion qui les aide à donner un sens à ce qui n'en a pas.) J'ai toujours considéré qu'une famille devait se composer d'au moins quatre personnes. Est-ce parce que inconsciemment je pressentais ce qui allait m'arriver ? En tout cas, c'est tant mieux. Car, comme je le faisais remarquer à Bob pas plus tard que ce matin, il est peu probable que je puisse être à nouveau mère. Par ailleurs, il vaut mieux que votre père ait deux filles : à deux, il vous sera plus facile de vous occuper de lui.

Je remercie Dieu – c'est un peu timidement que j'invoque le nom du Seigneur – que votre père soit comme il est. Ce que j'ai fait de plus astucieux dans ma vie, outre vous mettre au monde, c'est certainement d'avoir épousé Bob. Comme il me faisait part de son inquiétude ce matin, je me suis empressée de le rassurer. J'avais toujours pensé qu'il disparaîtrait le premier, et n'étais pas certaine de réussir à m'en sortir sans lui. Mais je suis persuadée qu'il se débrouillera très bien seul, même si c'est une énorme responsabilité. Et puis il y aura les autres. Tous ceux qui vous aiment et partageront votre vie.

Quelle tristesse de penser que je ne vous verrai pas grandir... Quel soulagement aussi. Car il y a des moments où les enfants sont une lourde charge. Mais l'idée que je ne récolterai pas ce que j'ai semé m'est particulièrement difficile à supporter, de même que la perspective de ne pas pouvoir mener à bien ce que j'avais entrepris – votre éducation et mon travail entre autres.

Je m'efforce de penser à ce que cette maladie peut m'apporter, et pas seulement à ce qu'elle va me retirer. Mais comme le processus ne fait que commencer, il me reste encore beaucoup à apprendre.

27 octobre 1980. Bryan est là. Il faut quand même bien que Bob travaille de temps en temps. Avant de sortir avec mon frère aujourd'hui, je suis restée en tête à tête avec Alli. Elle était d'humeur câline et m'a demandé de chanter, mais pas les chansons qu'elle connaît déjà, des nouvelles, comme pour marquer le début d'une étape différente. J'étais tellement perturbée que j'ai oublié de lui dire au revoir quand Mrs. R. est venue chercher les petites pour les emmener chez elle. Moi qui croyais avoir la situation en main, j'ai lamentablement cafouillé. Alli me regarde me préparer – ce qui me prend davantage de temps qu'auparavant – et descend avec moi jusqu'au taxi. J'aimerais qu'elle sache ce qui se passe mais je me sens coupable. Ce n'est pas bon signe. Quand je rentre, j'ai droit à de vibrants : « Maman, maman » qui me font chaud au cœur. Peut-être se doute-t-elle que nous traversons une crise, et est-ce sa façon à elle de tenir son rôle. En tout cas, elle est plus gentille que quand nous avons ramené Jenie de l'hôpital. Je ne suis pas près d'oublier l'accueil qu'elle nous a réservé à cette occasion. C'était horrible. Je ne sais plus très bien ce que je dois faire avec mon aînée.

A notre retour de chez le médecin, Bryan a déclaré : « Et si on s'amusait un peu maintenant ? Tu n'as pas une idée, Emily ? » Je me suis torturé les méninges et j'ai lâché : « Pourquoi ne pas aller se promener ? » Tout le monde a ri. Moi aussi. Avant de fondre en larmes.

1er novembre 1980. Jenie, mon poussin. Tu portes en ce moment les vêtements que nous t'avions achetés ou confectionnés. Bob, Alli et moi avons orné tes T-shirts de dessins. Et les sœurs de Bob se sont mises au travail, elles aussi. Il n'y a rien de plus précieux que le temps que l'on consacre aux autres. L'amour et la santé sont aussi des biens merveilleux. J'avais projeté de coudre régulièrement pour toi, mais j'ai les yeux plus grands que le ventre : je fais toujours trop de projets.

J'aimerais vous constituer une manière de dot. J'avais pensé vous confectionner des couvertures matelassées – ce ne sont pas les jolis tissus qui manquent à la maison. Mais c'est un projet bien trop ambitieux : le temps m'est compté. Je vais donc vous offrir à chacune un cadeau de Noël et un cadeau d'anniversaire. Certes, je prends un risque, car j'ignore quels seront vos goûts et ce qui vous intéressera quand vous serez grandes. Mais je vais faire de mon mieux. Peut-être que plus tard mes présents vous plairont, aussi gardez-les. J'espère que, comme moi, vous serez sensibles aux jolies choses. Si jamais ces cadeaux ne vous plaisaient pas, mettez-les de côté pour vos filles ou quelqu'un de la famille. Mais attendez d'avoir quarante ans pour vous en séparer. Ce n'est qu'à cet âge qu'on sait ce qui est important dans la vie.

Jenie, tu continues à faire des tiennes sans rime ni raison. Et notamment de te réveiller au beau milieu de la nuit. Or j'ai de plus en plus de mal à m'occuper de toi, même dans la journée. Aussi est-ce Bob qui se lève. En général, il suffit qu'on te prenne pour que tu cesses de pleurer. En conséquence, tu passes pas mal de temps dans ses bras.

Alli a une nouvelle manie : elle prend la fuite quand j'essaie de l'habiller. La gredine sait que je suis incapable de la poursuivre.

■

Le week-end de Thanksgiving fut particulièrement joyeux chez les Bauer. Deux douzaines de parents et d'amis – dont certains avaient passé la nuit sur place à la diable – s'étaient retrouvés à la campagne pour les fêtes. Une délicieuse odeur de cuisine flottait dans la maison qu'emplissait un brouhaha de circonstance.

Emily avait de plus en plus de mal à se déplacer dans la demeure bâtie sur plusieurs niveaux. Les invités l'apercevaient souvent hésitant avant de grimper une marche ou se traînant dans le couloir, appuyée au mur ou sur sa canne. La jeune femme finissait par avoir mal aux bras à force de s'appuyer sans cesse partout. Elle voulait être là où il y avait le plus de bruit, ce qui l'obligeait à de constants déplacements car pour un oui ou pour un non les gens se transportaient d'une pièce à l'autre. Les invités avaient toujours l'air surpris quand ils voyaient Emily s'encadrer sur le seuil, une ombre de sourire aux lèvres. Ils se précipitaient pour avancer une chaise à l'handicapée,

heureuse d'être avec les autres. On chantait, on se racontait des histoires, on riait, on mangeait et on portait des toasts à propos de tout et n'importe quoi. La jeune femme, qui connaissait par cœur toutes les paroles des chansons du répertoire folk, chantait à pleins poumons. Un soir qu'elle avait un petit coup dans l'aile, elle s'entêta à pousser la chansonnette et les autres essayèrent de la suivre. Ils durent renoncer mais la laissèrent poursuivre, ne voulant pas lui gâcher son plaisir.

– N'est-ce pas formidable ? s'exclama Emily. Je vais mourir et nous sommes tous là à nous amuser comme des fous !

Pendant tout le week-end, l'atmosphère fut délibérément pétillante. Sans doute parce que les invités refusaient la réalité. Après tout, rares parmi eux étaient ceux qui avaient côtoyé un parent atteint d'une maladie incurable. A leur décharge, il faut dire que, ses problèmes de locomotion exceptés, Emily avait l'air en pleine forme. Tous ceux qui étaient là connaissaient la jeune femme et savaient qu'elle n'était pas du genre à se laisser abattre. Cette fille-là avait une volonté de fer, ce n'était pas une petite nature. Et le désespoir n'était décidément pas sa tasse de thé. Elle fit promettre à chacun des invités de l'aider à terrasser la maladie. Pour ce faire, ses amis devaient penser à elle chaque jour, avoir la certitude qu'elle remarcherait normalement. Tout le monde le lui promit. Ils se battraient ensemble. Emily appelait cela de la visualisation positive. Cela consistait à utiliser le pouvoir de l'esprit pour guérir des nerfs condamnés. De retour chez eux, les invités – les femmes surtout – s'efforcèrent de se représenter Emily allant d'un pas vif, grimpant sur sa bicyclette, dansant ou faisant du jogging. Certaines arrivaient à avoir une vision floue mais une vision tout de même. Quant à Emily, elle savait ses amies occupées à penser à elle et cela lui était d'un grand secours. C'était plus réconfortant que de se servir de sa canne qui lui faisait mal aux bras. D'autres amis ne parvinrent jamais vraiment à se mettre à la visualisation positive. Ils ne cessaient de voir l'Emily d'antan, mais un peu tassée, une canne à la main, un demi-sourire aux lèvres, appuyée contre le mur pour souffler un peu, ou demandant à quelqu'un d'aller lui chercher quelque chose. Mais l'image s'évanouissait presque aussitôt. Elle disparaissait vite au milieu du tourbillon de la vie quotidienne. Un rien suffisait à la chasser : sonnerie du téléphone, préparatifs du dîner, pleurs d'enfants, jardinage, lessive. Ils allaient au restaurant, au cinéma, au ballet, s'arrêtaient dans des auberges de campagne perdues dans la verdure. Parfois ils détournaient à dessein leur attention, mettant la radio un peu trop fort, se plongeant dans le journal pour s'apercevoir quelques secondes plus tard qu'ils n'avaient rien retenu de leur lecture. Ils oubliaient jusqu'à leurs exercices de visualisation et celle qui en était l'objet jusqu'au moment où ils recevaient un coup de fil d'Emily. Ils repensaient à elle au hasard d'un week-end passé à chiner à la campagne, ou quand, dans un restau-route, ils se trouvaient à la table voisine d'une handicapée, assise dans son fauteuil roulant, que son père ou sa mère essayait tant bien que mal de faire manger à la petite cuiller, et dont le menton se barbouillait de potage.

– Tu veux dire qu'Emily va finir comme ça ? demanda un jour Beverly à son mari.

Du regard, elle désigna un box où étaient installés une handicapée et ses parents.

Le Dr Michael Willett reposa ses couverts.

– Oui. Si elle a de la chance.

Le lundi qui suivit Thanksgiving, Bob repéra des traces de pneus sur la pelouse. Intrigué, il les suivit et sentit bientôt son cœur se serrer. En se garant, l'un des invités avait écrasé le magnolia planté pour Alli. Emily éclata en sanglots.

Lorsque vint la nuit, Bob prit sa femme dans ses bras et la porta dans la chambre où, jeunes mariés, ils avaient été si heureux. Il la tint serrée contre lui jusqu'à ce qu'elle s'endorme.

■

4 décembre 1980. Bob ne pleure pas comme moi. au début, il sanglote. Ce n'est que peu à peu qu'il se calme. L'autre jour, pendant le dîner, Alli a pris sa serviette et lui a essuyé les yeux en lui disant : « Ne pleure pas, papa. » Puis elle lui a demandé s'il voulait un pansement. Elle en porte un en permanence en ce moment. L'autre jour, elle m'en a mis deux sur les jambes. Puis, alors que j'étais au milieu de la pièce, elle m'a enlevé ma canne des mains. La panique m'a saisie à l'idée que j'allais tomber. « Marche », m'a-t-elle ordonné. « Je vais essayer, ma chérie. Mais c'est très dur pour moi, maintenant. » Un peu plus tard, elle m'a rendu ma canne. « Et avec deux, maman ? » Je lui ai dit que même avec deux cannes, ça n'irait pas mieux. « C'est pas drôle », a-t-elle répondu.

■

A Noël, les feuilles de l'été et de l'espoir avaient jauni et étaient tombées, dénudant les branches des grands arbres de la maison de campagne des

Bauer. Le vert profond des pins était terne. Les conifères courbaient l'échine, comme s'ils sentaient se profiler les mauvais jours. Les Bauer célébrèrent Noël chichement. Non que l'argent manquât. Mais ils n'étaient pas d'humeur à faire la fête. Le père Noël passa chez eux, pourtant. Emily avait toujours des idées très arrêtées sur la façon de décorer la maison et l'appartement. Seulement, comme elle était désormais incapable de les mettre à exécution, elle se vit contrainte de déléguer. Bob fut chargé d'accrocher gui, boules de couleur et autres accessoires traditionnels aux branches du sapin. Il consacrait de plus en plus de temps à sa femme. Quand il était pris, Emily demandait à la baby-sitter de l'aider. Ou à Barbara, ou à une autre amie. Bryan, qui faisait des séjours de plus en plus fréquents dans la ville où habitaient les Bauer passait souvent chez sa sœur, accompagné de Barbara. Les amis d'Emily s'arrangeaient pour se libérer et se déclaraient prêts à lui donner un coup de main à tout moment. Cela réconfortait la jeune femme qui se sentait très entourée et très forte. Son ex-mari lui-même se manifesta lorsqu'il eut vent de sa maladie. Ses affaires marchaient bien, l'argent rentrait à flots et il lui proposa de se servir de la carte de taxi de sa société chaque fois qu'elle aurait à se déplacer. Il réglerait la facture. C'était bien le moins qu'il pût faire. Emily fut émue par ce geste. « Tu parles d'un geste, songea Bob. C'est déductible des impôts. » Mais il garda ses réflexions pour lui.

La famille Bauer séjournait de plus en plus souvent en ville, dans le petit deux-pièces d'Emily, entièrement décoré par ses soins. Bob, qui avait parfois l'impression d'être l'invité de sa femme, lui demanda s'il pouvait apporter quelques affaires personnelles afin de se sentir moins dépaysé dans cet endroit où il passait de plus en plus de temps.

– Bien sûr, répondit Emily, qui ne voyait pas ce qu'on pouvait changer à son intérieur. Apporte des livres, si tu veux.

Mais il n'y avait pas beaucoup de place pour caser des bouquins. Le séjour, étroit, faisait quatre mètres cinquante sur sept mètres cinquante – sans compter les étagères. Emily et Bob y dormaient dans un grand lit placé près de la fenêtre. La cuisine était à l'autre bout, séparée du living par une colonne d'étagères. Entre les deux se trouvait une grande table au plateau de bois blond lisse au toucher, qu'Emily adorait. Elle l'avait choisie ronde exprès, afin que personne ne se sente exclu et que tous les convives puissent participer activement à la conversation. Près de la fenêtre, se trouvait une table basse et un vaste canapé plein de coussins moelleux invitant à la détente. Cette pièce devait tenir une place importante dans la vie des Bauer.

Les fillettes couchaient dans la petite chambre en compagnie de Gaucho, leur chat. Les sanitaires étaient sur la droite, avant d'arriver à la chambre. Pour accéder à la minuscule salle d'eau où se trouvaient les toilettes, il fallait grimper une marche. A deux ou trois reprises, Emily – qui avait de plus en plus de mal à se déplacer – n'avait pas réussi à gagner la salle de bains à temps et avait eu des problèmes. De ceux qu'avait le chien quand il s'oubliait quelque part. Bear, le compagnon à quatre pattes de Bob, était un animal de belle taille. Si volumineux même que certains membres de la famille s'étonnaient que Bob insiste pour garder ce monstre dans un espace aussi exigu. Bob se bornait à leur faire remarquer que

le chien faisait partie de la famille. La vérité était que Bear était devenu le confident de son maître, qui lui parlait de ses problèmes en le sortant le soir.

■

14 janvier 1981. Je pense à ce que j'ai perdu et à ce que j'ai gagné. Ma jambe est devenue flasque et n'a plus de galbe. Impossible de me promener dans les bois quand il fait beau. J'ai perdu mon indépendance. Mon horizon est strictement limité. D'un autre côté, je m'aperçois que les gens m'aiment plus que je ne le croyais. J'échappe aux corvées quotidiennes, et je peux me consacrer entièrement aux filles. J'arrive encore à repasser – c'est à peu près tout ce que je puis faire – et à plier le linge. Je me sens moins fatiguée et j'ai davantage de temps à moi pour réfléchir.

■

Quand Emily avait décidé de se documenter sur un sujet, elle parvenait à ses fins. Par l'intermédiaire de l'ordinateur installé sur son lieu de travail, Bryan avait accès à bon nombre de données scientifiques et médicales. Sa sœur lui fit imprimer tout ce qui touchait à la sclérose latérale amyotrophique. Elle rapporta ou se fit rapporter de la bibliothèque des ouvrages d'anatomie et de neurologie. Elle acheta et dévora des livres écrits par des guérisseurs et des magnétiseurs, des témoignages de cancéreux racontant comment ils avaient réussi à vaincre la maladie. Elle entra en contact avec l'Association pour la lutte contre la S.L.A., qui lui fit parvenir une documentation

abondante. Mais cette littérature lui parut déprimante car, pour une large part, elle considérait la défaite de la victime comme inéluctable.

Tous les médecins – et après le Dr Berghoff, elle en avait vu beaucoup – tenaient à peu près le même discours pessimiste. Tous, sans exception, faisaient la grimace après avoir décelé chez elle faiblesses musculaires et fasciculations. L'association de ces deux symptômes ne présage en effet jamais rien de bon. « Ce n'est pas parce qu'un patient présente des fibrillations qu'on doit automatiquement penser sclérose latérale amyotrophique, lui expliqua un spécialiste. Cependant, il faut savoir que ces contractions se rencontrent nécessairement chez tous les patients atteints de cette affection. »

Tous les neurologues la mirent en garde : les patients qui refusaient d'accepter leur mal et étaient incapables d'affronter l'horreur de la situation étaient nombreux. Les membres du corps médical lui expliquèrent que, psychologiquement, le malade passait par divers stades : refus, colère, acceptation, paix. Chaque individu constituant un cas particulier, il n'y avait pas de schéma type et, le plus souvent, les différents stades se chevauchaient, les patients oscillant de l'un à l'autre. Compte tenu de la nature de la maladie, cette attitude était bien compréhensible.

La sclérose latérale amyotrophique est un mal particulièrement horrible. C'est une sorte de polio lente, qui frappe surtout les hommes, qu'elle terrasse en l'espace de cinq ans. Quand on la diagnostique, la maladie a déjà fait un bon bout de chemin dans l'organisme du fait que l'être humain mobilise rarement toutes ses ressources musculaires dans la vie courante. Les recherches en sont encore au stade du balbutiement.

La maladie de Charcot est tout le contraire de la maladie d'Alzheimer, dont on connaît mieux l'évolution et les mécanismes. Un patient souffrant d'une maladie d'Alzheimer ignore si l'on est dimanche ou lundi, mais il est parfaitement à même de disputer une partie de tennis. En revanche, un patient atteint de S.L.A. peut faire de la physique quantique, mais il est incapable de se gratter le bout du nez. Intact, son esprit est condamné à assister à la lente dégénérescence de son enveloppe physique, articulation après articulation, muscle après muscle. C'est comme si des millions de fourmis s'élançaient à l'assaut du corps, pompant sa vitalité de l'intérieur. Locomotion. Station debout, Mastication. Déglutition. Respiration. Phonation. Bientôt un véritable silence musculaire s'installe, qui se transforme en silence tout court. La victime semble rapidement incapable de réagir et son entourage en vient à la considérer comme un nouveau-né sans défense. Toutes les fonctions musculaires finissent pas être anéanties, seuls demeurent actifs le système digestif et les muscles oculo-moteurs. Les malades frappés par la S.L.A. peuvent cligner des yeux et déféquer. Condamnés à l'immobilité, ils ont tout le temps de ruminer et de se voir dégringoler la pente.

Le déni n'avait pas de secret pour la psychologue doublée d'un pédagogue qu'était Emily. Aussi n'était-ce pas le déni qui l'intéressait mais la détermination. Elle fusilla du regard le couple d'amis qui avait osé suggérer qu'elle déniait peut-être un peu trop le déni. Emily n'avait que faire des réactions négatives de son entourage à un moment où sa vie était en jeu, où il y avait encore une chance. Elle avait besoin du soutien d'amis véritables. Elle avait besoin d'espoir.

La colère, elle connaissait aussi. Car elle en voulait de plus en plus aux médecins qui – disait-elle – lui conseillaient en fait de rester tranquillement chez elle à attendre la mort. Façon confortable d'évacuer leur sentiment d'échec devant un mal qu'ils étaient incapables de guérir. Emily, qui ne l'entendait pas de cette oreille, s'obstinait à les bombarder de questions. Avaient-ils eu vent de tel ou tel traitement ? Que fallait-il penser de ce médicament qui était encore au stade expérimental ? Avaient-ils lu la communication parue dans telle ou telle revue scientifique ? Concrètement, que pouvait-on tenter ? Les spécialistes répondaient honnêtement à ses questions, soulignant que dans l'état actuel de la recherche, la sclérose latérale amyotrophique n'avait pas encore de solution technique. Mais ils ne lui disaient pas ce qu'elle brûlait d'entendre, ils ne lui disaient pas qu'un patient déterminé avait une chance. Le temps passant, la maladie évoluant, ils abrégeaient l'entretien. Emily trouvait ses interlocuteurs pressés quand elle les rencontrait, injoignables quand elle essayait de leur téléphoner. L'avaient-ils rangée dans la catégorie des anxieuses et cherchaient-ils à se débarrasser d'elle par tous les moyens ? Toujours est-il que ces dérobades rendaient la jeune femme absolument furieuse.

Au lieu de lui suggérer un traitement, les spécialistes lui conseillèrent d'avoir recours aux services d'un assistant social. Ce dernier lui apprendrait à économiser ses gestes de façon à ne pas gaspiller ses forces en mouvements parasites et inutiles. Il

l'aiderait également à aménager son intérieur de façon à la rendre plus facile à vivre pour une handicapée. Et à éviter de se lancer dans des dépenses inconsidérées afin de pouvoir faire face à celles qui ne manqueraient pas de se présenter. A ce propos, d'ailleurs, les Bauer avaient-ils une assurance-maladie ?

Emily trouva que c'étaient là des préoccupations essentiellement négatives, pour le moment du moins. Pourquoi renoncer si vite ? La lutte ne faisait que commencer. Il devait y avoir d'autres façons de guérir, des moyens qui ne nécessitaient pas d'en passer pas ces vieux messieurs, bardés de diplômes, si condescendants envers les femmes. Peut-être qu'en se prenant en charge... Ils lui avaient déconseillé de faire de l'exercice, mais peut-être que la gymnastique lui rendrait des forces ?

Emily n'avait pas besoin qu'un inconnu vînt organiser sa vie. N'était-elle pas entourée d'une grande famille de cœur qui avait affirmé sa présence le jour de Thanksgiving ? Il y avait Bob et il y avait les autres. Jamais personne ne s'était plaint. Ses amis étaient heureux de lui prêter main-forte, ils l'aimaient. La maladie n'avait qu'à bien se tenir : Emily Bauer allait être la première à la battre à plates coutures. La première manche venait tout juste de s'engager.

■

1er février 1981. Quand j'écris, il arrive que mes doigts m'obéissent mal et que je trace une barre de « t » trop grosse. Je suis la seule à m'en être aperçue. Cela me fait froid dans le dos quand j'y pense. Comment empêcher le mal de gagner mes bras ?

7 février 1981. J'aimerais qu'on me dise où trouver quelqu'un qui puisse m'aider.

■

Voyant qu'Emily cherchait de tous les côtés une solution au problème que la médecine traditionnelle était incapable de résoudre, une de ses amies lui suggéra de consulter une voyante. L'idée était peut-être complètement loufoque mais cela valait le coup d'essayer.

Emily trouva que c'était une excellente idée et demanda à son mari de faire le nécessaire.

Bob était sceptique. La religion n'avait jamais été son fort. Certes, il croyait en l'existence d'un principe divin, mais tout cela restait vague dans son esprit. Comment un homme qui adorait faire des randonnées en montagne et admirait la nature avec sa flore et sa faune si particulières aurait-il pu ne pas croire à l'existence de Dieu ? Au hasard de ses promenades dans la forêt, il avait maintes fois poussé un soupir ému ou versé une larme furtive devant la splendeur de la nature. Toutefois, jamais il n'avait pu se résoudre à franchir le seuil des églises au gazon ras et au rituel rigide. Si, dans son métier, il lui arrivait de réaliser des œuvres de fiction, dans la vie quotidienne, il préférait les faits.

S'étant documenté sur la maladie dont souffrait sa femme, il ne se faisait aucune illusion quant à ses chances de guérison.

Au début, il avait dit la vérité à Alli : les médecins ignoraient le mal dont sa maman était atteinte. Et il s'en était tenu là pendant un certain temps. Toutefois, à mesure que les examens se multipliaient et que les craintes des spécialistes se

précisaient, il avait jugé bon de mettre la fillette au courant. Il n'avait pas oublié l'époque où petit garçon doté d'une imagination fertile et incapable de mettre une étiquette sur la maladie de sa mère, il faisait des cauchemars abominables. Et il était bien décidé à éviter cela à sa fille.

Il dit donc à la fillette que sa maman souffrait d'une maladie qui s'attaquait aux muscles, ce qui expliquait ses difficultés à marcher. La petite se contenta de ces premières explications, qui correspondaient d'ailleurs à la vérité. Puisqu'il allait devoir élever ses deux enfants, autant prendre le taureau par les cornes.

Jenie étant trop jeune pour comprendre, Bob procéda autrement : il passa davantage de temps avec elle, la serrant contre lui, lui parlant. Emily avait préféré se taire, estimant que les petites voyaient bien ce qui se passait. En outre, elle craignait que sa maladie les éloigne d'elle.

Au début, son mari ne s'opposa pas à ce qu'elle consulte la voyante. Pas plus qu'il ne l'empêcha d'aller de guérisseur en magnétiseur. Après tout, il s'agissait de sa vie et de sa mort.

Le neurologue le prit à part pour lui dire que s'ils avaient de l'argent à jeter par les fenêtres ils étaient libres de courir après les soi-disant faiseurs de miracles. Il ajouta que comme il n'avait pas l'impression que les Bauer roulaient sur l'or, il leur conseillait de ne pas dilapider leurs maigres économies, compte tenu des dépenses auxquelles il leur faudrait faire face.

Bob rappela le spécialiste afin de le remercier de ses conseils, précisant que si sa femme éprouvait le besoin de voir un guérisseur, si sa tranquillité d'esprit était à ce prix, il ne se sentait pas le cœur de la priver de ce confort.

Lorsqu'il se rendit en compagnie d'Emily chez la voyante et que cette dernière leur donna toutes sortes de détails d'une troublante exactitude sur la personnalité de leurs filles, Bob, ébranlé, se demanda s'il n'existait pas des manières encore inexplorées de vivre, de connaître, de sentir et de guérir.

■

14 février 1981. La dépendance, c'est dur à avaler

27 février 1981. Nous avons enterré ma vieille défroque physique. Je veux croire que ce que je gagnerai sur le plan spirituel compensera ce que je perds sur le plan physique. Fini l'exercice et la gymnastique, je peux tirer un trait dessus. Je sentais bien que je m'escrimais en vain mais je refusais de me l'avouer. Le fait de me traîner jusqu'au gymnase était un acte d'espoir mais c'était aussi une façon de refuser la réalité. Marcher, courir, danser : autant d'activités dont je suis désormais incapable. C'est dur. Mais à présent je me dis que je vais continuer à tenir assise sur ma chaise ; j'espère que ce sera possible.

28 mars 1981. Je m'apitoie sur moi-même. J'ai essayé d'avoir une conversation avec le médecin. Il m'a fait remarquer qu'il y avait des maladies plus graves que la mienne. Il a évidemment raison. Mais cela ne m'empêche pas de me sentir impuissante, déprimée, victime d'une monstrueuse injustice. Les trois quarts du temps, j'assume mon handicap, je suis formidable de courage et je suis certaine de faire l'admiration de mon entourage. A qui parler de ce qu'on ressent quand on sait qu'on est condamné ?

Dire que j'espérais devenir septuagénaire... Je m'instruis, c'est vrai, mais à quel prix...

Si je pouvais rencontrer des patients qui en sont au même stade que moi, je me rendrais au centre pour la lutte contre la S.L.A. Les contacts que j'ai eus avec les assistantes sociales et les médecins n'ont fait que me déprimer davantage. Au lieu de me focaliser sur la maladie, je ferais mieux de me concentrer sur ce qui fonctionne encore correctement dans mon organisme. Penser que je suis handicapée me paraît grotesque. Qu'ai-je donc bien pu faire pour que cela tombe sur moi ? Dire que je jugeais d'un cœur léger les malheureux qui avaient la malchance de tomber malades !

■

29 mars 1981. Voilà un an seulement que j'ai commencé à avoir des problèmes avec mon pied ! La foi et l'espérance sont censées aider à vivre plus longtemps, mais pour l'instant, ces vertus me font défaut toutes les deux. Je vais essayer de suivre ce régime et m'efforcer de méditer, mais je n'y crois pas vraiment. Parfois je me dis : et si, par un hasard extraordinaire, je triomphais de la sclérose latérale amyotrophique ? Mais je sais que, statistiquement, c'est impossible. Je vais mourir et probablement plus vite que je ne le pense. Cela vaut peut-être mieux, d'ailleurs.

Parfois, j'essaie de me concentrer pour empêcher le mal de s'étendre. Mais il s'attaque déjà à toutes les fonctions vitales. Sauf à celle de la déglutition. Je ne sais pas si j'aurai assez de ressources intérieures pour me battre. Il m'arrive de penser que Bob jouera un rôle prépondérant dans ce combat. Lorsqu'il me soumet des suggestions concrètes sur la façon de lutter contre la maladie – comme la semaine dernière, par exemple –, je sens l'espoir renaître en moi et j'ai l'impression d'être moins seule. Mais quand il se contente de me dire des « Je t'aime » – j'ai tort de parler comme ça, car ses simples mots m'apportent un tel réconfort ! Je n'ai jamais été aussi sûre de son amour que maintenant –, je crois qu'il est aussi désarmé que moi. En outre, il est fatigué et il a des problèmes dans son boulot. Je comprends que son travail le préoccupe, mais d'un autre côté je trouve monstrueux qu'il puisse encore consacrer du temps et de l'énergie à son métier alors que je suis en train de mourir.

Inutile de préciser que je ne suis pas fière de moi quand pareilles idées me trottent dans la tête.

2 avril 1981. Je ne sortirai sûrement pas grandie de cette épreuve. Encore que je m'efforce parfois de penser que si. Je me dis alors que ma mort sera plus tragique, que mes proches me regretteront davantage – à condition, bien sûr, que je meure dignement, sans être un fardeau pour mon entourage. Cela dit, quand je vois à quel point mes forces déclinent et combien je dépends d'autrui, je me demande comment j'arriverais à me supprimer, passé un certain stade. D'ailleurs, qui me dit que c'est la solution ?

Je m'évertue à me concentrer sur ce qui pourrait conserver un sens à ma vie. Je songe à me couper du monde extérieur et à m'absorber dans mes pensées. Alors je pense à Alli et à Jenie : je n'ai de contacts avec elles qu'indirectement. Comment m'organiser ? Comment concilier vie professionnelle – mes patients sont de moins en moins nombreux –, vie de famille et vie sociale tout en me préparant à mourir ? Les semaines n'ont que sept jours, il m'en faudrait au moins deux de plus pour tout mener de front. Je crois que je vais enregistrer des histoires pour les enfants dans un premier temps. Il faut absolument que je commence par là car j'ai peur de bientôt perdre l'usage de la parole. Hier, j'ai constaté que j'avais du mal à remuer la langue de gauche à droite.

J'ai besoin de quelqu'un avec qui parler vraiment, et qui me donne un espoir. La peur de ne pas réussir à mettre la main sur cette perle m'empêche de me mettre à sa recherche. Peut-être n'existe-t-elle que dans mon imagination ? Chaque jour qui passe m'enlève un peu de mes illusions. Et si j'essayais de le dénicher, cet oiseau rare ? C'est drôle, je m'imagine toujours que ce sera un homme. Pourtant quand je fais le compte des gens qui me disent : « Si tu as un coup de cafard, n'hésite pas à m'appeler », ce sont des femmes – L., B., A. et ma mère. Je devais aller à la campagne avec Bob demain, mais maintenant j'hésite. Il est tellement difficile de se déplacer dans cette maison.

Maman va bientôt repartir. Sa présence a quelque chose de lénifiant. Est-ce parce qu'elle est croyante ? Bob et moi sommes très déprimés. Je m'étais dit que nous pourrions aller au marché aux puces, mais cela me semble tellement dérisoire... Je suis complètement désorientée, je ne sais pas où j'en suis. Je ne veux pas être un poids pour mon entourage et c'est pourtant ce que je suis.

Mrs. D. m'a téléphoné. Difficile de qualifier ses propos de réconfortants :

– J'espère que vous tiendrez le coup encore cinq ans afin de pouvoir élever vos enfants.

Alli se tourne de plus en plus vers Bob, qui lui consacre moins de temps. C'est à lui que je fais appel, moi aussi, quand j'ai besoin de quelque chose, alors que ma mère est là, qui trime jour et nuit. Pourtant, je suis certaine que je la regretterai le jour où elle partira. Pour un oui pour un non, je lui vole dans les plumes, c'est plus fort que moi et après je culpabilise. Je la traite comme ma bonne, comme si elle était là pour me servir. Elle m'en veut et je la comprends. Je suis bien furieuse, moi, quand Alli me fait ça. Et ma mère a déjà assez donné, de ce côté-là.

■

La mère d'Emily faisait de fréquents séjours chez sa fille, qui en profitait pour lui poser d'innombrables questions sur sa petite enfance. Inlassablement, Emily lui demandait de lui raconter anecdotes familières et souvenirs divers de ces jours lointains. Elle aimait l'entendre évoquer l'Emily du jardin d'enfants qui s'obstinait pendant des heures à terminer un puzzle ardu, refusant l'aide de la maîtresse. « J'y arriverai toute seule. » Bessie Rodgers, son professeur préféré, toujours si ferme avec elle. La première fois que son père l'avait emmenée sur la grande roue. Elle l'avait supplié de faire plusieurs tours. C'est ce jour-là que son frère Bryan était né. La jeune femme avait oublié ce détail.

Ces souvenirs étaient le ciment de la famille. Lorsque quelqu'un avait besoin de s'entendre répéter que rien n'avait changé, que tout était comme avant, il suffisait de les évoquer. Mais avec le temps, les souvenirs s'éloignaient et se fanaient. La mère d'Emily avait de plus en plus de mal à se les remémorer et ces événements jadis si vivants prenaient l'aspect flétri des fleurs séchées qui ont perdu leur parfum délicat.

La mère d'Emily trouvait sa fille de plus en plus irritable. Il lui suffisait parfois de voir quelqu'un arriver chez elle avec une mine enjouée pour sortir

de ses gonds. Emily n'avait jamais été ce que l'on appelle une bonne pâte. Son père avait toujours admiré cette combativité dont il n'avait jamais eu à faire les frais, compte tenu de ses fréquentes absences. Mais maintenant, elle était devenue carrément irascible. Le ton sur lequel elle parlait rappelait à sa mère les jours lointains où, bébé, elle s'éveillait au beau milieu de la nuit, criant inlassablement à pleins poumons. Elle continuait de pleurer même lorsque sa mère, les yeux cernés de fatigue, la prenait dans ses bras pour la bercer. A croire que la présence maternelle ne suffisait pas à la calmer.

Petite fille, Emily adorait être le centre d'intérêt. Comme elle avait été mortifiée de ne pas être élue chef de classe ! Avec quelle fierté, en revanche, elle avait joué le rôle de maître de cérémonie à l'occasion de la fête de fin d'année au lycée !

Aujourd'hui, elle était de nouveau le point de mire, au centre des préoccupations de chacun, dans cet appartement grand comme un mouchoir de poche où circulaient cet énorme chien et ces gens bizarres – guérisseurs et magnétiseurs de tout poil.

La mère d'Emily remarqua également – non sans une satisfaction bien compréhensible – que Jenie s'était mise, elle aussi, à pleurer sur le coup de deux heures du matin. Au point que tous ceux qui couchaient là – et il y avait toujours des hôtes de passage chez les Bauer – auraient pu, s'ils n'avaient dormi, en profiter pour régler leur montre. Pour des raisons évidentes, ce n'était pas Emily qui se levait dans l'obscurité pour aller préparer le biberon de Jenie. C'était Bob. La mère d'Emily entendait sa fille qui, de la chambre, et sans forcément baisser la voix, donnait des instructions détaillées à son mari.

De l'avis général, Bob était un saint. Un saint fatigué, certes, et peu loquace, mais toujours sur la brèche néanmoins. Les éloges pleuvaient sur lui. Mais puisait-il seulement des forces dans ce concert de louanges ? C'était difficile à dire. En tout cas, il ne se plaignait jamais. Partant du principe qu'il n'est pas bon de refouler ses émotions, les amis de Bob Bauer essayaient de l'arracher à son mutisme. C'est ainsi, par exemple, que sa sœur lâchait des remarques désobligeantes sur Emily pour l'obliger à réagir. Bob avait un petit hochement de tête, convenait que la vie n'était pas toujours rose, ajoutant que les bien portants ne se rendaient pas compte de la solitude dans laquelle évoluaient les mourants.

La mère d'Emily, Barbara, les sœurs de Bob, les amis des Bauer allaient et venaient à leur guise, vivant à doses homéopathiques pour ainsi dire le drame qui se déroulait dans l'appartement exigu. Emily recevait des visites deux ou trois fois par semaine car il était presque impossible de sortir avec elle. Bien qu'ayant pratiquement perdu l'usage de ses deux jambes, la jeune femme refusait encore la solution du fauteuil roulant. Elle se fatiguait de plus en plus vite. Pour se déplacer, elle prenait appui sur ses cannes, lançant en avant une jambe puis l'autre.

Bob était là tous les jours. Les Bauer avaient renoncé à résider à la campagne. Debout à six heures du matin, Bob changeait, habillait, faisait manger les enfants. A sept heures, il préparait le petit déjeuner d'Emily. Sa spécialité, c'étaient les salades de fruits, qu'il remplaçait par des flocons d'avoine quand le temps était frais. A huit heures, les petites étaient prêtes à partir chez la baby-sitter. Cette Portoricaine adorable, qui habitait le même immeuble que les Bauer, avait des horaires extrêmement souples du fait que ses propres enfants étaient d'âge scolaire.

Bob parti, Emily passait la matinée à écrire, lire ou recevoir ses patients. Elle ne donnait plus de cours à l'université. Pour l'administration, elle était en congé de maladie. Elle se disait qu'il était peu probable qu'elle retrouvât un jour ses étudiants. Son combat contre la maladie se révélait plus prenant qu'elle ne se l'était imaginé au départ.

Emily était heureuse de pouvoir continuer à suivre ses malades. Les consultations l'occupaient utilement et constituaient une source de revenus appréciable. Jamais elle n'avait eu autant de temps à elle. Ce n'était pas désagréable. Bien que parfois elle connût des moments embarrassants du fait de son handicap. Un de ses jeunes patients l'avait un jour trouvée coincée dans la salle de bains dans une situation critique et avait dû lui prêter main-forte et l'aider à remonter son collant.

La plupart du temps, Bob était là pour l'aider. Il culpabilisait en pensant au surcroît de travail que ses absences imposaient à ses deux associés. Ces derniers – des cinéastes avec lesquels il avait fondé une petite maison de production de courts métrages – ne lui adressèrent jamais le moindre reproche. Quand Bob proposa de réduire la part qui lui revenait sur les maigres bénéfices réalisés par l'entreprise, ils refusèrent d'en entendre parler.

Bob aurait préféré travailler. Mais quand il n'était pas à la maison avec sa femme et ses

enfants, il se sentait encore plus coupable. Il en vint donc à s'occuper de plus en plus de l'appartement, des courses, d'Emily, à qui il servait de chauffeur. La prenant dans ses bras, il l'asseyait dans la camionnette et l'emmenait chez le médecin ou le guérisseur, selon le cas. De retour à la maison, il la portait dans la salle de bains, l'installait sur le canapé tout en préparant le dîner. Bob s'activait cependant qu'Emily, fidèle à son habitude, l'abreuvait de conseils.

Barbara passait chez les Bauer une fois par semaine au moins et elle prenait la relève et se mettait aux fourneaux. Plus encore que le poulet rôti – sa spécialité – ou les spaghetti, c'était l'atmosphère détendue de ces soirées que Bob appréciait.

■

7 avril 1981. Pour la première fois depuis des années, j'ai tourné sans la lire la page des petites annonces. Les recherches d'emploi, c'est fini pour moi. J'en éprouve du soulagement et de la déception.

9 avril 1981. Où puiser l'espoir ? Jusqu'à quel stade de décrépitude mes amis me supporteront-ils ? Je ne veux pour rien au monde qu'ils se sentent soulagés par ma mort. Je me dis parfois que j'aimerais finir en beauté demain – ou après-demain – pendant que je suis encore capable de leur montrer que j'ai une âme de battante. Amy m'a assuré que mes filles conserveraient de leur mère l'image d'une femme luttant envers et contre tous. Bob, sceptique, a murmuré que rien n'était moins sûr. Sur le moment, je l'ai haï – c'était comme s'il me disait qu'il voulait que je disparaisse. Mais je ne peux m'empêcher de penser qu'il a raison. Comment une gentille fille comme moi a-t-elle pu se fourrer dans une situation pareille ?

Ma mère me dit de m'estimer heureuse avec ce que j'ai, elle n'a pas entièrement tort. Au moins, je peux me préparer à mourir alors que si j'étais victime d'un accident de voiture... Je me demande si on peut se préparer à mourir en gardant son tonus de vie. Cela me semble contradictoire. Les gens qui aspirent à mourir perdent tout dynamisme. Ce n'est pas le but que je recherche. Ce que je veux, c'est être moi. Et j'ignore quand je cesserai d'être moi-même. Peut-être que je le sentirai. Peut-être aurai-je besoin que quelqu'un m'aide à en finir. A qui faire confiance ? Avec qui partager cette responsabilité horrible ? Comment peut-on prendre une décision pareille ? Serais-je capable de la prendre si on me le demandait ? Je ne sais vers qui me tourner. Il faudrait que ce soit vers quelqu'un qui ne se sente pas trop écrasé par cette responsabilité.

Combien de temps me reste-t-il à vivre ? Un an, tout au plus ?

■

Les soirées se terminaient selon un rituel quasi immuable. Bob bordait les petites cependant que, du séjour, Emily lui indiquait les vêtements qu'elle souhaitait leur voir porter le lendemain. Après quoi, il finissait la vaisselle. Puis il portait sa femme jusqu'à la salle de bains. Une fois les pieds par terre, elle arrivait à tenir debout toute seule, mais elle ne pouvait pratiquement plus se déplacer avec ses cannes. Bob lui avait acheté un déambulateur en aluminium, qui faisait un bruit affreux

en heurtant les meubles. Il l'aidait à se déshabiller et à faire sa toilette. Puis il la mettait au lit. Là, elle lui faisait part de ses pensées de la journée, ou de ses désirs pour le lendemain.

– Tu ne viens pas te coucher ? interrogeait-elle timidement.

– Non, répondait Bob, prenant soudain l'air affairé. Il faut que je sorte le chien.

Emily avait l'impression que les promenades hygiéniques de Bob et Bear étaient interminables. « Combien de temps faut-il donc à un chien pour faire ses besoins ? » se demandait-elle, seule sous ses couvertures, avant que la fatigue ne la terrasse.

Au lieu de lui rendre des forces, le peu d'exercice qu'elle prenait encore l'épuisait. Ses paupières devenaient lourdes et se fermaient. La jeune femme avait alors l'impression de redevenir la petite fille heureuse et insouciante qui, étendue sur son radeau, se laissait bercer par les eaux tièdes du Pacifique.

Elle sombrait dans un profond sommeil jusqu'à ce que les crampes la réveillent. Des crampes épouvantables qui lui tordaient les muscles des jambes. Les médecins avaient prévenu les Bauer que cela risquait de se produire. Mais en réalité c'était pire que ce qu'ils avaient imaginé. Le visage grimaçant de souffrance, Emily poussait des grognements de douleur, tendait la main vers son mari avant de se souvenir qu'il était parti promener le chien. Quand Bob était là, il sautait à bas du lit et, penché sur elle, entreprenait de lui masser les mollets avec ses mains puissantes sans dire un mot. Au bout de quelques minutes, il changeait sa femme de position, lui allongeait les jambes comme elle le souhaitait, lui rappelant qu'elle pouvait se tourner elle-même en s'aidant des

cordes qu'il avait fixées au plafond. Après quoi, il glissait sous les couvertures et se rendormait aussitôt. Pour se relever d'un bond lorsque Jenie se mettait à pleurer sur le coup de deux heures du matin.

■

15 mai 1981. La nuit dernière, j'ai rêvé que je faisais l'amour avec un homme quelconque qui portait des lunettes à monture noire. Tandis que nous nous rhabillions, il m'assurait que j'avais de beaux seins, qu'il se mettait à caresser pour mon plus grand plaisir. C'est la première fois depuis bien longtemps que j'éprouve quelque chose qui ressemble à du désir. Inutile de dire que j'ai gardé ça pour moi. Je me suis regardée nue dans la glace ce matin. Ma poitrine est encore très présentable.

A aucun moment je n'ai vu mes jambes dans mon rêve.

■

Un beau jour, sans crier gare, Emily déclara qu'elle était d'accord pour tester un fauteuil roulant. Non qu'elle en eût réellement besoin, s'empressa-t-elle d'ajouter. Mais parce que cela lui permettrait – ainsi que les médecins l'avaient suggéré – de s'économiser et d'utiliser la force musculaire qui lui restait de manière plus rationnelle et plus efficace. Quand les spécialistes avaient commencé à parler fauteuil, Emily avait encore suffisamment de force pour le manœuvrer seule. Entre-temps, ses bras avaient perdu de leur vigueur. Mais quelle importance puisqu'elle était

entourée d'amis et de parents qui ne demandaient qu'à l'aider ?

■

10 juin 1981. Holly est de passage en ville. Elle m'a emmenée faire un tour au musée en fauteuil roulant. Je ne peux m'empêcher de fixer les gens dans la rue. Des médiocres, qui marchent, eux, alors que je suis clouée sur cette chaise ! La supériorité intellectuelle n'a rien à voir là-dedans. Je pense quelque part que mon handicap est passager et qu'après en avoir tiré les leçons je retrouverai l'usage de mes jambes. Holly a très bien compris ce que je ressentais. Comme je déteste les réactions que je suscite chez les autres ! Ceux qui font comme si j'étais normale. Ceux qui s'extasient sur ma force de caractère sans faire l'effort de comprendre ce que j'endure. Hier, j'ai dit à Bob qu'il me semblait que mes jambes s'atrophiaient de plus en plus.

– Tu crois ? s'est-il borné à répondre.

25 juin 1981. Je n'aime pas aller au centre pour la lutte contre la S.L.A. J'y vois des gens plus mal en point que moi et je n'ai pas envie de faire partie du lot. Tout en fouillant dans des cartons à la recherche de photos que je compte coller dans les albums que je destine à mes filles, je suis tombée sur un de mes vieux bulletins scolaires. « Emily n'aime pas laisser tomber une activité qui l'intéresse. » « Emily a du mal à laisser ses camarades s'exprimer. » Sur ce dernier point, je crois avoir changé. Certes, je continue de donner mon avis, mais j'écoute les autres.

Comment réussirai-je à m'exprimer le jour où je ne pourrai plus marcher, ni parler, ni me servir de mes mains ? Je me fais confiance : je trouverai bien un moyen de me faire comprendre et de communiquer avec mon entourage.

30 juin 1981. Il va falloir que j'apprenne à être plus humble. Il y a des jours où j'ai envie de courir à la bibliothèque emmagasiner le maximum de données sur la sclérose latérale amyotrophique afin de trouver une solution à mon problème. Quand je suis plus calme, je me dis que cela demanderait sûrement un temps considérable et des connaissances très vastes. Et puis est-ce à cette tâche que je dois m'atteler ? Dois-je essayer de vaincre la maladie ou continuer de vivre avec les moyens qui me restent ? Je suis partagée entre le désir de ne pas mourir et celui de mourir pendant que je suis encore moi-même.

7 juillet 1981. Alli et Jenie sont merveilleuses, de véritables amours. Pourtant, ce n'est pas elles qui me sauveront. Il faut que j'apprenne à me détacher d'elles et à puiser dans mes ressources intérieures. Quand j'ai bien pleuré et que je suis calme, je me sens moins déprimée, presque sereine. Le temps que je passe avec mes filles m'apporte beaucoup de joies, il me permet aussi de me rendre compte que mon handicap ne cesse de croître. Je ne peux m'empêcher de penser à ce que l'avenir me réserve.

■

Bryan venait souvent le samedi en fin de matinée, après avoir récupéré des dix heures passées au volant. Ce samedi-là, le temps étant resplendissant, Emily exprima le désir de sortir sur son fauteuil roulant. C'était pour elle une grande première. Le frère et la sœur feraient la tournée des magasins du voisinage, histoire de

renouer avec les uns et les autres, et de montrer à tout le monde que la malade était encore de ce monde.

Emily s'évertuait à organiser des sorties en famille dans les parcs ou les musées. Son mari et ses proches s'efforçaient de lui donner satisfaction, bien qu'avec le fauteuil roulant, le déambulateur, les petites, les couches, les biberons et tout le bataclan, la sortie prît vite des allures d'expédition exténuante, particulièrement pour celui qui avait la charge de pousser le fauteuil. Emily retrouvait alors son entrain et distribuait des ordres à son entourage, qui s'exécutait sans broncher, sachant ou croyant savoir ce que pouvait être sa souffrance. Emily raffolait de ces excursions, engrangeant les souvenirs tel un écureuil qui stocke pommes de pin et glands pour l'hiver. Elle était infiniment reconnaissante à ses proches de faire ses quatre volontés. Par contre, quand ils ne se pliaient pas à ses exigences...

Les amis d'Emily ne s'efforçaient pas, comme elle, d'accumuler les souvenirs. Certes, ils pouvaient mourir eux aussi, d'un jour à l'autre. Mais à la différence de la jeune femme, leurs jours n'étaient pas comptés. Ils ne verraient pas la mort venir, ne se verraient pas privés graduellement des petites joies qui sont le sel de la vie, comme la liberté de mouvement, le bonheur d'étreindre un être cher, la saveur de la nourriture, le plaisir de raconter une histoire drôle ou de se moquer gentiment de quelqu'un.

Ces balades donnaient à Bob, quand il en était, l'occasion d'avoir de la compagnie, d'être avec des gens. Quand il restait à la maison, elles lui permettaient de souffler.

Bryan accueillit la suggestion de sa sœur avec

enthousiasme, s'inquiétant seulement de savoir ce qu'il devrait répondre aux commerçants qui poseraient des questions sur la nature de son mal.

– La vérité, rétorqua Emily.

Elle semblait contente d'avoir réussi à assumer sa maladie, et elle était persuadée que son attitude courageuse mettrait à l'aise ceux auxquels elle s'apprêtait à rendre visite.

Le frère et la sœur s'en furent donc effectuer cette espèce de pèlerinage dans le quartier.

Bryan ne tarda pas à s'apercevoir de la multiplicité des obstacles qu'un handicapé rencontre sur son chemin : trottoirs trop hauts, nids-de-poules, portes étroites et travées de supermarchés à l'avenant, regards furtifs et gênés des passants.

– Mrs. Bauer ! s'exclama le premier commerçant chez qui le duo fit halte. Ça fait un bail ! Qu'est-ce que vous fabriquez dans ce fauteuil ?

– Je ne peux plus marcher.

– Que vous est-il arrivé ?

– J'ai une sclérose latérale amyotrophique.

– Oh ! je vois. Quand pensez-vous pouvoir remarcher ?

– Jamais.

Médusé, le boutiquier se précipitait alors au-devant d'un autre client.

Chez le boucher, le coiffeur, dans la boutique de prêt-à-porter, le même scénario se reproduisit. Les gens poussaient des exclamations de joie, s'étonnaient de voir leur fidèle cliente dans un fauteuil roulant, arrondissaient les yeux quand elle répondait à leurs questions, et s'empressaient de détourner la conversation une fois qu'ils savaient à quoi s'en tenir sur ses perspectives de guérison. Une seule personne fit exception à la

règle : une vendeuse, qui fondit en larmes en apprenant la nouvelle.

C'est de cette femme qu'Emily parla essentiellement à son retour. Ses amis et sa famille conclurent que les gens n'avaient pas de cœur, ou qu'ils étaient trop accaparés par leurs soucis personnels ou qu'ils avaient trop peur de la mort pour réagir de manière adéquate. Puis Emily entama une discussion avec Barbara au sujet de son prochain mariage avec Bryan. Bob en profita pour demander à son beau-frère s'il n'avait pas envie d'aller faire un tour. Bryan ayant répondu par l'affirmative, les deux hommes sortirent.

■

29 août 1981. Par moments, quand je suis en famille, j'ai l'impression d'être entourée de bonnes vibrations. A d'autres, je les imagine tous toujours aussi heureux, alors que je ne suis plus là, et cela me met en colère et me rend agressive. Je broie du noir quand je pense que les gens ne font rien pour que j'aille mieux. J'ai beau savoir qu'ils pensent sans cesse à moi, cela ne me paraît pas suffisant. Je voudrais qu'ils méditent avec moi. Ou qu'ils fassent des dons à l'Association pour la lutte contre la S.L.A. Je veux qu'ils fassent des sacrifices pour m'aider et puis je me demande de quel droit j'exigerais d'eux qu'ils fassent ceci ou cela. Je m'efforce de garder ce genre de réflexions pour moi, je ne veux pas passer pour ingrate ou trop exigeante. Pourtant il me semble tout de même qu'ils pourraient faire davantage.

■

Bryan et Bob atterrirent dans une pâtisserie et commandèrent des glaces. Bob le taciturne voulait parler, il lui fallait absolument parler à quelqu'un. Aussi, ce fut un véritable torrent de mots qui s'échappa de ses lèvres.

– Si tu savais la vie que je mène, mon pauvre Bryan. « Bob fais ceci, Bob fais cela. » Du matin au soir et du soir au matin. C'est simple, je n'arrête pas.

Bryan opina de la tête. Il lui semblait entendre la voix autoritaire de sa sœur.

Bob confia à son beau-frère s'être imaginé au début que son statut d'époux lui donnait droit à un traitement de faveur, en quelque sorte. Mais il s'était vite aperçu qu'il n'avait pas l'exclusivité. Les rangs des amis des Bauer avaient en effet commencé à se clairsemer. Quant aux patients d'Emily, ils étaient moins nombreux que par le passé. Certains avaient carrément cessé de venir, d'autres se décommandaient régulièrement, d'autres encore sautaient leurs rendez-vous sans se donner la peine de prévenir leur thérapeute qui se voyait forcée d'attendre en rongeant son frein. Ces jours-là, Emily, furieuse, déversait sa colère sur son mari. Lui, qui n'était pas responsable, n'appréciait pas ces sorties, évidemment. Deux jeunes clients de sa femme lui avaient confié qu'ils désiraient arrêter le traitement, mais ne savaient comment faire pour ne pas blesser la psychologue.

Les petites elles-mêmes commençaient à être perturbées. Jenie se réveillait en pleurant toutes les nuits. A croire qu'elle sentait que quelque chose ne tournait pas rond. Pourtant, il faisait de son mieux. Alli lui donnait du fil à retordre et il y avait des moments où elle était carrément insupportable. Bryan avait eu l'occasion de le constater. Quand on lui versait son lait dans un bol bleu, la fillette refusait de le boire, réclamant le bol vert. Et tout à l'avenant. Chaque fois qu'ils sortaient, elle voulait que son père la porte, comme il portait sa maman. Bryan, qui l'avait vue à l'œuvre, savait qu'elle cherchait à attirer l'attention à tout prix.

Tandis que Bob parlait, le regard de Bryan fut accroché par une jeune femme tassée dans un fauteuil roulant. Elle s'efforçait de manger un cornet de glace pendant que l'homme qui l'accompagnait – père, mari ou frère – payait l'addition. La malheureuse avait visiblement du mal à porter sa main à sa bouche. Saisi, Bryan sentit un filet de sueur couler le long de sa colonne vertébrale. Sa sœur en arriverait-elle un jour à ce stade ?

Lorsqu'il reporta les yeux sur Bob, celui-ci continuait de s'épancher, sans se soucier de sa glace qui avait fondu.

– Devoir porter sa femme à longueur de journée, ou l'installer sur un bassin qu'il faut ensuite nettoyer, est-ce que tu t'imagines ce que ça représente ? Et le soir venu, se coucher sans faire de bruit à côté de quelqu'un qui est incapable de bouger et qui pourtant attend que tu lui fasses l'amour, tu te rends compte de ce que je peux éprouver ? Maintenant qu'elle a de moins en moins de force, c'est comme baiser un cadavre.

Bryan, qui était au courant, se taisait. Emily avait confié à sa future belle-sœur que Bob avait de plus en plus de mal à faire l'amour avec elle. Emily en était malheureuse. Elle avait dit à Barbara qu'elle espérait que son mari trouverait l'aide dont il avait besoin.

– Il doit être épuisé, avait suggéré Barbara.

Cela n'aurait rien d'étonnant, il travaille dur, à toute heure du jour et de la nuit.

La malade n'avait pas eu l'air convaincue.

Le frère d'Emily dit à Bob qu'il le comprenait et qu'il était prêt à le soutenir quoi qu'il advienne. L'amour de Bob pour Emily était chose connue. D'ailleurs, tout le monde savait qu'il faisait le maximum et n'avait rien à se reprocher. Bryan se déclara prêt à aider Bob, sans oser toutefois lui faire part de ses craintes. Il se demandait avec angoisse ce qui se passerait le jour où, arrivé au bout du rouleau, son futur beau-frère prendrait ses cliques et ses claques et s'en irait, en lui laissant tout sur les bras.

■

21 septembre 1981. C'est comme si je découvrais la vieillesse avant l'âge. Bob m'assure que tout le monde m'aime, j'arrive parfois à sentir l'amour qu'on me porte. Mais ils se passent tous si bien de moi. Il me dit que je dois tenir jusqu'à ce que nos filles soient adolescentes, mais il ne parle pas de nous deux, de notre vie ensemble. Je suis de l'avis de Bob sur ce point : Alli et Jenie sont ma raison de vivre, pas lui. Pour l'instant, je pense à l'existence en termes qualitatifs, non en termes de durée. Je me demande comment l'améliorer. J'ai eu une discussion très fructueuse avec une de mes patientes, qui est bien placée pour me comprendre, car elle est passée par là avant moi, et elle m'a dit des choses très justes. L'autre jour, je préparais ma mort avec J. Cette semaine, j'ai une furieuse envie de me battre pour recouvrer la santé. Pourtant Dieu sait que mes chances d'y parvenir sont minces... Je crois que je ne supporte pas l'idée d'échec. Je n'ai jamais été du genre à me lancer dans une entreprise quand je savais que je risquais d'échouer. C'est peut-être le moment de changer mon fusil d'épaule. A moins qu'au fond je n'aie pas envie de me rétablir, que je préfère être malade et différente, pour voir ce que cela m'apporte.

24 septembre 1981. J'ai fait cadeau de toutes mes chaussures à talon haut à J., à l'exception d'une paire, que j'ai conservée au cas où.

29 septembre 1981. R. – un copain de Bob – nous a parlé d'une guérisseuse qui a tiré d'affaire une femme atteinte d'arthrite rhumatoïde. Nous nous sommes précipités chez elle. Nous avons été impressionnés par sa formidable énergie, qui nous a donné envie de travailler avec elle. Elle m'a dit une foule de choses, notamment qu'elle voyait une masse dans la région pelvienne. (A l'endroit où le guérisseur oriental avait décelé un début de kyste.) Elle m'a trouvée sérieusement perturbée sur le plan émotionnel. A son avis, je donne l'impression d'être persuadée que je ne suis bonne à rien et désespérée. Elle m'a dit que je devais choisir de vivre, et non de mourir. Un autre copain de Bob a trouvé qu'elle avait raison, que je m'enfonçais dans la dépression. Je l'ai remis vertement à sa place. Je n'étais pas d'accord et je lui ai dit que j'étais très satisfaite de la vie que je menais avec mon mari. J'ai été surprise et ravie de ma propre réaction. D'habitude, je suis intimidée par les gens que je considère comme plus avancés que moi spirituellement, et leurs critiques me piquent au vif.

3 octobre 1981. Je suis sortie métamorphosée de cette seconde séance avec la guérisseuse. J'étais aussi euphorique que si j'avais bu du champagne. Elle m'a prodigué force encouragements et a semblé satisfaite de moi. J'ai réussi à visualiser toutes sortes d'images, moi qui avais peur de n'arriver à rien. Elle m'a affirmé que j'avais des dons certains. Elle m'a soignée tout en se concentrant, sans cesser de répéter ces simples mots : « L'amour existe. »

Après quoi, elle m'a expliqué que l'épreuve par laquelle je passais n'était qu'un événement dans le continuum temporel, et qu'il fallait remonter très loin dans le passé – dans l'Égypte antique, exactement – pour en trouver la cause. Je lui avais confié avoir rêvé que, dans une autre vie, je conduisais un chariot dans la Prairie américaine et tombais du haut d'une falaise. Elle m'a dit qu'il fallait remonter plus loin en arrière. Qu'en Égypte j'étais une femme dotée d'une grande sagesse. « Vous avez la sagesse », m'a-t-elle affirmé. Je lui ai répondu que je commençais tout juste à m'en rendre compte.

Elle m'a annoncé que nous devrions travailler dur pour revivre tout cela. D'après elle, l'évolution de la maladie devrait être stoppée et je devrais être guérie d'ici trois à six mois. Nous étions surexcitées et elle m'a serrée contre elle en me disant qu'elle m'aimait. Elle a bien ri quand je lui ai parlé de ces fumiers de neurologues. N'empêche que j'ai hâte de voir leur tête quand je déboulerai dans leur cabinet. J'ai répété ça à Bob, qui n'a pas répondu. Je plane sur un petit nuage rose !

12 octobre 1981. Je suis retournée chez la guérisseuse mardi et nous avons travaillé d'arrache-pied. « C'est la première fois que vous laissez pénétrer la lumière dans les zones d'ombre de votre moi. » En repensant à cette séance aujourd'hui, je me demande si ce n'est pas la crainte de la décevoir qui m'a permis d'obtenir des résultats. Quand elle m'a demandé de me concentrer sur mon pied, j'ai vu mon pied muni d'ailes survoler l'océan et parvenir ainsi jusqu'à une côte désolée ressemblant à celle du Maine. Puis j'ai aperçu un crocodile – animal sacré je ne sais trop où. Après, j'ai nettement distingué cette même côte sur laquelle se dressait un phare qui promenait sur les flots une lumière lavande. Au dire de la guérisseuse, le bleu lavande est une couleur sacrée. Il se trouve que c'est devenu ma couleur préférée.

Elle m'a ensuite demandé de retourner en Égypte et de m'imaginer sous les traits d'une initiée prenant part à une cérémonie se déroulant au cœur d'une pyramide. J'ai trouvé ça un peu tiré par les cheveux mais j'ai joué le jeu. Je suis donc entrée et à peine à l'intérieur je suis passée de vie à trépas. Elle m'a affirmé que ma maladie avait un rapport direct avec une vie antérieure, en Égypte où j'étais une sorte de prêtresse. Je lui ai précisé que j'avais été étouffée ou plutôt qu'on m'avait assené un coup sur la nuque et que j'étais morte sur-le-champ. On m'avait exécutée parce que je n'avais pas de force intérieure ou que j'étais en désaccord avec quelqu'un.

24 octobre 1981. Il y a eu rupture entre la guérisseuse et moi. Elle s'intéresse davantage à ses visions qu'aux miennes. D'après elle, ma maladie a son origine dans une vie antérieure où, prêtresse, j'aurais abusé de mon pouvoir pour nuire à une foule de gens.

En d'autres termes, elle essaie de me coller un sentiment de culpabilité sur le dos et c'est vraiment la dernière chose à faire. Son discours est trop simpliste. Elle m'a soutenu que, pendant les époques de transition, des substances étrangères étaient déversées sur la terre et que les êtres qui étaient en état de moindre résistance tombaient malades. Je n'ai rien trouvé à lui répondre. Elle a ajouté que je refuserais certainement de la croire, ce qui est très astucieux de sa part.

Je pense malgré tout que la théorie de la réincarnation n'est pas sans intérêt.

■

Pendant un temps, l'université continua de payer Emily. Cet argent était le bienvenu, les dépenses des Bauer ne cessant d'augmenter. Les frais médicaux, l'entretien de l'appartement et de la maison de campagne, les frais liés à l'éducation des fillettes, les honoraires des guérisseurs surtout – de l'ordre de cinquante dollars l'heure – grevaient lourdement leur budget. Jamais il ne fut question de réduire les dépenses, même après que l'administration eut cessé de verser des allocations à Emily. Les Bauer touchaient de l'argent de l'assurance, mais ces sommes étaient dérisoires du fait que la bénéficiaire n'était pas hospitalisée. Le maigre salaire de Bob, l'argent qu'il arrivait à gagner à droite et à gauche, les économies des époux leur permettaient de joindre les deux bouts.

Ils durent faire l'acquisition d'un lit spécial à sommier électrique, à tête et pied relevables par télécommande. Autant les enfants avaient peur du fauteuil roulant, autant elles s'amusaient à grimper sur ce lit. Dans le living, côté fenêtre, Bob installa des portes, afin de permettre à Emily de s'isoler. Elle restait allongée des heures entières, l'œil braqué sur les vitres, à regarder passer les gens. Bob fabriqua ces portes en deux temps trois mouvements, enfonçant les clous à grands coups de marteau. Quand Emily se reposait, on fermait

les portes. Le séjour prenait alors, faute de lumière, des allures de tombeau.

Tout le monde devait marcher sur la pointe des pieds et l'on n'entendait plus que des « chhuutt » comminatoires.

■

6 novembre 1981. Un autre de mes patients s'est décommandé aujourd'hui. J'ai passé mon temps à faire de la visualisation positive.

■

L'argent était l'un des arguments invoqués par Emily pour refuser d'engager une femme de ménage. Dès le départ, les spécialistes avaient prévenu les Bauer : le temps passant et ses forces déclinant, la malade aurait de plus en plus de mal à s'acquitter des tâches ménagères. Les membres de la famille auraient suffisamment de soucis sans s'occuper en plus des problèmes de linge ou de nettoyage des sanitaires. Le personnel de la clinique où se rendaient les Bauer savait repérer le stress dû à la tyrannie de la maladie dans l'entourage du patient. Il scrutait le visage du conjoint, observait les cernes des longues nuits sans sommeil. Il étudiait aussi le comportement des époux dans la salle d'attente. Lorsque le bien portant se plongeait dans une revue sans se soucier du malade assis à ses côtés, ce n'était pas bon signe. Quand le mari se contentait de déposer sa femme et filait, c'était encore plus inquiétant.

Emily ne sortait pratiquement plus avec ses amies. Ou plutôt, celles-ci lui demandaient de moins en moins souvent de se joindre à leur petit

groupe, sachant qu'elle avait de grosses difficultés à manger. Elles voulaient lui épargner les regards apitoyés des convives ainsi que le zèle humiliant des serveurs, qui ne manqueraient pas de se précipiter si d'aventure elle laissait tomber de la nourriture par terre.

Bob continuait de servir de chauffeur à Emily. Lorsqu'il la conduisait à la clinique, il patientait volontiers jusqu'à la fin de la consultation. Par contre, lorsqu'il s'agissait de guérisseurs, il s'éclipsait après l'avoir déposée.

Au début, il avait assisté à quelques séances de thérapie de groupe. Après avoir ôté leurs chaussures, les participants s'asseyaient en cercle. L'air hésitant, les nouveaux arboraient des sourires gênés tandis que les habitués échangeaient des plaisanteries. Interrogé sur son état d'esprit du moment, Bob s'était borné à déclarer qu'il était à cran. Voyant que la nouvelle recrue n'était pas d'humeur expansive, le meneur de jeu lui avait proposé de lui redonner la parole ultérieurement, au cas où il se raviserait. Bob avait remercié d'un signe. Emily, quant à elle, avait attaqué bille en tête. Il est vrai qu'elle dominait tout le monde sur son fauteuil roulant et que sa profession de psychologue l'avait rompue à ce genre d'exercice. Les néophytes, eux, ont plus de mal à déballer leurs problèmes devant des étrangers.

Les Bauer avaient quitté le groupe après que l'une des femmes présentes eut déclaré qu'Emily lui semblait être assise sur sa maladie comme sur un trône et profiter de la tragédie qu'elle vivait pour se donner de l'importance. Emily n'avait pas bronché. Bob non plus. Mais de retour à la maison, la jeune femme, indignée, avait rapporté l'anecdote à des amis qui s'étaient bien gardés de lui donner leur sentiment. Sans doute avaient-ils été échaudés et craignaient-ils de se faire moucher par la jeune femme. Comme l'avait été Barbara, par exemple, un jour qu'elle passait chez les Bauer. Regardant machinalement le réfrigérateur, elle avait vu une feuille dactylographiée collée sur la porte. « Huit cents calories par jour, mais c'est un régime de famine ! Emily va en crever ! » s'était dit Barbara, révoltée. Et elle avait manifesté bien haut son indignation à la guérisseuse qui l'avait prescrit et se trouvait chez son amie ce jour-là.

– Vous n'êtes pas un peu folle ? Mrs. Bauer ne peut plus marcher. Elle a du mal à écrire. Manger de bonnes choses, boire du vin sont les seuls plaisirs qui lui restent ! Et vous voulez l'en priver ?

L'inconnue avait détalé sans demander son reste.

– Tu ne crois pas que tu t'es assez laissé mener en bateau par ces charlatans ? avait dit Barbara à sa future belle-sœur.

Ulcérée, Emily avait explosé.

De quel droit Barbara se permettait-elle de parler sur ce ton à ses amis ? Cette femme essayait de l'aider, un point c'est tout. D'ailleurs, elle en avait tiré beaucoup d'autres d'affaire. Emily n'avait que faire des critiques. Ses véritables amis devaient l'aimer, la soutenir, et surtout lui donner des raisons d'espérer. Elle ne voulait pas entendre prononcer des paroles négatives chez elle.

Barbara espaça ses visites mais resta néanmoins en contact étroit avec les Bauer. Bryan et elle s'étaient mariés au terme d'une cour passionnée dont Emily avait pris ombrage. La malade se rendit néanmoins dans le sud de la Californie pour assister au mariage. Sur les photos de famille prises à l'occasion de la cérémonie, on la voyait dans son fauteuil roulant, en retrait, pendant que les invités levaient leur verre et portaient des toasts en l'honneur des jeunes mariés. Elle n'occupait plus le devant de la scène comme par le passé. Assise, dans sa robe à fleurs, elle semblait écrasée par les invités qui étaient tous debout. Quand elle ne buvait pas, c'était Bob qui lui tenait sa coupe de champagne tout en bavardant avec ses voisins.

Lorsque Barbara avait raconté l'histoire du régime à Bob, il s'était contenté de hausser les épaules. Pour lui, les guérisseurs se répartissaient en deux catégories. Quatre-vingt-dix pour cent d'entre eux étaient des rigolos et dix pour cent des gens valables. Le problème était de tomber sur les bons. Il se déclara persuadé que certains des magnétiseurs possédaient de réels pouvoirs, même s'il ne comprenait pas bien comment tout cela fonctionnait.

– Comment savoir ce qu'éprouve quelqu'un dont les muscles s'atrophient lentement ? Si Emily se sent mieux, c'est que ses pouvoirs de guérison sont réels.

Un jour, cependant, Bob sortit de ses gonds.

De retour à l'appartement, il avait trouvé sa femme en compagnie d'un nouveau guérisseur. Il franchissait le seuil lorsque l'inconnu, qui dévisageait les deux fillettes, pointa soudain l'index vers la petite Jenie et annonça d'un ton mélodramatique :

– Voilà la cause du mal !

En trois enjambées, Bob traversa le séjour, empoigna l'homme par le bras et l'escorta rudement jusqu'à la porte, lui interdisant de remettre les pieds chez lui. Comme l'illuminé réclamait ses honoraires, le maître de maison éclata :

– Si vous ne fichez pas le camp, je vous réduis en bouillie, et vous aurez tout loisir d'exercer vos talents sur votre propre personne.

Emily s'abstint de commenter l'incident.

■

14 novembre 1981. Il m'arrive de penser que je me sers de ma maladie pour régresser et retrouver l'insouciance de l'adolescence. Par ailleurs, je refuse l'étiquette de malade – ce mot est pour moi synonyme de diminué. Une fois tirée d'affaire, j'aurai davantage de personnalité. Le fait d'être atteinte de sclérose latérale amyotrophique, d'être le centre d'attention, a renforcé l'estime que je me porte à moi-même. Mais ce n'est pas le moment de se laisser guider par des motivations d'ordre inférieur d'adolescente prolongée.

■

En dehors de la famille, ceux qui la soignaient faisaient donc bien leur travail, aux yeux d'Emily, mais il n'en allait pas de même des aides ménagères. Pour commencer, la moitié d'entre elles ne parlaient pas un traître mot d'anglais. D'une façon générale, elles se conduisaient avec une désinvolture révoltante. Il était impossible de compter dessus. Elles vous laissaient en plan pour un oui pour un non et, la plupart du temps, sans même se donner la peine de prévenir. Sa liste de corvées diverses à la main, Emily se voyait contrainte – souvent, en vain – d'attendre qu'elles daignent venir. Quand tel était le cas, elles n'en faisaient qu'à leur tête.

Aucune d'entre elles ne donnait satisfaction à la

maîtresse de maison. Emily trouvait à redire à tout. Aussi arrivait-il fréquemment que l'employée de maison parte en claquant la porte, quand ce n'était pas son employeur qui la renvoyait dans ses foyers avant l'heure. « Ce sont des incapables, je ne vois pas pourquoi je devrais les laisser bourdonner inutilement autour de moi », explosait Emily. Le soir, elle faisait part de son mécontentement à son mari, qui se voyait obligé de prendre le relais et de finir le ménage. En milieu de soirée, Bob s'absentait sous un prétexte ou un autre. (L'appartement avait-il réellement rétréci ou était-ce un effet de son imagination ?) Il allait jeter les ordures dans le vide-ordures. Il faisait halte dans le hall, près du téléphone, et se mettait à parler tout seul.

– Je ne sais pas si je vais supporter ça encore longtemps. « Fais ceci, fais cela. Va me chercher ceci, rapporte-moi cela. Va ici, va là, tout de suite... »

Ceux qui l'entendaient pouvaient se figurer qu'il se plaignait d'un patron abusif.

Les assistantes sociales qui s'occupaient de patients atteints de S.L.A. connaissaient bien ce type de comportement. Un patient atteint de sclérose latérale amyotrophique ne peut accepter d'aide extérieure que lorsqu'il a accepté le caractère évolutif de sa maladie. Les étrangers sont moins enclins à culpabiliser devant des malades condamnés que l'entourage et les amis en bonne santé. Les proches sont plus vulnérables, ce qui donne au patient un formidable moyen de pression sur son environnement. La famille, qui assiste au lent processus de dégradation et sent peu à peu le désespoir la gagner, est contrainte de jouer au malade la comédie du sourire. La vie est centrée sur la mort et la décrépitude, états que les machines peuvent prolonger si elles ne peuvent les guérir.

Un patient peut vouloir résister et résister encore à cette marche inexorable. Mais de défaite en défaite, un jour il se retrouve terrassé par la pression écrasante de la réalité. Il s'aperçoit que la maladie ne l'a pas attendu, et que d'autres muscles sont touchés. Alors, le désespoir s'abat sur lui. Et la colère aussi.

Nombreux étaient les parents et amis qui pouvaient aider les Bauer. Quand Emily avait besoin de quelque chose et que Bob était parti, elle téléphonait à une amie ou à une parente et lui demandait de venir. La personne contactée n'était pas toujours disponible. Emily insistait, déclarant se faire une telle joie de déjeuner avec son interlocutrice que cette dernière se sentait obligée de décommander ses rendez-vous et de venir grignoter avec la malade tacos et autres plats exotiques.

Emily s'arrangeait pour recevoir des visites régulièrement et n'hésitait pas à mettre ses visiteurs à contribution. Ses doigts et ses bras ne lui obéissaient en effet plus comme avant. A certains moments, il lui semblait même avoir du mal à respirer. En conséquence, les différents ouvrages qu'elle avait mis en chantier et destinait à ses filles – pour le cas où elle ne réussirait pas à vaincre la maladie – n'avançaient pas aussi vite qu'elle le souhaitait. C'est ainsi qu'elle confia le soin de terminer les couvertures matelassées à un groupe d'amies. Elle continua de tenir son journal, bien qu'ayant de plus en plus de mal à taper à la machine, car elle trouvait un réconfort dans cette occupation. Elle continua de remplir les albums qu'elle destinait à chacune de ses filles et à la

famille. Bob était gêné quand il les feuilletait. Emily avait la manie de découper la silhouette des gens figurant sur des instantanés et de composer à l'aide des morceaux une image de sa création qu'elle collait dans l'album. Ce n'était pas du goût de Bob. Dans le monde recréé par Emily, il n'y avait pas plus de place pour les forêts ou les montagnes nues que pour les fauteuils roulants. Les pages de cahiers étaient pleines d'amis souriants qui faisaient cercle autour d'elle. Des amis qui ne risquaient pas de s'envoler, car leurs effigies étaient collées avec soin.

■

19 novembre 1981. Le guérisseur soutient que Jenie vient d'une autre planète. « Foutaises ! » a rétorqué Bob. Pourtant quand il lui donne son biberon à une heure du matin, il lui arrive de voir la petite le fixer pendant vingt minutes d'affilée sans ciller. Quand je suis seule avec Alli, la vilaine s'amuse à mettre le téléphone hors de ma portée. Dans ces moments-là, je me demande si elle n'est pas possédée du démon tant elle semble prendre plaisir à me torturer. Sa méchanceté me donne une conscience si aiguë de mon handicap que l'envie me prend de lui taper dessus. Elle a déjà battu le bébé. Est-ce qu'elle abuse consciemment de sa force ? A d'autres moments, elle est très sociable, donne le biberon à Jenie et m'apporte gentiment mes affaires. Je n'ai pas toujours été très tendre avec mon petit frère, moi non plus. Pas tant pour être méchante que pour avoir le dernier mot.

26 novembre 1981. Il y a des jours où j'ai l'impression d'être une petite fille terrifiée qui a envie que sa maman la prenne dans ses bras et la réconforte à coups de bonnes paroles.

J'ai appelé le Dr Berghoff. Il a été charmant. Toutefois, quand j'ai commencé à lui parler médecine parallèle et thérapie de groupe, il m'a quasiment raccroché au nez. Je me mets à sa place. Si j'étais médecin, je n'aimerais pas apprendre de la bouche d'un malade l'existence de traitements dont j'ignore tout. En tout cas, je crois que je m'efforcerais d'écouter davantage mes patients. Les professionnels de la santé auxquels j'ai affaire ne se doutent pas de ce que peut ressentir quelqu'un qui se trouve dans ma situation. Quand j'étais en bonne santé et que j'exerçais mon métier de psychologue, je ne m'en doutais pas, moi non plus. La maladie m'a enseigné la compassion et l'humilité. C'est cher payer la leçon. Mais sans doute ne l'aurais-je pas apprise autrement.

4 décembre 1981. J'ai demandé à E. si elle pouvait venir faire un peu de ménage. C'est drôle. Il y a quelque temps, j'étais ravie de me décharger des travaux domestiques sur quelqu'un d'autre. Aujourd'hui, je donnerais tout pour pouvoir les faire moi-même. Mais je me fatigue si vite. Je me noie dans un verre d'eau. Tout me semble difficile, insurmontable.

En fait, si j'ai téléphoné à E., c'est parce que j'ai le moral à zéro. C'est un peu comme le jour où j'ai appelé la guérisseuse et qu'elle m'a tenu la main pendant une heure, ce qui m'a coûté la bagatelle de cinquante dollars. C'est dingue, mais c'est de cela et de rien d'autre que j'avais besoin. Quels sont ceux qui sont le mieux placés pour tenir la main de gens comme moi ? Les médecins ? Le conjoint ? Les thérapeutes de tous ordres ? Ils sont suffisamment occupés par ailleurs. (Je pense à la thérapeute qui en entendant Bob déclarer qu'il faisait toute la cuisine avait commenté d'un ton désapprobateur : « En quel honneur ? »)

Bob n'est pas à la noce, le pauvre. Aujourd'hui, je lui ai demandé à la fois d'aller travailler et d'aller chercher Alli à la maternelle. Je finis par ne plus savoir où j'en suis, à force de détresse.

10 décembre 1981. Je ne peux pas voir les médecins en peinture. Je ne supporte pas d'entendre Berghoff me déclarer qu'il y a peu de chances que mon état s'améliore. La psychologue qui semble prendre un si grand plaisir à m'aider à accepter ma maladie me sort par les narines. Tous ces gens-là ont raison : il faut que j'apprenne à regarder la réalité en face. Mais avec leur désir forcené de m'ouvrir les yeux, ils m'ôtent tout espoir. Je déteste ma mère quand elle parle du jour où je serai incapable de marcher en ajoutant :

– Heureusement, ce n'est pas demain la veille.

MAIS CE QUE JE DÉTESTE PAR-DESSUS TOUT, C'EST CETTE MALADIE. Je n'ai d'autre solution que de me battre. Rien ne me fera renoncer à espérer. Sans espoir, comment vivre ? Je veux continuer d'espérer au fond de moi-même.

Je pense à l'attitude des biens portants. A l'ergothérapeute qui m'a dit un jour d'un air pénétré : « Pourquoi ne vous occupez-vous pas des repas ? » Comme si cela allait de soi ! Je lui aurais volontiers cédé ma place pour lui permettre de se rendre compte de l'inanité de sa réflexion. En entendant son ton péremptoire, il m'a semblé me trouver en face d'un autre moi-même ! J'ai eu un choc. J'en apprends, des choses...

Comment exprimer ma gratitude à Bob ? Je

donnerais ma vie pour lui. Lui qui se dépense sans compter pour moi. Dans les moments de désespoir, je me demande ce que je lui apporte. Qu'est-ce donc qu'il chérit en moi ? J'essaie de me dire que cette épreuve nous enrichit tous les deux. J'ai de la chance de l'avoir à mes côtés. Je sais qu'il me comprend.

■

Emily commença à avoir des difficultés à respirer. Quand cela se produisait, elle avait l'impression terrifiante qu'elle se noyait, et se réveillait en sursaut. Sa respiration provoquait une sorte de bruit de succion, comme lorsqu'on essaie sans succès d'aspirer le fond d'un verre à l'aide d'une paille. Certes l'air finissait par venir, mais que d'efforts cela lui demandait... Une chose qui lui avait toujours paru si naturelle. Elle pensait irrésistiblement à la noyade – on s'enfonce, on prend peur, on suffoque, on tousse. Elle ne dormait plus que d'un œil, et réveillait Bob dès qu'elle sentait venir un malaise. Il la prenait alors dans ses bras le temps qu'elle se calme, mais jamais il ne l'embrassait sur les lèvres comme il le faisait jadis. Il piquait un baiser rapide sur son front ou lui tapotait la main. Fini les étreintes passionnées. Dieu merci, Bob n'avait pas son pareil lorsqu'il s'agissait de tenir la main de sa femme, ou de la serrer contre lui.

Les Bauer durent acheter du matériel d'oxygénothérapie. Ils le choisirent peu encombrant de façon que Bob puisse fixer la bouteille au fauteuil roulant. Non qu'Emily en eût besoin en permanence. Mais parce que c'était plus pratique et que cela simplifiait la vie à tout le monde. (Elle refusait pourtant obstinément d'avoir un fauteuil à

moteur. N'y avait-il pas suffisamment de volontaires pour pousser le sien ?)

Le respirateur était équipé d'un long tuyau en plastique transparent au diamètre à peu près équivalent à celui d'une pièce de cinquante *cents.* Du bras gauche – qui était moins atteint que le droit –, elle attrapait le masque inhalateur et le plaçait contre son visage chaque fois que le besoin s'en faisait sentir. Cet apport d'oxygène évitait toute fatique inutile à ses poumons et à son cœur.

Comme tous ceux qui souffrent de problèmes respiratoires, Emily ne put bientôt plus se passer de l'appareil. Elle tint à l'avoir près d'elle en permanence. Son entourage s'accoutuma à la voir s'interrompre au beau milieu d'une phrase pour porter sa main gauche à sa bouche, tout en maintenant son coude contre son torse décharné. De la même façon, famille et amis s'habituèrent au chuintement de l'appareil, qui évoquait le sifflement sinistre d'un serpent et rappelait à tous la tragique réalité.

■

18 décembre 1981. La tension qui règne entre Bob et moi est toujours aussi forte. Cela me désole autant que la maladie, mais je suppose que c'en est la conséquence inévitable. Mon état de santé et les problèmes qui en découlent ont mis en lumière notre vulnérabilité à l'un et à l'autre. Je crois que Bob écume littéralement de rage silencieuse. J'attends son retour avec impatience, j'aime sa compagnie, mais quand il est là, je n'ai pas grand-chose à lui dire. J'essaie de lui faire part de ce que je ressens tout en me demandant si mes confidences ne finissent pas par l'assommer. Je m'intéresse à son travail mais surtout dans la mesure où cela me permet de comprendre son humeur.

20 décembre 1981. Je regrette de ne pas avoir la passion de l'ordre. Ma vie serait autrement organisée. J'avais tant de projets au début de ma maladie et il semble qu'aucun n'a encore abouti. Les gens me demandent pourquoi je n'écris pas un livre. Mais pourquoi écrirais-je ? Pour crier ? Pour montrer que je suis courageuse ? Pour parler de l'impact de la maladie sur mon entourage, peut-être. Mais c'est d'une telle complexité que cela me fatigue d'avance.

■

Emily attendait Noël avec impatience. Les Bauer devaient aller passer les fêtes chez Bryan et s'y rendraient en voiture, pour faire des économies. Heureusement qu'ils avaient la camionnette. Car dans un véhicule standard, on voit mal comment ils auraient pu caser, outre les passagers, fauteuil roulant et matériel d'oxygénothérapie.

Bryan et Barbara venaient d'emménager dans une charmante maison ancienne dont le séjour était doté d'une cheminée. Les écureuils sautillaient sur la pelouse jonchée de feuilles. C'était l'endroit rêvé pour abriter des jeunes mariés et les trois enfants que Bryan avait eus de son premier mariage.

Mais ce qui est idéal pour cinq personnes devient juste pour neuf. Surtout quand il faut y ajouter un fauteuil roulant, un respirateur et un gros chien. La maison eut soudain l'air trop petite. D'autant qu'il fallut donner à Emily une chambre au rez-de-chaussée. On installa la jeune

femme dans le cabinet de travail qui donnait sur le jardin, on lui mit à portée de main une radio, un récepteur de télévision et une provision de livres ainsi qu'une antique cloche à vache pour lui permettre d'appeler en cas de besoin.

Et Emily avait beaucoup de besoins. La cloche à vache sonna souvent. Notamment lorsque Bob, Bryan et Barbara bavardaient dans la cuisine tout en préparant le repas. Emily voulut aussi conseiller sa belle-sœur pour la décoration de son intérieur. Ce qui agaçait prodigieusement Barbara, car cette demeure était la sienne et non celle d'Emily. Mais elle ne le montrait pas et déplaçait guirlandes et bougies, se conformant aux suggestions d'Emily. Après tout, cela risquait d'être son dernier Noël. A quoi bon la contrarier ?

Pour faire face, tous avaient tacitement adopté une stratégie. Bryan, Bob et Barbara accouraient au chevet d'Emily à tour de rôle. (Quand elle sonnait la nuit, il était bien rare que l'un des petits ne s'éveillât pas en pleurant.) Mais ils avaient toujours des courses urgentes à faire hors de la maison. Alors même qu'ils rentraient du supermarché, ils se rappelaient soudain qu'ils avaient oublié d'acheter des couches ou tout autre produit de première nécessité. Se traitant bruyamment d'idiots, ils ressortaient en hâte. Une fois dehors, soulagés autant que gênés d'avoir dû ruser ainsi pour souffler un peu, ils se souraient. Dans la voiture, ils baissaient la vitre, inspiraient une bonne goulée d'air frais, tout en songeant au chuintement quasi perpétuel de l'appareil qui emplissait sournoisement toute la maison.

Emily se demandait à quoi rimaient ces allées et venues incessantes. Il fallait que son frère fût bien mal organisé et bien tête en l'air pour passer tant de temps à faire les courses.

Parfois, elle suggérait une promenade, au zoo ou dans tout autre endroit susceptible d'accueillir sans problème deux poussettes et un fauteuil roulant équipé d'un respirateur, le tout poussé par trois adultes exténués, et assurant néanmoins à leur guide assise dans son fauteuil qu'ils s'amusaient beaucoup.

La balade au zoo ne fut pas une mince affaire. Les deux familles – à l'exception des deux aînés de Bryan qui avaient d'autres projets pour la journée – étaient à peine entassées dans la vieille guimbarde des Bauer que Bob, qui s'apprêtait à démarrer, entendit soudain sa femme déclarer du fond de la voiture :

– Je ne veux pas qu'Alli porte du jaune aujourd'hui.

Il y eut un silence. Bob et Bryan levèrent les yeux au ciel. Barbara, qui avait donné leur bain aux deux petites et les avait habillées, descendit du véhicule et emmena Alli se changer.

Quelques jours après Noël, debout devant la porte, Bryan et Barbara agitaient la main en signe d'adieu tandis que les Bauer reprenaient la route. Les jeunes mariés, qui ne voyaient plus les Bauer aussi souvent qu'auparavant, avaient constaté de grands changements chez Emily. Elle s'était beaucoup affaiblie. Certes, elle pouvait toujours parler, et bien, mais elle avait perdu l'usage de son bras droit, qui était d'une maigreur à faire peur. Elle avait l'air hâve et mangeait avec moins d'appétit. Bob semblait en forme, encore que fatigué, et il buvait davantage.

Ce qui les avait le plus frappés, c'était la tension entre Bob et Emily, qui éclatait au moindre prétexte. Ils en avaient eu un aperçu le jour où Bob avait grondé Alli qui refusait d'avaler les haricots verts préparés par sa tante. Emily était intervenue et avait pris fait et cause pour sa fille en déclarant que rien ne l'obligeait à les manger si cela ne lui plaisait pas. Ce n'était pas bien méchant, mais les choses ne s'arrêtèrent pas là. Il y eut d'autres échanges de mots vifs, que les jeunes mariés firent mine de ne pas entendre, mais qu'Alli suivait d'une oreille attentive.

En outre, Bob ne passait pas plus de temps avec sa femme qu'il n'était strictement nécessaire. Et il ne l'embrassait plus qu'à la va-vite et sur le front. Un soir, après que Bob lui eut donné son bain, alors qu'ils étaient tous assis en train de siroter du vin, Emily se mit à chanter les louanges de son ex-mari. Il l'aimait sûrement encore, sinon comment expliquer qu'il lui eût donné l'autorisation de se servir de sa carte de taxi et lui eût envoyé sa secrétaire pour taper des textes ? Emily s'extasia sur tant de gentillesse. Et Bryan se dit que sa sœur était bien toujours égale à elle-même.

Ce jour-là, Bob ne broncha pas. Mais, un dimanche, alors qu'ils étaient chez eux, à New York, et que deux amies d'Emily étaient venues la voir, elle demanda à son mari de remettre de l'ordre sur une étagère où s'empilaient des boîtes pleines de bouts de tissu. Il s'exécuta, mais le résultat ne correspondant pas à ce qu'elle aurait souhaité, elle le pria de changer les cartons de place et de les disposer autrement.

– En plus, il faut que je les change de place ? Tiens ! s'écria-t-il en lui jetant une boîte à la figure avant de sortir en trombe.

Sous le choc, Emily expliqua à ses amies que Bob commençait à être sérieusement stressé par sa maladie. Les deux femmes hochèrent la tête. Oui, oui, Bob était stressé.

Peu après l'incident, Emily parla de prendre des vacances d'hiver à Porto Rico en famille, ajoutant qu'il fallait saisir l'occasion, qui ne se représenterait peut-être pas de sitôt. Sa garde serait du voyage. La jeune femme avait fait cette proposition tout en sachant pertinemment que son mari ne détestait rien tant que paresser sur une plage. Lors d'un lointain séjour aux Antilles, il s'était ennuyé à périr et s'était juré qu'on ne l'y reprendrait plus. En outre, Emily passant son temps à lui donner des ordres, il éprouvait le besoin de souffler. Il refusa donc de se joindre à l'expédition, mais paya les billets sans rechigner. Le soleil aurait un effet bénéfique sur Emily, et la séparation aussi.

Emily se déclara enchantée. Le fait que ses filles aient pris de plus en plus l'habitude de se faire pour ainsi dire materner par leur père la préoccupait. Ce voyage lui permettrait de se rapprocher des petites et d'être seule avec elles. Seule, façon de parler. Car outre sa garde particulière, Emily voulait avoir une amie auprès d'elle. Elle sollicita plusieurs personnes, qui refusèrent sous des prétextes divers. La jeune femme contacta alors des parentes, qui se dérobèrent, elles aussi. En désespoir de cause, elle téléphona à l'une de ses anciennes camarades de faculté, installée dans le Middle West. Cette dernière se montra très flattée, précisant toutefois qu'elle voyait mal comment elle pourrait abandonner mari et enfants. Cependant, comme il y avait bien six mois qu'elle n'avait vu Emily et qu'elle ne savait si elle aurait un jour l'occasion de la revoir, elle ajouta qu'elle allait se débrouiller.

Et de fait, elle parvint à se libérer pour une semaine entière.

Emily était surexcitée à l'idée de partir. Et puis qui sait... peut-être que son nouveau traitement à base de vitamines marcherait. Dédaignant les mises en garde du Dr Berghoff sur le coût des médecines parallèles, les Bauer s'étaient fait expédier du Mexique une cinquantaine de flacons de vitamines.

La veille du départ, mari et femme s'employèrent à mettre dans des sachets de plastique individuels la quantité de gélules correspondant à la dose à absorber quotidiennement.

Dans la cuisine silencieuse, Emily remarqua soudain d'une voix brisée :

– Regarde à quoi nous en sommes réduits : trier des pilules fabriquées par je ne sais quel charlatan.

Bob, qui s'affairait, releva la tête et lui tendit son mouchoir afin qu'elle puisse s'essuyer les yeux. Depuis un an en effet – c'est-à-dire depuis qu'il avait dû renoncer à voir la santé de sa femme s'améliorer –, Emily ne suscitait plus en lui que de la colère. Il la regarda. Et il repensa au jour où elle l'avait abordé pour lui parler bicyclette. Elle n'avait désormais plus qu'un seul sujet de conversation : cette saleté de maladie. Et elle se mettait à pleurer pour une histoire de pilules à la noix.

– Ne t'inquiète pas. Vous allez bien vous amuser, Janice et toi.

L'avion du Middle West ayant un peu de retard, Janice se hâta de rejoindre Emily devant la porte d'embarquement du vol à destination de Porto Rico. De loin, elle aperçut le fauteuil roulant. Qui donc était cette Noire en blouse blanche d'infirmière ? Et les enfants en bas âge, ils étaient du voyage, eux aussi ? La machine à écrire, également ? Et tous ces colis encombrants ?

Les passagers commencèrent à monter dans l'avion. Les enfants et les handicapés d'abord. Juste avant de filer, Bob expliqua à Janice ce qu'elle devait faire au cas où Emily aurait du mal à respirer. Du mal à respirer ? Qu'est-ce que c'était que cette histoire?

La météo n'étant pas bonne, le commandant dut attendre deux bonnes heures avant d'obtenir l'autorisation de décoller. Alli et Jenie étaient fatiguées de jouer. Et Janice fatiguée tout court.

Resté à terre, Bob poussa un soupir de soulagement en voyant disparaître le fauteuil roulant. Enfin seul ! Il n'avait pas de programme précis pour occuper ses loisirs : il avait oublié jusqu'au sens de ce mot.

Il bouillait de rage, et ce pour des tas de raisons. Il en voulait au destin d'abord, qui l'avait entraîné dans cette galère. Depuis qu'Emily était tombée malade, sa vie n'était plus qu'un océan de douleur sur lequel il était condamné à voguer sans jamais arriver en vue de la côte ni progresser vraiment. Il y avait maintenant deux ans que cela durait. En minutes, cela faisait combien ? L'existence de Bob était devenue une interminable succession de minutes qui s'écoulaient avec une lenteur désespérante.

Bob aimait Alli et Jenie. Il ne vivait d'ailleurs pratiquement plus que pour elles. Quand, à quarante ans, il avait rencontré Emily, il était loin de se douter qu'il serait de nouveau papa, et encore moins qu'il se remarierait. Lorsque Emily et lui s'étaient juré fidélité à la campagne devant tous leurs amis, il était bien loin de penser qu'il lui faudrait assister un jour à la mort lente de sa femme. Et qu'elle le traiterait de cette manière.

Certes, elle était terrifiée. Elle allait mourir et elle le savait. Même s'ils n'en parlaient pas. Seuls deux guérisseurs à la gomme parvenaient à lui apporter un semblant de réconfort. Mais inutile de se leurrer ; s'ils soulageaient quelque peu la malade, ils n'avaient pas le pouvoir de stopper l'évolution de son mal. Bob devait être réaliste et penser aux petites. Si le miracle tant espéré par Emily ne se produisait pas, elle mourrait, et voilà tout. Bob et les enfants, eux, en auraient pour des années à se remettre. Et ainsi, la maladie aurait frappé trois personnes supplémentaires.

Bob s'en voulait de supporter sans broncher l'autoritarisme d'Emily. Quand ils s'étaient connus, il n'avait pas hésité à se rebiffer. C'était sans doute ce qui leur avait permis d'avoir d'aussi bonnes relations. Mais dès que la sentence avait été prononcée, la jeune femme avait changé, elle était devenue à la fois plus exigeante et plus vulnérable. Il était désormais hors de question de la rembarrer. D'autant qu'il n'était pas certain de vouloir gaspiller ainsi son énergie.

Il ne pouvait même pas lui parler de son travail : c'était un sujet déprimant et Emily avait suffisamment de soucis en tête comme cela. De toute façon, elle ne semblait pas s'y intéresser beaucoup. Il s'efforçait de ne pas penser au fruit de toutes ces années de labeur qui partait en fumée. Comment parler chiffres à quelqu'un qui est décidé – quel qu'en soit le prix – à triompher d'une maladie incurable ? Comment faire des projets d'avenir – un avenir sans Emily –, alors qu'elle était à ses côtés, lui décochant des remarques acerbes et exigeant de lui un dévouement de tous les instants ?

Il était préférable et moins périlleux de s'en tenir aux banalités.

Mais il y avait une chose qui gênait Bob davantage encore : c'était d'aimer s'entendre traiter de mari modèle par la famille et les amis. Ces louanges lui mettaient du baume au cœur et il s'en voulait de les apprécier. Comme s'il y avait de quoi se glorifier d'avoir une femme mourante... Il ne pouvait s'empêcher de comparer sa réaction à celle du gosse devenu célèbre du jour au lendemain dans son lycée parce que son père avait été tué dans un accident de voiture.

Bob se disait qu'il ne méritait pas tant d'éloges. Les gens ignoraient à quel point il en voulait à Emily d'être tombée malade. Ils ne savaient pas combien elle avait compté pour lui, combien il l'avait aimée. Ils ne se doutaient pas qu'il avait cessé de la chérir pour se venger. Emily avait essayé d'expliquer à divers amis que la conduite apparemment exemplaire de Bob masquait en fait une absence d'affection. Tous avaient rejeté cette explication avec la condescendance des bien portants pour les handicapés. S'ils savaient à quel point Bob lui-même avait besoin d'affection et de compréhension...

Toutes les bonnes choses ont une fin, déclaraient sentencieusement les parents de Bob lorsque se terminaient les goûters d'anniversaire de son enfance. Mais les mauvaises ? Est-ce qu'elles en ont une, elles aussi ?

Il était arrivé à Bob de se demander quand l'invalide mourrait. Il connaissait la gravité de la maladie. Il savait que sa femme pouvait tenir des années. Cela lui faisait aussi peur que l'idée qu'elle pût ne pas tenir. Il avait peur de vivre avec elle dans cette atroce solitude à deux. Il avait peur de la colère qu'elle suscitait en lui et peur de rester seul avec les deux fillettes.

Pourquoi se sentait-il donc si seul au milieu de tous ces gens ?

Quelques jours après le départ d'Emily, Bob retourna à l'aéroport, cette fois pour aller chercher son fils de vingt ans qui rentrait d'un voyage en Orient qu'il s'était offert grâce à ses économies. C'est là qu'il tomba sur son ex-femme, Marjory, venue, elle aussi, attendre l'adolescent.

Il y avait des lustres que Bob ne l'avait vue. Très soignée, non dépourvue de séduction, elle vieillissait bien. N'étant pas remariée, elle se consacrait tout entière à sa carrière. Elle trouva Bob égal à lui-même, grand et costaud, avec sa voix de basse plutôt sexy.

– Tiens, tu t'es laissé pousser la barbe ?

– Eh, oui, fit Bob. Qu'est-ce que tu deviens ?

Marjory savait qu'il avait épousé en secondes noces une psychologue plus jeune qu'elle, qui était malade.

– De quoi souffre-t-elle ? Oh, quelle horreur !

Le père de la jeune femme était mort récemment d'une maladie d'Alzheimer. Encore une de ces maladies qui usent l'entourage autant que le patient. Elle s'efforçait encore d'oublier. Le vieil homme avait traîné longtemps avec toutes ces machines. Chaque fois qu'il avait une pneumonie, les spécialistes le bourraient d'antibiotiques et c'était reparti pour un tour.

– C'est fou ce que la médecine peut faire aujourd'hui. Mais inutile de remuer ces tristes souvenirs. Parle-moi plutôt de toi, Bob.

Ils bavardèrent un bon moment en attendant

leur fils et plus tard en dînant. Ils étaient bien ensemble, le temps s'étant chargé d'arrondir les angles entre eux. Marjory se sentait en confiance avec Bob qu'elle jugeait « inoffensif » – marié, il n'allait sûrement pas s'amuser à la draguer comme tous ces obsédés qui hantaient les bars pour célibataires dans le vent. Bien que divorcés depuis dix ans, ils s'aperçurent qu'ils avaient encore des centres d'intérêt communs : leur fils, leurs amis, le boulot.

Marjory travaillait comme une forcenée, façon comme une autre de résoudre le problème des loisirs. Les rares fois où elle s'était risquée dans les boîtes pour quadragénaires esseulés, elle avait été horrifiée par le caractère superficiel et forcé des relations qu'on y nouait. Tous les gens qu'elle avait rencontrés crevaient de solitude et semblaient prêts à tout pour en sortir. Non, il n'y avait personne dans sa vie en ce moment. Au sortir du bureau, elle rentrait chez elle dîner sur le pouce, et se fourrait au lit. La cuisine ne l'avait jamais passionnée, mais cuisiner pour soi tout seul, c'était vraiment l'enfer. A propos, où était Emily ? Ah, bon ! Et les enfants ? Pour combien de temps ?

– Il faudra que tu viennes dîner chez moi un soir. En souvenir du bon vieux temps.

C'est ainsi que cela commença.

Emily aimait toujours autant Porto Rico. En souvenir du bon vieux temps, elle était descendue dans l'hôtel où Bob et elle avaient séjourné plusieurs années auparavant. C'était un vieil établissement, situé un peu à l'écart, entouré de bungalows.

Il y faisait aussi bon qu'à Hawaii, où, petite

fille, elle s'amusait à marcher dans le sable chaud. La différence, c'est qu'aujourd'hui, elle ne pouvait plus marcher. Pendant la journée, la malade restait allongée au soleil, se nourrissant de ses rayons comme les abeilles se nourrissent de pollen, et bavardant avec son amie. Janice était une perle : il fallait voir avec quelle dextérité elle donnait à manger aux petites et les habillait. Emily, qui avait davantage de temps à consacrer à ses filles, leur enseignait l'art de marier les couleurs et de se combiner des tenues. Non, Alli, on ne mélange pas écossais et rayures.

Emily demanda un jour à sa fille aînée si elle se rappelait l'avoir vue marcher. Alli répondit que non. La jeune femme demeura un long moment silencieuse avant d'avaler ses vitamines.

L'après-midi, après la sieste, Emily voulait qu'on l'emmène faire trempette. Mais ni Janice ni la Noire en blouse blanche n'arrivaient à pousser le fauteuil roulant dans le sable. Heureusement, il se trouvait toujours un touriste complaisant pour accepter de porter Emily dans l'eau, où elle flottait, tandis que Janice et sa garde lui soutenaient la nuque. C'était étrange et apaisant de sentir ses membres bouger de nouveau au gré du courant. Emily ne s'en lassait pas, et il fallait déployer des trésors de patience pour la décider à mettre fin à la baignade.

Les fins d'après-midi étaient consacrées à la toilette, puis aux cocktails. Assises sous la véranda, Janice et son amie papotaient. Un soir, elles parlèrent de suicide. Janice, qui avait eu un cancer, savait par expérience quel soulagement un malade peut éprouver à l'idée qu'il a la possibilité de mettre un terme à ses souffrances. Les deux femmes admiraient le coucher du soleil, toujours brutal. Lorsque l'astre avait disparu, elles se taisaient songeant à la journée qui venait de s'écouler. Janice entendit une fois sa compagne murmurer qu'il y avait des limites qu'elle ne franchirait pas.

A la fin de la semaine, Janice se sentit gênée de devoir laisser Emily seule avec les enfants et la garde. Mais il lui fallait rentrer s'occuper des siens. De retour chez elle, elle téléphona à Bryan.

– Si vous voulez voir votre sœur dans de bonnes conditions, allez passer quelques jours avec elle à Porto Rico. Elle est seule, elle peut encore parler. Vous laisseriez bien tout tomber s'il s'agissait d'aller à ses obsèques, non ? Alors, oubliez les obsèques et arrangez-vous pour être auprès d'elle pendant qu'il en est encore temps.

Bryan répondit qu'il aimerait bien, mais qu'il avait des cours tous les jours et des réunions à la faculté. Barbara, très prise elle aussi, se déclara ravie d'apprendre que sa belle-sœur avait réussi à faire ce voyage.

Emily ne pouvait plus se servir de sa machine à écrire. Impossible de continuer à tenir son journal seule. Il lui faudrait le dicter et demander à une amie de transcrire les bandes. Il fallait absolument qu'elle continue d'exprimer ce qu'elle ressentait et de consigner le fruit de ces observations. Elle envoya à Bob des bandes réalisées à la lueur des chandelles – les pannes d'électricité étant monnaie courante à Porto Rico. Elle lui confiait en vrac réflexions sur leur vie commune, rêves et appréhensions.

Ces pensées empêchaient souvent la malade de dormir. Sans doute était-ce pour cela qu'elle se sentait si fatiguée. « Je suis là, dans le noir, à songer à l'avenir et je me fais tellement de souci que j'en perds le sommeil. C'est idiot. Si seulement je pouvais m'arrêter de ruminer, j'en ai par-dessus la tête de réfléchir. » Au téléphone, Bob lui déclara qu'il en avait marre lui aussi.

Emily était d'avis qu'il leur fallait se simplifier la vie au maximum, mais compte tenu de sa santé et de la présence des enfants, n'était-ce pas de l'utopie ? Comparée à l'existence idyllique que les gens menaient à Porto Rico, elle trouvait la vie en ville harassante et les citadins hypocrites, qui sous couleur de s'intéresser à autrui ne se préoccupaient en fait que de leurs petites personnes. « Comment peut-on se sentir si seule quand on est aussi entourée ? »

A Porto Rico, la jeune femme pouvait rester en contemplation devant une fleur pendant des heures afin de la dessiner et éprouver le sentiment d'avoir « fait » quelque chose. Tandis qu'en s'adonnant à cette activité en ville, elle aurait eu l'impression de perdre son temps. Même la maison de campagne lui semblait inhabitable. Le sol avec ses différents niveaux, les gravillons de l'allée, l'épaisseur des bois lui apparaissaient comme autant d'obstacles. « Impossible de faire ceci, impossible de faire cela. Je vais finir par avoir horreur de bouger. » Elle n'arrivait même pas à chasser le gros moustique qui bourdonnait présentement dans sa chambre.

– Pour quelqu'un qui a toujours aimé se dépenser physiquement, c'est dur.

Elle rêvait de son handicap. Dans l'un de ces rêves, elle se vit sortant d'un cinéma et ne parvenant pas à retrouver sa voiture, celle qu'elle avait achetée adolescente grâce à ses économies. Dans un autre, elle était dans une décapotable avec Janice. A plusieurs reprises, le contrôle du véhicule lui échappait et elle était déportée vers la ligne médiane. Toutefois, elle réussissait à donner un coup de volant et à redresser. Jusqu'au moment où la voiture fila sur le bas-côté et fit un tonneau. Alors, elle se réveilla. « Il y avait deux moi dans cette voiture. Le moi grégaire, qui suit la foule, et le moi volontaire, qui tient les commandes et domine la situation. Je n'ai pas eu le temps de savoir si je sortais vivante de l'accident à la fin. Je me demande ce que cela signifie. »

Le courrier qu'elle recevait à Porto Rico la préoccupait. Il lui semblait plein d'allusions voilées au fait que les Bauer commençaient à lasser leurs amis à force de leur demander tel ou tel service. Mais peut-être se trompait-elle.

Lorsque Emily et les enfants rentrèrent, Bob avait l'air plus détendu. Pendant quelque temps, il se montra plein d'égards pour sa femme. Il la complimenta sur son hâle. Et il ne fut pas le seul.

■

22 mars 1982. Il y a lontemps que je n'ai pas écrit. Je dois entrer dans une nouvelle phase, parce que tous les efforts que je fais pour comprendre me semblent dérisoires comparés à la colère et aux frustrations qui m'habitent et ne cessent de croître.

« Je suis fatiguée de ce scénario, j'ai envie de le changer », ai-je dit à Bob. « Il n'y a pas grand-chose que je puisse faire », a répondu Bob.

Je passe le plus clair de mon temps au lit ou en rendez-vous médicaux. Je ne peux pratiquement plus me servir de mes bras. J'arrive tout juste à caresser les enfants quand elles sont allongées près de moi. Je rêve de nouveau. Des rêves agréables, ordinaires, où je bouge comme je veux. D'après

Roland – l'un des guérisseurs –, un handicap qui est absent de l'activité onirique du sujet ne touche que les couches les plus superficielles de son moi. Je me réveille persuadée que quoi qu'il puisse arriver tout ira bien.

26 mars 1982. Peu importe ce que raconte le magnétiseur, il doit y avoir quelque chose qui ne tourne pas rond dans ma moelle épinière. J'ai des fasciculations dans le cou et la tête. Je ne sais si j'aurai envie de vivre diminuée. Ce n'est pas de la mort que j'ai peur, mais de la dégradation.

6 avril 1982. Les choses suivent leur cours. Je m'éveille en larmes au beau milieu de la nuit parce que j'ai de plus en plus de mal à me servir de mes mains et donc à porter le masque inhalateur à ma bouche. Lire, même, devient difficile, à cause des pages qu'il faut tourner. Je ne peux m'attaquer qu'à de petits livres de poche. Fini les gros bouquins, les journaux et les magazines. Les aides ménagères se succèdent à une cadence accélérée à la maison, ce qui signifie qu'elles n'aiment pas celle qu'elles sont censées aider. Le guérisseur m'a conseillé de prier. « Dites-vous que vous avez de la chance d'être malade, cela vous rapproche de Dieu. » Les fadaises de ce genre, il peut se les garder. On ne m'ôtera pas de l'idée que je suis la victime d'une monstrueuse erreur : cette maladie était destinée à quelqu'un d'autre. Encore que je ne souhaiterais cela à personne. Pas même à mon pire ennemi.

Je me demande ce qui me restera. A supposer qu'il me reste quelque chose.

■

Un beau jour, Bob décida de vendre la villa à la campagne. Non qu'elle coûtât cher à entretenir, mais Emily ne s'y plaisait plus. Les arbres, le jardin, la pelouse, la piscine, la jeune femme ne pouvait plus profiter de rien, si ce n'est du spectacle de ceux qui pouvaient courir, nager, tondre le gazon, tailler les arbustes, ce qui constituait une piètre consolation. La résidence secondaire vendue, Bob pourrait chasser de ses pensées la maison de ses rêves, cette maison où il avait été si heureux avec Emily, où ils avaient pris des bains de minuit et s'étaient aimés sous les étoiles. En outre, au train où filait l'argent – les honoraires des magnétiseurs et autres charlatans grevaient lourdement le budget familial –, il n'y avait pas de petites économies pour les Bauer. La malade accueillit sans broncher la décision de son mari, qui sentit sa colère croître d'autant.

Le déménagement s'effectua sans incident. Bob abandonna la boîte aux lettres qu'il avait amoureusement installée. Emily avait réquisitionné plusieurs de ses amies pour la circonstance et supervisait l'emballage et la mise en cartons de ses affaires. Tout le monde travailla d'arrache-pied dans la bonne humeur et l'après-midi fut fort convivial. De retour chez elle, cependant, l'une des déménageuses bénévoles raconta à son mari qu'elle avait passé son temps à plier des coupons et des morceaux d'étoffe.

– Des chutes de tissu ! C'est dingue, non ? Emily a tenu à toute force à les garder pour ses patchworks. Comme si elle allait refaire de la couture !

Furieuse de ce qu'elle considérait comme une perte de temps, l'amie en question se déroba lorque Emily fit de nouveau appel à ses services.

■

20 avril 1982. Je disais à R., qui tape ceci pour moi, que mon professeur de shiatsu m'avait recommandé : 1) D'utiliser moins souvent mon masque inhalateur. 2) De lire des histoires aux petites le soir. 3) De me faire apporter des bandes dessinées. De regarder uniquement les émissions drôles à la télévision, jamais les informations. 4) De déménager les plantes qui sont devant la fenêtre afin de pouvoir prendre un bain de soleil quotidien. Je vois mal un médecin américain me prescrivant ce genre de choses. C'est pourtant bête comme chou. Ah, que ne donnerais-je pour être dans la peau d'une adorable petite bécassine et avoir dix ans d'âge mental... J'ai toujours eu envie de lire des B.D., c'est peut-être le moment de m'y mettre. Je continue à me prendre trop au sérieux, ç'a toujours été mon problème. Il serait presque temps que je change.

5 mai 1982. Aujourd'hui, j'ai revu une amie que j'avais perdue de vue depuis mon mariage. Elle m'a téléphoné quand elle a appris que j'étais malade. J'étais plutôt réticente à l'annonce de sa visite. Les gens sont pleins de bonnes intentions, mais ils n'ont pas l'air de se rendre compte de la fatigue que j'éprouve à soutenir une conversation. Eh bien, j'ai été très agréablement surprise : les retrouvailles ont été pleines de chaleur et de simplicité. Elle viendra me tenir compagnie le samedi ou le dimanche après-midi. Cela m'aidera à surmonter le chagrin que me cause le fait de ne pouvoir sortir avec Bob et les enfants. Elle a promis de me donner un coup de main pour les albums.

■

20 mai 1982. Des années durant, j'ai eu le sentiment de ne pas être comme les autres. Ce n'est qu'à partir du moment où j'ai été mère que j'ai eu l'impression de rentrer dans le rang, de me fondre dans la masse. Me voilà redevenue différente aujourd'hui, comme jamais je ne l'ai été auparavant. Maintenant que je suis malade, rares sont les gens qui continuent de voir en moi la psychologue diplômée que je suis. Hier encore, alors que Matt et Suzanne étaient à la maison, Bob leur a demandé leur avis sur le comportement d'Alli. Aucun d'entre eux n'a pensé à me consulter.

22 juin 1982. Il y a quelques nuits de cela, j'ai rêvé que j'étais un oiseau et que je survolais des champs verdoyants bordant la mer. J'avais des ailes immenses et j'éprouvais une joie intense à voler très haut dans le ciel.

■

Les halètements commencèrent un samedi de juillet en fin de matinée. Le haut du corps secoué de douloureux hoquets, Emily – qui était dans son fauteuil relax – s'efforçait de trouver un peu d'air. Les Bauer s'étaient débarrassés du fauteuil roulant électrique que la jeune femme était désormais incapable de manœuvrer. La malade se plaignant d'être fatiguée, son mari la souleva et la déposa sur le lit pour lui permettre de se reposer.

Fred – un cousin de Bob – était venu rendre visite à la famille. Les deux hommes discutaient dans la cuisine lorsque le maître de maison remarqua soudain qu'Alli, debout dans le séjour, fixait la fenêtre en faisant une drôle de tête.

Suivant son regard, il vit Emily qui esquissait des moulinets pathétiques avec les bras tout en s'efforçant désespérément d'aspirer une goulée d'air.

« Seigneur, ça y est », songea Bob en constatant qu'elle roulait des yeux blancs.

Fred prit les petites et les emmena jusqu'au terrain de jeux. « Oh mon Dieu », se dit Bob, affolé. Il était inquiet, très inquiet, avec aussi un secret espoir, il devait bien en convenir.

Il s'empara du masque et l'appliqua contre le nez et la bouche de sa femme. Il se mit à lui parler en lui tenant la main. Elle aimait qu'on lui tienne la main. C'était horrible de la regarder se débattre ainsi, comme un poisson qu'on vient de sortir de l'eau, les yeux exorbités, le regard fou. Il lui frictionna la tête avec un linge humide et se plongea dans ses réflexions.

La survenue d'une défaillance respiratoire avait été abordée avec plusieurs membres du corps médical, mais toujours en termes flous et généraux. Les spécialistes avaient en effet eu l'impression que, semblable en cela à la plupart de ses concitoyens, Emily ne voulait pas entendre parler de la mort. Par ailleurs, les médecins savaient Bob conscient que l'apparition des problèmes respiratoires marquait un tournant décisif dans l'évolution de la maladie et nécessitait une prise de décision capitale. Bob Bauer devrait-il attendre que sa femme s'éteigne tranquillement chez elle comme les malades de jadis – qui mouraient dans le lit où ils avaient été conçus ? Ou devait-il la mettre entre les mains des médecins et de la formidable machine hospitalière qui, une fois mise en branle, devenait impossible à arrêter ?

Si Bob optait pour la première solution, la souffrance, l'angoisse, la colère, la révolte, le sentiment d'avoir une épée de Damoclès suspendue au-dessus de sa tête, l'amour, la vie : tout serait fini pour Emily. S'il choisissait la seconde, tout pouvait également prendre fin. A moins que la vie, l'amour, l'impression d'avoir une épée de Damoclès suspendue au-dessus de sa tête, la révolte, l'angoisse et la colère, les handicaps et la souffrance ne continuent.

Mari et femme n'avaient pas réussi à prendre une décision. A l'époque, ils avaient encore de l'espoir et pareille discussion leur aurait semblé relever du défaitisme. Par la suite, ils s'étaient dit qu'aborder ce sujet revenait à fermer à jamais les portes de l'espoir auquel Emily s'accrochait plus sûrement qu'à sa canne ou à son déambulateur. Aujourd'hui, ils étaient au pied du mur. Le moment fatidique était arrivé. Mais Emily avait perdu conscience et Bob était comme privé de réaction.

Il se mit soudain à hurler.

– Emily ! Emily ! Réveille-toi, Emily ! C'est moi, Bob. Réveille-toi.

Le souffle de la jeune femme se fit moins haletant. L'oxygène faisait son effet. Ses yeux étaient fermés, ses mains froides. Bob se mit à les frictionner, lui remonta la couverture sous le menton tout en continuant de lui parler. Il fallait absolument qu'il la tire de là. Il ne pouvait décider sans elle.

Elle s'éveillait pendant de courts instants, promenait autour d'elle un regard vide. Bob lui parlait mais elle ne l'entendait pas. Ou si elle l'entendait, elle était incapable de répondre.

Bob avait retrouvé un semblant de sang-froid. Qu'est-ce que je fais là ? se demandait-il tandis que les minutes s'égrenaient et devenaient des heures. Je pourrais la laisser se débattre une dernière fois. « Je promets de t'aimer, t'honorer, te respecter, te chérir jusqu'à ce que la mort nous sépare », lui avait-il dit.

Ou il pourrait l'aider à s'éteindre, lui retirer le masque inhalateur. Personne ne saurait jamais comment les choses s'étaient passées.

Personne, sauf lui.

« Je te promets de mordre à belles dents dans la vie au lieu de la déguster du bout des lèvres comme font les frileux. » Il ne pouvait pas prendre une décision pareille. Il ne pouvait pas la tuer. Il l'avait aimée ! Il l'aimait encore.

– Emily ! Emily ! dit-il en la giflant doucement. Réveille-toi !

Elle posa sur lui des yeux exorbités, le fixa, l'air terrifié.

– Tout va bien, Emily. Je suis là. Tu peux dire que tu reviens de loin. Tes poumons sont touchés. Le médecin nous avait prévenus, cela devait arriver un jour ou l'autre. Eh bien, ça y est, nous y sommes. Qu'est-ce que tu décides ? Veux-tu que je t'emmène à l'hôpital ou préfères-tu... ?

Elle hésita, puis opina.

– Tu veux aller à l'hôpital ?

Nouveau hochement de tête.

En un éclair, Bob la souleva, l'installa dans le fauteuil roulant et mit le respirateur en marche. Debout derrière sa femme inerte, lui plaquant le masque sur le visage, il enfila le couloir, s'engouffra dans l'ascenseur, traversa le hall et fonça vers l'hôpital, qui était à six pâtés d'immeubles de là. Lorsque l'équipe médicale en blouse blanche emporta la jeune femme, Bob demeura planté là, seul et essoufflé, à se demander ce qu'il avait fait.

Deux médecins – un homme et une femme –

s'affairèrent autour d'Emily tout l'après-midi. Efficaces et compétents, ils s'efforcèrent de sauver la patiente. Emily était devenue un cas, que ces professionnels de la santé avaient pour mission de rendre à la vie. Ils disposaient pour cela d'un abondant matériel de pointe et des derniers perfectionnements de la technique.

Ils mesurèrent les gaz du sang artériel, posèrent une perfusion pour nourrir le corps frêle, insufflèrent de l'oxygène dans les poumons sans force. Emily retrouva un semblant de couleur. Ils lui prirent le pouls, lui glissèrent des tuyaux dans le nez et la bouche. Puis ils la relièrent à un moniteur chargé de surveiller activité électrique cardiaque et pression artérielle et d'afficher ces données sur l'écran vert placé au chevet du lit de la malade et sur la console du bureau des infirmières (une alarme se déclenche dès que les paramètres sortent de la fourchette physiologique de référence).

Un peu plus tard, ils pratiquèrent une incision dans la gorge d'Emily pour rendre la respiration plus facile et aspirèrent les mucosités qui l'encombraient. Les médecins travaillaient avec acharnement, sautant repas et pauses café, conscients de faire du bon travail, mettant en pratique les connaissances acquises à la faculté. Ils avaient réussi à sauver Emily. De justesse, certes. Mais ils l'avaient sauvée. Quoi de plus gratifiant pour des membres du corps médical ?

Le tandem en blouse blanche savait peu de chose sur la patiente. Simplement qu'elle n'était pas brillante quand on la leur avait amenée. Un peu jeune pour être atteinte de sclérose latérale amyotrophique. Pas un instant, ils n'avaient songé à son avenir. D'ailleurs, s'ils avaient pris le temps d'échanger ne fût-ce que deux mots avec le grand barbu costaud qui l'avait conduite à l'hôpital, elle n'aurait pas eu d'avenir. Le type marmonnait, assis dans un coin, ce devait être son mari. On va pouvoir lui annoncer la bonne nouvelle dans une minute. Au service des urgences, on n'a pas de temps à perdre en vains discours, on n'a que celui de faire les gestes qui sauvent. Si Mr. ou Mrs. Bauer n'avait pas voulu recevoir les soins appropriés, il ou elle ne serait pas allé à l'hôpital, n'est-ce pas ? De toute façon, ils n'avaient pas le temps de se perdre en conjectures. Et puis ce n'était pas leur boulot.

Finalement, les poumons d'Emily fonctionnant de façon insuffisante, les spécialistes furent contraints de recourir à la trachéotomie. Après avoir incisé la trachée dans la région antérieure du cou, ils y introduisirent une canule. Le respirateur équipé d'un système de commande permettant de modifier les caractéristiques du cycle ventilatoire prit alors le relais. Cet appareil perfectionné rendait possible l'utilisation successive des différentes modalités de ventilation – permanente ou intermittente. Ainsi bardée de tubes, Emily se trouva dans l'incapacité de parler. Elle ne devait jamais recouvrer l'usage de la parole.

■

10 août 1982. Il y a un mois que je suis à l'hôpital. Ceux de mes amis qui lisent sur mes lèvres tiennent mon journal à ma place. J'ai des problèmes de transit digestif. Les jours passent. Je suis ici, loin de ma famille, et la séparation est de plus en plus pénible. Ne plus voir mes enfants évoluer dans leur cadre, ne plus pouvoir les serrer contre moi m'est insupportable.

Si j'étais chez moi, je ne pourrais pas faire grand-chose, j'en conviens. Mais du moins aurais-je le plaisir de voir Alli et Jenie vaquer à leurs occupations quotidiennes. Plaisir qui m'est évidemment refusé ici. En même temps, je me demande comment elles réagiraient si elles me voyaient à la maison avec mon infirmière et cette machine. Il m'arrive de tousser et de m'étouffer. Est-ce que cela ne finirait pas de les terrifier ? Quelle serait la réaction de leurs camarades en me voyant ? Qu'éprouveraient Alli et Jenie en se rendant compte à quel point leur mère est différente des autres mères ?

12 août 1982.

Mes chéries,

Allongée sur mon lit d'hôpital, je pense à tout ce que j'avais projeté de faire avec vous. A la plage, j'avais envie de me baigner avec vous, de faire des châteaux de sable, de vous mettre de l'huile solaire, de vous sécher les cheveux. Si nous nous sommes mariés, votre père et moi, c'est avant tout parce que nous voulions des enfants. L'avenir me semblait alors riche de promesses.

Bob se met en quatre pour vous rendre la vie agréable. Et il y a des tas de gens qui vous aiment et ne demandent qu'à vous sortir et s'amuser avec vous. Je vous fais confiance, je sais que mon absence ne vous empêchera pas de devenir des adolescentes équilibrées. Je souffre de ne pouvoir être près de vous. Nos fous rires, nos chamailleries me manquent. J'ai du mal à accepter qu'il puisse en être toujours ainsi, que cette séparation n'aura pas de fin. Je vais me réveiller et sortir de ce cauchemar. Moi qui désirais tant vous voir pousser, je ne le pourrai pas. Je n'arrive pas à le croire.

14 août. Alli, je pense à toi. J'aimerais pouvoir aller te chercher à la sortie de l'école maternelle, parler avec toi de ce que tu as fait en classe. Couchée dans ce lit, je ne cesse de penser à vous. A tous ceux qui viennent me voir, je demande de vos nouvelles. Je ne suis jamais rassasiée. Ma tristesse est insondable.

■

La nouvelle se répandit peu à peu chez les parents et les amis des Bauer. Emily avait dû être hospitalisée et nul ne savait pour combien de temps. Ce qui était sûr, c'est que cela ne pourrait durer très longtemps. Il y avait plus de deux ans qu'elle était malade.

Emily avait toujours des visites, ce qui lui faisait infiniment plaisir. Parents et amis ne venaient jamais les mains vides. Ils apportaient toujours un petit présent – fleurs, parfum, cartes bariolées qui s'alignaient sur la table de chevet. Chaque fois qu'on déplaçait ce meuble, les messages d'amitié s'effondraient tel un château de cartes. Sachant combien la jeune femme aimait lire, un de ses anciens camarades – qui ne l'avait pas vue depuis plusieurs mois – lui apporta un livre. En la voyant, il comprit qu'elle ne pourrait jamais tenir le gros ouvrage et le remporta.

Les visiteurs s'engageaient dans le couloir d'un pas circonspect, lisant le numéro des chambres à mesure qu'ils progressaient marchant sur la pointe des pieds comme s'ils craignaient d'offenser l'un des grands prêtres du temple de la technologie. A l'évidence, l'univers hospitalier était régi par des lois différentes de celles qui avaient cours à l'extérieur, dans le monde des bien portants. Pour s'en convaincre, il n'était que de voir la

configuration du bâtiment aux ailes innombrables, dont chacune était numérotée.

– Qu'est-ce que c'est que cet endroit ? avait murmuré un visiteur que sa femme avait aussitôt fusillé du regard. Un hôpital ou le Pentagone ?

Il suffisait d'entendre les ordres ésotériques que susurraient les haut-parleurs installés dans les faux plafonds. Il n'y avait qu'à voir l'étrange matériel doté de myriades de cadrans que poussaient dans les couloirs des infirmières à l'air pénétré. Les hiéroglyphes ornant les badges des membres du personnel et les uniformes des officiants – dont la couleur différait selon le rang qu'ils occupaient dans la hiérarchie.

– S'ils sont tellement obsédés par les questions d'asepsie, pourquoi gardent-ils leur blouse pour circuler dans les couloirs ? se demandaient les non-initiés sans oser toutefois formuler la question à voix haute.

Il suffisait aux visiteurs d'apercevoir les patients – dont certains ressemblaient à des coquilles vides – alités dans leurs chambres de part et d'autre du couloir menant à la pièce où reposait Emily pour se convaincre qu'ils étaient entrés dans un monde différent. Pleins de sondes, de tubes et de tuyaux, les gisants semblaient le plus souvent dormir. Hâves et blêmes, d'autres étaient assis devant la fenêtre et regardaient de leurs yeux profondément enfoncés dans leurs orbites la ville indifférente. De temps à autre, une alarme électronique se déclenchait auprès d'un lit et un peloton de sauveurs patentés jailli des profondeurs de quelque caverne invisible se précipitait, chassant en hâte de la chambre les visiteurs effarés. La porte se refermait tandis qu'à l'intérieur se déroulaient d'énigmatiques rituels.

■

18 août 1982. J'aimerais être près de vous. Vous dire que je vous trouve formidables toutes les deux. J'imagine que je vous prends par la taille et vous serre contre moi pour vous dire combien je vous aime. Est-ce que vous sentez combien je vous aime ?

21 août 1982. Si seulement je pouvais être à vos côtés quand vous avez besoin de moi. C'est dur de vivre ce que nous vivons. Je veux que vous appreniez à confier vos peines et vos joies à d'autres qu'à moi. Ne vous imaginez pas que je sois la seule vers qui vous puissiez vous tourner en cas de besoin. J'espère que vous vous sentirez toujours entourées et aimées, et que vous serez capables d'aimer à votre tour. L'amour est ce qu'il y a de plus précieux au monde, je m'en rends compte depuis que je suis à l'hôpital. J'aimerais pouvoir vous montrer à quel point je vous aime. J'espère que vous le sentez et que vous m'aimez aussi. J'espère que nous trouverons un moyen de communiquer. J'espère pouvoir tenir mon rôle de mère d'une façon ou d'une autre.

2 septembre 1982. J'ai reçu un bouquet de Bryan et Barbara, des fleurs mauves superbes. Rien ne me réjouit davantage le cœur que les fleurs. Il faut que je fasse attention car il arrive que j'aie des compagnes de chambre qui sont allergiques au pollen. Les amis qui débarquaient à la maison à l'improviste pour faire la cuisine et bavarder me manquent. Mais je ne suis pas chez moi.

J'essaie de voir ce que cette épreuve peut nous apporter de positif.

■

Feignant de ne rien voir, les visiteurs d'Emily continuaient de longer le couloir, cherchant quelque chose de familier à quoi se raccrocher dans cet univers mystérieux où les gens mangent aux mêmes heures mais chacun de leur côté. Où les animateurs de télévision – impitoyables de jovialité – encouragent les candidats déjà survoltés à participer à des jeux débiles sous l'œil morne des malades cloués au lit.

– Et maintenant, pour nos fidèles téléspectateurs qui sont devant leur petit écran, voici la réponse à la question posée, s'exclament les guignols hilares.

Sans savoir que leurs fidèles téléspectateurs ne sont pas tous forcément chez eux.

Parents et amis finissaient par trouver la porte d'Emily, tout au bout du couloir, et passaient la tête dans l'entrebâillement de peur de déranger la malade ou sa compagne de chambre.

En les apercevant, Emily souriait d'un sourire lumineux qui faisait oublier à ses visiteurs tubes, tuyaux et autres appareils.

■

6 septembre 1982. Maman m'a envoyé un mot accompagné d'un poème. Je trouve ses lettres passionnantes surtout quand elle parle de ses expériences religieuses. J'ai reçu la visite d'un prêtre – sa compagnie est très réconfortante – et celle de nombreux amis.

Je me sens un peu mieux chaque jour, encore que j'aie des moments de désespoir. Je ne sais si j'arriverai à accepter vraiment ma situation mais je m'y emploie. Le temps passe relativement vite. Je regarde sûrement trop la télévision même si je m'efforce de choisir soigneusement les programmes. Je suivais les feuilletons sentimentaux de l'après-midi, mais j'ai arrêté. Je ne lis pas beaucoup. J'aime qu'on me lise des psaumes. Je m'efforce de prier et de méditer un peu tous les jours.

La visite de tante Ethel et d'oncle Richard m'a fait un plaisir fou. Dire qu'ils ont fait tout ce trajet pour venir me voir... Ça n'a pas été facile pour eux de dialoguer avec moi qui ne peux pas parler. Mais ils ont été d'une patience angélique et sont restés calmes quand je me suis énervée. Ils m'ont offert un lait hydratant pour le corps de chez Chanel. Chaque fois que je l'utilise, je pense à eux. Peut-être finirai-je par acquérir une certaine paix intérieure.

9 septembre 1982. Alli est venue me voir à deux reprises. Ç'a été merveilleux et pénible à la fois. Elle a été adorable. Elle s'est hissée sur mon lit pour faire un câlin. J'étais tout attendrie. Après son départ, Bob m'a confié qu'elle n'était pas facile à vivre tous les jours. Elle lui a demandé si j'allais mourir et si je lui dirais adieu avant. J'ai été toute fière – et triste en même temps – d'apprendre qu'elle lui posait ce genre de questions. Elle a également voulu savoir pourquoi je ne pouvais pas rentrer à la maison et si elle deviendrait un ange après sa mort – ce qui n'a pas l'air de la réjouir outre mesure. Cette gamine est fantastique.

Jenie est venue une fois. Elle a été charmante mais elle a gardé ses distances. Cela m'a fait de la peine. C'est bien compréhensible.

■

Emily et les autres patients recevaient des soins

attentifs et souvent chaleureux. Aussi amicaux en tout cas que peuvent l'être des soins dispensés par des infirmières qui changent toutes les huit heures et, une fois leur travail terminé, rentrent s'occuper de leur intérieur et de leurs enfants. Elles passaient fréquemment demander à Emily si tout allait bien. Selon le cas, la jeune femme opinait du bonnet ou secouait négativement la tête. Tout en s'affairant à son chevet, l'infirmière s'efforçait de deviner ce qui n'allait pas. Vous avez mal à la tête ? Vous avez soif ? Vous voulez faire pipi ?

La malade prenait ses médicaments à heures fixes, ou plus exactement on les lui administrait aux heures consignées dans le classeur qui ne quittait pas le bureau de la surveillante, et que la famille n'avait pas le droit de consulter. On les lui administrait sous forme injectable, quand on ne les faisait pas passer par le tuyau qui servait à l'alimenter ou dans la poche en plastique suspendue à une potence au-dessus de sa tête. On la changeait fréquemment de position afin d'empêcher la formation d'escarres et d'éviter la pneumonie, qui tue plus vite que la sclérose latérale amyotrophique. A la différence de la S.L.A., la pneumonie se traite, et les professionnels la combattent avec tout l'arsenal de moyens dont ils disposent.

Emily mangeait régulièrement. Ou plutôt, on l'alimentait régulièrement à l'aide d'un tube qu'on lui avait introduit dans le nez. Les nutriments passaient du nez dans la gorge pour descendre directement dans l'estomac. Comme la jeune femme avait du mal à déglutir, ce mode d'alimentation supprimait tout risque d'étouffement, toujours possible autrement. Quand par hasard il lui arrivait de faire un rot, Emily avait vaguement sur

la langue le goût des aliments. Et celui des médicaments, bien entendu.

■

16 septembre 1982. Mon estomac fait des siennes. Malade toute la semaine. Ma sérénité en a pris un sacré coup. Malgré tout, je refuse de me laisser abattre. Peut-être va-t-il falloir que je me fasse une raison : les médecins ne peuvent sans doute pas grand-chose pour mon système digestif. Une épreuve de plus à surmonter. Je vais sûrement perdre du poids. Il faut que j'accepte d'être maigre. Que de problèmes.

24 septembre 1982. Dimanche dernier, je disais à Bob que je commençais à me sentir bien. Je suis heureuse de voir Alli. Je vais d'étonnement en étonnement avec cette petite. Jenie – que je ne vois pas – se défend assez bien elle aussi. J'ai de la chance d'avoir des filles pareilles. Jamais je ne me suis sentie aussi proche de Bob. J'ai le sentiment que nous formons tous les quatre une équipe soudée. Il m'arrive d'être heureuse, ce qui me sidère. Je ne pensais pas pouvoir l'être dans ces circonstances. Je commence à croire en Dieu.

■

Bob, Alli et Jenie s'organisèrent différemment. Bob était debout dès potron-minet. Il ouvrait l'œil à quatre heures mais ne se levait qu'à six. Il préparait le petit déjeuner des filles à sept heures. Après quoi, il déposait Jenie chez la baby-sitter au bout du couloir et conduisait Alli à la maternelle. Ensuite, il allait voir Emily après avoir fait des

courses chez l'épicier. Puis il partait travailler. Au sortir du bureau, il récupérait Alli et Jenie, les faisait dîner et les mettait au lit. Il demandait à une baby-sitter ou à un copain de venir garder les petites et courait à l'hôpital rendre une seconde visite à sa femme et lui apporter un bouquet de jonquilles ou de marguerites. Là, il lui racontait sa journée.

Bob aimait Emily. Il l'avait toujours aimée et l'aimerait toujours. Ces visites lui étaient nécessaires car elles lui permettaient d'établir des liens différents avec sa femme. D'abord passionnées, les relations entre les époux avaient évolué et mûri, jusqu'au jour où les Bauer s'étaient entendu signifier le verdict du neurologue. Insensiblement mais sûrement, leur amour avait commencé à descendre la pente de la peur. Petit à petit, ç'avait été chacun pour soi.

Depuis que la jeune femme était hospitalisée, Bob sentait sa colère diminuer d'intensité. Il ne comprenait toujours pas pourquoi la maladie avait fondu sur eux. Pas plus qu'il ne savait comment ils s'en sortiraient, psychologiquement et financièrement. C'était l'assurance qui payait la plus grande partie des dépenses d'hôpital. Toutefois, la couverture était limitée dans le temps. Les vingt-deux mille dollars qu'avait rapportés la vente de la maison ne dureraient pas éternellement. Car Bob Bauer avait engagé des gardes particulières pour s'occuper d'Emily une bonne partie de la journée à l'hôpital. Depuis que sa femme était soignée à plein temps par d'autres, il avait moins l'impression d'étouffer. Au sens figuratif du terme, il respirait plus librement. Les petites aussi. Même le chien avait l'air moins stressé.

Il n'y avait pas que la maladie dans l'univers des Bauer. Et Bob ne voulait pas que la vie des fillettes et la sienne soient subordonnées aux exigences et aux préoccupations d'une mourante. L'un des membres du clan Bauer était très gravement malade, c'était une affaire entendue. Mais les trois autres ne l'étaient pas. Les biens portants entoureraient Emily de soins et d'amour mais ils ne pourraient mourir à sa place.

Quand il évoquait le processus, Bob songeait à une randonnée familiale le long d'une route inconnue et interminable. Les filles et lui cheminaient d'un pas alerte sous des cieux gonflés de nuages tandis qu'Emily se laissait distancer peu à peu et se voyait contrainte de s'arrêter d'abord quelques instants, puis définitivement. Jetant un regard en arrière, les trois autres membres de la famille – le grand barbu, surtout – se sentaient emplis de tristesse mais poursuivaient leur route néanmoins. Ils leur restaient encore bien du chemin à parcourir. Ils n'étaient pas au bout de leurs peines.

– Est-ce que maman va mourir ? avait demandé Alli en prenant son père par la main.

Bob s'était revu petit garçon, attendant en vain une réponse.

– Je crois que oui, Alli. Mais je ne sais pas quand.

■

7 octobre 1982. Ma vie à l'hôpital est réglée comme du papier à musique. Je me réveille à sept heures et je m'efforce de méditer. A huit heures, je reçois la visite d'une femme qui médite avec moi et me passe de l'huile sur le corps. Ensuite, je regarde la télévision et je mange. Quand je mange. Lucy – ma garde particulière – me donne un bain et change les draps. Tout cela nous prend une bonne heure. Le vendredi est mon jour le plus chargé car le matin je reçois la visite de A. et E. Les autres jours, j'écoute de la musique.

Entre midi et demi et une heure, j'allume la télé et je regarde des feuilletons jusqu'à trois heures, sauf si j'ai des visites. Auquel cas, je renonce avec joie à mes fadaises télévisées.

De quatre à six, quand Lucy est de bonne humeur, puisque c'est elle qui tourne les pages, je lis. Mon bien-être dépend des relations que j'entretiens avec elle. La plupart du temps, elle me donne l'impression d'être un véritable boulet. Ce qui ne l'empêche nullement de s'occuper de moi à merveille.

A six heures, je regarde les actualités pendant qu'on m'alimente. La visite de Bob entre six heures trente et sept heures trente est le meilleur moment de la journée : il me comprend tellement bien.

Ma garde de nuit, Eleanor, prend son service à huit heures. Ensemble, nous nous occupons des albums et regardons la télévision jusqu'à minuit. Pendant la journée, j'ai la visite de kinésithérapeutes et d'ergothérapeutes.

Le week-end, le personnel change. Si la nouvelle infirmière ne sait pas lire sur les lèvres, je dois déployer des trésors de patience pour arriver à me faire comprendre. Je suis toujours sur les nerfs quand j'ai affaire à quelqu'un que je ne connais pas, bien que la plupart des membres du personnel soient sympathiques.

Je n'ai pas le temps de m'ennuyer. J'ai largement de quoi m'occuper.

19 octobre 1982. J'ai fait toutes sortes de rêves, qui

tous ont pour thème le voyage. Mon voyage. Je ne sais où je vais mais je ne partirai pas les mains vides : j'emporterai de merveilleux souvenirs avec moi. Je pense aux enfants, à mon mari. Ils n'apparaissent pas dans ces rêves : apparemment, il s'agit d'un périple que je dois accomplir toute seule.

Au cours des quinze derniers jours, je n'ai cessé d'avoir des maux d'estomac. J'ai des flatulences et je souffre beaucoup. Impossible de manger du solide. Je lutte pour ne pas sombrer dans la déprime. Alors que j'ai déjà du mal à supporter le fait que je ne peux pas me gratter le bout du nez il faut en plus que j'endure ça. C'est trop. Il y a des moments où je me demande si ça vaut le coup de se battre.

Et puis, quand je me réveille comme ce matin et que je me sens mieux, je suis toute contente de ne pas avoir des nausées.

26 octobre 1982. Mon estomac continue à faire des siennes. Quand on m'alimente, j'ai l'impression que mon ventre va exploser. Je suis très faible. Le fait de devoir me focaliser sur mon moi physique m'insupporte. Par ailleurs, il faut que je me montre patiente avec les nouvelles infirmières qui ne me comprennent pas. J'essaie de communiquer avec elles, mais c'est dur. Avec Bob, il n'y a aucun problème ; avec les autres, en revanche, c'est difficile. Je suis très fatiguée. J'aspire à la paix et au repos. Et je commence à penser à la mort, en termes positifs. Mais j'ai peur de la douleur et je ne veux plus souffrir.

Tout cela me plonge dans une tristesse indicible.

■

Pendant le week-end – moment de détente pour les gens valides, heures lentes et interminables

pour les alités –, Emily se trouvait livrée à elle-même. Quand il n'y avait pas de match de football au programme, elle regardait la télévision. Ou elle observait les battements de son cœur sur l'écran, essayant de les accélérer ou de les ralentir à son gré. C'était à peu près le seul exercice qu'elle fût encore capable de prendre. A une ou deux reprises, la jeune femme obtint de l'infirmière qu'elle réalise un véritable exploit technique compte tenu du nombre de tuyaux qu'elle avait dans le corps : approcher le lit de la fenêtre afin de lui permettre de guetter l'arrivée des siens. Elle patientait longtemps mais finissait par apercevoir les silhouettes et les manteaux familiers du haut de son perchoir. Lorsque son mari et sa fille aînée faisaient leur entrée dans la pièce, ils étaient accueillis par un sourire radieux.

Les visites de Bob et Alli – Jenie étant jugée trop petite pour les accompagner – illuminaient sa semaine. Alli apportait du travail, le plus souvent des dessins rudimentaires qu'elle finissait de colorier et qu'Emily faisait punaiser à côté de son lit de façon à les avoir en permanence sous les yeux.

Alli grimpait sur le lit pour faire un câlin à sa mère. Bob passait le bras inerte de sa femme autour des épaules de la fillette. Alli se penchait, s'efforçant de déchiffrer les mouvements de ses lèvres tandis que le respirateur chuintait rythmiquement. Bob se penchait lui aussi et reprenait un à un les mots d'Emily à voix haute pour initier Alli à ce nouveau jeu.

– Qui... non.. quoi.. de nouveau... non... de neuf.. en colle... non... à l'école. Quoi de neuf à l'école ?

La petite ne savait que répondre : la routine n'a jamais été un sujet de conversation très exaltant.

Toutefois, c'est justement de cela qu'Emily avait envie qu'on lui parle. Bob mettait la fillette sur la voie, lui rappelait de menus incidents qui avaient émaillé la semaine. Ainsi stimulée, Alli entamait un récit décousu.

Ce n'était pas un passe-temps très passionnant pour une enfant et la frustration se lisait bientôt dans les yeux d'une Emily avide de détails concrets. Bob se levait et faisait demi-tour comme pour s'étirer et faire une pause. Et Emily, qu'elle eût ou non quelque chose d'important à dire, perdait alors son interprète. Alli sautait à bas du lit, tournait en rond dans la chambre, tripotait la télécommande, bavardait avec la voisine de sa mère, qui pouvait parler, elle. Et qu'elle eût envie ou non de mettre fin au dialogue. Emily se retrouvait seule dans son lit, incapable de bouger, mais l'esprit en alerte.

Les aides soignantes entraient et sortaient. Emily désignait le bassin du regard et Bob le glissait sous le drap pour le reprendre quelques minutes plus tard et l'essuyer. Quand l'infirmière venait avec l'aspirateur à mucosités, Bob aurait préféré se trouver ailleurs. Comme tous les trachéotomisés, Emily ne pouvait plus tousser. Aussi, afin de prévenir les infections et d'empêcher les patients de s'étouffer avec leurs propres sécrétions, procédait-on régulièrement au nettoyage de la canule.

Ceux qui n'ont jamais connu cela se demandent si l'opération est douloureuse. L'infirmière avait beau parler d'une voix douce à Emily tout en se concentrant sur son travail, la jeune femme n'en grimaçait pas moins de douleur. Et Bob, qui avait assisté aux deux accouchements et été le témoin de

ses crises de suffocation, sortait avec Alli pour ne pas entendre ces raclements glaireux.

■

5 novembre 1982. Qu'est-ce que je pourrais faire pour Bob ? Il m'apporte tellement, j'aimerais lui donner quelque chose, moi aussi. Mais lui donner quoi ? La seule chose que je puisse lui offrir, c'est du temps. Il faut qu'il cesse de venir tous les jours – quand ce n'est pas deux fois par jour – comme il le fait. Il me manquera horriblement. Ma proposition a paru le soulager.

12 novembre 1982. Impossible de me rappeler les détails. Samedi dernier dans la nuit, j'ai commencé à avoir davantage de mal à respirer. Aussitôt ç'a été le branle-bas de combat. J'ai eu un début de pneumonie. J'ai été très fatiguée plusieurs jours durant. Ces derniers temps, je me sens mieux, physiquement et émotionnellement.

■

Les différentes équipes d'infirmières se battirent comme des lions pour guérir Emily de sa pneumonie. La maladie fut vaincue, la machine continua de faire fonctionner les poumons de la jeune femme et le personnel rentra chez soi en bombant le torse, heureux d'avoir maté le mal.

Que d'efforts déployés pour qu'Emily, amateur de jogging et de randonnées en vélo, puisse reposer dans son lit, tandis que chuintait le sinistre appareil. Incapable de se gratter, consciente de sa situation et de tout ce qui se passait dans la petite

pièce rectangulaire du cinquième étage de l'hôpital dont il n'existait qu'un moyen de sortir.

■

Thanksgiving 1982. J'ignore pourquoi c'est tombé sur moi. Cela ne m'empêche pas de croire que l'avenir recèle de la beauté. J'ai de l'influence sur les autres, ce n'est sûrement pas pour rien. Je suis triste mais moins bouleversée, bien que je pense beaucoup à la mort. J'aimerais mieux être en bonne santé, avec mon mari et mes enfants. J'ai plus peur de souffrir que de mourir. Ce qui se passe après la mort a l'air plus intéressant que ce que je suis obligée de vivre présentement.

■

Connaissant la passion de son amie pour les tissus et les couleurs, Janice acheta des coupons d'étoffes et du kapok pour confectionner des petits coussins. Il y en avait en satin, d'autres en coton et en velours côtelé. Les visiteurs empilaient ces coussins sur le ventre d'Emily et y posaient les mains. Des heures durant, la jeune femme les caressait de ses longs doigts osseux. Chacun d'entre eux éveillait un flot de souvenirs. Les yeux braqués sur le plafond vert pâle, Emily souriait, de ce bon sourire que tous lui connaissaient et qui était le sien, en flattant les étoffes comme on flatte la robe d'un cheval. Les amis souriaient aussi, notant à part eux qu'elle ne souriait plus qu'avec un côté de la bouche.

■

2 décembre 1982. J'ai été impossible cette nuit car je n'ai pas fermé l'œil. Ma garde se met en colère après moi quand c'est comme ça. J'aimerais être une malade plus docile. Je ne sais que faire. Il y a des moments où je me dis que cela ne peut pas continuer comme ça, que c'est trop dur. Quand je ne dors pas et que l'infirmière se fiche en rogne, par exemple.

8 décembre 1982. Des progrès du côté de l'estomac. Dommage que ce soit seulement de ce côté-là.

12 décembre 1982. Alli et Jenie sont venues me voir ensemble deux fois. La première fois, j'étais avec une amie psychologue. Les petites se sont tout de suite senties en confiance et se sont mises à dessiner. Après quoi, mon amie les a aidées à grimper sur le lit. Les filles ont été affectueuses comme des chatons et m'ont raconté des histoires étonnantes. Alli a affirmé que le soleil avait le pouvoir d'effacer les gribouillages. Jenie avait à cœur de nous montrer qu'elle était en colère. Elle semble avoir besoin d'aide mais elle est toujours aussi mignonne.

J'ai tiré de cette visite l'impression que les enfants se débrouillent fort bien, elles ont été adorables avec moi. La présence de mon amie a fait toute la différence. Je crois qu'elles ont besoin d'une présence féminine. Lorsque Bob me les a amenées la seconde fois, elles ont exprimé le désir de téléphoner pour faire venir quelqu'un. Finalement, elles se sont assises et se sont mises à dessiner. Je me suis bien amusée à les regarder. Le dessin d'Alli était superbe, celui de Jenie imprégné d'agressivité. Tout en parlant, elle gribouillait une maison. La maison où vivent son père et sa grande sœur et où je n'étais pas, ce qui la rendait furieuse. Je me suis sentie triste.

Ç'a été une bonne visite. Très différente de la première.

15 décembre 1982. J'ai le moral à zéro. Je me demande pourquoi je vis. L'idée que toute la famille traversait ensemble cette épreuve, m'a mis un peu de baume au cœur. Quand j'ai l'impression de pouvoir aider les miens, mon moral remonte. Comme prier est la seule chose que je puisse faire pour eux, j'ai décidé de prier, d'où une amélioration sensible de mon psychisme.

Il m'est apparu que je n'avais pas besoin d'être sur cette terre pour prier. Je pourrais fort bien prier de l'autre côté. En d'autres termes, il ne me reste qu'à préparer ma mort. Voilà où j'en suis à l'heure actuelle. Je suis triste mais apaisée. Je pense beaucoup aux enfants. Elles me manqueront. Il faut que je leur dise adieu, et ça, c'est dur.

17 décembre 1982. J'ai pensé à mes obsèques. Je veux qu'elles soient célébrées par le prêtre qui est venu me voir à l'hôpital. Je veux que tous les gens qui figurent dans mon carnet d'adresses soient présents. Je veux qu'on mange des bonnes choses. Je veux qu'il y ait des fleurs en pagaille, que les gens puissent s'exprimer au cours de la cérémonie s'ils en ont envie. Je veux faire don de mon corps à la fondation pour la lutte contre la S.L.A. Je veux qu'on me mette dans un cercueil. Est-ce bien moi qui suis en train d'écrire tout ça ? J'ai du mal à y croire. La souffrance me fait peur. Je ne veux pas souffrir.

19 décembre 1982. La guérisseuse avec laquelle je travaille m'a promis que quand le moment serait venu, je partirais sans souffrir, un point c'est tout. Mais elle a ajouté que je devais me préparer à partir.

C'est ce que je suis en train de faire. Je rêve que je m'en vais en voyage. Une fois, j'étais dans un bâtiment administratif au Maroc. Une autre fois, je n'arrivais pas à savoir où je voulais aller. A la dernière minute, je me suis souvenue de ma destination. J'allais dans un magasin plein de vêtements colorés, sobres de ligne, jeunes et drôles. Si c'est ainsi que doit être mon âme, je suis encore loin du but.

21 décembre 1982. Noël approche. J'ai demandé à Bob d'organiser une petite fête. C'est Alli qui a choisi la nappe et les serviettes. Jenie a fait comme si je n'étais pas là. Elle s'est fâchée contre Bob et lui a violemment tiré les cheveux. Alli s'est blottie tout contre moi et s'est mise à dessiner. Bob était furieux contre Jenie. Je voudrais tellement pouvoir aider ma fille. J'ai demandé à Bob de les amener lorsque mon amie Anne – psychologue pour enfants – serait là. Il les a emmenées chez sa sœur pendant le week-end. Anne et moi avons passé un bon moment ensemble. Sa présence stimule mon imagination et me rend plus créative. Nous avons fait de la visualisation.

■

Bob, qui était assailli de problèmes d'ordre personnel et professionnel, avait en outre des difficultés avec ses enfants. Débordé, il ne savait où donner de la tête. Il n'avait pas une minute à lui pour se détendre. Alors qu'il était entouré de gens, il se sentait seul. Quand il pouvait confier les enfants à des amis pendant le week-end, il s'arrangeait pour voir Marjory. En semaine, parfois, il poussait jusque chez elle. Mais les choses n'allaient pas si bien que cela entre eux et leurs

rapports étaient empreints d'une certaine aigreur. Il avait soif de compagnie féminine et culpabilisait à cause de cela en même temps. Avec Marjory, tout ce qu'il était capable de faire, c'était parler de ce dont il ne pouvait parler à personne d'autre. Ce qui lui laissait peu de temps et d'énergie pour apporter quoi que ce soit à son ex-femme. Elle-même souffrait de la solitude et elle n'appréciait pas que Bob ait fait d'elle son déversoir. Ils se disputaient et se réconciliaient mais sans tendresse.

Marjory plaignait Bob et elle s'apitoyait sur son propre sort. Après tout, c'était le père de son fils. Ils vivaient des moments heureux entre deux prises de bec. C'était bon de se retrouver comme autrefois dans les bras de cet homme costaud, de le sentir contre soi. Bob ne pouvait évidemment pas parler de cela à Emily.

Il ne pouvait pas non plus lui parler de son travail. Comment entrer dans une chambre d'hôpital où gît une mourante, incapable d'aller seule à la selle, et se mettre à râler parce qu'une caméra est tombée en panne ?

– Quelle journée de dingue ! aurait-il pu dire à celle qui aurait donné tout au monde pour pouvoir passer ne fût-ce que vingt-quatre heures dehors ou s'entendre raconter cette journée par le menu. Le chat a dégobillé partout pendant la nuit. La camionnette a refusé de démarrer. La circulation était infernale. J'ai reçu un coup de fil d'une société d'informatique annulant une commande importante. Enfin, j'ai survécu, c'est le principal. Je suis venu à vélo. Et toi, tu as passé une bonne journée ?

Ces soucis paraissaient bien mesquins comparés à ceux de la malade.

– Tout... tu... as pesté... passé... une bonne journée ? Tu as passé une bonne journée ? ânonnait Bob, lisant sur les lèvres de sa femme. Très bonne, ma chérie, merci. Pas grand-chose à signaler. Les filles vont bien. Richard m'a chargé de te faire ses amitiés. Il est sympa, ce type. C'est à peu près tout. Tiens, tu as reçu de nouvelles cartes. De qui ?

Non, Bob ne pouvait parler boulot avec sa femme.

Les enfants étaient un sujet de conversation éminemment délicat. Impossible de dire à leur mère que les petites se chamaillaient, qu'elles étaient insolentes et répondaient, elle serait catastrophée et se mettrait à lui prodiguer toutes sortes de conseils. Et si, en revanche, il lui racontait les bons moments qu'ils passaient tous les trois ensemble, elle se demanderait si elle leur manquait tant que ça en fin de compte. « Vous vous débrouillez drôlement bien sans moi, dis donc. » Il ne fallait pas qu'il brosse un tableau trop idyllique de la situation. Conclusion : mieux valait éviter le sujet.

Il ne pouvait pas non plus lui parler de Marjory. Pendant l'automne, Emily avait suggéré à son mari de se trouver quelqu'un, une femme avec laquelle il pourrait envisager de refaire sa vie plus tard. Quand elle aborda ce thème, Bob était si occupé à lire sur ses lèvres et à se surveiller qu'il ne put voir ses yeux. Son instinct lui souffla toutefois de faire très attention. Sa femme cherchait peut-être à le faire passer aux aveux par ce biais. Elle était très forte dans ce domaine et elle avait réussi à le piéger plusieurs fois par le passé. Il lui dit donc ce qu'elle avait envie d'entendre, à savoir qu'il l'aimait et tomberait peut-être amoureux de quelqu'un d'autre un jour, mais que ce ne serait certainement pas pareil, ce qui était vrai. Pour

l'instant, ils étaient tous les deux, se battant contre la maladie et élevant les enfants, ce qui était faux. Il pouvait partager l'expérience qu'elle vivait dans ce lit d'hôpital, mais elle ne pouvait partager son existence une fois qu'il avait tourné les talons et passé la porte. Ce n'était pas la vie qu'ils avaient rêvé de mener. Mais il leur fallait s'en contenter. Bob ne pouvait parler à la gisante du besoin qu'il avait d'être dans les bras d'une femme. Aussi garda-t-il le silence.

Emily fondit en larmes. Cela lui arrivait de plus en plus souvent. Elle sanglotait en silence. Bob se demanda à part lui si ses paroles lui avaient fait plaisir ou l'avaient blessée. Elle était tout près et en même temps si loin. Communiquer avec elle devenait de plus en plus difficile. Il devait peser le moindre mot, surveiller à tout instant l'expression de son visage, sa femme le couvant d'un regard perçant. Bonheur, tristesse, c'était désormais tout un pour Bob. Serait-il heureux le jour où Emily mourrait ? Ou bien triste ? Ou alors les deux ?

Ce jour d'automne, Bob se demanda ce qu'Emily pouvait bien avoir derrière la tête. Il ne devait jamais avoir la réponse.

■

28 décembre 1982. La nuit dernière, j'ai eu une infirmière épouvantable. Elle a refusé de lire sur mes lèvres et m'a délibérément ignorée. Impossible de communiquer avec elle. Elle a refusé de me changer de position. Quand je lui ai demandé le bassin, elle m'a dit de faire au lit. Mon impuissance me rend furieuse. Dire que je suis à la merci de créatures de cet acabit...

Je n'arrive pas à sourire, bien que mon infirmière

me le demande. Je suis très angoissée et j'ignore pourquoi. La dernière fois que je me suis mise dans cet état, c'est à la suite d'une « conversation » avec ma garde de nuit, Eleanor, qui lit sur les lèvres, elle. Nous « parlions » de la mort. Elle m'a dit que je devais remercier le ciel de ce que j'avais. Mais qu'est-ce que j'ai, au juste ? Je me sens horriblement mal. Mon moral est au plus bas. J'aime bien Eleanor, c'est pourquoi je ne me suis pas mise en colère.

Les jours à venir s'annoncent mal et promettent d'être arides. Je n'ai rien à en attendre. Mes infirmières particulières vont vraisemblablement me lâcher. Le mari de Lucy – ma garde de jour – est malade. Et l'autre s'est mariée. Bob part pour le Maroc à la fin du mois. Je vais être privée de ceux dont j'ai le plus besoin.

Je ne verrai pas Jenie non plus. Elle est furieuse contre moi et a refusé de venir me rendre visite. Souffrante, Alli n'a pas pu venir non plus. Je reçois la visite de gens dont j'ai fait la connaissance chez des guérisseurs : ils me massent, ils sont formidables, je ne sais pas ce que je deviendrais sans eux. Sur le plan spirituel, j'ai l'impression de ne pas progresser autant que je le devrais. Bob me dit que j'ai tort de me fustiger. Il me conseille d'éviter d'être aussi sévère avec moi-même.

Mon amie Vicki me fait remarquer que quand je ne dors pas – je n'ai pratiquement pas fermé l'œil la nuit dernière – je suis déprimée le lendemain. Et qu'il en est ainsi depuis que je suis malade.

Je ne m'en souvenais pas.

30 décembre 1982. J'attends avec impatience le moment où je pourrai parler avec une aide vocale électronique. L'orthophoniste est venu me montrer comment ça fonctionnait. Pourquoi n'ont-ils pas pensé à cette prothèse parlante plus tôt ? Je suis surexcitée. J'espère réussir à me faire comprendre des enfants. Mon amie Sara m'a conseillé de commencer par des comptines et l'alphabet.

Je suis contente car Janice m'a apporté des chemises de nuit ravissantes. En outre, l'album avance. Toutes les vieilles photos que mon père m'a données sont en place. Je travaille sur des clichés de moi pris dans les années soixante.

Je me demande à quoi je m'attaquerai quand l'album sera terminé. (C'est la garde de nuit qui m'aide à coller les photos.)

■

Emily avait vu défiler un véritable bataillon d'infirmières et de gardes particulières. Les gardes-malades dépêchées par l'agence ne restaient jamais plus de quelques semaines au service de la jeune femme. Il y avait toujours quelques chose qui les obligeait à la quitter, même si elles déclaraient bien haut ne pas avoir à se plaindre d'elle. Ces défections plongeaient la malade dans un état dépressif qui durait parfois plusieurs jours. Du fait de ces fréquents changements de personnel, Emily, qui ne pouvait parler, n'en finissait pas d'expliquer son emploi du temps à chacune des nouvelles arrivantes. La jeune femme aimait prendre son bain le matin. Le reste de la matinée était consacré à la lecture et à la réflexion ainsi qu'à écouter de la musique et à regarder la télévision ou à bavarder. Avec le temps, la conversation devenait de plus en plus difficile. L'infirmière devait laisser en plan ce qu'elle était en train de faire afin de pouvoir lire sur les lèvres d'Emily.

Quand elle était fatiguée ou qu'elle en avait assez, la garde choisissait la solution de facilité et faisait semblant de ne pas comprendre, même lorsque Emily répétait inlassablement. La garde, qui ne connaissait ni la lecture labiale ni la psychologie, se relevait en disant : « Désolée, Mrs. Bauer. Je ne vois pas ce que vous voulez. » Puis elle retournait à ses occupations tandis qu'Emily continuait désespérément à tenter de se faire comprendre.

Quand la patiente était énervée, sa température montait. Dans ces moments-là, elle exigeait qu'on lui retape ses oreillers, qui n'étaient jamais gonflés comme elle le voulait. Ou alors elle réclamait à boire – quand elle le pouvait encore. Chaque fois que les gardes s'assoupissaient ou s'accordaient une minute de répit en bavardant avec une infirmière de l'hôpital sur le pas de la porte, la malade avait besoin d'elles.

C'était en fin de matinée, pendant qu'on l'alimentait qu'Emily était le moins exigeante. L'infirmière lui mettait des écouteurs sur les oreilles et la jeune femme écoutait de la musique classique. C'est fou ce que le son du violon est capable de faire. Elle avait l'impression de flotter. La garde-malade n'entendait pas toujours le petit bruit annonçant que la bande était arrivée en bout de course. Aussi continuait-elle de lire ou de faire la sieste. Il lui fallait un moment avant de remarquer le mouvement des lèvres d'Emily et de comprendre ce qui se passait. Alors, elle se levait pour mettre l'autre face.

Contrairement aux autres patients, Emily ne regardait pas systématiquement la télévision. Elle ne s'intéressait qu'à certaines émissions, ce qui obligeait ses gardes à consulter les programmes et à changer de chaîne en conséquence. Comment pouvait-elle avaler tous ces bulletins d'informations ? Pourquoi se souciait-elle de ce qui se passait au-dehors ? Le monde clos dans lequel elle vivait ne possédait-il pas sa structure et ses valeurs propres, son langage et son odeur, ses peurs et ses secrets, ses bruits de couloir et son rituel ? Il y a des hommes qui passent leur vie dans ces mastodontes, luttant, gagnant et perdant des batailles médicales et bureaucratiques, sans avoir la moindre idée de ce qui se passe de l'autre côté du mur.

Lucy et Eleanor étaient différentes des autres gardes particulières.

Pour commencer, elles étaient plus disponibles. N'étant pas attachées à un établissement, elles suivaient leurs malades d'hôpital en hôpital, de domicile en domicile. Il y avait des mois qu'elles travaillaient pour Emily. Elles devaient l'accompagner jusqu'au bout de son long voyage.

Certes, elles se chamaillaient avec Emily. Lucy surtout, à l'époque où elle était encore à l'appartement. C'est que la malade était parfois d'une exigence insupportable. Lucy – qui était sensiblement plus âgée que sa patiente – se montrait accommodante et acceptait de faire une ou deux corvées ménagères pour la dépanner. A peine avait-elle fini qu'Emily lui trouvait aussitôt une autre occupation et critiquait sa façon de s'y prendre. A l'en croire, Lucy – une Noire qui élevait seule ses deux jeunes enfants – était une empotée et une incapable. Elle n'avait qu'à rentrer chez elle.

– Très bien, disait Lucy en prenant placidement la porte.

Le lendemain matin, elle reparaissait, le sourire aux lèvres, comme si de rien n'était. Et Emily la psychologue accueillait sa garde à bras ouverts.

Eleanor n'était entrée que plus tard dans la vie d'Emily. Veuve, à deux doigts de subir une importante intervention chirurgicale, elle avait eu son content de deuils dans l'existence, et elle exerça une influence subtile sur la vie de sa patiente, et sur sa mort aussi. Eleanor prenait la succession d'un nombre impressionnant d'infirmières qui étaient persuadées que les patients doivent dormir la nuit au lieu d'essayer de coller des photos dans des albums. Et qu'ils n'ont pas à essayer de se battre contre une maladie incurable comme la sclérose latérale amyotrophique, mais doivent l'accepter avec dignité.

Eleanor avait déjà eu affaire à des malades comme Emily. Des malades exigeants qui optaient pour la ventilation artificielle sans se douter de ce que cela impliquait. Un patient relié à un respirateur perd tout pouvoir de décision, il doit s'en remettre aux équipes de spécialistes et aux institutions qui le prennent en charge.

Eleanor avait vu nombre de ces patients exprimer leur angoisse de bien des façons, toutes aussi pénibles à vivre pour l'entourage. Leur corps ne leur obéissant plus, ils ne pouvaient arpenter la chambre ni se tordre les mains. Alors ils s'efforçaient de régenter leur nouvel univers, remettant en question des dispositions sur lesquelles il n'y avait pas à revenir, réorganisant ce qui n'avait pas à l'être, et tout à l'avenant. Condamnés à l'immobilité, il leur fallait à tout prix manœuvrer quelqu'un pour compenser. Le plus souvent, c'était leur garde. Eleanor finit par se dire que si l'on donnait à Emily un moyen de pression sur son entourage, celle-ci serait moins frustrée et se calmerait un peu. Aussi lui apporta-t-elle une petite sonnette à pile – qui avait fait merveille sur d'autres patients – et la lui mit-elle à portée de main. Pour sonner, il suffisait de serrer l'appareil entre le pouce et l'index – ce qui était encore dans les cordes d'Emily. Évidemment, la sonnette n'était pas aussi puissante que la cloche à vache qu'elle avait maniée chez son frère et sa belle-sœur, mais elle faisait suffisamment de bruit pour que son sentiment d'impuissance s'en trouvât diminué.

Assises l'une près de l'autre, les deux femmes lisaient, Emily son journal et Eleanor un livre de poche. Lorsque la malade avait fini sa page, elle sonnait. Eleanor tournait la page et se replongeait dans son roman. Les autres infirmières n'aimaient pas du tout ce gadget dont elles « oubliaient » régulièrement de remplacer les piles.

Il y avait des moments où, aussi patiente qu'elle fût, Eleanor éprouvait le besoin de souffler un peu. Elle s'arrangeait pour qu'une infirmière du service passe la tête par l'entrebâillement de la porte :

– Eleanor, vous pouvez venir un instant ?

– Bien sûr, répondait Eleanor. Excusez-moi, Emily. Je reviens tout de suite.

Et elle rejoignait sa complice dans le couloir avec un soupir de soulagement.

L'espace de quelques minutes, elle s'asseyait dans la petite salle de repos, tandis que les infirmières de l'étage s'assuraient qu'Emily n'avait besoin de rien. Puis elle regagnait la chambre d'un pas décidé.

– Me voilà, Emily ! Tout va bien ?

Emily aimait beaucoup Eleanor. Cette dernière était en effet de bonne composition et pleine d'initiative. Elle arrivait un peu avant vingt heures et la jeune femme, qui semblait s'étioler en fin de journée, retrouvait du tonus immédiatement. Ses yeux brillaient. Eleanor passait des heures à découper des photos selon ses instructions minutieuses, puis les collait dans l'album destiné à montrer à Alli et Jenie que leur maman n'avait pas toujours été cette invalide clouée au lit. Dans le tas, il y avait des photos d'Emily en maillot de bain.

– Pas mal, disait-elle à sa compagne avec un petit sourire.

Elle avait de nombreux amis qui lui rendaient visite. Vicky Francen notamment, qui devait passer de longues heures à lutter en sa compagnie.

Vicky venait une fois par semaine. Elle lisait sur les lèvres d'Emily, enregistrant sur bande magnétique les propos qu'elle retranscrirait et qui constituaient le journal de la malade. Parfois Emily parlait à Eleanor de son retour à la maison.

– A la maison ? s'ébahissait la garde.

Emily hochait la tête. Son traitement ne pouvait pas durer indéfiniment. D'ailleurs, la surveillante n'était-elle pas venue l'autre jour lui faire remarquer que cet établissement était réservé aux patients nécessitant des soins intensifs et non aux malades atteints d'une maladie chronique ? Son estomac la faisant moins souffrir, la ventilation artificielle réglant ses problèmes d'insuffisance respiratoire, la jeune femme ne voyait pas ce qui l'empêchait de regagner son foyer. Eleanor continuerait de s'occuper d'elle à l'appartement. Ce serait plus confortable. Et elle pourrait de nouveau regarder grandir ses filles. Emily déclara qu'elle voulait mourir à la maison, le moment venu. Et pas dans un de ces établissements impersonnels plein de matériel bizarre, toujours bruissant du vacarme de la télévision, et où la musique classique n'avait pas droit de cité.

D'ici là, la jeune femme aurait maîtrisé la prothèse parlante et recouvré l'usage de la parole. Eleanor, Lucy ou l'orthophoniste appliquaient la petite boîte contre la gorge d'Emily et celle-ci s'efforçait de réapprendre à parler. Les sons qu'elle arrivait à produire manquaient terriblement de netteté. Peut-être avait-on attendu trop longtemps pour lui donner l'aide vocale...

Quand Emily s'exprimait, on avait l'impression d'entendre un ordinateur moudre péniblement du russe. Compte tenu des efforts déployés par la jeune femme, le résultat était pour le moins décourageant. Tout le monde l'incitait cependant à persévérer. Poussée par le désir farouche de sortir du silence dans lequel elle était murée, Emily s'exerçait donc à reproduire des phonèmes, des syllabes, puis à former des mots et enfin de courtes phrases. Et cela pendant des heures.

Elle avait décidé de faire une surprise aux filles. Elle demanderait à Eleanor d'appliquer l'appareil sur son cou et lorsque les petites arriveraient, elle leur dirait :

– Bonjour, Alli. Bonjour, Jenie.

■

4 janvier 1983. J'espérais qu'Alli aurait envie de bavarder avec moi. Mais la machine lui fait peur. En la voyant, elle s'est mis les mains sur les oreilles et a secoué la tête. Mon Dieu, que faire pour qu'elles cessent d'être traumatisées par cet appareil ?

6 janvier 1983. J'en ai par-dessus la tête et je suis hors de moi. Ces remplaçantes, quelle engeance !

Pour quelqu'un comme moi qui n'est pas d'un tempérament passif, dépendre d'autrui est insupportable. Je n'arrive pas à accepter mon sort, spirituellement parlant. J'ai envie de hurler. Mais, ça aussi, c'est impossible. Bob est au Maroc. Je suis condamnée à moisir dans ce lit. C'est à devenir folle. Je voudrais pouvoir bouger, agir. Je n'en veux pas à Bob. Il n'y est pour rien. C'est aux infirmières que j'en veux.

7 janvier 1983. Je reçois la visite d'une amie psychologue qui essaie de m'aider à traverser cette mauvaise passe. Quand je pense à tout ce que je rate, je suis triste. Je ne pourrai pas assister au mariage de ma cousine Diane, qui sort d'ici. Ce n'est pas juste. J'aimerais tellement être de la fête, l'aider à tout organiser, participer aux préparatifs... J'espère qu'elle prendra des tas de photos.

9 janvier 1983. Je m'aperçois que j'ai oublié de parler de Noël. Ça s'est plutôt bien passé. J'avais des paquets pour Alli et Jenie. Elles se sont amusées à faire manger et à changer les poupées que je leur ai offertes. Jenie mange toute seule comme une grande maintenant. Alli m'a apporté un dessin représentant une maison. Mes relations avec les petites sont décevantes, mais comment pourrait-il en être autrement puisqu'il n'y a pas d'échanges possibles ? Je dois me contenter de les observer. Mon amie Sally était là – il y avait longtemps qu'elle n'était pas venue me voir –, elle a joué les mamans auprès de mes filles. Bob était présent aussi. C'est quand les petites sont affectueuses et se pressent autour de moi que je les préfère. Cela ne peut pas être comme ça toutes les semaines. Elles ne me parlent pas beaucoup. En revanche, elles ne cessent de me dévisager.

■

Lorsque l'avion décolla, Bob commença à se détendre. Il avait confié les fillettes à des cousins qui, n'ayant pas d'enfants, étaient très loin de se douter de ce qui les attendait.

Bob savait exactement ce qu'il laissait derrière lui – tout. A l'exception de Marjory, assise près de lui, ses longues jambes frôlant les siennes. Les amis de Marjory avaient l'impression qu'elle sortait beaucoup ces temps derniers. Elle s'habillait avec plus de recherche et s'était fait légèrement teindre les cheveux. Ses relations se demandèrent s'il n'y avait pas anguille sous roche et si elle n'avait pas un homme dans sa vie. Peu après le décollage, Bob posa sa tête sur l'épaule de sa compagne, qui ne put retenir un soupir de satisfaction.

Pour Emily, le voyage de Bob en Afrique du Nord était avant tout un voyage d'affaires. Pour l'entourage de Bob, qui, s'il se doutait de quelque chose, n'en souffla mot, c'était quinze jours de détente bien mérités.

Après l'hospitalisation de sa femme, il avait changé : il s'affirmait davantage. Lorsqu'il passait à l'hôpital, il était fréquent qu'Emily lui remette une liste de courses. Il prenait le papier, en précisant toutefois qu'il avait des rendez-vous et devait emmener les petites à la plage et ne savait donc pas s'il aurait le temps de s'acquitter de cette mission. Comme Emily insistait, décrétait que c'était urgent, il déclarait d'un ton posé :

– Désolé, Emily. Je n'ai que deux bras. Je fais ce que je peux.

Ce qui ne plaisait pas à la jeune femme, évidemment.

La réaction qu'eut son mari quand elle fit allusion à son retour à la maison lui déplut davantage encore.

– C'est hors de question ! énonça-t-il d'un ton étonnamment péremptoire.

Il ajouta qu'Emily aurait besoin de soins vingt-quatre heures sur vingt-quatre. Et qu'étant donné les circonstances, il voyait mal comment cinq personnes réussiraient à tenir dans le minuscule appartement. Sans parler des machines. Et puis, il avait déjà du mal à s'en sortir avec les petites. Alli, notamment, qui était carrément intenable. Bob promit à la malade de lui amener les enfants aussi souvent que possible. En outre, il y avait l'assurance, qui refuserait de payer si la bénéficiaire redevenait ambulatoire. Emily braqua sur Bob son regard le plus décidé mais rien n'y fit. Il se montra inébranlable.

■

12 janvier 1983. Les jours se succèdent, tous aussi déprimants les uns que les autres. Je regarde davantage la télévision. J'ai du mal à rester longtemps dans la même position. Mais je dois attendre qu'on veuille bien penser à me tourner. J'ai de la chance d'avoir des amis qui viennent me tenir compagnie. Certains poussent la gentillesse jusqu'à me masser, le contact de leurs mains me fait du bien.

Je prie tous les jours désormais. Je parle à Dieu. Je lui demande pourquoi il m'a envoyé cette épreuve et la force de la surmonter. Je le remercie des visiteurs qu'il m'envoie. J'ai l'impression de vivre en enfer. J'ai peur de suffoquer.

Aujourd'hui, j'ai reçu un nouveau guérisseur qui va essayer de faire quelque chose pour améliorer mon état de santé. Ne serait-ce pas merveilleux s'il réussissait ? Je pourrais retrouver les enfants. Me passer du respirateur. Parler, marcher peut-être. Il se dit persuadé que c'est possible. J'ai peur de me faire des idées. Je n'arrive pas à comprendre pourquoi Dieu me laisse dans cet état. Je pense de plus en plus souvent que je ne peux pas continuer à vivre comme ça. J'ai essayé de songer à un moyen de mettre un terme à mon existence. J'ai peur de devoir continuer à vivre ainsi un certain temps.

Je me demande comment va Bob.

■

Bob s'étourdissait. C'était sa façon à lui de se détendre. Quand on a trop de temps devant soi, on rumine. On pense à la femme handicapée qu'on a laissée aux États-Unis, à ce qu'on fait pendant ce temps-là avec une autre au Maroc. On s'analyse, on fait de l'introspection, ce qui n'est pas bon. Aussi, son travail terminé, Bob se lançait-il tête baissée dans un tourbillon d'activités. Avec Marjory, il sillonnait les souks, achetant des coupons de tissu pour Emily à défaut de bracelets et autres babioles. (En fait de bijoux, Emily n'arborait plus que son alliance, et une amulette qu'elle portait en pendentif au bout d'une chaîne. Elle adorait ce gris-gris qui lui rappelait tous ceux qui pensaient à elle.)

■

13 janvier 1983. L'ergothérapeute est venu me faire travailler. En tenant le feutre entre mes dents, j'ai réussi à exécuter plusieurs dessins dont je ne suis pas mécontente. Malheureusement, je ne peux pas dessiner longtemps car j'ai de moins en moins de force dans le cou. Le spécialiste m'a encouragée à continuer.

■

Bob et Marjory se rendirent en car à la montagne et firent une randonnée de deux jours avec un groupe. Bob, qui n'avait jamais été aussi expansif, faisait des commentaires sur tout. Marjory trouvait ce flot de paroles aussi fatigant que les excursions. Ils déjeunaient et dînaient sans se presser dans des restaurants vides aux murs carrelés où on leur servait du poulet et des légumes surprenants. Ils se disputaient aussi, à l'occasion . Mais ça, ce n'était pas nouveau. Et ils faisaient souvent l'amour, avec la fébrilité désespérée de ceux qui savent que le temps travaille contre eux.

Emily éprouva un choc en voyant Bryan entrer dans sa chambre. Il y avait un bon bout de temps qu'il n'était pas venu.

– Tu es seul ? Comment va Barbara ? Quelle bonne surprise !

– Bonjour, Emily. Comment vas-tu ? dit Bryan, se penchant et déposant un baiser précautionneux sur le front de sa sœur.

Dieu qu'elle était maigre ! Dire qu'elle avait tenu tant de place dans sa vie de petit garçon... Ce n'était plus qu'une pauvre chose sans défense qui avait besoin d'une infirmière pour se faire comprendre. Heureusement que ces abrutis de guérisseurs n'étaient plus pendus à ses basques. Après ce que Bob lui en avait dit, il aurait eu du mal à ne pas les flanquer dehors.

Bryan bavardait souvent avec Bob au téléphone, ce qui lui évitait de longs trajets en voiture.

Pendant un certain temps, Bryan et Barbara étaient venus voir Emily une ou deux fois par mois. A l'occasion d'un de ses passages à l'hôpital, Bryan avait dessiné sur un carton un alphabet géant. Les visiteurs désignaient les lettres du doigt jusqu'à ce qu'Emily cligne de l'œil. Le procédé était laborieux mais à force de persévérance et d'entraînement elle parvint à épeler plus rapidement. Afin d'accélérer le processus, les habitués finirent par ne lui poser que des questions en « oui » ou « non », ce qui eut pour effet d'appauvrir aussitôt les échanges.

Quand ils allaient rendre visite à Emily, Bryan et sa femme partaient de chez eux le vendredi en sortant du boulot et passaient la plus grande partie de la nuit au volant. Ils dormaient jusqu'en fin de matinée et allaient à l'hôpital après déjeuner. La première question que leur posait Emily était :

– Vous restez longtemps ?

A quoi Bryan répondait qu'ils devaient reprendre la route le lendemain matin. L'air déçu, Emily rétorquait :

– A quoi bon vous déranger si c'est pour si peu de temps ?

Tant et si bien que Bryan finit par espacer les visites. Barbara et lui ne vinrent plus que tous les deux mois. Et Emily, froissée, n'accueillit plus son frère que par de sarcastiques :

– Bonjour. Rappelez-moi votre nom.

Bryan, qui connaissait bien sa sœur, se disait que la vie ne devait pas être rose tous les jours pour son beau-frère. Encore que ce dernier ne se fût jamais plaint. Aujourd'hui, quitte à balayer les derniers espoirs d'Emily, Bryan allait devoir défendre le point de vue de Bob, radicalement opposé à celui de sa femme. En effet, si les Bauer avaient rêvé un jour du retour d'Emily à la maison, ils le redoutaient plus que tout maintenant.

– Emily, attaqua Bryan, le moment est venu de déménager. On ne peut plus te garder dans cet établissement. Non, il n'est pas question que tu rentres chez toi. Ce serait invivable. J'en ai longuement parlé avec Bob et je suis entièrement d'accord avec lui. Le mieux est que tu ailles dans un centre spécialisé où tu recevras les soins appropriés, dispensés par un personnel compétent. Tu pourras conserver tes gardes particulières. C'est tout près d'ici. Bob et les filles pourront facilement te rendre visite, et tu pourras faire de courts séjours chez toi. Mais tu comprends bien qu'il est impensable de transformer votre appartement microscopique en chambre d'hôpital. Les petites ne pourraient même pas amener des amis à la maison pour jouer. Il faut qu'elles vivent, elles aussi. Je t'assure que c'est la meilleure solution.

A en juger par son regard, Emily était rien moins que convaincue. En fait, elle était folle de rage. L'œil noir et fixe, elle observait son frère, qui arpentait la pièce tout en parlant avec un sentiment de malaise croissant. N'y tenant plus, Bryan déclara qu'il lui fallait partir. Après cela, il confia à Barbara qu'il était désormais inutile de retourner voir Emily.

Un lit s'étant trouvé vacant au centre, le transfert d'Emily eut lieu quarante-huit heures après.

■

18 janvier 1983. Le déménagement a été très pénible, parce que mal préparé. Tout cela s'est fait en dépit du bon sens. J'avais la tête qui ballottait. Je leur ai demandé de me mettre sur un brancard mais personne ne m'a vue.

La sœur de Bob et deux amis sont venus nous prêter main-forte. Que ferais-je sans mes amis... Vicky fait des trajets insensés pour venir me voir. Il m'arrive souvent d'être de mauvaise humeur et je ne suis pas d'une compagnie agréable.

J'étais habituée à mon cadre, à mon décor. Le train-train hospitalier, les visages familiers me manquent. Je suis très lasse. Ma chambre d'hôpital me manque aussi. J'ai du mal à manger. Dans ce centre, je n'arrive pas à regarder les autres patients. Je les trouve hideux. Ils ont l'air prostrés et ont de drôles de regards. J'ai peur de finir par leur ressembler. Que vont penser de moi Alli et Jenie ? Je sais que Bob n'est pas franchement emballé non plus par cet endroit.

19 janvier 1983. Différents spécialistes sont venus me faire part de leurs suggestions. Ils m'ont proposé, entre autres, d'utiliser un respirateur portatif – ce qui me redonnerait une certaine autonomie – et d'apprendre à me servir d'une imprimante. Je ne sais si j'arriverai à faire tout ça à la fois.

20 janvier 1983. C'est dur pour moi, tous ces changements. Je ne me sens pas très bien. Toute ma vie, j'ai été avantagée par rapport aux autres parce que je n'étais pas sotte. A quoi me sert mon intelligence aujourd'hui ? Je ne peux même pas respirer seule.

23 janvier 1983. Mes deux infirmières m'ont parlé de mon attitude face à la maladie. Elles disent que je dois accepter ma situation. J'essaie de m'adapter, mais, au fond de moi-même, je sais bien que je n'en ai pas envie. Peut-on appeler ça vivre ?

Les enfants qui sont près de moi n'ont pas l'air particulièrement émus ou bouleversés par leur condition. Comment les autres font-ils pour s'habituer ? Comment font-ils pour aller aux toilettes alors qu'ils sont toute la journée dans un fauteuil roulant ? Ils restent assis là, sans rien faire. Je ne veux pas leur ressembler. Si c'est pour en arriver là, je préfère mourir.

24 janvier 1983. Je me suis réveillée ce matin, me demandant comment m'adapter. Je me suis dit : « Il faut que tu te fixes un objectif : assister au mariage de ta cousine en juillet ou à celui du neveu de Bob en octobre. » Voilà. Il n'y a que comme ça que j'y arriverai.

Puis je suis restée quatre heures dans le fauteuil roulant. J'avais mal partout, j'étais épuisée et j'ai fait sous moi. Pourquoi est-ce si dur ? Personne ne se soucie de savoir si je veux vivre comme cela, on ne me demande pas mon avis. Je n'ai plus voix au chapitre. Les professionnels de la santé qui m'entourent partent du principe que je veux vivre. C'est normal si l'on songe que leur métier consiste à soigner les gens. Pourquoi ne me laisse-t-on pas le choix ?

Ce week-end, le tube qui me relie au respirateur s'est détaché. Au lieu d'appeler l'infirmière tout de suite, j'ai attendu, me demandant si j'étais capable de sauter le pas. Et tout d'un coup, j'ai été prise de panique. Bien que déçue par ma propre réaction, j'ai sonné. Si j'ai laissé passer l'occasion de mourir, c'est sans doute parce que j'ai encore envie de vivre. Comme quoi on ne peut rien dire tant qu'on n'est pas en situation.

C'est très dur de renoncer à la vie.

26 janvier 1983. Alli m'a réclamée ! Elle s'est réveillée en larmes un matin en disant à Bob que je lui manquais. Moi qui avais peur que ce ne soit le contraire... Cela m'a fait très plaisir. La visite s'est bien passée. Elle est restée blottie quelque temps contre moi. Elle n'a pas réussi à me parler directement. Elle a voulu savoir si elle ne s'était pas trompée de pied en se chaussant. « Non », lui ai-je dit. J'ai eu un choc en voyant qu'elle ne me comprenait pas. Je me demande ce que je lui apporte... Jenie a gardé ses distances et n'a cessé de me regarder tout en jouant. Que peut-il bien se passer dans sa petite tête ?

Si seulement je pouvais parler, comme ce serait merveilleux !

■

L'établissement où l'on avait transféré Emily était grand et toujours plein. Leur travail terminé, les hommes et les femmes en blanc pouvaient regagner leur domicile, laissant derrière eux les pensionnaires au teint blême et à la blouse verte qui y étaient à demeure.

Tout brique et pierre, le bâtiment massif comporte plusieurs étages percés de vastes fenêtres aussi vides que le regard de ceux qu'il abrite. Pour faire gai, l'administration a fait peindre les murs en vert de deux tons différents. Vert sapin du sol jusqu'à hauteur d'épaule. (Les radiateurs qui grincent et couinent n'ont pas été épargnés et disparaissent eux aussi sous d'épaisses couches de laque épinard.) Vert d'eau jusqu'au plafond. Les

peintres ont beau passer régulièrement, il y a toujours un endroit où la peinture s'écaille.

Spacieuses, les salles sont conçues pour accueillir douze malades. Coincés entre la vie et la mort, condamnés à attendre et attendre encore, les patients reposent dans leurs lits blancs. Chaque lit peut être séparé des autres grâce à un rideau accroché à une tringle fixée au plafond.

Les voilages sont trop fins pour étouffer plaintes, craintes, cris et chuchotements. Ils ne peuvent atténuer les bip-bip, sonneries et autres bruits de succion émis par les appareils qui maintiennent les pensionnaires en vie.

Pas plus qu'ils ne peuvent assourdir le vacarme des machines que l'on roule en cas d'urgence au chevet d'un patient immobile à qui on a arraché sa blouse. Un homme en blanc appuie énergiquement sur le sternum du malade inerte. Une femme lui plonge une aiguille dans le corps. Un second homme en blanc pose deux disques sur la poitrine nue et crie :

– Attention !

Le personnel médical recule, le corps tressaute sous la décharge électrique et retombe avec un bruit creux.

En l'absence de résultat, le trio se remet au travail. L'opération est renouvelée une deuxième, une troisième, une quatrième fois. La patience des soignants est sans limite, leur dévouement sans borne. Ils s'obstinent jusqu'à ce que l'un d'eux décrète :

– Ça suffit.

Alors l'équipe se replie en bon ordre.

Mais si tout se passe bien, un ou deux chocs électriques suffisent à faire repartir le cœur affaibli. L'électrocardiogramme cesse d'être plat. La

technologie vient de remporter une nouvelle victoire. Les hommes en blanc sourient, pour un peu ils se congratuleraient.

Enfin, bien sûr, il y a les machines qui servent à ventiler le patient. Omniprésent, obsédant, le bruit de l'air insufflé dans les poumons défaillants des gisants donne aux visiteurs l'impression que le bâtiment tout entier respire.

■

6 février 1983. Il y a du nouveau. En m'examinant, le médecin a découvert que j'avais un trou dans la gorge et il y a introduit un autre tube. Vendredi, ils ont essayé de procéder à un nouvel examen, mais il y avait tellement de sécrétions qu'ils ont dû renoncer. Ils referont une tentative vendredi prochain. J'ai souffert le martyre, j'appréhende la nouvelle séance et j'en ai assez.

8 février 1983. Ils vont équiper mon respirateur d'un signal d'alarme. Je leur ai dit que je n'en voulais pas. D'après mon infirmière, ils le feront de toute façon, que cela me plaise ou non. Elle m'a dit que je pouvais demander à ne pas être réanimée au cas où la sonnerie se déclencherait. A condition de mettre mes desiderata par écrit. Bob est en pourparlers avec le directeur à ce sujet.

9 février 1983. J'ai rêvé que je quittais la maison. Ma mère et Alli étaient là, l'air bouleversées. Je partais quand même.

■

Jadis, les Américains n'avaient pas besoin d'al-

ler mourir dans des établissements spécialisés. La mort venait où et quand bon lui semblait. Il n'y avait pas de défibrillateurs pour faire repartir les cœurs usés, ni d'appareils de ventilation pour pallier les insuffisances respiratoires. Jusqu'en 1950, la majorité des citoyens américains rendaient le dernier soupir chez eux. Le plus souvent dans le lit où ils étaient nés. Dans la chambre où ils avaient conçu leurs enfants, ceux-là mêmes qui étaient rassemblés autour d'eux pour la circonstance. En compagnie du médecin de famille qui avait présidé aux accouchements, soigné plaies et bosses, oreillons et jambes cassées. Sa petite trousse noire posée sur la table de nuit, le praticien avait douloureusement conscience des limites de la science. Impuissante, la famille réunie assistait aux derniers instants de l'être cher, s'efforçant de les lui rendre aussi doux et paisibles que possible. A l'époque on considérait la pneumonie comme « la meilleure amie du vieillard ». Souvent, en effet, ce mal l'aidait à sombrer en douceur avant que la douleur causée par d'autres maux ne devienne trop vive.

Puis apparurent les poumons d'acier et bientôt des appareils dont la sophistication emplissait d'étonnement le généraliste à l'ancienne mode, persuadé – à tort – que les décisions ultimes étaient prises par des puissances invisibles.

Ces machines coûteuses et de plus en plus perfectionnées ne pouvaient être manipulées que par des cohortes de techniciens expérimentés, dotés d'une formation poussée – tous manipulateurs capables de détruire des cellules malades, de dissoudre des calculs rénaux, d'agir sur les gènes. Ce matériel – on s'en doute – ne pouvait être installé au domicile des malades. Les machines sont exigeantes, elles sont plus encombrantes que les hommes. Leur poids nécessite l'installation de faux planchers, leur consommation électrique est énorme et elles doivent être équipées de systèmes de sécurité destinés à protéger ceux qui les manipulent.

Quel médecin de médecine privée pourrait s'offrir un équipement aussi lourd et aussi performant ? Quant à transporter ces monstres chez un patient et à le soigner chez lui, il n'y faut pas songer. D'ailleurs l'omnipraticien moderne peut-il encore se rendre au chevet des malades ? Croulant sous une masse d'informations, le médecin aujourd'hui est contraint de se spécialiser et de se consacrer à tel ou tel aspect de la médecine.

C'est ainsi que peu à peu les malades furent envoyés dans des établissements où ils étaient traités par des spécialistes, qui gagnaient fort bien leur vie. Certains patients se rétablissaient, remerciant Dieu ou le Dr X., qui s'était occupé d'eux. D'autres mouraient, heureux ou inconscients, ce qui était peut-être aussi bien. Parmi ceux qui s'en sortaient, quelques-uns le regrettaient amèrement, qui n'avaient été guéris que pour succomber à une autre maladie, plus douloureuse et incurable, celle-là.

Espèce en voie de disparition, les généralistes de la vieille école avaient parfois l'impression que leurs fringants successeurs s'intéressaient davantage à l'organe atteint qu'au malade lui-même. Que faire contre cela ? Grâce aux progrès de la médecine, les gens vivaient plus longtemps. Ce sursis qui se chiffrait en mois, voire en années, leur permettait d'assister à une autre saison de football, de souffler les bougies d'un autre gâteau d'anniversaire, d'embrasser un petit-fils qu'ils n'auraient pas connu sans cela.

D'autres personnes considéraient les quelques mois de répit vécus dans des conditions souvent difficiles comme un véritable enfer. Aussi couchaient-ils par écrit les instructions concernant leur fin de vie. Bob était de ceux qui avaient rédigé un « testament » de cette nature. Dans ce document, il affirmait ne pas vouloir être ventilé artificiellement quoi qu'il arrive. C'est par le respirateur en effet que tout commence.

Il se trouvait des médecins qui respectaient la volonté des patients. Mais du fait de la fréquence des procès en responsabilité médicale, d'autres praticiens préféraient ignorer les desiderata des malades. Face à la montée des indemnités qu'ils pouvaient être condamnés à verser au patient mécontent ou à sa famille, et aux primes qu'ils devaient payer aux mutuelles qui acceptaient de les couvrir, ils choisissaient la sécurité. Aussi recommandaient-ils au personnel hospitalier de tout tenter en cas d'urgence plutôt que de rester les bras croisés. Peu de gens – et cela vaut pour les Bauer – étaient prêts à l'époque à dire : « Attendez. » C'est ainsi qu'au cours des quinze dernières années quatre-vingts pour cent des 5 507 Américains qui meurent chaque jour décédèrent à l'hôpital, ou dans un centre de long séjour.

Le directeur de l'établissement où était Emily se montra compréhensif quand Bob vint le trouver. La requête de la jeune femme n'était pas sans précédent. Même si l'administration n'en faisait pas état dans la brochure qu'elle distribuait aux hospitalisés et à leurs proches. Le responsable poussa Bob dans ses retranchements.

– Ne pas réanimer. Savez-vous ce que cela

signifie, Mr. Bauer ? Êtes-vous conscient de la gravité de la décision ? En cas de défaillance cardiaque, par exemple, le personnel n'interviendra pas et laissera la nature suivre tranquillement son cours.

Bob hochant la tête, le directeur lui demanda de signer différents papiers destinés à le couvrir, lui aussi. Après quoi, le signe N.P.R. pourrait être inscrit sur la première page du dossier médical d'Emily, dès que celle-ci aurait été consultée, bien entendu.

■

13 février 1983.

A tous ceux qui sont amenés à prendre soin de moi.

J'aimerais que vous puissiez vous trouver un jour dans l'incapacité de bouger, de vous servir de vos bras et de vos mains, de respirer, ou pire encore de parler. La souffrance, les frustrations sans nombre que cet état suscite en moi m'amènent à trouver la vie inacceptable.

Avant d'être frappée par la maladie, je menais une existence riche et active. Je ne parviens pas plus à accepter ma situation qu'à m'y adapter. Je regarde autour de moi, afin de voir comment les autres passent leurs journées : je ne veux pas vivre comme ça. Je suis confrontée à la difficulté de définir ce que je considère comme essentiel dans la vie. Or je suis loin d'avoir fait le tour de la question. Les animaux ne parlent pas. Ils dorment beaucoup et ne pensent pas. L'intelligence est peut-être un handicap.

Les muscles de ma langue et de mes lèvres fonctionnent moins bien, si cela continue il deviendra bientôt impossible de lire sur mes lèvres. La souffrance que me cause le fait de ne pouvoir me faire comprendre de la plupart des gens est immense. Se peut-il qu'elle augmente encore ? Je ne trouve pas de mots pour décrire ma frustration.

14 février 1983. Les gens qui viennent me voir m'assurent que j'ai l'air bien. Je ne me sens pas bien. La situation est loin d'être réjouissante. On m'a enlevé ma canule hier pour que je puisse passer un examen aujourd'hui. Le médecin n'est pas venu, personne ne m'a examinée, et on m'a remis ma canule.

15 février 1983. J'ai croisé mon reflet dans le miroir aujourd'hui : tube dans le nez, canule dans la trachée, cheveux tirés en arrière, cernes sous les yeux. J'ai mal dormi à cause de ma canule qui n'était pas positionnée correctement. Pourtant, mes amis ont raison, je n'ai pas trop mauvaise mine.

J'ai reçu une lettre d'une de mes étudiantes. Mes cours lui ont appris énormément de choses. Il paraît que je suis un « très bon pédagogue », très motivée. Hormis tenir mon journal, je ne fais plus rien à présent.

On ne m'ôtera pas de l'idée que vivre, c'est développer ses capacités. C'est la première fois que je me trouve face à des limites insurmontables. Vivre, pour les Américains, pour les Occidentaux, c'est dépasser ses limites. Je regarde beaucoup les informations et dans tous les reportages sur les handicapés on montre ces derniers réussissant à surmonter leur problème. Les téléspectateurs ont besoin de croire que c'est possible. Pourquoi ne pas réaliser un reportage sur moi et mon impossibilité de m'en sortir ? Les cameramen pourraient me filmer pleurant parce que je suis assise sans pouvoir bouger le petit doigt. Ou lorsque je n'arrive pas à me faire comprendre de mes interlocuteurs et que mon impuissance me met dans tous mes états.

Aurait-on dû m'apprendre à surmonter l'insurmontable ? Les adolescents issus de familles aisées croient tous que l'on a des possibilités sans limites. Alors que la vieillesse et la maladie appauvrissent la vie au point de la faire paraître désertique. Je ne serai jamais philosophe, je cherche toujours les exceptions.

16 février 1983. Ce matin je me suis réveillée après une bonne nuit de sommeil. Dormir est l'un des rares plaisirs qui me restent encore. J'ai admiré les superbes jacinthes apportées par des amis, et les orchidées dans leur vase de style japonais que Bob m'a données pour la Saint-Valentin. Et j'ai été tout heureuse.

J'adore contempler les fleurs. Être aveugle doit être encore plus terrible que de ne pouvoir parler. Ne plus pouvoir voir Alli et Jenie, quelle horreur ! Elles sont venues cette semaine. Les regarder s'amuser, bouger me comble de joie. Alli est si légère et Jenie si pataude. Elles sont pleines d'énergie toutes les deux. Je remercie Dieu de m'avoir donné des filles pareilles.

Dire que j'aurais pu être comme les deux jeunes gens qui sont dans les boxes voisins. Ed peut parler, mais Charles, non. Ils sont tous deux complètement paralysés des cervicales aux orteils. Ils ont vingt ans. Comment aurais-je réagi si j'avais été touchée à vingt ans et non à quarante, sans avoir connu amitiés, amours, sans avoir passé mon doctorat, sans avoir voyagé, skié, nagé et fait du vélo, sans avoir rencontré Bob, et sans avoir mis au monde Alli et Jenie ? A quels souvenirs peuvent se raccrocher des gamins qui n'ont aucune expérience de la vie ? Moi, du moins, je peux me consoler en me disant que j'ai eu une existence riche. D'un autre côté, peut-être que le fait d'avoir un passé constitue un handicap. La réaction d'Ed quand il n'avait rien à faire, pas même regarder la télé dans le service de réanimation, était bien différente de celle que j'aurais eue à sa place. Quand j'ai demandé à l'infirmière ce qu'il faisait toute la sainte journée, elle m'a répondu qu'il fixait le mur. J'en aurais pleuré de frustration.

19 février 1983. La journé commence à six heures. Pendant qu'on me donne à manger – par l'intermédiaire de mon tube nasal –, je salive d'envie en pensant aux bonnes choses que les gens mangent à la télévision. Je rêve de cuisine chinoise et de hamburgers. Puis on me fait ma toilette, ce qui me permet d'apercevoir mon corps squelettique, mes bras et mes mollets atrophiés. Moi qui avais de si jolies jambes... C'est dur d'accepter ce corps ingrat qui fait le mort.

■

Depuis son transfert dans ce centre, les visiteurs d'Emily étaient moins nombreux. L'endroit était moins facile d'accès. Sans doute les urbanistes avaient-ils inconsciemment choisi de le mettre à l'écart. Et puis les gens s'« habituaient » à la maladie de la jeune femme, maladie tenace et incurable qui avait perdu l'attrait de la nouveauté. Les visiteurs qui se rendaient à son chevet se trouvaient confrontés au spectre de la mort et songeaient automatiquement à leur propre trépas.

« Mon Dieu, faites que la mort la prenne », se disaient-ils en rentrant chez eux.

Ils leur fallaient également voir se ratatiner de semaine en semaine celle qui avait été si pétulante, à croire que le respirateur, au lieu d'insuffler de l'air dans ses poumons, lui pompait son énergie et sa vitalité. Cette créature rabougrie était la jeune personne qui – jadis – grimpait les marches quatre à quatre et entrait en trombe dans la pièce, sous les regards admiratifs de ses relations et connaissances, que son élan et sa vivacité enchantaient. Emily avait toujours aimé monopoliser l'attention, même bébé, et elle était toujours très entourée. Mais désormais, on se pressait moins autour d'elle. Et les amies défaillantes avaient toujours une bonne excuse : enfants, mari, horaires délirants.

– Les mères qui travaillent, tu sais ce que c'est, arguaient-elles.

Quand ils venaient, les gens passaient en coup de vent. C'est dur de parler à quelqu'un qui ne peut vous répondre. La plupart du temps, les visiteurs étaient sidérés lorsqu'ils apercevaient la malade. Ils reconnaissaient le corps d'Emily mais se rendaient bien compte que ce n'était pas celui de l'Emily d'autrefois. Celle qu'ils avaient connue jouant, chantant le répertoire folk des années soixante, ou s'enquérant de leur santé n'était plus. La seule chose encore capable de bouger en elle, c'était ses yeux. Des yeux qui se braquaient sur les visiteurs comme des phares et ne les lâchaient plus une seule seconde.

Tantôt chaleureux, tantôt tristes, les yeux d'Emily semblaient à certains inquisiteurs et, à tous, brillant de larmes contenues sur la cause desquelles amis et connaissances ne cessaient de s'interroger. Avaient-ils laissé échapper un mot malheureux ? Oublié quelque chose ? La jeune femme avait-elle mal quelque part ? Besoin d'aide ? En consultant le papier posé près du lit, ils voyaient qu'un clignement d'œil signifiait « oui » et deux « non ». Emily clignait si souvent des yeux, comment décoder le message ? Cinq clignements, par exemple, qu'est-ce que ça voulait dire ? Oui, oui, oui, oui, oui ? Ou bien, non, non, oui ? Ou encore oui, oui, oui, non ? Dépassés, les bien portants renonçaient à comprendre et interpréter. S'asseyant près du lit de la malade, ils prenaient la main maigre et glacée entre les leurs, jusqu'au moment où ils déclaraient qu'il se faisait tard, qu'ils avaient des tas de choses à faire et devaient rentrer.

Les guérisseurs venaient moins nombreux que par le passé rendre visite à Emily. Ils n'étaient pas en odeur de sainteté auprès de l'administration – qui les considérait d'un œil soupçonneux en raison du manque d'orthodoxie de leur formation. Comme l'état d'Emily avait rapidement empiré depuis son transfert, personne – pas même les praticiens dûment diplômés des diverses facultés de médecine du pays – ne pouvait se vanter de lui avoir prescrit un traitement efficace.

L'un d'eux continua de s'occuper d'Emily, toutefois. Il s'appelait Mikhail. Il croyait moins en la nécessité de soigner le corps qu'en celle de s'occuper de l'âme. Massages et séances de méditation n'ont jamais été censés guérir les maladies incurables, à moins qu'on ne considère le stress et la tension nerveuse comme faisant partie des maux inguérissables. Cette philosophie convenait à Emily, qui comprenait qu'il n'y avait pas grand-chose à faire pour son corps.

La jeune femme avait de jolies chemises de nuit aux couleurs vives, achetées par Janice, fermées devant et ouvertes derrière. Les yeux d'Emily brillèrent d'excitation le jour où Janice – qui les avait enveloppées dans du papier cadeau – déballa le tout devant elle. La malade lui jeta un regard éperdu de reconnaissance. Il fallut deux personnes pour l'aider à les passer sans arracher fils et tuyaux. Emily fut si survoltée qu'elle réclama le bassin. Les essayages terminés, Janice raconta dans quelles circonstances elle avait déniché chacun des vêtements. Pourquoi elle avait opté pour telle couleur et non pour telle autre et ainsi de suite. On aurait dit que Janice parlait plus pour l'infirmière présente que pour son amie, forçant le ton, fournissant explications et détails, répondant aux questions de la garde-malade, bref s'efforçant de faire la conversation. La plupart du temps, les gens qui venaient voir Emily se creusaient la cervelle à la recherche de sujets de conversation. Souvent, en la quittant, ils poussaient un discret soupir de soulagement.

Tout le monde n'eut pas le privilège d'admirer les chemises de nuit d'Emily car la jeune femme avait pris l'habitude de faire remonter son drap jusque sous le menton. Elle qui n'hésitait pas, jadis, à porter des pulls moulants préférait aujourd'hui se couvrir. Cependant, l'idée d'avoir des chemises aux couleurs vives et de se faire masser par un homme aux mains musclées lui plaisait assez. En outre, elle se disait qu'en la soignant Mikhail ne pouvait avoir d'arrière-pensées puisqu'elle était dans l'incapacité de remuer ne fût-ce que le petit doigt. Si elle ne bougeait pas, elle poussait de petits gémissements à l'occasion. Bob ne la voyait plus comme une femme à part entière mais comme un fardeau et il ne la touchait plus. Ou s'il la touchait, c'était pour lui prendre la main, comme il le faisait dans le temps lorsqu'ils allaient au spectacle ensemble. Mais ce n'était pas vraiment comme avant. Et Emily se demandait pourquoi.

Mikhail avait entendu parler d'Emily par un de ses confrères plusieurs mois auparavant. Il se présenta sans tambour ni trompette à l'hôpital, demandant à la jeune femme s'il pouvait venir la voir deux heures par semaine. Celle-ci cligna vivement des yeux en signe d'assentiment. L'hôpital mit le jeune homme au courant du règlement – interdiction d'apporter des médicaments ou de la nourriture. Mikhail s'arrangeait pour passer lorsqu'il savait la malade seule. Le samedi, en général. Il signait le registre dans le bureau de la surveillante, puis saluait la garde particulière qui l'attendait mi-figue mi-raisin devant la porte.

Mikhail était sur des charbons ardents avant ces visites. Emily était la première personne atteinte d'une maladie incurable dont il s'occupait. La jeune femme lui réservait immanquablement un accueil chaleureux. Il commençait par lui raconter les événements marquants de sa semaine, lui parlait de sa petite amie avant de lui demander de ses nouvelles. Puis il lui disait de se concentrer sur une partie de son corps, épaule ou pied par exemple. Parfois, il parlait à voix basse et parfois il se taisait tout en lui massant le dos, aux endroits qu'il sentait contracturés. Ou bien il lui pétrissait les trapèzes ou la nuque. Cela procurait un intense sentiment de bien-être à l'handicapée, qui était tendue comme une corde à violon.

Ce traitement était excellent pour l'ego d'Emily, qui avait de nouveau l'impression d'être un être à

part. Quant à Bob, qui n'appréciait pas, il se gardait bien de manifester son mécontentement. Les deux hommes s'étaient croisés un samedi. Mikhail avait trouvé que le cinéaste ressemblait à un gros ours et constaté qu'il tenait à sa femme. De son côté, Bob se disait que si ce type qui ne connaissait Emily ni d'Ève ni d'Adam la réconfortait par ses massages, c'était tant mieux, car lui se sentait incapable d'avoir un contact physique avec elle. Les infirmières ne tardèrent pas à constater qu'après le départ du jeune homme Emily était plus calme et le restait des heures durant. Elles remarquèrent également que Bob Bauer s'abstenait de venir voir sa femme le samedi.

■

24 février 1983. J'ai reçu un bouquet de fleurs et je me suis amusée à en examiner les pétales. C'est Bob qui me les a envoyées. Cette attention m'a réchauffé le cœur, car au cours de ces derniers jours j'ai versé des torrents de larmes en pensant à nous deux. Je continue à pleurer d'ailleurs. Ce qui prouve que j'ai touché un point sensible.

Élever seul des enfants en bas âge ne doit pas être une partie de plaisir tous les jours. Nous parlons souvent d'Alli et de Jenie, je lui donne des conseils mais c'est lui qui s'appuie le travail. Je lis sa fatigue sur ses joues creusées et je pleure en songeant que je ne suis pas là pour l'aider, sachant combien les enfants ont besoin d'une mère. La féminité d'Alli risque-t-elle de pâtir de mon absence ? Je me console en songeant qu'elle peut se tourner vers d'autres que moi.

26 février 1983. Les gens ont facilement tendance à oublier que je suis psychologue de formation. A cet égard, l'attitude de l'équipe médicale est révélatrice. J'ai entendu un médecin déclarer en ma présence :

– Elle est intelligente.

Tandis que son confrère m'appelait Dr Bauer. La plupart des gens m'appellent Mrs. Bauer ou Emily. Je préfère. Toutefois, je ne puis m'empêcher de remarquer que certains de ceux qui m'appellent par mon prénom n'indiquent que leur patronyme quand ils se présentent. Voilà à quoi on s'expose quand on est malade.

■

Le mercredi, Emily avait la visite d'un autre habitué après déjeuner. Stephen était l'assistant social affecté au service dans lequel était hospitalisée la jeune femme. Ce célibataire sensible avait une conscience aiguë des pesanteurs administratives et de la lourdeur bureaucratique du milieu dans lequel il travaillait. Dans cet univers où les problèmes éthiques et moraux étaient monnaie courante, Steve avait parfois du mal à comprendre les réactions de ses semblables. Celles du monsieur qui était venu voir sa femme tous les jours pendant trois ans en sachant pertinemment qu'elle n'avait aucune chance de sortir du coma, par exemple. Celles des familles qui rayaient de leurs pensées un proche atteint d'une maladie chronique à partir du moment où il entrait dans ce centre. C'est à peine si elles rendaient visite au malheureux ou pensaient à lui une fois qu'elles avaient réussi à le caser dans un établissement de long séjour où il était condamné à mourir entouré

d'étrangers en blouse blanche et d'écrans de contrôle. Le plus tôt possible de préférence. (« Êtes-vous sûr de ne pouvoir le débrancher, docteur ? » questionnaient-ils souvent.) Ainsi, ils pouvaient vaquer à leurs occupations l'esprit en paix, car il est plus facile de vivre avec la mort que de vivre avec un mourant.

Comme le kinésithérapeute, l'ergothérapeute, les membres du personnel soignant et ceux de l'équipe médicale, Steve s'était rendu au chevet d'Emily le lendemain même de son arrivée. Chacun s'était entretenu avec la nouvelle venue, ce qui n'avait pas été une mince affaire compte tenu des problèmes qu'elle avait pour communiquer. Puis le personnel au grand complet s'était réuni dans une vieille salle de conférence située à l'autre bout d'un couloir.

Après avoir dûment examiné le dossier de la pensionnaire, chacun avait présenté ses conclusions. Les membres de l'aréopage étaient tombés d'accord sur deux points. Primo, Emily n'était pas commode et il était heureux qu'elle ait des gardes particulières. Ce type de comportement s'observe fréquemment chez les handicapés. Incapables de lever le petit doigt, ils se vengent sur l'entourage, qu'ils ont tendance à manipuler. Secundo, la sclérose latérale amyotrophique n'avait pas de secrets pour l'infirme, qui savait de quoi elle souffrait. Contrairement à d'autres, qui arrivaient au centre incapables de bouger en affirmant qu'ils remarcheraient pour peu qu'un médecin compétent s'occupât enfin de leur problème – bénin, très certainement.

Si elle savait la vérité, Emily Bauer n'arrivait pas à l'accepter. Elle se cramponnait à des traitements bidon prescrits par des individus à l'allure louche. Qui étaient ces personnages, au juste, dont l'un au moins semblait correct et discret. Quel était son nom, déjà ? Mikhail ?

Quand vint son tour, Steve alla droit au but. Pour commencer, il fallait réduire le nombre de charlatans des deux sexes qui traînaient dans les parages. Mikhail pouvait continuer de venir, à condition de respecter le règlement. Mais les autres devaient être mis dehors, le gourou pourvoyeur de vitamines en tête. Il n'y avait qu'à leur dire qu'étant donné l'état de santé d'Emily seules les visites de la famille étaient tolérées. En second lieu, la jeune femme lui avait donné l'impression de bouillir de rage contenue. Était-il le seul à avoir ressenti cela ou ses collègues l'avaient-ils remarqué eux aussi ? Oui ? Bon. Et de poursuivre son raisonnement.

– Puisque nous avons affaire à une personne intelligente, psychologue de son métier, pourquoi ne pas lui donner pour voisins des enfants ? Nicole et Lewis, par exemple. Ce serait pour elle un excellent dérivatif que d'observer ces jeunes au lieu de la laisser à côté des deux paraplégiques. Vous pouvez faire le nécessaire dans ce sens, Stéphanie ?

« Troisièmement, poursuivit Steve, il faut absolument trouver un moyen de lui permettre de s'exprimer. Elle semble tellement frustrée quand son infirmière n'arrive pas à lire correctement sur ses lèvres ou qu'elle-même ne parvient pas à se faire comprendre.

« Pas question de recourir à la prothèse parlante, c'est trop tard. Si on essayait l'imprimante ? En mettant le contact sous sa tête. Elle parvient encore à remuer la tête, n'est-ce pas ? On pourrait faire un essai et voir ce que ça donne. Et la famille,

comment réagit-elle ? La question de savoir s'il faut ou non réanimer la malade a-t-elle été soulevée ? La petite Jenie semble avoir du mal à aller vers sa mère. L'aînée, pas trop, mais elle a amorcé un mouvement de repli néanmoins. Le mari, également, encore qu'il ait l'air d'être aux petits soins. Emily est de ces patients pour lesquels les visites sont tout. Ce n'est pas votre avis ? Elle m'en rebat les oreilles. Son époux est un homme de devoir. Lui a-t-on dit d'éloigner du chevet de la malade toute personne enrhumée ? A propos, il a demandé à me voir.

■

28 février 1983. J'ai deux enfants pour voisins maintenant. Ce sont de bonnes natures, faciles à vivre. J'aime les observer. Ils ont beaucoup de visites, de gens du centre et de l'extérieur. Pourtant, ils passent la plupart de leur temps à dormir ou à regarder la télé. Ils ne se plaignent pas, ne dépriment pas. Lewis – qui a douze ans – est resté une heure entière dans son fauteuil roulant sans bouger, sans essayer d'attirer l'attention sur lui, l'air placide. Ce n'est que quand son oreille a commencé à lui faire mal qu'il s'est mis à geindre.

1er mars 1983. Je maîtrise mieux l'imprimante. Elle comporte un clavier et un curseur qui se déplace sous les lettres. Quand le curseur est positionné sous celle qui m'intéresse, j'appuie sur un contact avec la tête pour arrêter sa course. J'appuie de nouveau et la lettre désirée s'imprime sur une bande de papier près de mon lit. J'appuie encore, le curseur repart. Il peut aller plus ou moins vite. Je fais encore de nombreuses erreurs mais je progresse. C'est laborieux.

Pourquoi n'a-t-on pas pensé à cette solution plus tôt ?

2 mars 1983. Nicole – qui a huit ans – a eu des problèmes respiratoires ce matin, c'est très impressionnant. Elle s'est mise à crier qu'elle en avait assez d'être malade. Je comprends mieux sa réaction que celle de Lewis, à qui son otite avait arraché des gémissements. Aujourd'hui, Lewis est sorti de son apathie quand on lui a annoncé qu'on allait le remettre au lit. Mais au lieu de se mettre carrément en colère, il s'est borné à baisser le nez. Il était près de Nicole avec qui il bavardait avec entrain quand l'infirmière est venue le chercher et l'a fourré sous les couvertures sans lui demander son avis. En plaisantant, elle lui a dit qu'elle n'était pas décidée à se laisser marcher sur les pieds. Il n'a pas pipé.

5 mars 1983. La nuit dernière, mes jeunes voisins ont joué à téléphoner. Nicole a appelé sa tante, qui est décédée. Ils ont eu une conversation très animée qui a bien duré vingt minutes.

Le matin, pendant qu'on l'habillait, Lewis a déclaré à l'infirmière que sa mère allait venir. A l'heure du déjeuner, il a recommencé. Tout en lui donnant son dîner, l'aide-soignante lui a dit en passant que sa mère avait téléphoné pour prévenir qu'elle ne viendrait pas. Lewis a traité la jeune femme de menteuse et de méchante fille. Cette dernière a ri et fait celle qui prenait la mouche, mais elle a continué à s'occuper de lui comme si de rien n'était.

8 mars 1983. Nicole, qui faisait des cauchemars, a

commencé à geindre et crier dans son sommeil. Une infirmière s'est précipitée pour tenter de la réconforter et lui a dit de cesser de pleurnicher, qu'elle n'était plus un bébé. La collègue qui lui a succédé s'est efforcée à son tour de calmer la petite, sans résultat. Il a fallu appeler une troisième infirmière à la rescousse qui a essayé de savoir ce qui n'allait pas. Nicole lui a alors expliqué qu'elle ne voulait pas qu'on la laisse seule.

12 mars 1983. Le grincement du chariot de petit déjeuner vient rompre le silence. Je me souviens avoir été choquée en arrivant à l'idée qu'une fille aussi éprise de beauté que moi allait devoir vivre dans un cadre aussi laid. L'endroit est peut-être laid mais l'atmosphère y est chaleureuse.

Mes deux voisins – Nicole, huit ans, et Lewis, douze ans – bavardent.

– Lewis, veux-tu être mon amoureux ?

– Je t'aime, Nicole.

– Ce n'est pas ce que je te demande.

Bientôt huit heures du matin, heure à laquelle mon infirmière de nuit plie bagage. Elle est nouvelle et je me demandais si j'allais me faire comprendre. Sans trop de difficulté, j'ai réussi à expliquer à l'infirmière de nuit qu'il fallait qu'elle montre mon alphabet géant à ses collègues qui pourraient ainsi apprendre à s'en servir et en expliquer le fonctionnement à ma nouvelle garde. Dorothy, l'alphabet est dans le tiroir. Le contact de l'imprimante glisse de sous ma tête assez souvent. Je cligne trois fois des yeux quand je sens qu'il faut le remettre en place. Merci de me tenir compagnie aujourd'hui.

J'ai tellement besoin de mes gardes. Elles me tiennent compagnie, me soutiennent le moral, m'aident. Je suis la seule ici à en avoir. Les autres malades doivent rester allongés dans la même position pendant des heures sans personne à qui parler, incapables de bouger. Certains ne regardent même pas la télévision.

15 mars 1983. Je ne sais plus quand, j'ai dit à Bob que je ne voyais pas pourquoi il ne referait pas sa vie.

Comme la conversation roulait de nouveau là-dessus, il m'a dit qu'il avait besoin d'une femme avec qui bâtir un autre foyer. Cela m'a mise dans tous mes états. J'ai passé la journée à essayer de lui montrer que notre couple n'était pas fini. Il arrive à Bob d'envisager le suicide tant il est à bout. Pour tout arranger, l'affaire qu'il a montée avec ses copains cinéastes est au bord de la faillite. Les projets qui lui plaisent ne sont pas ceux qui rapportent de l'argent à la société de production.

Il m'a expliqué qu'il avait du mal à réagir, qu'il lui fallait se prendre en charge et vivre sa vie. Il a ajouté que la tournure prise par les événements le mettait dans une rage insensée et qu'il lui arrivait de piquer des colères contre moi parce que je suis malade. Il m'a demandé d'être réaliste, m'a fait remarquer que beaucoup d'eau avait coulé sous les ponts depuis 1977. Que nous étions en 1983, que j'étais à l'hôpital et ne le voyais que quelques heures par semaine.

■

Deux mois plus tôt, Bob était rentré du Maroc en pleine forme et il avait été soulagé d'apprendre que le transfert avait eu lieu.

Avec tous ces corps immobiles en rang d'oignons, le centre était un endroit assez sinistre. Bob ignorait qu'il en existât de semblables. Tout

comme il ignorait ce qu'ils étaient capables de faire dans les hôpitaux de nos jours. Ces machines, ce matériel étaient-ils donc inventés dans le secret des laboratoires et installés en catimini dans les locaux ? Ou bien ne s'était-il pas soucié des percées technologiques réalisées au cours de ces années ? Qui commandait la fabrication de ces appareils ? Qui décidait de l'opportunité de les utiliser ?

Certes, les médecins discutaient avec les malades et la famille. Mais ils avaient une telle façon de présenter les choses aux intéressés que ces derniers n'avaient qu'une solution : dire amen à ce qu'on leur proposait. Quand le médecin traitant ou un de ses confrères annonçait qu'une complication avait surgi, l'entourage se demandait vaguement pourquoi cette éventualité n'avait pas été évoquée dès le départ. Mais le praticien étant le détenteur du savoir, et donc du pouvoir, les parents du malade se taisaient et gardaient leurs réflexions pour eux.

Question plus cruciale encore, qui prenait la décision d'arrêter ou non d'utiliser cette formidable technologie ? Qui pouvait dire : « Ça suffit » ? Chaque fois que les proches s'aventuraient sur ce terrain glissant, c'était à qui baisserait les yeux le premier.

Que l'un des parents du malade ou le patient lui-même veuille que soit effectué un maximum de radios et d'analyses, bref exige le grand jeu, et il lui suffisait de dire tout bêtement : « D'accord. » Mais que la même personne exprime le désir qu'on en fasse moins, s'avise de dire : « Attendez un instant, si on réfléchissait d'abord ? » et cela déclenchait des réactions ahurissantes chez les soignants. C'était aussitôt le branle-bas de combat, les professionnels de la santé s'empressaient de convoquer le comité d'éthique et prodiguaient des conseils condescendants.

– Voyons comment les choses évoluent au cours des prochaines heures, des prochaines semaines ou des prochains mois.

(Quand on sait que le prix d'une journée dans certains services de surveillance continue est de l'ordre de mille dollars ! Mais c'est un point de détail pour ceux qui n'ont pas à débourser cette somme, évidemment.)

Dieu merci, les dépenses médicales d'Emily n'atteignaient pas ces sommes car l'assurance-maladie payait le plus gros des factures. Mais les primes augmentaient en conséquence. Les frais d'hospitalisation et de séjour la concernant s'élevaient à quelques centaines de dollars par jour seulement, à quoi il fallait ajouter le salaire des gardes particulières. Avant d'être plongé dans ces problèmes jusqu'au cou, Bob ignorait tout des questions que posait la surveillance continue d'un handicapé. Plus tard, alors qu'il aurait pu mettre les autres en garde, les prévenir que la mise sous ventilation assistée était une décision capitale qui engageait l'avenir, il ne s'en était pas senti le courage. A vrai dire, il n'avait qu'une envie : ne plus penser à tout ça. Et puis il était seul face à l'appareil médical. L'un des effets pervers de cette technologie était que l'on traitait les malades cas par cas, et non comme des membres à part entière de la société. La famille du patient finissait, elle aussi, par se sentir coupée du reste du monde.

En songeant à tout cela, Bob se disait que le cas d'Emily était unique et que ses filles et lui étaient les seuls à se débattre dans ce genre de situation. Il en arrivait à se demander si le combat mené par les hommes en blanc pour maintenir un souffle de vie dans un corps privé de mouvements n'était pas en fait une façon de prolonger les souffrances de l'agonie. Mais il gardait ces pensées pour lui, ne se risquant à les confier qu'à Marjory. Penser en ces termes était en effet une hérésie, et allait à l'encontre de l'éthique manichéiste dominante, qui voulait que tout fût mis en œuvre pour maintenir des incurables en vie coûte que coûte. A la limite, cela revenait à suggérer que le suicide – ou l'aide au suicide – était préférable à cette espèce d'acharnement thérapeutique. Bob s'efforçait de ne souffler mot de tout cela, et culpabilisait en silence.

Il fut agréablement surpris par Steve, qu'il trouva chaleureux et réceptif. Ce dernier assura à Bob que le souhait d'Emily serait exaucé. Si le cœur de la jeune femme venait à lâcher, les médecins ne tenteraient pas de la réanimer. Il ajouta que Bob pouvait le consulter quand il voulait. Le jeune homme connaissait les pressions auxquelles l'entourage était soumis. Il voyait bien qu'un fossé commençait de se creuser entre les époux, phénomène courant qu'il avait observé à de nombreuses reprises. Une fois enclenché le processus suivait son cours et il était impossible de l'accélérer comme de le stopper.

Les Bauer s'éloignaient graduellement l'un de l'autre. Si lui l'avait constaté depuis longtemps, sa femme, elle, commençait seulement à s'en rendre compte, d'où son air préoccupé et son état dépressif.

Steve se demandait si Emily aurait assez de temps pour prendre pleinement conscience de la situation. Parvenus à ce stade, les patients atteints de S.L.A. sombraient en effet très souvent dans le coma pour devenir ce que Steve appelait des morts en attente.

Quelques décennies plus tôt, les professionnels de la santé n'auraient pas eu ce genre de problèmes à résoudre : Emily n'aurait pas vécu aussi longtemps.

Les rêves d'Emily – qu'elle notait dans son journal dont Steve avait lu des passages – étaient peuplés d'hommes, mais son mari n'y apparaissait jamais. La jeune femme parlait abondamment de ses amis, des enfants qui étaient ses voisins de lit et de ses filles, mais les allusions à Bob étaient de moins en moins fréquentes.

Ce qui était plutôt bon signe, si cela signifiait qu'elle commençait à accepter l'idée de devoir partir.

Steve ne retenait des pensées d'Emily que celles qui pouvaient l'aider à accepter peu à peu l'issue inévitable. Tel un psychiatre, il l'obligeait à se focaliser sur certaines notions, laissant les autres de côté sans avoir l'air de les rejeter. Emily cessa ainsi de faire allusion à un retour possible chez elle, bien que Steve lui eût suggéré de se rendre à l'appartement, le temps d'un week-end.

La patiente s'intéressait moins à ce qui se passait dehors. Prisonnière de l'univers confiné de l'hôpital, elle avait cessé de se sentir concernée par l'extérieur.

Il y avait des jours où elle ne parlait que de mourir dans son journal. Elle déclarait en avoir assez, vouloir que tout cela finisse.

A d'autres moments, elle mentionnait le printemps, la joie que lui procuraient les visites de ses enfants. Ce discours ambivalent ne surprenait pas Steve.

Il sentait qu'elle mijotait quelque chose. Elle lui

avait posé une foule de questions au sujet de Charles.

Ses deux ex-voisins paraplégiques avaient été installés quelques lits plus loin. Un après-midi, alors que la canule de Charles avait malencontreusement glissé, l'alarme ne s'était pas déclenchée. L'infirmière avait dû oublier de la rebrancher après avoir procédé à l'aspiration des sécrétions trachéo-bronchiques.

Toujours est-il qu'allongé dans son lit, Charles s'était mis à suffoquer en silence, incapable de bouger, tandis que chacun vaquait à ses occupations dans la salle à quelques mètres de lui. Le respirateur continuait de fonctionner mais l'air ne parvenait plus dans les poumons du malade. Au bout de quelques instants, l'adolescent avait fermé les yeux, comme s'il s'assoupissait.

Quelques minutes plus tard, la voix d'une infirmière s'était élevée, couvrant celles des protagonistes du feuilleton télévisé que suivait Emily.

– Charles ! Réveillez-vous ! Charles !

Une alarme avait retenti.

– Code bleu ! avait lancé le haut-parleur. Code bleu !

Un bruit de galopade résonna aussitôt dans le couloir. Emily qui avait du mal à tourner la tête, ne réussit pas très bien à voir ce qui se passait. D'autant que le rideau entourant son lit était à moitié tiré. C'est tout juste si elle aperçut dans son champ de vision des hommes et des femmes en blanc qui s'activaient avec une farouche détermination.

– Charles ! cria quelqu'un. Réveillez-vous ! Charles !

Les ordres claquaient, les pans de blouses voletaient, un chariot fut roulé en catastrophe au chevet du patient.

– Reculez ! Attention !

Un bruit mat. Silence.

– Reculez !

Nouveau bruit mat.

Emily aurait été incapable de dire combien de temps cela avait duré. Car, à supposer qu'elle ait eu une montre, elle n'aurait même pas réussi à lire l'heure. Mais elle eut l'impression que cela n'en finissait pas. Par la suite, elle voulut savoir si Charles avait essayé de faire signe à quelqu'un. Pourquoi sa main était-elle si près de sa gorge ? Avait-il tenté de remettre la canule en place ?

Au bout d'un moment, les ordres et l'agitation cessèrent. Emily vit le personnel soignant refluer et sortir de la salle. Puis elle aperçut le chariot des urgences et elle entendit les rideaux coulisser sur leur tringle.

Le lendemain, il y avait un autre patient dans le lit de Charles.

■

17 mars 1983. J'ai relu mon journal en pleurant. Tout ce que nous avons traversé ! Que d'efforts déployés pour lutter contre la maladie et essayer de donner un sens à cette épreuve. On ne peut pas dire que ce soit une réussite ! C'est d'une tristesse épouvantable.

J'ai demandé à Bob s'il me trouvait changée. Il m'a dit que non, que j'étais toujours la même. Je me suis aperçue que j'avais consigné il y a plusieurs mois déjà des idées et des impressions que je croyais neuves. Et je pensais avoir fait des progrès !

Pour Bob, cette tragédie n'aura eu qu'un résultat

positif : lui apprendre à s'affirmer et à mieux se connaître.

Peut-être que je vis les choses plus intensément maintenant – mon amour pour Bob, Alli et Jenie, par exemple. Je me répète qu'il faut absolument que j'aille mieux. Je passe en revue les traitements, les thérapeutiques que j'ai testés afin de recouvrer la santé. Tout a échoué et je ne sais vraiment plus à quel saint me vouer. Je crois avoir tout essayé. Je prie beaucoup – je me demande ce que j'ai fait pour être si cruellement traitée. Peut-être n'est-ce pas ainsi qu'il faut prier.

19 mars 1983. Au centre, Alli et Jenie ont davantage d'espace pour jouer, elles en profitent et viennent moins vers moi. Pour la première fois depuis que j'ai quitté la maison, j'ai pris place dans un fauteuil roulant aujourd'hui. Cela n'a pas été sans mal. Eh bien, elles se sont contentées de me fixer avec de grands yeux.

Elles ont joué par terre avec leur père et je les ai observées de loin. Très absorbé, il ne m'a pas regardée aussi souvent que je l'aurais voulu et je n'ai pas réussi à communiquer avec ma garde, Eleanor. Je voulais qu'elle déplace mon fauteuil de façon à me permettre de suivre les petites du regard.

J'ai essayé d'expliquer à Bob pourquoi j'avais besoin de la présence de deux adultes au cours de ces visites. J'ai cafouillé dans mes explications et il a cru que c'était parce que j'avais peur qu'il ne se débrouille pas tout seul. Personnellement, je pense qu'il s'en tire merveilleusement bien.

– C'est dur pour toi, Emily. Mais ça l'est pour tout le monde, m'a-t-il dit.

Jenie a gardé ses distances. Presque au moment de partir, Alli s'est approchée de moi :

– Je veux m'asseoir sur les genoux de maman.

Malheureusement Bob et Eleanor ne l'ont pas entendue. Et je n'ai pas réussi à attirer leur attention à temps. Découragée, Alli a renoncé et fait demi-tour.

21 mars 1983. Le temps est maussade aujourd'hui. Mon humeur aussi. Toute la matinée a été consacrée à l'aspiration des sécrétions. J'ai l'impression de me noyer dans mon propre jus. Je me demande d'où viennent toutes ces mucosités. D'où vient ma maladie. La question demeure sans réponse, pourtant ce n'est pas faute d'avoir essayé de comprendre.

26 mars 1983. Alli et Jenie n'ont pas voulu venir cette semaine. Peut-être souffrent-elles de ma passivité forcée. Je ne peux que les regarder et leur sourire. Il m'est impossible de leur parler car elles semblent avoir peur de lire sur mes lèvres. Serait-ce que cela leur demande trop d'efforts ?

Ce journal dévore presque tout mon temps, j'y passe parfois quatre à huit heures par jour. En le relisant, je suis tombée sur une page où je racontais que Jenie était grimpée sur mes genoux en murmurant :

– Maman ! Maman !

Que ne donnerais-je pour l'entendre de nouveau !

28 mars 1983. Bob est passé. Il m'a apporté des photos d'Alli et Jenie et un superbe album réalisé par Alli qui s'intitule : « Ma famille. » J'ai pleuré en le feuilletant. Je ne suis pas sur le dessin. Mais elle dit qu'elle m'aime tout plein. Elle raconte ce qu'elle aime faire avec son père, ses exploits sur l'aire de jeux, les petits déjeuners à base de crêpes et de bacon que Bob lui prépare. Elle dit aussi combien elle aimerait que je sois à la maison si je n'étais pas aussi malade. Elle m'a dessinée au Pôle Nord, résidence du père Noël. La maison qu'elle a faite est surmontée d'un arc-en-ciel. Adorable !

■

Les Bauer adoraient lancer des cerfs-volants. Bob et ses filles se levaient tôt le samedi pour préparer le matériel. Le petit déjeuner avalé, ils grimpaient dans la vieille camionnette pour se rendre dans un parc ou dans un champ près d'un lac. Des heures durant, chacun lançait au bout de sa ficelle la carcasse colorée qui s'élevait si haut dans les airs qu'elle semblait disparaître dans l'azur. Là-haut, tout là-haut, les frêles triangles de papier oscillaient follement, prenaient leur essor. La bouche entrouverte, une main en auvent au-dessus des yeux, Alli et Jenie scrutaient le ciel limpide, louchant à l'occasion.

Bob, qui s'était passionné enfant pour les cerfs-volants, levait lui aussi les yeux vers les nuages et se demandait combien de temps les papillons de papier pouvaient rester suspendus dans le bleu du ciel.

Après s'être bien démené, le trio faisait la pause déjeuner. Puis le pique-nique englouti, père et filles s'allongeaient sur une couverture pour faire un somme. L'après-midi, ils allaient au zoo, au cinéma, ou sur l'aire de jeux, où Bob apprenait à Alli et Jenie à grimper à la corde.

Le soir, les petites réclamaient à grands cris du poulet à la mode chinoise, que leur père se faisait un plaisir de leur préparer.

Le samedi soir, Bob et les filles faisaient souvent des dessins pour Emily. Bob essayait de les faire

sortir de leur coquille. Mais c'était lui qui finissait par s'épancher pendant qu'elles coloriaient leurs œuvres. Il n'était pas psychologue, mais il sentait bien qu'elles refoulaient toutes sortes de réactions. Il le faisait bien, lui ! D'ailleurs, cela transparaissait dans leur comportement. Une amie qui était venue garder les enfants trouva Jenie, trois ans, assise sur la cuisinière électrique dont une des plaques était allumée à trois centimètres de sa cuisse.

– Il faut bien que j'aide papa à préparer le dîner, expliqua la petite à la baby-sitter horrifiée.

Il y avait des jours où Alli trouvait à redire à tout. Quand Bob pensait à lui verser son jus d'orange dans son bol préféré, elle décrétait qu'elle ne tremperait pour rien au monde les lèvres dans cette vieille tasse pourrie et qu'elle voulait boire dans la bleue. Ou plutôt non, dans la rouge.

– Prends celle que tu veux, je m'en moque, avait rétorqué une cousine venue s'occuper des enfants un jour qu'Alli se montrait insupportable. Je ne suis pas ta bonne.

Bob ne réagissait jamais ainsi. Il se contentait de prendre un autre bol, tout simplement.

Avec son père comme avec les autres adultes, Alli faisait volontiers de la provocation. Ce trait de caractère n'était pas passé inaperçu des intimes des Bauer, mais personne ne s'était avisé de faire des remontrances à la fillette. Alli, qui allait avoir cinq ans, s'amusait par exemple à grimper sur le canapé et à crier dans les oreilles des invités jusqu'à ce que Bob ou la victime se décide à la faire descendre de son perchoir. Nullement découragée, elle revenait à la charge, ce qui lui valait de se faire rabrouer de nouveau. Alors, elle boudait ou filait dans sa chambre, où Bob la surprenait en train d'asticoter sa petite sœur.

Un beau jour, Alli déclara qu'elle détestait l'école et ne voulait plus y mettre les pieds. Sa meilleure amie avait été mise dans une autre classe et les deux fillettes ne pouvaient plus bavarder pendant les cours. Une autre fois, elle fit toute une histoire à propos des mères qui allaient attendre leurs enfants à la sortie alors qu'elle n'avait pour accompagnatrice qu'une simple baby-sitter. Façon de faire comprendre à son père qu'elle aurait bien voulu elle aussi être attendue par quelqu'un de sa famille. Bob ne se le fit pas dire deux fois et désormais il prit sur son temps de travail pour aller récupérer son aînée devant l'école maternelle. Cela lui permit de constater que les parents n'étaient pas si nombreux à venir chercher leur progéniture.

Quand il fit part de ces incidents à sa femme, Emily lui répondit qu'il devrait emmener Alli chez un psychologue. Bob s'exécuta. La spécialiste – qui était une amie d'Emily – émit l'hypothèse que si Alli testait constamment son père, c'était pour voir s'il allait partir comme sa mère. De fait, Alli demandait parfois à Bob s'il allait mourir, lui aussi. Bob riait d'un rire gêné et répondait que non, que ses filles n'étaient pas près d'être débarrassées de lui.

Lorsque Alli le narguait, il s'efforçait de dissimuler son impatience et son agacement. Il se mettait très rarement en colère, mais quand cela arrivait, il s'exclamait, exaspéré :

– Ça suffit, Alli ! Tu vas cesser cette comédie, oui ou non ?

Se rendant compte qu'elle l'avait poussé à bout, la fillette grimpait sur les genoux de son père pour

faire un câlin, aussitôt imitée par Jenie, qui s'appropriait l'autre genou. L'aînée s'efforçait de repousser la petite. Bob était obligé de les maintenir solidement chacune par un bras jusqu'au moment où elles allaient se brosser les dents et se mettre au lit. Dès qu'elles étaient couchées, elles lui réclamaient une histoire. Puis une autre. Et encore une autre. N'importe laquelle pourvu qu'il n'éteignît pas.

■

31 mars 1983.

Pour Alli et Jenie.

Il était une fois deux petites filles qui s'appelaient Lisa et Jill. Elles vivaient avec leur mère car leur père malade était à l'hôpital. Il leur arrivait d'être tristes et furieuses de ne pas avoir de père pour les emmener au square ou au zoo comme les autres enfants. Parfois même, elles étaient si perturbées par l'absence de leur papa qu'elles préféraient ne pas aller le voir à l'hôpital. La méchante fée leur conseillait de désobéir à leur mère et de refuser de se mettre au lit le soir.

Leur maman était inquiète de les voir réagir de cette façon mais elle ne savait que faire.

Sentant son désarroi, la bonne fée vola au secours de la pauvre mère et lui dit qu'elle aspergerait les enfants de poudre magique afin de savoir ce qui clochait. Aussitôt dit, aussitôt fait. Jill déclara à la fée qu'elle n'aimait pas se brosser les dents et que Lisa la battait. Lisa, elle, ne supportait pas que Jill l'embête. De plus, elle avait du vague à l'âme parce que son père lui manquait. Leur maman les serra contre sa poitrine, elles versèrent des larmes abondantes et se sentirent beaucoup mieux ensuite.

Cette nuit-là, elles dormirent d'un sommeil paisible sous le regard attendri de la bonne fée, dont la vilaine consœur se vit contrainte de déguerpir. Fin. Bonsoir, mes chéries.
Je vous embrasse,
Maman.

■

Le dimanche n'était pas un jour gai, du moins pas pour les membres de la famille Bauer qui étaient bien portants : c'était en effet jour de visite.

Lorsqu'elles lançaient leurs cerfs-volants ou dessinaient avec leur père le samedi, les fillettes arrivaient à oublier le sort de leur mère, devenue pour elles une étrangère murée dans un silence inhumain. Elles s'efforçaient de faire comme si Emily n'était déjà plus qu'un souvenir. Comme si elles étaient seules désormais avec leur père : c'était triste, bien sûr, mais restait l'espoir qu'avec le temps les choses s'arrangeraient peut-être.

Le dimanche leur rappelait que le mauvais rêve n'était pas encore fini, pas plus pour Emily que pour elles.

Pendant longtemps, Bob était allé à l'hôpital tous les jours, puis cinq fois par semaine, Emily ayant de la compagnie les lundis et samedis. La malade avait d'ailleurs été la première à lui dire que ce n'était pas la peine qu'il se dérange si souvent. Était-ce une façon de tester ses réactions ? Comme le jour où elle avait évoqué la possibilité qu'il pût rencontrer une autre femme et refaire sa vie avec elle. Quoi qu'il en soit, il l'avait prise au mot et avait cessé également de venir le vendredi et le mercredi.

En se réveillant, le dimanche, ils ne pouvaient

s'empêcher d'être accablés à l'idée de devoir se rendre à l'hôpital.

Mais finalement, chaque fois, ils constataient que la réalité était moins pénible qu'ils se l'étaient imaginé. Pendant la visite, la plupart du temps, les petites finissaient même par oublier qu'Emily était là, assise dans le grand lit ou le fauteuil roulant, présence immobile et silencieuse. Le dimanche signifiait aussi qu'elles devaient mettre des vêtements qui plaisaient à leur mère et se forcer à jouer sous son nez, conscientes qu'elle allait chaque semaine un peu plus mal.

– Est-ce que maman va mourir ? demandait Alli.

– Je crois que oui, répondait Bob doucement, après avoir marqué un temps.

Elles aimaient bien passer en revue leurs dessins, punaisés au mur et épinglés sur le rideau qui entourait le lit de la malade. Cela ressemblait à une exposition dans une mini-galerie d'art. Mais à part ça, il n'y avait pas grand-chose à faire. Maman ne disait jamais rien. Fallait-il vraiment y aller aujourd'hui ?

A quelques centaines de mètres de là, réveillée aux aurores, Emily était surexcitée à la perspective de voir ses filles.

La garde particulière parlait avec entrain à la patiente de la journée qui s'annonçait, coupure agréable dans une vie réglée comme du papier à musique. Pour commencer, on prenait la température et le pouls d'Emily. Puis on lui faisait avaler tel ou tel médicament pour lutter contre telle ou telle infection. Puis venait le moment de nourrir la malade. On lui donnait une double ration, ainsi on pouvait la débarrasser de l'horrible tube par lequel on l'alimentait, et dont la vue risquait de traumatiser les petites. L'absorption de cette quantité supplémentaire de nutriments provoquait souvent chez la patiente des troubles du transit digestif. Toutefois, sachant combien elle tenait à ce qu'on lui enlève le tuyau, les soignants accédaient à ses désirs.

Après quoi, Eleanor faisait la toilette d'Emily et lui passait du talc parfumé sur le corps. Puis elle lui brossait les cheveux, que la jeune femme avait fait couper pour faciliter le travail à sa garde.

Emily tenant à s'habiller pour la circonstance, Eleanor se dirigeait vers la penderie où étaient rangées ses affaires. La garde tendait à bout de bras une robe, deux pantalons pour que la psychologue puisse choisir.

– Celui-là ?

Emily clignait des yeux à deux reprises, ce qui équivalait à un non.

– Celui-ci, alors ?

Un clignement.

– Le chemisier, maintenant. Voyons voir. Et si vous mettiez celui-là ?

Emily marquait une pause. Clignait une fois des yeux. Puis deux fois consécutives.

– C'est oui ?

Deux clignements.

– Non ?

Un clignement d'yeux.

Mais à peine Eleanor avait-elle commencé à lui passer le chemisier qu'Emily se mettait à battre furieusement des paupières.

– Il y a un problème ?

Un clignement.

– Des crampes dans les jambes ?

Deux clignements.

– Ailleurs ?

Nouvelle mimique négative.
– Des sécrétions ?
Deux clignements.
Et Eleanor de s'approcher de la malade afin de regarder les lèvres pâles, qui remuaient de façon incohérente.
– Je donne ma langue au chat, mon petit, déclara la garde songeant à part elle que la patiente avait besoin qu'on lui brosse les dents. Oh... Est-ce que ce serait au sujet du chemisier ?
Oui.
– Tout bien réfléchi, vous préférez l'autre, c'est ça ?
Oui.
La garde attrapait l'autre chemisier et, aidée d'une infirmière de la maison, l'enfilait à Emily. Les deux femmes faisaient mine de ne pas voir le corps ratatiné tout en s'activant. Après quoi, elles lui passaient son pantalon. Emily préférait les pantalons, seuls capables de cacher ce qui lui tenait lieu de jambes.
Une fois qu'Emily était habillée, Eleanor la maquillait avec soin. La garde, qui n'était pas de la même génération que sa patiente et continuait d'appeler le blush « rouge à joues », n'hésitait pas à en user pour donner bonne mine à la malade inquiétante de pâleur. Emily ne pouvait protester, même lorsque sa maquilleuse improvisée lui tendait un miroir pour lui faire admirer le résultat. Comment aurait-elle pu lui faire comprendre – en clignant des yeux – qu'il y avait trop de fard sur la pommette droite ?
Fin prête, la jeune femme s'assurait que son box était impeccable, que les dessins des petites étaient correctement punaisés et que les œuvres de Jenie se voyaient aussi bien que celles de sa sœur aînée.

Pendant les heures qu'Emily consacrait à l'écriture tout au long de la semaine, imprimant laborieusement chaque lettre, elle avait rédigé des instructions concernant le déroulement de la visite dominicale. L'endroit où les fillettes devaient se mettre pour jouer, afin qu'elle puisse les observer. Les questions qu'Eleanor devait leur poser, afin qu'elle entende le son de leur voix. Et tout à l'avenant.

Imprimer ces directives lui prenait tellement de temps qu'elle devait s'y prendre des jours à l'avance.

Quand les préparatifs étaient terminés, les deux femmes attendaient en lisant. Eleanor, un roman quelconque et Emily le journal, dont sa garde tournait les pages.

– Je tourne, Emily ?

Deux clignements.

– Je peux y aller, maintenant ?

Un clignement.

Froissement de papier. Silence. Quand la malade lisait plus vite que prévu, il lui fallait attendre qu'Eleanor lève le nez de son livre de poche pour voir où elle en était. Pour tromper son ennui, Emily tapait alors un message sur l'imprimante.

QUELLE HEURE ?

– Neuf heures et quart.

Emily reprenait sa lecture. Eleanor tournait la page.

QUELLE HEURE ?

– Neuf heures trente-cinq.

Lecture. Bruit de papier froissé.

QUELLE HEURE ?

– Presque dix heures. Encore une heure.

QUELLE HEURE ?

– Dix heures dix.

C'est alors qu'une infirmière se matérialisait au pied du lit.

– Eleanor ? téléphone.

Eleanor s'absentait, revenait, une expression faussement anodine plaquée sur le visage.

– Alli n'est pas bien. D'après Bob, ce n'est qu'un pauvre petit rhume de rien du tout mais vous connaissez les médecins du centre : pas question de laisser ici des gens patraques. La direction ne plaisante pas sur ce chapitre. Ils viendront dimanche prochain.

Emily ne soufflait mot mais la garde devait essuyer ses joues ruisselantes de larmes.

– Bon, lançait Eleanor d'un ton faussement enthousiaste en sachant fort bien que la journée s'annonçait mal. Qu'est-ce qu'on pourrait faire pour se distraire ?

■

3 avril 1983. J'ai passé la journée à imprimer, lire le journal et faire la sieste. J'aurais aimé que les filles soient là. Je pense à toutes les mères que je connais qui ont leurs enfants près d'elles et trouvent ça tout naturel. Pourquoi ne puis-je faire partie du lot ?

Il y a du soleil et ça sent le printemps. J'ai envie de sortir. Mais je suis tellement maigre que je souffre, assise dans ce fauteuil. L'an dernier, j'avais envie de faire des promenades, le dimanche, mais c'était tellement pénible pour Bob que j'y ai renoncé.

On m'a enfin examiné la gorge. Résultat : il va falloir m'opérer afin de m'introduire un tuyau dans l'estomac pour m'alimenter. Je n'ai vraiment pas de chance. Moi qui étais si résistante ! Mon corps me trahit. Pourquoi ? Pourquoi faut-il que je souffre tant ?

Charles, le paraplégique de vingt ans qui ne pouvait parler, est mort. Le tube qui le reliait au respirateur s'est détaché et l'alarme n'a pas fonctionné. En apprenant la nouvelle, j'ai été partagée entre la tristesse et l'effroi. En cet instant précis, je veux vivre pour tenir mon journal et voir mes enfants. Encore que la perspective d'être délivrée me tente assez. Ce qui me fait peur, c'est l'idée que mon cerveau puisse subir des lésions irréversibles. Il ne manquerait plus que cela. C'est pourquoi je ne veux pas de branle-bas de combat ni qu'on tente l'impossible pour me réanimer en cas d'interruption de l'oxygénation.

■

Par tempérament, Bob détestait les affrontements, particulièrement avec les femmes. Aussi lorsque Jenie déclarait d'aventure ne pas vouloir aller à l'hôpital, Bob arrondissait les angles, l'assurant que rien ne l'obligeait à s'y rendre. Il ne se sentait pas le droit d'obliger des enfants aussi jeunes à penser à la mort. Toutefois, il n'était pas rare que Jenie tourne casaque et décide d'accompagner son père quand celui-ci précisait qu'il comptait bien ne rien changer à son programme. Alli était moins versatile. Quand elle avait décidé de ne pas aller voir sa mère, elle n'y allait pas, et

elle ne voulait pas que son père y aille non plus. Désireux d'éviter un éclat, Bob trouvait plus simple de ne pas insister. Décrochant le téléphone, il expliquait à la surveillante qu'Alli avait un rhume – elle était fréquemment enrhumée – et qu'ils ne pourraient donc venir cette semaine. Le trio passait alors une autre journée agréable ensemble, bien que Bob fût rongé par un insidieux sentiment de culpabilité en pensant qu'il aurait tout de même dû être ailleurs.

Parfois, Bob allait rendre visite à Emily tout seul, un bouquet de fleurs à la main. La jeune femme adorait les fleurs. Elle avait soif de l'entendre raconter les menus événements de la semaine, les faits et gestes et les exploits des petites. Bob prenait soin de parsemer ses récits d'incidents déplaisants : il ne fallait pas donner à la malade l'impression qu'elle absente, tout était pour le mieux dans le meilleur des mondes. Emily ne manquait jamais de remettre à son époux listes de courses et instructions qu'elle avait laborieusement tapées à son intention. Bob les prenait mais restait dans le vague.

– Je ferai ce que je pourrai. Je n'ai pas quatre bras.

– Je sais, répondait la jeune femme par le truchement de l'imprimante, au grand étonnement de son mari qui, à force de la voir silencieuse, avait fini par oublier qu'elle pût savoir.

Pour lui, le fossé n'avait cessé de se creuser entre eux. Les liens de couple s'étaient dissous.

Sur le chapitre des visites, Emily n'était pas d'accord avec Bob. Selon elle, ses filles devaient venir la voir. Elle était leur mère et elle ne serait bientôt plus de ce monde. Bob, quant à lui, pensait qu'il fallait les laisser décider seules. Et que si quelqu'un avait des obligations envers Emily, c'était lui, et non les petites. Il comprenait parfaitement le désespoir et la violence des réactions de sa femme. Pour elle, c'était la fin ; c'était normal qu'elle demandât, pour l'amour de Dieu, qu'on lui donnât un peu. Mais il savait d'un autre côté que pour Alli et Jenie la vie ne faisait que commencer. Il ne pouvait pas ruiner ce temps d'innocence en les exposant constamment à la confrontation avec la maladie, la décrépitude et la mort.

Bob s'efforçait de convaincre les fillettes de l'accompagner au centre, mais jamais il ne les y emmenait de force. Pour leur faciliter la tâche, il mettait sur pied un programme de réjouissances alléchant et s'arrangeait pour glisser entre balades à vélo et promenades au zoo une halte de deux heures à l'hôpital. Sur le chemin du retour, il achetait des plats tout préparés chez le Chinois du coin, qui avait un faible pour Alli et Jenie et leur donnait toujours des rouleaux de printemps supplémentaires.

Emily trouvait ces sorties géniales. Elle aurait aimé les accompagner mais bob n'était pas très chaud. La location à la journée d'un véhicule adéquat avec chauffeur, matériel d'oxygénation et fauteuil roulant coûtait une véritable petite fortune. Déplacer une malade comme Emily n'était pas une mince affaire, cela nécessitait des moyens logistiques dignes d'un chef d'État.

Les rares expéditions que Bob mettait sur pied se transformaient rapidement en processions exténuantes. D'où son manque d'enthousiasme bien compréhensible devant l'attitude de sa femme.

■

4 avril 1983. Mon Dieu, pourquoi m'avez-vous abandonnée ? Les souffrances du Christ lui-même n'ont pas duré aussi longtemps. Mon cœur est touché de compassion quand je pense à tous ceux qui souffrent de par le monde, même si je suis impuissante à les soulager.

■

La défection de ses filles plongeait Emily dans un tel état de dépression qu'elle se vengeait sur son entourage, lui menant la vie dure et critiquant tout en bloc – bain, programme de télévision, position des oreillers, livre, journal, draps, météo. Bon nombre de ses gardes particulières la quittèrent. Elle n'était pas ce qu'un patient était supposé être... c'est-à-dire patiente. Eleanor demeura solide au poste le week-end. Lorsque sa malade y allait un peu fort, la garde se tournait vers elle avec un semblant de sourire :

– Je ne suis peut-être pas diplômée de psychologie, mais il n'empêche que je vois clair dans votre jeu, mon petit. Vous êtes de mauvais poil, alors vous vous défoulez sur moi, c'est ça ?

Il y avait un instant de silence. Puis Eleanor s'approchait et serrait la main d'Emily dans la sienne pendant un moment.

La garde n'hésitait pas à lui tenir tête, ce qui lui valut la sympathie de la malade qui y voyait la preuve qu'Eleanor avait de l'affection pour elle. C'est ainsi qu'un jour, furieuse de ne jamais avoir un merci d'Emily, Eleanor lui lança :

– Est-ce que cela vous écorcherait la bouche de dire merci ?

Le cliquetis de l'imprimante se fit entendre et le mot s'imprima sur la bande.

Un jour qu'elle en avait gros sur le cœur, Eleanor prit Bob à part pour lui parler de la solitude d'Emily.

Elle le pria, le supplia de s'asseoir près de sa femme et de la serrer contre lui.

– Toutes ces années clouée au lit sans personne pour vous faire un câlin, est-ce que ce n'est pas horrible ?

Bob s'exécuta, mais avec une gêne bien compréhensible. Dans ce lieu froid et aseptisé, épanchements et manifestations de tendresse semblaient déplacés.

L'intimité est chose impensable à l'hôpital, jugée dangereuse même. L'administration isole les malades pour mieux les protéger. C'est en partie pour cela que les journées sont si minutieusement découpées et les horaires si draconiens. Il y a un temps pour tout. Un temps pour avaler ses médicaments et un temps pour serrer les mains amies. Un temps pour prendre sa température et un temps pour prendre sa tension. Un temps pour s'alimenter et un temps pour se lamenter. Un temps pour voir le médecin et un temps pour recevoir des visites. Un temps pour sangloter et un temps pour somnoler.

Et cela jour après jour jusqu'à la fin.

Mais la fin, quand vient-elle, à une époque où les êtres humains commandent au temps ?

Il existait une procédure d'admission à l'hôpital, un règlement concernant la vie des hospitalisés et les horaires des visites. (Bob se demanda un jour s'il fallait s'acquitter d'autant de formalités pour entrer au ciel.) Mais si les admissions étaient codifiées, il n'en allait pas de même des sorties. A moins d'avoir la chance de bénéficier d'un traitement miracle ou d'avoir un accident – comme Charles, le jeune paraplégique –, il n'était pas possible de sortir de l'hôpital une fois qu'on y était entré.

Bob Bauer, qui n'avait plus tellement le temps de parcourir les journaux, ignorait qu'il y avait de plus en plus de faits divers mettant en scène des vieux ménages vivant au Texas, en Floride, au Kansas ou en Californie.

Mari en bonne santé, femme gravement malade, atteinte de la maladie d'Alzheimer ou plongée dans le coma. Tantôt le mari empoisonnait la malade, tantôt il l'achevait avec une arme à feu. Un truc de trois sous tout juste bon à tirer de près. Entendant une détonation assourdie dans la chambre de la patiente, l'infirmière accourait et découvrait le vieil homme hébété planté au milieu de la pièce, son revolver à la main, le visage ruisselant de larmes. Les draps étaient maculés de sang. Souvent, le conjoint valide se donnait la mort après avoir tué son épouse. Par peur de la solitude ou de la prison. Ou du sort qui lui serait peut-être réservé un jour dans cet univers de blancheur impitoyable et immaculée.

Les bien portants, qui se voient mal appelant la mort de leurs vœux, refusent d'y penser. Les malades, eux, qui ne se voient pas continuant de vivre dans ces conditions, ne pensent qu'à ça, quand ils ont encore toutes leurs facultés. Ces faits divers qui se produisaient aux quatre coins du pays trouvaient tout naturellement place dans les quotidiens. Parfois il y avait procès. Parfois, non. Parfois, une condamnation était prononcée et parfois non. Peu de gens s'intéressaient à ces incidents isolés, noyés dans une masse d'informations autrement importantes. Quel est l'individu qui peut dire comment il réagira en pareille circonstance ?

Le personnel soignant se sent interpellé par ce genre de phénomène. Infirmières et médecins ont été formés pour soigner et aider les malades, et ils s'y emploient, mettant en œuvre toutes les ressources de la technologie, qui sont grandes aujourd'hui.

Eleanor était profondément bouleversée par la détresse d'Emily que l'absence de ses enfants désolait. La garde était certaine que la mère n'était pour rien dans leurs défections répétées. Les petites s'ennuyaient à l'hôpital, point final. Et elles préféraient jouer et se dépenser avec des camarades de leur âge, vifs et remuants, plutôt que d'être enfermées entre quatre murs en compagnie d'une maman incapable de bouger. Eleanor, qui était mère elle-même, savait très bien ce que signifiaient les larmes qui coulaient le long des joues de la malade.

– Vous, une psychologue, vous allez vous laisser abattre par des gamines ? C'est le monde à l'envers ! Il faut réagir, que diable !

Les yeux embués d'Emily se braquaient sur sa garde.

– J'ai une idée, poursuivait la pétulante Eleanor. Si on organisait des activités différentes pour elles chaque dimanche ? Quelque chose de sympathique qui leur donnerait envie de venir ? Les enfants ont horreur de se sentir obligés de faire telle ou telle chose.

■

6 avril 1983. J'ai passé une bonne partie de la

matinée à taper des petits mots pour les médecins. La communication n'est pas simple. J'essaie d'être le plus directe possible, et pourtant, ils trouvent encore le moyen d'interpréter mes messages comme s'il s'agissait de planches de Rorschach. Du temps où les gens lisaient sur mes lèvres, j'avais les mêmes difficultés : au lieu de se contenter de lire, ils s'ingéniaient à interpréter mes paroles.

7 avril 1983. Cette nuit, j'ai rêvé que je n'arrivais pas à trouver mon chemin, pourtant j'avais une carte. La route était montagneuse, le sol aride. L'endroit que je cherchais était une ville située au cœur d'une vallée éclatante de verdure.

8 avril 1983. Je pleure moins, je me sens plus calme. Eleanor m'a fait remarquer – à juste titre – que quand j'étais nerveuse, je cherchais sans arrêt la petite bête. Est-ce parce que je m'ennuie ?

Je n'ai pas fait d'expériences spirituelles intéressantes. Peut-être que cela viendra. Sous peu, j'espère. J'aimerais rencontrer Dieu afin qu'il m'explique le sens caché de ma maladie. Rien que ça !

Au beau milieu de la nuit, je me suis réveillée avec des crampes abominables dans les jambes et les épaules, mourant d'envie qu'on me change de position. Malheureusement, la sonnette ne marchait pas et la garde dormait. Il régnait dans la pièce un silence total et oppressant. J'ai tendu l'oreille, guettant un bruit quelconque. Rien. Je me suis mise à pleurer et me suis demandé si c'était bien moi, cette créature réduite à l'impuissance, et à quoi mon épreuve pouvait bien servir à l'échelon de l'univers ? Puis j'ai essayé de faire travailler mon imagination, j'ai médité et bombardé mon entourage de rayons furieux. J'ai commencé à grincer des dents, espérant que le bruit réveillerait quelqu'un. Peine perdue.

En désespoir de cause, j'ai décidé de prier. Je ne suis sûrement par la première personne qui a recours à la prière et voit ses souhaits exaucés. Ma garde a fini par ouvrir l'œil.

C'est bientôt dimanche.

■

Eleanor arriva à l'heure ce dimanche matin, et avec quelques minutes d'avance, même. Elle apportait deux sacs pleins de trésors pêchés dans les placards de ses enfants. Cubes, petits sujets, Meccano étaient suffisamment vieillots pour passionner des petites de l'âge d'Alli et Jenie. Après avoir déballé ses trouvailles devant Emily, elle les disposa dans le solarium de l'hôpital au bout du couloir, endroit vert et sombre qui servait de parking à des rangées de fauteuils roulants. Inondée de soleil, la pièce ronde devenait presque accueillante l'après-midi. En tout cas, ici on n'entendait pas le chuintement des machines.

La matinée fila à la vitesse de l'éclair. Bain, toilette, maquillage, coiffure, il n'y avait pas une minute à perdre. Emily n'arrivait pas à se décider : devait-elle laisser pendre ses cheveux ou les tirer en arrière ? Quand elle fut coiffée, Eleanor lui passa un pantalon et un chemisier bleu. La jeune femme avait l'air surexcitée, les yeux brillants.

Vers onze heures, elle était fin prête et parfumée. Les mamans doivent sentir bon.

– Eleanor, lança soudain une infirmière. Téléphone pour vous.

La garde se leva sans un mot et revint la mine enjouée. C'était Bob. Il appelait pour dire qu'ils

quittaient la maison et seraient là d'un moment à l'autre.

A l'annonce de cette bonne nouvelle, Emily se mit à cligner furieusement des yeux, prise d'une envie soudaine de faire pipi.

Eleanor lui avait fourni une version expurgée de sa brève conversation téléphonique avec Bob. Ce qu'elle s'était bien gardée de répéter à la malade, c'est qu'il lui avait demandé d'installer Emily dans le fauteuil roulant avant l'arrivée des petites. Le transfert du lit au fauteuil était en effet une manœuvre délicate et impressionnante, qui nécessitait la présence de plusieurs personnes, et au cours de laquelle la tête et les bras d'Emily ballottaient de sinistre façon.

Après avoir donné à Emily son petit déjeuner à l'aide d'un tuyau, on retirait le tube qui servait à l'alimenter. Eleanor savait que Bob détestait le bruit de l'appareil. Elle effectuait donc une ultime aspiration des sécrétions avant l'arrivée des visiteurs.

Il fallait un certain temps au trio pour se préparer. Bob avait fait des progrès et il réussissait à coordonner les tenues des petites à peu près correctement. Cependant, à ce jeu, il était moins habile qu'une maman. Une fois qu'il avait composé une toilette dont les couleurs ne juraient pas, il avait tendance à s'en tenir là. Eleanor poussait des cris admiratifs, déclarait que les demoiselles Bauer étaient ravissantes.

Les enfants étaient timides au début et comme bloquées. Jenie restait dans son coin, cramponnée à la jambe de pantalon de son père et se tenant à distance respectueuse de la forme qui trônait dans son fauteuil. Bob l'encourageait à aller donner les fleurs à sa mère. Mais la petite les remettait à

Eleanor, qui, poussant de nouvelles exclamations de ravissement, serrait Jenie contre sa poitrine.

Toujours sans un mot, les fillettes tendaient leurs dernières œuvres à la garde. Eleanor les mettait sous le nez d'Emily, qui les examinait avec ferveur. Venait ensuite la cérémonie de l'accrochage. Il y en avait déjà tellement dans le box que c'était difficile.

– Pourquoi n'irions-nous pas au solarium ? proposa alors gaiement Eleanor. Maman a une surprise pour vous, les filles.

Les petites eurent l'air médiocrement intéressées, car elles n'avaient pas l'habitude que cette forme immobile leur réserve des surprises agréables.

Mais une fois dans la grande pièce ronde, elles changèrent d'attitude. Le soleil printanier était plus chaud que les rampes fluorescentes qui éclairaient la salle et délavaient toutes les couleurs. Il y avait des tas de sacs en papier par terre.

– Chaque semaine, il y en aura d'autres, promit Eleanor.

La garde installa fauteuil roulant et appareil d'oxygénation de façon qu'Emily ne perde pas une miette du spectacle et les petites se mirent aussitôt à jouer avec les pièces du Meccano, aidées d'Eleanor et de Bob. De temps à autre, sur les instances de son père, Alli se dirigeait vers le fauteuil et faisait admirer à sa mère sa dernière œuvre.

A un moment donné, Jenie se propulsa vers le fauteuil à son tour. Elle commença par fixer le tuyau qui permettait à l'air de passer dans les poumons de la malade. Bob craignit un instant qu'elle ne l'arrache, comme Alli avait arraché sa

canne à sa mère des mois plus tôt. Mais il se força toutefois à rester calme.

Jenie toucha avec précaution le bras de sa mère et s'amusa à lui pincer la peau. Emily ne réagit pas. Jenie resta plantée là un long moment, ses yeux dans les yeux écarquillés de sa mère.

Puis, la petite fille retourna auprès de son père d'une démarche décidée. Bob comprit à son air qu'elle avait une question à lui poser. Une question qui le laissa pantois :

– Maman est là-dedans ?

Les traits de Bob se figèrent.

– Bien sûr. Et elle entend tout ce que tu dis.

■

12 avril 1983. La visite de dimanche s'est déroulée à la perfection. Les jouets d'Eleanor ont eu un succès fou et les petites se sont amusées à enfiler des macaroni sur du fil.

Alli m'a fabriqué un collier, mais elle a gardé ses distances. C'est Jenie qui s'est approchée aujourd'hui, me dévisageant comme jamais elle ne l'a fait et filant chuchoter quelque chose dans l'oreille de Bob. Quelques minutes après, elle a manifesté le désir de s'asseoir sur mes genoux. Elle s'est perchée sur la tablette du fauteuil pendant un bon bout de temps, posant mes doigts sur les touches d'une caisse enregistreuse ; elle disait : « Très bien » chaque fois qu'elle me faisait enfoncer une touche. Elle n'a pas eu l'air de s'étonner de ce que mes doigts répondent si mal. Je me demande ce qu'elle a pu ressentir en voyant sa mère si handicapée alors qu'elle est à un âge où maîtriser son corps est si important. Rien que d'y penser, j'en ai les larmes aux yeux.

Bob leur a lu des bandes que j'avais tapées à leur

intention. Jenie a souri mais Alli est restée de marbre. Bob m'a dit qu'elle souffrait de ne pas avoir une mère qui vienne l'attendre à la sortie de l'école comme les autres enfants.

14 avril 1983.

Pour Jenie et Alli,

Lisa et Jill papotaient et faisaient un câlin avec leur maman sur le canapé. Lisa, qui se sentait merveilleusement bien, décida de poser à sa mère la question qui la turlupinait depuis un bon bout de temps.

– Maman, comment ça se fait qu'on parle de Dieu à l'école et pas à la maison.

Sa mère la serra contre elle en lui disant que c'était une bonne question à laquelle il n'était pas facile de répondre, mais qu'elle allait essayer. Pour l'encourager, Lisa lui prit la main .

– Quand je regarde une jonquille, commença la maman, je suis frappée par la beauté de cette fleur, je me dis que personne n'est capable de fabriquer quelque chose d'aussi réussi et je me sens proche de Dieu. Quand je vois un arbre, l'arc-en-ciel, les étoiles, l'océan ou le désert au crépuscule, que j'assiste à la naissance d'un bébé ou que je vous observe toutes les deux, je me sens également proche de Dieu.

« Mais quand je pense à votre père allongé dans son lit d'hôpital loin de nous, et à tous les malades qui souffrent de par le monde, alors j'en veux à Dieu.

– Pourquoi, maman ?

– Si Dieu est capable de créer une fleur, pourquoi tolère-t-il la souffrance ? Pour certaines personnes, pour ton papa notamment, la notion de Dieu et la notion de maladie sont incompatibles.

– Moi, fit Jill, mettant son grain de sel, je crois aux fées mais je ne crois pas que le bon Dieu il existe.

– Dieu est une force qui nous dépasse, un mystère, ma chérie.

– Ça m'agace, tes histoires, poursuivit Jill. On a déjà le père Noël, pourquoi on aurait besoin de Dieu ?

– Nombreux sont ceux qui aiment Dieu. Par amour pour le Seigneur, des êtres humains ont composé de la musique sublime, peint des toiles superbes, construit des cathédrales imposantes et écrit des ouvrages magnifiques. C'est pourquoi vous ne pouvez pas ne pas Le connaître. Quand vous Le connaîtrez, vous saurez si vous avez envie de L'aimer et de Lui parler par le truchement de la prière.

Jill se blottit contre sa mère et s'endormit. Lisa, qui savait que le marchand de sable n'allait pas tarder à passer, se dit qu'en posant des questions astucieuses elle réussirait peut-être à retarder l'échéance.

– C'est quoi la prière, maman ?

Sa mère la serra contre sa poitrine.

– Tu ne m'auras pas, petite futée. La suite au prochain numéro.

Lorsque leur maman les eut bordées, Lisa et Jill firent mine de la retenir.

– Il est temps de dormir, les bébés. Essayez de vous calmer.

Quand la mère revint passer la tête à travers l'entrebâillement de la porte de leur chambre, les deux fillettes étaient profondément endormies.

Baisers,

Maman.

16 avril 1983.

Note à l'attention de Steve

De la part d'Emily Bauer

Objet : Nicole et Lewis

Nicole, qui a eu un accident de voiture à trois ans, et Lewis, victime à l'âge de trois mois d'un virus proche de celui de la polio, sont tous deux terriblement handicapés par l'absence de sollicitations extérieures et la pauvreté de leur environnement.

Pas de visites chez l'épicier du coin ou au supermarché pour leur donner l'occasion de faire l'apprentissage de l'argent. Pas de leçons de maths. Ils n'ont pas la notion du temps, car ils n'ont jamais songé à demander un réveil, objet fort utile qui permet l'acquisition de connaissances mathématiques simples. Ils ne lisent pas, n'ont pas de contacts avec des jeunes de leur âge.

Ils passent leurs journées à dormir ou à s'abrutir devant le petit écran. Ne pourrait-on mettre les infirmières à contribution et demander à celles qui seraient motivées et prêtes à consacrer un peu de temps à ces enfants :

1) D'étudier *TV Guide* et d'afficher dans le bureau de la surveillante les horaires des émissions susceptibles d'être éducatives et enrichissantes afin que leurs collègues pensent à allumer le récepteur au bon moment.

2) De se procurer une calculatrice, des manuels de maths et des livres afin de stimuler l'intellect des enfants. Pourquoi pas une imprimante comme la mienne ?

Steve, vous pourriez établir un programme d'éducation et le laisser aux infirmières. Chaque visiteur pourrait jouer au maître d'école. Les jeunes d'âge scolaire pourraient s'improviser enseignants, eux aussi. Les activités proposées doivent déboucher sur l'acquisition de connaissances pratiques : utilisation d'un réveil, d'une calculatrice de poche. Nicole et

Lewis pourraient jouer à la marchande à l'aide de coupons trouvés dans les journaux, d'argent factice et de photos découpées dans des catalogues de vêtements, par exemple.

Nicole pourrait compter à l'aide du bâtonnet qu'elle tient à la bouche. Les visiteurs pourraient faire la lecture aux enfants et leur apprendre à lire. Il n'est pas exclu qu'il faille engager un instituteur à cet effet. Je participerai à l'opération dans la mesure de mes moyens. N'oubliez pas que j'ai été enseignante.

20 avril 1983. Quatre heures de travail de fichues et les détails de mon dernier rêve envolés à cause d'une défaillance technique de l'imprimante. Plus deux autres demi-journées de frappe de perdues. Je m'échine à taper lettre après lettre, heure après heure, en pure perte : personne ne se rend compte que rien ne sort car je ne peux pas me manifester. Je suis condamnée à attendre que les gens veuillent bien s'apercevoir qu'il y a quelque chose qui ne tourne pas rond.

Mais le soleil brille et me caresse de ses chauds rayons, c'est une sensation merveilleuse.

J'ai hâte que le printemps arrive pour pouvoir sortir. Je veux voir les fleurs, et Alli et Jenie jouant dans le parc. Je comprends pourquoi l'hiver symbolise la mort, et le printemps la renaissance et l'espoir. Comme le dit T.S. Eliot dans mon poème préféré – voir note concernant mes obsèques –, les raisons pour lesquelles on espère ne sont pas forcément bonnes.

Lorsque Bob et moi explorions le monde des médecines parallèles et ses dédales, nous étions animés du même enthousiasme, portés par le même élan. Mais c'est loin, tout ça. Épuisé par la nécessité d'élever seul deux enfants en bas âge, de remuer ciel et terre pour remettre à flot sa société de production qui bat de l'aile, et par le fait d'avoir pour coéquipière une grande malade, Bob s'est trouvé dans l'incapacité de se consacrer à autre chose. Voyant que les médecines différentes étaient inopérantes, il a perdu ses illusions. Comme il est intelligent et perspicace, il a rapidement détecté les failles qui émaillent le discours des tenants des thérapeutiques « autres ». Il critique le zèle et la naïveté de ces gourous nouvelle manière avec l'âpreté et la virulence d'un amant trompé.

Poussé par le besoin de clarifier un monde où les ambiguïtés abondent, il a classé les guérisseurs dans la catégorie des méchants, et les médecins orthodoxes dans celle des bons.

Il me trouve irréaliste quand je parle des premiers et paranoïaque quand je parle des seconds. Lorsque je lui ai fait part des œillères et préjugés du spécialiste qui me suit au centre, il m'a déclaré que je m'exposais à avoir les pires ennuis en adoptant une attitude aussi critique. Il a déclaré ne pas comprendre pourquoi ce monsieur m'interdirait de voir un naturopathe.

Le malentendu vient sans doute de mes difficultés à communiquer, qui sont grandes. Sauf quand j'utilise l'imprimante, évidemment. Mais alors j'en ai pour des heures à m'exprimer et c'est fastidieux pour mon interlocuteur.

La source du conflit a son origine dans la nature de cet établissement, conçu à mon avis pour les malades chroniques. Bob me demande où je pourrais trouver une imprimante ailleurs qu'ici par exemple. Il n'a pas tort mais il n'a qu'une vision incomplète des choses. Si cet endroit lui plaît, je suis quant à moi plus réservée. Certes, il y a des aspects positifs mais, comme tous les centres de long séjour, il est axé essentiellement sur le maintien du statu quo et laisse à désirer psychologiquement parlant. Quelle ironie du sort de me trouver emprisonnée dans un établissement aussi peu compatible avec mon tempérament !

J'aimerais mieux être dans un service de pointe, où le personnel serait prêt à se mouiller, à prendre des risques. Un tel service n'existant pas ici – si tant est qu'il existe ailleurs –, je préférerais être dans un hôpital où je pourrais me prendre en charge et choisir moi-même mes thérapeutes. Malheureusement, pour toutes sortes de raisons, c'est impossible.

21 avril 1983. Encore une chose : Bob m'a promis de faire le nécessaire en ce qui concerne le naturopathe.

25 avril 1983. Hier, il a fait un temps magnifique, on se serait cru au printemps. Bigoudis sur la tête, en pantalon et chemisier lavande, j'attendais l'arrivée des enfants, redoutant vaguement qu'elles ne se décommandent à la dernière minute. La semaine passée, en effet, Alli a mal réagi en me voyant. Je me croyais de taille à encaisser ce genre de rebuffade sans broncher, toutefois quand Bob a téléphoné pour dire qu'Alli, en larmes, refusait de sortir, cela m'a complètement retournée. Je me suis consolée en songeant que je comprenais l'attitude de ma fille, et que je verrais Bob.

J'ai passé tout l'après-midi à écrire une nouvelle histoire. Bob est arrivé avec Jenie qui, sérieuse comme un pape, m'a offert un petit bouquet de fleurs. Finalement, Alli est venue aussi avec le neveu de Bob. Elle est restée à bonne distance, et n'a cessé de me fixer. Quand Bob leur a lu la bande que j'avais préparée pour elles, les petites se sont amusées à la tripoter. Cela m'a fait plaisir. Lorsque le jeune homme est venu me dire que ce devait être dur de ne pas pouvoir parler, j'ai fondu en larmes. L'air inquiet, Alli et Jenie m'ont regardée avec de grands yeux. Mon aînée a voulu savoir ce qui n'allait pas.

– Ta maman pleure parce qu'elle meurt d'envie de bavarder avec toi, de te raconter des histoires, et de rentrer à la maison, et qu'elle ne le peut pas, lui a expliqué Eleanor.

– Peut-être que ça va s'arranger, a répondu ma petite Alli.

J'ai de nouveau fondu en larmes.

Mon Dieu, faites que...

27 avril 1983. Le temps est gris, mon humeur aussi. Hier au soir, alors que Bob était là, j'ai regardé sa main posée sur la mienne et j'ai pensé :

– J'aimerais tant pouvoir t'aider, refaire équipe avec toi comme au bon vieux temps.

J'avais les joues ruisselantes de larmes. Quand je pleure, c'est terrible : mon nez coule, il faut recourir à l'aspirateur et ça me fait un mal de chien.

Mag est passée aujourd'hui. Elle m'a massée avec de l'huile d'amande douce et nous avons médité ensemble. Quand j'étais hospitalisée dans l'autre établissement, elle venait cinq fois par semaine. Maintenant, elle ne vient plus qu'une fois. Mikhail continue de me rendre visite une fois par semaine. Ma fidèle amie Vicky – avec qui je faisais de la thérapie de groupe – vient régulièrement toutes les semaines. Elle m'aide beaucoup, notamment à transcrire sur papier ce journal. Merci, Vicky.

Alli vient de me donner deux raisons de me réjouir. La directrice du cours privé a accepté de la prendre. A trois reprises, elle a réclamé à Bob l'histoire que j'avais écrite. Jenie m'a demandé d'un air hésitant si je pouvais lui couper du papier, preuve qu'elle n'a toujours pas intégré mon handicap. Les petites continuent à s'étonner de ce que je ne parle pas. Après leur départ, j'ai fondu en larmes : je voulais les suivre, rentrer chez moi, quitter cet endroit. Eleanor trouve que je retombe sur mes pattes plus facilement qu'avant.

Il n'est pas exclu que Bob se défasse de son bureau à cylindre – qui est ancien et a de la valeur – afin de payer une partie des frais de scolarité d'Alli. Nous sommes fiers de notre fille. Bob a pleuré.

■

C'est après une visite réussie des enfants que l'événement se produisit ou faillit se produire.

Seize heures. Après-midi grisâtre. Les fillettes venaient de partir. Emily était tassée dans son fauteuil roulant près du lit, le visage baigné de larmes, comme d'habitude à cette heure. Eleanor allait devoir procéder à une aspiration en règle dès que la malade serait dans son lit.

La garde s'éloigna trente secondes, le temps de réquisitionner quelqu'un pour l'aider à transporter Emily du fauteuil dans le lit, opération toujours aussi délicate et compliquée.

– J'arrive, fit l'infirmière sollicitée.

Eleanor retourna auprès de la malade et lui tapota l'épaule.

Le sac en papier rempli de rubans avait eu un succès fou. Les petites avaient passé leur temps à les tresser et à se les mettre dans les cheveux de toutes les manières possibles avant d'aller parader devant Bob et Eleanor, qui poussaient des cris d'admiration.

– J'ai l'impression que les filles se sont bien

amusées aujourd'hui, dit Eleanor, pas autrement étonnée de ne pas recevoir de réponse d'Emily.

Toutefois, en constatant qu'Emily était plus tassée que d'habitude sur son siège, qu'elle semblait même bizarrement penchée en avant, la garde s'accroupit promptement et lui souleva la tête. Les yeux de la malade étaient fermés et le tuyau du respirateur... débranché !

– Seigneur ! s'exclama Eleanor qui se mit à hurler d'instinct : Code Bleu ! Code Bleu !

■

2 mai 1983. Le week-end dernier, alors que j'étais dans le fauteuil roulant, le respirateur s'est arrêté de fonctionner. Je n'ai pas pu appeler à l'aide car ma sonnette ne marchait pas. J'ai essayé d'attirer l'attention de ma garde, mais en vain. J'avais l'impression de suffoquer. Je me suis évanouie. Quand j'ai émergé, il y avait une véritable foule autour de moi qui s'activait frénétiquement.

Tomber dans les pommes n'est rien. C'est juste avant de m'évanouir que ç'a été pénible, mais ça n'a pas duré longtemps. Forte de cette expérience, je crois pouvoir dire que je n'ai plus peur de mourir. Je redoutais la suffocation : au fond, ce n'est pas si terrible que ça.

J'ai été soulagée de voir que j'avais une porte de sortie. J'étais persuadée que j'aurais le courage de supporter les instants atroces pendant lesquels on ne peut plus respirer. Eh bien, cet après-midi, quand la machine a cafouillé de nouveau, je me suis débrouillée pour lancer un message de détresse. J'ai été très déçue de constater que j'étais moins courageuse que je ne le croyais.

■

– Merci, Seigneur ! souffla Eleanor lorsque Emily reprit connaissance. Rassurez-vous, expliqua-t-elle à sa malade terrorisée, nous ne sommes pas des anges et vous n'êtes pas au paradis.

La garde souriait. Mais pas Emily.

■

3 mai 1983. Je suis dans tous mes états. La garde de nuit particulière qui s'occupe de moi en semaine est partie. Elle s'est disputée avec l'administration et le personnel soignant au sujet de mes petits voisins et m'a dit que les infirmières lui battaient froid.

En outre, elle avait un bon rhume et elle était crevée.

Faute de sommeil, je ne sais plus où j'en suis. Ma nouvelle garde de nuit a mal remis en place la sonnette. Je n'ai pas pu m'en servir comme je le voulais et cela m'a mis les nerfs en pelote. Nous avons eu des problèmes pour communiquer toutes les deux. Pourtant, elle s'est déjà occupée de moi par le passé. Sans doute qu'avec quelqu'un d'autre ce serait encore pire.

Tous ces efforts m'épuisent.

5 mai 1983. Je redors normalement maintenant que ma garde particulière est au courant de mes habitudes et sait où mettre la sonnette et comment me tourner. Si les infirmières de nuit connaissaient ces petits détails, je pourrais me passer de ma garde. Cela nous permettrait de faire des économies.

Je serais sûrement moins angoissée si le personnel soignant connaissait l'emplacement de mon alphabet, de ma sonnette, et la signification de mes clignements d'yeux. Le personnel de jour devrait également faire l'effort de se mettre au courant en ce qui concerne l'imprimante et la façon dont j'aime qu'on me tourne. Si je pouvais parler, je n'aurais évidemment pas besoin de tous ces accessoires.

Mon handicap et mon tempérament anxieux causent aux aides-soignantes un surcroît de travail : j'en ai bien conscience et je les remercie de leur patience. J'ai fait punaiser derrière mon lit toutes sortes de mots expliquant mes desiderata, seulement personne ne prend la peine de les lire. Cela éviterait pourtant bien des pertes de temps et des frustrations.

C'est dur.

7 mai 1983.

Pour Alli et Jenie,

Lisa et Jill ne fréquentent plus la même école. Seule Jill continue d'aller au terrier. L'an prochain, ce sera une grande fille, elle ira plus souvent. Elle joue avec ses amis les lapins et les nounours. Jill, qui n'est pas timide, n'a pas peur de danser et de chanter comme le lui demande son professeur. L'école est confortable, on y fait des tas de choses amusantes, et Jill l'aime beaucoup.

L'école étant installée dans un terrier, il y a plein de pièces. La pièce rouge est équipée de grands lits sur lesquels on peut sauter à qui mieux mieux. Dans la salle verte, il y a des arbres auxquels on peut grimper. Dans la salle orange, les petits apprennent à se défendre contre le grand frère ou la grande sœur qui a un peu trop tendance à leur taper dessus ou à les mordre. Dans la salle rose se trouve la poudre magique grâce à laquelle on grandit ou rapetisse à vue d'œil, et qui permet de se métamorphoser en kangourou ou tout autre animal de son choix. La salle bleue, c'est la bibliothèque. Il y a des livres d'images partout et de la poudre de Perlimpinpin qui permet d'entrer de plain-pied dans le conte qu'on préfère, de rencontrer Hansel et Gretel, par exemple. La salle marron fait office de salon de musique. En s'aspergeant d'une pincée de poudre magique, on peut jouer de son instrument préféré sans peine et apprendre des tas de chansons. Dans la salle dorée, on peut faire cuire tous les gâteaux qu'on veut.

Maintenant que ces salles n'ont plus de secret pour vous, mes chéries, vous comprenez pourquoi Jill est si contente d'aller à l'école. Et Lisa si dépitée de la quitter, bien que le cours privé qu'elle fréquente désormais soit génial.

8 mai 1983.

Pour Alli,

Lisa devait abandonner le terrier pour une nouvelle école. Ses anciens amis allaient lui manquer, surtout Kandy le zèbre. Certes, elle pourrait continuer de le voir, mais pas aussi souvent qu'avant, et à l'idée d'être séparée de lui, elle avait le cœur gros.

Son professeur allait lui manquer, lui aussi. Ainsi que tous les animaux adultes qui la connaissaient. En outre, il lui faudrait se plier à de nouvelles règles.

Mais elle ne s'ennuiera pas dans sa nouvelle école, où il y a des tas de pièces à explorer.

La salle de français où les élèves apprennent si bien à parler cette langue que leurs parents doivent prendre des cours pour ne pas être ridicules. La salle turquoise, bourrée de trésors, qu'on ne peut dénicher que quand on sait lire, ce qui pour Lisa ne devrait pas tarder. La salle lavande où l'on danse en chaussons et tutu. La salle écarlate pleine d'objets sur lesquels on peut se défouler quand on est en rogne et qu'on a envie de taper sur son petit frère ou sa petite sœur. Et puis, des salles que Lisa connaît déjà, qui existaient dans le terrier, la salle pleine de lits sur lesquels on saute, la salle aux arbres, la salle qui renferme de la poudre magique.

A sa grande joie, Lisa découvrit que son ami Jerry était lui aussi inscrit dans cette nouvelle école.

Baisers,
Maman
Fin

■

Bob et Marjory avaient décidé de donner encore une chance à leur liaison secrète. Entreprise apparemment vouée à l'échec, car leurs relations n'avaient guère changé en profondeur, et leur comportement non plus. Marjory, bien qu'elle eût choisi de privilégier sa carrière, comprenait tout à fait que Bob pût avoir faim de relations affectives. Ce n'était pas nouveau chez lui, mais ce qui étonnait la jeune femme, c'était les proportions désespérées que cela pouvait prendre. Bob en était venu à ressembler à un affamé qui se jette sur la nourriture qu'il n'a pas eu l'occasion de voir depuis des semaines, tout en sachant pertinemment qu'il ne la supportera pas. Avec Emily, Bob était celui qui donnait sans jamais rien recevoir. Avec Marjory, il prenait sans pratiquement rien donner. Et il s'en rendait compte.

Marjory ne pouvait que se sentir frustrée et manipulée. Bob, lui, se sentait coupable et de plus en plus seul. La solitude, qui était ce qu'il avait toujours redouté le plus au monde, était devenue son lot quotidien.

Marjory et lui avaient décidé de passer un

week-end à Washington pour visiter les musées. Malheureusement, ils emportèrent dans leurs bagages les soucis et les griefs qu'ils essayaient d'oublier. Aussi l'escapade fut-elle loin d'être une détente, même si le long dîner du samedi arrosé de bon vin constitua une trève agréable. Ils finirent par arpenter séparément les salles des musées. Lorsqu'ils se retrouvaient, à la sortie, c'était pour échanger des propos acerbes ou s'enfoncer dans un silence hargneux.

Un soir, au clair de lune, ils franchirent un pont enjambant le Potomac à la lueur des étoiles. Cette promenade les aurait peut-être rapprochés s'ils n'avaient croisé tant de statues de héros défunts et aperçu à l'autre bout de l'ouvrage le célèbre cimetière géant.

De retour à leur hôtel, ils s'allongèrent dans le grand lit en prenant bien soin de ne pas se toucher, se jurant de ne plus renouveler la tentative.

Au même moment, Emily vivait de son côté une nuit agitée. Elle fut littéralement impossible durant ces deux jours où elle n'arrêta pratiquement pas de pleurer. Eleanor avait toujours estimé que la malade était une femme extrêmement intéressante malgré ses handicaps. Quoique privée de l'usage de la parole, elle s'arrangeait pour exprimer enthousiasme, tristesse et vivacité. En cette fin de semaine, la garde ne tarda pas à constater qu'Emily bouillait de rage. Elle eut une fièvre de cheval. Elle demandait qu'on la tourne toutes les deux minutes. Et quand Eleanor allait au-devant de ses désirs, elle tapait des messages désagréables, du style : « Trop tôt. » Ses oreillers n'étaient jamais disposés comme elle le souhaitait. Le programme télévisé n'était jamais celui qui lui convenait. D'ailleurs, aucune chaîne ne lui convenait. Les pages de son livre étaient tournées trop lentement. Ou trop vite. Elle trouvait qu'il faisait trop froid. Ou trop chaud. Qu'il y avait trop de bruit. Ou pas assez.

Compatissantes, les infirmières prêtèrent main-forte à Eleanor, l'attirant dehors sous les prétextes les plus futiles. La garde se laissait tomber sur un banc du couloir avec un soupir à fendre l'âme, s'efforçant de reprendre le contrôle d'elle-même, car sa patience était mise à rude épreuve. Les infirmières lui adressaient des sourires compréhensifs et levaient les yeux au ciel, heureuses d'avoir à s'occuper de tout un service et non d'une seule malade, et quelle malade !

Mikhail comprit qu'il se passait quelque chose d'anormal à l'instant où il commença à masser la jeune femme : elle n'était que contractures et tension. Il avait beau pétrir les muscles noués, impossible d'obtenir un résultat.

Il était venu avec son amie. Il avait parlé d'elle à Emily à plusieurs reprises et s'était dit qu'une nouvelle présence lui ferait peut-être du bien. En tout cas, cela lui faciliterait un peu les choses à lui, qui s'était consacré à accompagner cette malade. Avant d'entrer dans le box d'Emily, il s'arrêtait quelques instants, prenait une profonde inspiration et se composait un visage.

Mikhail avait appris par Eleanor que Bob s'était absenté ce week-end. Peut-être était-ce pour cela qu'Emily était si tendue. A moins que cette tension n'eût pour cause la présence de son amie. Mikhail se mit à parler de plus en plus à sa copine, oubliant Emily.

– Tu sais qu'Emily était... est psychologue ? Elle avait une belle clientèle. Les dessins que tu

vois là sont l'œuvre de ses filles. Ils sont chouettes, non ?

Mikhail crut lire de la jalousie dans les yeux d'Emily.

Au bout de deux heures, le jeune homme déclara que sa petite amie et lui devaient prendre congé, car ils étaient attendus chez des copains. La jeune fille se déclara ravie d'avoir fait la connaissance d'Emily et partit en lui souhaitant meilleure santé.

Ce jour-là, au dire d'Eleanor, le massage fut totalement inefficace.

■

10 mai 1983. Bob est allé passer le week-end à Washington, histoire de visiter les musées. Il faisait un temps superbe, le genre de temps qui vous donne des fourmis dans les jambes. Eleanor m'a fait faire un tour dans l'après-midi. Je suis la seule du service à être sortie. Personne n'est venu voir Lewis et Nicole. J'ai du mal à accepter le fait d'être clouée ici. J'aime tellement bouger.

Il y a un ou deux ans, je suis allée à Washington d'un coup d'avion. J'ai une amie là-bas avec qui j'ai visité deux ou trois musées. J'ai eu raison d'en profiter, car maintenant c'est hors de question. Je suis heureuse que Bob soit allé dans la capitale. Je regrette de n'avoir pu l'accompagner. Je n'ai pas eu beaucoup de visiteurs cette semaine : Amy, Bob avant son départ, une ancienne étudiante, la femme d'un ancien collègue. Leur gentillesse et leur sollicitude me touchent d'autant plus que je sais combien je mets les gens mal à l'aise.

10 mai 1983.

Chère Lacey,

J'étais en train de regarder une émission de Phil Donahue entouré d'une brochette de mères au foyer et de mères qui travaillent et je n'ai pu m'empêcher de pleurer. Je suis si triste de ne pouvoir être avec Alli et Jenie. Le bonheur, ce serait être avec elles.

Je pense moins à mon travail. Certains de mes patients me manquent, cependant.

Votre lettre a éveillé des tas de souvenirs en moi. Comment vivez-vous le fait d'être une mère et une femme qui travaille ?

Comment va Becky ? Alli recopie des mots, apprend le français, raconte des histoires à Jenie quand elle ne l'agresse pas. Il paraît qu'elle me réclame et n'est pas facile à vivre tous les jours. Jenie connaît à peu près dix lettres et elle compte jusqu'à dix. Elle a de l'assurance, une âme de chef, elle est drôle, mais elle a une forte personnalité.

Nous souffrons tous de cette situation. Il m'arrive parfois de penser que tout ceci n'est qu'un mauvais rêve et que je vais me réveiller.

Qu'enseignez-vous en ce moment ? Qui me remplace et comment ? Donnez-moi de vos nouvelles.

Je vous embrasse,

Emily

■

Emily s'éveilla d'un mauvais rêve. A moins que ce ne fût d'un bon ? La jeune femme connaissait l'importance des rêves, qui sont des fenêtres ouvertes sur l'inconscient. Mais elle savait aussi qu'ils avaient autant d'interprétations qu'il y avait d'interprètes.

Tapant laborieusement sur son imprimante lettre après lettre, elle entreprit de coucher sur le

papier les détails dont elle se souvenait encore afin que Steve puisse en prendre connaissance.

Elle était en montagne. En Italie ? Sur une route qui sinuait au bord d'un à-pic. Le temps était couvert et couleur brou-de-noix, comme sa vie. Elle essayait de descendre. Pour aller dans la vallée ? Ou pour atteindre une agglomération ? Mais la chaussée était jonchée d'énormes rochers. C'était dangereux. Au détour de la route, elle tomba nez à nez avec Steve, qui l'attendait pour lui prêter main-forte. Ils ne réussirent pas à arriver en bas. Pas dans cet épisode, du moins.

Emily en déduisit qu'elle commençait à accepter la mort. Du moins était-ce l'interprétation qu'avait suggérée une infirmière de l'équipe de jour. Qu'en pensait Steve ?

La jeune femme scruta le visage de son confident pendant qu'il lisait les bandes où étaient consignées ses pensées et ses réflexions.

L'handicapée tapait pendant la semaine et Steve lisait sa prose en bloc, le mercredi après déjeuner. Le procédé était frustrant car il excluait toute spontanéité dans les échanges. Mais le moyen de faire autrement... Steve se tenait près du lit et s'adressait à elle. Si la réponse exigeait d'elle autre chose qu'un « oui » ou un « non », il devait attendre une semaine pour avoir la clé de l'énigme. C'était pire que de correspondre par la poste.

Bien que la santé d'Emily n'eût cessé de se détériorer depuis son arrivée au centre, elle continuait d'osciller entre l'espoir et le désespoir.

Ce constant va-et-vient rendait ses rêves d'autant plus difficiles à analyser. (Celui qu'elle avait fait à propos de jardins, par exemple. Elle y plantait des arbustes tout en taillant la végétation

en décomposition.) Le rêve dont l'action se situait à la montagne était important, aux yeux d'Emily, du moins.

Steve prit donc tout son temps pour en prendre connaissance, réfléchissant en faisant mine de lire. Il lui sembla qu'Emily s'acheminait tout doucement vers une acceptation de la réalité. Il décida de la tester.

– C'est un rêve intéressant, finit-il par déclarer. Peut-être qu'il fait référence à la mort, mais peut-être qu'on peut l'interpréter autrement.

Au vu de ce texte, le jeune homme se dit qu'Emily s'intéressait davantage à la vie, qu'elle voulait vivre. Elle ne gravissait pas la route pour aller au ciel ou s'isoler au sommet de la montagne. Non, elle descendait en direction de la ville, de la vallée et de ses semblables. Il lui conseilla de réfléchir à son interprétation. Il lui en reparlerait la semaine prochaine. D'accord, Emily ?

Un clignement d'yeux.

A part ça, rien à signaler ?

Pas de réaction.

Tout va bien, à part ça, Emily ?

Un clignement d'yeux.

■

12 mai 1983. Alli et Jenie n'arrivent pas à s'endormir. La nuit dernière, elles n'ont fermé l'œil qu'à onze heures passées. Elles prétendent avoir peur d'être mordues par des rats. C'est parce qu'elles ont envie d'être avec Bob qu'elles n'arrivent pas à trouver le sommeil. Quoi qu'il en soit, c'est ennuyeux. J'ai appris que les mamans allaient bientôt visiter l'école. Alli a supplié la baby-sitter de l'accompagner et de lui tenir lieu de mère.

Alli fait une phobie scolaire et a déclaré ne plus vouloir aller à l'école. Elle est tombée malade et est restée absente une semaine. Je me sens coupable de ne pas avoir remarqué plus tôt qu'elle avait besoin d'aide. La semaine dernière, elle a mordu Jenie. Heureusement que sa maîtresse est quelqu'un de compréhensif à qui Bob peut parler. Il semblerait que la petite famille Bauer ait besoin d'une psychothérapie de soutien, mais je n'ai pas réussi à trouver un psychologue dans mes relations qui puisse prendre ma famille en charge. Il ne nous reste plus que dix-huit mois d'assurance-maladie.

Je suis en train d'intégrer en profondeur et comme viscéralement des connaissances que j'utilisais dans l'exercice de mon métier. Je m'aperçois qu'en cas de crise – la maladie et l'hospitalisation d'un des parents, par exemple – la cellule familiale tout entière en prend un coup et a besoin d'aide. Je ne sais si des études comparatives ont été faites sur les familles ayant bénéficié d'un soutien thérapeutique et celles qui n'en ont pas bénéficié.

Élever des enfants n'a jamais été une tâche de tout repos, mais si la mère ou le père est atteint d'une maladie chronique, c'est encore plus stressant. J'ai confiance : Bob et les petites ont du courage à revendre. Les familles qui s'en sortent le mieux sont les familles fortes et soutenues psychologiquement.

13 mai 1983. Mon petit mot concernant Lewis et Nicole n'a servi à rien. Mes suggestions sont restées lettre morte, faute de temps à ce qu'on m'a dit. Ce n'était pourtant pas la mer à boire. Il faut croire que mes idées sont jugées irréalisables par le personnel soignant, qui a d'autres priorités et d'autres chats à fouetter.

14 mai 1983.

Pour Alli,

Lisa était en classe lorsque la maîtresse annonça qu'il y aurait une journée portes ouvertes pour les parents. Surexcités, les jeunes élèves se mirent à papoter, racontant ce qu'ils avaient l'intention de montrer à leur papa quand celui-ci viendrait visiter l'école. Seule Lisa se taisait, consciente que son papa ne pourrait venir puisqu'il était à l'hôpital. Fort perturbée à l'idée de se singulariser, elle déclara qu'elle ne voulait plus remettre les pieds dans cette école.

Elle aurait bien aimé avoir de la poudre magique pour pouvoir se cacher dans un trou de souris en attendant que le jour fatidique soit passé. Elle était furieuse contre son père et ne savait comment se défaire de l'agressivité qui la rongeait. Elle demanda à sa mère de lui acheter des cadeaux. En vain. Elle donna des coups de pied au chien pour se défouler. Sans résultat. Elle s'attaqua à sa petite sœur, qu'elle mordit. Mais ce fut peine perdue.

Finalement, ses nerfs craquèrent et elle fondit en larmes. En l'entendant sangloter, la bonne fée sa marraine vola à son secours.

Lisa lui expliqua qu'elle était en colère – et que ça la rendait méchante – parce que son papa ne pouvait venir visiter l'école. La bonne fée lui passa un bras autour des épaules et lui essuya les yeux.

– Ne pleure plus, mon petit chat, je vais arranger ça en deux temps trois mouvements.

– Que vas-tu faire ? questionna Lisa, reniflant un bon coup.

– Je vais rendre la santé à ton père l'espace d'une journée, lui permettre de parler, de respirer, de manger, d'écrire et de marcher. En échange, tu dois me promettre d'être une gentille petite fille et de te calmer.

– Promis, lança Lisa. Et elle tint sa promesse.

Le jour de l'opération portes ouvertes, Lisa s'en fut à l'école main dans la main avec son père. Ce fut une journée très réussie, qui laissa un excellent souvenir à Lisa.

Fin

Baisers,

Maman

Pour Jenie,

Il était une fois un ourson tout gentil, tout mignon, qui n'arrivait pas à se coucher. À l'heure où en général le marchand de sable est passé depuis longtemps, où tous les enfants dorment à poings fermés, il avait l'œil grand ouvert et tournicotait dans la maison.

Pourquoi crois-tu que le petit ours restait debout jusqu'à des heures impossibles ? Il l'ignorait lui-même et s'interrogeait. Avait-il envie de manger de la pizza ? De la glace ? Attendait-il le père Noël ? Ou les œufs de Pâques ? Voulait-il s'asseoir sur les genoux de papa ours ? Parler à sa marraine la bonne fée ? Avait-il peur du noir ? Envie de regarder la télé ? Voulait-il faire un câlin avec son papa ? Jouer avec ses joujoux ?

Fatigué de se poser des questions, le petit ours s'endormit !

Fin

Baisers,

Maman

15 mai 1983. J'ai commencé à baver.

16 mai 1983. J'aimerais parler de mon état, qui va

en empirant, et de deux incidents qui m'ont déprimée.

Lucy a été froissée par une remarque que j'avais écrite dans mon journal. Il semble que je ne lui aie pas rendu suffisamment justice. Lucy est une excellente infirmière, elle a trente-cinq ans d'expérience, et s'occupe de moi à la perfection. Je ne compte plus les pages qu'elle a tournées pour me permettre de lire. Elle transcrit – à merveille – mon journal à partir des bandes. Elle est restée fidèle au poste, alors que je ne suis pas une malade particulièrement facile. Elle est d'une rare ponctualité, sa conversation est variée, et elle prend son travail très à cœur. J'ai une drôle de chance de l'avoir.

Le second incident concerne Vicky, qui vient me voir sans faute toutes les semaines. Je voulais qu'elle inclue une lettre dans mon journal. Comme elle ne pigeait pas, j'ai dû redoubler d'efforts pour me faire comprendre. Elle l'a très mal pris. Elle s'est imaginé que je lui parlais comme à une débile mentale. Alors elle m'a demandé de m'en tenir à des « oui » et des « non ». J'ai d'autant plus mal vécu l'incident qu'entre elle et moi les relations avaient toujours été au beau fixe. Quel calvaire de ne pouvoir s'exprimer ! Comme j'aimerais pouvoir lui parler !

Pourquoi la vie est-elle si pénible ? Il y a des moments où je me demande combien de temps nous arriverons à tenir, les uns et les autres. Je crois que ce sera un soulagement quand la fin viendra. Je hais ma dépendance et tous mes handicaps.

Je n'ai pas l'intention de me faire à l'idée que mon état va encore empirer : cela équivaudrait à souhaiter que ça s'aggrave ! En revanche, je désire ardemment faire quelque chose pour stopper l'évolution du mal, mais quoi ? Je ne sais pas. Je ferai ce que je pourrai aussi longtemps que je le pourrai, je m'efforcerai de garder espoir et d'assumer mes nouveaux maux.

Je n'arrive pas à regarder la réalité en face : à savoir que mon état ne cesse de se détériorer et qu'il faut que j'en tire les conséquences qui s'imposent. Je suis à la fois triste et soulagée de penser que le plus beau cadeau que le destin pourrait me faire serait la mort.

Je ne peux pas dire que je croule sous les cadeaux. L'absence de souffrance physique et la présence des autres à mon côté exceptées. Ce qui pourrait m'arriver de plus affreux serait que la maladie cesse d'évoluer après m'avoir tout pris, hormis la vie. Il y a des gens comme ça. Ma garde de nuit a soigné un garçon de ving-neuf ans resté totalement paralysé à la suite d'une attaque. Et moi qui me figurais que ce monde était bon... C'est parce que je ne m'étais jamais préoccupée d'en découvrir la face cachée.

17 mai 1983. J'ai plutôt bien dormi malgré l'absence de ma garde de nuit, qui, souffrante, a été obligée de se décommander. Je n'ai pas pu regarder la télévision car les infirmières – trop occupées, sans doute – n'ont pas pensé à l'allumer.

J'ai décidé de passer la journée de dimanche à la maison. Bob et Lucy – qui s'occuperont de moi à cette occasion – sont d'accord, à condition toutefois d'avoir du renfort. Ils estiment qu'ils ne seront pas trop de trois pour le transport. Nous aurons donc un spécialiste du matériel d'oxygénothérapie avec nous, et une camionnette contenant un second respirateur.

La journée a été fertile en événements agréables. J'ai reçu une lettre formidable de mon frère Bryan et une gerbe de roses, cadeau d'amis. Mes gardes m'ont apporté des cartes ravissantes et les infirmières du centre ont chanté à mon intention.

■

Le séjour éclair d'Emily chez elle fut organisé avec la précision d'une expédition militaire. A huit heures du matin, Lucy vint relever la garde de nuit et commença les préparatifs. Bassin, bain, friction, habillage, coiffure, alimentation, médicaments, re-bassin, maquillage, aspiration des secrétions.

A onze heures, Earl arriva avec la camionnette équipée d'un respirateur. Suivi de peu par Bob. Les enfants étaient restées à la maison avec des membres de la famille. Bob et l'infirmière montèrent derrière avec Emily, son fauteuil et son matériel d'oxygénation. Le trajet parut interminable à Bob et Lucy, qui scrutaient le visage de la malade. En effet, privée de sa sonnette et de son imprimante, l'invalide ne pouvait communiquer avec autrui qu'avec ses yeux, langage qu'elle maîtrisait à la perfection.

La sortir de la fourgonnette devant l'immeuble ne fut pas une mince affaire. Bob, qui ne savait où se mettre, se demandait comment la prendre. Earl prit le commandement des opérations : il avait l'habitude, il faisait ça tous les jours. Les promeneurs qui allaient prendre un petit déjeuner tardif s'arrêtaient de bavarder en arrivant à la hauteur du trio qui s'affairait autour de la forme maigrichonne assise dans son fauteuil roulant.

Embarrassé, ne sachant si la malheureuse entendait, le portier de l'immeuble s'en tira astucieusement.

– Bonjour, monsieur Bauer, lança-t-il en poussant la porte avec le sourire.

L'ascenseur prit tout son temps pour arriver selon son habitude. A peine s'était-il arrêté à l'étage voulu que les portes commencèrent à se refermer. Heureusement, Lucy eut la présence d'esprit d'appuyer sur le bouton « ouverture ».

Tout le monde se retrouva bientôt dans le couloir obscur et familier. Pousser le fauteuil sur la moquette n'était pas facile car les roues caoutchoutées roulaient mal et Bob suait et soufflait. Ils glissèrent sans un mot le long du corridor, dépassèrent les plantes factices, la cabine téléphonique, la grande glace au-dessus de la petite table et arrivèrent devant la porte de l'appartement grande ouverte.

Lucy franchit le seuil la première, à reculons, veillant à ce que le tuyau du respirateur ne se prenne pas dans la poignée de la porte. Une fois à l'intérieur, elle se plaqua contre le mur pour laisser passer le fauteuil roulant. Les yeux d'Emily se braquèrent sur les personnes présentes, qui l'accueillirent avec des hourras et des applaudissements. Les petites étaient là, endimanchées, dans des tenues qu'Emily ne leur avait jamais vues. Alli vint embrasser sa mère. Jenie se montra plus réservée.

Les gens reculèrent, ne sachant que faire ni comment se comporter. On admira le teint d'Emily – l'air lui avait réussi. Elle avait bien choisi son jour pour passer chez elle. Les larmes se mirent à couler sur les joues de la malade, ce qui provoqua un remous gêné. On se demandait comment les interpréter, si la jeune femme pleurait de joie ou de chagrin. Lucy lui essuya les yeux et, avant de partir, Earl installa l'aspirateur à mucosités. Quelques invitées s'éclipsèrent, qui dans la chambre, qui dans la salle de bains, pour retoucher hâtivement leur maquillage.

Tandis que Bob poussait le fauteuil dans le séjour, Emily observait les lieux d'un air avide. Indubitablement, elle était chez elle et pourtant c'est à peine si elle reconnaissait l'appartement. Est-ce que sa mémoire se mettait, elle aussi, à la trahir ?

Mais non. Le canapé sur lequel elle s'allongeait, son masque inhalateur à portée de main, était à sa place habituelle. En revanche, le lit électrique avait disparu ainsi que les cloisons qui isolaient le fond de la pièce. Le living était beaucoup plus grand que dans son souvenir et la couleur des murs n'était plus la même. Bob, ou un de ses amis, l'avait repeint en blanc. Où étaient passées ses tapisseries ? Ses photos ? Et les tapis ? Quelqu'un avait tout chamboulé et le séjour était nettement plus lumineux. Sur les étagères, les livres étaient rangés différemment. Tous les ouvrages sur la sclérose latérale amyotrophique avait disparu. Les chaises avaient été disposées d'une autre manière.

– Mettez-la là. Comme ça, elle pourra voir tout le monde. Parfait. Ça va, Emily ?

Un clignement d'yeux.

Sourires de l'assistance.

Il fallut un certain temps aux invités pour s'habituer à la présence silencieuse et immobile de la malade. Puis, des groupes commencèrent à se former, la conversation s'engagea, les gens se mirent à boire et manger. Certains convives allèrent trouver Emily, lui expliquant pourquoi tel ou tel cousin n'avait pu assister à la petite fête, parlant d'eux ou de la décoration de la maison.

Qui avait eu l'idée géniale de mettre des ballons partout ? Et qui les avait gonflés ? Alli, peut-être ? Bob et Vicky – qui ne quittaient pas la malade d'un pouce – traduisaient ses réponses.

A un moment donné, Alli grimpa sur les genoux de sa mère et resta blottie contre sa poitrine. Lucy souleva le bras inerte d'Emily et le posa sur les épaules de la fillette.

Un peu plus tard, alors que la fête touchait à sa fin, Jenie traversa la pièce d'un pas décidé pour aller se planter devant sa maman et lui chuchoter quelques mots au creux de l'oreille.

Tous les invités déclarèrent à l'unisson qu'ils avaient été ravis de voir la malade dans son cadre et non à l'hôpital, où ils ne se rendaient plus qu'en traînant les pieds. Nombreux étaient les proches d'Emily qui n'arrivaient pas à aller la voir aussi souvent qu'ils l'auraient souhaité : ils avaient toujours de bonnes excuses pour couper à la corvée. Certains se contentaient de lui envoyer des fleurs, d'autres des cartes colorées dans lesquelles ils affirmaient penser à elle. Ils ne lui souhaitaient évidemment jamais un prompt rétablissement, sachant que ce sujet était à ajouter à la liste de ceux qui ne pouvaient être abordés avec la jeune femme.

Les amis d'Emily sentaient qu'ils devaient aller la voir, mais lorsqu'ils étaient au centre ils auraient donné cher pour être ailleurs. Ils ne s'attardaient guère, venaient accompagnés d'un tiers, ou profitaient de la présence des fillettes pour faire un saut à son chevet. Une heure dans ce service bruissant de chuintements leur semblait durer une éternité. Comment Emily faisait-elle pour supporter cet endroit sinistre vingt-quatre heures sur vingt-quatre et sept jour sur sept, semaine après

semaine... Il est vrai qu'elle n'avait pas le choix. Pas encore.

■

23 mai 1983. La journée de dimanche a été réussie. Bob et Lucy ont trouvé leur assistant épatant. Jenie n'a cessé de me regarder, m'a donné son ballon et m'a dédicacé une carte. Alli m'a dessiné deux superbes cartes et elle est venue faire un câlin.

La petite amie du neveu de Bob a eu des mots très gentils pour me dire combien elle compatissait, ça m'a beaucoup touchée, nous avons pleuré ensemble. Judy et maman avaient apporté des fleurs. Il y avait des dessins d'Alli partout.

Mon aînée est venue me parler. Elle m'a expliqué que Bob venait la chercher à la sortie comme les autres enfants. Et puis elle s'est arrêtée net. Comme je ne pouvais relancer la conversation, elle m'a plantée là et elle a tourné les talons.

En me disant au revoir, Jenie s'est approchée de moi et m'a dit :

– Je sais que tu n'aimes pas l'hôpital et que tu préférerais être ici avec nous. Je sais que tu es triste, maman. Moi aussi, je suis triste.

L'appartement est agréable mais ce n'est plus mon chez-moi.

25 mai 1983. Steve, vous m'avez demandé comment je réagissais vis-à-vis de la thérapie et quels étaient mes objectifs, spirituellement parlant. La méthode que nous avons adoptée me convient parfaitement : j'écris, vous lisez et commentez mes notes. Grâce à vous, mes relations avec Bob et les enfants sont meilleures. Ne pouvant être l'épouse et la mère que je souhaitais être, je me contente de faire ce que je peux.

Je pense beaucoup à Bob, qui est tendu à craquer et vit dans un état de fureur permanent. Sans doute parce qu'il donne tant et reçoit si peu en échange. Il n'a pas la vie facile, c'est le moins que l'on puisse dire. Peu de gens se soucient de savoir ce qu'il ressent et comme il n'est pas du genre expansif... Il m'a avoué avoir songé au suicide.

Tout irait tellement mieux s'il faisait équipe avec une femme en bonne santé. Pour lui, et pour Alli et Jenie. Il va falloir que je renonce à mener à bien certains de mes projets ou du moins que je les modifie et ça, j'ai du mal à l'accepter. Pour commencer, il faudrait peut-être que je cesse de lui demander de prendre des photos pour les albums – il a suffisamment de travail comme cela par ailleurs. D'un autre côté, la réalisation de ces recueils me tient tellement à cœur... Comme je regrette de ne pouvoir prendre des clichés moi-même. Mon approche et celle de Bob sont fondamentalement différentes dès lors qu'il s'agit d'épingler la réalité : ma démarche est celle d'un journaliste, la sienne celle d'un artiste.

Sur le plan spirituel, mes objectifs sont les suivants : prier, méditer, arriver à regarder la mort en face, accepter l'aridité sans cesse croissante de ma vie, essayer de comprendre pourquoi – en termes de réincarnation – cette épreuve s'est abattue sur notre famille, me souvenir de mes rêves et m'efforcer d'en tirer des enseignements. Mon objectif, sur le plan psychologique : vivre aussi pleinement que possible, apprendre à être moins exigeante avec mon entourage.

27 mai 1983. Alli s'est mise à mentir, mais il paraît que mes contes lui plaisent. Elle a réclamé à deux reprises celui de la poudre magique. En revanche,

Jenie semble médiocrement intéressée et préfère attirer l'attention sur elle. Quand Bob commence à raconter des histoires aux petites, Jenie s'écrie : « Non ! » et s'enfuit dans sa chambre. L'autre jour, alors que Bob lui demandait de se brosser les dents, elle a rétorqué : « Pas question, Léon » et s'est sauvée à toutes jambes. Elle lui a également fait une scène monstre dans la rue.

J'ai reparlé des photos avec Bob hier soir. Il affirme se moquer éperdument de la postérité. Il va falloir que je change mon fusil d'épaule et que je m'adapte.

J'ai l'impression d'être un boulet pour lui et cette idée m'est pénible. Il a de plus en plus de mal à me comprendre. Il y a des moments où je voudrais mourir. J'ai essayé de méditer mais ce n'est pas facile avec tout ce bruit. Je ne suis pas sortie de l'auberge, j'en ai peur.

28 mai 1983. J'avais beau constater que je déclinais, au fond de moi-même je n'arrivais pas à y croire, et encore moins à imaginer que la débâcle musculaire puisse continuer. Eh bien, je me trompais sur toute la ligne. Il semble que je ne sois pas au bout de mes peines.

Pour Alli et Jenie,

Lisa et Jill s'enduisirent de poudre magique pour rapetisser. Elles se glissèrent dans la maison où vivaient leurs poupées pour leur emprunter des vêtements, malgré leurs protestations.

Tout était minuscule à l'intérieur. Les tables n'étaient pas plus grandes que des bobines de fil, les balais avaient pour manches des cure-dents. Jill, Lisa et les poupées s'en donnèrent à cœur joie, sautant à pieds joints sur les lits, glissant le long de la rampe. Jill et Lisa grimpèrent sur le dos de Marigold, le papillon, et s'en furent explorer la cuisine. Elles se hissèrent sur les boîtes de conserve puis elles remplirent l'évier d'eau. Après quoi, elles se déshabillèrent et se mirent à nager. A l'aide de mini-gobelets en papier et de cure-dents, elles construisirent un voilier de fortune, mirent le ventilateur en marche et s'amusèrent à faire de la voile.

Fatiguées de s'être tant dépensées, les petites filles se couchèrent en boule dans des tasses de thé pour faire un brin de sieste. Ensuite, elles remontèrent sur Marigold, qui leur fit survoler le jardin, la cime des arbres et les emmena en haut de l'arc-en-ciel. La promenade terminée, leur guide les ramena à la maison où elles s'aspergèrent de poudre magique. Une fois qu'elles eurent retrouvé leur taille normale, elle s'en furent rejoindre leur maman qui les attendait pour dîner.

29 mai 1983. Les enfants harcèlent Bob, lui demandant si elles doivent vraiment venir tous les dimanches. Il leur a dit que ce n'était pas une obligation. Je ne suis pas sûre que ce soit aussi simple que cela. J'ai besoin de voir mes filles. De leur côté, elles ont également besoin de me voir, mais leurs sentiments sont ambivalents.

Peut-être est-ce leur façon à elles de « faire comme papa », qui a préféré aller à Washington au lieu de venir à l'hôpital. Peut-être essaient-elles de tester leur père. Ou alors c'est une forme de représailles, un moyen d'attirer l'attention sur elles. Si leur objectif était de faire réagir Bob, c'est réussi. Comme il ne prend jamais à la légère ce que disent les enfants, il se trouve dans une situation délicate. J'aimerais tant qu'il pense que les visites à l'hôpital font partie de ce qui doit être fait et que c'est un point qui ne peut être remis en question. En tout cas, c'est comme cela que je sens les choses, moi.

Bob est d'avis que les réticences des filles cachent une réaction légitime dont il nous faut tenir compte. A savoir que les visites leur remettent cruellement en mémoire ce qu'elles ont perdu.

Quand je lui ai demandé son sentiment, il m'a expliqué qu'il s'efforçait de faire du dimanche un jour pas comme les autres, que ce n'était pas seulement le jour où on allait voir maman mais l'occasion de faire une excursion, une promenade, un pique-nique.

D'après lui, les petites auraient mauvaise conscience si elles ne venaient pas. Il a décidé d'ignorer Alli quand elle fera de l'opposition et de la complimenter chaque fois qu'elle fera quelque chose de bien.

Il devrait la féliciter de me faire la conversation et faire le sourd quand elle remet cette histoire de visite sur le tapis. Nous avons peut-être tort de prendre tellement à cœur les réactions des enfants. En leur laissant trop de liberté, nous risquons d'en faire des anxieuses.

31 mai 1983. J'ai passé un bon moment aujourd'hui à m'imaginer en train de manger un énorme hamburger à la mode californienne.

Lucy me sort maintenant qu'il fait beau. J'adore sentir la caresse du soleil et celle du vent sur ma peau. Deux infirmières du centre et une dame qui rend visite à Lewis et Nicole m'ont déclaré que j'avais l'air jolie. Ce que j'endure ne se lit pas sur mon visage. Mes gardes s'interrogent sur la signification de mes froncements de sourcils. Je fronce les sourcils, moi ? Je ne m'en étais même pas rendu compte.

■

Emily commençait à en avoir assez. Assez de l'hôpital, assez de cette situation, assez d'elle-même. Elle avait toujours attendu les visites du dimanche avec impatience. Or ces visites avaient un goût amer désormais.

Eleanor – qui était mère elle aussi – se rappelait le jour où Jenie s'était sérieusement écorché le genou en tombant. La garde, qui ne quittait pas Emily de l'œil depuis le jour où le respirateur était tombé en panne, la sentit tressaillir imperceptiblement dans son fauteuil. Impuissante, Emily vit sa petite fille en larmes courir se réfugier dans les bras de son père.

Maintenant les visites étaient devenues de la routine et c'était désespérant. Il y avait d'abord les préparatifs épuisants du matin. La hantise d'un coup de téléphone de dernière minute annonçant que les petites ne viendraient pas. Et puis la famille arrivait. On s'installait dehors, où les enfants pouvaient faire du vélo ou grimper à la corde.

Malgré les recommandations de son père, Jenie finissait toujours par se mettre derrière le fauteuil roulant pour jouer. Après avoir pris de l'exercice, les petites pique-niquaient, sous le regard maternel. Puis elles jouaient avec la surprise de la semaine. Ensuite elles regagnaient le gros bâtiment de brique et quittaient les lieux dès que la garde amorçait la manœuvre compliquée qui avait pour but de remettre Emily au lit.

Ce qu'il y avait de désolant dans ces visites, c'est qu'elles prenaient fin. Pour Emily, les moments passés avec les siens étaient devenus une drogue qu'elle attendait avec une avidité désespérée. Ces

précieux instants écoulés, elle sombrait dans la tristesse.

L'état dépressif qui se déclarait le dimanche soir se prolongeait jusqu'au lundi, voire plus longtemps encore. Plongée dans ce marasme, Emily n'avait plus goût à la lecture, elle recevait moins de monde et ne s'occupait plus du sort de ses jeunes voisins, se réfugiant dans la musique.

■

5 juin 1983. Grâce à Steve, je me suis rendu compte que j'avais tendance à me replier sur moi-même et à me détester lorsque je rencontrais des difficultés. Il faut que je m'estime davantage, mais dans ma situation c'est dur.

Bob a eu des nouvelles de la compagnie d'assurance. J'ai droit encore à dix-sept mois de prise en charge à l'hôpital. J'ai envisagé de faire appel à la justice pour obtenir qu'on débranche le respirateur s'il n'y avait pas d'amélioration dans mon état. Si j'étais à l'appartement, je pourrais être davantage épouse et mère, et travailler. Je ne peux pas continuer à végéter comme ça indéfiniment. Passer son temps à regarder la télévision, ce n'est pas ce que j'appelle vivre.

Pour Alli,

Lisa s'aspergea de poudre magique pour devenir toute petite et grimpa sur le dos de Marigold pour s'en aller. Lisa et le papillon aperçurent un arc-en-ciel et se dirigèrent droit dessus, explorant une à une toutes les couleurs.

Tout là-haut, ils rencontrèrent la marraine de Lisa. La fée avait une surprise pour sa filleule : des rubans magiques pour ses cheveux. Il suffisait de les toucher pour être aussitôt de bonne humeur. Vexée par le présent, la fillette ne remercia pas sa marraine et elle repartit sur Marigold, furieuse contre la fée.

En repoussant une mèche qui lui tombait sur l'œil, Lisa toucha le ruban sans le faire exprès. Aussitôt sa mauvaise humeur fondit comme neige au soleil. Lisa décida de porter les rubans tous les jours afin de ne plus pester en allant à l'école. Marigold l'emmena au pays des sucettes où elle choisit ses friandises préférées. Toujours juchée sur le papillon, elle revint à la maison, se saupoudra de poudre magique pour reprendre sa taille normale et offrit une de ses sucettes à sa sœur Jill.

Fin

Baisers,

Maman

8 juin 1983. J'ai fait deux rêves érotiques. Dans l'un, je faisais l'amour avec Bob, dans l'autre avec mon cousin. Des rêves tout ce qu'il y a d'explicite et très agréables.

La nuit dernière, j'ai rêvé que je passais le jardin en revue. J'étais avec quelqu'un, une vague silhouette, féminine me semble-t-il. Nous examinions le terrain autour de la maison. Il y avait des tas de mauvaises herbes à arracher, des arbustes à replanter. Je choisissais l'emplacement des plantes en fonction de l'ensoleillement et de l'arrosage. J'étais ennuyée parce que je me demandais si le tuyau serait assez long pour me permettre d'arroser la partie qui est devant la maison.

Ce rêve m'intéresse d'autant plus que je l'ai fait à un moment où je pensais à la mort, où je la désirais. Que signifie-t-il ? Si c'est mourir que je veux, il me faut être certaine que je suis prête. Personne d'autre que moi ne peut répondre à cette question. La réponse est peut-être dans mes rêves, à condition que je les interprète correctement.

Je suis d'une tristesse insondable mais ce n'est pas de la dépression. Pour que mon jardin soit en ordre, j'ai un certain travail intérieur à faire. Il n'y avait pas de plantes nouvelles dans mon rêve, seulement des plantes déjà existantes.

Je m'occupais surtout de la partie de la maison qui est à l'ombre. Les plantes étaient des plantes vertes. Tout cela a un rapport avec l'ordre. Quand j'aurai réussi à mettre de l'ordre dans ma vie intérieure, je pourrai peut-être m'en aller.

10 juin 1983. Où en suis-je ? Je suis condamnée à faire les choses en règle. Je continue de penser que je n'ai pas envie de lutter indéfiniment. Bob prétend que si c'est ainsi que je vois les choses, c'est ainsi qu'elle se passeront et je n'aurai pas besoin de faire appel à la justice. Lucy soutient que c'est du suicide. Steve m'assure que ce n'est pas logique. Je ferai ce que me dictent mes rêves. Bob m'a avoué avoir envisagé de se suicider pour se sortir de cette situation. Que tout cela est difficile.

Pour Alli et Jenie,

Bientôt l'été. Il va faire beau et chaud. C'est le moment rêvé pour entreprendre de nouvelles activités. Mais Lisa n'avait pas envie de partir en colonie de vacances. Pourtant, là-bas, il y a de la verdure, des arbres, on peut nager, courir, s'amuser. Elle ne voulait pas quitter ses petites amies.

– Nous allons avoir du mal à obtenir de la directrice qu'elle te prenne à mi-temps seulement. Et si nous tardons trop à t'inscrire, il n'y aura plus de places du tout.

– Tant pis, maman, déclara Lisa. On restera à la

maison au lieu d'aller à la campagne. Tu n'auras qu'à engager une étudiante pour s'occuper de nous. Et nous faire de la peinture et lire. Jill pourra inviter ses amies. On s'amusera bien. J'aime bien être à la maison avec mes camarades.

– Tu donneras un coup de main à cette étudiante pour ranger ? s'enquit maman en riant.

– Oh, oui.

– Réfléchis bien, Lisa. Si tu restes à la maison, pas question d'apprendre à nager.

– J'apprendrai plus tard. Avec toi.

– La campagne, les arbres ne te manqueront pas ?

– Si, répondit Lisa. Mais je préfère être avec des gens que j'aime. Et puis tu as promis de nous emmener dans un joli coin où il y a plein de rochers à escalader.

– C'est exact. On pourrait y aller vendredi et revenir dimanche pour aller rendre visite à papa. Je sens que cet été s'annonce bien.

Fin

Baisers

Maman

14 juin 1983.

Chère Alli,

Je viens de recevoir ta carte avec les cœurs. Je pense à toi en la regardant. Le collage que tu m'as envoyé est superbe. J'ai fait accrocher les deux au mur. Merci, ma chérie. Tu étais mignonne à croquer dans ta robe neuve. Tu t'es rudement bien débrouillée avec le puzzle. Je suis fière de toi. Essaie d'expliquer à ton père ce que tu as envie de faire cet été. Porte tes rubans magiques et ne sois pas ronchon. Papa aimerait que tu partes en colonie de vacances. Si tu n'as pas envie d'y aller, dis-le lui. N'oublie pas, c'est important. Je compte sur toi.

Baisers,
Maman

Chère Jenie,
J'ai ouvert le paquet bleu que tu m'as remis. A l'intérieur, il y avait un magnifique dessin de toi. Les couleurs sont étonnantes – ce mélange de vert et de rouge est une réussite. Merci, merci. Je t'ai trouvée adorable dans ta robe rose et blanche en train de manipuler les pièces du puzzle. J'aimerais pouvoir te porter sur mon dos. Je t'aime très fort, ma chérie.
Baisers,
Maman

14 juin 1983. Bob est arrivé avec un gros bouquet de lilas. Suivi des filles qui m'ont apporté des cadeaux. Jenie est venue tout près de moi et m'a longuement regardée.

Nous sommes allés au jardin botanique avec la camionnette et tout le bataclan. Les tulipes, les lilas, les glycines, les azalées étaient en fleurs. Alli et Jenie ont joué avec les pétales des cerisiers, s'amusant à les jeter en l'air, on aurait dit des flocons de neige. J'ai regardé la végétation autour de moi, les gens et les choses comme si je les voyais pour la dernière fois.

A force de pousser le fauteuil roulant dans les montées et de porter tout le matériel, Bob était épuisé. Dieu merci, j'ai réussi à tenir sur ma chaise. D'habitude, au bout de deux heures, je commence à fatiguer sérieusement. Après la promenade, nous sommes allés à la maison, où les petites ont joué avec des puzzles. Elles ne disent pas non quand on leur propose un coup de main. Plusieurs amis sont passés nous dire bonjour et les filles en ont profité pour se faire porter sur le dos des uns et des autres.

J'ai regagné l'hôpital heureuse de cette sortie mais triste d'être aussi diminuée.

15 juin 1983. Je dors beaucoup. Pas uniquement à cause de la fatigue consécutive à la promenade. C'est plutôt le désir de me replier sur moi-même. C'est bon, le sommeil, c'est comme une drogue. J'essaie de méditer mais je finis par m'assoupir. Dormir est la seule chose agréable qui me reste.

17 juin 1983. C'est l'anniversaire de mon frère aujourd'hui. Je pense beaucoup à lui. Peut-être vais-je bientôt recevoir de ses nouvelles. Physiquement, ça ne va pas très fort. Je ne peux pratiquement plus me servir de mon pouce gauche, celui dont je me servais pour appuyer sur la sonnette. C'est particulièrement ennuyeux la nuit. En effet, ma garde somnole et faute de pouvoir sonner il me faut attendre qu'elle veuille bien se réveiller quand j'ai besoin de quelque chose, ce qui est gênant. Il va falloir que je lui demande de ne pas dormir. C'est une brave fille, elle comprendra.

Les médecins ne sont pas d'accord pour m'introduire dans l'estomac le tube qui sert à m'alimenter. Je suis condamnée à avoir ce tuyau dans le nez. Il a fallu que je subisse des examens très pénibles parce qu'on avait trouvé du sang dans mes sécrétions bronchiques. Il a fallu m'enlever la canule que j'ai dans la trachée à plusieurs reprises. Certains malades tiennent dix minutes sans le respirateur, moi, quand j'arrive à tenir une minute, c'est le bout du monde.

Je prie pour qu'on m'aide. J'ai tiré de mes séances de méditation la conclusion que j'avais choisi cette épreuve pour mon développement spirituel.

Bob est passé. Il est tellement inquiet qu'il ne dort

plus. Tout va de travers, mais il refuse de parler de ses problèmes sous prétexte que les miens sont autrement aigus et qu'il doit se dépatouiller seul. Je lui ai dit et répété que je voulais partager ses soucis et que s'il ne se confiait pas à moi, je ne risquais pas de pouvoir l'aider. Je lui ai dit aussi que j'avais besoin de me sentir utile à quelque chose.

Je crois que mon petit mot à Alli au sujet de la colonie de vacances a porté. Elle a fini par accoucher et a avoué à son père ce qu'elle avait sur le cœur : elle a l'impression qu'il veut se débarrasser d'elle.

Mais ce n'est pas tout. La façon dont elle vit ma maladie m'inquiète. Elle a déclaré à sa meilleure amie – après mon passage à l'appartement – que j'allais bientôt me rétablir et rentrer à la maison. Cela me rappelle les enfants de son âge dont les parents divorcent : ils ont tendance eux aussi à refuser d'accepter la réalité et à se réfugier dans l'imaginaire.

21 juin 1983. Pas de visite des enfants dimanche. Alli était souffrante. Dommage. Il faisait un temps magnifique, nous aurions pu sortir. Mon existence aride, bornée et monotone me pèse de plus en plus. Surtout quand je songe à la vie pleine et mouvementée que je menais auparavant.

Un temps pareil, c'est fait pour se balader en bicyclette, aller au zoo, pique-niquer, faire de la voile. Comment quelqu'un qui mène une vie normale peut-il s'imaginer que je peux me contenter d'une vie aussi épouvantablement réduite ? Que d'autres aient accepté de vivre ainsi ne signifie pas que je doive en faire autant.

Steve, comment rédige-t-on un papier officiel pour demander que le respirateur soit débranché ? A ceux qui me disent que c'est du suicide ou que je me prends pour Dieu, je réponds que ma décision est juste. En effet, si je suis encore sur terre aujourd'hui, ce n'est pas à Dieu que je le dois, mais à la technologie. C'est l'été dernier que Dieu voulait que je meure. C'est à ce moment-là que j'aurais dû disparaître. Je serais partie dans la paix et l'harmonie.

22 juin 1983.

Pour Alli et Jenie,

Lisa et Jill grimpèrent sur le dos du cheval blanc et s'envolèrent. Elles arrivèrent au pays des sucettes, où les arbres aux branches chargées de friandises parlaient. Jill et Lisa tendirent le bras pour se servir, choisissant leur parfum préféré.

– Un instant ! tonna soudain l'arbre. Vous n'aurez vos sucettes que quand vous aurez répondu à ma question.

– Que voulez-vous savoir ? s'enquit Jill.

– Ce que vous faites qui ennuie vos parents.

– Nous ne les agaçons pas, protesta Lisa.

– Tous les enfants énervent leurs parents, déclara l'arbre, sentencieux.

– Puisque vous insistez..., capitula Lisa. Mes parents sont contrariés quand je leur dis que je n'ai pas envie d'aller à l'école.

Et de cueillir des sucettes en remontant sur le cheval magique.

– Et toi, Jill ?

– Ils n'aiment pas me voir tournicoter dans la maison à l'heure où je devrais être au lit, dit la fillette en prenant une sucette.

Un peu plus tard, elles allèrent déjeuner chez la gentille sorcière.

– J'ai entendu ce que vous avez dit à l'arbre aux sucettes, fit la sorcière. Je sais que les enfants n'aiment pas faire de la peine à leurs parents. Aussi vais-je vous donner à chacune un caillou magique. Quand tu n'auras pas envie d'aller à l'école, Lisa, et toi, Jill, quand tu n'auras pas envie d'aller te coucher, prenez votre caillou et caressez-le en pensant à moi. J'accourrai près de vous et nous bavarderons. Le caillou vous donnera la force de me confier vos ennuis. Je serai toujours là pour vous aider, souvenez-vous en, et je penserai toujours à vous.

Lisa et Jill remercièrent la gentille sorcière et lui promirent de se servir des cailloux. Puis elles lui demandèrent de les aider à rentrer chez elles.

– Volontiers, acquiesça la gentille sorcière. Mais pas avant que vous ne m'ayez dit ce que vous faites quand vous voulez faire plaisir à vos parents.

– Je me brosse les dents, répondit Lisa.

– Je donne à ma sœur du papier pour dessiner, énonça Jill.

La sorcière se déclara fière d'elles et les embrassa en leur disant au revoir.

– Je penserai toujours à vous.

Les petites filles remontèrent sur leur coursier. La gentille sorcière agita sa baguette magique en leur souhaitant bon voyage. De retour à la maison, elles trouvèrent leur mère qui les attendait, le sourire aux lèvres.

Fin

Baisers,

Maman

25 juin 1983. La visite de dimanche s'est mal passée. Impossible de convaincre Alli et Jenie de monter dans ma chambre. J'ai dû les rejoindre dehors. Alli m'a donné une feuille qu'elle avait ramassée par terre. Ni l'une ni l'autre n'ont voulu écouter l'histoire que j'avais écrite pour elles. Je ne supporte pas de ne pouvoir bouger. Quel genre de relations puis-je avoir avec elles dans ces conditions...

Jenie a refusé de m'embrasser en partant.

Lundi, ma garde m'a fait faux bond. J'ai dû demeurer dans la même position pendant douze heures ! Sauf quand on m'a mise sur le bassin. Je suis restée allongée douze heures de rang sans rien d'autre à faire que dormir ou regarder la télé – et tout le temps la même chaîne ! Si c'est pour vivre comme ça, autant s'en aller. Il y a quelques infirmières qui se donnent la peine d'essayer de me comprendre. Les autres ne font absolument aucun effort.

Je crois bien que j'ai dû articuler le mot « bassin » cinquante fois, sans qu'aucune comprenne. Quel soulagement d'avoir quelqu'un qui vous comprend !

Où est-ce que j'en suis ? Je pense au corps de Bob contre le mien dans notre lit, à la chasse aux antiquités, aux dîners au restaurant, aux sorties au théâtre ou ailleurs. Comme j'aurais aimé accompagner Bob et Alli au cirque l'autre jour. L'indifférence de mes filles me déchire le cœur. Si j'étais plus active, si je pouvais jouer avec elles, il en irait différemment.

Décidément, j'aurais dû mourir en juillet dernier. Mais nous sommes conditionnés par notre éducation à emmener les malades à l'hôpital sans penser à la qualité de la vie qu'ils y mèneront. Je me demande si, sachant ce que nous savons, Bob aurait le courage aujourd'hui de ne pas me faire admettre aux urgences. Jamais je n'ai été aussi malheureuse. Être condamnée à décliner sous le regard de ses enfants est insupportable.

27 juin 1983. Je n'arrête pas de penser à Alli et Jenie, et à nos relations, qui ne cessent de se détériorer. L'automne dernier, elles cherchaient encore le contact, s'approchaient de moi. Ce changement d'attitude est sans doute dû au fait que je ne puis plus rien leur apporter. Pour Jenie, il doit être plus facile de m'ignorer complètement que d'entretenir avec moi des rapports aussi décevants. Pour Alli, c'est certainement plus difficile, bien qu'elle essaie de couper les ponts, elle aussi. Le problème est insoluble, toute interaction entre elles et moi étant impossible.

D'où vient que mon aînée a tellement changé en l'espace d'une semaine ? Je ne puis me résoudre à croire que je suis à l'origine de cette étonnante métamorphose. Il doit y avoir autre chose qui la tracasse.

28 juin 1983. Je passe davantage de temps à prier et méditer, je m'efforce de surmonter mon désespoir. Ma garde de nuit me lit la Bible. Je m'imagine que je suis dans un monastère. Peut-être cela m'aidera-t-il à accepter mes limites. Je dors également davantage. Il faut que j'arrive à être en paix avec moi-même afin de pouvoir partir. Je veux mourir le plus vite possible.

Si on m'avait dit un jour que je souhaiterais mourir plutôt que de vivre diminuée...

Au départ, c'est la guérison que je voulais, bien sûr, et non la mort. Mais j'ai échoué. Si j'ai été incapable de me guérir, je ne vois pas pourquoi je réussirais à me supprimer. Il va falloir qu'on m'aide.

Je n'en peux plus. Steve, indiquez-moi la procédure à suivre. Je vous en prie.

■

Steve avait perçu le changement d'état d'esprit d'Emily. La jeune femme ne lui demandait plus

l'autorisation de faire venir de nouveaux guérisseurs à son chevet. Les banalités de la vie quotidienne la laissaient indifférente – fini les shampooings, réclamés au début avec une insistance farouche. Elle ne lui parlait plus de traitements éventuels, faisait de plus en plus souvent allusion à la mort et surtout à sa hantise de rester dans le coma. Hantise justifiée aux yeux de Steve. Si – par suite d'une nouvelle défaillance du respirateur – le cerveau de la malade venait à être privé d'oxygène six ou huit minutes, qui sait combien de temps Emily resterait inconsciente, flottant pour ainsi dire entre deux eaux. Les médecins, qui pouvaient faire redémarrer cœur et poumons, n'avaient pas encore trouvé le moyen de faire repartir le cerveau.

Et Emily pouvait entrer dans le coma à tout moment. Steve ne l'ignorait pas.

Selon ses désirs, la jeune femme avait été mise dans la catégorie des malades à ne pas réanimer. Mais pour que les médecins acceptent de se croiser les bras, il faudrait qu'elle fasse une crise cardiaque. En cas de problème lié au respirateur, le corps médical ferait tout son possible pour la ramener à la vie. Les praticiens ne pouvaient en effet courir le risque de se voir traîner devant les tribunaux par la famille pour négligence ou pour complicité dans une affaire d'euthanasie.

Steve avait entendu parler des morts négociées. Au terme de longues discussions, spécialistes, patients et familles finissaient par se mettre d'accord pour décider qu'au moment suprême mieux valait débrancher un appareil, ne pas administrer tel ou tel médicament. Et d'un commun accord, aucune des deux parties ne mentionnait le douloureux sujet une fois que le nécessaire avait été fait.

Les seuls à savoir que ce genre de chose se produisait tous les jours et partout étaient les médecins qui, soucieux de leur réputation, n'abordaient jamais ouvertement la question.

Si les thérapeutes se taisaient, les membres toujours plus nombreux de la Hemlock Society[0] de Los Angeles préconisaient ouvertement la légalisation de l'euthanasie pour les incurables. Deux autres associations – Concern for dying et l'Association pour le droit de mourir dont le siège était à New York – œuvraient également dans ce sens, s'efforçant de sensibiliser le public au problème et d'obtenir des instances juridiques qu'elles légifèrent sur le sujet.

Les proches de Steve se rappellent encore son humeur sombre en ce début d'été. Au lieu de s'étendre sur les performances de la médecine, il leur parlait des carences d'une société technologique qui avait élevé des générations d'individus dans l'idée que tout était possible pourvu qu'on ait les crédits, les appareils et la détermination nécessaires. Parents et enfants vivaient aujourd'hui chacun de leur côté et mouraient de même. Quand quelqu'un était blessé, malade ou mourant, on l'emmenait à l'hôpital. Comme ça, on était sûr de ne pas se tromper. Les hôpitaux soignent les patients, du moins ils ont le matériel pour le faire. Il n'y a plus personne pour s'occuper des malades à la maison.

Steve avait l'impression que les gens étaient plus enclins à lutter contre la mort et donc moins prêts à l'accepter quand elle se présentait.

0. Hemlock : ciguë. (N.d.T).

Il était fermement convaincu que jamais un établissement hospitalier n'aiderait un patient à mourir pour mettre un terme à ses souffrances. On achevait les animaux, pas les hommes. C'était hors de question. Mais fallait-il dans tous les cas empêcher la nature de suivre son cours ? N'y avait-il pas des cas où les miracles de la science garrottaient le malade, l'enchaînant à la vie ? Maintenant qu'il était possible – grâce au progrès technique – de faire échec à la mort dans l'Amérique des années quatre-vingt, il n'y avait pas de directives indiquant le moment où mieux valait ne rien tenter. Les faiseurs de miracle étaient partis du principe que tout le monde avait envie de se cramponner à l'existence le plus longtemps possible alors que personne ne s'était soucié de définir ce qu'était la vie. Quand un malade déclarait : « Je veux mourir », il n'y avait personne en face pour lui répondre : « Ce n'est pas ce que vous désirez vraiment », ou : « Compte tenu des circonstances, votre souhait semble raisonnable. » Personne ne voulait réfléchir à ce problème. Sauf ceux, bien entendu, qui y étaient contraints par les circonstances. Et ceux-là mêmes qui étaient concernés n'avaient pas le temps de faire quoi que ce soit.

■

Bob était en retard. Pour pouvoir travailler davantage, il écourtait ses visites à l'hôpital. L'air pressé, il écarta le rideau et entra dans le box d'Emily.

– Bonjour, lança-t-il avec un enthousiasme de commande, comme s'il se doutait que la matinée lui réservait de mauvaises surprises.

Après avoir déposé un baiser sur le front de la malade, il prit la main flasque entre les siennes.

– Les petites vont bien. La maîtresse a choisi un des dessins d'Alli pour...

Agacé par le cliquetis sec de l'imprimante, le cinéaste interrompit sa chronique et attendit en ravalant un soupir excédé. Il lui semblait que la machine n'en finissait pas de cracher ses messages.

JE VEUX MOURIR

Saisi, pétrifié de terreur, Bob demeura plusieurs secondes sans bouger. Il retrouvait la sensation qu'il éprouvait enfant lorsque son père lui parlait de la santé de sa mère. Il se revoyait dans le cabinet du Dr Berghoff plusieurs années auparavant quand le spécialiste lui avait dit :

– Il faut que je vous parle.

Bob n'aurait su dire ce qui l'épouvantait ainsi. Il n'allait pas tarder à l'apprendre.

Emily était en train de lui dire qu'elle voulait mourir. Il savait qu'elle allait mourir. Évidemment qu'elle allait mourir. Combien de fois n'avait-il pas souhaité qu'elle fût morte. A d'autres moments, il lui arrivait de considérer qu'elle l'était déjà. Cela dit, mourir et vouloir mourir sont deux choses différentes. Dans le premier cas, on subit. Dans le second, on agit. Sa femme étant paralysée, ce n'était pas elle mais lui qui devrait agir en l'occurrence.

Bob, qui avait une rude journée en perspective, jugea préférable de faire celui qui ne comprenait pas. Hochant la tête, il tapota la main d'Emily et finit sa petite chronique familiale. Puis il déclara à sa femme qu'il devait filer. La société de production avait une commande qu'il n'était pas ques-

tion de ne pas honorer et il avait du pain sur la planche s'il voulait terminer dans les temps. Impossible d'aller à l'hôpital vendredi – travail oblige – mais il viendrait dimanche avec les petites.

Lorsque la garde reprit son poste, elle constata que la tension d'Emily était plus élevée qu'à l'accoutumée. Cependant, tout rentra dans l'ordre au bout d'un moment.

■

30 juin 1983. Note à l'attention du Dr D. et de Steve.

Je veux qu'on débranche mon respirateur après m'avoir fait une dernière piqûre.

1er juillet 1983. Rien à espérer des vacances. Bob et les petites partent pour le 4 juillet. Combien de temps vais-je devoir attendre ?

Ma garde attitrée a eu un empêchement la nuit dernière. L'infirmière de service n'a fait aucun effort pour me comprendre. Même mes coups de sonnette sont restés sans réponse. Elle était débordée, paraît-il. La seule façon que j'avais d'attirer son attention, c'était d'ouvrir et de fermer la bouche. Quand elle me voyait faire ça, elle ne trouvait rien de mieux à me dire que :

– Je suis là. Essayez de dormir.

Bref, elle a fait comme si je n'existais pas. Cela m'a plongée dans un état de fureur indescriptible.

3 juillet 1983. Irene a lu dans mon dossier que je voulais qu'on débranche le respirateur. Les larmes aux yeux, elle m'a avoué que ça l'avait bouleversée. Elle trouve mon journal extraordinaire. Elle a ajouté que l'hôpital avait besoin de moi ; je suis la seule patiente de l'établissement a être atteinte d'une maladie apparentée à la dystrophie musculaire progressive. Or il se trouve qu'il y a quelqu'un qui est prêt à donner de l'argent pour la recherche sur la dystrophie.

Vicky est venue. Elle avait les yeux pleins de larmes, elle aussi. Elle m'a trouvée différente, un peu comme si j'avais commencé à quitter ce monde. Elle se demande comment elle va supporter la séparation.

Mikhail est venu me masser. Ça, ça me fait du bien.

6 juillet 1983. Lucy a lu mon mot au Dr D. « Qui va se charger de débrancher le respirateur ? C'est un homicide pur et simple. »

Il me conseille de prier et de continuer à tenir mon journal.

Il est d'accord pour ne pas me réanimer, c'est toujours ça.

7 juillet 1983. Le Dr D., qui est juif et croyant, est passé m'expliquer pourquoi il ne pouvait débrancher le respirateur. Il m'a vivement encouragée à écrire un livre, que médecins et infirmières pourraient lire avec profit.

J'ai encore eu une aide-soignante au-dessous de tout la nuit dernière. Pas drôle. La scandaleuse désinvolture avec laquelle on me traite est insupportable.

A l'attention du personnel soignant :

Comme c'est vous qui devez vous occuper de moi en l'absence de mes gardes particulières et que je suis dans l'incapacité de parler, je vous écris ce mot.

J'ai besoin du bassin environ toutes les trois heures.

Mon nez doit être aspiré. Ma canule à trachéotomie fuit souvent et je bave. J'utilise l'imprimante le matin entre neuf heures et treize heures, ou l'après-midi de deux à cinq. Positionner la machine de façon que les lettres soient tournées vers moi. Le contact se met sous ma tête à droite. En passant près de moi, pensez à vérifier que l'installation est correcte, car je ne peux pas sonner pour appeler quand j'imprime.

La sonnette se place sur le respirateur. Ne pas oublier de la mettre à cet endroit-là quand je n'imprime pas. Je regarde NBC en semaine de une heure à deux heures ou de cinq à huit.

Pour tous renseignements complémentaires, et pour savoir comment communiquer avec moi notamment, vous reporter aux notes punaisées au mur derrière mon lit.

Merci.

Emily Bauer.

9 juillet 1983. J'ai toujours les mêmes raisons de vouloir mourir. Qu'est-ce qui pourrait me faire changer d'avis ? Limites, handicaps, impossibilité de vivre une vie riche, variée, en un mot normale. D'où : frustrations, anxiété, inconfort, impuissance. Il m'arrive de passer des moments pas trop désagréables avec des gens comme Irene et Vicky, Alli, ceux qui m'aiment. Lorsque Irène m'a affirmé que l'hôpital avait besoin de moi pour obtenir ces crédits, j'ai eu l'impression de planer.

Je ne sais pas trop si je puis être utile à Bob, Alli et Jenie. Il semble bien se débrouiller tout seul et les petites s'habituent à ne plus avoir qu'un parent.

Maman, Bryan et Barbara m'ont assuré qu'elles

avaient l'air plus heureuses. Bob trouve Alli moins turbulente, en outre elle rouspète moins qu'avant. Si je dois avoir une influence quelconque sur mes filles, elle s'exercera par l'intermédiaire de mon journal et des propos qu'on leur tiendra sur moi. J'ai décidé de moins dépendre d'elles sur le plan émotionnel et d'arriver à un certain détachement.

12 juillet 1983. L'image du monastère ne m'apporte toujours pas de consolation, mais je continue de l'évoquer cependant. J'en ai assez d'être mal. Mon cou, mes épaules, mes jambes sont douloureux. Le matin, quand j'ouvre les yeux, je sais que la journée ne m'apportera rien, sinon le même lot de souffrances et de misères physiques que la veille. Même les visites deviennent pénibles. Mal dans ma peau, je ne suis pas d'une compagnie agréable pour les autres ; en outre, je m'assoupis de plus en plus souvent. Je ne peux rien faire pour que mon existence soit plus pleine et plus variée. Et je ne sais pas comment je vais réussir à quitter cette terre, décidée que je suis à échapper au sort peu enviable qui est le mien.

14 juillet 1983. J'ai encore rêvé que j'étais dans un jardin. Cette fois, je m'occupais d'un carré situé au milieu de la pelouse et des plates-bandes qui bordent l'allée. Je m'efforçais de choisir des plantes résistantes et peu fragiles qui poussent sans problème. J'avais opté pour du cosmos, des dahlias et des soucis. La terre avait été retournée dans le carré et il ne me restait plus qu'à ajouter de l'engrais. Les plates-bandes n'avaient pas été bêchées, elles, et je me demandais si les soucis s'y plairaient. J'avais choisi ces fleurs en raison de leur robustesse.

J'avais un jardin dans notre maison de campagne,

que nous avons dû vendre quand je suis tombée malade. Dans l'album où elle décrit sa famille, Alli m'a représentée sous les traits d'une jardinière émérite. Elle n'avait que deux ans quand nous nous sommes défaits de la maison. Mon travail de pédagogue, mon métier de psychologue, mes enfants sont autant de façons de jardiner, d'aider autrui à pousser.

Ce rêve révèle peut-être mon désir de reprendre mes activités. Une des raisons pour lesquelles je veux mourir est que je mène une existence végétative et parfaitement creuse. Par ailleurs, le choix de plantes de tout repos signifie peut-être que j'aspire à avoir une mort douce. Ce n'est sûrement pas un hasard si toutes les fleurs que je plantais étaient des plantes annuelles, se fanant à la fin de la saison. Au fond, je dois souhaiter m'éteindre à la fin de la saison, moi aussi.

■

Bob avait espéré que le désir de mourir exprimé par Emily reflétait un état dépressif passager. Mais c'était en fait le signe avant-coureur d'une dépression qui devait s'installer, ne plus la quitter jusqu'à l'automne et n'être plus égayée que par de brefs instants de bonheur, comme lorsque ses filles l'embrassaient, par exemple.

Bob s'était dit que la jeune femme ne ferait plus allusion au terrible message. Mais c'était oublier un peu vite la personnalité d'Emily. Si son corps avait été détruit par la maladie qui avait rongé les nerfs et atrophié les muscles, son esprit, lui, était intact. Si, lorsqu'elle écumait les magasins à la recherche du cadeau susceptible de convenir à tel ou tel ami, il avait déjà pu constater qu'Emily était

tenace, il allait découvrir qu'elle pouvait l'être encore bien davantage alors même qu'elle était diminuée et clouée dans son lit.

JE VEUX MOURIR

Il savait ce qui se cachait en filigrane derrière ces mots. Quand on était, comme elle, entièrement paralysée, il n'y avait qu'une façon de s'en sortir : demander de l'aide. Or des gens susceptibles de l'aider, il n'y en avait pas trente-six. Cet appel au secours mit Bob dans un état de fureur sans nom. Pour tenir le coup et supporter la maladie de sa femme, la ruine de sa vie de famille et de ses espoirs, il s'était focalisé jusque-là sur les exigences de la vie quotidienne. Que donner à manger à Alli pour le déjeuner ? Quels vêtements mettre à Jenie pour aller à la maternelle ? Les prévisions de la météo, les factures à payer en premier lieu. A quelle heure partir pour le bureau ? Où s'arrêter pour prendre de l'essence ? Où dénicher une secrétaire intérimaire pour lundi ? Comment faire rentrer de l'argent dans les caisses de la maison de production qui battait de l'aile ? Que restait-il dans le réfrigérateur pour dîner ? Quelle histoire lire à Jenie ? Quels coups de fil passer toutes affaires cessantes ? D'où venait l'affreuse migraine qui lui taraudait le crâne ?

« Ma vie est un enfer » devait confier Bob Bauer à un de ses amis.

Bob avait du mal à se contenir lorsqu'il pensait au calvaire que vivait Emily. Il l'avait aimée, vraiment, il l'aimait encore. Il était pris de fureur quand il songeait aux souffrances que les petites et lui enduraient. Et tout ça pour quoi ? Pour prolonger une vie qu'il considérait comme finie. Il ne pouvait s'empêcher de songer à ces acteurs sur le retour qui reviennent saluer encore et encore alors que les spectateurs, debout, commencent à enfiler leur manteau et à quitter lentement le théâtre.

Bob était également furieux qu'Emily ne fût pas encore morte. Mon Dieu, faites que cette interminable agonie prenne fin. Je vous en prie. Pour elle. Pour moi, pour tout le monde. Et il était fou de rage de nourrir des pensées pareilles. Il se disait que c'était indécent, qu'il n'avait pas le droit.

D'un côté, il admirait la ténacité d'Emily, sa volonté de ne pas lâcher prise ; c'était pour cela aussi qu'il l'aimait. De l'autre, cette obstination le rendait malade. Car aussi longtemps qu'elle vivrait – ou qu'on la maintiendrait en vie –, la jeune femme aurait barre sur son existence et celle de Jenie et Alli.

La vie pour lui était quelque chose qu'il convenait de traverser le plus élégamment possible. Au lieu de cela, le quatuor Bauer avançait dans l'existence avec des moulinets de bras furieux, comme des promeneurs qui, en forêt, repoussent des branches basses. Ils se cognaient, se bousculaient, se blessaient, oubliant que la vie avait aussi des bons côtés. Exténué, le mari se réveillait à quatre heures du matin, les yeux écarquillés, sans savoir pourquoi. Les enfants pleuraient la nuit, réclamant leur mère, et refusaient de l'embrasser le lendemain. Toute la famille était déboussolée.

A quelques exceptions près, amis et parents commençaient à espacer les relations, à prendre du champ. Bob, lui, ne pouvait s'échapper, il était coincé. Et voilà que maintenant, sachant qu'il faisait des pieds et des mains pour faire tourner la maison et la remplacer auprès des filles, Emily avait décidé que la coupe était pleine et que Bob devait l'aider à en finir. Quel culot ! Quel coup pour lui ! Quel soulagement !

L'espoir au cœur, il se demanda si la fin n'était pas proche. Il lui était arrivé de rêver qu'il entrait dans le box de la malade, débranchait le respirateur et la tenait dans ses bras tandis qu'elle rendait le dernier soupir. Mais il savait pertinemment qu'il ne pourrait jamais se résoudre à faire une chose pareille. D'ailleurs, toutes les alarmes se mettraient en branle et les alarmes, c'est comme le téléphone, il y a toujours quelqu'un qui décroche.

Puis il eut une pensée de révolte devant l'énormité de ce qu'elle exigeait de lui.

– Eh là, un instant ! Tu te rends compte de ce que tu me demandes ? Moi, ton mari, il faudrait que je te supprime ? Il n'a jamais été question de ça quand nous avons prononcé nos vœux de mariage. Veux-tu donc que je sois condamné pour meurtre ? Qui s'occuperait des gamines ? Tu as voulu vivre. Tu vis. Tu veux mourir. Tu meurs. Mais avec l'aide des médecins, pas avec la mienne. Pourquoi faut-il que ce soit moi qui change tes couches, qui débranche le respirateur ? Non ! Impossible !

Bob s'était parfois demandé s'il avait touché le fond, eh bien ce n'était apparemment pas le cas. Il avait en effet sous-estimé la force de caractère d'Emily. Lui rendre visite dans les limites de l'univers hospitalier où elle était condamnée à résider était certes atrocement pénible, mais il avait fini par s'y habituer. Cela faisait partie de la routine.

Quant à tuer Emily, ça, c'était autre chose. Elle partie, il resterait là, à ressasser son acte. « J'ai grandi dans une famille unie, songeait-il. Je suis allé au lycée puis à l'université. J'ai eu des coups

durs dans ma vie. Pourquoi est-ce que rien ne m'a préparé à prendre ce genre de décision ? Personne ne m'a jamais dit : "Entraîne-toi, apprends à t'endurcir, car un jour viendra où tu seras amené à faire des choix abominables concernant ceux que tu aimes." Pourquoi est-ce à la dernière minute que nous devons faire connaissance avec ce genre d'épreuve ? Depuis quand un être humain doit-il se prendre pour Dieu ! »

Bob avait peur aussi car, au fond de lui-même, il savait qu'il finirait par céder et aider Emily à mourir. Il savait ce que cela représentait pour elle. Mais il ignorait l'impact de cette mort sur lui, qui lui survivrait. Ce décès marquerait-il le commencement d'une nouvelle vie pour lui ou se retrouverait-il derrière les barreaux, l'esprit en déroute ? Il n'en voulait pas aux médecins de refuser de la laisser mourir ; ce n'étaient que des êtres humains, pleins de bonnes intentions, très forts lorsqu'il s'agissait de mettre en œuvre les ressources de la technologie, et, parfois, bien misérables dès lors qu'il s'agissait d'agir avec humanité. Ils songeaient avant tout à gagner leur vie, asseoir leur carrière, se couvrir. Bob ne les critiquait pas, il constatait simplement que les membres du corps médical cherchaient à gagner du temps, espérant en secret qu'une complication surviendrait qui leur éviterait d'avoir à prendre des initiatives. Bob décida qu'il allait faire exactement comme eux.

■

23 juillet 1983. Doreen – une ancienne patiente – est venue me voir. Elle m'a dit tout le bien qu'elle avait tiré de ses séances de psychothérapie. Je n'ai pu me retenir de pleurer et je continue. Où est passée la psychologue que j'étais ? Je vois mal à quoi mes compétences peuvent me servir aujourd'hui. Elle m'a confié des choses importantes concernant l'agonie et la mort de son père, deux expériences fondamentalement différentes, ça, je suis bien placée pour le savoir. Cela a été à la fois pénible et enrichissant pour elle. Sans doute est-ce pour cette raison qu'elle n'a pas peur de ma compagnie. Elle m'a expliqué qu'il oscillait entre ce monde et l'autre avant de basculer dans l'au-delà. Les membres de sa famille, qui ne s'étaient jamais souciés de la religion, avaient changé à la faveur de cet événement. Son père rêvait comme moi, m'a-t-elle dit. Ma somnolence m'a empêchée de suivre attentivement ce qu'elle me racontait, j'aimerais en savoir davantage.

J'ai eu de la fièvre ces deux dernières nuits. L'infirmière de service prétend que j'ai une pneumonie. Elle ne me donne pas six mois à vivre si je laisse le flegme m'encombrer les bronches. « Il faut vous changer de position », m'assure-t-elle. Est-ce que j'ai le choix ?

Elle m'a si bien tournée que je n'ai pas fermé l'œil. Maintenant il m'arrive de dormir dans la journée et de rester éveillée la nuit, à ruminer.

Bob est passé. Il a beaucoup pensé à la maladie de sa mère et à nous deux. Savoir que nous nous aimons, lui et moi, m'est un réconfort et une source de tourment, car j'aimerais tant pouvoir être à ses côtés.

Bob m'a posé des tas de questions. Il m'a demandé si je serais prête à vivre une autre vie, sachant ce que je sais. J'étais une femme comblée. Jamais je ne m'étais imaginé tomber malade un jour, je ne mesurais pas pleinement l'étendue de mon bonheur. Marcher sur l'herbe serait un miracle. Serrer les filles contre moi, leur parler serait un cadeau du ciel. Vivre la vie de tous les jours auprès de mon mari en serait un autre.

Je prie pour que ma mort soit douce. On me donne des antibiotiques pour combattre ma pneumonie, c'est affreux. Quand j'avais de la température, j'avais l'impression de suffoquer. Il doit y avoir un autre moyen de s'en sortir.

24 juillet 1983. Bob, pour ce qui est de ma décision, je crois qu'il va nous falloir faire appel à un avocat et saisir la justice. Je n'en peux plus.

26 juillet 1983. Encore une bande de fichue à cause d'une panne de l'imprimante. Sur cette bande, je racontais la visite de mon père et l'arrivée de ma mère. Mon frère et sa femme sont là. Voir mes proches rassemblés autour de moi m'emplit de joie et m'attriste à la fois. Difficile de communiquer. On peut toujours me tenir la main, ce n'est pas sorcier et ça me fait plaisir. Ils ont fait un tel trajet pour venir... Quel dommage qu'ils ne puissent rester davantage. Je croyais que maman passerait plus de deux jours chez nous. Elle est allée voir Bryan. Peut-être qu'elle reviendra.

La visite des enfants dimanche s'est déroulée comme celle de la semaine dernière. Alli m'a embrassée à plusieurs reprises, mais pas Jenie. Alli a voulu savoir si j'aimais le thon et la salade de fruits et a remarqué : « Maman ne mange jamais. »

Elle m'a apporté de superbes dessins que Bob a accrochés au mur. Des bonshommes pleins de vitalité. Elle m'a représentée avec des bras bien formés et de taille normale. Bob, j'aimerais que tu prennes rendez-vous pour elle chez un psychothérapeute.

27 juillet 1983.

Pour Alli,

Lisa dormait dans son lit. Elle se mit à rêver qu'elle était une princesse et portait de magnifiques vêtements. Chaque fois qu'elle avait envie de quelque chose, elle claquait des doigts et aussitôt on lui achetait ce qu'elle désirait. Elle n'avait pas à partager avec sa sœur. Elle n'avait pas non plus à essuyer le tableau car l'instituteur venait au palais où s'agitaient des dizaines de domestiques. Comme elle était princesse, ses amies faisaient ses quatre volontés et ne la contrariaient jamais.

A son réveil, Lisa décida de devenir princesse, comme dans ses songes. Aussi appela-t-elle sa marraine la fée, qui la serra contre elle et brandit sa baguette magique au-dessus de sa tête.

Comme par enchantement, Lisa se trouva transportée dans un merveilleux palais. Elle occupait une chambre grande comme son ancien appartement, où elle pouvait faire du vélo tant qu'elle voulait ! Dans la pièce contiguë étaient rangés ses vêtements et ses souliers. Elle faisait les magasins quand cela lui chantait, ou plus exactement elle convoquait les commerçants au palais.

Au début, Lisa fut enchantée d'être princesse. Mais au bout d'un moment – bien qu'elle eût du mal à l'avouer –, elle commença à s'ennuyer. Elle regrettait de ne plus rien avoir à demander à sa maman, elle regrettait que sa petite sœur ne vienne plus l'embêter, et ses vrais amis lui manquaient.

La princesse Lisa lança un S.O.S. à sa marraine la fée, qui d'un coup de baguette magique l'aida à redevenir une petite fille comme les autres. Jill et sa maman l'accueillirent avec des transports de joie.

Fin
Baisers,
Maman

28 juillet 1983. Avant de partir, ma mère m'a avoué avoir demandé à Dieu de lui donner la force de ne pas pleurer devant moi. Barbara m'a parlé d'un homme atteint de S.L.A. qui était mort dans son sommeil avant d'en être arrivé au stade du respirateur. Combien de fois ai-je prié Dieu de me laisser mourir dans mon sommeil. C'est le genre de mort que je souhaite et ce n'est pas impossible.

Évidemment, j'ignore si j'ai un pouvoir de décision en ce qui concerne mon propre trépas. Bob est d'avis que oui. Il y a des gens qui croient que si je suis vraiment décidée à mourir jusque dans mon inconscient, alors je mourrai. Il existe des précédents. J'ignore si cela marche à tous les coups. Ce que je sais, en revanche, c'est que l'immobilité et le manque de confort permanent sont durs à supporter.

30 juillet 1983. J'ai fait deux rêves. Dans le premier, j'allais quelque part et je revenais retrouver Bob. Ensemble nous devions nous rendre chez des amis qui habitaient au sommet d'une colline. Au début, je marchais en rase campagne, puis je traversais une petite agglomération. Craignant soudain de ne pas être de retour à temps, je décidais de prendre un taxi. A la poste, le guichetier m'assurait qu'il pourrait m'en procurer un sans problème mais que cela me coutêrait les yeux de la tête. Il me demandait combien j'avais sur moi, je lui disais vingt-deux dollars. Le taxi venait me prendre et j'arrivais à l'heure pour mon rendez-vous.

Dans le second, j'étais chez mon amie Janice où je me pomponnais pour aller à une party. J'avais une robe à volants orange. J'étais surexcitée, comme quand nous nous faisions belles pour sortir, Janice et moi.

Le premier rêve n'est pas nouveau, il revient avec une étonnante régularité : je me rends quelque part et j'ai peur d'être en retard. Cette fois-ci, j'arrivais à l'heure.

Je suis prête à partir désormais.

2 août 1983. Je ne cesse de penser à Jenie, Alli et Bob. Comme je suis triste que tout doive finir ainsi ! Moi qui ne demandais qu'à être une épouse et une mère comblée. Dieu merci, j'ai une confiance absolue en Bob, je sais qu'il élèvera bien les petites. Je suis certaine qu'elles auront une vie agréable. Elles sauront en me lisant combien je les aime. Bob se remariera. Je continuerai d'exister à travers elles.

Bob, peux-tu remettre au mur des couvertures matelassées que j'avais confectionnées pour Alli et Jenie afin que je puisse les voir lors de mon prochain passage à la maison ? Les petites sont venues samedi. Alli m'a embrassée. Elles m'avaient cueilli des fleurs. Dimanche, je suis allée à la chapelle.

Bob, as-tu vu un avocat ? Fais-le, je t'en prie !

■

Bob n'avait pas encore pris contact avec un avocat. Il n'avait rien dit à personne.

– Bonjour, vous savez qu'Emily est toujours en vie ? L'hôpital refuse de la laisser mourir et elle veut que je l'aide à mettre un terme à ses souffrances. Comment dois-je m'y prendre ?

Mais au bout de quelque temps, il fit comprendre à Emily, ou plus exactement à ses yeux fixés sur lui, qu'il avait entamé les démarches. De fait, il avait contacté certains centres d'accueil pour les grands malades et les incurables. Cependant, les directeurs de ces établissements lui avaient déclaré

qu'ils préféraient recevoir des cancéreux, qui n'avaient pas besoin d'un matériel aussi sophistiqué que celui qui était nécessaire à la survie d'Emily.

Bob, qui se dépensait sans compter, avait l'air si mal en point que ses sœurs craignaient qu'il n'attente à ses jours. C'était également l'impression de Steve, qui avait écrit dans son calepin : « Bob Bauer semble à deux doigts de s'effondrer. »

Steve était lui-même assez soucieux. A trente-cinq ans passés, le jeune homme avait acquis une expérience suffisamment solide de l'univers hospitalier et des rouages administratifs pour se rendre compte que des réformes étaient nécessaires et qu'il ne pouvait les mener à bien seul. Il avait à penser à sa carrière et devait se montrer circonspect. L'une des choses qui chagrinaient le plus Steve était l'aversion instinctive de ses compatriotes pour la mort dont ils se refusaient à entendre parler. Des célébrités pouvaient bien déballer avec force larmes et tremolo dans la voix à la télévision tous les détails de leur vie privée pour la plus grande joie des millions de téléspectateurs, jamais il n'était question de mort. Dès que tombait le mot fatidique, cet horrible petit mot en quatre lettres, le silence s'abattait. Il n'y avait plus personne. Ce n'était pas drôle. Cela ne se vendait pas. Pas moyen d'en plaisanter, ni même d'en sourire.

– La mort n'est jamais digne, répétait un des professeurs de Steve. Tout ce que nous pouvons faire, c'est essayer de partir le moins mal possible.

Steve pensait qu'à notre époque, malades et mourants s'en allaient dans les plus mauvaises conditions. Quant aux parents du défunt, vêtus de noir pour la circonstance, ils se comportaient comme des empaillés.

Le jeune homme se demandait comment humaniser le processus.

Lors d'une conversation avec Bob Bauer, il lui demanda s'il avait pensé à entrer en contact avec les associations pour le droit de mourir. Il en connaissait une, Concern for dying, à New York.

– Bob Bauer était dans un état d'agitation extrême lorsqu'il est passé nous voir, devait déclarer la personne qui le reçut. Des gens comme lui, nous en voyons défiler des dizaines et des dizaines dans nos bureaux, nous recevons chaque jour une quinzaine de lettres. Ils sont tous différents mais tous ont un point commun : ils se trouvent confrontés à des choix abominables. Et ils ont besoin d'en parler. Mais à qui peuvent-ils dire abruptement : « J'envisage de débrancher le respirateur de ma femme » ? Leurs amis, quand ils ne se dérobent pas, les jugent et crient au meurtre. Tous ces gens – maris, femmes, fils et filles – ont besoin d'être rassurés, ils ont besoin de s'entendre dire qu'ils ne sont pas des monstres. « Comment, mon Dieu, puis-je envisager de faire une chose pareille ? Est-ce un suicide par procuration ? Irai-je en prison ? Est-ce que d'autres ont aussi pensé ces choses-là ? Où est le mal, où est le bien ? » Telles sont les questions qu'ils se posent.

« Ils sont si désespérés qu'ils ne peuvent se confier qu'à des étrangers. Nous les écoutons sans porter de jugement de valeur. Nous nous efforçons de déterminer si le malade est réellement décidé à en finir ou si ce souhait émane du conjoint. »

Bob se rendit à plusieurs reprises à New York, où il s'entretint avec différents cadres de l'association. Un représentant de *Concern for dying* soumit le cas à ses collègues et alla voir Emily, dont le visage parut s'illuminer lorsqu'elle le reçut. Enfin les choses bougeaient.

Puis ils mirent cartes sur table et présentèrent leurs conclusions à Bob. Les Bauer avaient deux solutions. Primo, faire un procès à l'hôpital, avec toutes les répercussions médiatiques que cela risquait d'avoir. Secundo, ramener Emily chez elle, où les dispositions nécessaires seraient prises.

Bob n'avait pas le courage ni les moyens de faire appel à la justice. Il était couvert de dettes et devait quelque trente mille dollars à sa banque et à ses sœurs.

L'association lui indiqua un avocat exerçant dans sa ville. L'homme de loi annonça d'emblée qu'il n'exigeait pas d'honoraires, qu'il se bornerait à mettre ses compétences et son expérience à son service afin de lui éviter d'éventuelles retombées juridiques.

Bob, qu'il trouva sincère, chaleureux, lui fit bonne impression. Et son regard lui plut. Bob était complètement déboussolé, ce qui pour le juriste était bon signe. Il avait appris à se méfier des gens qui ont des idées arrêtées sur tout, tranchent et jugent à l'emporte-pièce.

Bob se mit en devoir de lui exposer les faits. L'avocat n'avait pas encore rencontré son homologue à l'hôpital, mais il vit tout de suite la stratégie que ce dernier adopterait. Il brandirait le papier donnant pleins pouvoirs aux médecins – papier signé par Emily et datant de deux ans – en prétendant qu'il était toujours valide. C'était la manœuvre la plus sûre. « La patiente nous a autorisés à la soigner, nous nous conformons à ses désirs. Nous ne pouvons pas mettre un terme au traitement sous prétexte que la malade prétend maintenant vouloir mourir. D'ailleurs, interrompre un traitement est contraire au code de déontologie de la profession. »

L'avocat fit part à Bob de ses craintes. En aidant sa femme, sur sa demande, à mettre fin à ses jours, il commettait, en droit, un homicide volontaire. Ce qui n'était pas rien.

Mais puisqu'elle veut mourir, qu'elle y est décidée, insistait Bob. L'avocat opinait du bonnet. Ce n'était pas la première fois qu'il s'occupait d'une affaire de ce genre depuis qu'il collaborait avec les membres de Concern for dying. Et ce ne serait pas la dernière.

Des années durant, chaque fois qu'il apercevrait un hôpital, il ne pourrait s'empêcher de penser à Emily telle qu'il l'avait vue derrière le rideau qui fermait son box.

L'homme de loi avait eu un mouvement de recul en voyant la jeune femme. Bien sûr, il ne la connaissait pas et n'avait jamais vu la dynamique Emily qui pédalait vigoureusement sur son vélo au soleil, ni la psychologue élégante cherchant à analyser les problèmes de ses malades, pas plus que la mère débordante de vitalité qui organisait des dîners de Thanksgiving pour une famille nombreuse. Mais ce jour-là, il se trouva en face d'un sac d'os, un véritable squelette, un corps décharné. Ce jour-là, les mains maigres aux doigts recourbés reposaient sur un petit coussin de satin. La malade avait dans chaque narine un tuyau de plastique de la grosseur d'un crayon qui servait à l'alimenter, et dans la gorge un tube sensiblement plus gros qui, relié au respirateur placé près du lit, lui permettait de respirer. Le chuintement de l'appareil emplissait la salle.

On imagine comment cet homme habitué à manier la parole vécut la « conversation » qu'il eut avec Emily. Le conciliabule fut interrompu par une infirmière qui, à l'aide d'un Vacual, se mit en devoir d'aspirer mucosités et sécrétions trachéo-bronchiques. L'entretien fut instructif. L'avocat savait Emily folle de rage d'être ligotée dans ce lit par la maladie et les bonnes intentions du corps médical ; toutefois il lui fallait avoir la certitude que la jeune femme voyait clair en elle-même. Pour être en mesure de l'aider, il lui fallait être sûr qu'il s'agissait d'une décision mûrie et non d'un coup de tête dicté par la colère.

En vieux routier des salles d'audience, l'avocat garda son flegme et ses distances, s'autorisant tout juste à serrer imperceptiblement la main de la patiente. Deux choses le frappèrent de prime abord : l'entente entre les époux, qui communiquaient remarquablement bien sans paroles, et l'expressivité du visage pourtant paralysé d'Emily. Cela tenait sans doute à l'intensité du regard.

Elle avait une manière de fixer son interlocuteur qui lui donna la chair de poule. Bob se penchait pour lire sur les lèvres de sa femme, décodant le plus infime tressaillement. L'avocat s'y essaya, mais fut moins heureux. Emily pouvait encore hocher et tourner imperceptiblement la tête, mais le plus souvent elle clignait des yeux pour se faire comprendre. Une fois pour oui et deux fois pour non.

Le juriste sortit de l'entretien persuadé que la jeune femme était décidée à aller jusqu'au bout et que ces atermoiements la rendaient folle. Il y avait si longtemps qu'elle attendait... Il lui expliqua qu'il ne fallait en aucun cas précipiter le mouvement. Emily devrait d'abord prouver à son entourage que son désir de mourir n'était pas le résultat d'un moment de dépression. L'homme de loi tenait à ce qu'elle assume ses responsabilités. Il ne fallait pas qu'un observateur trop curieux s'avise de lui créer des ennuis.

Est-ce qu'elle suivait son raisonnement ?

Un clignement d'yeux.

Voulait-elle le prendre pour avocat ?

Un clignement.

Il ne pouvait rien lui promettre.

Clignement.

Mais ce n'était pas parce qu'elle était paralysée qu'Emily perdait tout contrôle sur son existence. L'avocat pensait qu'il y avait une solution.

Larmes silencieuses.

La plus grande prudence était de mise.

Clignement d'yeux.

Cela prendrait du temps.

Deux clignements d'yeux.

Désolé, mais il n'y avait pas moyen de faire autrement.

Deux clignements d'yeux.

Ce genre d'affaire est long pour toutes sortes de raisons. Elle n'avait pas envie que son mari ait maille à partir avec la justice. Si ?

Quatre clignements.

Bob lui essuya les yeux avec un mouchoir en papier.

Qu'est-ce que vous dites ?

Deux clignements.

Parfait. L'avocat lui promit qu'il accélérerait le mouvement autant que faire se pouvait. Il lui fallait contacter un certain nombre de gens et

définir une stratégie. En attendant... (Elle pouvait se servir de son imprimante ?) En attendant, il voulait qu'elle consigne ses dernières volontés par écrit. Il repasserait la voir dans une semaine. Il lui laissait des déclarations types afin qu'elle puisse s'en inspirer pour rédiger la sienne. Il serra brièvement la main exsangue et s'arracha un sourire avant de partir.

■

4 août 1983. Bob a eu une longue conversation avec mon frère d'où il ressort que mes projets le perturbent terriblement. Il a l'impression que je lui fais endosser toutes les responsabilités et que je n'en assume aucune. Il a évoqué la possibilité d'empêcher les infirmières de me soigner au cas où j'aurais une pneumonie et de débrancher l'alarme de mon respirateur. Suffoquer alors que j'ai de la fièvre, pas question. Suffoquer parce qu'on a débranché mon respirateur, je crois que je pourrais le supporter. Si on m'avait dit un jour que je me trouverais confrontée à ce genre de choix... Rien ne nous a préparés à faire face à cette situation.

4 août 1983.
A l'attention du Dr D. et de Mrs. K.
De la part d'Emily Bauer.
Débranchez l'alarme de mon respirateur et prévenez le personnel soignant que je ne veux pas être réanimée en cas de défaillance technique de l'appareil.

6 août 1983. Il fait un temps merveilleux en ce moment. Je m'éveille en forme, avec l'envie de faire des choses et d'être heureuse. Je n'arrive toujours pas à croire que je suis aussi diminuée. Bob a emmené les petites nager et faire de la voile. Je brûle de les accompagner. J'aimerais avoir quelque chose à quoi me raccrocher. Mais hormis la mort, il n'y a rien.

9 août 1983. J'ai eu la visite de Denise. Ça m'a agréablement changée de la télévision. Elle m'a dit qu'elle pensait pouvoir faire publier mon journal, mais se demandait si je survivrais assez longtemps pour l'aider à faire les coupures et les modifications qui s'imposent. Ce serait un travail constructif. Elle trouve que ce que j'ai à dire est important, elle est touchée par ma franchise. Ma volonté de mourir, les démarches que j'effectue pour y parvenir ne risquent-elles pas d'effaroucher les lecteurs potentiels ?

Elle m'a dit aussi que pendant qu'elle cueillait des mûres avec Jenie, celle-ci a affirmé à plusieurs reprises que j'avais assisté à son goûter d'anniversaire. Denise m'a assuré qu'aux yeux de Jenie et d'Alli je suis toujours là.

Cette histoire de livre et la réflexion de Jenie m'ont bouleversée. Au point que je me suis demandé si j'étais certaine de vouloir mourir, le mois prochain, peut-être. J'ai bien réfléchi et, malgré ma tristesse, j'ai dû convenir que je n'avais pas changé d'avis.

12 août 1983. Nous avons eu un entretien avec l'avocat que Bob a trouvé. C'est un garçon très bien qui travaille dans un cabinet renommé. Si j'ai bien compris, c'est à moi d'assumer – autant que faire se peut – la responsabilité de ma décision d'en finir. Concrètement, cela signifie que je vais devoir me débrouiller pour que l'hôpital me renvoie dans mes foyers, et me débarrasser de ma garde. Tout cela me fatigue quand j'y pense.

15 août 1983. J'ai rêvé cette nuit que je réchauffais le dîner de Thanksgiving de Bob : désir d'être sa femme, de m'occuper de lui, j'imagine. Dans mon rêve, je ne cuisinais pas, je me bornais à réchauffer les plats préparés par d'autres. Signe que je reconnais mes limites ?

J'ai de nouveaux problèmes avec les muscles orbiculaires des lèvres. Bob et les infirmières ont de plus en plus de mal à lire sur mes lèvres. Il est rare qu'ils parviennent à décoder des mots entiers. Je me mords fréquemment la langue. Il y a des moments où ma bouche et ma langue restent paralysées. Cette maladie est un véritable enfer.

Allongés dans leur lit ou assis sur leur fauteuil roulant, Lewis et Nicole regardent le petit écran à longueur de journée. Ce n'est pas un passe-temps très folichon pour des enfants. Malgré cela, ils ne profèrent jamais une plainte, ne semblent pas abattus. Sans doute est-ce parce qu'ils ne savent pas ce qu'ils perdent. Si j'avais eu une existence moins bien remplie auparavant, j'accepterais probablement mieux ma situation actuelle.

Le personnel se soucie peu de la qualité de la vie des malades comme moi. Mes gardes particulières sont les seules à s'en préoccuper. Les médecins et les infirmières devraient réfléchir à la question. Les handicapés n'ont pas seulement besoin qu'on leur donne de l'eau, de la nourriture ou le bassin. Ils ont d'autres besoins, infiniment plus complexes. Le corps médical devrait aider ceux des patients qui choisissent de mourir plutôt que de vivre dans des conditions aussi difficiles.

19 août 1983. Je, soussignée, Emily Bauer, adulte et saine d'esprit, déclare avoir été avisée par mes médecins que je suis incurable, qu'avec l'aide du respirateur je peux vivre encore quelque temps, mais que le sevrage peut hâter ma fin. C'est volontairement que je rédige cette déclaration aujourd'hui car, le mal gagnant du terrain, il se peut que je ne sois bientôt plus en mesure d'exprimer mon désir d'en finir avec cette situation.

Je demande qu'on me laisser mourir en paix et dans la dignité. Robert, mon mari, est tout à fait capable de s'occuper de nos filles. Il vaut mieux, pour mes proches, que mon agonie ne soit pas prolongée. J'interdis qu'on me dispense des soins autres que palliatifs et demande au personnel soignant de débrancher mon respirateur et de m'administrer des médicaments pour atténuer mes souffrances en fin de vie.

Je dégage Robert de toute responsabilité relative à l'exécution de mes dernières volontés. Je lui donne les pleins pouvoirs pour tout ce qui a trait à ma santé – je le charge notamment de faire respecter ma volonté en ce qui concerne le refus de toute thérapeutique à visée curative.

Emily Bauer.

L'avocat ne doutait pas de la sincérité des desiderata d'Emily. La jeune femme lui aurait simplifié le travail si, avant de tomber malade, elle avait rédigé un « testament de vie » et une procuration, précisant quel type de soins elle entendait se voir dispenser, et désignant la personne chargée de prendre les décisions à sa place au cas où son état de santé lui interdirait de le faire elle-même. Mais l'homme de loi savait combien les Améri-

cains répugnent à penser à la mort et, partant, à la préparer.

Pour le juriste, le problème d'Emily était une simple affaire de droits civiques. Emily Bauer était une adulte responsable que l'hôpital ne pouvait soigner contre son gré. Ce n'était pas parce qu'elle était atteinte d'une maladie incurable qu'elle perdait ses droits civiques fondamentaux.

Emily avait-elle qualité pour prendre une décision de ce type ou devait-elle se ranger à l'avis de ses médecins ? L'administration du centre ne manquerait pas de poser la question de savoir qui avait autorité. Était-ce la malade ou le thérapeute ? Dans une société qui raffole des batailles juriques avec des millions de dollars à la clé, il était inévitable que le problème fût soulevé.

– Deux solutions s'offrent à vous : régler les choses à l'amiable ou saisir la justice, résuma l'avocat. Plaider est long, coûteux et ce n'est pas la façon la plus sûre de résoudre un conflit. Dans une affaire comme la vôtre, on a intérêt à tout tenter pour éviter de faire appel à la justice. Sauf si l'administration ne veut rien entendre, évidemment, et insiste pour passer devant les tribunaux afin de se couvrir.

La chance jouait un rôle non négligeable dans ce genre d'affaires. L'homme de loi se rappelait le cas d'un client qui avait eu une crise cardiaque un samedi. Ne pouvant joindre le médecin de famille, qui faisait une partie de golf, les amis de son client avaient appelé une ambulance. La victime avait été privée d'oxygène pendant vingt minutes, ce qui n'avait pas empêché les spécialistes du service des urgences où il avait été transporté de le réanimer, bien que son cerveau eût subi des lésions irréversibles et fût désormais hors d'état de fonctionner normalement.

Si l'accident cardiaque était survenu un vendredi, la femme de la victime aurait pu joindre son médecin traitant. Connaissant les désirs du patient, ce dernier se serait borné à signer le certificat de décès. Les choses ne s'étant pas déroulées ainsi, la victime traîna plusieurs semaines dans un état végétatif. La situation aurait pu se prolonger et durer des années si sa femme n'avait pas engagé un avocat.

Le juriste déclara au directeur de l'hôpital qu'il y avait sûrement quelque chose à faire, faute de quoi il se verrait obligé d'engager des poursuites, sa cliente ayant les moyens de payer. Sur ces entrefaites, le patient eut une pneumonie, le personnel soignant ne lui administra pas d'antibiotiques et il mourut de nouveau. Officiellement, cette fois.

L'avocat n'ignorait pas que la présence d'un juriste au côté d'un malade rendait l'administration plus intransigeante et conduisait inévitablement à l'escalade juridique, chaque partie accumulant les témoignages d'experts et fourbissant ses armes. Cette fois, cependant, son instinct lui soufflait qu'il était possible d'éviter de saisir la justice et d'aboutir à un compromis satisfaisant pour les deux parties.

Au fait, demanda-t-il à Bob, comment avez-vous découvert l'existence de Concern for dying ?

– C'est très simple, rétorqua le cinéaste. Par Steve, qui s'occupe d'Emily.

Moins d'une heure après, l'avocat avait pris rendez-vous avec Steve, sur son terrain. L'homme de loi se rendit à l'hôpital, les mains dans les poches, sans attaché-case ni documents officiels.

Il se présenta comme un ami des Bauer, juriste de surcroît, et soucieux du bien-être d'Emily.

– La jeune femme a-t-elle des chances de guérir ? s'enquit-il.

– Pas la moindre, répliqua Steve.

– Elle veut vivre, poursuivit l'avocat. Mais pas dans ces conditions. Elle en a assez, elle me l'a clairement affirmé. C'est une femme de tête, qui sait ce qu'elle veut, pas une girouette.

Et d'expliquer à Steve qu'il lui avait parlé à deux ou trois reprises et qu'elle avait péniblement rédigé une déclaration dans laquelle elle affirmait vouloir qu'on débranche son respirateur. Ce qui n'était peut-être pas la plus mauvaise façon d'en finir.

– En effet, convint laconiquement Steve, pensant aux malades qui restaient allongés dans le coma.

Pour avoir lu le journal de la patiente, le jeune homme savait qu'elle était prête. Jamais elle n'accepterait sa maladie : en revanche, elle semblait résolue à regarder la mort en face. Cette décision était en grande partie dictée par le fait qu'elle se considérait comme un fardeau pour elle-même et pour son entourage. Steve n'était pas d'accord pour débrancher le respirateur. Pour lui, l'hôpital était un endroit où l'on soignait les gens, pas un endroit où on les achevait.

– Et pourquoi pas ? répliqua l'avocat. Est-ce qu'on lui a demandé son avis quand on l'a ventilée artificiellement ?

Certes, on pouvait lui répondre qu'Emily était d'accord à l'époque, mais il y avait de cela combien de temps ? Plus de deux ans. Et ça s'était passé dans un autre établissement. Aujourd'hui, elle avait changé d'avis et refusait qu'on continue de la soigner.

– Je ne sais que vous dire, rétorqua Steve. Je ne suis pas juriste.

– Tant mieux, s'exclama l'avocat. Il y en a suffisamment comme ça !

– Ce que vous voulez n'est pas conforme à notre vocation, poursuivit Steve. A qui demanderiez-vous de tourner le bouton ?

Faudrait-il que le médecin, une infirmière, Steve ou l'avocat s'exécute, debout près de cette femme qui le dévisagerait en silence ? Faudrait-il qu'il assiste aux derniers instants de la malade, la regarde suffoquer, les yeux exorbités ?

– Vous comptez tirer à la courte paille pour savoir qui débranchera l'appareil ? poursuivit le jeune homme. Non, je suis certain qu'il doit y avoir une meilleure façon de procéder.

L'avocat ne souffla mot. Steve lui fit comprendre que l'entretien était terminé. Tandis que le juriste enfilait son imperméable, le jeune homme murmura :

– Emily passait le dimanche chez elle, même du temps où elle était sous respirateur. Ces sorties étaient excellentes pour son moral. Pourquoi ne recommencerait-elle pas ? Cela pourrait lui faire du bien.

L'homme de loi se garda bien de manifester quoi que ce soit. Il se contenta de hocher la tête et de remercier son interlocuteur.

– Nous voici réunis aujourd'hui dans la chambre d'hôpital d'Emily Bauer, déclara l'avocat, qui se tenait auprès de la malade qu'entourait un cercle de gens à la mine sombre. En présence de Mrs. Bauer et de son époux Robert, du Dr D., de sa garde, de Steve N., et d'un notaire, qui couchera les débats dans un acte notarié.

– Avez-vous constaté un mieux dans l'état de santé de Mrs. Bauer, docteur ?

– Non.

– La malade jouit-elle de toutes ses facultés intellectuelles ?

– Oui.

– Suit-elle un traitement susceptible de l'empêcher de comprendre ce qui se passe ?

– Non.

– Nous sommes réunis au chevet d'Emily Bauer pour examiner la bande imprimée par ses soins. Mrs. Bauer aimerait que l'on arrête tout traitement et que le respirateur qui la maintient en vie soit débranché.

Le juriste marqua une pause.

– Madame Bauer, veuillez, s'il vous plaît, relire votre texte afin de vous assurer qu'il reflète fidèlement vos volontés et que vous ne souhaitez pas le modifier. En avez-vous pris connaissance ?

Clignement d'yeux.

– Pouvez-vous, je vous prie, taper vos réponses sur l'imprimante ? Je sais que c'est long mais nous avons tout notre temps.

OUI.

– Merci. Avez-vous rédigé ce texte de votre propre chef et sans l'aide de quiconque ?

OUI.

– Vous venez de le relire, correspond-il exactement à vos souhaits ?

OUI.

– Vous me jurez que cette déclaration est authentique et qu'elle émane de vous et de vous seule ?

OUI.

– Très bien. Je vais maintenant demander aux témoins de signer et dater ce document.

L'objectif de l'avocat était double. Il voulait d'une part avoir un papier officiel lui permettant de défendre les intérêts d'Emily au cas où la justice devrait être saisie. Et il tenait d'autre part à montrer aux membres du personnel la résolution de la patiente. Il ne fallait pas qu'il y eût le plus léger doute dans l'esprit des soignants quant à la volonté d'Emily. Pour plus de sûreté, l'avocat demanda à sa cliente de taper le texte de sa déclaration tous les deux ou trois jours, texte qui serait précédé de la formule suivante : « Moi, Emily Bauer, rédige de nouveau ma déclaration en date du 19 août 1983. »

Pendant ce temps, il rencontra les avocats de l'établissement. Certains hôpitaux s'étaient dotés de comités d'éthique composés de médecins, infirmières et profanes afin de définir une ligne de conduite et de jouer le rôle de médiateurs dans les affaires semblables à celles d'Emily. Mais dans le centre où Emily était hospitalisée, ce type de structure n'existait pas.

L'homme de loi de la jeune femme ne voulait pas d'affrontement, pas encore en tout cas. Pour l'instant, l'heure était à la discussion, une discussion franche et ouverte. Dans un premier temps, il allait leur exposer les souhaits de sa cliente concernant le débranchement du respirateur. Il ne se faisait aucune illusion quant à la réponse et se demandait comment serait accueillie la suggestion de Steve concernant les sorties d'Emily. Bon nombre de sorties de patients arrivés en phase terminale se terminaient abruptement.

Le juriste commença par résumer les faits et faire circuler les documents signés par les témoins.

Ses interlocuteurs déclarèrent comprendre parfaitement ce que désirait Emily. Le médecin les avait prévenus qu'il était d'accord pour ne pas réanimer Mrs. Bauer en cas de défaillance cardiaque. Le médecin avait ajouté qu'il ne débrancherait en aucun cas l'appareil qui ventilait la malade, ce geste – qui entraînerait sa mort par suffocation – étant contraire à ses principes moraux et religieux. De toute façon, semblable pratique n'avait pas cours au centre. Et il était hors de question qu'on installât Mrs. Bauer dans une chambre individuelle où pareille manœuvre pourrait avoir lieu.

L'avocat d'Emily marqua une pause. Il attendait. Ses confrères aussi.

Le responsable du service juridique de l'hôpital déclara avoir le plus grand respect pour l'avocat de la malade et le cabinet qui l'employait. Il se déclara en outre convaincu que son célèbre confrère ne pouvait que comprendre sa position et celle de ses collègues. L'établissement devait se couvrir au cas où la famille de la patiente se retournerait contre lui. Or, comme ni le code ni la jurisprudence ne permettaient de définir une politique claire et nette dans ce genre d'affaires, l'hôpital ne voulait surtout pas avoir d'ennuis.

L'avocat rassura ses confrères, il n'y aurait pas de problèmes du côté de l'entourage de Mrs. Bauer.

Le juriste de l'hôpital se déclara navré de ne pouvoir venir en aide aux Bauer. Évidemment, la direction du centre ne s'opposerait pas à ce que la patiente sorte. Ce qui se passe à l'extérieur n'était pas de son ressort. Si Emily Bauer décédait lors d'un séjour à son domicile, l'administration ne poserait pas de questions, à condition que le

certificat de décès soit dûment signé par un médecin.

L'avocat d'Emily opina. Des poignées de main furent échangées pour sceller cet accord.

■

24 août 1983. Mon avocat a vu les hommes de loi de l'hôpital qui ne veulent toujours rien faire.

Bob et lui travaillent beaucoup pour que je puisse assumer toute la responsabilité de mon acte et que personne d'autre ne soit compromis. Les choses bougent enfin. Ce n'est pas le moment de se laisser abattre.

Au lieu d'écrire, j'ai regardé la télé et dormi. Cette inactivité m'a tout à la fois ravie et mise mal à l'aise. Je pense aux dispositions que je dois prendre pour mes obsèques. Je veux que tous mes parents et amis se retrouvent dans un endroit agréable, qu'ils chantent et parlent de moi. Mais c'est difficile de mettre tout cela par écrit, c'est encore un peu flou dans mon esprit. Je m'en occuperai quand j'aurai les idées plus claires.

On nous a déménagés : je ne suis plus à côté des enfants. J'ai demandé qu'on m'installe près d'eux à plusieurs reprises mais la surveillante n'a rien voulu faire.

29 août 1983. Des tas de gens m'ont parlé des souffrances qu'engendre l'espoir. Je comprends ce qu'ils entendent par là. Moi qui comptais retrouver la forme, j'ai été cruellement déçue. D'autres m'ont parlé d'acceptation. C'est une chose à laquelle j'ai beaucoup réfléchi. Accepter mon état est pour moi impensable, car contraire à ma nature. Plutôt mourir. J'ai mené une vie riche et active ici-bas et je suis persuadée qu'il existe une autre vie après la mort.

C'est avec joie que je quitterai cette terre. En attendant la délivrance, je continuerai de pleurer et de travailler. Mes larmes abondantes bouleversent les gens, qui s'imaginent que je ne tiens pas vraiment à mourir. Ces pleurs sont nécessaires, ils ne font qu'exprimer la conscience que j'ai de la situation où je me trouve et de ma mort prochaine. Il n'est pas bon de renoncer trop tôt au chagrin. Je suis en paix avec moi-même.

Ceux que j'aime ne veulent pas que je m'éteigne mais je ne puis continuer à vivre ainsi.

1er septembre 1983. Je suis allée à la maison pour l'anniversaire des petites. Tout le monde m'a dit que je devrais sortir plus souvent aussi bien pour moi-même que pour participer aux préparatifs.

Les filles s'en sont donné à cœur joie. Jenie a même pris un bain pour essayer un nouveau jouet. Bob m'a déclaré que c'était une enfant superbe et que je pouvais être fière d'elle. J'ai pensé que c'était une façon de me dire merci.

Après leur sieste, les petites ont joué avec la sœur de Bob, qui s'occupe d'elles aussi bien que je le ferais moi-même. Elle a remis à Jenie une baguette magique et lui a expliqué comment s'en servir. Jenie aime faire le bébé, aussi ma belle-sœur l'a-t-elle câlinée comme un tout-petit. Jenie a déclaré à Alli qu'elle n'avait pas le droit de se servir de ses jouets. Au square, elles ont montré une belle assurance.

Alli nous a fait une véritable démonstration : cette petite est adroite comme un singe. Et tous nous avons été sidérés de constater qu'elle connaissait autant de comptines. Elle a versé trois larmes quand Jenie lui a défendu de toucher à ses jouets. Quand on lui a demandé ce qu'elle voulait faire plus tard, elle a répondu qu'elle voulait avoir des enfants et être baby-sitter. Ce qui montre combien elle est restée attachée à la charmante voisine qui les gardait quand elles étaient plus petites.

En regardant mes filles, j'éprouve des émotions contradictoires. J'aime les observer. Je suis heureuse de constater qu'elles s'entendent bien avec Bob et sont à l'aise avec lui. Et dans le même temps, je ne peux m'empêcher de regretter qu'elles n'aient pas davantage besoin de moi. Je suis condamnée à être en situation d'observateur. A condition qu'on pense à tourner mon fauteuil du bon côté...

Alors que nous étions dehors, la maman d'une des petites camarades d'Alli est venue me dire bonjour. Nous passions des heures à papoter jadis. Aujourd'hui, elle s'est contentée de me saluer. Il m'est insupportable de me sentir exclue de la sorte.

Quand je suis partie, Jenie m'a embrassée !

■

Janice longeait sur la pointe des pieds le long couloir d'hôpital silencieux.

Ce devait être l'heure de la sieste car on n'entendait pas le moindre bruit, hormis celui des respirateurs. Personne ne bougeait dans la nouvelle salle où l'on avait installé Emily et où la visiteuse cherchait vainement à apercevoir Lewis et Nicole. Il n'y avait pas beaucoup de lumière, c'était peut-être pour cela qu'elle n'arrivait pas à repérer les deux petits. Janice était venue tout exprès voir Emily d'un coup d'avion. Si elle devait en croire l'entourage de la malade, il y avait de grandes chances pour que cette visite fût la dernière.

Janice écarta le rideau et scruta le lit dans la pénombre. S'il n'y avait eu la lueur verte du moniteur et le chuintement du respirateur, cette pièce, avec le nounours et les dessins accrochés un peu partout, aurait pu être une chambre d'enfant.

– Emily ? C'est moi.

Janice marqua une pause mais n'obtint pas de réponse.

– Je suis là, Emily, fit de nouveau la visiteuse en s'approchant.

C'est alors qu'elle perçut un étrange cliquetis qui semblait provenir de très loin.

Janice se dirigea vers la machine qui crachotait une bande de papier jaune.

MOI AUSSI JE SUIS LÀ

Janice tapota la main de son amie, cherchant des yeux un coussin, qu'elle ne trouva pas. La jeune femme avait sauté en catastrophe dans le premier avion après avoir reçu une lettre de la malade.

CHÈRE JANICE,
LA NUIT DERNIÈRE, J'AI RÊVÉ QUE NOUS NOUS PRÉPARIONS POUR ALLER À UNE PARTY. J'AI EU L'IMPRESSION D'ÊTRE RAMENÉE DES ANNÉES EN ARRIÈRE À L'ÉPOQUE OÙ NOUS SORTIONS ENSEMBLE. JE REGRETTE CETTE ÉPOQUE AUTANT QUE TOI. TA LETTRE M'A ENCHANTÉE AUTANT QU'ELLE M'A DÉCHIRÉ LE CŒUR. LA VIE EST UNE VACHERIE, TU AS RAISON, ET JE N'AI PAS L'INTENTION DE M'ATTARDER SUR CETTE TERRE DANS CES CONDITIONS. SEULEMENT J'AI TROP ATTENDU ET MAINTENANT IL VA FALLOIR QU'ON M'AIDE. BOB T'APPELLERA DÈS QU'IL Y

AURA DU NOUVEAU. JE SUIS TRISTE MAIS EN PAIX AVEC MOI-MÊME. QUAND JE PENSE QUE TU ES ALLÉE EN EUROPE, JE SUIS JALOUSE, ET RAVIE POUR TOI. BIEN QU'HOSPITALISÉE JE M'INTÉRESSE TOUJOURS À CE QUI SE PASSE DEHORS ET NOTAMMENT CHEZ TOI. TU M'AS BEAUCOUP PARLÉ DES TIENS MAIS TOI, COMMENT VAS-TU ? BOB ET LES FILLES TIENNENT BON. BOB RÉUSSIT À FAIRE FRONT ET À ME SOUTENIR LE MORAL ÉCRIS-MOI VITE. BAISERS.
EMILY

Le silence enveloppant le box d'Emily, Janice fit ce que font beaucoup de gens en ce genre de circonstances : elle se mit à parler d'abondance et entreprit de donner à la malade des nouvelles d'amis communs, de sa sœur, de son mari. Puis elle évoqua des souvenirs de leur séjour à Porto Rico.
COMMENT TU VAS ?

Janice se mit à parler de sa santé – le spectre du cancer semblait s'être éloigné – avant de s'enquérir de celle de son amie.

MAL EN PERMANCENCE

La visiteuse orienta la conversation vers les travaux qu'elle avait entrepris pour donner un coup de neuf à son intérieur.
– Tu te souviens de cette petite pièce moche comme tout ? commença-t-elle.

J'ESSAIE ARRANGER MORT À LA MAISON

Ainsi donc, voilà ce qui se mijotait.

BOB A PEUR

Franchement, il y avait de quoi. Mais Bob n'était pas homme à se laisser abattre.

HÔPITAL PAS COOPÉRATIF

– Concernant tes projets, tu veux dire ?

OUI

– Tu es sûre de toi, Emily ? C'est cela que tu veux ?

OUI OUI CE N'EST PAS UNE VIE

Janice embrassa la joue trempée de larmes de son amie et lui essuya les yeux. Puis elle se moucha un bon coup.

RESTE EN CONTACT AVEC ALLI ET JENIE APRÈS

La visiteuse hocha la tête en signe d'acquiescement et s'éclaircit la gorge. Elle avait apporté des cadeaux d'anniversaire pour les petites. D'adorables survêtements qu'elles prendraient dimanche en venant voir leur mère.

Janice resta plantée près du lit quelques instants, en contemplation devant ce qui restait de son amie, repensant au passé.

Une minute plus tard, le cliquetis résonnait de nouveau dans le box obscur.

CE N'EST PAS UNE VIE

Mais Janice était partie.

A mesure que la nouvelle se répandait dans l'entourage d'Emily, le nombre de ses visiteurs croissait en ce début d'automne. Parents et proches foulaient l'allée jonchée de feuilles jaunies et pénétraient dans le box de la malade en déclarant qu'ils étaient heureux de la voir, qu'elle avait bonne mine, qu'ils lui avaient apporté des fleurs. Des fleurs couleur lavande, comme elle les aimait.

La jeune femme avait l'air de plus en plus lointain. Elle sortait encore un peu. Bob l'avait emmenée passer plusieurs dimanches à la maison. Emily n'avait pas quitté les petites de l'œil et seule Eleanor l'avait vue sangloter en silence de retour à l'hôpital.

Du temps où Emily était moins diminuée, bien que privée de l'usage de la parole, elle accueillait ses amis avec chaleur. Elle était toujours avide d'avoir de leurs nouvelles. Maintenant, elle semblait s'être repliée sur elle-même. Elle regardait au loin, ou alors elle somnolait. Mais rares étaient les gens qui s'en allaient sans avoir pris congé. Tous tenaient à lui dire adieu.

Les fidèles continuaient de lui rendre visite. Mikhail une fois par semaine et Vicky tous les mercredis afin de taper le contenu des bandes sur papier et de tenir compagnie à leur amie. Pendant quelque temps, Vicky avait engagé quelqu'un pour lire sur les lèvres de la malade qui avait un mal fou à se servir de l'imprimante. Vicky massait son amie ou lui tenait la main tandis qu'elle flottait entre la veille et le sommeil. Emily demandait parfois à Vicky de lui parler des repas succulents qu'elles avaient faits ensemble et cela se terminait toujours par une évocation de son dessert préféré, glace à la vanille saupoudrée de pépites de chocolat.

Tout le monde s'extasiait sur le dévouement de Vicky. Mais Vicky se sentait un peu coupable. En tant que psychiatre, elle savait pourquoi. Pour elle, ces visites étaient un plaisir et non une corvée. Elle ne s'était jamais sentie aussi bien. Depuis qu'elle fréquentait ce mouroir, elle avait un formidable tonus de vie. Elle remerciait le ciel de lui avoir donné une bonne santé, un mari et des enfants vigoureux. Chaque fois qu'elle quittait l'hôpital, elle avait l'impression d'avoir plus d'énergie. Les choses les plus anodines lui semblaient un cadeau du ciel. Bref, faire du bien à Emily procurait à Vicky une sensation de bien-être.

Vicky savait combien la malade aimait Bob et combien elle s'inquiétait pour l'avenir financier des siens. Elle avait également su dès le début à quoi s'en tenir au sujet de l'envie de mourir d'Emily. Au départ, elle avait tenté de faire revenir son amie sur sa décision.

– Qui sommes-nous donc pour nous arroger le droit de décider du moment où notre vie est arrivée à son terme ? Si Dieu voulait que tu meures, il y a longtemps qu'Il t'aurait rappelée à Lui. Cette épreuve doit avoir un sens. Tu n'a pas le droit de prendre ton destin en main.

Les deux femmes avaient eu de longues discussions à ce sujet.

Un week-end, Vicky était là lorsque Bob et les petites arrivèrent. Elle sentit immédiatement les tensions entre ces quatre êtres qui s'aimaient. La mère incapable d'articuler un mot. Les enfants ne pouvant obtenir de leur mère une réaction ou un signe. Bob pris entre deux feux.

De retour chez elle, la psychiatre songea soudain qu'il ne lui était jamais venu à l'idée de dire à Emily comment elle devait vivre et qu'en conséquence il n'y avait pas de raison qu'elle lui dise comment mourir.

« Nous sommes des médecins, pas des dieux, songea-t-elle. Pour nous, la mort est une défaite. Accepter cette réalité inéluctable pose des problèmes moraux angoissants, qu'on ne nous a pas appris à assumer. A la faculté, on se bornait à nous seriner : "Ne vous préoccupez pas des questions d'éthique, l'important c'est de sauver les malades." »

Vicky déclara donc à son amie qu'elle était de son côté, quelle que soit la décision qu'elle prendrait.

Vicky n'était pas au courant des négociations menées par l'avocat d'Emily. Après s'être entretenu avec les juristes de l'établissement, ce dernier organisa une réunion à laquelle devaient assister le médecin de la jeune femme et les infirmières de son service.

L'avocat exposa le cas d'Emily et rappela les demandes réitérées de sa cliente concernant le débranchement du respirateur.

Le médecin répéta une fois de plus qu'il n'était pas question pour lui de débrancher l'appareil, qu'il ne s'y résoudrait que si le cœur de la malade venait à lâcher. Soucieux de ne pas braquer son interlocuteur, le juriste lui assura qu'il comprenait parfaitement son point de vue. Cette réunion et la suivante – à laquelle participaient les infirmières de nuit – avaient un double objectif. D'abord, montrer à tous la résolution d'Emily, qui pourrait se concrétiser par un « événement » qui aurait lieu début octobre.

Ensuite, neutraliser les opposants potentiels avant de passer à l'action. Qu'une seule personne tique en apprenant la mort d'Emily et s'avise d'ameuter le district attorney ou la presse et ce serait le branle-bas de combat. L'avocat fit délibérément un peu de provocation, mais personne ne broncha. Comme d'habitude, ce furent les infirmières qui s'identifièrent le plus facilement à la malade. Deux ou trois d'entre elles n'avaient pas encore pris connaissance de la déclaration d'Emily. L'avocat, qui s'était muni de doubles, les fit circuler, non sans préciser que la plupart des membres du groupe réunis dans le solarium avaient déjà lu le document. Le médecin, notamment, qui y avait apposé sa signature.

Personne n'approuva les souhaits d'Emily mais personne ne les désapprouva non plus, ce qui était plutôt bon signe pour la suite des opérations.

Quelques jours plus tard, l'avocat des Bauer passa à l'improviste chez un de ses vieux amis, juriste de formation comme lui, qui était procureur. Ils bavardèrent de choses et d'autres et d'un cas hypothétique que l'avocat désirait soumettre à son ancien camarade de faculté.

L'affaire mettait en scène une femme d'une quarantaine d'années qui avait fait des études supérieures, était nantie de deux beaux enfants et d'un mari charmant. Cette femme – qui avait tout pour être heureuse – souffrait hélas, de sclérose latérale amyotrophique. La maladie de Charcot. Un mal terrible qui ronge le malade de l'intérieur et atrophie peu à peu tous ses muscles, l'enterrant vivant dans son corps. Cette maladie dégénérative d'évolution mortelle pouvait tuer le patient en trois ou quatre ans, voire plus du fait de l'existence des respirateurs.

Le procureur hocha la tête, repensant à son père cancéreux dont la vie et les souffrances avaient été prolongées bien inutilement.

Dans l'affaire qui nous intéresse, poursuivit l'avocat, la jeune femme avait manifesté au départ le désir d'être soignée activement. Toutefois la maladie ne pouvant faire l'objet d'aucun traitement curatif, la patiente en était réduite aujourd'hui à cligner des yeux pour communiquer avec l'extérieur.

– C'est d'autant plus douloureux que ses capacités cérébrales sont intactes, continua l'avocat. Elle n'en peut plus et veut mourir, aussi a-t-elle signé une déclaration écrite dans laquelle elle demande qu'on débranche son respirateur. Seulement l'hôpital refuse d'en prendre la responsabilité.

« Il arrive encore à cette jeune femme de passer le week-end chez elle, grâce à du matériel d'oxygénation portatif. Imaginons qu'elle ait des difficultés respiratoires et que son mari ou une tierce personne débranche le respirateur, que se passerait-il, juridiquement parlant ?

Le procureur fixa son ami qu'il avait toujours tenu en grande estime depuis qu'il avait fait sa connaissance sur les bancs de la faculté et marqua une pause. Puis il déclara qu'il ne voyait pas qui pourrait s'aviser de créer des ennuis au mari de la victime. Mourir chez soi, comme dans l'ancien temps, était sans doute la façon la plus humaine de finir ses jours.

– C'est également mon avis, conclut l'avocat en prenant congé du magistrat.

■

8 septembre 1983. Ali a réalisé en classe un dossier sur le thème : « Vos chagrins et vos joies. » Le fait que je sois à l'hôpital l'attriste, me voir et faire des câlins avec son père lui fait plaisir. Je sais que je vais lui manquer et j'y pense beaucoup. J'espère que la souffrance apprendra la compassion à mes filles.

10 septembre 1983. L'une des infirmières est venue me voir. Le personnel a du mal à comprendre que je veuille en finir. Sans doute parce que les professionnels de la santé ont été formés à prolonger la vie des malades et à les traiter et que mon refus de soins est ressenti par eux comme une blessure narcissique profonde. Elle soutient que mon désir de mourir est teinté d'ambivalence. Je lui ai demandé ce qui pouvait bien lui donner à penser que j'avais envie de vivre. Après un moment de réflexion, elle a reconnu s'être trompée et m'avoir attribué un sentiment qu'elle éprouvait elle-même. Elle m'a promis d'en parler à ses collègues. Grâce à elle, je m'aperçois que je suis encore un peu pédagogue.

J'ignore quels sont les membres de l'équipe médicale qui sont au courant de mes projets et ce qu'ils ressentent. Le fait que je veuille mourir suscite de violentes réactions chez tous ceux qui s'occupent de moi.

Lucy, ma garde de jour qui est en vacances, a très mal pris la chose. Elle est persuadée que cela équivaut à un suicide, que ce n'est pas bien, et se montre agressive à mon égard. Eleanor ne cherche pas à esquiver le sujet. D'autres sont neutres. J'accepte en bloc toutes ces réactions dictées essentiellement par l'affection et l'amitié.

Ce que je ne tolère pas, c'est qu'on m'ignore.

13 septembre 1983. Toujours pas de nouvelles en ce qui concerne la fin. Peut-être va-t-il falloir faire appel à la justice, ce qui prendra des mois. Je m'efforce de tenir bon et de faire contre mauvaise fortune bon cœur.

J'ai encore passé une nuit épouvantable. L'aide-soignante a fait celle qui m'ignorait. En outre, elle a omis de mettre la sonnette à portée de ma main. Le nez obstrué par des mucosités, incapable de respirer, j'ai tourné de l'œil. Une infirmière m'a découverte, le visage tout bleu et cyanosé, et m'a ranimée. Si elle n'était pas passée par là, je serais morte. Ç'aurait été une mort douce et je regrette qu'elle n'ait pas eu lieu. Tout ce que j'ai ressenti avant de perdre connaissance, ç'a été l'impossibilité de respirer.

Il m'a fallu vivre une semaine sans mes gardes particulières. Les infirmières de l'hôpital ne sont pas fichues de me remettre dans une position confortable après m'avoir installée sur le bassin. C'est au point qu'un jour j'ai préféré faire sous moi. Je ne peux pas croire que ma vie doive se ramener à ce genre de préoccupations. Si primitives !

18 septembre 1983. Ces quatre derniers jours, j'ai passé la matinée à taper deux exemplaires de ma déclaration. L'avocat m'a conseillé de rédiger plusieurs fois mes dernières volontés.

L'après-midi, j'écoute de la musique, je reçois des visites, je regarde la télé, je somnole ou bien alors je lis. Je me sens souvent fatiguée – peut-être que je m'ennuie tout simplement –, et je dors plus que jamais.

Lorsque l'avocat est venu apposer sa signature sur mes déclarations, je me suis aperçue que Bob avait les yeux pleins de larmes. Il y a longtemps que je l'ai vu pleurer. Je l'aime tant. J'espère que toute cette tristesse nous apportera quelque chose.

Joan est passée et m'a demandé si je n'avais pas changé d'avis après avoir vu mon mari et mes enfants. Je lui ai répondu que non.

19 septembre 1983. J'ai fait des bribes de rêves. J'essayais de faire du patin à roulettes sur une surface cimentée. Ensuite, j'étais en voiture et je longeais des champs où poussaient des tomates. Je m'étonnais qu'il y en eût encore tant de mûres à cette époque de l'année. Dans un troisième rêve, j'embrassais Bob dont je sentais le corps ferme contre le mien. Il y a si longtemps que je ne l'ai pas serré contre moi que cela m'a fait tout drôle. Le contact de sa peau, son odeur, tout cela était bouleversant. Il faut que je réfléchisse à la signification de ces rêves.

22 septembre 1983. Je suis prête à quitter ce monde. Je pensais le faire avant le mois de septembre, mais je suis toujours là. Je n'ai plus goût à la vie, même si j'attends avec impatience sorties et visites. La semaine dernière, j'ai eu Vicky, mon cousin, deux amies, Bob, Alli, tante Ethel et oncle Richard. Cela m'a fait du bien de les voir. Le plus dur, c'est d'être seule.

Dimanche, nous sommes allés à une kermesse organisée au profit des handicapés. En regardant tous ces gens assis dans leur fauteuil roulant, je me suis demandé si je faisais vraiment partie du groupe. J'envie la plupart de ceux que j'ai vus car ils peuvent se servir de leurs bras et parler. Je n'ai aperçu que deux personnes qui ne pouvaient s'exprimer. J'ai été touchée de compassion. J'aurais aimé faire leur connaissance mais comment aurions-nous communiqué ?

Ma maladie m'a-t-elle appris des choses susceptibles de m'être utiles dans une autre vie ? J'ai acquis quelques petites idées sur la leçon de former les infirmières et de diriger un service. Je me demande si j'aurais envie de travailler avec des patients aussi diminués que je le suis : on ne peut pour ainsi dire rien faire pour eux si ce n'est les aider à mourir avec dignité. Moi qui croyait qu'on pouvait changer à force de volonté, je suis bien obligée de reconnaître mon erreur. Quelle leçon tirer de l'épreuve que je traverse ? Il y a tant de choses que je n'arrive toujours pas à comprendre. Ai-je progressé sur le plan spirituel ? Je crois en Dieu maintenant, bien que n'ayant pas eu de contact avec lui.

Je crois aussi qu'il y a une autre vie après celle-ci, et je crois à la réincarnation. Je n'ai donc pas peur de l'au-delà. Mais il est bien évident que ce que je connais le mieux, c'est cette vie-ci, que j'aimais tant avant d'être paralysée. J'ai beau être cruellement handicapée, je ne suis pas complètement détachée du monde. J'attends la mort et la libération avec impatience, j'ai soif d'une vie plus pleine, plus riche. Ma famille et mes amis me manqueront infiniment.

■

L'avocat donna le feu vert un mardi. Tout était au point, les dernières dispositions pouvaient être prises, dit-il à Concern for dying.

Ce même jour, un des responsables du mouvement téléphona à deux médecins sociétaires pour leur dire qu'un cas intéressant lui avait été soumis.

Il s'agissait d'une mère de famille atteinte de S.L.A. qui était condamnée, et que l'hôpital refusait de débrancher. Toujours la même histoire. Les praticiens étaient-ils prêts à rencontrer cette famille et à l'aider ?

Le Dr L., quarante ans, croyant, père d'un enfant, avait de l'expérience et des idées. « Nous avons des conceptions erronées dans cette société qui est la nôtre. Nous nous figurons être éternels, alors nous n'apprenons pas à mourir, nous nous efforçons d'occulter la mort. C'est pourquoi elle est immanquablement perçue comme une tragédie. Aux obsèques d'une vieille dame de cent cinq ans, les gens se lamentent au lieu de se réjouir. On se demande bien pourquoi ! Cette femme n'a-t-elle pas eu une vie bien remplie, une descendance nombreuse ? Notre société refuse d'accepter la mort, or c'est une donnée fondamentale qu'il serait bon d'intégrer dans notre vécu. »

Le médecin avait été amené à intervenir dans plusieurs affaires de morts négociées. Et ce depuis le jour où il avait vu un groupe d'éminents collègues s'acharner à soigner non un malade mais sa maladie. Pas un seul instant les spécialistes ne s'étaient posé la question de savoir s'ils devaient s'obstiner ainsi, ce qui avait profondément choqué le Dr. L. Il connaissait, certes, les motivations de ses confrères, motivations liées à la nature du système juridique.

– J'ai entendu, expliqua-t-il à Bob Bauer, des médecins de famille déclarer à la femme d'un patient plongé dans le coma : « J'aimerais pouvoir débrancher le respirateur de votre mari, mais la loi me l'interdit ». Ces gens-là se retranchent derrière la loi pour fuir leurs responsabilités, c'est oublier un peu vite que leur profession leur fait obligation de soulager les souffrances humaines. L'épouse du comateux est forcée de s'incliner : elle n'est pas médecin, n'est-ce pas ? Ainsi l'agonie de son mari est-elle prolongée inutilement. Et c'est la société qui paie l'addition.

C'est pourquoi le Dr L., spécialiste des maladies infectieuses, déclarait à ses clients arrivés en phase terminale : « Quand vous estimerez avoir touché le fond, n'hésitez pas à me le dire, je ferai le nécessaire. ».

– Mes clients, poursuivit-il, savent que le jour où ils voudront une dose suffisante de Demerol, je ne ferai aucune difficulté pour la leur procurer. Sur deux cents patients, un ou deux seulement me l'ont demandé. Savoir qu'ils ont une porte de sortie est un soulagement pour les grands malades.

Le Dr L. ajouta qu'il avait passé des nuits entières à réfléchir au problème.

– Je n'ai jamais eu l'impression de commettre un acte répréhensible en mettant fin aux souffrances d'un patient. Je suis un brave Juif qui aide les gens à faire le grand saut. C'est une tâche écrasante mais aussi un devoir. Je le fais par choix éthique, par compassion, par morale. Mais d'un autre côté, je me dis que Hitler en faisait autant et qu'il était convaincu d'avoir raison...

Le Dr L. étudiait très soigneusement les cas qui lui étaient soumis. Pour qu'il intervienne, il fallait que la maladie soit de pronostic sévère et que le patient ne formule pas sa requête dans un moment d'abattement. « Imaginons, confia-t-il à Bob, que quelqu'un m'appelle dans la nuit de jeudi en me disant : “Docteur, je n'en peux plus. Je veux en finir. » Je lui réponds : “Très bien. Passez à mon cabinet mardi prochain.” “Mardi prochain ? Comment pouvez-vous être aussi cruel ? s'indigne mon interlocuteur. Je souffre le martyre". C'est intentionnellement, monsieur Bauer, que je lui réponds de la sorte. Il me faut être certain que sa décision est définitive car après, c'est irréversible. Je me souviens d'avoir souffert de la dysentrie lors d'un séjour à Calcutta. Si quelqu'un était venu me proposer dix milligrammes de morphine à ce moment-là, je crois bien que je les aurais avalés. »

« Aider quelqu'un à mourir dignement n'a pour moi rien d'immoral. Mais les lois étant ce qu'elles sont, je dois prendre un minimum de précautions et mettre la famille de l'intéressé au courant. Tenez, je vais vous donner un exemple. J'ai eu affaire à une malade de quatre-vingt-quinze ans atteinte d'un Parkinson, qui voulait en finir. Cette femme, qui avait mené une existence hyperactive, se trouvait condamnée à aller de son lit à son fauteuil et n'avait plus aucune vie sociale. Je comprenais aisément sa position. Le hic, c'est qu'elle tenait à ce que tout soit fait dans le plus grand secret de façon à ne pas peiner sa fidèle femme de ménage et ses enfants. "Impossible ! lui ai-je dit. Cacher la vérité à la société, d'accord, mais à sa famille, non." Si le patient veut agir à l'insu de ses proches, c'est qu'il y a quelque chose qui cloche. S'il est mal à l'aise, c'est que ses motivations ne sont pas claires. Quand on est sûr de soi, on n'a pas besoin de faire des cachotteries. Cette vieille dame est toujours là. Je continue à la suivre. Et chaque fois que je la vois, elle me traite de tous les noms. »

Le Dr L. s'entretint longuement avec l'avocat d'Emily et avec Bob Bauer. Pour lui, le cas de la jeune femme était simple car elle avait exprimé son désir de mourir par écrit, à plusieurs reprises et sans ambiguïté.

– Emily, devait-il déclarer plus tard, est de ces patients qui ont le courage de se battre contre le système. Pour une Emily Bauer décidée à lutter et à obtenir gain de cause, il existe des douzaines d'autres malades qui, lorsqu'ils s'entendent dire par un directeur d'hôpital : « Désolé, nous ne pouvons pas vous laisser nous fausser compagnie », abandonnent et laissent prolonger non pas leur vie, mais leurs souffrances.

Le Dr L. devait jouer les seconds rôles le jour fatidique. C'était à lui qu'il incomberait de veiller à ce que le décès d'Emily n'éveillât pas les soupçons d'un médecin légiste, qui à l'examen, ne manquerait pas de déceler la présence suspecte de substances sédatives dans le corps de la défunte. Or il fallait absolument que la mort de la jeune femme ait l'air naturelle.

Le premier rôle devait être tenu par le Dr Y., quinquagénaire que l'orientation prise par la médecine moderne ne lassait pas de préoccuper.

– Cette génération de praticiens a été élevée dans la hantise des procès intentés par les malades ou leur famille. Il n'est pas étonnant que les jeunes médecins respectent scrupuleusement les règles du jeu, refusent de prendre des risques et de se mouiller. Ils se comportent en techniciens, qui ne se préoccupent que du corps, et non en médecins, qui eux s'occupent de la personne de leurs patients.

Au fil des années, sa position concernant la mort assistée avait évolué. Il craignait aujourd'hui qu'on ne voie des dérapages et que le recours à l'euthanasie ne prenne des proportions inquiétantes.

– Les médecins sans scrupules sont malheureusement plus nombreux qu'on ne le pense. C'est pourquoi j'estime, contrairement à ce que je croyais il y a plusieurs années, qu'on ne peut pas légiférer dans ce domaine. Il est préférable, devait-il confier à Bob Bauer, que chaque praticien se forge sa propre philosophie et prenne ensuite ses responsabilités. Cela oblige le patient, sa famille et le thérapeute à peser mûrement ensemble le pour et le contre avant de passer à l'acte.

Le Dr Y. avait ses propres critères pour décider s'il devait aider un malade à mourir.

– Des tas de gens m'ont supplié de les achever. Certains, pour des raisons qui me paraissaient contestables. Lorsque je ne comprenais pas leurs motivations, je refusais de leur prêter mon concours. Je ne peux intervenir que si je suis persuadé que le patient à fait le tour de la question et qu'il a soigneusement pesé sa décision au fil des jours. L'intensité de ses souffrances est également un critère primordial.

A cet égard, il considérait le cas d'Emily Bauer comme exemplaires.

Il ne restait plus qu'un problème à régler : la date du rendez-vous d'Emily avec la mort. Les deux médecins et l'avocat avaient une vie professionnelle et familiale très chargée. Il faudrait qu'ils puissent, le cas échéant, expliquer leur absence de la façon la plus simple possible.

En outre, le Dr Y. ne voulait pas que les enfants soient à la maison. Si les petites devaient apprendre un jour comment leur mère était décédée, il fallait que ce fût de la bouche de leur père et non en poussant inopinément une porte. Il faudrait également louer une ambulance, du matériel d'oxygénothérapie et s'assurer les services d'une

garde-malade compréhensive. Pas question de faire appel à Lucy. Eleanor, en revanche, semblait tout indiquée.

■

28 septembre 1983. Je me cramponne, mais ce n'est pas par choix. Le médecin qui devait me débrancher n'a toujours pas donné signe de vie à Bob, qui ne cesse de l'appeler. Bob n'a pas réussi à savoir si l'avocat avait vu son ami procureur. J'ai peur que cette histoire s'éternise. Je n'ai nulle envie de revivre la période des fêtes. J'essaie de prendre les choses du bon côté.

Je m'efforce de lire le *Nouveau Testament* l'après-midi mais comme je m'endors dessus je n'avance pas vite. Vicky prétend que ma somnolence est due aux médicaments que je prends pour l'estomac.

Nicole et Lewis me manquent. J'aimais les entendre bavarder et les voir avec leurs visiteurs. Une petite fille occupe mon ancien lit. Elle est très jolie et complètement inerte. Ses parents sont jeunes et beaux. Ils en sont manifestement fous, ils viennent tous les jours, lui parlent, la dorlotent. Je suis atterrée de voir qu'ils reçoivent si peu en retour. La petite s'appelle Cassie. C'est écrit en grosses lettres sur la pancarte accrochée au-dessus de son lit à côté de posters bariolés. Tout cet amour... Pauvres gens. Que c'est donc triste ! Je ne crois pas qu'ils aient d'autres enfants. Je me demande pourquoi. Il y a d'autres petits, garçons et filles, dans la salle. Presque tous sont privés de réaction. Leurs parents leur rendent visite trois ou quatre fois par semaine.

Qu'est-ce qui peut bien les pousser à venir aussi souvent, sans espoir du moindre amour en retour ?

30 septembre 1983. J'ai reçu la visite de Bob et des petites dimanche. Alli pousse des cris de joie ne me voyant, grimpe sur le lit et cherche le contact. Ce sont les instants que je préfère. Le reste du temps, je suis condamnée à les regarder jouer ou bavarder avec un adulte dont j'aimerais bien pouvoir prendre la place... Alli prend un malin plaisir à contrarier Jenie et à l'asticoter. Mais Jenie n'essaie pas de se venger. D'après Bob, la cadette est aussi directe que l'aînée est imprévisible.

Bob a accroché des dessins autour de mon lit et Jenie a fièrement déclaré qu'il y en avait cinq d'elle. Ce qui est parfaitement exact. L'entretien que l'avocat a eu avec le procureur s'est révélé fructueux. Il ne lui reste plus qu'à rencontrer le médecin.

6 octobre 1983. Encore une autre semaine d'écoulée et je suis toujours là. Je pleure moins sans doute parce que je sens la fin approcher. Pour ne pas penser à ce que je vais laisser derrière moi, je me dis que mon cauchemar va bientôt être terminé. Je suis fatiguée de ce corps qui me trahit chaque jour un peu plus, j'ai envie de m'en évader : je bave maintenant et j'ai du mal à contrôler ma langue. Je ne veux pas que mes enfants me voient dans cet état. C'est dégradant. Bob a écrit au Dr Y. pour le sommer de nous répondre. S'il se dérobe, il faudra nous mettre en quête de quelqu'un d'autre. Je m'éveille au beau milieu de la nuit et n'arrive pas à me rendormir tant je me fais du souci.

Je suis allée à la maison cette semaine. Mon frère et sa femme étaient là. Cela s'est passé le mieux du monde. Ils m'ont assurée que je pouvais compter sur leur soutien et leur compréhension et m'ont promis de rester en contact avec les enfants quand je ne serai plus là. Quel soulagement ! J'aime les regarder s'amuser avec Jenie et Alli. Bryan joue à l'avion avec les petites : elles adorent ça.

12 octobre 1983. Toujours pas de nouvelles du Dr Y. Je ne sais plus où je suis, j'ai l'impression d'être entre deux mondes.

J'ai une pneumonie. « Pourquoi n'as-tu pas pris ton destin en main et refusé les antibiotiques ? » m'a demandé Bob. S'il savait à quel point il est pénible d'avoir la sensation d'étouffer quand on a de la fièvre, il n'aurait pas dit une chose pareille. Cela ressemble à ce qu'on ressent quand on vient à manquer d'air en nageant sous l'eau. Voilà à quoi ça ressemble, mais en pire. Cela me terrifie. Je serais capable de le supporter durant quelques minutes mais pas pendant des heures ou des jours.

En repensant aux paroles de mon mari, j'étais toute retournée. De toute évidence, nos points de vue divergent et cela me désole. Sa femme, ses enfants, son métier : il ne cesse de cavaler et ne sait plus où donner de la tête. Il y a des mois qu'il n'a pas touché un sou et maintenant que les commandes arrivent il paraît que ses associés parlent de se passer de lui sous prétexte qu'il ne peut pas travailler autant qu'eux. Il espère que ça va se tasser mais c'est encore un souci supplémentaire. Bob est un type bien, je l'aime tellement. J'aimerais pouvoir lui faciliter la vie en mourant d'une pneumonie. Mais de même qu'il ne peut pas débrancher mon respirateur, je ne peux pas me résoudre à mourir comme ça. C'est horrible.

15 octobre 1983. Bob, mes vêtements de grossesse et les vêtements de bébé sont chez la nièce de Janice. Récupère les vêtements de bébé pour Holly. Passe les vêtements que Jenie ne peut plus mettre à Becky, puis à Holly.

Pour mes obsèques : j'aimerais qu'elles aient lieu à la chapelle de l'hôpital. Les gens seront assis de façon à former un cercle. Mikhail officiera. Lire le début du poème de T.S. Eliot que je préfère. Demander à Holly d'écrire un papier sur moi en tant que pédagogue. Demander à la sœur de Bob de parler de moi en tant que mère. Demander à Larry de chanter *« She's Got the Whole World in Her Hands »*. Que chacun des participants parle de notre couple et de mon amour pour toi. Puis vous allumerez un cierge et vous méditerez avec Mikhail en pensant à moi.

16 octobre 1983. Je soussignée, Emily Bauer, renouvelle ici ce 16 octobre 1983 ma déclaration écrite datée du 19 août 1983.

Quand je pense aux années pleines et heureuses que j'ai passées avec Bob, Alli et Jenie, je n'ai qu'une envie : continuer de les chérir.

■

En cette fin d'octobre, le vent du nord avait chassé les feuilles qui jonchaient le trottoir. Eleanor avançait d'un bon pas dans ses chaussures blanches à semelle de crêpe. (Ce samedi devait rester gravé dans sa mémoire. Elle était restée toute la nuit de vendredi au chevet d'Emily, ne voulant pas la laisser seule, et elle l'avait bercée en lui tenant la main. Elle lui avait aussi chanté des berceuses comme celles qu'elle fredonnait à son fils quand il était souffrant.)

Eleanor s'était attendue à ce que sa patiente se montre insupportable au cours de cette semaine.

Mais Emily avait été charmante. Elle était calme et presque sereine depuis la dernière visite de son mari, qui remontait au week-end précédent.

Bob Bauer avait demandé à Eleanor s'il pouvait compter sur elle le samedi d'après : sa femme allait passer le week-end à la maison. Sachant ce que cela signifiait, Eleanor avait accepté. Et Lucy également, qui avait confié à sa collègue : « Il y a si longtemps qu'elle souffre... »

Si Emily était de plus en plus sereine, écoutant de la musique classique pendant des heures au lieu de regarder la télévision ou d'écrire, son entourage était, lui, de plus en plus tendu.

Eleanor savait ce que c'était de voir mourir, elle avait déjà perdu des patients. Pourtant elle faillit craquer lorsque les enfants vinrent voir leur mère – sans savoir que c'était pour la dernière fois. Comme à l'accoutumée, les petites avaient joué, fait des puzzles et des dessins, et la garde s'était efforcée de tourner le fauteuil de la malade de façon que ses filles fussent dans son champ de vision. Bob avait l'air vidé. Emily parvint à ne pas pleurer même après que son mari lui eut parlé bas à l'oreille. Mais lorsque les fillettes furent sur le point de partir, la malade commença à s'agiter. A la demande de leur père, les petites embrassèrent leur maman. Elles s'éloignaient lorsque Emily se mit à cligner des yeux pour attirer l'attention de sa garde qui se pencha sur elle.

– Que se passe-t-il, mon petit ?

Impossible de déchiffrer les mots sur ces lèvres qui pouvaient à peine bouger. Bob revint sur ses pas tandis que les fillettes attendaient devant le rideau. Les deux adultes essayaient de deviner de quoi il s'agissait lorsque soudain, de saisissement, Eleanor se figea.

Se redressant, l'infirmière se tourna vers Alli et Jenie.

– Votre maman vous dit au revoir.

Après avoir pris quelques heures de sommeil chez elle, Eleanor retournait auprès d'Emily en cette matinée glaciale de samedi. Nerveuse et tendue, elle avait du mal à regarder ses collègues en face. Elle s'affairait, notant directives et numéros de téléphone des médecins, rangeant méticuleusement les affaires de la malade, expliquant à une autre infirmière ce que la patiente devait manger l'après-midi quand elle reviendrait, faisant comme si elle allait revenir. Eleanor avait préparé les vêtements d'Emily bien avant l'arrivée de la camionnette et du matériel.

La garde mit à Emily une veste et un pantalon bordeaux, un chemisier blanc et des chaussures assorties, qu'elle dut bourrer de Kleenex car la jeune femme flottait dedans. Elle la coiffa sans attacher ses cheveux afin de masquer la maigreur du visage. Puis elle la maquilla, ajoutant du blush sur les pommettes comme à son habitude.

Lorsque Emily, Eleanor et Bill – le chauffeur – arrivèrent chez les Bauer peu après onze heures, l'appartement était en ordre. Bob, qui avait disposé des bougies un peu partout, était en train de les allumer quand l'infirmière franchit le seuil à reculons, suivie de Bill qui poussait le fauteuil roulant. Le chauffeur souleva Emily et la déposa sur la canapé familier. Eleanor installa le respirateur près de la jeune femme. Bill s'en fut, il devait revenir prendre sa cliente à quatre heures pour la ramener au centre. Les fillettes étaient chez des parents.

Le canapé était le meuble préféré d'Emily. Elle se l'était offert des années plus tôt, le choisissant avec le soin qu'elle apportait à toute chose. C'est là que Bob et elle avaient fait l'amour, c'est là qu'ils s'étaient assis pour bavarder. Comme le soir où, ses jolies jambes repliées sous elle. Emily avait raconté sa chute sur le trottoir à son mari.

A peine Emily était-elle installée au milieu des coussins qu'on frappa à la porte. Les amis arrivaient-ils déjà ? Mais au lieu de visages familiers, c'est un visage inconnu qui s'encadra dans la porte. Le Dr. L. – car c'était lui – déclara qu'il passait prendre des nouvelles de la malade.

Le médecin, qu'Emily n'avait jamais vu, resta quelques minutes à peine. Avant de prendre congé, il glissa à Bob un bout de papier portant un numéro de téléphone, au cas où il aurait besoin de le joindre. Bientôt on commença à arriver en nombre dans le petit appartement.

Ils venaient comme elle le leur avait demandé. Trois amies d'Emily, le fils et la sœur de Bob, et son meilleur ami, et Mikhail. Seule Vicky manquait à l'appel : elle était partie à la campagne avec sa famille. N'ayant pas écouté les messages enregistrés sur son répondeur la veille au soir, elle n'était pas au courant de ce qui se préparait.

A peine entré, Mikhail se dirigea vers le canapé. Il avait croisé Bob deux ou trois fois à l'hôpital. Il le trouvait sympathique mais il le soupçonnait d'être jaloux de lui. Ce qui n'était pas entièrement faux. Quelques semaines plus tôt, sentant que la fin était proche et mesurant l'étendue de la solitude d'Emily, le jeune homme lui avait dit lors d'une de leurs séances de méditation qu'ils étaient en un sens comme des amants. La jeune femme avait pleuré et elle avait braqué sur lui son regard de braise.

Bob était frappé par le calme de sa femme. Il y

avait bien trois ans qu'il ne lui avait vu l'air aussi heureux. Quant à lui, il était extrêmement tendu et préoccupé. Il s'était éveillé aux aurores, songeant à la journée qui se préparait, longue, lente, interminable. Puis, se dressant sur son lit, il s'était soudain demandé si ses épreuves allaient se terminer.

Parents et amis se pressaient autour du canapé. Ils avaient l'air très grave. Le chuintement du respirateur intimidait les proches. Ils avaient tous l'impression d'assister à un départ en voyage. Mais ils étaient effrayés aussi. Ils ne savaient pas exactement comment les choses allaient se dérouler, mais ils savaient qu'on attendait quelqu'un, qui allait bientôt arriver. Il était midi passé.

Le téléphone sonna. Le fils de Bob décrocha. C'était le frère d'Emily et sa femme qui appelaient de l'aéroport pour dire qu'ils seraient là d'un instant à l'autre. Le fils de Bob leur assura que tout allait bien.

Emily avait demandé qu'on joue *La Passion selon saint Matthieu* de Bach. La musique austère fut interrompue par le grésillement de l'interphone. Le portier prévenait les Bauer qu'un certain Dr Y. montait. Quelques instants plus tard, on frappa à la porte.

Les deux hommes se saluèrent. Puis le praticien se dirigea vers la chambre des enfants. C'était le signal.

Un à un les invités s'approchèrent d'Emily pour lui dire un mot. Certains lui prenaient la main et la caressaient, d'autres y déposaient un baiser. D'autres encore lui embrassaient la joue. Eleanor étreignit la malade en silence : tout avait été dit depuis longtemps.

L'ami de Bob serra la main de la jeune femme.

Il avait les larmes aux yeux et pourtant ses relations avec Emily avaient été orageuses : il l'avait toujours trouvée trop autoritaire et pour Emily, il représentait le passé de Bob et l'époque de son premier mariage. Mais avec le temps, les difficultés s'étaient aplanies et il avait appris à l'apprécier. S'il était peu porté sur les visites à l'hôpital – il faisait de la claustrophobie dans ce genre d'endroit –, il s'était en revanche beaucoup occupé des petites, qui l'appelaient gentiment tonton. Il s'efforça de trouver une formule adéquate et tout ce qu'il réussit à articuler fut :

– Bon voyage.

Certains de ses proches assurèrent Emily de leur amour. « A bientôt » murmura une amie, songeant que cette façon de mourir reflétait admirablement la personnalité de l'intéressée. Une autre sanglota sans retenue.

– Je ne vous oublierai jamais, souffla Mikhail.

Leurs adieux faits, parents et amis quittèrent l'appartement. Jamais ils n'avaient autant aimé la vie. Jamais ils n'avaient autant aimé marcher, bavarder. La santé leur semblait soudain le bien le plus précieux qu'on pût posséder. Des années durant, chacun penserait à Emily chaque fois qu'il verrait du bleu lavande, couleur préférée de la jeune femme.

Le petit groupe devait déjeuner dans un restaurant du quartier mais personne n'avait d'appétit.

Dans l'appartement des Bauer, il ne restait plus que Bob, Emily et le Dr Y. Le médecin avait été frappé de stupeur en voyant la jeune femme car il ne l'imaginait pas aussi émaciée. Sa tête semblait trop grosse pour ses squelettiques épaules. Il savait les ravages que la S.L.A. pouvait causer, mais ne s'attendait pas à se trouver en face d'un être aussi frêle. Seuls les yeux brillants et expressifs de la patiente pouvaient donner une idée de ce qu'elle avait été.

Le praticien se mit en devoir d'expliquer à la jeune femme qu'il allait lui faire une injection de Thorazine. Elle sentirait la piqûre de l'aiguille, puis un fourmillement dans le bras et presque immédiatement après elle commencerait à s'assoupir et sombrerait doucement dans l'inconscience. C'est à ce moment-là seulement que le respirateur serait débranché. Il ne fallait pas qu'elle ait peur : elle ne suffoquerait pas. Est-ce que c'était bien compris ?

Clignement d'yeux.

Était-elle toujours décidée à aller de l'avant ?

Clignement d'yeux.

Désiraient-ils rester seuls un moment tous les deux ?

Bob dit que oui, et Emily fit un clignement d'yeux.

Bob s'assit sur le canapé et lui prit la main.

– Je t'aime, Emily.

Les derniers jours avaient été terribles et Bob n'avait pas eu le temps de préparer ce qu'il dirait. Les mots lui vinrent cependant tout naturellement aux lèvres. En pleurant, il évoqua leur première promenade à bicyclette. Il l'avait trouvée si belle qu'il n'avait pas osé lui adresser la parole. Heureusement, elle avait été plus courageuse que lui. Il lui parla de leurs filles, qui deviendraient à n'en pas douter des femmes épanouies et équilibrées même s'il ne les élevait pas comme elle l'aurait souhaité. Il ne fit pas une seule fois allusion à la maladie.

Puis il ouvrit le recueil des poèmes de T.S. Eliot

qu'Emily connaissait presque par cœur et lut à sa femme son poème préféré.

« Dans mon commencement est ma fin... »

Le médecin les rejoignit lorsque le cinéaste eut terminé et leur demanda s'il pouvait lire le Psaume 15, qui était son psaume favori. Les Bauer ayant acquiescé, il commença :

Seigneur, qui entrera sous Ta tente ?
Qui habitera sur ta montagne sainte ?
Celui qui marche en parfait,
agit en juste,
et dit la vérité de son cœur,
sans laisser vagabonder sa langue ;
qui ne lèse en rien son frère,
ne jette pas d'oppobre à son prochain,
méprise du regard le réprouvé
mais honore ceux qui craignent le Seigneur ;
qui jure à ses dépens sans se dédire,
ne prête pas son argent à intérêt,
n'accepte rien pour nuire à l'innocent.
Qui agit ainsi jamais ne bronchera.

Il y eut un silence.

– Monsieur Bauer, voulez-vous sortir un instant, je vous prie ?

Le Dr Y. tenait à rester seul avec la malade car les proches ont trop tendance à culpabiliser, même si ce n'est pas eux qui débranchent la machine.

Bob s'agenouilla et se pencha sur sa femme. Elle avait l'air heureux. Il l'embrassa sur la bouche.

– Adieu, murmura-t-il en se dirigeant vers la chambre.

– Êtes-vous prête, Emily ? s'enquit le médecin.

Clignement d'yeux.

Il prit le bras squelettique, cherchant une veine, qu'il eut du mal à trouver. Au moment où il allait enfoncer l'aiguille, Emily parut s'agiter, s'efforçant de dire quelque chose. Le Dr. Y. suspendit immédiatement son geste et plongea ses yeux dans ceux de la jeune femme. Sans l'ombre d'un doute, cette dernière essayait de parler.

– Je ne sais pas lire sur les lèvres, déclara le médecin. « Je... vous... »

Clignement d'yeux.

– « Je vous... si.. je vous... remercie ?

Clignement d'yeux.

– De rien, fit-il en lui touchant la joue.

Lentement, le médecin enfonça le piston de la seringue dans le tube de plastique transparent. Les yeux d'Emily se fermèrent. Deux minutes s'écoulèrent. Cinq, sept, dix minutes.

– Emily, énonça le praticien. Vous m'entendez ?

La jeune femme garda les yeux fermés. Son pouls était lent.

– Emily ! Ouvrez les yeux !

Aucune réaction.

Le Dr Y. tendit le bras et débrancha le respirateur. Un silence assourdissant emplit la pièce.

Bob s'employa à téléphoner aux pompes funèbres, au crématorium, à l'hôpital, aux parents et amis. « C'est fini », leur annonça-t-il. Vicky, qui par une étrange coïncidence s'était trouvée mal à une heure de l'après-midi ce samedi-là, ne prit connaissance du message que le dimanche soir. Elle ne put donc assister à la cérémonie toute simple qui devait se dérouler dans le sous-sol d'une église du voisinage. Des amis évoquèrent le dévouement et la personnalité d'Emily. Jenie dans ses bras, Alli cramponnée à sa veste, Bob relut le poème de T.S. Eliot et remercia l'assistance de son soutien.

– Que seront mes dimanches maintenant ? souffla-t-il, affolé, à l'oreille d'Eleanor.

Alli et Jenie, étaient un peu intimidées par ce rassemblement mais calmes.

Plus tard, elles devaient poser à leur père des questions sur les cimetières et les pierres tombales, lui demander pourquoi certaines maladies tuaient et d'autres non. Questions auxquelles Bob s'efforcerait de répondre.

Le cinéaste se promit de leur raconter un jour comment leur mère était morte. Mais aujourd'hui, samedi, dans l'appartement silencieux, Jenie ne soufflait mot et Alli, en voyant que son père avait les yeux rouges, lui dit :

– Maman est morte, n'est-ce pas ?

Steve apprit la nouvelle le lundi matin en faisant sa ronde habituelle à l'hôpital. Il ne fut pas surpris. « J'ai été soulagé pour elle », devait-il déclarer ultérieurement. « Et triste de constater que, dans notre société, les incurables en sont réduits à de si pénibles extrémités. » La quasi-totalité du personnel soignant se doutait des circonstances du décès de la jeune femme mais chuchotements et messes basses furent de courte durée. Les aides-soignantes s'empressèrent de refaire le lit d'Emily pour pouvoir y mettre un autre patient.

L'avocat, qui avait dit adieu à Emily le vendredi, était chez des amis lorsque Bob lui téléphona. Les amis en question ne songèrent pas à s'étonner que l'homme de loi ait communiqué leur numéro à une tierce personne. Ils remarquèrent toutefois que le juriste avait l'air beaucoup plus détendu en reposant le combiné.

Aussitôt après le départ du Dr Y., Bob avait composé le numéro noté sur un bout de papier. Il avait eu le Dr L. au bout du fil.

– Bob Bauer à l'appareil, avait-il dit d'une voix blanche. Emily est morte.

Vingt minutes plus tard, le médecin était arrivé. Il s'était dirigé vers le canapé, il avait vainement cherché le pouls, les battements de cœur de la jeune femme, et examiné les pupilles. Puis il avait signé le certificat de décès certifiant que la mort était due à des causes naturelles.

– Ça va ? avait-il demandé à Bob.

– Oui, je crois, avait fait Bob, mais il avait l'air assommé.

Lorsque la porte de l'appartement s'était refermée derrière le médecin, Bob s'était assis sur le canapé auprès de sa femme, incapable de croire que tout était fini, qu'il avait fait ça. Il avait repensé aux deux dernières minutes fatidiques. L'air paisible, Emily dormait lorsqu'il avait regagné le séjour. Le Dr Y était près d'elle. Un silence total régnait dans la pièce.

– Emily, tu m'entends ?

Il avait alors regardé le médecin, qui avait simplement hoché la tête.

Tendant le bras, Bob avait retiré la canule. Elle était enfin débarrassée de cet instrument de torture. Puis il lui avait remonté la couverture qu'ils avaient achetée en Italie jusque sous le menton pour cacher le trou qu'elle avait dans la gorge. Après quoi, il avait fondu en larmes et s'était mis à sangloter nerveusement.

Quelle n'avait pas été sa stupeur de voir Emily battre des paupières, entrouvrir la bouche et remuer les lèvres.

– Merci, avait-elle dit dans un dernier souffle, et elle était morte.

Bob avait ouvert la bouche et s'était tourné vers le médecin comme pour parler. Mais le médecin était en train de ramasser ses affaires et d'enfiler son manteau. Le regard de Bob s'était de nouveau posé sur sa femme. La mâchoire pendait, les yeux étaient à moitié fermés. Et vides. Qu'était-il arrivé ?

Bob avait compris. Emily mourante avait tenu à lui faire ce dernier cadeau de vie.

Pendant des heures, des jours, des semaines, des mois interminables, la jeune femme n'avait été pour lui qu'une coquille vide qu'animaient seules une volonté farouche, une rage et une tristesse immenses. Mais aujourd'hui, devant ce regard atone, il se rendait compte de la force et de la vitalité qui l'avaient habitée alors qu'elle gisait dans son lit d'hôpital, immobile et décharnée.

En revenant à l'appartement, ses amis le trouvèrent près d'Emily, le regard fixe, plongé dans ses souvenirs.

Tout avait fini dans un soupir.

Achevé d'imprimer
le 28.4.89
par Printer Industria
Gráfica S.A.
08620 Sant Vicenç dels Horts 1989
Depósito Legal B. 16639-1989
Pour le compte de
France Loisirs
123, Boulevard de Grenelle,
Paris

Numéro d'éditeur : 14898
Dépôt légal : mai 1989
Imprimé en Espagne